우리 옛글의 놀라움

여기 새로운 길이 있다

조동일

지식산업사

조동일趙東一

서울대학교 불문학, 국문학 학사, 서울대학교 대학원 국문학 석박사.
계명대학교, 영남대학교, 한국학대학원, 서울대학교 교수를 역임하고, 현재 서울
대학교 명예교수이자 대한민국 학술원 회원이다.
《한국문학통사 제4판 1~6》(2005), 《동아시아문명론》(2010), 《서정시 동서고금
모두 하나 1~6》(2016), 《통일의 시대가 오는가》(2019), 《창조하는 학문의 길》
(2019), 《대등한 화합》(2020) 등 다수의 저서를 발표해 오고 있다.
화집으로 《山山水水》(2014), 《老居樹展》(2018)이 있다.

우리 옛글의 놀라움
여기 새로운 길이 있다

초판 1쇄 발행   2021. 3.   1.
초판 2쇄 발행   2021. 6. 30.

지은이   조동일
펴낸이   김경희
펴낸곳   (주)지식산업사
본사 ● 10881, 경기도 파주시 광인사길 53(문발동)
전화 031 - 955 - 4226~7 팩스 031 - 955 - 4228
서울사무소 ● 03044, 서울시 종로구 자하문로6길 18 - 7
전화 02 - 734 - 1978, 1958 팩스 02 - 720 - 7900
영문문패   www.jisik.co.kr
전자우편   jsp@jisik.co.kr
등록번호   1 - 363
등록날짜   1969. 5. 8.

책값은 뒤표지에 있습니다.

이 책에 대한 문의는
지식산업사로 연락해 주시길 바랍니다.

여 기 새 로 운 길 이 있 다

우리 옛글의
놀라움

조 동 일

이 책은 한문을 어렵다고 여기지 않고 쉽게 공부하라고, 친절하게 이끌어주는 자습서이다. 한문 공부 초심자들이 안내를 잘못 받아 유학 경전의 험준한 산속에서 헤매고 있는 것을 안타깝게 여겨 활로를 알려준다. 천 리 길도 한 걸음부터임을 깨닫고, 가까이 있는 짧은 글부터 읽고 자득한 능력으로 어디까지든지 나아갈 수 있게 한다.

이 책은 옛적 명문이 어떤 것인지 원문으로 읽어 실상을 알고, 오늘날의 글쓰기를 바로잡도록 하는 거울이다. 말은 조금만 하고 깊은 뜻을 나타내던 선인들의 비방을 찾아내, 일본풍의 감각적 미문 수필이 전염병이기나 한 듯이 만연하고 있는 사태를 치유하자고 한다. 문학의 글과 학문의 글이 나누어져 있는 폐단을 시정하고 하나로 합치자고 하는 데까지 나아간다.

이 책은 오늘날의 학문이 암초를 피하고 어디로 나아가야 하는지 알려주는 등대이다. 물려받은 유산을 제대로 돌보아 글만 읽지 않고 뜻을 알아내면, 남들의 흉내를 내다가 혼미해진 학문을 소생시킬 수 있는 지침이 있다고 일러준다. 《대등한 화합-동아시아문명의 심층》의 뒤를 이어, 학문의 법고창신(法古創新)을 위한 논의를 더욱 진전시킨다.

그 책에서 말했다. "한문을 버리면 동아시아문명에 대해서 언급하는 것조차 불가능하다. 이에 관해서는 대안도 편법도 없다." 이런 줄 알고 무자격자는 물러나라는 것은 아니다. 누구나 한문 전문가가 될 수 있는 길이 이 책에 있다. 가벼운 마음으로 들어서서 한 걸음씩 흥겹게 나아가기 바란다.

2021년 새해를 맞이하면서
조동일

차 례

● 넷째

● 다섯째

무엇을 어떻게 할 것인가?

높이

옛글이 좋아서 이것저것 읽다가 명문과 거듭 만난다. 돌보는 사람이 없어 묻혀 있던 보물을 찾아낸 기쁨을 자랑하지 않을 수 없다. 고사나 전거를 늘어놓지 않고 소박하면서 진솔하게 쓴 짧은 문장에, 자유롭게 생각하고 창의적인 표현을 할 수 있게 하는 지침이 있다.

한문으로 쓴 글은 어렵다고 여기고 외면하지 말자. 차근차근 뜯어보면서 읽으면 즐겁고, 조금 노력하면 많은 것을 얻을 수 있다. 예비지식이 없는 초심자라도 쉽게 앞으로 나아갈 수 있으니 당장 시작하라고 권유하는 친절한 안내서를 여기 내놓는다. 가장 소중한 능력인 통찰력의 원천을 보여주는 소중한 유산을 찾아내 소개하고 풀이한다.

한문 공부를 하려고 첫걸음에 멀리 가서 어려운 글부터 읽어야 할 이유가 없다. 뜻이 잘 통하지 않고 시비가 많은 유학의 경전을 스승이 시키는 대로 따라 읽으면서 공부를 시작하라는 것은, 어린 백성이 순종하도록 훈련시키는 술책이라고 하지 않을 수 없다. 잘못을 바로잡는 대혁신이 필요하다. 쉬운 글에서 어려운 글로, 가까운 데서 먼 데로 나아가면서 즐거운 마음으로 하고 싶은 공부를 하는 것이 마땅하다.

등산 초보자를 태산준령으로 데려가 잔뜩 겁먹게 하는 책동에 말려들지 않아야 한다. 그 때문에 주눅이 들어 의욕을 잃고, 시작하다가 마는 사람이 대부분이어서 안타깝다. 가까이 있는 산부터 즐거운 마음으로 가볍게 오르내리며 힘을 기르고 등산하는 방법을 터득해 차차 더 높은 곳으로 가는 것이 적절한 순서이다. 한문 공부도 이처럼 자력으로 할 수 있다고, 내 경험을 근거로 분명하게 말한다.

시키는 대로 따르면서 글을 읽기만 하나 뜻을 캐묻지는 않으니 개탄할 일이다. 독해력의 향상과 더불어 사고력이 감퇴되는 것을 경계한다. 한 자 한 자 착실하게 읽어야 한다는 이유로 더 나아가지 못하게 하고, 오역 시비를 평생의 일거리로 삼으면서 대단한 스승으로 행세하는 자들을 멀리해야 한다. 고전 명문에 대한 우상숭배를 전수해 위신을 높이려는 책동에 말려들지 않아야 한다.

아득한 태산준령을 힘겹게 오르다가 좌절을 겪고 물러나는 것은 심각한 상처이다. 산은 험준할수록 더욱 위대하다고 여기는 우상숭배에 빠지고, 마음 편하게 찾아도 되는 명산이 가까이 있을 가능성을 부정하는 회의주의에서 헤어나지 못한다. 우상숭배가 저질의 복고주의를 낳아 시대의 타락을 개탄하기나 하고, 회의주의는 제기되는 문제를 스스로 해결할 능력을 포기하는 대외의존을 불러온다. 한문 글은 이런 독소가 있어 읽지 말아야 할 것은 아니고, 제대로 잘 읽어 약효를 살려야 한다.

모든 글이 다 그렇듯이, 한문도 대등한 위치에서 뜻하는 바를 알고 즐겨야 한다. 친근하게 여기고 쉽게 휘어잡아 읽어야 숨은 뜻까지 찾아내는 기쁨을 누릴 수 있다. 표면에서 이면으로 나아가고, 말하지 않은 것까지 찾아내면서 내가 하고 싶은 말을 할 수 있다. 빠지면서 읽기에서 벗어나 따지면서 읽고, 쓰면서 읽기까지 나아갈 수 있다. 옛글을 대화와 토론의 상대로 삼아, 오늘날의 내 글을 잘 써야 한다. 이것이 독서를 하는 가장 큰 이유이다.

한문학의 유산 가운데 시(詩)만 소중하게 여기고, 문(文)은 경시하는 풍조는 반성해야 한다. 공식 서열에서 벗어나 실질 가치를 소중하게 여겨야 한다. 시는 격식에 맞게 써야 하므로 혁신의 여지가 적으나, 문은 얼마든지 달라질 수 있는 자유 천지이다. 공인된 효용 없이 사사로이 쓸 때에는 형식에 구애되지 않고 무슨 말이라도 해도 되었다. 다시 찾아 이어받아야 할 소중한 유산이 시보다 문에 더 많다.

한시를 다시 지으려고 고심하면 발상이 위축된다. 고인을 따르지 못한다고 개탄하는 것은 어리석다. 시대착오의 복고주의에 사로잡혀 허덕이지 말고, 물려받은 유산을 적극적으로 활용하는 훨씬 나은 방법이 있는 줄 알아야 한다. 한문 명문 같은 글을 국문으로 쓰면서 고인과 합작을 하다가 고인을 넘어서는 길은 활짝 열려 있다.

멀리

한문 문장은 명예 회복이 필요하다. 이태준은 《문장강화》라는 책에서 편지투 하나를 본보기로 들고, 한문으로 쓰는 글은 격식에 치우쳐 볼 만한 것이 없었다고 나무랐다. 그 잘못이 아직까지 규탄의 대상이 되지 않고 많은 폐해를 낳고 있어 격분하지 않을 수 없다.

편지투라는 것은 손위 분에게 특별히 할 말이 없어도 안부를 물어야 할 때 이용하는 도구이다. 국문 편지투도 같은 구실을 하므로 목판으로 찍어내 아주 많이 팔렸다. 지금은 안부편지는 물론 편지마저 거의 없어져 편지투의 효용이 망각되었다. 편지투를 들어 한문 글쓰기를 온통 나무란 짓은, 표현이 뛰어나고 내용이 알찬 명문이 넘실거리는 바다를 눈앞에 보이는 마른 웅덩이를 하나 들어 험담을 한 것과 같은 억지이다.

지난날의 잘못을 청산하고 참신한 글을 쓰자고 하면서, 일본에서 수필이라는 것을 가져와 대안이라고 내놓아 차질이 심해졌다. 수필은 식민지 시대의 불행을 전해주는 잔재이다. 서양의 에세이에서 유래한 귀하신 몸이라고 신분 세탁을 해도 정체를 감출 수 없다.

수필은 에세이처럼 생각을 풀어주는 논설이 아니고, 순진한 사람들을 사로잡는 올가미이다. 붓 가는 대로 쓰면 된다고 유인해 겁먹지 않게 하고서, 계절감각을 필수로 하는 신변잡담을 미문으로 써야 하는 까다로운 요건에다 감금시키는 것이 식충식물 같다고 하면 더욱 적절한 비유이다. 그 속 비좁은 공간에 빠져들어가, 시키는 대로 숙제를 해내느라고 숨을 쉬기 어렵게 하고 발상이 왜소해지게 한다.

수필이라고 하는 고약한 녀석이 어쭙잖은 폭군 노릇을 하면서 일세를 풍미해 글을 망치고, 문화 수준을 낮추고, 세상을 혼미하게 한다. 수필가라고 자처하는 사람들이 너무 많이 늘어나, 온 국민에게 숨 막히는 매연을 덮어씌우지 않을까 걱정이다. 이제 정신을 차리고 글쓰기를 바로잡아야 할 때이다.

옛사람들은 수필과 얼마나 다른 글을 어떻게 썼는지 한문 원문을 직접 읽어보고 알아내야, 논의를 함께 할 수 있다. 더운 나라 인도 사람들이 얼음은 어떤 것인지 아무리 설명해도 소용없으니 실제로 먹어보아야 한다고 하는 말이 생각난다. 오늘날 독자의 구미에 맞게 문체를 바꾸고 수식을 보탠 번역문은 진면목과 거리가 멀어, 얼음은 아니고 얼음 녹은 물이라고나 할 수 있다.

수필만 잘못된 것은 아니다. 문학창작과 학문연구를 극도로 분리해, 논문은 무미건조한 논증으로 일관해야 한다는 것도 비정상이다. 양쪽의 잘못을 함께 시정하고, 둘을 하나로 아우르는 글을 써야 한다. 기언(記言)이라는 용어를 되살려 둘을 하나로 아우른 글을 일컫는 것이 바람직하다. 이런 주장의 타당성을 입증하는 증빙 자료가 이 책이다.

길어야 명문일 수 있는 것은 아니다. 장황하게 늘어놓는 말은 내실이 부족하게 마련이다. 짧은 글이 더욱 알차며 놀라운 뜻을 간직하고 있을 수 있다. 통찰이 빛나는 창조를 집약한 본보기를 보이는 것들이 있어, 평생 기억하면서 두고두고 음미할 만하다.

쓸데없는 말을 지워 쓰레기를 치우는 것이 글쓰기를 바로잡는 가장 긴요한 과업이라고 이 책에 수록한 어느 글에서 말했다. 오늘날은 혼란이 더 심하다. 함부로 지껄이고 공연히 내놓아 너무 많아진 잡서 더미에 짓눌려 혼미해진 정신을 일깨우는 서광이 있다고 이 책에서 알린다.

글쓰기는 기술이 아니며, 통찰력의 수련이고 발현이다. 느낌과 논리가 하나이고, 아는 것이 실행의 지침일 때 통찰력이 생긴다. 통찰력의 원천인 옛글을 스승으로 삼아 오늘날의 어리석음에서 벗어나자. 잘못된 글쓰기를 바로잡아, 얄팍한 재주나 표피적인 감각을 자랑하는 천박한 풍조를 청산하자. 이렇게 하려고 옛적 명문을 찾아 읽고 논의하면서, 새로운 글을 쓰는 지침을 찾는다.

옛글이 훌륭하다고 칭송하기만 해서는 많이 모자란다. 오늘날 다시 쓰는 글이 더 훌륭해야 한다. 오랜 지혜를 이어받으면서 미비점을 보완하고, 반론을 제기해 새로운 논의를 펴야 더 훌륭한 글을 쓸 수 있다. 옛글을 다시 읽고, 옛글을 본받아 오늘날의 글을 더 잘 써서, 후대인에게 새로운 유산을 물려주려고 한다.

가까이

길지 않고 쉽게 읽을 수 있으면서, 표현이 뛰어나고 내용도 훌륭한 명문 가운데 되도록 널리 알려지지 않은 것들을 모았다. 모아놓고 헤아려보니, 51인의 글 87편이다. 이규보는 6편, 장유와 이익은 4편, 이색·허목·박지원·이덕무·정약용·최한기는 3편, 그 밖의 다른 분들은 2편이나 1편이다. 짧은 것에서 시작해 긴 것으로 나아가는 순서로 글을 배열

한다. 길이가 짧고 긴 것을 근거로 여섯 무더기로 나누어, '첫째'부터 '여섯째'까지라고 일컫는다.

먼저 '원문'을 띄어쓰기만 하고 그대로 든다. '읽기' 대목에서 원문에 독음과 토를 단다. 말 한 토막씩 무슨 뜻인지 '풀이'에서 다시 설명한다. 그다음에는 원문에 충실하면서 오늘날의 글쓰기를 바로잡는 지침이 될 수 있는 '번역'을 한다. 끝으로 글을 이해하고 평가하는 '논의'를 편다. '읽기'·'풀이'·'번역'·'논의'가 각기 어떤 의의를 가지는지 해명할 필요가 있다.

'읽기'에서 독음을 적고 토를 단다. 한문은 뜻을 대강 적는 글이어서 국문과 다른 점을 명심해야 한다. 고전아랍어는 자음만 표기하고, 모음은 적지 않아 읽는 사람이 적절하게 삽입해 의미를 구체화해야 한다고 한다. 한문도 이와 흡사해, 원문에는 없는 조사나 어미를 보충하는 토를 어떻게 다는가에 따라 뜻이 달라질 수 있다. 중국에는 없는 이런 작업을 한국이나 일본에서는 해서 독해를 정밀하게 하려고 할 때 읽는 사람의 선택이 개재되었다. 나는 내 나름대로 '읽기'를 한다. 독자가 각기 자기 의견을 개진할 수 있다.

다음 대목 '풀이'에서는, 원문 한 구절 한 구절을 우리말로 옮기는 작업을 한다. 견해차가 있을 수 있으며, 논란이 가능하고 필요하다. '풀이'를 근거로 '번역'을 하는 방식은 정본이랄 것이 없으며 더욱 유동적이다. 각자의 지론에 따라 우리말 글쓰기의 모범을 보이는 것이 바람직하다. 한문 번역을 아주 잘해 오늘날 쓰는 글을 더욱 풍부하고 윤택하게 하기 위해 일제히 노력하자.

'논의'에서는 읽기에서 쓰기로 나아가, 읽기는 쓰기에서 완결되는 것을 입증한다. 읽은 글이 무엇을 뜻하는지 깊이 들여다보기도 하고 뒤집어서 다시 살피기도 하면서, 물려받은 지혜를 확대하고 심화해 활용하고자 한다. 오늘날 다시 쓰는 글이 더 훌륭한 본보기를 보이려고 작심하고 노력하니, 성과가 미흡해도 나무라지 말고 공동의 관심사로 받아들여 달라고 부탁한다. 거리를 두지 않고 모여드는 사람이 늘어나고 토론의 수준을 높이면 선조의 유업을 크게 발전시키는 자랑스러운 후손 노릇을 한다.

글을 '하나씩' 다룬 다음에 관련되는 것들을 '모아서' 재론한다. 글은 왜 쓰는가? 글을 어떻게 쓸 것인가? 마음을 잡아야 하는가? 어떻게 살아야 하는가? 무엇을 해야 하는가? 사람이라야 훌륭한가? 높고 강하면 자랑스러운가? 어떻게 탐구해야 하는가? 이런 의문을 제기하고 해답을 찾고자 한다. 어떤 생각을 얼마나 깊이 했는지 정리해 고찰하면서 오늘날을 위한 공동의 깨우침을 얻고자 한다.

이 책은 근래에 낸 《시조의 넓이와 깊이》와 흡사하다. 작아서 더욱 소중한 시문의 보물을 시는 시조에서, 문은 한문에서 찾아 대조가 된다. 고담준론은 부담스럽게 여길 수 있다. 오르지 못할 나무 쳐다보지도 말자고 하면 속수무책이다. 미미하다고 여겨 돌보지 않던 유산을 마음에 품고 따뜻하게 어루만지면서 깨달음을 얻자는 쪽으로 방향을 돌려 누구나 동행하자고 권유한다.

모든 것이 그렇듯이, 학문에서도 후퇴가 전진일 수 있다. 혼자 앞서서 목청을 높이는 것은 어리석고 허망하다. 걸음을 멈추고 모두 함께 나아가자고 하면서, 몸을 낮추어 군중의 일원이 되고자 한다. 그 지혜를 옛사람의 명문에서 얻고 이어받는다.

하나씩

첫째

李瀷, 〈頮槃銘〉(회반명), 《星湖集》 권48

이익, 〈세숫대야〉

"頮槃"(회반)은 "세숫대야"이다. "銘"(명)은 원래 금석에 새기는 짧은 글인데, 짧게 쓰는 글로 뜻이 확대되었다.

원문 先照影 次頮面 垢無所隱

읽기 先照影(선조영)하고 次頮面(차회면)하면 垢無所隱(구무소은)이리라.

풀이 "先照影"(선조영)은 "먼저 모습을 비추다"이다. "次頮面"(차회면)은 "다음에 얼굴을 씻다"이다. 제목의 "頮"와 이 대목의 "頮"는 음과 뜻이 같다. 여기까지는 세수하는 사람이 주어인데, 생략한 것이 자연스럽다. "垢無所隱"(구무소은)은 "더러움은 숨을 데가 없다"이다. "所"는 장소를 뜻하는 말이다.

번역 먼저 모습을 비추어보고, 다음에 얼굴을 씻으면, 더러움은 숨을 곳이 없으리라.

논의 누구나 하는 일을 두고 아무도 하지 못하는 말을 했다. 세숫대야의 물은 얼굴을 비추어보고, 씻을 수 있게 하는 이중의 기능이 있다고 하고, 더욱 진전된 생각을 보탰다. 일상사를 각성의 근거로 삼아 관찰과 행동의 관계를 살피고, 처신을 바르게 하는 방법을 말했다.

먼저 모습을 비추고 다음에 얼굴을 씻는다고 하는 말을 잘 가다듬어 했다. 자기 자신을 되돌아보고 잘못이 어디 있는지 알고 바로잡아야 한다고 대강 일러준 것은 아니며, 한문 글쓰기의 진면목을 보여준다. "先照影"(선조영)하고 "次靧面"(차회면)이라고 한 앞뒤의 세 자가 같은 문법 구조를 지니고 변화의 단계를 말해준다. 절묘한 대구를 갖추어, 관찰과 행동, 인식과 실천의 관계를 면밀하게 밝혔다.

전문이 열 자에 지나지 않지만, 오묘한 짜임새와 깊은 뜻을 갖추고 글 한 편을 당당하게 이룬다. 실속 없이 장광설을 늘어놓는 잘못을 깊이 반성하게 한다. 오늘날 사람들의 엄청난 낭비에 말과 글도 포함된다.

李德懋, 〈君子有大怒〉(군자유대로), 《靑莊館全書》 권50
이덕무, 〈분노〉

원문 君子有大怒 夫小怒 蔑如也

읽기 君子有大怒(군자유대로)하며, 夫小怒(부소로)는 蔑如也(멸여야)니라.

풀이 "君子有大怒"(군자유대로)는 "군자에게는 큰 분노가 있다"이다. "夫小怒"(부소로)는 "무릇 작은 분노"이다. "夫"(부)는 "무릇"이라고 번역되고 넓은 대상을 크게 일컫는 논의를 시작하는 말이다. "蔑如也"(멸여야)는 "업신여기는 것이 마땅하다"이다. "蔑"은 "업신여기다, 멸시하다"는 뜻이다. 여기서는 "如"가 "마땅하다"는 뜻이다. 뒤 문장의 주어도 군자이다.

번역 군자에게는 큰 분노가 있다. 무릇 작은 분노는 무시하는 것이 마땅하다.

논의 크고 작은 분노를 구분하는 것은 아주 중요한 일이다. 큰 분노는 역사의 진행의 방향이 잘못되어 나무라고 바로잡자는 것이라고 할 수 있다. 작은 분노는 자기 일신상의 이해관계에서 손해를 보지 않으려고 해서 생긴다.

작은 분노와 큰 분노는 하나가 다른 것을 가리는 관계이다. 작은 분노에 사로잡혀 핏대를 올리면서 크게 분노할 중대사는 알지 못하는 것은 나무랄 만하다. 작은 분노는 버려두고 큰 분노를 맡아 나서야 소인이 아닌 군자이다. 큰 분노가 없으면 군자가 아니다. 분노의 크기가 군자의 품격이다. 작은 분노에 사로잡힌 것은 소인이라는 증거이다. 분노의 작기가 소인의 수준이다.

작은 분노는 즉각 이웃까지도 적으로 만들지만, 큰 분노는 제대로 드러내 밝히면 공감이 확대되고 동지가 늘어난다. 작은 분노를 터뜨리면 싸움이 바로 일어난다. 어떻게 싸워야 하는지 생각하지 않고 싸워 패배를 자초하고, 분노가 더 커지는 것이 예사이다. 큰 분노 때문에 싸워야 할 때에는 신중하게 처신하고 작전을 잘 짜야 한다. 오랫동안 슬기로운 싸움을 하면 마침내 승리한다.

작은 분노는 상생을 상극으로 만든다. 큰 분노는 상극이 상생이게 한다. 큰 분노 덕분에 학문이 발전하고, 사회가 정화되고, 역사가 창조된다.

"硯"(연)은 "벼루"이다.

원문 重而堅 得之天 滌以新 存乎人

읽기 重而堅(중이견)은 得之天(득지천)이고, 滌以新(척이신)은 存乎人(존호인)이니라.

풀이 "重而堅"(중이견)은 "무겁고 단단한 것"이다. "而"는 말을 이어, "그리고"라고 옮길 수 있다. "得之天"(득지천)은 "이것을 하늘에서 얻다"이다. 여기서는 "之"가 "그것"이라는 대명사이다. "滌以新"(척이신)은 "씻어서 새롭게 하는 것"이다. "以"는 "-로써"라는 말이다. "存乎人"(존호인)은 "사람에 달려 있다"이다. 여기서는 "乎"가 "-에서"라는 조사이다. 앞의 말은 "得之乎天", 뒤의 말은 "存之乎人"이라고 해야 할 것인데, 한 자씩 묘미 있게 생략했다.

번역 무겁고 단단한 것은 하늘에서 얻었으며, 씻어서 새롭게 하는 것은 사람에게 달려 있다.

논의 무엇을 말했는가? ㈎ 벼루를 만든 무겁고 단단한 돌은 하늘에서 얻은 자연물이고, 그 돌을 씻어서 글을 쓰는 데 이용하는 것은 사람이 하는 활동이다. ㈏ 벼루의 돌은 단단해 변화가 없지만, 글을 쓰는 것은 얼마든지 달라질 수 있다. ㈐ 하늘에서 누구나 받은 천품(天稟)의 능력을 굳건하게 지니고, 새로운 발상을 각자 자기 나름대로 펼쳐야 한다.

무엇을 말했는가? ㈎에서는 주어져 있는 자연물과 인간 활동, ㈏에서는 고정되어 있는 것과 변화하는 것, ㈐에서는 공동의 능력과 개성의 관계를 알렸다. 앞에서 존중해야 할 것을, 뒤에서는 평가해야 할 것을 거론했다.

　말이 여러 겹이다. 간략하게 정리하려고 하지 말자. 하지 않아 없는 말을 얼마나 찾아낼 수 있는가? 해야 할 말이 얼마나 많은가? 이 글을 읽고 다시 생각하면, 나는 어디쯤 가고 있는가?

> 曹兢燮, 〈硯滴銘〉(연적명), 《巖棲集》 권24
> 조긍섭, 〈연적〉

"硯滴"(연적)은 벼루에 물을 공급해 먹을 갈 수 있게 하는 작은 용기이다. 대개 둥근 모양이며, 주둥이가 뾰족하다.

원문 富其有 適其用 守其靜 愼其動

읽기 富其有(부기유)하고　適其用(적기용)하며,　守其靜(수기정)하고　愼其動(신기동)하노라.

풀이 "富其有"(부기유)는 "그 있음이 풍부하다"이다. "適其用"(적기용)은 "그 쓰임이 적합하다"이다. "守其靜"(수기정)은 "그 고요함을 지키다"이다. "愼其動"(신기동)은 "그 움직임을 신중하게 하다"이다. 같은 어법을 되풀이해 안정감을 확보하고, 논의를 한 단계씩 진전시켰다.

번역 있음을 풍부하게 하고 쓰임을 적합하게 하며, 고요함을 지키고 움직임을 신중하게 한다.

논의 연적처럼 작고 아담한 글을 썼다. 연적은 통통해 '富'하고, 손에 쏙 들어가 '適'하다고 했다. 풍부함을 지니고 있다가 적합하게 쓰도록 하며, 고요함을 지키고 있다가 움직임을 신중하게 한다고 했다.

앞뒤의 말은 반복이 아니다. 앞에서 물을 풍부하게 제공하면서 적합하게 쓰도록 한다는 것은 연적에 관한 말이다. 뒤에서 고요함을 지키고 움직임을 신중하게 한다는 것은 글을 쓰는 사람의 자세이다. 연적을 이용하면 된다고 여기지 말고 훌륭한 점을 본받아야 한다고 했다.

연적은 물만 간직한 채 잠자코 있다. 그 물이 먹을 만나 상생이 붓에서 작동하면, 천지만물 무엇이든지 휘어잡을 수 있다. 내심의 물이 정갈해야 놀라운 창조력을 발휘할 것이 아닌가?

> 李齊賢, 〈猫箴〉(묘잠), 《東文選》 권49
> 이제현, 〈고양이〉

"猫"(묘)는 "고양이"이다. "箴"(잠)은 훈계하는 의미를 지닌 짧은 글이다.

원문 旣耳而目 亦爪而牙 穿窬方肆 胡寐無吪

읽기 旣(기) 耳而目(이이목)하고 亦(역) 爪而牙(조이아)하거늘, 穿窬(천유)가 方肆(방사)인데 胡(호) 寐無吪(매무와)인가?

풀이 "既"(기)는 "이미"이다. "耳而目"(이이목)은 "귀와 눈"이다. 여기서의 "而"는 "와(과)"의 뜻이다. 귀와 눈이 이미 있다는 말이다. "亦"(역)은 "또한"이다. "爪而牙"(조이아)는 "발톱과 어금니"이다. 발톱과 어금니도 갖추고 있다는 말이다. "穿窬"(천유)는 "뚫고 넘다"이다. "方肆"(방사)는 "바야흐로 방자하게 굴다"이다. 쥐들이 (천장을) 뚫고 (벽을) 넘으며 온갖 짓을 다 한다는 말이다. "胡"(호)는 "어째서"이다. "寐無吪"(매무와)는 "잠만 자고 움직이지 않다."이다.

번역 눈과 귀를 이미 갖추었고, 발톱과 어금니도 있거늘, 뚫고 넘는 무리 방자하게 구는데 어째서 잠만 자고 움직이지 않는가?

논의 열두 자밖에 되지 않은 아주 짧은 글에서 많은 것을 말해, 여러모로 생각을 하게 한다. 천장을 뚫고 벽을 넘어 다니는 쥐들은 세상을 혼탁하게 하는 무리이다. 고양이는 그런 무리를 징계하여 다스려야〔懲治〕 할 의무를 가진 누구이다. 글을 쓸 당시에는 그 누구는 국왕이다. 국왕은 사태를 판단하는 안목을 갖추고 막강한 권력을 행사할 수 있는데 왜 가만히 있는가 하고 불만을 토로했다.

생각을 더 하면, 국왕이 가만있는 것은 그럴 만한 이유가 있을 것이다. 사태를 파악하는 안목이 없어 막강한 권력이 무용지물일 수 있다. 세상을 혼탁하게 하는 무리가 국법을 무시할 정도의 힘을 가져 국왕도 어떻게 할 수 없게 되었을 수 있다. 국왕이 그 무리에게 농락당하고 있거나 그 무리와 한통속일 수도 있다. 글 쓴 사람은 사태의 진상을 알고 있었어도 말하지 못하고 개탄만 했을 수 있다.

국왕이 할 일을 하지 못하면 어떻게 해야 하는가? 국왕을 바꾸어야 한다. 왕조를 교체하는 역성혁명을 해야 한다. 왕정을 폐지하는 민주혁명을 해야 한다. 역사가 이런 순서대로 진행해 왔다. 그래도 국법을 무시하고 세상을 혼란하게 파는 쥐 같은 무리가 남아 있다. 민주세력이 고양이 노릇을 제대로 하는 식견과 능력을 갖추고 계속 싸워야 한다.

> 柳希春, 〈讀書銘〉(독서명), 《眉巖集》 권3
> 유희춘, 〈독서〉

"讀書"(독서)는 "책 읽기"이다.

원문 博觀精思 羣疑漸釋 豁然有覺 超然自得

읽기 博觀(박관)하고 精思(정사)하면 羣疑(군의)가 漸釋(점석)하고, 豁然(활연) 有覺(유각)하여 超然(초연) 自得(자득)하리라.

풀이 "博觀"(박관)은 "널리 보다"이다. 독서를 많이 한다는 말이다. "精思"(정사)는 "곰곰이 생각하다"이다. "羣疑"(군의)는 "많은 의문"이다. "漸釋"(점석)은 "점차로 풀리다"이다. "豁然"(활연)은 "널따랗게"이다. "有覺"(유각)은 "깨달음이 있다"이다. "超然"(초연)은 "우뚝하게"이다. "自得"(자득)은 "스스로 얻다"이다.

번역 널리 보고 곰곰이 생각하면 많은 의문이 점차로 풀려, 널따랗게 깨닫고 스스로 얻는 바가 우뚝하리라.

논의 독서를 출발점으로 삼고 많이 나아갔다. 책을 읽기만 하지 말고, 읽은 것을 곰곰이 생각하면 쌓였던 의문이 풀리고, 마침내 우뚝하다고 할 만한 깨달음을 얻을 수 있다고 했다. 읽기만 능사로 삼지 말고, 깨달은 바를 글로 써야 한다.

4자 4언을 나란히 놓아, 시 같은 산문이다. 글이 너무 짧아 무엇이 생략되었는지 알아내게 한다. 짜임새가 가지런해 조리를 갖추고 생각하게 한다. 이렇게 하고서 독자의 이해 능력을 시험한다. 만만한 글이 아니다.

독서를 본보기로 들어 인생만사가 전개되는 이치를 말했는가? 노력해서 성취하는 것과 일이 저절로 잘 되는 것이 하나일 수 있는가? 시작할 때에는 예상하지 않은 더 좋은 결말에 이르는 것이 어떻게 가능한가?

이런 의문을 드러내 풀어주지 않고, 말을 짧게 끝내 불친절하다. 일이 잘못될 수 있는 것은 고려하지 않고 낙관론을 폈으니 무책임하다. 이렇게 나무랄 수 있으나, 무슨 소용이 있는가? 말을 낭비할 필요도 겨를도 없다.

독서를 하면 널따랗게 깨닫게 되는가 하는 것은 공인된 사실의 소관이 아니다. 스로로 결단을 내려 남다른 노력을 하면 실현 가능한 목표이다. 다른 사람들의 안부는 묻지 말고, 단호하게 일어서야 한다.

任聖周, 〈杖銘〉(장명), 《鹿門集》 권22
임성주, 〈지팡이〉

"杖"(장)은 "지팡이"이다.

원문 立不易方 行必以時 植條則果 拄卓則詖

읽기 立(입)에 不易方(불역방)하고, 行(행)에 必以時(필이시)하라. 植條(식조)면 則果(즉과)인가? 拄卓(주탁)이면 則詖(즉피)니라.

풀이 "立"(입)은 "서다"이다. "不易方"(불역방)은 "방향을 바꾸지 않다"이다. "行"(행)은 "가다"이다. "必以時"(필이시)는 "반드시 때에 맞추다"이다. "以": "-로써"이고, "以時"는 "때맞추는 것으로써"이다. "植條"(식조)는 "가지를 심다"이다. "則果"(즉과)는 "바로 과일", "바로 과일이 열리다"이다. "拄卓"(주탁)은 "버티고 높아지다"이다. "則詖"(즉피)는 "바로 비뚤어지다"이다.

번역 서서 방향을 바꾸지 말고, 반드시 때맞추어 나아가리라. 가지를 심으면 바로 과일이 열릴 것인가? 버티고 높아지면 바로 비뚤어진다.

논의 이해 가능성을 시험하는 글이다. 많이 생략되어 있는 것을 알아내면서 읽어야 한다. 지팡이는 사람을 이끌어가는 인도자라고 했다. 지팡이를 들어 사람의 행실을 말한 줄 알면 이해가 가능하다.

"立不易方"은 《주역》(周易) 항(恒)괘에서 "雷風 恒 君子以立不易方"(뇌풍 항 군자이립불역방)이라고 한 데서 온 말이다. "우뢰와 바람이 항괘의 모습이니, 군자는 이를 본받아 방향을 바꾸지 않는다"는 뜻이다. 무엇을 이루었으면 방향을 바꾸지 말라고 한 데다 나아가려면 반드시 적합하게 때를 맞추어야 한다는 말을 보탰다.

지팡이에는 가지가 없는데, 가지를 심으면 바로 과일이 열릴 것인가 묻다니 무슨 소리인가? 헛된 기대나 구제 불능의 망상을 경계한 말이 아닌가 한다. 공연히 고집을 부리면서 버티고, 자기를 터무니없이 높이기만 하면 바로 비뚤어지니 조심해야 한다. 집착이 없어야 하고, 자세를 낮추어야 한다. 이렇게 말한 것으로 이해된다.

金元行, 〈不能容物者〉(불능용물자), 《渼湖集》 권14 〈陶谷隨記〉
김원행, 〈포용〉

원문 不能容物者 亦不能自容者也 何往而可哉

읽기 不能容物者(불능용물자)는 亦不能自容者也(역불능자용자야)니라. 何往而可哉(하왕이가재)리오.

풀이 "不能容物者"(불능용물자)는 "남을 포용하지 못하는 자"이다. 물(物)은 나 이외의 모든 것이어서, "남"이라고 번역한다. "亦不能自容者也"(역불능자용자야)는 "또한 자기 자신도 포용하지 못하는 자"이다. "何往而可哉"(하왕이가재)는 "어디 간들 괜찮겠는가?"이다. 여기서는 말을 잇는 "而"가 "−인들"이라는 뜻을 지닌다.

번역 남을 포용하지 못하는 자는 자기 자신도 포용하지 못한다. 어디 간들 괜찮겠는가?

논의 짧은 글이 많은 생각을 하도록 유도한다. 포용이란 무엇인가? 남을 알고 받아들여 하나가 되는 행위이다. 남을 포용해야 자기 자신도 포용한다고 한 것은 무슨 이상한 소리인가? 남을 적대시하면 자기도 괴롭다. 가해에는 자해가 따르게 마련이다. 자해는 동정의 대상이 될 수 없다. 남을 포용하면 자해가 없어져 편안하게 된다.

태도를 바꾸어 남을 포용하기로 하면 문제가 해결되는 것은 아니다. 혜택이라고 여기면서 하는 포용은 포용이 아니다. 내 마음을 마음대로 하지 못하니 세상을 마음대로 하려고 포용도 하고 자선도 하고 사랑도 하는 것은 위선이다. 헛된 우월감 탓에 마음이 쭈그러들어 고통을 겪고, 존경을 바라다가 반발을 초래하기나 한다.

우월감을 버리고 나를 낮추어, 남의 마음을 내 마음으로 포용하면 자아 분열의 번민이 사라진다. 넓게 열린 마음을 마음대로 할 수 있어, 인식의 폭이 확대되고 행동하는 힘이 향상된다. 어디 가서 무엇을 하든 잘 된다. 혼자서는 할 수 없는 커다란 과업을 수행할 수 있다.

安鼎福, 〈足箴〉(족잠), 《順菴集》 권19
안정복, 〈발〉

원문 規行矩止 疾徐合宜 欲其重以致敬 恐其動而多危

읽기 規行矩止(규행구지)하고 疾徐合宜(질서합의)하리라. 欲重以致敬(욕중이치경)하고 恐其動而多危(공기동이다위)하리라.

풀이 "規行矩止"(규행구지)는 "규칙에 맞게 가고 법도에 따라 멈추다"이다. 명사인 "規"와 "矩"를 부사로 사용하는 것이 한문에서는 자연스럽다. "疾徐合宜"(질서합의)는 "빠르고 느림이 합당함과 합치된다"이다. "欲重以致

敬"(욕중이치경)은 "바라건대 신중함으로써 공경에 이르라"이다. "恐其動而多危"(공기동이다위)는 "움직이면 위험이 많은 것을 두려워하다"이다.

[번역] 규칙에 맞게 가고 법도에 따라 멈추며, 빠르고 느림을 합당하게 하라. 신중한 자세로 공경하는 마음을 지니고, 마구 움직이면 위험이 많을까 두려워하라.

[논의] 사람이 자기 발에게 하는 말이다. 발이 수고한다고 위로하지는 않고, 행실을 바르게 하라고 훈계하기만 한다. 주인으로 자처하는 마음이 스스로 해야 할 일을, 하인으로 부린다고 여기는 발에게 요구한다. 책임을 전가해 잘못되는 것은 발 탓이라고 나무라려고 한다.

요즈음 말로 하면 전형적인 갑질이 아닌가 한다. 법도에 맞게 움직이고 조심해야 한다고 주의를 주는 데 그치지 않고, 신중한 자세로 공경하는 마음을 지니기를 바란다고까지 하니 지나치다. 발은 위험이 많은 것을 두려워하기만 하고 움직이지 않을 수는 없다. 자기 발에게 이렇게 말해도 된다는 말인가?

격분을 누르고 다시 생각하자. 발을 하인으로 여겨 훈계한 것이 불만이라면 글의 겉만 보고 속은 모르는 탓이다. "나는 발이로소이다.", "나는 머리나 몸이 아닌 발로 살아가는 미천한 존재이다." 이런 말은 생략하고, 발이야말로 슬기롭게 살아간다고 했다. "합당하게 하라", "두려워하라"고 한 번역을 "합당하게 하노라", "두려워하노라"고 고쳐야 한다.

"梳"(소)는 "빗"이다.

원문 心不治 不正 髮不理 不整 理髮 當以梳 治心 當以敬

읽기 心(심)은 不治(불치)면 不正(부정)이고, 髮(발)은 不理(불리)면 不整(부정)이라. 理髮(이발)은 當(당) 以梳(이소)요, 治心(치심)은 當(당) 以敬(이경)이니라.

풀이 "心"(심)은 "마음"이다. "不治"(불치)는 "다스려지지 않음"이다. "不正"(부정)은 "바르지 못함"이다. "髮"(발)은 "머리카락"이다. "不理"(불리)는 "다듬지 않음"이다. "不整"(부정)은 "가지런하지 못함"이다. "當"(당)은 "마땅히"이다. "理髮"(이발)은 "머리털 다듬음"이다. "以梳"(이소)는 "빗으로써"이다. "治心"(치심)은 "마음 다스림"이다. "以敬"(이경)은 "공경으로써"이다.

번역 마음은 다스리지 않으면 바르지 못하고, 머리카락은 다듬지 않으면 가지런하지 않다. 머리 다듬기는 마땅히 빗으로 해야 하고, 마음 다스림은 마땅히 공경으로 해야 한다.

논의 머리카락 다듬기에 견주어 마음 다스리기를 말한 논법이 기발하다. 머리카락은 빗으로 다듬듯이, 마음은 공경으로 다듬어야 한다고 했다. 빗은 보고 만질 수 있고, 공경은 형체가 없다. 분명한 것을 들어 쉽게 알 수 없는 것을 밝혔다.

다시 생각하면 논리가 명확한 것은 아니다. 마음 다듬는 데도 빗과 같은 도구가 있어야 한다고 하는 누구나 인정할 수 있는 당위성을 근거로 삼아 공경이 바람직한 마음가짐이라는 주장을 관철시켰다. 공경이란 무엇이고, 어떻게 마음을 다스리는가? 이 의문은 독자가 스스로 풀어야 한다. 독자의 권리를 적극 행사해 아래의 글을 새로 쓴다.

공경은 절대적인 타당성을 지니지 않고, 잘못될 수도 잘될 수도 있다. 차등의 공경은 잘못되고, 대등의 공경이라야 잘된다. 상하(上下)·현우(賢愚)를 구분해, 높은 위치에 있거나 슬기롭다고 하는 사람을 우러러 보는 것을 공경이라고 하면, 권위를 추종해 주체성을 버린 탓에 마음을 구기고 망친다. 어리석다는 사람이 더욱 슬기로울 수 있으며 하층민이 오히려 진실하게 사는 것을 알아차리고, 어느 누구든지 공경하면서 자기를 낮추면 구김살이 펴져 마음이 깨끗해진다.

공경은 사람들 사이에서만 필요한 것이 아니다. 초목이나 금수도 각기 자기 삶을 누리는 권리를 행사하면서 사람을 음양으로 돕고 있는 것을 알고 공경하면 마음이 아주 맑아진다. 차등의 공경을 대등의 공경으로 바꾸어 놓는 혁신을 모든 생명체가 함께 참여하는 대공동체로 확대해야 한다.

李奎報, 〈樽銘〉(준명), 《東國李相國集》 권19
이규보, 〈술병〉

"樽"(준)은 "술병"이다.

移爾所蓄 納人之腹 汝 盈而能損 故不溢 人 滿而不省 故易仆

읽기 移(이) 爾所蓄(이소축)하여 納(납) 人之腹(인지복)이라. 汝(여)는 盈而能損(영이능손)하니 故(고)로 不溢(불일)이고, 人(인)은 滿而不省(만이불성)하니 故(고)로 易仆(이복)이니라.

풀이 "移"(이): "옮기다"이다. "爾所蓄"(이소축)은 "네가 모아놓다"이다. "納"(납)은 "받아들이다"이다. "人之腹"(인지복)은 "사람의 배"이다. "汝"(여)는 "너"이다. "盈而能損"(영이능손)은 "가득 차면 덜어낼 줄 알다"이다. "故"(고)는 "그러므로"이다. "不溢"(불일)은 "넘치지 않다"이다. "人"(인)은 "사람"이다. 滿而不省(만이불성)은 "가득 차도 알아차리지 못하다"이다. 말을 잇는 "而"는 "-이면"이기도 하고 "-이어도"이기도 한다. "故"(고)는 "그러므로"이다. "易仆"(이복)은 "쉽게 넘어지다"이다.

번역 네게 모아놓는 것을 옮겨 사람의 배에서 받아들인다. 너는 가득 차면 덜어낼 줄 알지만, 사람은 가득차도 알아차리지 못해 쉽게 넘어진다.

논의 술병에 들어 있는 술을 사람이 마신다는 평범한 사실을 예리하게 관찰하고, 뜻밖의 말을 했다. 술병은 슬기롭고 사람은 어리석다고 했다. 술병처럼 가득 찬 상태가 되면 가진 것을 덜어내야 슬기롭고, 가진 것이 충분해도 알아차리지 못해 쉽게 넘어지는 사람은 어리석다고 했다.

술을 너무 많이 마시지 말라고 한 것만 아니다. 직접 말한 것보다 암시한 것이 더 중요한 의미를 지니는 줄 알아야 한다. 글을 겉만 읽지 말고 속까지 읽어야 한다. "이 글의 속뜻은 무엇인가?"라고 하는 것을 논술고사 문제로 낼 만하다. 내 답안은 다음과 같은데, 많이 모자라리라고 생각한다.

독점적인 소유욕을 경계했다. 많이 가진 것이 있으면 나누어주어야 자멸을 면한다고 하는 준엄한 교훈을 전했다. 특히 무엇이 문제라는 말인가? 재물을 지나치게 차지하려고 하면 탐욕의 폐해에 사로잡혀 온전하게 살 수 없다. 지식 독점을 뽐내려고 하는 교만 때문에 인품이 비뚤어지는 것도 이와 다르지 않다.

魏伯珪, 〈水自下〉(수자하), 《存齋集》 권12 〈格物說〉
위백규, 〈물은 스스로 낮아〉

원문 水自下故漸大 山自高故漸削 是以 謙德卑而不可越 亢者亡

읽기 水自下故漸大(수자하고점대)하고, 山自高故漸削(산자고고점삭)하니라. 是以(시이)로 謙德卑而不可越(겸덕비이불가월)하고, 亢者亡(항자망)이니라.

풀이 "水自下故漸大"(수자하고점대)는 "물은 스스로 낮추므로 점점 커지다"이다. "山自高故漸削"(산자고고점삭)은 "산은 스스로 높으므로 점점 깎이다"이다. "是以"(시이)는 "그러므로"이다. "謙德卑而不可越"(겸덕비이불가월)은 "겸양하는 덕으로 (몸을) 낮추면 넘어설 수 없다"이다. "亢者亡"(항자망)은 "높다는 자는 망하다"이다.

번역 물은 스스로 낮추므로 점점 커진다. 산은 스스로 높아 점점 깎인다. 그러므로 겸양하는 덕을 갖추고 몸을 낮추면 넘어설 수 없으며, 높다는 자는 망한다.

논의 앞에서는 물과 산의 관계를 설명하고, 뒤에서는 사람의 처신을 말했다. 물은 못난 사람이고, 산은 잘난 사람이라고 할 수 있다. 자세를 낮추고 아래에서 살아가는 못난 사람은 겸양하는 덕이 있어 넘어설 수 없고, 높은 위치에서 혼자 잘났다는 사람은 자만 때문에 위태롭게 되어 망한다고 했다.

겸양에는 적이 없다. 겸양 경쟁을 하려고 남의 겸양을 무너뜨리지 않는다. 함께하는 겸양은 하나로 합쳐져 커진다. 자만에는 적이 있게 마련이다. 자기의 자만을 관철시키려고 남의 자만을 공략한다. 자만은 서로 배척하므로 함께할 수 없다. 겸양하면 행복하기만 하고, 자만하면 불행에 시달린다. 득실이 분명하다.

겸양은 태도 이상의 의미를 가지는 철학이다. 물과 산, 사람뿐만 아니라, 존재하고 생멸하는 모든 것은 무엇이든지 낮은 것은 높고, 높은 것은 낮아 서로 겸양하는 관계이다. 겸양을 어긴 자만은 파멸한다. 극도에 이른 것은 무엇이든 더 나아가지 못하고 반대의 것으로 교체되는 원리를 일제히 보여주고 있다. 그 원리가 다른 무엇이 아닌 생극론이다.

李達衷, 〈惕若齋箴〉(척약재잠) 《東文選》 권49
이달충, 〈조심하는 마음〉

원문 毋不敬 毋自欺 馭朽索 攀枯枝 進知退 安思危 厲無咎 念在玆

읽기 毋不敬(무불경)하고 毋自欺(무자기)하리라. 馭朽索(어후삭)하고 攀枯枝(반고지)하리라. 進知退(진지퇴)하고 安思危(안사위)하면 厲無咎(여무구)

하리니, 念在玆(염재자)하리라.

"毋不敬"(무불경)은 "공경하지 않음이 없다"이다. "毋自欺"(무자기)는 "스스로 기만함이 없다"이다. "馭朽索"(어후삭)은 "썩은 새끼를 다루다"이다. "攀枯枝"(반고지)는 "마른 나뭇가지에 올라가다"이다. "進知退"(진지퇴)는 "나아갈 때 물러남을 알다"이다. "安思危"(안사위)는 "편안할 때 위태로움을 생각하다"이다. "厲無咎"(여무구)는 "위태로워도 허물이 없다"이다. 이 말은 《주역》(周易) 건(乾) 괘에서 가져왔다. "念在玆"(염재자)는 "생각이 이에 있으리라"이다.

번역 남을 공경하지 않음이 없고, 스스로를 속이지 않으리라. 썩은 새끼를 다루듯, 마른 나뭇가지에 올라가는 듯이 하리라. 나아갈 때 물러남을 알고, 편안할 때 위태로움을 생각하면 위태로워도 허물이 없으리라. 이를 명심하리라.

논의 조심스럽게 살아가는 자세를 세 자씩 여덟 구절로 요약해 말했다. 자기 자신에게 다짐하는 말을 글로 써놓고 누구나 교훈으로 삼도록 했다. 마음의 움직임을 면밀하게 살피는 조용하면서 슬기로운 자세도 본받아야 하겠다.

다른 사람을 공경하고, 스스로를 속이지 않는다는 것은 마음가짐의 기본이다. 썩은 새끼를 다루듯, 마른 나뭇가지에 올라가듯이 한다는 것은 신중한 처세이다. 나아갈 때 물러남을 알고, 편안할 때 위태로움을 생각하면 실제로 위태로워도 허물이 없으리라고 한 것은 깊이 새겨두어야 할 명언이다.

타인을 훈계할 때에는 성인이 아닌 사람이 없고, 자기 허물은 누구나 알아차리지 못한다. 이런 말이 있다. 자기 마음은 마음대로 하지 못하니,

세상을 마음대로 하려고 한다. 이런 말도 있다. 나는 해당 사항이 없다고 말할 수 있는가?

成俔, 〈屨銘〉(구명), 《虛白堂集》 권12
성현, 〈신발〉

"屨"(구)는 "신발"이다.

원문 權門如火 蹈之則熱 宦道如海 履之則沒 惟德惟義 愼勿顚越

읽기 權門如火(권문여화)하여 蹈之則熱(답지즉열)하고, 宦道如海(환도여해)하여 履之則沒(이지즉몰)하니라. 惟德惟義(유덕유의)로 愼勿顚越(신물전월)하리라.

풀이 "權門如火"(권문여화)는 "권세의 문은 불과 같다"이다. "蹈之則熱"(답지즉열)은 "밟으면 뜨겁다"이다. "之"는 "그것"이라는 대명사이다. "宦道如海"(환도여해)는 "벼슬길은 바다와 같다"이다. "履之則沒"(이지즉몰)은 "들어서면 빠진다"이다. "惟德惟義"(유덕유의)는 "오직 덕행으로 오직 의로움으로"이다. "愼勿顚越"(신물전월)은 "조심하고 덤벙대지 않다"이다.

번역 권세의 문은 불과 같아 밟으면 뜨겁다. 벼슬길은 바다와 같아 들어서면 빠진다. 오직 덕행으로, 오직 의로움으로 조심하고 덤벙대지 말자.

논의 신발에 글을 써놓는다고 한 글이다. 권력을 멀리하고 벼슬을 탐내지 말며, 덕과 의를 존중해야 한다고 했다. 생각을 거창하게 하고 말 것이 아니고, 나날이 하는 행동을 조심해야 한다고 다짐했다.

권력은 불과 같아 밟으면 뜨겁고, 벼슬길은 바다와 같아 들어서면 빠진다고 한 말이 무슨 뜻인가? 권력자를 가까이하면 뜻을 거슬러 다칠 수 있다. 벼슬길에 들어서면 그만두고 싶지 않아 계속하려고 하다가 망한다.

많이 겪어보고 이런 말을 했으리라. 벼슬과는 인연이 없는 만백성은 행복하다. 자기가 행복한 줄 모르고 남들의 불운을 탐내면 어리석다.

> 丁若鏞, 〈摺疊扇銘〉(접첩선명), 《茶山詩文集》 권12
> 정약용, 〈접부채〉

"摺疊"(접첩)은 "접고 포개다"이다. "摺疊扇"(접첩선)은 "접부채"이다.

원문 盈盈者氣 動之則爲風 有動之之才 而卷而懷之 寂然 而風在其中

읽기 盈盈者(영영자)는 氣(기)이니, 動之(동지)하면 則爲風(즉위풍)이라. 有動之之才(유동지지재)를 而卷而懷之(이권이회지)하고 寂然(적연)하나, 而風在其中(이풍재기중)이니라.

풀이 "盈盈者"(영영자)는 "가득 차고 찬 것"이다. "氣"(기)는 "공기"이다. "動之"(동지)는 "그것을 움직이다"이다. "則爲風"(즉위풍)은 "바로 바람이 되다"이다. "有動之之才"(유동지지재)는 "그것을 움직이는 재주가 있다"이다. 앞의 "之"(지)는 "그것"이고, 뒤의 "之"(지)는 "-의"이다. "而卷而懷之"(이권이회지)는 "말아서 간직하다"이다. "寂然"(적연)은 "조용하다"이다. "而風在其中"(이풍재기중)은 "바람이 그 가운데 있다"이다.

번역 가득 차고 찬 것이 공기여서, 움직이면 바로 바람이 된다. 그것을 움직이는 재주를 말아서 간직하고 있어 조용하지만, 바람이 그 가운데 있다.

논의 접부채가 어떤 것인지 예리하게 관찰하고 기발하게 묘사했다. 감각이 뛰어나다고 감탄하고 말 것은 아니다. 몇 마디 되지 않은 말이 깊은 뜻을 지녀 긴 여운을 남기는 줄 알아야 한다.

접부채가 접부채만이 아니다. 바람을 간직하고 움직이게 하는 능력을 지녔으면서, 지금은 조용하다는 것은 사람을 두고 하는 말로 이해할 수 있다. 자기의 내심을 은근히 나타낸 줄 알아차리면 놀라운 글이다.

불우한 처지에서 마음을 다잡은 말이리라. 누구나 좌절에서 벗어날 수 있는 용기를 준다. 용기가 만용이 아니려면 지혜를 갖추어야 한다는 것도 알려준다.

申欽, 〈觀銘〉(관명), 《象村集》 권31
신흠, 〈철인과 아이〉

"觀"(관)은 원래 "보다"는 말인데, 여기서는 보아서 얻은 식견을 뜻한다.

원문 哲人達觀 小子童觀 達觀 則旁燭無疆 童觀 則守株自安 吁嗟乎 童觀

읽기 哲人達觀(철인달관)하고 小子童觀(소자동관)이니라. 達觀(달관)하면 則旁燭無疆(즉방촉무강)하니라. 童觀(동관)이면 則守株自安(즉수주자안)이니라. 吁嗟乎(우차호) 童觀(동관)이여.

풀이 "哲人達觀"(철인달관)은 "철인은 달관(達觀)하다"이다. "小子童觀"(소자동관)은 "아이는 동관(童觀)하다"이다. "달관"과 "동관"이 무엇을 말하는지 아래의 논의에서 밝힌다. "則旁燭無疆"(즉방촉무강)은 "곧 널리 비춤이 끝없다"이다. "則守株自安"(즉수주자안)은 "곧 근본을 지켜 저절로 편안하다"이다. "吁嗟乎"(우차호)는 감탄하는 말이다.

번역 철인(哲人)은 달관(達觀)하고, 아이는 동관(童觀)한다. 달관하면 널리 비춤이 끝없지만, 동관이면 근본을 지켜 저절로 편안하다. 아아, 동관이여.

논의 본다는 말에 보기만 한다는 시(視)가 있고, 알아본다는 견(見)이 있으며, 총괄 판단인 관(觀)도 있다. 철인(哲人)은 슬기로운 사람이다. 슬기로운 사람이 달관(達觀)한다는 것은 작은 일에 구애되지 않고 생각을 활짝 열어젖히는 총괄 판단을 한다는 뜻이다. 아이가 지니고 있는 아이다운 발상을 동관(童觀)이라고 일컫고, 달관과 비교하는 전에 없던 시도를 했다.

동관(童觀)은 《주역》(周易) 관(觀)괘의 "初六 童觀 小人无咎 君子吝"(초육 동관 소인무구 군자린)에 있는 말이다. 풀이를 곁들여 옮기면 "여섯 괘 가운데 맨 아래의 첫째 것은 동관인데, 소인은 허물이 없다고 하지만, 군자는 안타깝게 여긴다"는 것이다. 아이의 유치한 생각인 동관을,

소인은 무방하다고 용인해 긍정하지만 군자는 미흡하다고 나무라며 부정한다고 했다.

거기서 동관이라는 용어를 가져와 반론을 제시했다. 아이와 어른, 소인과 군자, 그 서열 맨 아래의 아이가 군자 상위의 철인보다 훌륭하다고 했다. 군자의 도덕적 분별을 넘어선 경지인 철인의 달관은 노력해서 얻은 성과이다. 아이 동관은 타고난 그대로의 천진난만한 상태에서 자유를 누리니 더욱 더욱 값지다. 이런 발상으로, 차등론을 부정하는 대등론을 놀라운 수준으로 이룩했다.

마지막 대목에서 "아아, 동관이여"라고 한 것은 동관을 잃어버려 애석하다는 말이다.

달관의 경지에 이른 철인이 대단하다고 우러러보지 말고, 누구나 타고난 동관을 간직해야 한다. 아주 쉬울 것 같은 일이 무척 어렵다. 어려운 일은 쉽고, 쉬운 것도 대등론이고 생극론이다.

동관이 어떤 경지인지 취학 전 아이들이 천진난만하게 그린 그림을 보면 알 수 있다. 배우기 시작하면 그림이 망쳐진다. 화가 피카소는 말했다. "나는 그림을 어린아이처럼 그리려고 평생 노력했다." 배운 것을 취소하지 못해 억지 장난이나 한 작품을 명작이라고 하니 가관이다.

李象靖,〈心難執持〉(심난집지),《大山集》권39〈晩修錄〉
이상정,〈마음은 잡기 어려워〉

원문 一箇心 最難執持 緊些子不得 慢些子不得 正當 勿忘勿助間 體認取

읽기 一箇心(일개심)이 最難執持(최난집지)로다. 緊些子不得(긴사자부득)이고 慢些子不得(만사자부득)이구나. 正當(정당) 勿忘勿助間(물망물조간)을 體認取(체인취)하노라.

풀이 "一箇心"(일개심)은 "하나인 마음"이다. "最難執持"(최난집지)는 "잡아 지니기 가장 어렵다"이다. "緊些子不得"(긴사자부득)은 "그것을 당겨도 안 된다"이다. "慢些子不得"(만사자부득)은 "그것을 늦추어도 안 된다"이다. "正當"(정당)은 "마땅하다"이다. "勿忘勿助間"(물망물조간)은 "잊지도 않고 돕지도 않은 사이"이다. "體認取"(체인취)는 "몸으로 알고 취하다"이다.

번역 하나인 마음은 잡아 지니기 가장 어렵다. 그것을 당겨도 안 되고, 늦추어도 안 되는구나. 마땅히 잊지도 않고 돕지도 않는 그 중간이어야 하는 것을 몸으로 알고 취한다.

논의 옛적에는 몇 마디만 하면 통하던 말을 오늘날 사람들은 이해하기 어렵다. 더 똑똑해졌다고 여기는 것은 착각이다. 자세하게 살피고 깊이 따져야 하는 고약한 습성이 생긴 것이 어리석어진 증거이지만, 적절하게 이용해 단점이 장점일 수 있게 해야 한다. 그 본보기를 보이려고 말을 많이 한다.

하나인 마음이 둘이라고 한 것을 잡아내 따져보자. 마음은 잡아 지닌다고 하는 것의 주체이기도 하고 대상이기도 하다. 주체인 마음은 주인, 대상인 마음은 일꾼이라고 하자. 주인은 일을 시키기나 하고, 일꾼이 일을 실제로 한다. 이렇게 생각하면, 이 글에서 무슨 말을 했는지 알 수 있다.

주인이 일꾼을 어떻게 해야 일꾼이 일을 잘할 수 있는가? 이 문제를 제기하고 해답을 찾았다. 당겨도 안 되고 늦추어도 안 된다고 했다. 당긴다는 것은 간섭을 일삼는다는 말이다. 늦춘다는 것은 간섭하지 않고 방임한다는 말이다. 주인이 간섭을 일삼으면 일꾼은 신명이 나지 않아 일을 잘하지 못한다. 주인이 간섭하지 않고 방임하면 일꾼이 제멋대로 해서 일을 망칠 수 있다.

간섭과 방임이 둘 다 잘못되었으면, 어떻게 해야 하는가? 마땅히 잊지도 않고 돕지도 않는 그 중간이어야 한다고 했다. 잊지 않으면서 간섭은 자제하고, 돕지 않으면서 방임은 경계하는 정도의 관심을 가지는 것이 바람직하다고 했다. 오차를 줄이려고 말을 더욱 분명하게 해서, 어느 한쪽으로 치우치지 않는 그 중간이어야 한다고 했다.

앞뒤의 해답이 어느 정도 다른지 숫자를 들어 말해보자. 앞에서는 1도 아니고 4도 아니라고 했다. 뒤에서는 2와 3의 중간이라고 했다. 범박하게 말한 것을 정밀하게 가다듬어, 신명을 살리면서 제멋대로 하지는 않는 바른 길이 있다고 했다. 이것을 몸으로 알고 취한다고, 체득해서 알고 실행한다고 했다. 체득해서 알고 실행하는 것은 일을 실제로 하는 일꾼이어야 가능하고, 일을 시키기나 하는 주인과는 거리가 있다.

주인은 당겨도 안 되고, 늦추어도 안 되는 것은 알 수 있다. 마땅히 잊지도 않고 돕지도 않는 그 중간이어야 하는 것은 일꾼이라야 안다. 주인은 이론을 세우고 사태를 예상할 수 있다. 이것은 서론 단계의 막연한 지혜이다. 일꾼은 체험을 근거로 실상을 검증한다. 이것은 본론을 이루는 실질적인 지혜이다.

주인과 일꾼이 타인이 아니다. 우리의 두 자아이다. 주인에 견줄 수 있는 제1의 자아는 이론을 세우고 사태를 예상하는 서론 단계의 지혜를 발휘한다. 논리적 타당성에 매달려 엉성한 수작을 대강 하는 수준이어어서 양단논법에서 벗어나기 어렵다. 일꾼이라고 할 수 있는 제2의 자아는 체험을 근거로 삼고 실상을 검증한다. 양단논법을 버리고, 오차의 범위를 축소해 정답에 접근할 수 있다.

이런 비교를 하고, 어느 한쪽은 단죄해 내쫓을 수 없다. 주인에 견줄 수 있는 제1의 자아가 없어지면 일꾼이라고 할 수 있는 제2의 자아가 부당한 간섭에서 벗어나 일을 더 잘할 수 있는 것이 아니다. 모든 일에는 준비가 반드시 필요하다. 정찰이 부정확하다는 이유로 생략하고 전투를 바로 시작하는 어리석은 짓을 하지는 말아야 한다. 만용은 용기를 무색하게 한다.

제1의 자아가 갑질을 해서 벌어진 수많은 착오나 불행은 철저하게 불식해야 하지만, 제2의 자아가 큰소리를 치고 앞으로 나서지도 말아야 한다. 두 자아는 우열을 논할 것이 아니며, 대등한 관계를 가지고 협력해야 한다. 이론과 실천, 예견과 검증의 관계도 모두 이와 같다. 학문하는 일의 순서나 진행에 관해서도 같은 말을 할 수 있다.

李德懋, 〈蟷蜋〉(당랑), 《靑莊館全書》 권63
이덕무, 〈쇠똥구리〉

"蟷蜋"(당랑)은 "쇠똥구리"이다.

원문 蟷蜋自愛滾丸 不羨驪龍之如意珠 驪龍亦不以如意珠自矜驕 而笑彼蜋丸

읽기 蟷蜋自愛滾丸(당랑자애곤환)하고 不羨驪龍之如意珠(불이려룡지여의주)하는구나. 驪龍亦(여룡역) 不(불) 以如意珠自矜驕(불이여의주자긍교)하며 而笑彼蜋丸(이소피랑환)하여야 하리라.

풀이 "蜣琅自愛滾丸"(당랑자애곤환)은 "쇠똥구리는 쇠똥 뭉치를 자기 나름대로 사랑하다"이다. "不羨驪龍之如意珠"(불이려룡지여의주)는 "검은 용의 여의주를 부러워하지 않다"이다. "驪龍亦"(여룡역)은 "검은 용 또한"이다. "不"(불)은 "않다"이다. 마지막 말까지 걸린다. "以如意珠自矜驕"(불이여의주자긍교)는 "여의주를 가지고 스스로 자랑하다"이다. "而笑彼蜋丸"(이소피랑환)은 "그리고 저 쇠똥구리의 뭉치를 비웃다"이다.

번역 쇠똥구리는 쇠똥 뭉치를 자기 나름대로 사랑하고, 검은 용의 여의주를 부러워하지 않는다. 검은 용 또한 여의주를 가지고 스스로 자랑하면서, 저 쇠똥구리의 뭉치를 비웃지 말아야 하리라.

논의 쇠똥구리의 쇠똥 뭉치와 검은 용의 여의주는 둥근 물체라는 것은 같고, 최하이고 최상인 차이점이 있다고 한다. 공통점을 근거로 비교를 하면서 차이점을 검토하는 기발한 발상이 충격을 주어, 편견을 깨고 진실을 밝힌다. 구체적인 의미를 몇 차원에서 읽어낼 수 있다.

쇠똥구리든 검은 용이든, 누구나 가식을 버리고 자기 삶을 즐겨야 한다. 각기 사는 방식이 다르고, 필요한 것이 따로 있으므로 남들을 부러워할 필요가 없다. 삶의 실상은 무시하고, 일률적인 기준에서 서열이나 지체를 구분하는 관습은 부당하다. 이것은 일차적인 의미이다.

쇠똥구리는 쇠똥을 먹이로 삼아 누구에게 피해를 주지 않고 환경을 정화한다. 용 가운데 으뜸이라고 하는 검은 용은 권능을 높이고 약자들을 멸시하고 두렵게 여기도록 하려고 여의주가 필요하다. 쇠똥구리 같은 하층민을 옹호하고, 검은 용 같은 지배자를 경계해야 한다. 이런 이차적인 의미도 있다.

문학을 두고 한 말이라고 생각해보자. 검은 용이 여의주를 희롱하듯이 고고하고 화려한 영웅의 문학을 위대하다고 찬양하고 말 것은 아니다. 쇠똥구리처럼 어떤 고난이든 묵묵히 견디면서 끈덕지게 살아가는 밑바닥 인생의 이야기에 깊은 진실이 있다. 들뜬 마음을 가라앉히고 문학사의 저변으로 내려가야 한다. 이런 삼차적인 의미도 있다.

> 金樂行, 〈自警箴〉(자경잠), 《九思堂集》 권8
> 김낙행, 〈경계〉

원문 積貨盈囷者 力工賈之功也 露積粟者 其不惰於農也 何士之不學而中空空

읽기 積貨盈囷者(적화영균자)는 力工賈之功也(역공고지공야)이고, 露積粟者(노적속자)는 其不惰於農也(기불타어농야)니라. 何士之不學而中空空(하사지불학이중공공)인가.

풀이 "積貨盈囷者"(적화영균자)는 "쌓인 물화가 곳간에 가득하다"이다. "力工賈之功也"(역공고지공야)는 "힘써 물건을 만들거나 장사를 한 공적이다"이다. "露積粟者"(노적속자)는 "밖에 곡식을 가득 쌓아놓은 것"이다. "其不惰於農也"(기불타어농야)는 "그것은 농사일을 게을리하지 않아서이다"이다. "何士之不學而中空空"(하사지불학이중공공)은 "어째서 선비는 공부를 하지 않아 속이 텅텅 비어 있나?"이다.

번역 쌓인 물화가 곳간에 가득한 것은 힘써 물건을 만들거나 장사를 한 공적이다. 밖에 곡식을 가득 쌓아놓은 것은 농사일을 게을리 하지 않아서이다. 어째서 선비는 공부를 하지 않아 속이 텅텅 비어 있는가?

논의 물건을 만들고 장사를 하고 농사를 짓는 사람들은 부지런하게 일하는데, 선비는 게으름을 피우면서 잘난 체해도 되느냐 하고 나무랐다. 공부를 하지 않아 속이 텅텅 비어 있는 것을 부끄럽게 여겨야 한다. 면학을 당부하면서 흔히 하는 말이 아니고, 더 깊은 뜻이 있다.

선비는 물건을 만들고 장사를 하고 농사를 짓는 사람들을 천하다고 여기지 말아야 한다. 부지런하게 일하는 것을 높이 평가하고 본받아야 한다. 선비는 지체가 높아 놀고먹을 수 있는 특권이 있다는 착각을 시정해야 한다. 누구나 노동을 해야 하는 의무가 있는 것을 알아차려려 한다. 이렇게 말해 차등론과는 다른 대등론을 제시했다.

선비가 하는 공부는 위신 장식이나 파적거리가 아닌 노동이어야 하고, 공부해 얻은 지식은 생산물이어야 한다. 만들어 파는 다른 물건이나 농작물이 널리 쓰이는 데 참여해 누린 혜택에 유용성이 큰 지식을 생산해 보답해야 한다. 지식의 유용성은 양이 아닌 질로 판정된다. 이렇게 말해 노동생산론이 한쪽으로 치우친 오류를 대등론에 입각해 수정했다.

사람들이 서로 다른 일을 하는 것은 상하의 지체 구분에 소용되는 관습이 아니며, 각기 다른 능력을 발휘해 서로 돕고자 하는 협동이다. 지식 생산도 노동이며, 생산물의 유용성에 따라 가치가 평가되어야 한다. 오늘의 우리를 깨우쳐준다.

柳成龍, 〈日傘銘〉(일산명), 《西厓集》 권18
유성룡, 〈일산〉

원문 圓其形 玄其色 散爲六 合爲一 遇陽而開 遇陰而闔 惟其動以天 是以能覆物

읽기 圓其形(원기형)하고 玄其色(현기색)이로다. 散爲六(산위륙)이고 合爲一(합위일)이로다. 遇陽而開(우양이개)하고 遇陰而闔(우음이합)하도다. 惟其動以天(유기동이천)하고 是以能覆物(시이능복물)이로다.

풀이 "圓其形"(원기형)은 "그 모습이 둥글다"이다. "玄其色"(현기색)은 "그 색깔이 검다"이다. "散爲六"(산위륙)은 "펼치면 여섯"이다. "合爲一"(합위일)은 "모으면 하나"이다. "遇陽而開"(우양이개)는 "양을 만나면 열다"이다. "遇陰而闔"(우음이합)은 "음을 만나면 닫다"이다. "惟其動以天"(유기동이천)은 "오직 그 움직임이 하늘에 의거하다"이다. "是以能覆物"(시이능복물)은 "이로써 능히 물(物)을 덮다"이다.

번역 그 모습이 둥글고, 그 색깔이 검도다. 펼치면 여섯이고, 모으면 하나이다. 양을 만나면 열고, 음을 만나면 닫는다. 오직 하늘에 따라 움직여 능히 물(物)을 덮는다.

논의 햇빛을 가리는 데 쓰는 일산의 모습을 그려내고, 그 이상의 것을 생각하게 한다. 여섯이기도 하고 하나이기도 해서 필요에 따라 변하는 것이 마땅하다. 양에서 열리고 음에서 닫히며, 하늘과 함께 움직여 만물을 덮을 수 있으면 더 바랄 것이 없다.

그런 이치를 알고 실행하기를 바라는 마음을 나타냈다. 여섯은 육합(六合)이라고 하는 천·지·동·서·남·북의 모든 영역을 의미할 수 있다. 하나는 그 모두가 일이관지(一以貫之)의 관계에 있는 것을 지적한 말일 수 있다. 하나가 여섯이고 여섯이 하나인 이치를 파악해 세상에 펴기를 바라는 마음을 나타냈다고 보면, 이해가 더 깊어진다.

임진왜란의 국란을 극복한 대재상의 포부를 말해준 이 글을 읽고, 오늘날 사람들은 부끄러운 줄 알아야 한다. 연봉 얼마인 직장을 얻고, 몇

평 아파트에 사는 것을 목표로 불철주야 노력하느라고 하늘 높은 줄도, 땅 넓은 줄도 모르니 가련하지 않은가. 크고 중요한 국사는 여론조작을 능사로 삼고 임기응변으로 감당하려고 하면 너무 불안하다.

姜世晃, 〈畵像自讚〉(화상자찬), 《豹菴遺稿》 권5
강세황, 〈화상을 스스로 기린다〉

원문 迂踈面貌 灑落胷襟 平生未試所有 擧世莫知其深 獨於閒吟小草 時露奇姿古心

읽기 迂踈面貌(우소면모)이나 灑落胷襟(쇄락흉금)이노라. 平生未試所有(평생미시소유)하고 擧世莫知其深(거세막지기심)하노라. 獨於閒吟小草(독어한음소초)하여 時露奇姿古心(시로기자고심)이라.

풀이 "迂踈"(우소)는 "허술하다"이다. "面貌"(면모)는 "모습"이다. "灑落"(쇄락)은 "깨끗하고 걸림이 없다"이다. "胷襟"(흉금)은 "마음"이다. "平生"(평생)은 "평생"이다. "未試所有"(미시소유)는 "지닌 것을 미처 시험하지 못하다"이다. "擧世"(거세)는 "온 세상"이다. "莫知其深"(막지기심)은 "그 깊이를 알지 못하다"이다. "獨"(독)은 "홀로"이다. "於閒"(어한)은 "한가할 때면"이다. "吟小草"(음소초)는 "작은 싹을 읊다"이다. "時"(시)는 "때때로"이다. "露"(로)는 "나타내다"이다. "奇姿"(기자)는 "기이한 자세"이다. "古心"(고심)은 "예스러운 마음"이다.

번역 모습은 허술하지만, 마음은 깨끗하고 걸림이 없다. 지닌 것을 평생토록 미처 시험하지 못하고, 온 세상이 그 깊이를 알지 못한다. 홀로 한가할 때면 작은 싹을 읊고, 때때로 기이한 자세와 예스러운 마음을 나타낸다.

논의 나타난 모습은 허술하지만, 안에 지닌 마음은 깨끗하고 비어 있다. 순수하고 헛된 욕심이 없다. 지닌 것이 무한한데 밖으로 드러내 쓰임새를 시험하는 일을 생애가 끝나려고 해도 하지 못하고 있다. 이런 표현을 사용해 자기가 세상에서 쓰이지 못한다는 말을 격조 높게 했다.

"작은 싹을 읊고"는 시를 지어 자기를 표현하는 작은 싹으로 삼는다는 뜻이다. "기이한 자세와 예스러운 마음을 나타낸다"는 것은 시를 짓는 것과 병행해서 그림을 그린다는 말이라고 이해된다. 예술창작으로 인품의 성장을 이룩하면서 살아가는 보람을 찾았다.

이 글을 쓴 강세황은 격조 높은 선비이면서, 김홍도(金弘道)의 스승이기도 한 식견 높은 화가였다. 시로 그림을 그리고, 그림을 시처럼 지었다. 문인화(文人畵)가 어떤 경지인지 잘 보여주는 본보기로 들 만하다. 문인화는 솜씨를 자랑하지 않고, 내심의 깊이를 나타낸다.

李瀷, 〈鏡銘〉(경명), 《星湖集》 권48
이익, 〈거울〉

"鏡"(경)은 "거울"이다.

원문 面有汗 人或不告 以故 鏡不言 寫影 以示咎 無口之輔 勝似有口 有心之察 豈若無心之皆露

읽기 面(면)에 有汗(유오)해도 人(인)이 或不告(혹불고)하리라. 以故(이고)로 鏡不言(경불언)이나 寫影(사영)으로 以示咎(이시구)하노라. 無口之輔(무구지보)가 勝似有口(승사유구)하니, 有心之察(유심지찰)이 豈(기) 若(약) 無心之皆露(무심지개로)이리오.

풀이 "面"(면)은 "얼굴"이다. "有汗"(유오)는 "더러움이 있다"이다. "人"(인)은 "사람"이다. 或(혹)은 "혹시"이다. "不告"(불고)는 "알려주지 않다"이다. "以故"(이고)는 "그 까닭으로 말미암다"이다. "鏡不言"(경불언)은 "거울은 말하지 않다"이다. "寫影"(사영)은 "모습을 나타내다"이다. "以示咎"(이시구)는 "그것으로 허물을 보여주다"이다. "無口之輔"(무구지보)는 "입 없이 도와주다"이다. "勝似有口"(승사유구)는 "입이 있는 것보다 나은 듯하다"이다. "有心之察"(유심지찰)은 "마음이 있어 살피다"이다. "豈"(기)는 "어찌"이다. "若"(약)은 "같다"이다. "無心之皆露"(무심지개로)는 "마음이 없어 다 보여주다"이다.

번역 얼굴에 더러움이 있어도, 사람은 알려주지 않을 수 있다. 그러므로 거울은 말을 하지 못하지만 모습을 나타내 허물을 보여준다. 입 없이 도와주는 것이 입이 있는 쪽보다 나은 듯하다. 마음이 있어 살핀다고 해도 어찌 마음 없이 다 보여주는 것만 하겠는가?

논의 거울을 들여다보고 얼굴이 더러운 것을 알아내는 아주 평범한 사실을 예리하게 관찰했다. 드러난 사실을 말하면서 숨은 의미로 나아갔다. 미시의 대상인 외형에서 거시의 소관인 원리를 발견했다. 발견한 원리를 사람의 행실에 관한 것으로 이해할 수 있다.

거울이 아무 말도 하지 않고 얼굴이 더러운 것을 보여주듯이, 무언중에 도와주고 마음에서 헤아리는 바 없어 다 보여주는 것이 바람직하다고 했다. 말보다는 행동이, 꾸며낸 행동보다 마음에서 우러나는 행동이 더욱 소중하다고 했다. 마음에서 우러나는 행동으로 말없이 깨우쳐주는 것이 사람들이 서로 소통하고 포용하는 최상의 방법이라고 했다고 할 수 있다.

공자(孔子)가 "子欲无言"(아욕무언, 나는 말이 없고자 한다)이라고 한 것을 기억할 필요가 있다. 이어서 "天何言哉"(천하언재, 하늘이 무엇을 말하는가)라고 했다. 하늘은 말을 하지 않고 보여주기만 하는 것을 본받아야 한다고 했다. 말보다 실행이 더 소중하다. 말은 아무리 많이 해도 모자라고, 실행은 하늘처럼 열려 있다.

> 李瀷, 〈書架銘〉(서가명), 《星湖集》 권48
> 이익, 〈책꽂이〉

"書架"(서가)는 "책꽂이"이다.

원문 取其道 輪諸方寸之中 留其器 常見 四壁之不空 藏於心者 將與身俱化 藏於室者 傳與後人 而無窮

읽기 取其道(취기도)하여 輪諸方寸之中(수저방촌지중)하고, 留其器(유기기)하니 常見(상견) 四壁之不空(사벽지불공)이로다. 藏於心者(장어심자)는 將

與身俱化(장여신구화)하나, 藏於室者(장어실자)는 傳與後人(전여후인)하여
而無窮(이무궁)하리로다.

풀이 "取其道"(취기도)는 "그 도(道)를 취하다"이다. "輸諸方寸之中"(수저방
촌지중)은 "방촌(方寸)에 옮겨놓다"이다. 방촌(方寸)은 "한 치 사방의 넓
이"라는 뜻이며, 마음이 차지하고 있는 공간을 두고 하는 말이다. "留其
器"(유기기)는 "그 기(器)를 남기다"이다. 도(道)라고 하는 원리가 형체
를 갖춘 것은 기(器)여서, 둘이 불가분의 관계를 가진다. "常見"(상견)은
"늘 보다"이다. "四壁之不空"(사벽지불공)은 "네 벽이 비어 있지 않음"이
다. "藏於心者"(장어심자)는 "마음에 간직한 것"이다. "將與身俱化"(장여신
구화)는 "장차 몸과 함께 사라지다"이다. "藏於室者"(장어실자)는 "방에
간직한 것"이다. "傳與後人"(전여후인)은 "뒷사람들에게 전해지다"이다.
"而無窮"(이무궁)은 "그래서 끝이 없다"이다.

번역 도(道)를 취하여 방촌(方寸)에 옮겨놓고, 그 기(器)를 남겨 늘 네
벽이 비어 있지 않음을 본다. 마음에 간직한 것은 장차 몸과 함께 사라
지지만, 방에 간직한 것은 뒷사람들에게 전해져 끝이 없으리라.

논의 무엇을 말했는지 쉽게 간추려보자. 책꽂이에 책이 있는 것을 보고
말했다. 공부해서 이치를 터득한 것이 있으면 마음에 담아 두기만 하지
말고, 서책을 저술해 알려야 한다고 했다. 마음에 담아둔 것은 몸과 함
께 사그라지고 말지만, 서책은 계속 뒷사람에까지 전해진다고 했다.
　공부해서 알아낸 것이 그 자체로 값진 것은 아니다. 가시적인 형태의
서책을 저술해야 보존되고, 널리 알려야 효용성이 발현된다. 뒷사람들과
도 소통하려면 다른 방법이 있을 수 없다. 이렇게 말한 것이 중대 발언
이다. 앎 자체보다 효용을 중요시해야 하고, 혼자 고립되어 있지 않고

남들과 소통하는 것을 높이 평가해야 한다고 하는 사고방식의 전환을 나타냈다.

도(道)와 기(器)라는 용어를 사용한 것은, 사고방식의 전환이 새로운 철학을 갖추고자 했기 때문이다. 도라는 원리가 구체적인 모습을 갖추어 나타난 것이 기이다. 도만 대단하게 여기고 기는 낮추어보지 말아야 한다. 기는 도와 표리의 관계이므로, 도를 이해하고자 하면 기를 지각해야 한다. 이렇게 말하면서 이원론에서 일원론으로 나아가는 길을 찾았다.

둘째

"小硯"(소연)은 "작은 벼루"이다.

원문 硯乎硯乎 爾麼 非爾之恥 爾雖一寸窪 寫我 無盡意 吾雖六尺長 事業 借汝遂 硯乎 吾與汝同歸 生由是 死由是

읽기 硯乎硯乎(연호연호)여, 爾麼(이마)는 非爾之恥(비이지치)니라. 爾(이) 雖(수) 一寸窪(일촌와)라도 寫我(사아) 無盡意(무진의)라. 吾(오) 雖(수) 六尺長(육척장)이라도, 事業(사업)은 借汝遂(차여수)니라. 硯乎(연호)여, 吾(오) 與汝同歸(여여동귀)하니라. 生(생) 由是(유시)오, 死(사) 由是(유시)니라.

풀이 "硯乎硯乎"(연호연호)는 "벼루야, 벼루야"이다. "爾麼"(이마)는 "네가 작다"이다. "非"(비)는 "아니다"이다. "爾之恥"(이지치)는 "너의 수치"이다. "雖"(수)는 "비록"이다. "一寸窪"(일촌와)는 "한 촌의 웅덩이"이다. "寫我"(사아)는 "내가 쓰도록 하다"이다. "無盡意"(무진의)는 "끝없는 뜻"이다. "六尺長"(육척장)은 "육척의 길이"이다. "事業"(사업)은 "할 일"이다. "借汝遂"(차여수)는 "너의 도움을 빌려 수행하다"이다. "與汝同歸"(여여동

귀)는 "너와 더불어 함께 가다"이다. "生"(생)은 "살다"이다. "由是"(유시)는 "이로 말미암다"이다. "死"(사)는 "죽다"이다.

번역 벼루야, 벼루야. 네가 작은 것은 너의 수치가 아니다. 네가 비록 한 촌의 웅덩이라도, 내가 끝없이 뜻을 쓰도록 한다. 나는 길이가 육척이지만, 너의 도움을 빌려 할 일을 한다. 벼루여, 나는 너와 더불어 함께 간다. 이로 말미암아 살기도 하고 죽기도 한다.

논의 벼루를 이용해 글을 쓴다는 범속한 사실을 두고 비범한 생각을 했다. 자기가 잘났다고 여기며 홀로 나서서 설치지 말고, 작은 도움이라도 받아 크게 활용해야 할 일을 더 잘할 수 있다. 써야 할 글이 무한하게 많이 남아, 글쓰기에 살고 죽는 것이 달려 있다. 이렇게 말했다고 간추려 말할 수 있다.

앞에서 든 이제현의 〈벼루〉와 견주어보면, 다른 말을 더 길게 했다. 이미 있는 견고한 물건과 사람의 가변적인 활동 양자의 관계를 원론의 차원에서 거론하지 않고, 〈작은 벼루〉에 지나지 않는 미물의 도움을 받아 거대한 과업을 성취하는 자신의 실천 과제를 제시했다. 주어진 조건을 어떻게 활용할 것인가 하는 문제를 당당하게 해결하는 진취적인 자세를 보여주었다.

진취적인 자세가 탁월한 철학을 갖추었다. 크고 작고, 잘나고 못난 것을 구분해 한쪽은 높이고 다른 쪽은 낮추는 차등의 관점을 버리고, 작은 것이 크고, 못난 것이 잘난 줄 아는 대등의 사고방식을 가져야 한다고 했다. 작은 것에 큰 가능성이 있고, 저열하다고 멸시받는 쪽이 위대한 줄 알고, 몸을 낮추어 활로를 찾아야 한다고 했다.

無㝵智國師(무애지국사)는 신라 말의 고승이다. 影贊(영찬)은 초상화를 보고 찬양하는 글이다.

원문 重席萬卷 被甲六時 嘿然無謂 寂爾無爲 大經發露一塵內 巨海攝入一波中 龍飛虎去山澤空 風雲餘氣窮未窮

읽기 重席萬卷(중석만권)하고, 被甲六時(피갑육시)인가? 嘿然無謂(묵연무위)하고, 寂爾無爲(적이무위)로다. 大經發露一塵內(대경발로일진내)하고, 巨海攝入一波中(거해섭입일파중)이로다. 龍飛虎去山澤空(용비호거산택공)한데, 風雲餘氣窮未窮(풍운여기궁미궁)인가?

풀이 "重席萬卷"(중석만권)은 "만 권 서적으로 자리를 겹겹으로 돋우다"이다. "被甲六時"(피갑육시)는 "하루 여섯 시간 갑옷을 입고 있다"이다. "嘿然無謂"(묵연무위)는 "침묵하고 말이 없다"이다. "寂爾無爲"(적이무위)는 "조용하고 하는 일이 없다"이다. 여기서는 "爾"가 "而"와 같다. "大經發露一塵內"(대경발로일진내)는 "커다란 경전이 한 티끌 안에서 나타나다"이다. "巨海攝入一波中"(거해섭입일파중)은 "엄청난 바다가 물결 하나 속으로 들어가다"이다. "龍飛虎去山澤空"(용비호거산택공)은 "용이 날고 범이 가서, 산과 물이 공허하다"이다. "風雲餘氣窮未窮"(풍운여기궁미궁)은 "풍운의 남은 기운 사라졌나 남았나?"이다.

번역 만 권 서적으로 자리를 겹겹으로 돋우고, 하루 여섯 시간 갑옷을 입고 있는가? 침묵하고 말이 없으며, 조용하고 하는 일이 없다. 커다란 경전이 한 티끌 안에서 나타나고, 엄청난 바다가 물결 하나 속으로 들어갔다. 용이 날고 범이 가서 산과 물이 공허한데, 풍운의 남은 기운 사라졌나 남았나?

논의 언뜻 보아서는 무슨 말인지 알 수 없다. 선승의 행적을 선시(禪詩)와 그리 다르지 않은 표현으로 나타냈다. 집착에서 벗어나려고 논리를 넘어섰다. 나타나 있는 말 이면을 잘 새겨 이해해야 한다.

"만 권 서적으로 자리를 겹겹으로 돋우고", "하루를 여섯으로 나눈 시간 내내 갑옷을 입다"는 것은 문무(文武)의 권위를 말한다. 스님은 문무의 권위를 갖추어 학식이 많고 위엄이 대단한 분인가 하고 반문했다. 그렇지 않다고 하지는 않고, 다음 말로 넘어갔다.

"침묵하고 말이 없으며, 조용하고 하는 일이 없다." 스님은 이런 분이다. 말이 없고 하는 일도 없지만 놀라운 경지에 이르러, "커다란 경전이 한 티끌 안에서 나타나고, 엄청난 바다는 물결 하나 안으로 들어간다"고 했다. 침묵이 커다란 경전이고, 하는 일이 없으면서 엄청난 물결을 일으킨다고 했다.

"용이 날고 범이 가서 산과 물이 비었다"는 것은 스님이 떠나가고 없다는 말이다. 떠난 뒤에 보니 스님의 삶은 용이나 범과 같았다. 스님의 가르침이 이어지고 있는지, "풍운의 남은 기운 사라졌나 남았나?"라고 하는 말로 물었다.

침묵이 커다란 경전이라고 하는 것을 오늘날 사람들은 이해하지 못한다. 말에 진실이 있다고 하는 쪽의 주장에 휘말려 정신이 혼미해진 탓이다. 말은 진실에 이르기 위한 방편에 지나지 않은 것을 모르고 그대로 따르면 본말이 전도된다.

"畫像"(화상)은 "그림에 그려놓은 모습"이다. 자기를 그린 그림을 말한다. "自贊"(자찬)은 "스스로 기리다"이다. "贊"(찬)은 기리는 것을 내용으로 하는 글 종류이다. 그 가운데 하나인 "自贊"은 자기 모습을 그림에서 보고 스스로 기리는 글이다.

원문 這老漢 爾無學術 托跡斯文幸也 爾無德業 致位相君幸也 爾無善慶 繼緒子孫幸也 嗚呼 爾之幸也 國家之不幸也

읽기 這(저) 老漢(노한)이여, 爾(이)는 無學術(무학술)이면서 托跡斯文(탁적사문)이 幸也(행야)니라. 爾(이)는 無德業(무덕업)이면서 致位相君(치위상군)이 幸也(행야)니라. 爾(이)는 無善慶(무선경)이면서 繼緒子孫(계서자손)이 幸也(행야)니라. 嗚呼(오호)라, 爾之幸也(이지행야)는 國家之不幸也(국가지불행야)라.

풀이 這(저)는 "이"이다. 老漢(노한)은 "늙은이"이다. "爾"(이)는 "너"이다. "無學術"(무학술)은 "학술이 없다"이다. "托跡斯文"(탁적사문)은 "유학에 자취를 들여놓다"이다. "斯文"(사문)은 "이 학문"이라는 말이며, 유학을 뜻한다. "幸也"(행야)는 "다행이다"이다. "無德業"(무덕업)은 "덕을 쌓은 업적이 없다"이다. "致位相君"(치위상군)은 "지위가 정승에 이르다"이다. "善慶"(선경)은 "선행으로 받는 복"이다. "繼緒子孫"(계서자존)은 "자손을 잇다"이다. "嗚呼"(오호)는 탄식하는 말이다. "爾之幸也"(이지행야)는 "너의 다행인 것"이다. "國家之不幸也"(국가지불행야)는 "국가의 불행이다"이다.

이 늙은 것아, 너는 학업을 닦지 않았으면서 유학에 발을 들여놓았으니 다행이다. 너는 덕을 쌓은 업적이 없으면서 정승의 지위에 올랐으니 다행이다. 너는 선행으로 받는 복이 없으면서 자손을 이었으니 다행이다. 오호라, 너의 다행은 국가의 불행이다.

논의 화상이라고 하는 초상화를 보고 찬양하는 글이 화상찬이다. 자기 화상을 보고 스스로 찬양하는 것은 시비의 대상이 될 수 있으니 삼갈 일이다. 이 글은 이중으로 조심하고 겸양하는 말을 해서 비난을 면했다.

자기는 유학에 발을 들여놓고, 정승의 지위에 오르고, 자손을 이은 것이 다행이라고 하면서 그럴 자격이 없다고 고백했다. 학업을 닦지 않고, 덕을 쌓은 업적이 없으며, 선행으로 받는 복도 없다고 했다. 다행인 것이 정당한 결과가 아니고 오직 행운이라고 했다. 여기까지는 첫 단계의 조심이고 겸양이다.

예사 사람은 첫 단계의 조심과 겸양으로 글을 끝낼 것인데, 다음 단계로 나아갔다. "너의 다행은 국가의 불행이다"라는 결정적인 말을 하는 데 이르렀다. 국가에 도움이 되지 않고 이득을 누린 것이 잘못이라고 하면서 용서를 빌었다. 국가를 중대하게 여기고 우러러보는 마음을 전해 잘못이 용서받기를 바랐다.

몇 자 되지 않은 글에서 많은 말을 하면서 깊은 생각을 나타냈다. 자기 일생을 회고하고 성취한 바를 말했다. 능력이 미치지 못한 데 과분한 행운을 얻었다고 하면서 겸손한 자세를 지닌다고 은근히 말했다. 자랑은 반발을 사고, 겸양은 평가를 얻는다.

"百拙"(백졸)은 "백가지 졸렬함"이다. "藏"(장)은 "간직하다"이다. "說"
(설)은 글의 한 종류이며, 주장하는 바를 격식을 갖추지 않고 자유롭게
펼치는 것이다.

원문 老人 才拙學拙心拙志拙言拙行拙 百試而百拙 故名吾居曰百拙藏 名不可外
求 出於性者然也 所以識拙 毋妄動之戒也

읽기 老人(노인)은 才拙(재졸)하고 學拙(학졸)하고 心拙(심졸)하고 志拙(지
졸)하고 言拙(언졸)하고 行拙(행졸)이라. 百試(백시) 而百拙(이백졸)이라.
故(고)로 名吾居(명오거) 曰百拙藏(왈백졸장)이라. 名(명)은 不可外求(불가
외구)요, 出(출) 於性者(어성자) 然也(연야)이니라. 所以識拙(소이식졸)로
毋妄動之戒也(무망동지계야)하니라.

풀어 "老人"(노인)은 "늙은이"이다. 자기를 일컫는 말이다. "才拙"(재졸)은
"재주가 졸렬하다"이다. "學拙"(학졸)은 "배움이 졸렬하다"이다. "心拙"
(심졸)은 "마음이 졸렬하다"이다. "志拙"(지졸)은 "뜻이 졸렬하다"이다.
"言拙"(언졸)은 "말이 졸렬하다"이다. "行拙"(행졸)은 "행동이 졸렬하다"
이다. "百試"(백시)는 "백 가지 시험"이다. "百拙"(백졸)은 "백 가지가 졸
렬하다"이다. "名吾居"(명오거)는 "내가 사는 곳을 이름 짓다"이다. "曰百
拙藏"(왈백졸장)은 "백 가지 졸렬함 간직한 곳이라고 하다"이다. "名"(명)
은 "이름"이다. "不可外求"(불가외구)는 "밖에서 구할 수 없다"이다. "出"
(출)은 "나오다"이다. "於性者"(어성자)는 "본성에서"이다. "然也"(연야)는
"자연스럽다"이다. "所以識拙"(소이식졸)은 "졸렬함을 아는 까닭"이다. "毋

妄動之戒也"(무망동지계야)는 "함부로 움직이지 않도록 경계하다"이다.

번역 노인은 재주가 졸렬하고, 배움이 졸렬하고, 마음이 졸렬하고, 뜻이 졸렬하고, 말이 졸렬하고, 행동이 졸렬하다. 백 가지를 시험을 해보아도, 백 가지가 모두 졸렬하다. 그러므로 내가 사는 곳을 '百拙藏'(백 가지 졸렬함 간직한 곳)이라고 한다. 이름은 밖에서 구할 수 없으며, 본성에서 나오는 것이 자연스럽다. 졸렬함을 아는 까닭에 함부로 움직이지 않도록 경계한다.

논의 처음에는 '노인'이라고 하던 말을 얼마 지나서는 '나'라로 바꾸었다. 다른 사람인 어느 늙은이를 두고 말하는 것 같이 하더니 그 사람이 자기라고 했다. 자기와 같은 사람은 모두 함께 거론하는 논법이다.

자기는 모두 졸렬하다고 하는 것이 사실 판단인가? 사실 판단이면 구태여 글을 써서 말할 필요가 없다. 겸양인가? 겸양하려고 글을 썼다고 할 수 있으나, 더 깊은 이해가 필요하다. 노자(老子)가 "大巧若拙"(대교약졸)이라고 한 말을 기억할 필요가 있다.

"大巧若拙"은 "크게 교묘한 것은 졸렬한 듯하다"는 말이다. 교묘하다는 것이 만들어놓은 물건이기도 하고, 지니고 있는 재주이기도 하고, 사람 됨됨이기도 하다. 자기는 재주가 많고 빼어난 사람이라고 은근하게 이르려고 백 가지가 졸렬하다고 거듭해 말했다.

이렇게 생각하면 알 것을 다 알았는가? 아니다. 노자가 "上善若水"(상선약수)라고 한 이치도 알아야 한다. "상위의 선은 물과 같다"고 한 이 말은 "아래 있는 선"과의 비교를 내포하고 있다. 교묘한 것 위에 졸렬한 것이, 강한 것 위에 부드러운 것이, 유식하다는 것 위에 무식한 것이 있다고 일깨워준다.

李瀷, 〈四友銘〉(사우명), 《星湖全集》 권48
이익, 〈네 벗〉

원문 墨磨在硯 伸紙縱橫 取舍與奪之 悉皆仰筆以成 故論功 則筆專其名 惟二子 逡巡讓能 不敢與爭 然微二子 筆亦何所重輕

읽기 墨磨在硯(묵마재연)하고 伸紙縱橫(신지종횡)하면, 取舍與奪之(취사여탈지)가 悉(실) 皆(개) 仰筆以成(앙필이성)이니라. 故(고)로 論功(논공)하면 則(즉) 筆專其名(필전기명)이니라. 惟(유) 二子(이자)는 逡巡讓能(준순양능)하며 不敢與爭(불감여쟁)이라. 然(연)이나 微二子(미이자)면, 筆(필) 亦(역) 何所重輕(하소중경)이리오.

풀이 "墨磨在硯"(묵마재연)은 "먹을 벼루에서 갈다"이다. "伸紙縱橫"(신지종횡)은 "종이를 가로 세로 펴다"이다. "取舍與奪之"(취사여탈지)는 "취하고 버리며 또한 빼앗고 쓰다"이다. 여기서는 "之"가 "쓰다"이다. "悉"(실)은 "남김없이"이다. "皆"(개)는 "모두"이다. "仰筆以成"(앙필이성)은 "붓을 우러러보며 이루어지다"이다. "故"(고)는 "그러므로"이다. "論功"(논공)은 "공적을 논하다"이다. "則"(즉)은 "바로"이다. "筆專其名"(필전기명)은 "붓이 그 이름을 다 차지하다"이다. "惟"(유)는 "오직"이다. "二子"(이자)는 "두 녀석"이다. "逡巡讓能"(준순양능)은 "물러나 바라보며 재능을 양보하다"이다. "不敢與爭"(불감여쟁)은 "감히 더불어 다투지 않다"이다. "然"(연)은 "그러나"이다. "微二子"(미이자)는 "두 녀석이 없다"이다. "微"가 여기서는 "없다"는 뜻이다. "筆"(필)은 "붓"이다. "亦"(역)은 "또한"이다. "何所重輕"(하소중경)은 "어찌 무겁고 가벼운 바"이다.

번역 먹을 벼루에서 갈고 종이를 가로 세로 펴면, 취하고 버리며 또한 빼앗고 쓰는 것이 모두 붓을 우러러보며 이루어진다. 그러므로 공적을 논하면, 붓이 그 이름을 다 차지한다. 두 녀석은 물러나 바라보며 재능을 양보하고 감히 더불어 다투지 않는다. 그러나 두 녀석이 없다고 하면, 붓 또한 어찌 무겁고 가벼운 바가 있으리오.

논의 문방사우(文房四友)라고 하는 벼루·먹·종이·붓을 들어, 공적을 성취하는 사람들의 관계를 말했다. 벼루는 기초를 닦는 수고를 하고 이내 잊힌다. 먹과 종이는 열심히 추진해온 일을 붓이 휘둘러 완수하는 것을 우러러본다고 했다.

먹과 종이는 물러나 바라보며 재능을 양보하고 공적을 다투지 않고, 붓이 영광을 독차지한다. 먹과 종이, 이 두 벗이 없었더라면 붓이 이룬 업적이 중대하다느니 경미하다느니 하고 말할 것도 없었다는 사실이 망각되어 유감이라고 한다. 벼루가 망각된 것은 유감이라고 생각하지도 않는다.

공적이 높은 순서는 1 붓, 2 먹, 3 종이, 4 벼루이다. 이것은 누구나 다 아는 차등의 순서이다. 근본을 다지는 수고를 많이 한 순서는 1 벼루, 2-3 먹과 종이, 4 붓이다. 이것은 아무도 모른다. 붓은 지도자이고, 먹과 종이는 보조자들이고, 벼루는 만백성이라고 이해할 수 있다.

黃玹, 〈松川硯銘〉(송천연명), 《梅泉集》 권7
황현, 〈송천 벼루〉

원문 光陽松川寺 有古碑 字娟而遒 類名蹟 寺廢碑亦折 余得一片 斲以硯之 銘

曰 昔載筆 今載墨 文字緣 猗此石 舍佛歸儒 永終吉

읽기 光陽松川寺(광양송천사)에 有古碑(유고비)하니, 字娟而遒(자연이주)하여 類名蹟(유명적)인데, 寺廢碑亦折(사폐비역절)이라. 余得一片(여득일편)하여 斲以硯之(착이연지)하고, 銘曰(명왈)하니라. 昔載筆(석재필)하고 今載墨(금재묵)하니 文字緣(문자연)이로구나. 猗此石(의차석)이여 舍佛歸儒(사불귀유)하야 永終吉(영종길)하리로다.

풀이 "光陽松川寺"(광양송천사)는 지역 이름, 절 이름이다. "有古碑"(유고비)는 "옛날 비가 있다"이다. "字娟而遒"(자연이주)는 "글씨가 예쁘고 굳세다"이다. "類名蹟"(유명적)은 "명품 유적 부류이다"이다. "寺廢碑亦折"(사폐비역절)은 "절이 망하자 비도 잘라지다"이다. "余得一片"(여득일편)은 "나는 한 조각을 얻다"이다. "斲以硯之"(착이연지)는 "깎아서 그것으로 벼루를 만들었다"이다. 여기서는 "之"가 "−이도다"라는 어미이다. "銘曰"(명왈)은 "명을 지어 말하다"이다. "昔載筆"(석재필)은 "전에는 글씨를 싣다"이다. "今載墨"(금재묵)은 "지금은 먹물을 싣다"이다. "文字緣"(문자연)은 "문자와 인연이 있다"이다. "猗此石"(의차석)은 "아아, 이 돌이여"이다. "舍佛歸儒"(사불귀유)는 "불교를 버리고 유학으로 오다"이다. "永終吉"(영종길)은 "오래 끝까지 좋으리라"이다.

번역 광양(光陽) 송천사(松川寺)에 옛날 비가 있었다. 글씨가 예쁘고 굳센 명품 유적 부류인데, 절이 망하자 비도 잘렸다. 한 조각을 얻어 와서 깎아 벼루를 만들었도다. 명(銘)을 지어 말한다. "전에는 글씨를 싣더니, 지금은 먹물을 싣는구나. 문자와 인연이 있도다. 아아, 이 돌이여, 불교를 버리고 유학으로 왔구나. 오래 끝까지 좋으리라."

논의 간결한 글에 사상사가 있다. 절이 망해도 그 자취가 없어진 것은 아니다. 잘린 비석 한 조각으로 벼루를 만들어, 문자와의 인연이 계속된다. 자연물인 돌이 역사에 개입했다. 불교를 버리고 유학으로 와서 영원토록 좋은 일이 있으리라고 했다.

사상사가 사관을 갖추었다. 역사는 단절되지 않고 이어진다. 한 시대가 끝나 모든 것이 폐허가 된다고 한탄할 것은 아니다. 앞에서 이룬 것을 다음 시대에서 받아들여 새롭게 활용한다. 무엇이든 어떻게 활용하는가에 따라서 새로운 가치를 발현할 수 있다.

이렇게 말한 문인이 나라가 망하자 자결했다. 너무나도 큰 시련을 이겨내지 못하고, 역사는 이어진다는 신념을 상실했기 때문이다. 그것으로 모두 끝나지는 않았다. 고인이 남긴 글이 있어 후대인 우리가 읽고, 단절된 역사를 이을 수 있는 지혜로 삼는다.

張維, 〈小箴〉(소잠), 《谿谷集》 권2
장유, 〈작은 글〉

"箴"(잠)은 훈계하는 의미를 갖추어 짧게 쓰는 글 종류이다.

원문 鏡垢不明 未嘗無明 垢去則明 水渾不淸 未嘗無淸 渾澄則淸 去而之垢 澄而之渾 則有明於鏡 而淸於水者 復其天而全其眞乎

읽기 鏡垢不明(경구불명)이나, 未嘗無明(미상무명)이므로 垢去則明(구거즉명)이니라. 水渾不淸(수혼불청)이나, 未嘗無淸(미상무청)이므로 渾澄則淸

(혼징즉청)이니라. 去而之垢(거이지구)하고 澄而之渾(징이지혼)하면, 則有明於鏡(즉유명어경) 而淸於水者(이청어수자)가 復其天(복기천)하고 而全其眞乎(이전기진호)하리라.

풀이 "鏡垢不明"(경구불명)은 "거울에 때가 끼어 밝지 않다"이다. "未嘗無明"(미상무명)은 "원래 밝지 않은 바는 아니다"이다. "垢去則明"(구거즉명)은 "때를 없애면 바로 밝아지다"이다. "水渾不淸"(수혼불청)은 "물이 혼탁해져서 맑지 않다"이다. "未嘗無淸"(미상무청)은 "원래 맑지 않은 바는 아니다"이다. "渾澄則淸"(혼징즉청)은 "혼탁을 정화하면 바로 맑아지다"이다. "去而之垢"(거이지구)는 "그 때를 없애다"이다. 여기서는 "之"가 "그"라는 관형사이다. "澄而之渾"(징이지혼)은 "그 혼탁을 정화하다"이다. "則有明於鏡"(즉유명어경)은 "곧 거울보다 밝다"이다. "而淸於水者"(이청어수자)는 "그리고 물보다 맑은 것"이다. "復其天"(복기천)은 "그 하늘을 회복하다"이다. 하늘이 사람에게 부여한 원래의 상태를 회복한다는 말이다. "而全其眞乎"(이전기진호)는 "또한 그 참됨을 온전하게 하리라"이다. 사람이 타고난 진실한 본성을 되찾는다는 말이다.

번역 거울에 때가 끼어 밝지 않으나, 원래 밝지 않은 바는 아니다. 때를 없애면 바로 밝아진다. 물이 혼탁해져 맑지 않으나, 원래 맑지 않은 바는 아니다. 혼탁을 정화하면 바로 맑아진다. 그 때를 없애고, 그 혼탁을 정화하면, 거울보다 밝고 물보다 맑은 것이 천성을 회복하고, 그 참됨을 온전하게 하리라.

논의 무엇을 두고 하는 말인지 밝히지 않고 읽는 이가 찾아내 "마음"을 발견하게 했다. 거울을 깨끗이 닦고 물을 정화하듯이 마음을 밝고 맑게 하자고 했다. 마음은 원래 거울보다 밝고 물보다 맑으며, 그 이유가 하늘이 부여한 진실한 본성을 지녔기 때문이라고 했다.

　더러워진 마음을 깨끗하게 해서 본성을 회복하자고 했다. 사람은 본성이 맑고 깨끗하다는 주장에 동의할 수 있다. 잘못해서 때가 끼고 혼탁해졌다고 하는 것도 수긍할 있다. 때를 없애고 혼탁을 제거하는 방법은 무엇인가? 이에 관해서는 쉽게 말할 수 없고, 깊은 탐구가 필요하다.

　탐구는 실천을 수반해야 한다. 어떤 실천을 할 것인가? 이것이 문제이다. 자기는 하지 못하는 일을 남들에게 가르친다면서 위신을 뽐내는 위선을 경계해야 한다.

金富軾, 〈興天寺鍾銘〉(흥천사종명), 《東文選》 권49
김부식, 〈흥천사 종〉

원문 興天寺鍾　薄且牟　其聲不妙　近聞　主公重鑄　居士金某　爲之銘曰　迴祿扇火　飛廉掀風　唯金從革　出此景鍾　置之寂默　叩則雍容　無聲之聲　遍滿虛空

읽기 興天寺鍾(흥천사종)이　薄且牟(박차엄)하여　其聲不妙(기성불묘)라.　近聞(근문)하니　主公重鑄(주공중주)라.　居士金某(거사김모)가　爲之銘曰(위지명왈)하노라.　迴祿扇火(회록선화)하고　飛廉掀風(비렴흔풍)하며,　唯金從革(유금종혁)하여　出此景鍾(출차경종)이라.　置之寂默(치지적묵)하고　叩則雍容(고즉옹용)하며,　無聲之聲(무성지성)이　遍滿虛空(편만허공)하니라.

풀이 "興天寺鍾"(흥천사종)은 "흥천사의 종"이다. "薄且牟"(박차엄)은 "엷어지고 또한 때가 끼다"이다. "其聲不妙"(기성불묘)는 "그 소리가 묘하지 않다"이다. "近聞"(근문)은 "근래에 듣다", "主公重鑄"(주공중조)는 "임금님이 다시 주조하다"이다. "居士金某"(거사김모)는 "거사 김 아무개"이다. 자기 이름을 밝히지 않은 것이 겸양이다. "爲之銘曰"(위지명왈)은 "이것을 위해 명을 지어 말하다"이다. "迴祿扇火"(회록선화)는 "불귀신이 불로 부채질을 하다"이다. "飛廉掀風"(비렴흔풍)은 "바람귀신이 바람을 치켜들다"이다. "唯"(유)는 "오직"이다. "唯金從革"(유금종혁)은 "금속이 달라지게 하다"이다. "出此景鍾"(출차경종)은 "이 상서로운 종을 만들어내다"이다. "置之寂默"(치지적묵)은 "가만두면 고요하고 말이 없다"이다. "叩則雍容"(고즉용용)은 "두드리면 화락하다"이다. "無聲之聲"(무성지성)은 "소리 없는 소리"이다. "遍滿虛空"(편만허공)은 "허공에 가득하다"이다.

번역 흥천사(興天寺)의 종이 엷어지고 때가 끼어, 그 소리가 묘하지 않게 되었다. 근래 들으니, 임금님이 다시 주조했다고 한다. 거사(居士) 김 아무개가 명을 지어 말한다. "불귀신이 불로 부채질을 하고 바람귀신이 바람을 치켜들며, 오직 금속이 달라지게 해서 이 상서로운 종을 만들어냈구나. 가만두면 침묵하고, 두드리면 화락하다. 소리 없는 소리 허공에 가득하구나."

논의 종을 다시 만들었으므로 종명(鐘銘)을 지었다. 흔히 있는 일을 두고 격식대로 쓴 글 같지만, 특이한 점이 있는 것을 눈여겨보아야 한다. 드러내 말하지 않은 뜻을 알아차려야 한다.

국왕이 종을 만든 것은 들어서 안다고 하고, 국왕의 명을 받지 않고 스스로 종명을 짓는다고 했다. 관직을 적지 않고 재가신도를 뜻하는 "거사"(居士) 김 아무개가 글을 쓴다고 했다. 국왕과 군신관계가 아닌 대등한 신도의 위치에서, 글을 잘 쓰는 자기 나름대로의 장기를 발휘해 공덕을 쌓아 복을 받고자 했다.

종을 만들 때에는 불귀신이나 바람귀신이 요란한 작업을 했다고 하더니, 다 만든 종은 조용하다고 했다. 두드리면 화락한 소리를 낸다고 하는 데서 나아가, "소리 없는 소리가 허공에 가득하다"고 했다. 들리는 소리보다 들리지 않는 소리가 더 위대하다고 했다. 궁극의 진리가 무엇인가 말했다.

공덕을 쌓아 복을 받고 싶다고 한 것만은 아님을 알려준다. 종의 제조 과정을 말하면서, 치열한 노력을 거쳐 무언을 크나큰 가르침으로 삼는 높은 경지에 이르는 것이 마땅하다고 했다. 불교의 가르침을 받아들여 자기도 그런 위치에 오르고 싶은 소망을 넌지시 일렀다.

김부식은 《삼국사기》에서 신라가 망한 것을 불교를 너무 숭상한 탓이라고 나무랐는데, 자기 나라 고려도 불교 국가였다. 불교 덕분에 직접적인 이해관계에 매여 있는 천박한 사고에서 벗어날 수 있었다. 좋지 않게 여기고 있던 불교를, 국왕의 명을 받고 마지못해 받드는 글을 쓰면서 딴 소리를 한 것은 아니다.

김부식은 이 글에서는 겉으로 표방한 것과 다른 내심의 진실을 드러냈다. 표리부동(表裏不同)하다고 할 것인가? 불교에서 말하는 제행무상(諸行無常)에 이런 것도 포함되는가?

許穆, 〈墨梅〉(묵매), 《記言》 권63
허목, 〈먹으로 그린 매화〉

원문 墨梅 何瓌奇 心正苦絕筆 摸出古梅寒权枒 寒权枒摧折 半枯半死 雪邊瘦疏 三兩枝吐奇葩 夜如何 一輪明月上氷柯 令我對此無語 空長嗟 空長嗟 出涕沱

墨梅(묵매)여 何瓌奇(하괴기)인가. 心正苦絶筆(심정고절필)이로다. 摸
出古梅寒杈枒(모출고매한차아)하니, 寒杈枒摧折(한차아최절)하여 半枯半死
(반고반사)로다. 雪邊瘦疏(설변수소) 三兩枝(삼양지)가 吐奇葩(토기파)하도
다. 夜如何(야여하)인가. 一輪明月(일륜명월)이 上氷柯(상빙가)로다. 令我
(영아) 對此無語(대차무어)하고 空長嗟(공장차)하도다. 空長嗟(장공차)하고
出涕沱(출체타)로다.

"墨梅"(묵매)는 "먹으로 그린 매화"이다. "何瓌奇"(하괴기)는 "얼마나
아름답고 기이한가"이다. "心正苦絶筆"(심정고절필)은 "마음은 참으로 붓
을 떼기 아주 어렵다"이다. "摸出古梅寒杈枒"(모출고매한차아)는 "오랜 매
화 차가운 가지 그려내다"이다. "寒杈枒摧折"(한차아최절)은 "찬 가지가
꺾이고 부러지다"이다. "半枯半死"(반고반사)는 "반은 시들고 반은 죽다"
이다. "雪邊瘦疏"(설변수소)는 "눈 가에서 여위고 성글다"이다. "三兩枝"
(삼양지)는 "두세 가지"이다. "吐奇葩"(토기파)는 "기이한 꽃을 토해내다"
이다. "夜如何"(야여하)는 "밤은 어떤가"이다. "一輪明月"(일륜명월)은 "둥
글고 밝은 달이 하나"이다. "上氷柯"(상빙가)는 "언 가지에 오르다"이다.
"令我"(영아)는 "나로 하여금 (무엇을 하게 하다)"이다. "對此無語"(대차무
어)는 "이것을 마주하고 말이 없다"이다. "空長嗟"(장공차)는 "공연히 길
게 탄식하다"이다. "出涕沱"(출체타)는 "눈물이 솟아나 흐르다"이다.

먹으로 그린 매화, 얼마나 아름답고 기이한가? 참으로 붓을 떼기 어
려운 마음이다. 오랜 매화의 차가운 가지 그려냈노라. 차가운 가지 꺾이
고 부러지고, 반은 시들고 반은 죽었구나. 눈(雪) 가의 여위고 성근 가
지 두셋이 기이한 꽃을 토해냈네. 밤이면 어떤가? 둥글고 밝은 달이 얼
어붙은 덩치 위로 떠오른다. 날더러 이것을 마주 하고, 말없이 공연히 길
게 탄식하라고 한다. 공연히 길게 탄식하노라니, 눈물이 솟아나 흐른다.

논의 글자 배열을 보면 산문인데, 전해주는 느낌은 시이다. 말을 최대한 아껴 독자가 생각할 수 있는 폭을 넓혔다. 섬세한 감각을 살려 번역하려고 애썼으나 많이 모자란다.

먹으로 그린 매화가 아름답고 서러워 탄식한다고 했다. 찬 가지가 꺾이고 불어졌으면서도 기이한 꽃을 피워내고, 그 위에 달이 떠오른다. 그 모습을 보면서 길게 탄식하고 눈물을 흘린다. 자기가 그린 그림을 보는 느낌을 글로 썼으며, 글에 깊은 뜻이 있다.

매화가 시련을 견디어내는 고결한 선비의 모습을 보여준다. 부러지고 꺾이고 시들고 죽은 가지가 말해주는 시련이 모질어 서러워하게 한다. 두세 송이 기이한 꽃이 상징하는 정신이 갸륵해 아름답다고 찬탄하지 않을 수 없다. 관찰에서 탄식으로, 탄식에서 자각으로 나아갔다.

任聖周, 〈與舍弟穉共〉(여사제치공), 《鹿門集》 권11
임성주, 〈아우에게〉

원문 職事雖甚劇 旣當之事 不可不小心供奉 凡事一生厭苦之意 則筋骸解弛 不可支當 唯莊敬專一 則志之所至 氣必隨之 故筋骸自彊 四大自輕 望須惕念努力也

읽기 職事雖甚劇(직사수심극)이라도 旣當之事(기당지사)이니 不可不小心供奉(불가불소심공봉)하라. 凡事一生厭苦之意(범사일생염고지의)면 則筋骸解弛(즉근해해이)하여 不可支當(불가지당)이니라. 唯莊敬專一(유장경전일)하면 則(즉) 志之所至(지지소지)에 氣必隨之(기필수지)하여, 故(고) 筋骸自彊(근해

자강)하고 四大自輕(사대자경)하니라. 望須惕念努力也(망수척념노력야)하라.

풀이 "職事雖甚劇"(직사수심극)은 "하는 일이 아주 힘들더라도"이다. "旣當之事"(기당지사)는 "이미 맡은 일이다"이다. "不可不小心供奉"(불가불소심봉공)은 "조심해서 받들지 않으면 안 되다"이다. "凡事一生厭苦之意"(범사일생염고지의)는 "무릇 일이 싫고 힘들다는 마음이 한 번 생기면"이다. "則筋骸解弛也"(즉근해해이)는 "곧 힘줄과 뼈가 풀어지다"이다. "不可支當"(불가지당)은 "견딜 수 없다"이다. "唯莊敬專一"(유장경전일)은 "오직 씩씩하고 경건한 자세로 일관하다"이다. "則"(즉)은 "바로"이다. "志之所至"(지지소지)는 "뜻이 이르는 곳"이다. "氣必隨之"(기필수지)는 "기가 이것을 반드시 따르다"이다. "故"(고)는 "그러므로"이다. "筋骸自彊"(근해자강)은 "힘줄과 뼈가 저절로 강해지다"이다. "四大自輕"(사대자경)은 "온몸이 저절로 가벼워지다"이다. "望須惕念努力也"(망수척념노력야)는 "바라건대 경계하는 마음으로 노력하라"이다.

번역 하는 일이 아주 힘들더라도, 이미 맡았으니 조심해서 받들지 않으면 안 된다. 어떤 일이든지 싫고 힘들다는 생각이 한 번 생기면, 곧 힘줄과 뼈가 풀어져 견딜 수 없다. 오직 씩씩하고 경건한 자세로 일관하면, 뜻이 이르는 곳에 기운이 반드시 따르며, 힘줄과 뼈가 저절로 강해지고, 온몸이 저절로 가벼워진다. 바라건대 경계하는 마음으로 노력하라.

논의 하는 일이 싫고 힘들다고 하는 사람을 격려하는 아주 적절한 말이다. 생각을 바꾸어 씩씩하고 경건한 자세를 일관되게 지니고 일을 하면, 없던 기운이 생겨나고 온몸이 저절로 강해진다고 했다. 일을 사랑하면 생기를 얻는다고 간추려 말할 수 있다.

일·기운·마음의 관련에 대한 철학을 읽어낼 수 있다. 일은 기운으로 한다. 마음이 기운을 없애기도 하고 키우기도 한다. 마음을 중요시하면 이렇게 말한다. 여기서는 그 반대의 진실을 일러주었다. 일을 해야 기운이 살아난다. 기운이 살아야 마음도 산다. 이것은 기(氣)철학의 발상이다. 기철학의 노동론을 일러준 소중한 글이다.

임성주는 서경덕(徐敬德)을 은밀하게 계승해, 기(氣)철학을 중흥시켰다. 원론만 조심스럽게 다지고 각론까지 갖추어 좌충우돌하지는 않아 박해를 피하고, 널리 알려지지 않았다. 철학이 무엇인지 알고 깊이 들여다보면, 대혁명의 기본 설계를 마련했다. 홍대용(洪大容)이나 최한기(崔漢綺)가 할 일을 준비했다.

> 許筠, 〈與西山老師〉(여서산노사), 《惺所覆瓿稿》 권21
> 허균, 〈서산 노스님께〉

원문 聞飛錫向金剛 尙宴食於妙香乎 咄 馬蹄間 望仙山 而不得攀 勞生役役 何時盡已 先大夫 視師如朋友 僕亦通家舊也 父兄手跡 俱在公所云 王事若完 當詣東林 倚師開堂振拂以俟否

읽기 聞飛錫向金剛(문비석향금강)한데, 尙宴食於妙香乎(상연식어묘향호)인가요? 咄(돌) 馬蹄間(마제간)에 望仙山(망선산)하고 而不得攀(이부득반)하나이다. 勞生役役(노생역역)이 何時盡已(하시진이)리오? 先大夫(선대부)께서 視師如朋友(시사여붕우)하시고, 僕亦通家舊也(복역통가구야)하나이다. 父兄手跡(부형수적)이 俱在公所云(구재공소운)하나이다. 王事若完(왕사약완)이면 當詣東林(당예동림)하리니, 倚師開堂(당사개당)하고 振拂以俟否(진불이

사부)이리까?

풀이 "聞飛錫向金剛"(문비석향금강)은 "들으니 지팡이를 날려 금강산으로 간다고 하다"이다. "尙宴食於妙香乎"(상연식어묘향호)는 "아직도 묘향산에 머물러 있는가"이다. "咄"(돌)은 영탄하는 말이다. "馬蹄間"(마제간)은 "말발굽 사이로"이다. 공무 때문에 바쁘게 지내면서 겨우 살핀다는 말이다. "望仙山"(망선산)은 "선산(仙山)을 바라보다"이다. "而不得攀"(이부득반)은 "그러면서 올라가지는 못하다"이다. "勞生役役"(노생역역)은 "힘들게 살아가는 수고"이다. "何時盡已"(하시진이)는 "어느 때 그치나"이다. "先大夫"(선대부)는 "돌아가신 아버님"이다. "視師如朋友"(시사여붕우)는 "스님을 벗으로 여기다"이다. "僕亦通家舊也"(복역통가구야)는 "저도 집안의 오랜 관습을 잇다"이다. "父兄手跡"(부형수적)은 "아버지와 형의 필적"이다. "俱在公所云"(구재공소운)은 "모두 어르신 계신 곳에 있다고 하다"이다. "王事若完"(왕사약완)은 "임금 섬기는 일이 만약 완결되면"이다. "當詣東林"(당예동림)은 "마땅히 동쪽 숲으로 향하다"이다. "倘師開堂"(당사개당)은 "혹시 스님이 불당을 열다"이다. "振拂以俟否"(진불이사부)는 "옷자락을 떨치며 기다려주지 않겠는가"이다.

번역 지팡이를 날리며 금강산으로 가신다고 들었는데, 아직도 묘향산에 머물러 계십니까? 아아, 말발굽 사이로 선산(仙山)을 바라보기만 하고, 올라가지는 못하나이다. 힘들게 살아가는 수고가 어느 때나 그치나이까? 돌아가신 아버님은 스님을 벗으로 여겼나이다. 저는 집안의 오랜 관습을 잇습니다. 아버지와 형님의 필적이 모두 어르신 계신 곳에 있다고 하나이다. 나랏일이 만약 완결되면, 마땅히 동쪽 숲으로 향하겠나이다. 혹시 스님께서 불당 문을 열고, 옷자락을 떨치며 기다려주지 않겠나이까?

논의 격식을 차리지 않은 편지이다. 짧은 글, 간략한 사연에 많은 말이 함축되어 있다. 불교에 대해 깊은 신뢰를 하고 귀의하기를 바란다. 노스님과 대를 이어 친분이 돈독한 것을 확인하고 이어나가고자 한다. 공직 생활에서 벗어나 자유롭게 되기를 염원한다. 정처 없이 떠다니는 초탈한 경지를 동경한다.

유학을 공부해 관직에 오른 허균이 불교계의 큰 스승 서산대사(西山大師)에게 드린 편지이다. 이단이라는 이유로 배척되는 불교를 이렇게까지 동경하는 것은 예사로운 일이 아니어서 시비의 대상이 되었다. 이것이 한 이유가 되어 허균은 파직되고, 대역죄를 지었다는 죄명으로 처형되기까지 했다.

허균이 처한 상황이나 가진 생각에 국한되지 않은 더 넓은 의미가 있다고 여기고 이 글을 읽을 수 있다. 사람은 누구나 주어진 임무에서 벗어나는 해방을 동경한다. 매인 데 없이 떠돌아다니면서 초탈한 경지에서 노닐고 싶어 한다. 노스님 같은 안내자가 있기를 바라고 결단을 내리는 것을 상상한다.

李象靖, 〈書外別見〉(서외별견), 《大山集》 권39 〈晩修錄〉
이상정, 〈책 밖의 식견〉

원문 人須是於書册外 別有實見得處 方是眞箇學問 若依傍古人言語 掇拾經傳糟粕 做作窠窟 雖說得好揚揚地 終是不精神無意味 只瞞了不知不識底人 使遇高眼目一看 便覷只成好笑

읽기 人(인)은 須(수) 是於書册外(시어서책외)에 別有實見得處(별유실견득처)하여야 方是眞箇學問(방시진개학문)이니라. 若依傍古人言語(약의방고인언어)하고 掇拾經傳糟粕(철습경전조박)하여 做作窠窟(주작과굴)하면, 雖說得好揚揚地(수설득호양양지)이나 終是不精神無意味(종시부정신무의미)하니라. 只瞞了不知不識底人(지만료부지불식저인)하고, 使遇高眼目一看(사우고안목일간)이면 便覰只成好笑(변처지성호소)이니라.

풀이 "人"(인)은 "사람"이다. "須"(수)는 "모름지기"이다. "是於書册外"(시어서책외)는 "서책 이외의 곳에서"이다. "別有實見得處"(별유실견득처)는 "별도로 실제로 보고 터득한 것이 있다"이다. "方是眞箇學問"(방시진개학문)은 "이것이 바야흐로 진정한 학문이다"이다. "若依傍古人言語"(약의방고인언어)는 "만약 옛사람의 언어를 의지하고 모방하다"이다. "掇拾經傳糟粕"(철습경전조박)은 "경전의 찌꺼기를 주워 모으다"이다. "做作窠窟"(주작과굴)은 "구덩이를 만들다"이다. "雖說得好揚揚地"(수설득호양양지)는 "비록 말은 의기양양하게 잘하는 경지를 얻었지만"이다. "終是不精神無意味"(종시부정신무의미)는 "끝내 이것은 정신이 없고 무의미하다"이다. "只瞞了不知不識底人"(지만료부지불식저인)은 "다만 알지 못하고 헤아리지 못하는 사람이나 속이다"이다. "使遇高眼目一看"(사우고안목일간)은 "높은 안목을 한 번 만나면"이다. "便覰只成好笑"(변처지성호소)는 "보자마자 좋은 웃음거리가 되다"이다.

번역 사람은 모름지기 서책 이외의 곳에서 별도로 실제로 보고 터득한 것이 있어야 바야흐로 진정한 학문을 한다. 만약 옛사람의 언어를 의지하고 모방하고, 경전의 찌꺼기를 주워 모으면 구덩이나 만든다. 비록 말은 의기양양하게 잘하는 경지에 이르렀더라도, 끝내 그것은 정신이 없고 무의미하다. 다만 알지 못하고 헤아리지 못하는 사람이나 속인다. 높은 안목을 한 번 만나면, 보자마자 좋은 웃음거리가 된다.

논의 알기 쉽게 글을 고쳐 써보자. 책을 읽으면 학문을 할 수 있다고 여기지 말아야 한다. 실제로 겪고 깨달아 아는 바가 있어야 한다. 책에 있는 옛사람들의 말을 주워 모으기만 하면, 식견을 막는 구덩이를 만들 따름이다. 정신도 의미도 없는 지식을 자랑하면서 지각이 모자라는 대중의 안목을 의기양양한 어조로 현혹하지 말아야 한다. 안목이 높은 사람이 보면 웃음거리에 지나지 않는다.

책 읽기가 공부이다. 공부는 지식을 얻고자 하는 것이다. 옛사람이 한 말을 아는 것이 지식이다. 이런 사고방식에 대해 엄중한 경고를 하고, 옛사람에 의존하지 않고 스스로 깨달아 아는 것이 공부이고 지식이라고 했다. 성현을 배우고 따라야 한다는 사람들에게, 정신도 의미도 없는 지식을 의기양양하게 자랑하면서 지각이 모자라는 대중을 현혹하지 말아야 한다고 했다.

무엇을 어떻게 깨달아 알아야 하는지는 말하지 않았다. 아직 본론은 갖추지 않았으나 학풍을 바꾸어놓고자 하는 서론으로서 높이 평가할 수 있다. 주장한 바가 실현되지 않아 지속적인 의의가 있다. 지식 수입을 학문으로 여기는 오늘날 얼간이들에게 더욱 절실하게 필요한 말을 했다.

朴趾源, 〈與楚幘〉(여초책), 《燕巖集》 권5
박지원, 〈가시 망건 쓴 사람에게〉

"與"(여)는 "――에게"이다. 편지 앞머리에 쓰는 말이다. 호가 "楚幘"

(초책)이라는 사람에 주는 편지이다. "楚"(초)는 "가시"이다. "幘"(책)은
"망건"이다.

원문 足下 無以靈覺機悟 驕人而蔑物 彼若亦有 一部靈悟 豈不自羞 若無靈覺
驕蔑 何益 吾輩 臭皮帒中裹得幾箇字 不過稍多於人耳 彼蟬噪於樹 蚓鳴於竅
亦安知 非誦詩讀書之聲耶

읽기 足下(족하)는 無(무) 以(이) 靈覺機悟(영각기오)라고 驕人(교인)하고
而蔑物(이멸물)하라. 彼(피)가 若(약) 亦有(역유) 一部靈悟(일부영오)면 豈
(기) 不(부) 自羞(자수)며, 若(약) 無靈覺(무영각)이면, 驕蔑(교멸)이 何
益(하익)이리오. 吾輩(오배)는 臭皮帒中(취피대중)에 裹得(과득) 幾箇字
(기개자)에 不過稍多於人耳(불과초다어인이)니라. 彼(피) 蟬噪於樹(선조어
수) 蚓鳴於竅(인오어규)를 亦(역) 安知(안지) 非(비) 誦詩讀書之聲耶(송시
독서지성야)라고 하리오.

풀이 "足下"(족하)는 "그대"이다. "無"(무)는 "없다"이다. "以"는 "-로써"이
다. "靈覺機悟"(영각기오)는 "신령한 지각과 민첩한 깨달음"이다. "驕人"
(교인)은 "남에게 교만하다"이다. "而蔑物"(이멸물)은 "다른 생물을 멸시
하다"이다. "彼"(피)는 "그"이다. "若"(약)은 "만약"이다. "亦有"(역유)는
"또한 있다"이다. "一部靈悟"(일부영오)는 "일부의 신령한 깨달음"이다.
"豈"(기)는 "어찌"이다. "不"(부)는 "아니다"이다. "自羞"(자수)는 "스스로
부끄럽다"이다. "若"(약)은 "만약"이다. 無(무)는 "없다"이다. "靈覺"(영
각)은 "신령한 지각"이다. "驕蔑"(교멸)은 "교만하게 굴고 멸시하다"이다.
"何益"(하익)은 "어떤 이익인가", "무슨 소용이 있나"이다. "吾輩"(오배)
는 "우리 무리"이다. "臭皮帒中"(취피대중)은 "냄새나는 가죽 자루 안"이
다. "裹得"(과득)은 "싸고 있다"이다. "幾箇字"(기개자)는 "몇 개 글자"이

다. "不過"(불과)는 "지나지 않다"이다. "稍多於人耳"(초다어인이)는 "다른 사람보다 조금 많다"이다. "彼"(피)는 "저"이다. "蟬噪於樹"(선조어수)는 "매미가 나무에서 떠들썩하다"이다. "蚓鳴於竅"(인오어규)는 "지렁이가 구멍에서 울다"이다. "亦"(역)은 "또한"이다. "安知"(안지)는 "어찌 알겠느냐"이다. "非"(비)는 "아니다"이다. "誦詩讀書之聲耶"(송시독서지성야)는 "시를 외고 책을 읽는 소리이다"이다.

번역 그대는 신령한 지각과 민첩한 깨달음이 있다고 남들에게 교만하지 말고, 다른 생물들을 멸시하지 말아야 한다. 그런 것들도 신령한 깨달음을 일부라도 지니고 있다면, 어찌 스스로 부끄럽지 않겠나? 만약 저들은 신령한 지각이 없다면, 교만하게 굴고 멸시해서 무슨 소용이 있겠는가? 우리 무리는 냄새나는 가죽 자루 안에 글자 몇 개를 싸 넣고 있는 것이 다른 이들보다 조금 많을 따름이다. 저기 매미가 나무에서 떠들썩하고, 지렁이가 구멍에서 우는 것이 또한 시를 외고 책을 읽는 소리가 아닌지 어찌 알겠느냐?

논의 제목부터 눈여겨보아야 한다. "楚幘"(초책)은 누군지 알 수 없는 사람의 호이다. 말뜻을 새기면 "楚"(초)는 "가시"이고, "幘"(책)은 "망건"이다. 자기 호를 "가시 망건"이라고 할 사람은 없다. 가시 망건을 쓰고 있는 것처럼 식견이 옹졸한 가상의 인물에게 전하는 편지를 써서 생각을 바꾸라고 했다. 너무나도 파격적인 주장을 반발을 줄이면서 나타내려고 구상한 작전이다.

　"우리 무리"라고 지칭한 사람은 "신령한 지각과 민첩한 깨달음"이 있다고 자부하지만 "냄새나는 가죽 자루 안에 글자 몇 개를 싸서 넣고 있는 것이 다른 이들보다 조금 많을 따름"이라고 했다. 사람은 다른 생물보다 우월하다는 주장에 대한 비판이다. 유식하면 무식한 무리를 얕볼 만하고, 사람은 다른 생물들보다 우월하다고 하는 두 가지 편견이 세상을 망치니 시정해야 한다고 했다.

매미가 떠들고 지렁이가 우는 것이 사람이 시 외고 책 읽는 것과 다를 바 없다고 했다. 모든 생명체는 자기 나름대로 살아가면서 즐거워한다. 삶을 누리는 것이 선(善)이므로, 사람이 우월하다는 것은 헛된 생각이다. 사람이 우월하다는 증거로 내세우는 지식으로 불평등을 조성하고 약자를 억누르는 것을 용납할 수 없다고 했다.

사람과 다른 생명체는 차등의 관계가 아니고, 각기 자기 삶을 누리고 있어 대등하다고 했다. 대등을 무시하고 차등을 날조하는 것은 사람만 저지르는 과오라는 비판했다. 이런 철학을 여기서 간략하게 나타내고 〈호질〉(虎叱)에서 자세하게 풀이하면서 필요한 내용을 추가했다. 삶을 누리는 것이 선이면, 삶을 유린하는 것은 (선이) 아니다. 사람은 차등을 날조할 뿐만 아니라 타인의 삶을 유린하는 악행을 서슴지 않고 자행해 짐승만도 못하다고 나무랐다.

가시 망건을 쓴 사람 楚幘(초책)에게 주는 편지로 이 글을 썼다고 한 것은, 〈호질〉은 중국에서 베껴온 글이라고 알린 말과 상통한다. 부당한 주장으로 횡포를 자아내는 지배이념을 공격하는 유격전을, 지어낸 말을 방어막으로 삼아 피해는 줄이고 효과는 높이는 방식으로 거듭 전개했다. 이 글과 내용과 수법이 이중으로 연결된 것을 알고, 〈호질〉이 박지원이 쓴 글은 아니라고 여기는 옹졸한 소견에서 벗어나야 한다.

원문 琴而無絃 存體去用 非誠去用 靜其含動 聽之聲上 不若聽之於無聲 樂之形上 不若樂之於無形 樂之於無形 乃得其徼 聽之於無聲 乃得其妙 外得於有 內會於無 顧得趣乎其中 奚有事於絃上工夫

읽기 琴而無絃(금이무현)하니 存體去用(존체거용)이라. 非誠去用(비성거용)이오 靜其含動(정기함동)이로다. 聽之聲上(청지성상)이 不若聽之於無聲(불약청지어무성)이로다. 樂之形上(낙지형상)이 不若樂之於無形(불약낙지어무형)이로다. 樂之於無形(낙지어무형)하니 乃得其徼(내득기요)요, 聽之於無聲(청지어무성)하니 乃得其妙(내득기묘)하도다. 外得於有(외득어유)하고 內會於無(내회어무)하며 顧得趣乎其中(고득취호기중)하니, 奚有事於絃上工夫(해유사어현상공부)하리오.

풀이 "琴而無絃"(금이무현)은 "거문고이면서 줄은 없다"이다. "存體去用"(존체거용)은 "체(體)는 남기고 용(用)은 없애다"이다. "非誠去用"(비성거용)은 "용(用)을 진정으로 없앤 것이 아니다"이다. "靜其含動"(정기함동)은 "정(靜) 그것이 동(動)을 포함하다"이다. "聽之聲上"(청지성상)은 "소리에서 그것을 듣다"이다. 여기서는 "之"가 "그것"이라는 대명사이다. "不若聽之於無聲"(불약청지어무성)은 "없는 소리에서 그것을 들음만 못하다"이다. "樂之形上"(낙지형상)은 "모습에서 그것을 즐기다"이다. "不若樂之於無形"(불약낙지어무형)은 "없는 모습에서 그것을 즐김만 못하다"이다. "樂之於無形"(낙지어무형)은 "없는 모습에서 그것을 즐기다"이다. "乃得其徼"(내득기요)는 "곧 그 심오함을 얻다"이다. "聽之於無聲"(청지어무성)은 "없는 소리에서 그것을 듣다"이다. "乃得其妙"(내득기묘)는 "곧 그 미묘함을 얻다"이다. "外得於有"(외득어유)는 "밖으로는 있음에서 얻다"이다. "內會於無"(내회어무)는 "안으로는 없음에서 만나다"이다. "顧得趣乎其中"(고득취호기중)은 "그 가운데 득취(得趣)를 돌아보다"이다. "奚有事於絃上工夫"(해유사어현상공부)는 "어찌 줄 위의 공부를 할 일이 있으리오"이다.

번역 거문고에 줄이 없으니, 본체는 남기고 활용은 없앴다. 활용을 진정으로 없앤 것이 아니고, 고요함이 움직임을 포함하고 있다. 있는 소리를 듣는 것이 없는 소리를 듣는 것만 못하다. 있는 모습을 즐기는 것이 없는 모습을 즐기는 것만 못하다. 없는 모습을 즐기면 곧 그 심오함을 얻는다. 없는 소리를 들으면, 그 미묘함을 얻는다. 밖으로는 있음에서 얻고, 안으로는 없음에서 만난다. 그 가운데 얻은 취향을 돌아보니, 어찌 줄 위의 공부를 할 일이 있으리오.

논의 줄을 타면서 거문고 소리를 내면 즐겁지만, 줄 없는 거문고에서 얻는 정취는 더욱 심오하고 미묘하다. 그 이유가 무엇인가? 본체가 활용을, 고요함이 움직임을 포함하고 있기 때문이라고 한 것만으로는 모자란다. 있음과 없음의 관계에 대해서 더 깊은 이해가 필요하다.

소리가 침묵이고, 침묵이 소리이다. 유형이 무형이고, 무형이 유형이다. 움직임이 고요함이고, 고요함이 움직임이다. 있음이 없음이고, 없음이 있음이다. 이렇게 말할 수 있는 생극의 이치에 관해 깊은 생각을 하게 했다. 진정한 지혜, 최상의 통찰이 무엇인지 알 수 있게 한다.

소리가 침묵이고, 유형이 무형이고, 움직임이 고요함이고, 있음이 없음인 것은 겪어보면 안다. 이것은 생극 표면에 드러나는 사실이다. 침묵이 소리이고, 무형이 유형이고, 고요함이 움직임이고, 없음이 있음인 것은 생극 이면의 심오한 경지이다. 깊은 통찰이 있어야 인지하고 실현할 수 있는 내재된 가능성이다.

생극 표면에 드러난 사실은 스승에게 배워서 알 수 있다. 생극 이면의 심오한 경지는 스스로 깊이 깨달아, 안다고 하지 않아야 알 수 있다. 서경덕은 스승이라고 자처해 방해꾼 노릇을 하지 않으려고, 줄 없는 거문고 같은 가르침 없는 가르침을 조금 베풀었다.

安鼎福, 〈破啞器說〉(파아기설), 《順菴集》 권19
안정복, 〈벙어리저금통〉

원문 凡有口則鳴 有口則言 天下之正理也 有口而不鳴不言 則反常而妖矣 自是器之出 而朝廷之上 可言而不言 自是器之出 而人皆以言相戒 是擧天下而啞之也 物之妖也 非聖世所宜有也 遂撞而破之

읽기 凡有口則鳴(범유구즉명)하고 有口則言(유구즉언)이 天下之正理也(천하지정리야)니라. 有口而不鳴不言(유구이불명불언)은 則反常而妖矣(즉반상이요의)니라. 自是器之出(자시기지출)에 而朝廷之上可言而不言(이조정지상가언이불언)이도다. 自是器之出(자시기지출)에 而人皆以言相戒(이인개이언상계)하고 是擧天下而啞之也(시거천하이아지야)하니 物之妖也(물지요야)이니라. 非聖世所宜有也(비성세소의유야)이니 遂撞而破之(수당이파지)하라.

풀이 "凡有口則鳴"(범유구즉명)은 "무릇 입이 있으면 곧 소리를 내다"이다. "有口則言"(유구즉언)은 "입이 있으면 곧 말을 하다"이다. "天下之正理也"(천하지정리야)는 "천하의 바른 이치이다"이다. "有口而不鳴不言"(유구이불명불언)은 "입이 있으면서 소리를 내지 않고 말을 하지 않다"이다.

"則反常而妖矣"(즉반상이요의)는 "바로 정상과 반대여서 요망하다"이다. "自是器之出"(자시기지출)은 "이 물건이 출현한 이래"이다. "而朝廷之上可言而不言"(이조정지상가언이불언)은 "조정 위에서부터 말할 것을 말하지 않다"이다. "而人皆以言相戒"(이인개이언상계)는 "그래서 사람들이 모두 말하는 것을 서로 경계하다"이다. "是擧天下而啞之也"(시거천하이아지야)는 "이것은 온 천하가 벙어리 됨이다"이다. "物之妖也"(물지요야)는 "물건 가운데 요망한 것이다"이다. "非聖世所宜有也"(비성세소의유야)는 "성스러운 시대에는 마땅이 있어서 안 될 것이다"이다. "遂撞而破之"(수당이 파지)는 "마침내 그것을 쳐서 깨다"이다.

번역 무릇 입이 있으면 소리를 내고, 입이 있으면 말을 하는 것이 천하의 바른 이치이다. 입이 있으면서 소리를 내지 않고 말을 하지 않는 것은 바로 정상과 반대여서 요망하다. 이 물건이 출현한 이래, 조정 위에서부터 말할 것을 말하지 않는다. 이 물건이 출현한 이래, 사람들이 모두 말하는 것을 서로 경계한다. 그래서 천하가 벙어리가 된다. 요망스러운 물건이구나. 성스러운 시대에는 마땅히 있어서 안 될 것이다. 마침내 쳐서 깨야 한다.

논의 "是器"(시기)라고 한 "이 물건"이 무엇인지 문면에는 나와 있지 않으나, 쉽게 알아낼 수 있다. 바로 벙어리저금통이다. 위로 조정에서부터 시작해 사회 전반에서 서로 경계하면서 말을 하지 않고 지내는 풍조가 갑자기 생긴 이유를 몰라 통탄스러워 하다가, 벙어리저금통이 출현한 때문이라고 말할 수밖에 없다고 했다. 말을 다시 하게 하려면, 벙어리저금통을 깨야 한다고 했다.

벙어리저금통이 요즈음 생긴 것이 아니고, 안정복(1721-1791)이 살던 때 이미 있던 사실이 흥미롭다. 같은 시기에 말을 하지 않고 지내는 풍조가 생겼으므로 벙어리저금통 탓이라고 한 기발한 착상이 논리적 타당성은 없다. 마치 벙어리저금통 같이 침묵을 하고 지낸다고 하는 과장법을 확대해 말이 되지 않은 말을 하면서 관심을 끌고, 문제가 심각하다고 말하고자 했다.

사태의 진상이 무엇인지는 말하지 않았으므로 짐작해야 한다. 영조가 탕평책(蕩平策)을 써서 여러 당파의 인재를 고루 등용하고, 당파의 논란을 금한 것이 그 이유이다. 1742년에 "周而弗比 乃君子之公心 比而弗周寔小人之私意"(주이불비 내군자지공심 비이부주 시소인지사의, 원만하고 편벽되지 않음은 곧 군자의 공정한 마음이고, 편벽되고 원만하지 않음은 바로 소인의 사사로운 뜻이다)라는 문구를 친히 지어 새긴 탕평비(蕩平碑)를 성균관 반수교(泮水橋) 위에 세워 탕평을 선포했다.

국왕의 뜻을 받드는 것이 바람직한 일이지만, 정도가 심하게 되었다. 자기 당파의 편벽된 주장을 편다고 의심받을까 염려해 논란을 멀리하고 말을 하지 않고 지내는 풍조가 생겨 사회 전반으로 확대되었다. 다툼이 없으니 평온해 좋으나, 활기가 없는 것이 문제였다. 상극이 축소되니, 상생도 약화되었다. 이 점을 염려한 안정복이 벙어리저금통 같이 미욱한 침묵을 깨야 한다는 주장을 흥미로운 비유를 들어 완곡하게 폈다. 격조 높은 풍자문을 썼다.

李德懋, 〈鐵杵〉(철저), 《靑莊館全書》 권48
이덕무, 〈쇠공이〉

원문 余靜觀 隣叟搗米爲屑 而歎曰 鐵杵 天下之至剛者也 濡米天下之至柔者也

以至剛撞至柔　不須臾而爲纖塵　必然之勢也　然　鐵杵老則莫不耗而挫矮　是知　快勝者　必有暗損　剛強之大肆　其不可恃乎

읽기 余靜觀(여정관)　隣叟搗米爲屑(인수도미위설)하고　而歎曰(이탄왈)하노라. 鐵杵(철저)는 天下之至剛者也(천하지지강자야)이고, 濡米天下之至柔者也(유미천하지지유자야)니라.　以至剛撞至柔(이지강당지유)하니　不須臾而爲纖塵(불수유이위섬진)이　必然之勢也(필연지세야)라.　然(연)이나 鐵杵老則莫不耗而挫矮(철저로즉막불모이좌왜)하는구나.　是知(시지)하니　快勝者(쾌승자)는　必有暗損(필요암손)하고,　剛強之大肆(강강지대사)는　其不可恃乎(기불가시호)하노라.

풀이 "余靜觀"(여정관)은 "나는 조용히 바라본다"이다. "隣叟搗米爲屑"(인수도미위설)은 "이웃 노인이 쌀을 빻아 가루를 만들다"이다. "而歎曰"(이탄왈)은 "그리고 탄식해 말하다"이다. "鐵杵"(철저)는 "쇠공이"이다. "天下之至剛者也"(천하지지강자야)는 "천하의 가장 강한 것이다"이다. "濡米天下之至柔者也"(유미천하지지유자야)는 "젖은 쌀은 천하의 가장 부드러운 것이다"이다. "以至剛撞至柔"(이지강당지유)는 "가장 강한 것으로 가장 부드러운 것을 치다"이다. "不須臾而爲纖塵"(불수유이위섬진)은 "잠깐도 아닌 사이에 가루가 되다"이다. "必然之勢也"(필연지세야)는 "필연적인 형세이다"이다. "然"(연)은 "그러나"이다. "鐵杵老則莫不耗而挫矮"(철저로즉막불모이좌왜)는 "쇠공이는 늙도록 쓰지 않음이 없으면 닳아 쭈그러지다"이다. "是知"(시지)는 "이것으로 안다"이다. "快勝者"(쾌승자)는 "통쾌하게 이기는 자"이다. "必有暗損"(필유암손)은 "반드시 드러나지 않게 손상되다"이다. "剛強之大肆"(강강지대사)는 "억세고 강력하다고 크게 방자하다"이다. "其不可恃乎"(기불가시호)는 "그것을 신뢰할 수 없도다"이다.

번역 나는 이웃 노인이 쌀을 빻아 가루를 만드는 것을 조용히 바라보고 탄식하면서 말한다. 쇠공이는 천하에서 가장 강하고, 젖은 쌀은 천하에서 가장 부드럽다. 가장 강한 것으로 가장 부드러운 것을 치니, 잠깐도 아닌 사이에 가루가 되는 것이 필연적인 형세이다. 그러나 쇠공이는 늙도록 쓰지 않음이 없으면 닳아 쭈그러진다. 통쾌하게 이기는 자는 반드시 드러나지 않게 손상된다. 억세고 강력하다고 크게 방자한 것은 신뢰할 수 없다.

논의 쇠공이로 젖은 쌀을 빻아 가루로 만들면 쇠공이도 닳는다고 하고, 그 이치를 생각하도록 했다. 쇠공이가 닳는 것은 쌀이 강해서가 아니다. 쌀을 빻느라고 쇠공이가 쇠절구에 닿아 닳는다.

이것은 물이 오래 흘러 바위가 마멸되는 경우와 같으면서 다르다. 약한 것이 강하고, 강한 것이 약한 점에서는 둘이 같다. 강약이 직접 부딪치지 않고, 약자 때문에 강자들끼리 부딪치는 자기모순이 생기는 점은 다르다.

강자는 약자를 괴롭히는 과정에서, 약자 반격이 없더라도 강하기 때문에 필연적으로 생기는 자기모순 탓에 손상을 겪는다. 가해에 자해가 따르는 것을 피할 수 없다. 강하다고 방자하게 구는 자를 신뢰하는 것은 어리석다. 신뢰하다가 함께 망한다.

강하면 망하게 되는 것을 알아야 한다. 이런 이치에 따라 사회나 역사가 달라진다. 강자의 필연적인 멸망이 반드시 다가올 발전의 계기가 된다. 이런 생각을 덧붙일 수 있다.

원문 冬栢實 每一顆三房 一房三珠 木之元氣不足者 每房不可具三 則或秕一成二 或秕二成一 或合三房而秕八成一者 充滿成珠 其或苟且充九者 不秕亦不珠 無所可用 人之才短而苟欲遍長者亦然

읽기 冬栢實(동백실)은 每一顆三房(매일과삼방)하고, 一房三珠(일방삼주)하니라. 木之元氣不足者(목지원기부족자)는 每房不可具三(매방불가구삼)이니라. 則(즉) 或秕一成二(혹비일성이)하고 或秕二成一(혹비이성일)하고 或合三房而秕八成一者(혹합삼방이비팔성일자)이니라. 充滿成珠(충만성주)라도 其或苟且充九者(기혹구차충구자)가 不秕亦不珠(불비역불주)하여 無所可用(무소가용)하노라. 人之才短而苟欲遍長者(인지재단이구욕편장자)도 亦然(역연)이니라.

풀이 "冬栢實"(동백실)은 "동백 열매"이다. "每一顆三房"(매일과삼방)은 "한 알마다 방이 셋이다"이다. "一房三珠"(일방삼주)는 "방 하나에 구슬 셋이다"이다. "木之元氣不足者"(목지원기부족자)는 "나무 가운데 원기 부족한 것"이다. "每房不可具三"(매방불가구삼)은 "방마다 셋을 갖추지는 못하다"이다. "則"(즉)은 "곧"이다. "或秕一成二"(혹비일성이)는 "혹은 쭉정이 하나에 성한 것 둘이기도 하다"이다. "或秕二成一"(혹비이성일)은 "혹은 쭉정이 둘에 성한 것 하나이기도 하다"이다. "或合三房而秕八成一者"(혹합삼방이비팔성일자)는 "혹은 세 방 다 합쳐 쭉정이 여덟에 성한 것 하나이기도 하다"이다. "充滿成珠"(충만성주)는 "충만하게 구슬을 이루다"이다. "其或苟且充九者"(기혹구차충구자)는 "구차하게 아홉을 채운 것이기도 하다"이다. "不秕亦不珠"(불비역불주)는 "쭉정이도 아니고 구슬도 아닌 것"

이다. "無所可用"(무소가용)은 "쓸 곳이 없다"이다. "人之才短而苟欲遍長者"(인지재단이구욕편장자)는 "사람이 재주가 짧으면서 구차하게 두루 장기를 보이려는 자"이다. "亦然"(역연)은 "또한 그렇다"이다.

번역 동백 열매는 한 알마다 방이 셋이고, 방 하나에 구슬이 셋이다. 원기 부족한 나무는 방마다 셋을 갖추지 못한다. 쭉정이 하나에 성한 것 둘이기도 하고, 쭉정이 둘에 성한 것 하나이기도 하고, 세 방 다 합쳐 쭉정이 여덟에 성한 것 하나이기도 하다. 구슬을 모두 이루어도 구차하게 아홉을 채운 것도 있다. 쭉정이도 아니고 구슬도 아닌 것은 쓸 곳이 없다. 사람 가운데 재주가 짧으면서 구태여 두루 장기를 보이려는 녀석 또한 그렇다.

논의 무엇을 말했는가? ㈎ 동백 열매의 모습을 예리하게 관찰하고, 자세하게 설명했다. ㈏ 모습이 다른 것은 발육이 충실하기도 하고 부실하기도 한 때문이라고 했다. ㈐ 발육이 부실한 것은 재주가 짧은 사람과 같다고 했다.

㈎는 사실판단이다. ㈏는 인과판단이다. ㈐는 가치판단이다. ㈎와 ㈏는 동백 열매에서 발견하는 자연 현상이다. 자연 관찰의 방법과 결과를 수긍하고 평가할 만하다. ㈐의 가치판단은 사람에게서 문제가 된다. 이에 관해 특별한 견해를 폈다.

작자가 할 말을 다 하지 않은 것 같아, ㈐에서 ㈎로 역행하면서 더 생각할 수 있다. 인간의 ㈐는 ㈏와 연관된다. 재주가 모자라면서 구태여 두루 잘하려고 하는 사람은 정신적 발육이 부실하기 때문이 아닌가? 세상 형편에 관해서도 ㈎를 말해, 갖가지로 모자라는 사람들이 있다고 쭉정이 유형론을 갖추어 말하고자 한 것이 아닌가?

사람이 능력을 고루 갖추는 것은 바람직하지만 반드시 그럴 수는 없
다. 어느 면에서는 능력이 있고 다른 면에서는 능력이 없는 것은 나무
랄 필요가 없다. 자기의 소임을 다하기 때문이다. 아무 능력도 없으면서
만능인 듯이 행세하면서 설쳐대는 녀석들은 그냥 두고 볼 수 없어 이
글을 썼다고 할 수 있다.

동백 열매는 기름을 짤 수 있어 유용하다. 사람의 능력은 맡은 일을
할 수 있어 유용하다. 만능이기를 바라지 말고, 한정된 능력으로 그 나
름대로 기여해도 사람이 할 일을 한다. 어느 한 가지 능력도 없으면서
무슨 일이든지 다 할 수 있다고 하는 무리의 허세나 위선은 용납할 수
없다. 이런 생각을 함께 하자고 한다.

申欽, 〈檢身篇〉(검신편), 《象村集》 권40
신흠, 〈허물〉

원문 見己之過 不見人之過 君子也 見人之過 不見己之過 小人也 檢身苟誠矣
己之過日見於前 烏暇察人之過 察人之過 檢身不誠者也 己過則恕 人過則知 己
過則默 人過則揚 是過也大矣 能改是過者 方可謂無過人

읽기 見己之過(견기지과)하고 不見人之過(불견인지과)면 君子也(군자야)라.
見人之過 (견인지과)하고 不見己之過(불견기지과)면 小人也(소인야)라. 檢
身苟誠矣(검신구성의)면 己之過日見於前(기지과일현어전)어늘 烏暇察人之過
(오하찰인지과)리오. 察人之過(찰인지과)는 檢身不誠者也(검신불성자야)니
라. 己過則恕(기과즉서)하고 人過則知(인과즉지)하며, 己過則默(기과즉묵)

하고 人過則揚(인과즉양)이면 是過也大矣(시과야대의)니라. 能改是過者(능개시과자)라야 方可謂無過人(방과위무과인)이니라.

풀이 "見己之過"(견기지과)는 "자기 허물을 보다"이다. "不見人之過"(불견인지과)는 "다른 사람의 허물을 보지 않다"이다. "君子也"(군자야)는 "군자이다"이다. "見人之過"(견인지과)는 "다른 사람의 허물을 보다"이다. "不見己之過"(불견기지과)는 "자기 허물을 보지 않다"이다. "小人也"(소인야)는 "소인이다"이다. "檢身苟誠矣"(검신구성의)는 "몸 살핌이 진실로 성실하다면"이다. "己之過日見於前"(기지과일현어전)은 "자기 허물이 날마다 앞에 나타나다"이다. "烏暇察人之過"(오하찰인지과)는 "어느 겨를에 다른 사람의 허물을 살피리"이다. "察人之過"(찰인지과)는 "다른 사람의 허물을 살피다"이다. "檢身不誠者也"(검신불성자야)는 "몸을 성실하게 검사하지 않음이다", 또는 "행실을 성실하게 반성하지 않음이다"라고 할 수도 있다. "己過則恕"(기과즉서)는 "자기 허물은 용서하다"이다. "人過則知"(인과즉지)는 "다른 사람의 허물은 안다"이다. "己過則默"(기과즉묵)은 "자기 허물에는 침묵하다"이다. "人過則揚"(인과즉양)은 "다른 사람의 허물을 들추다"이다. "是過也大矣"(시과야대의)는 "이것은 허물이 크다"이다. "能改是過者"(능개시과자)는 "이 허물을 능히 고치는 사람"이다. "方可謂無過人"(방과위무과인)은 "바야흐로 허물이 없는 사람이라고 할 수 있다"이다.

번역 자기 허물을 보고, 다른 사람의 허물은 보지 않으면 군자이다. 다른 사람의 허물을 보고, 자기 허물은 보지 않으면 소인이다. 행실을 성실하게 반성한다면 자기 허물이 날마다 앞에 나타나는데, 어느 겨를에 다른 사람의 허물을 살피겠는가. 다른 사람의 허물을 살피는 것은 행실을 성실하게 반성하지 않는 탓이다. 자기 허물은 덮고 다른 사람의 허물은 알며, 자기 허물에는 침묵하고 다른 사람의 허물은 들추어내는 것은 허물이 크다. 이 허물을 능히 고치는 사람이라야 바야흐로 허물이 없는 사람이라고 할 수 있다.

논의 어려운 글자가 하나도 없는 쉬운 글로, 하기 무척 어려운 말을 했다. 군자니 소인이니 하는 언사를 쓰지 않고, 오늘날의 어법에 맞게 간추리면, "자기에게 엄격하고, 다른 사람에게는 관대해야 한다"고 했다. 다른 사람을 훈계하기는 아주 쉽고, 자기를 스스로 반성하는 지침으로 삼기는 무척 어려운 말이다.

이 글을 쓴 사람은 큰 허물이라고 한 것을 고쳤는가? 자기는 실행하지 못하는 덕목을 훈계 거리로 삼아 불리한 위치에 있는 사람들을 내려다보며 나무란다면, 용납할 수 없는 위선이고 횡포이다. 유학에서 하는 말은 그 자체로 훌륭하다고 할 수 있는데, 이렇게 쓰여 반발을 샀다. 이 글을 읽으니 반발이 되살아난다.

훈계는 말로 하니 말이 말값을 해야 효력이 있다. 말이 말값을 하려면 실행이 선행되어야 한다. 말 없는 실행을 남모르게 해야 위선의 횡포를 멀리하고 자기부터 깨끗하게 할 수 있다. 말은 말이 아니어야 말일 수 있다. 선행도 선행이 아니어야 선행일 수 있다.

불교에서는 이렇게 하는 유학은 따르지 못하면서 반성하지 않았다. 불교를 비난하기만 하고 유학이 모자라는 점은 살피지 않는 것이 바로 다른 사람의 허물을 보고, 자기 허물은 보지 않는 소인의 행실이 아닌가? 오늘날 사람들은 패거리를 짓는 것을 반성해야 한다. 유학이니 불교니 하는 것을 구분하지 말고, 식견을 크게 열어야 하리라.

원문 支離兮 其形貌 錯莫兮 其神鋒 優游乎 事物之外 栖息乎 藥餌之中 天豈
閔余之勞生 未老 而佚我以沈痾 明窓煖屋兮 香一炷 早粥晚飯兮 度生涯 海山
兜率兮 非所慕 淸濟濁河兮 休管他 淹速去來兮 符到奉行 造物小兒兮 於我何

읽기 支離兮(지리혜) 其形貌(기형모)요, 錯莫兮(착막혜) 其神鋒(기신봉)이로
다. 優游乎(우유호) 事物之外(사물지외)하고, 栖息乎(서식호) 藥餌之中(약
이지중)이로다. 天豈閔余之勞生(천기민여지노생)하여 未老(미노)에 而佚我
以沈痾(이일아이침아)인가. 明窓煖屋兮(명창난옥혜) 香一炷(향일주)로다.
早粥晚飯兮(조죽만반혜) 度生涯(탁생애)로다. 海山兜率兮(해산두솔혜) 非所
慕(비소모)로다. 淸濟濁河兮(청제탁하혜) 休管他(휴관타)로다. 淹速去來兮
(엄속거래혜) 符到奉行(부도봉행)이로다. 造物小兒兮(조물소아혜) 於我何
(어아하)리오.

풀이 "支離兮"(지리혜)는 "지리하도다"이다. "兮"는 감탄하는 어미이다. "其
形貌"(기형모)는 "그 모습"이다. "錯莫兮"(착막혜)는 "어긋나고 어둡도다"
이다. "其神鋒"(기신봉)은 "그 정신 끝"이다. "優游乎"(우유호)는 "편안하
게 놀다"이다. "乎"도 감탄하는 어미이다. "事物之外"(사물지외)는 "사물
밖"이다. "栖息乎"(서식호)는 "쉬고 숨 쉬도다"이다. "藥餌之中"(약이지중)
은 "약을 먹으면서"이다. "天豈閔余之勞生"(천기민여지노생)은 "하늘이 어
찌 나의 고달픈 삶을 가엽게 여기나"이다. "未老"(미로)는 "늙지 않다"이
다. "而佚我以沈痾"(이일아이침아)는 "그런데 나를 병에 빠뜨려 편안하게
하다"이다. "明窓煖屋兮"(명창난옥혜)는 "밝은 창 따뜻한 방이여"이다. "香
一炷"(향일주)는 "향 한 자루"이다. "早粥晚飯兮"(조죽만반혜)는 "아침에

는 죽, 저녁에는 밥이여"이다. "度生涯"(탁생애)는 "생애를 기탁하다"이다. "海山兜率兮"(해산도솔혜)는 "바다 산, 도솔천(兜率天)이여"이다. 도솔천은 불교에서 말하는 하늘나라이다. "非所慕"(비소모)는 "사모하는 바가 아니다"이다. "清濟濁河兮"(청제탁하혜)는 "제수(濟水)가 맑고 황하(黃河)는 탁함이여"이다. 제수는 황하에 흘러드는 강이다. "休管他"(휴관타)는 "관여를 그만두다"이다. "淹速去來兮"(엄속거래혜)는 "가고 오는 것이 더디고 빠름이여"이다. "符到奉行"(부도봉행)은 "분부가 이르면 봉행하다"이다. "造物小兒兮"(조물소아혜)는 "조물주가 어린아이임이여"이다. "於我何"(어아하)는 "내게 어떻게 하리오"이다.

번역 지리하구나, 그 모습. 어긋나고 어둡구나, 그 정신. 편안하게 노는구나, 사물 밖에서. 쉬고 숨 쉬는구나, 약을 먹으면서. 하늘이 어찌 나의 고달픈 삶을 가엽게 여기는가, 늙지 않은 나를 병에 빠져 편안하게 하다니. 밝은 창 따뜻한 방이여, 향 한 자루로다. 아침 죽, 저녁 밥이여, 생애를 기탁하노라. 바다 건너 신선이 노는 산(仙山), 하늘의 도솔천(兜率天)이여, 사모하는 바가 아니노라. 제수(濟水)가 맑고 황하(黃河)는 탁함이여, 관여를 그만두었노라. 가고 오는 것이 더디고 빠름이여, 분부가 오면 봉행하리로다. 조물주 어린아이가 내게 어떻게 하리오.

논의 낯선 말이 이어지고 있어 풀이가 필요하다. "지리하다"는 "지질이도 못났다"는 말이다. 자기는 지리하고 못난이 녀석이라고 자처했다. "사물 밖"은 세상 사람들이 정상적으로 살아가는 영역을 벗어난 곳이다. 아직 늙지 않았는데 병이 들어 약을 먹으면서 쉬는 것을 하늘이 고달픈 삶을 가엽게 여겨 베푼 은혜라고 했다.

　"바다 선산(仙山)"은 도교, "하늘의 도솔천(兜率天)"은 불교의 신앙이다. 그런 것을 사모하지 않는다고 했다. "제수(濟水)가 맑고 황하(黃河)

가 탁함"은 세상 형편의 변화를 강물에 견주어 하는 말이다. 그런 것에 대한 관여를 그만두었다고 했다. "가고 오는 것이 더디고 빠름이여, 분부가 이르면 봉행하리로다"라고 한 것은 늦게 죽든 일찍 죽든 불만 없이 따르겠다고 한 말이다. "조물주 어린아이"는 조물주가 장난을 일삼는 것이 어린아이와 같다고 한 말이다.

자기는 못난이라 사는 대로 살다가 죽는다고 했다. 밝은 창 따뜻한 방에 향불을 피워놓고 아침에는 죽, 저녁에는 밥을 먹으면서 정갈하고 편안하게 지낸다고 했다. 종교에 대한 기대도, 정치에 대한 관심도 없다고 했다. 이런 말을 고풍스럽게 하면서 감탄사를 계속 넣어 자기가 못났다는 말을 그냥 받아들이지 않고 다시 생각하게 했다.

물러나 편안하게 지내는 달관의 경지를 자랑하면서, 잘났다고 뽐내며 다투느라고 괴롭게 사는 것은 어리석다고 은근히 일러주려고 했다. 늦게 죽든 일찍 죽든 죽음을 불만 없이 받아들이겠다고 했다. 조물주가 장난을 일삼아 철부지 어린아이와 같다고, 불운을 원망하는 사람들이 애용하는 문구를 놓고 자기는 예외인 듯이 말했다.

조물주가 자기는 어떻게 하지 못하리라고 하는 것은 근거 없는 낙관론이므로, 뒤집어 생각하지 않을 수 없다. 어리석다고 자처하고 물러나 달관하는 것이 불운에 대처하는 최상의 방법임을 알려주는 것이 아닌가? 문자 그대로 받아들여도 좋은 말이고, 뒤집어 생각하면 더 깊은 뜻이 있다.

"妄"(망)은 "허망하다"이다. 글 제목이 "허망함을 경계한다"는 뜻을
지닌다.

원문 蒼蒼茫茫 勇於一往 謂是勝情 莫非妄想 汝何一藝之有成 而妄以自名 汝何
一善之可錄 而妄不自恧 仿偟班馬 怊悵韓歐 時而自喜 儵爾爲憂 杳冥萬古 孤
笑生愁 烏虖古之人與其所可傳者 皆已死矣汝孰恃矣 汝孰與質而孰與美訾矣

읽기 蒼蒼茫茫(창창망망)하게 勇於一往(용어일왕)함을 謂是勝情(위시승정)이
라겠는가? 莫非妄想(막비망상)이니라. 汝何一藝之有成(여하일예지유성)으
로 而妄以自名(이망이자명)인가? 汝何一善之可錄(여하일선지가록)으로 而
妄不自恧(이망부자육)인가? 仿偟班馬(방황반마)하다가 怊悵韓歐(초창한구)
하고, 時而自喜(시이자희)하다가 儵爾爲憂(숙이위우)하다니. 杳冥萬古(묘명
만고)하여 孤笑生愁(고소생수)인가? 烏虖(오호)라, 古之人(고지인) 與其所
可傳者(여기소가전자)는 皆已死矣(개이사의)하니, 汝孰恃矣(여숙시의)하는
가? 汝孰與質(여숙여질)하고 而孰與美訾矣(이숙여미자의)하는가?

풀이 "蒼蒼茫茫"(창창망망)은 "가물가물하고 아득아득하다"이다. "勇於一
往"(용어일왕)은 "용감하게 한 곳으로 가다"이다. "謂是勝情"(위시승정)은
"이것이 자랑스러운 느낌이라고 하는가"이다. "莫非妄想"(막비망상)은 "망
상에 지나지 않다"이다. "汝何一藝之有成"(여하일예지유성)은 "너는 어찌
한 가지 재주 이룬 것이 있다"이다. "而妄以自名"(이망이자명)은 "그리고
망령되게 스스로 이름을 내놓다"이다. "一善之可錄"(일선지가록)은 "한 가
지 선행은 기록할 만하다"이다. "而妄不自恧"(이망부자육)은 "망령되게

부끄러워하지 않다"이다. "仿徨班馬"(방황반마)는 "반(班)과 마(馬)에서 방황하다"이다. 반은 반고(班固)이고, 마는 사마천(司馬遷), 두 역사가이다. "怊悵韓歐(초창한구)"는 "한(韓)과 구(歐)에서 절망하다"이다. 한은 한유(韓愈)이고, 구는 구양수(歐陽脩), 두 문장가이다. "時而自喜"(시이자희)는 "때때로 스스로 즐거워하다"이다. "儵爾爲憂"(숙이위우)는 "갑자기 근심스럽다"이다. 여기서는 "爾"가 "然"과 같이 "그러하다"는 뜻이다. "杳冥萬古"(묘명만고)는 "만고는 아득하다"이다. "孤笑生愁"(고소생수)는 "외로운 웃음이 근심을 낳다"이다. "烏虖"(오호)는 탄식하는 말이다. "古之人"(고지인)은 "옛사람"이다. "與其所可傳者"(여기소가전자)는 "전하는 것을 함께 하는 사람"이다. "皆已死矣"(개이사의)는 "모두 이미 죽다"이다. "汝孰恃矣"(여숙시의)는 "너는 누구를 믿나"이다. "汝孰與質"(여숙여질)은 "너는 누구에게 묻나"이다. "而孰與美訾矣"(이숙여미자의)는 "누구와 함께 칭찬하고 헐뜯나"이다.

번역 가물가물하고 아득아득하게, 외골수로 나가는구나. 그것을 자랑스러운 느낌이라고 하겠는가? 망상에 지나지 않는다. 너는 어째서 한 가지 재주 이룬 것이 있다고, 망령되이 스스로 이름을 내놓는가? 한 가지 잘한 일은 기록할 만하다고 하면서, 망령되게 부끄러워하지 않는가? 반고(班固)와 사마천(司馬遷)에게서 방황하다가, 한유(韓愈)나 구양수(歐陽脩)를 만나 절망하는구나. 때때로 스스로 즐거워하다가 갑자기 근심스러워하다니. 만고의 시간 아득하다고 여기고, 외로운 웃음이 근심을 낳는가? 오호라, 함께 있으면서 말을 전해주던 옛사람은 모두 세상을 떠났다. 너는 누구를 믿나? 너는 누구에게 묻는가? 너는 누구와 함께 칭찬하고 헐뜯는가?

논의 떠오르는 속마음을 술회했다. 자기를 "너"라고 지칭하면서 하는 짓이 못마땅하다고 나무랐다. 무어라고 했는지 간추려보자.

㈎ 아득하게 외골수로 나아가는 것은 망상이다. ㈏ 한 가지 재주를 잘한다고 자랑하는 것은 잘못이다. ㈐ 반고와 사마천 수준의 공부를 한다고 방황하다가, 한유와 구양수를 만나 절망하니 가련하다. ㈑ 즐거워하다가 근심을 하니 일정하지 않다. ㈒ 만고의 시간에 홀로 있다고 여겨 고독하다고 여기는 것은 부당하다. ㈓ 말을 전해주는 옛사람이 모두 떠나 믿고, 묻고, 함께 칭찬하고 헐뜯을 동반자가 없다고 한탄하니 가련하다.

이렇게 하는 말을 듣고 말 것은 아니다. 표면에 머무르지 않고 이면을 찾아야 한다. 나무라는 말을 하면서 자기는 예사 사람과 다르다는 자부심을 은근히 나타내는 줄 알아야 한다. 자기와는 다른 예사 사람이면 어떻게 했겠는지 생각해보자.

㈎ 이 일 저 일 닥치는 대로 한다. ㈏ 내세울 만한 재주가 없다. ㈐ 글공부를 위해 고심하지 않는다. ㈑ 즐거울 때 즐거워하고 근심할 때 근심한다. ㈒ 지금의 시간을 즐기면서 외롭지 않게 잘 지낸다. ㈓ 동류가 많으며 무슨 말이든지 하면서 즐거워한다.

자기는 예사 사람이 아니라고 한 것을 알아차릴 수 있다. 옛사람을 따르려고 홀로 우뚝하게 애쓰면서 한 가지 어려운 일에 몰두하는 것이 훌륭하다고 자부했다. 망상이라고 한 것이 사실은 자찬(自讚)이다. 글쓰기에서 일가를 이룬 것을 스스로 평가했다. 자기 자랑을 바로 할 수 없어, 겉 다르고 속 다른 말을 했다.

李恒福,〈恥辱箴〉(치욕잠),《白沙集》권2
이항복,〈치욕〉

원문 士之所欲遠者 恥辱 眞知恥辱者 鮮矣 居下流 爲大辱 不若人 爲深恥 置身高遠者 恥辱無自以至 行遠升高 必自卑近 則盡先慊慊於幽隱 懷安則易以頹墮 同俗則流於鄙吝 存心養性則 德日尊 人十己百則學日進 惟困知而勉行 或庶幾於斯訓

읽기 士之所欲遠者(사지소욕원자)는 恥辱(치욕)이나, 眞知恥辱者(진지치욕자)가 鮮矣(선의)니라. 居下流(거하류)는 爲大辱(위대욕)이고, 不若人(불약인)은 爲深恥(위심치)니라. 置身高遠者(치신고원자)는 恥辱無自以至(치욕무자이지)니라. 行遠升高(행원승고)는 必自卑近(필자비근)이니 則盡先慊慊於幽隱(즉합선조조어유은)이니라. 懷安則易以頹墮(회안즉이이퇴타)하고 同俗則流於鄙吝(동속즉류어비린)하고, 存心養性則德日尊(존심양성즉덕일존)이며, 人十己百則 學日進(인십기백즉학일진)이니라. 惟困知而勉行(유곤지이면행)이면 或庶幾於斯訓(혹서기어사훈)이니라.

풀이 "士之所欲遠者"(사지소욕원자)는 "선비가 멀리하고자 하는 것"이다. "恥辱"(치욕)은 "치욕"이다. "眞知恥辱者"(진지치욕자)는 "진실로 치욕을 아는 사람"이다. "鮮矣"(선의)는 "드물다"이다. "居下流"(거하류)는 "아래 흐름에서 살다"이다. "爲大辱"(위대욕)은 "큰 욕이 되다"이다. "不若人"(불약인)은 "사람답지 못하다"이다. "爲深恥"(위심치)는 "깊은 부끄러움이 되다"이다. "置身高遠者"(치신고원자)는 "몸을 높고 멀리 두는 사람"이다. "恥辱無自以至"(치욕무자이지)는 "치욕이 저절로 이르지 않다"이다. "行遠升高"(행원승고)는 "가리를 멀리 하고 높이 오르다"이다. "必自卑近"(필자비근)은 "반드시 비근한 데서 시작하다"이다. "則盡先慊慊於幽隱"(즉개선

조조어유은)은 "곧 대개 먼저 그윽하게 숨은 상태에서 착실하다"이다. "懷安則易以頹墮"(회안즉이이퇴타)는 "안이함을 품으면 타락하기 쉽다"이다. "同俗則流於鄙吝"(동속즉유어비린)은 "속된 무리와 같아지면 인색하게 되다"이다. "存心養性則德日尊"(존심양성즉덕일존)은 "마음을 바르게 하면 덕이 날로 높아지다"이다. "人十己百則學日進"(인십기백즉학일진)은 "다른 사람이 열을 하는 것을 자기는 백을 하면 배움이 날로 진보하다"이다. "惟困知而勉行"(유곤지이면행)은 "애써 알고 힘들여 실행하다"이다. "或庶幾於斯訓"(혹서기어사훈)은 "이 교훈에 가까워질 수도 있으리라"이다.

번역 선비가 멀리하고자 하는 것은 치욕이나, 진실로 치욕을 아는 사람은 드물다. 아래 흐름에서 살면 큰 욕이 되고, 사람답지 못하면 깊은 부끄러움이 된다. 몸을 높고 멀리 두는 사람에게는 치욕이 저절로 이르지 않는다. 멀리 가고 높이 오르려면, 반드시 비근한 데서 시작하고, 먼저 그윽하게 숨은 상태에서 착실해야 한다. 안이함을 품으면 타락하기 쉽고, 속된 무리와 같아지면 인색하게 된다. 마음을 바르게 하면 덕이 날로 높아지고, 다른 사람보다 열 배 노력하면 배움이 날로 진보한다. 애써 알고 힘들여 실행하면 이 교훈에 가까워질 수도 있으리라.

논의 선비가 치욕을 피하려면 어떻게 해야 하는가? 이런 심각한 문제를 제기하고 해답을 찾았다. 체험이 빚어내는 마음속의 자문자답을 털어놓은 것 같다. 논의가 자못 진지해 가슴이 무거워진다.

"아래 흐름에서 살면 큰 욕이 되고, 사람답지 못하면 깊은 부끄러움이 된다"고 한 것은 이익을 탐내면서 천박하게 굴지 말고, 고결한 위치에서 사람다운 품격을 지켜야 한다는 말이다. "몸을 높고 멀리 두는 사람은 치욕이 생겨나지 않는다"고 한 데서는, 관직에 미련을 가지지 않고 산림처사가 되어 떠나가는 것이 마땅하다고 일깨워주었다. 오늘날의 상황에서는, 현실과는 어느 정도 거리를 두고 자기 개발에 몰두하는 지식인이 되면 사는 보람을 누리고 치욕을 당하지 않는다고 할 수 있다.

우월하다고 자부하면 경쟁자가 생기고, 시기질투의 대상이 되어 치욕을 겪는다. 그런 줄 알고 계속 물러나 있어야 하는가? "멀리 가고 높이 오르려면, 반드시 비근한 데서 시작하고, 먼저 그윽하게 숨은 상태에서 착실해야 한다"고 해서, 우월감을 감추는 작전상의 후퇴를 하자고 했다. 이것은 임시방편이고, 문제를 크게 버르집는다. "마음을 바르게 하면 덕이 날로 높아지고, 다른 사람보다 열 배 노력하면 배움이 날로 진보한다"는 말은 실력을 쌓아 진출하라는 것이다. 앞에서 펼친 심각한 논란과는 거리가 있는 통상적인 교훈을 제시하는 데 그쳤다.

얻은 결과가 실망스러워, 문제를 가로맡아 고민하면서 깊이 생각하지 않을 수 없다. 우월감이 없다면 치욕도 없지 않는가? 지체가 낮고 처지가 불우해 우월감이 있을 수 없는 사람들은 모욕을 당하면서 살아도, 모욕은 치욕과 다르다. 치욕은 자존심을 일거에 말살하는 기습공격이지만, 모욕은 일상적인 체험으로 되풀이되어 함께 겪을 수 있다. 서로 위로해주는 동접도 있고, 일제히 분개하고 함께 나서는 동지도 있을 수 있다. 이런 모욕을 당하는 것은 불운이면서 행운이다. 시야를 크게 열고 세상을 다시 볼 수 있다. 정당한 분노로 대응하면서 상대방을 가엾게 여기고, 상극이 상생이게 할 수 있다.

지난날의 선비보다 오늘날의 지식인은 더 나아가야 한다. 지체뿐만 아니라 지식에서도 헛된 우월감을 버리고 만백성의 일원으로 사회의 밑바닥에서 모욕을 당하고 살아가면, 바다처럼 넓고 힘찬 학문을 할 수 있다. 세계 전체 판도에서 우월감을 자랑하는 쪽의 기만이나 허세에 정당하게 대응하면서, 상극이 상생이게 하는 힘을 발휘해 인류의 미래를 바람직하게 창조할 수 있다.

셋째

戒膺, 〈食堂銘〉(식당명), 《東文選》 권49
계응, 〈식당에 붙인 글〉

원문 食者 僧所倚 以修道業 而此所由 以成過咎也 於是乎 銘其堂 云 謂食以宜 道洋銅灌口 謂食以不宜 乳麋或取 惟藥之設 視疾之宜 必甘必苦 非狂卽癡 物於其物 物無非賊 無物之物 物或成德 苟 存諸中 有無 俱玷 先覺 有言 口口作念

읽기 食者(식자)는 僧所倚(승소의)하여 以修道業(이수도업)이나, 而此所由(이차소유)하여 以成過咎也(이성과구야)라. 於是乎(어시호) 銘其堂(명기당) 云(운)하노라.

謂食以宜(위식이의)한즉 道洋銅灌口(도양동관구)하네. 謂食以不宜(위식이불의)한즉 乳麋(유미)를 或取(혹취)하네. 惟藥之設(유약지설)은 視疾之宜(시질지의)니라. 必甘必苦(필감필고)라면 非狂卽癡(비광즉치)니라.

物於其物(물어기물)이면 物無非賊(물무비적)이요, 無物之物(무물지물)이라야 物或成德(물혹성덕)이니라. 苟(구) 存諸中(존저중)에 有無(유무)가 俱玷(구점)이니라. 先覺(선각)이 有言(유언) 하되 口口作念(구구작념)하였느니라.

풀이 "食者"(식자)는 "먹는다는 것"이다. "僧所倚"(승소의)는 "승려가 의지하는 바"이다. "以修道業"(이수도업)은 "이로써 도를 닦는 과업을 수행하다"이다. "而此所由"(이차소유)는 "그리고 이로 말미암다"이다. "以成過咎也"(이성과구야)는 "이로써 과오나 허물을 빚어내다"이다. "於是乎"(어시호)는 "마침내"이다. "銘其堂"(명기당)은 "식당에 글을 써 붙이다"이다. "云"(운)은 "말하다"이다. "謂食以宜"(위식이의)는 "먹는 것이 마땅하다고 말하다"이다. 여기서는 "以"가 "-이라고"이다. "道洋銅灌口"(도양동관구)는 "구리 끓인 물을 입에 부어 넣는 것을 말하다"이다. 여기서는 "道"가 "말하다"이며, 다음의 "謂"와 같다. "謂食以不宜"(위식이불의)는 "먹는 것이 마땅하지 않다고 말하다"이다. "乳糜"(유미)는 "우유 죽"이다. "或取"(혹취)는 "들기도 하다"이다. "惟藥之設"(유약지설)은 "오직 약을 쓰다"이다. "視疾之宜"(시질지의)는 "질병에 마땅한지 보다"이다. "必甘必苦"(필고필감)은 "반드시 달아야 한다거나 반드시 써야 한다고 하다"이다. "非狂卽癡"(비광즉치)는 "미치광이가 아니면 바보이다"이다. "物於其物"(물어기물)은 "그 물(物)을 물(物)로 여기다"이다. "物無非賊"(물무비적)은 "나를 적대시하지 않는 물(物)이 없다"이다. "無物之物"(무물지물)은 "물(物)이 아닌 물(物)"이다. "物或成德"(물혹성덕)은 "물(物)이 덕(德)을 이루기도 하다"이다. "苟"(구)는 "만약"이다. "存諸中"(존저중)은 "(마음) 가운데 보존하다"라고 풀어 이해해야 할 말이다. 여기는 "諸"가 "-에서"이며 "저"라고 읽어야 한다. "有無"(유무)는 "있고 없음"이다. "俱玷"(구점)은 "모두 잘못"이다. "先覺"(선각)은 "먼저 깨달은 분"이다. "有言"(유언)은 "말을 남기다"이다. "口口作念"(구구작념)은 "한 입 한 입 생각하다"이다.

번역 먹는 것에 의지해 승려는 도를 닦는 과업을 수행하지만, 이로 말미암아 과오나 허물을 빚어내기도 한다. 이런 뜻으로 식당에 글을 써 붙여 말한다.

먹는 것이 마땅하다고 하려고 하니, 구리 끓인 물을 입에 부어 넣는 것도 말하네. 먹는 것이 마땅하지 않다고 하려고 하니, 우유죽을 들기도 했네. 약은 오직 질병에 마땅한지 보고 써야 한다. 반드시 달아야 한다거나 반드시 써야 한다거나 한다면, 미치광이가 아니면 바보이다.

　물(物)을 물(物)로 여기면, 나를 적대시하지 않는 물(物)이 없다. 물(物)이 물(物)이 아니라고 하면, 물(物)이 덕(德)을 이루기도 한다. 만약 마음 가운데 보존하고, 있다거나 없다거나 하면 모두 잘못이다. 먼저 깨달은 분이 말씀을 남기셨다. "한 입 한 입 생각하라."

논의 승려가 식당에 붙여놓는 글을 별나게 썼다. 밥에 대해서 어느 한쪽에 치우친 생각을 하지 않고, 밥을 먹으면서 밥에 집착하지 말아야 한다고 했다. 불교의 이치를 일러준 말이다. 식당에서 식사를 하면서 이 글을 보고 많은 공부를 하라고 했다.

　특별한 이해가 필요한 구절이 있다. "구리 끓인 물을 입에 부어 넣기도 한다"는 것은 지옥에서 당하는 형벌이다. "우유죽을 들기도 했네"라고 한 구절은 석가가 그 덕분에 기운을 얻어 득도를 한 것을 말한다. 두 경우를 함께 들어, 먹는 것이 좋다느니 나쁘다느니 하는 생각을 버려야 한다고 했다. "약은 오직 질병을 보고 맞추어 써야 한다"는 말로 고정관념에서 벗어나야 한다고 다시 일렀다.

　"물(物)을 물(物)로 여기면, 나를 적대시하지 않는 물(物)이 없다. 물(物)이 물(物)이 아니라고 하면, 물(物)이 덕(德)을 이루기도 한다." 이 말은 깊이 새겨야 한다. 물을 물로 여기는 것은 내가 나라고 하는 집착이 있기 때문이다. 내가 나라고 하는 집착을 버려야 물을 물로 여기지 않을 수 있다. 집착은 구속을 초래하고 다툼이 생기게 한다. 집착을 버리면 거슬리는 것이 없어 편안하다.

　그래서 생각을 버리는 것은 아니다. "한 입 한 입 생각하라." 이렇게 말하면서 무엇을 생각하라고 했는가? 모든 것을 아우르는 생각인가? 생각을 없애는, 생각이 아닌 생각인가?

> 成渾, 〈祭友人文〉(제우인문), 《牛溪續集》 권6
> 성혼, 〈친구 제문〉

원문 聞公之凶訃矣 浮生如寄 去留悠悠 誠可戚而可悲 怳然 如 一夢之易罷 浮
雲之變滅 矯首南飛 不覺雪涕盈襟也 嗚呼
難平者心也 易昧者理也 今日 吾與公 欲講之而不得 遂永訣而終天也 嗚呼哀哉
渾抱病山谷 莫能往哭 謹具菲薄 使人往奠 陟降如在 庶垂歆格

읽기 聞公之凶訃矣(문공지흉부의)하니 浮生如寄(부생여기)하고 去留悠悠(거
류유유)하며 誠可戚而可悲(성가척이가비)하노라. 怳然(황연)하기가 如(여)
一夢之易罷(일몽지이파)하고 浮雲之變滅(부운지변멸)이로다. 矯首南飛(교수
남비)하니 不覺雪涕盈襟也(불각설체영금야)라. 嗚呼(오호)라.

難平者心也(난평자심야)오 易昧者理也(이매자리야)라. 今日(금일) 吾與
公(오여공) 欲講之而不得(욕강지이부득)이노라. 遂永訣而終天也(수영결이종
천야)하니 嗚呼哀哉(오호애재)라.

渾抱病山谷(혼포병산곡)하여 莫能往哭(막능왕곡)하므로, 謹具菲薄(근구
비박)하고 使人往奠(사인왕전)하니 陟降如在(척강여재)하여 庶垂歆格(서수
흠격)하소서.

풀이 "聞公之凶訃矣"(문공지흉부의)는 "그대가 세상을 떠났다는 좋지 못한
소식을 듣다"이다. "浮生如寄"(부생여기)는 "떠서 사는 삶이 덧없다"이다.

"去留悠悠"(거류유유)는 "머무르고 가는 것이 아득하다"이다. "誠可戚而可悲"(성가척이가비)는 "참으로 아프고 슬프다"이다. "恍然"(황연)은 "놀랍다"이다. "如"(여)는 "같다"이다. "一夢之易罷"(일몽지이파)는 "한 자리의 꿈이 쉽게 깨이다"이다. "浮雲之變滅"(부운지변멸)은 "뜬구름이 변하고 없어지다"이다. "矯首南飛"(교수남비)는 "머리를 들어 남쪽을 바라보다"이다. "不覺雪涕盈襟也"(불각설체영금야)는 "눈물방울이 옷깃에 가득한 것을 깨닫지 못하다"이다. "嗚呼"(오호)는 탄식하는 말이다.

"難平者心也"(난평자심야)는 "화평하게 하기 어려운 것은 마음이다"이다. "易昧者理也"(이매자리야)는 "어두워지기 쉬운 것은 이치이다"이다. "今日"(금일)은 "오늘날"이다. "吾與公"(오여공)은 "내가 그대와 함께"이다. "欲講之而不得"(욕강이부득)은 "탐구하고자 해도 결과를 얻지 못하다"이다. "遂永訣而終天也"(수영결이종천야)는 "마침내 영원히 이별하고 세상을 떠나다"이다. "嗚呼哀哉"(오호애재)는 "아 슬프구나"이다. "渾抱病山谷"(혼포병산곡)은 "(나 성)혼은 산골에서 병들다"이다. "莫能往哭"(막능왕곡)은 "가서 곡을 할 수 없다"이다. "謹具菲薄"(근구비박)은 "삼가 변변치 않은 제물을 갖추다"이다. "使人往奠"(사인왕전)은 "사람을 시켜 가서 제사지내도록 하다"이다. "陟降如在"(척강여재)는 "살아 있는 듯이 오르내리다"이다. "庶垂歆格"(서수흠격)은 "흠향함을 드리워주소서"이다. 제문 말미에 쓰는 상투어이다. 뜻을 밝히면, "庶"는 "바라다", "垂"는 "드리우다", "歆"은 "귀신이 제물을 받아먹다", "格"은 "제사를 받으러 오다"이다.

번역 그대가 세상을 떠났다는 좋지 못한 소식을 들으니, 떠서 사는 삶이 덧없고 머무르고 가는 것이 아득해 참으로 아프고 슬프구나. 놀랍기가 한자리의 꿈이 쉽게 깨이고, 뜬구름이 변하고 없어지는 것 같도다. 머리를 들어 남쪽을 바라보면서, 눈물방울이 옷깃에 가득한 것을 깨닫지 못한다.

아아, 화평하게 하기 어려운 것은 마음이고, 어두워지기 쉬운 것은 이치이다. 오늘날 그대와 함께 탐구하고자 했어도 결과를 얻지 못했도다. 마침내 영원히 이별하고 세상을 떠나니, 아 슬프구나.

나 성혼은 산골에서 병들어 있어, 가서 곡을 할 수 없다. 삼가 변변치 않은 제물을 갖추어, 사람을 시켜 가서 제사지내도록 한다. 살아 있는 듯이 오르내리며, 와서 흠향하기를 바란다.

논의 친구의 죽음을 애통하게 여기면서 쓴 제문이 글쓰기의 모범이 된다. 얼마 되지 않은 말을 최대한 활용했다. 중언부언 분별없이 떠들어대며 감정 낭비를 과시하는 범속한 제문과는 아주 거리가 멀다.

첫 대목에서는 인생이 덧없다는 소리를 간결하면서 적실하게 전했다. 어떤 제문에서도 쓸 수 있는 공통된 언사를 앞세워 공감을 확보했다. 다음 두 대목에서 자기가 특별하게 하고자 하는 말을 했다.

둘째 대목에서는 고인이 단순한 친구는 아니고 학문을 함께 한 도반(道伴)임을 말했다. 마음을 화평하게 하고 이치를 밝히는 과제를 힘을 합쳐 탐구하고자 했는데, 고인은 가고 자기 혼자 남아 감당하기 어렵게 되었으므로 더욱 슬프다고 했다. 앞에서 말한 "嗚呼"를 되풀이하면서 "哀哉"를 덧붙였다.

셋째 대목에서는 자기는 "산골에서 병들어 있어" 문상하러 갈 수 없는 처지이므로 다른 사람을 대신 보낸다고 했다. "산골"이라는 말을 넣어 넓은 세상과 격리되어 있다는 것을 암시했다. 자기에게도 죽음이 가까이 온 것을 말하지는 않았으나 짐작할 수 있다.

> 李穡, 〈答問〉(답문), 《牧隱文藁》권12
> 이색, 〈물음에 답한다〉

원문 問爲文 先生日 必言必言 必用必用 止矣 問其次 言 遠矣 或補於近 用迂矣 或類於正 又問其次 言 不必言 用不必用 不亦傎乎 又問宜何師 日 師 不在人也 不在書也 自得而已矣 自得也者 堯舜以來 未之或改也

既十餘年矣 問者謝日 先生前言是矣 請終身行之 童子在傍問其由 錄之 日答問

읽기 問爲文(문위문)하니 先生日(선생왈)하되, 必言必言(필언필언)하고, 必用必用(필용필용)하고 止矣(지의)이니라. 問其次(문기차)하니 言(언)하되, 遠矣(원의)면 或補於近(혹보어근)하고, 用迂矣(용우의)면 或類於正(혹유어정)이니라.

又問其次(우문기차)하니, 言不必言(언불필언)하고 用不必用(용불필용)하도록 不亦傎乎(불역신호)일 것인가. 又問(우문)하니 宜何師(의하사)하니, 日(왈)하되 師(사)는 不在人也(부재인야)하고 不在書也(부재서야)하며 自得而已矣(자득이이의)니라. 自得也者(자득야자)는 堯舜以來(요순이래)로 未之或改也(미지혹개야)니라.

既十餘年矣(기십여년의)에 問者謝日(문자사왈)하되, 先生前言是矣(선생전언시의)라. 請終身行之(청종신행지)하리라. 童子在傍(동자재방)하다가 問其由(문기유)하고 錄之(녹지)하여, 日答問(왈답문)이라고 하니라.

풀이 "問爲文"(문위문)은 "글짓기를 묻다"이다. "先生日"(선생왈)은 "선생이 말하다"이다. "必言必言"(필언필언)은 "반드시 말해야 할 것은 반드시 말하다"이다. "必用必用"(필용필용)은 "반드시 사용할 것은 반드시 사용하다"이다. "止矣"(지의)는 "그만두다"이다. "問其次"(문기차)는 "그 다음을 묻다"이다. "言"(언)은 "말하다"이다. "遠矣"(원의)는 "멀다"이다. 말하는 내용이 멀리 있다는 것이다. "或補於近"(혹보어근)은 "가까운 것으로 보충할 수 있다"이다. "用迂矣"(용우의)는 "돌아가는 방법을 쓰다"이다. 우회적인 언술 방법을 사용한다는 것이다. "類於正"(유어정)은 "바른 말에서 비슷한 것을 든다"이다. 우회적인 언술 방법이 효력을 잃으면 바로 하는 말로 비유를 삼는 쪽으로 방향을 돌린다는 말이다.

"又問其次"(우문기차)는 "또한 그다음을 묻다"이다. "言不必言"(언불필언)은 "말할 필요가 없는 것을 말하다"이다. "用不必用"(용불필용)은 "사용할 필요가 없는 것을 사용하다"이다. "不亦愼乎"(불역신호)는 "또한 삼가지 않을 것인가"이다. "宜何師"(의하사)는 "어떤 스승이 마땅한가"이다. "不在人也"(부재인야)는 "사람에 있지 않다"이다. "不在書也"(부재서야)는 "글에 있지 않다"이다. "自得而已矣"(자득이이의)는 "스스로 얻을 따름이다"이다. "堯舜以來"(요순이래)는 "요순 이래로"이다. "未之或改也"(미지혹개야)는 "혹시 바뀐 것은 아니다"이다.

"旣十餘年矣"(기십여년의)는 "이미 십여 년이 지나다"이다. "問者謝曰"(문자사왈)은 "물은 사람이 감사하다고 말하다"이다. "先生前言是矣"(선생전언시의)는 "선생이 전에 한 말이 옳다"이다. "請終身行之"(청종신행지)는 "바라건대 평생 이것을 실행하리라"이다. "童子在傍"(동자재방)은 "동자가 곁에 있다"이다. "問其由"(문기유)는 "그 사유를 묻다"이다. "錄之"(녹지)는 "이를 기록하다"이다. "曰答問"(왈답문)은 "답문(答問)이라고 하다"이다.

번역 글짓기에 관해 물으니, 선생이 말했다. "반드시 말할 것을 반드시 말하고, 반드시 사용할 것을 반드시 사용하고 그만둔다." 그다음을 물으니, 말했다. "말하는 내용이 멀면 가까운 것으로 보충할 수 있다. 돌아가는 방법을 쓰다가 바로 하는 말에서 비슷한 것을 들 수 있다."

또한 그다음을 물으니, 말했다. "말할 필요가 없는 것을 말하거나, 사용하지 않을 것을 사용하지 않도록 또한 삼가지 않을 것인가?" 또한 어떤 스승이 마땅한가 물으니, 말했다. "스승은 사람에게 있지 않고, 글에도 있지 않으며, 스스로 얻을 따름이다. 요순 이래로 이 말이 혹시 바뀐 것은 아니다."

십여 년이 지나서 묻던 사람이 감사하다고 말했다. "선생님이 전에 하신 말씀이 옳습니다. "바라노니, 평생 실행하려고 합니다." 동자가 곁에 있다가 그 까닭을 물어 기록하고 〈답문〉(答問)이라고 한다.

논의 물음에 대답하면서 글을 잘 쓰는 원칙을 알려주었다. 첫째는 선택의 원칙이다. 반드시 필요한 내용과 방법만 갖춘다. 둘째는 표현의 원칙이다. 먼 것 원(遠)은 가까운 것 근(近)으로 나타내고, 돌아가는 우(迂)에서 생기는 혼란은 바르게 하는 정(正)에서 바로잡아야 한다. 셋째는 배제의 원칙이다. 불필요한 내용과 방법은 배제한다. 넷째는 주체의 원칙이다. 자기 자신을 스승으로 삼고 스스로 판단해 자기 글을 써야 한다.

첫째로 든 필요한 내용과 방법만 선택해야 한다는 원칙이 워낙 중요해 셋째에서 뒤집어 배제의 원칙으로 다시 말했다. 배제의 원칙을 다시 말하는 것은 불필요하지 않고 반드시 필요하다고 여겼다. 첫째와 셋째 원칙은 의문의 여지가 없이 명확하지만, 둘째 것은 글을 잘 쓰려고 고민한 경험이 많아야 알아차릴 수 있는 비방이다. 너무 멀다고 여겨 이해되지 않는 내용은 비근한 본보기를 들어 말해야 한다. 비유가 지나쳐 말이 꼬이고 혼란이 생기면, 직설법을 비슷한 것이라도 들어 논의를 정리해야 한다.

넷째 주체성의 원칙에서 자기 자신을 스승으로 삼으라고 하고, "요순 이래로 이 말을 바뀌었다고 하지 않다"고 한 것은 깊이 새겨 이해해야 할 말이다. 앞의 말이 불변임을 강조하면서 요순에 대한 견해를 바로잡기도 했다. 요순은 자기 자신을 스승으로 삼고 스스로 노력해 훌륭하게 되었다. 요순을 따르려면 요순이 그랬듯이 자기 자신을 스승으로 삼아야 한다.

선생이 하는 말을 듣고 즉석에서 무어라고 하지 않고, 십여 년이 지나서 찾아와 감사하다고 했다. 자기 자신이 스승임을 체득하는 데 십여 년의 세월이 필요했다는 말이다. 글을 잘 쓰는 원칙은 실행해야 이해할 수 있고 효력을 발휘한다는 것을 말해주었다.

이상의 말로 글을 끝낼 수 있는데, "동자가 곁에 있다가 그 까닭을 물어 기록을 하고 〈답문〉이라고 한다"는 말이 더 있다. 동자는 신참자이고 초심자이다. 신참자나 초심자가 세상에 허다하므로 안내가 필요하다. 글을 읽으면 알 수 있는 것은 아니지만, 길을 가려는 사람에게 지도가 필요하다.

이 글을 읽고 가르친다는 것이 무엇인지 다시 생각한다. 선생은 이미 알고 있다면서 앞질러 이야기하지 말아야 한다. 제자가 물으면 대체적인 방향만 간략하게 제시하고, 과연 그런지 자기 자신을 스승으로 삼고 탐구하도록 하는 것이 최상의 가르침이다. 아는 것을 체험하고 검증해야 한다. 이런 내용을 글로 쓰는 것은 초심자를 위한 초보적인 안내가 필요하기 때문이다.

洪大容, 〈乾坤一草亭題詠小引〉(건곤일초정제영소인), 《湛軒書附錄》
홍대용, 〈하늘과 땅 사이의 초가 정자 하나〉

원문 大秋毫而小泰山 莊周氏之激也 今余視乾坤爲一草 余將爲莊周氏之學乎 三

十年讀聖人書 余豈逃儒而入墨哉

處衰俗而閱喪威 蒿目傷心之極也 嗚呼 不識物我有成 何論貴賤與榮辱 忽生
忽死 不啻若蜉蝣之起滅已焉哉

逍遙乎寢臥斯亭 逝將還此身於造物

읽기 大秋毫而小泰山(대추호이소태산)은 莊周氏之激也(장주씨지격야)라. 今余
視乾坤爲一草(금여시건곤위일초)하니 余將爲莊周氏之學乎(여장위장주지학호)
인가? 三十年讀聖人書(삼십년독성인서)하고 余豈逃儒而入墨哉(여기도유이
입묵재)리오.

處衰俗而閱喪威(처쇠속이열상위)하니 蒿目傷心之極也(호목상심지극야)하
노라. 嗚呼(오호)라, 不識物我有成(불식물아유성)이면 何論貴賤與榮辱(하론
귀천여영욕)이리오, 忽生忽死(홀생홀사)가 不啻若蜉蝣之起滅已焉哉(불시약
부유지기멸이언재)리오.

逍遙乎寢臥斯亭(소요호침와사정)하고 逝將還此身於造物(서장환차신어조물)
하리라.

풀이 "大秋毫而小泰山"(대추호이소태산)은 "크도다 가을 터럭하고, 작도다
태산"이다. "莊周氏之激也"(장주씨지격야)는 "장주(莊周)씨의 과격함이다"
이다. 장주씨는 장자(莊子)이다. "今余視乾坤爲一草"(금여시건곤위일초)는
"이제 나는 하늘과 땅이 풀 하나라고 보다"이다. "余將爲莊周氏之學乎"
(여장위장주지학호)는 "내가 장차 장주씨의 학문을 하려는 것인가?"이다.
"三十年讀聖人書"(삼갑년독성인서)는 "삼십 년 동안 성인의 책을 읽다"이
다. "余豈逃儒而入墨哉"(여기도유이입묵재)는 "내가 어찌 유학에서 도망해
묵자(墨子)의 학문으로 들어가겠는가?"이다. 묵자는 공자와 다른 주장을
펴서 이단으로 취급된다.

"處衰俗而閱喪威"(처쇠속이열상위)는 "쇠멸한 풍속을 겪고 위엄 상실을

보다"이다. "蒿目傷心之極也"(호목상심지극야)는 "눈 어지럽고 마음 상함이 극도에 이르다"이다. "嗚呼"(오호)는 탄식하는 말이다. "不識物我有成"(불식물아유성)은 "물(物)과 나의 생성을 알아보지 못하다"이다. "何論貴賤與榮辱"(하론귀천여영욕)은 "어찌 귀천이나 영욕을 논하나"이다. "忽生忽死"(홀생홀사)는 "갑자기 나고 갑자기 죽다"이다. "不啻若蜉蝣之起滅已焉哉"(불시약부유지기멸이언재)는 "마치 하루살이가 잠시 생겼다가 사라지는 것과 같을 뿐만은 아니다"이다. "啻"는 "다만, —뿐"이다.

"逍遙乎寢臥斯亭"(소요호침와사정)은 "마음을 활짝 펴고 이 정자에서 거닐고 누워 자다"이다. "逍遙"는 장자(莊子)가 사용한 말이며, "마음을 활짝 펴고 어디든지 자유롭게 거닌다"는 뜻이다. "逝將還此身於造物"(서장환차신어조물)은 "떠나가서 장차 이 몸을 조물주에게 되돌리리라"이다.

번역 "크도다 가을 터럭이여, 작도다 태산이여."라고 한 것은 장주(莊周)씨의 과격한 발언이다. 이제 하늘과 땅이 풀 하나라고 보고, 내가 어찌 장차 장주씨의 학문을 하겠느냐? 삼십 년 동안 성인의 책을 읽고, 내가 어찌 유학에서 도망해 묵자(墨子)의 학문으로 들어가겠는가?

쇠멸한 풍속을 겪고 위엄 상실을 보니, 눈 어지럽고 마음 상함이 극도에 이르렀을 따름이다. 오호라, 물(物)과 나의 생성을 알아보지 못하면, 어찌 귀천이나 영욕을 논하겠는가? 갑자기 나고 갑자기 죽음이 마치 하루살이가 잠시 생겼다가 사라지는 것과 같을 뿐만이 아니리라.

마음을 활짝 펴고 이 정자에서 거닐고 누워 자다가, 떠나가서 장차 이 몸을 조물주에게 되돌리리라.

논의 "쇠멸한 풍속을 겪고 위엄 상실을 보니"라는 말로 세상이 잘못되고 있다고 통탄했다. 그 때문에 실망해 "눈이 어지럽고 마음 상함이 극도에 이르렀다"고 했다. 그러면 어떻게 해야 하는가? 귀천이나 영욕이 잘못되었다고 하고 바로잡으려고 직접 분투할 것은 아니다. 천지만물이 생성되고 변화하는 이치를 크게 이해해야 한다고 했다.

유가의 학문을 버리자는 것은 아니지만, 시야를 넓혀 크고 작은 것들의 구분을 다시 해야 한다. 하늘과 땅이 풀 하나와 같다. 이런 생각을 할 수 있는 장소를 마련하고, 거닐고 누워 자며 여생을 보내는 것이 보람 있는 일이라고 했다. 커다란 포부를 알 만한 사람만 짐작할 수 있게 전했다.

홍대용이 대단한 학문을 한 이유를 짐작할 수 있게 한다. 천지만물이나 인생만사가 하나인 기(氣)가 운동하면서 다양성을 띠어 생겨났다고 한 것이 용어나 개념 차원의 주장은 아니다. 이(理)를 존숭해야 할 당위로 삼아 이룩한 모든 가치관을 뒤집어엎기 위해 비장한 각오를 하고 투쟁해야 했다. 이단의 학문을 한다는 비난을 이겨내면서 할 말을 해야 했다. 그래서 작전이 필요했다.

후퇴가 슬기로운 작전이다. 사소한 싸움은 피해 가장 큰 싸움을 할 수 있기를 바랐다. 그릇된 세태와 근접된 관계를 가지고 상심하지 않고, 관심을 최대한 넓혀 이치의 근본에 대한 이해를 바로잡으려고 했다. 정자를 짓고 은거하다 때가 되면 사라진다고 표방해 시비나 박해를 막고, 하늘과 땅도 기(氣)의 양상이라는 점에서 풀 하나와 다르지 않음을, 크고 작은 것이 가치의 등급일 수는 없음을, 모든 것은 생멸함을 깨달아 아는 자기만의 공간을 마련했다.

원문 五十歲秋 九月初吉 作自儆箴 朝夕觀之 庶以自勉

若近焉而遠之 若得焉而失之 遠矣而時近也 失矣而時得也 茫乎無所措也 赫乎如有覿也 赫乎或昧焉 茫乎或灼焉 將畫也不忍焉 將彊也不足焉 宜其自責而自恧焉

五十而知非 九十而作抑 斯古之自力也 尚不懈于一息 勉之哉 勉之哉 自暴自棄 是何物邪

읽기 五十歲秋(오십세추) 九月初吉(구월초길)에 作自儆箴(작자경잠)하노라. 朝夕觀之(조석관지)하고 庶以自勉(서이자면)하리로다.

若近焉而遠之(약근언이원지)하고 若得焉而失之(약득언이실지)하도다. 遠矣而時近也(원의이시근야)하고 失矣而時得也(실의이시득야)하도다. 茫乎無所措也(망호무소조야)하고 赫乎如有覿也(혁호여유적야)하도다. 赫乎或昧焉(혁호혹매언)하고 茫乎或灼焉(망호혹작언)하도다. 將畫也不忍焉(장화야불인언)하고 將彊也不足焉(장강야부족언)하니, 宜其自責而自恧焉(의기자책이자뉵언)하도다.

五十而知非(오십이지비)라. 九十而作抑(구십이작억)함이 斯古之自力也(사고지자력야)이었노라. 尚不懈于一息(상불해우일식)하고, 勉之哉(면지재), 勉之哉(면지재)하리라. 自暴自棄(자포자기)는 是何物邪(시하물야)인가?

풀이 "五十歲秋"(오십세추)는 "50세 가을"이다. "九月初吉"(구월초길)은 "9월 초하루"이다. 여기서는 "吉"이 "초하루"이다. "作自儆箴"(작자경잠)은 "스스로 경계하는 글을 쓰다"이다. "朝夕觀之"(조석관지)는 "아침저녁으로 이것을 보다"이다. "庶以自勉"(서이자면)은 "바라건대 이로써 스스로 힘쓰리라"이다.

"若近焉而遠之"(약근언이원지)는 "가까운 듯하면서 멀다"이다. "若得焉 而失之"(약득언이실지)는 "얻은 것 같은데 잃다"이다. "遠矣而時近也"(원의 이시근야)는 "멀면서 때로는 가깝다"이다. "失矣而時得也"(실의이시득야) 는 "잃어버리고 때때로 얻다"이다. "茫乎無所措也"(망호무소조야)는 "아득 하구나 어찌할 바를 모르도다"이다. "赫乎如有覩也"(혁호여유적야)는 "빛 나구나 보이는 것이 있도다"이다. "赫乎或昧焉"(혁호혹매언)은 "빛나구나 어둡기도 하도다"이다. "茫乎或灼焉"(망호혹작언)은 "아득하구나 분명하기 도 하도다"이다. "將畫也不忍焉"(장화이야불인언)은 "그려내려고 하니 차 마 하지 못하다"이다. "將疆也不足焉"(장강야부족언)은 "힘쓰려고 하니 모 자라다"이다. "宜其自責而自恧焉"(의기자책이자뉵언)은 "마땅히 스스로 책 망하고 스스로 부끄러워해야 하다"이다.

"五十而知非"(오십이지비)는 "50에는 알지 못하다"이다. "九十而作抑" (구십이작억)은 "90에 억(抑)을 짓다"이다. 〈억〉은 《시경》(詩經)에 수록 된 시이다. 위무공(衛武公)이 주여왕(周厲王)을 풍자하고 또 스스로 경 계하기 위하여 지었다고 한다. "斯古之自力也"(사고지자력야)는 "이것은 옛사람이 스스로 힘씀이다"이다. "尚不懈于一息"(상불해우일식)은 "항상 한순간도 게으르지 않다"이다. "勉之哉"(면지재)는 "힘쓸지어다"이다. "自 暴自棄"(자포자기)는 "자포자기"이다. "是何物邪"(시하물야)는 "이것은 어 떤 것인가"이다.

번역 50세 되는 가을 9월 초하루, 스스로 경계하는 글을 쓴다. 아침저녁 으로 이것을 보고, 바라건대 스스로 힘쓰리로다.

가까운 듯하면서 멀고, 얻은 것 같은데 잃는다. 멀면서 때로는 가깝 고, 잃어버렸다가 때때로 얻는다. 아득하구나 어찌할 바를 모르도다. 빛 나구나 보이는 것이 있도다. 빛나구나 어둡기도 하도다. 아득하면서 분명하기도 하도다. 그려내려고 하니 차마 하지 못하고, 힘쓰려고 해도 모자란다. 마땅히 스스로 책망하고 스스로 부끄러워한다.

50에는 알지 못해 90에 〈억〉(抑)을 지었다. 이것이 옛사람이 스스로 힘쓴 바이다. 항상 한순간도 게으르지 않고, 힘쓰고 힘쓸지어다. 자포자기란 어떤 것인가?

논의 스스로 경계하는 글이라고 하고서, 그 내용은 버려두고 딴소리만 했다. 주제망각이고 표리부동하니 수준 이하라고 할 것인가? 경계하는 말은 뻔해 적어놓으면 진부하다고 할 수 있는데, 기대하는 것과는 다른 방향으로 나아가 관심을 가지고 읽게 한다.

경계하는 말을 써놓고 아침저녁으로 보겠다고 하면 무얼 하는가? 어디 두었는지 모를 수 있고, 무어라고 썼는지 생각이 나지 않을 수도 있다. 다짐한 바가 망각되었다가 가까스로 떠오른다고 말을 여러 가닥 펼쳐놓았다. 기억상실이나 심리동요로 길을 잃고 방황하는 심정을 깊은 관심을 가지고, 상례를 넘어서는 파격적인 글을 썼다. 사람은 나약하다는 것을 인정하고, 큰소리를 치지 않으면서 조심해야 한다고 다짐했다. 우리는 어떤지 되돌아보게 한다.

50이면 사는 자세를 반성하고 결심을 다질 나이이지만 아직 불안하다. 옛사람이 그랬듯이 90은 되어야 안정을 찾을 것 같다고 여겨, 목표를 멀리 잡았다. 82세까지 살아 90에 다가가기만 했다.

원문 嗚呼 生也有涯 古今所嘆 名之不朽 忠義爲先 爾等 彍弩勞身 蒙逞輪力 奮氣於熊羆之列 亡形於鵝鸛之前 能衍勇於干戈 固免慙於牀第

今也 野草綠色 林鶯好音 杳杳逝川 空流恨而無極 纍纍荒塚 誰驗魂之有知 我所念兮舊功勞 我所傷兮好時節

俾陳薄酹 用慰冥遊 共謀抗敵於杜回 無効懷歸於溫序 能成壯志 是謂陰功

읽기 嗚呼(오호)라, 生也有涯(생야유애)는 古今所嘆(고금소탄)이고, 名之不朽(명지불후) 忠義爲先(충의위선)이니라. 爾等(이등)은 彍弩勞身(확노로신)하고 蒙逞輪力(몽령윤력)했도다. 奮氣於熊羆之列(분기어웅비지열)하고 亡形於鵝鸛之前(망형어아관지전)했도다. 能衍勇於干戈(능연용어간과)하고 固免慙於牀第(고면참어상제)했도다.

今也(금야) 野草綠色(야초록색)하고 林鶯好音(임앵호음)하며, 杳杳逝川(묘묘서천)이 空流恨而無極(공류한이무극)하는데, 纍纍荒塚(누루황총)을 誰驗魂之有知(수험혼지유지)리오. 我所念兮舊功勞(아소염혜구공로)하고 我所傷兮好時節(아소상혜호시절)하노라.

俾陳薄酹(비진박뢰)로 用慰冥遊(용위명유)하니, 共謀抗敵於杜回(공모항적어두회)하고 無効懷歸於溫序(무효회귀어온서)하여라. 能成壯志(능성장지)를 是謂陰功(실위음공)이노라.

풀이 "嗚呼"(오호)는 탄식하는 말이다. "生也有涯"(생야유애)는 "삶이 유한하다"이다. "古今所嘆"(고금소탄)은 "고금에서 탄식하는 바이다"이다. "名之不朽"(명지불후)는 "이름이 없어지지 않다"이다. "忠義爲先"(충의위선)은 "충의를 으뜸으로 하다"이다. "爾等"(이등)은 "그대들"이다. "彍弩勞身"(확노로신)은 "쇠뇌를 당기고 몸을 수고롭게 하다"이다. "蒙逞輪力"(몽령윤력)은 "용감하게 힘을 내다"이다. "奮氣於熊羆之列"(분기어웅비지열)은 "맹수의 대열에서 기운을 분발하다"이다. "亡形於鵝鸛之前"(망형어아관지전)은 "진법을 펼치는 앞에서 몸을 잃다"이다. "鵝鸛"(아관)은 거위와 황새여서 둘 다 새 이름이면서, 새의 모습으로 펼치는 진법을 뜻하기도 한다. "能衍勇於干戈"(능연용어간과)는 "싸움터에서 능히 용맹을 떨치다"이다. "固免斃於牀第"(고면폐어상제)는 "집에서 죽는 처지에서 분명히 벗어나다"이다.

"今也"(금야)는 "이제는"이다. "野草綠色"(야초록색)은 "들판의 풀이 초록색이다"이다. "林鶯好音"(임앵호음)은 "숲의 앵무가 좋은 소리를 내다"이다. "杳杳逝川"(묘묘서천)은 "아득히 가는 냇물"이다. "空流恨而無極"(공류한이무극)은 "공연한 흐름 한탄스럽기 무한하다"이다. "纍纍荒塚"(누루황총)은 "겹겹이 황폐한 무덤"이다. "誰驗魂之有知"(수험혼지유지)는 "누가 증험하겠나 혼의 지각이 있는 것을"이다. "我所念兮舊功勞"(아소염혜구공로)는 "나는 지난날의 공로를 생각하노라"이다. "我所傷兮好時節"(아소상혜호시절)은 "나는 좋은 시절이라 더욱 슬퍼하노라"이다.

"俾陳薄酹"(비진박뢰)는 "변변치 않은 술을 따르다"이다. "用慰冥遊"(용위명유)는 "저승에서 노는 것을 위로하는 데 쓰다"이다. "共謀抗敵於杜回"(공모항적어두회)는 "함께 도모해 적에게 항거하기를 두회(杜回)를 잡듯이 하라"이다. 도와주는 사람이 있어 전쟁에서 이겼다는 말이다. 두회는 중국 진(秦)나라 장수인데 결초보은(結草報恩)에 걸려 사로잡혔다. "無效懷歸於溫序"(무효회귀어온서)는 "돌아감을 생각하는 온서(溫序)를 본받지 마라"이다. 나라에서 베푸는 예우에 만족하고 다른 마음을 먹지 말라는 뜻이다. 중국 후한(後漢)의 장수 온서는 적에게 사로잡히자 자결했으며, 황제가 정해준 장지를 버리고 혼령이 현몽해 고향으로 돌아가겠다고 했다. "能成壯志"(능성장지)는 "능히 장한 뜻을 이루다"이다. "是謂陰

功"(시위음공)은 "이것을 음공이라고 하다"이다.

번역 아아, 삶이 유한하다고 고금에 탄식하지만, 이름이 없어지지 않는 것은 충의를 으뜸으로 함이로다. 그대들은 쇠뇌를 당기고, 몸을 수고롭게 했도다. 용감하게 힘을 내고 맹수의 대열에서 기운을 분발하다가, 진법을 펼치는 앞에서 몸을 잃었도다. 싸움터에서 능히 용맹을 떨치고, 집에서 죽는 처지에서 분명히 벗어났도다.

이제는 들판의 풀이 초록색이고, 숲의 앵무가 좋은 소리를 낸다. 아득히 흘러가는 냇물의 공연한 흐름, 한탄스럽기가 무한하다. 겹겹이 황폐한 무덤을 보고, 혼의 지각이 있음을 누가 증험하겠나? 나는 지난날의 공로를 생각하면서, 좋은 시절이라 더욱 슬퍼하노라.

변변치 않은 술을 따라, 저승에서 노는 것을 위로하노라. 함께 도모해 적에게 대항하기를 두회(杜回)를 잡듯이 했으니, 돌아감을 생각하는 온서(溫序)를 본받지는 말아라. 능히 장한 뜻을 이룬 것을 음공이라고 한다.

논의 최치원이 당나라에서 글을 잘 써서 이름을 떨치고 돌아온 것은 누구나 아는 사실이다. 남긴 글은 대개 장문이고 난삽한 표현을 자랑하고 있어 다가가기 어렵다. 원문을 읽지 못하고 예전부터 칭송하던 말이나 되풀이하는 것이 예사이다.

길지 않고 이해하기 그리 어렵지는 않은 이런 글도 써서 다행이다. 과연 명문이구나 하고, 읽어보면 감탄하게 한다. 국내외를 진동한 명성이 공연한 것이 아니다. 국가에서 공식적으로 필요한 글을 깊은 감회를 자아내게 써서, 지역이나 시대의 구분을 넘어서서 누구나 독해 능력이 있으면 공감에 참여할 수 있게 한다.

죽은 사람에게 제사를 지내는 명절 한식을 맞이해 나라를 위해 전몰한 장병들에게 바치는 제문이다. 국왕이 쓸 글을 대필했으므로 장졸들을 "爾等"(그대들)이라고 했다. 지난날의 전공, 좋은 계절이 돌아온 감회, 위로하고 당부하는 말로 이어지는 절실한 사연을 대구를 적절하게 갖춘 어사로 나타냈다. 자기 말로 글을 마치지 않고, 번거로운 전거를 몇 개 들어 유식을 자랑한 것은 조금 거슬린다.

글을 잘 쓰는 것이 나라의 수준이다. 전달할 용건이 있어서 쓰는 글이라도 표현을 잘 갖추어 설득력을 높여야 한다. 문필의 능력이 뛰어난 인재를 높이 평가하고 국정을 담당하도록 해야 한다. 이런 시대가 천년 이상 계속되어온 것을 자랑스럽게 여겨야 한다.

지금은 어떤가? 나라에서 공식적으로 필요한 글은 필수 사항만 삭막하게 열거하고 있어 즐겨 읽고 음미할 것이 아니다. 표현을 넉넉하게 하는 문학은 작가들의 사사로운 활동 영역일 따름이다. 모두 함께 아우르던 공감이 한쪽으로 밀려나 특수화되었다. 그 때문에 의식 분열을 겪고, 불필요한 갈등이 생긴다.

> 李穡, 〈觀物齋贊〉(관물재찬), 《東文選》 권51
> 이색, 〈살펴서 아는 방법〉

원문 觀物有術 有物有則 以言乎跡 則 其淺也 或同於繪事之丹靑 以言乎理 則 其高也 或入於異端之昏默

惟其二之 喪我天德 範圍乎庖羲之俯仰 祖述乎大舜之明察 然後 可以會歸于 吾心之太極也

子安李氏 學有餘力 庭草盆魚 樂其自得 扁之齋居 必以是克 有問施功云何

從鼻端白

읽기 觀物有術(관물유술)이고 有物有則(유물유칙)이니라. 以言乎跡(이언호적)하면 則(즉) 其淺也(기천야)가 或同於繪事之丹靑(혹동어회사지단청)하니라. 以言乎理(이언호리)하면 則(즉) 其高也(기고야)가 或入於異端之昏默(혹입어이단지혼묵)하니라.

惟其二之(유기이지)로 喪我天德(상아천덕)하니라. 範圍乎庖羲之俯仰(범위호포희지부앙)하고 祖述乎大舜之明察(조술호대순지명찰)한 然後(연후)에 可以會歸于吾心之太極也(가이회귀우오심지태극야)니라.

子安李氏(자안이씨)는 學有餘力(학유여력)에 庭草盆魚(정초분어)로 樂其自得(낙기자득)하도다. 扁之齋居(편지재거)하고 必以是克(필이시극)하니라. 有問施功云何(유문시공운하)면 從鼻端白(종비단백)하라.

풀이 "觀物有術"(관물유술)은 "물(物)을 관찰하는 방법이 있다"이다. "有物有則"(유물유칙)은 "물이 있으면 법칙이 있다"이다. "以言乎跡"(이언호적)은 "그것을 자취에서 말하다"이다. 여기서는 "以"가 "그것"이라는 대명사이다. "則"(즉)은 "곧"이다. "其淺也"(기천야)는 "그 얕음"이다. "或同於繪事之丹靑"(혹동어회사지단청)은 "단청을 그려놓은 것과 같을 수 있다"이다. "以言乎理"(이언호리)는 "그것을 이치에서 말하다"이다. 則(즉) "其高也"(기고야)는 "그 높음"이다. "或入於異端之昏默"(혹입어이단지혼묵)은 "이단의 어리석은 침묵에 들어갈 수 있다"이다.

"惟其二之"(유기이지)는 "오직 그 둘이기만 하다"이다. "喪我天德"(상아천덕)은 "내가 (타고난) 하늘의 덕을 잃어버리게 하다"이다. "範圍乎庖羲之俯仰"(범위호포희지부앙)은 "복희씨(伏羲氏)가 아래위를 살핀 것을 본받다"이다. 복희씨는 천지를 관찰해 그 모습을 원리로 나타내 팔괘(八卦)를 그렸다고 한다. "祖述乎大舜之明察"(조술호대순지명찰)은 "순(舜)임금이 밝게 살핀 것을 이어받아 풀이하다"이다. "然後"(연후)는 "그런 다음"
이다. "可以會歸于吾心之太極也"(가이회귀우오심지태극야)는 "내 마음의 태
극으로 돌아갈 수 있다"이다.

　"子安李氏"(자안이씨)는 "이숭인(李崇仁)"이다. 이숭인의 자가 자안이
다. "學有餘力"(학유여력)은 "학업을 하고 남은 힘이 있다"이다. "庭草盆
魚"(정초분어)는 "뜰의 풀과 어항의 고기"이다. "樂其自得"(낙기자득)은
"그것들이 자득함을 즐기다"이다. "扁之齋居"(편지재거)는 "서재 거처에
편액을 걸다"이다. 앞의 문구를 편액에 써서 걸었다는 말이다. "必以是
克"(필이시극)은 "반드시 그것을 넘어서다"이다. "有問施功云何"(유문시공
운하)는 "의문이 있으니 공부는 어떻게 하나"이다. "從鼻端白"(종비단백)
은 "코끝이 흰 것을 따르라"이다.

번역 물(物)을 관찰하려면 방법이 있고, 물이 있으면 법칙이 있다. 그것을
자취에서 말하면, 그 얕음이 단청을 그려놓은 것과 같을 수 있다. 그것
을 이치에서 말하면, 그 높음이 이단(異端)의 어리석은 침묵에 들어갈
수 있다.

　오직 그 둘이기만 하면, 내가 타고난 하늘의 덕(德)을 잃어버리게 한
다. 복희씨(伏羲氏)가 아래 위를 살핀 것을 본받고, 순(舜)임금이 밝게
살핀 것을 이어받아 풀이하자. 그런 다음에야 내 마음의 태극(太極)으로
돌아갈 수 있다.

　자안(子安) 이숭인(李崇仁)은 학업을 하고 남은 힘으로, 뜰의 풀과 어
항의 물고기가 그것대로 자득함을 즐긴다. 이 말 "樂其自得"(낙기자득)을
써서, 서재 거처에 편액을 걸고, 반드시 그것을 넘어선다. 의문이 있으
면 공부를 어떻게 하나? 코끝이 흰 것을 따르라.

논의 물(物)을 관찰하려면 방법이 있고, 물에는 법칙이 있다. 둘이 따로

놓지 않고 합치되어야 한다. 어떻게 하면 그럴 수 있는가? 철학의 문제를 제기하고 문학을 하는 능력으로 해결하려고 했다. 물(物)의 겉모습만 들면 그림을 그려놓은 것처럼 되고, 숨은 이치를 찾기만 하면 유학에서 배격하는 노장이나 불교 등 이단의 어리석은 침묵에 빠질 수 있다는 말은 적실하다.

양극단을 넘어서려면 어떻게 해야 하는가? 이 문제를 정면으로 다루지 못하고, 모범이 되는 전례를 고대의 제왕 복희씨(伏羲氏)나 순(舜)임금에게서 찾는 데 그쳤다. 복희씨는 팔괘(八卦)를 그렸다고 하는 업적이 있지만, 순임금은 이런저런 통찰력을 보였다는 말이 전하기만 한다. 이런 분들을 따르고 배우면 마음속의 태극을 알아차릴 수 있다고 한 것은 납득하기 어렵다.

이숭인(李崇仁)을 두고 한 말도 미비하다. 학업을 하고 남은 힘으로 초목이나 어류가 그것들대로 즐거워하는 것을 좋아한다는 문구로 서재의 편액을 써서 걸고, 반드시 그것을 넘어선다고 했다. 자연물의 모습을 완상하기만 하지 않고, 가시적인 것을 넘어서서 깃들어 있는 이치를 탐구하고자 해서, 이숭인의 서재가 '觀物齋'(관물재)라고 찬양했다. 이런 논의가 치밀하게 이루어지지 않아 미비점을 보충하면서 이해해야 한다.

탐구해야 할 이치를 마음속의 태극(太極)이라고 한 것 이상으로 구체화해서 말할 수도 없었다. 탐구 방법에 관해서는 "코끝이 흰 것을 따르라"(從鼻端白)고 했다. 이것은 불교의 수행법이다. 마음을 가다듬는 수행에 몰두하면 코가 크게 보이다가 코끝이 희게 된다고 하는 것이다. 앞에서 이단이라고 한 불교에 의존했다.

철학으로 보면 미숙한 글이라고 할 수 있다. 허점을 무릅쓰고, 하기 어려운 말을 자기 나름대로 하려고 애쓴 것을 문학에서는 평가할 수 있다. 사상의 전환을 이룩하려고 애쓸 때, 가벼울 수 있는 문학이 앞장서서 무겁지 않을 수 없는 철학을 이끄는 것이 당연하지 않은가? 이렇게 생각하면 의의가 더 크다.

曹好益, 〈射說〉(사설), 《芝山集》 권5

조호익, 〈활쏘기〉

원문 孔子曰 射有似乎君子 失諸正鵠 反求諸其身

此說 今驗之 亦然 雖至 無知之武夫 與極矯詐之小人 至於發矢 而不中 則曰 吾誤發也 矢高出 則曰 吾發矢 太高也 東出 則曰 吾發矢 太偏也 不曰 帿太低也 帿太偏於西也 投壺亦然

古今惟此一事 不隨世而變 此聖人所以有取也 嗚呼 安得 使人情世道 長如射乎 吾讀中庸 而有感 於是乎 書

읽기 孔子曰(공자왈)하되 射有似乎君子(사유사호군자)니, 失諸正鵠(실저정곡)이면 反求諸其身(반구저기신)이니라.

此說(차설)을 今驗之(금험지)하니 亦然(역연)이니라. 雖至無知之武夫(수지무지지무부) 與極矯詐之小人(여극교사지소인)이라도, 至於發矢(지어발시) 而不中(이부중)이면 則曰(즉왈) 吾誤發也(오오발야). 矢高出(시고출)이면 則曰(즉왈) 吾發矢(오발시) 太高也(태고야)하고, 東出(동출)이면 則曰(즉왈) 吾發矢(오발시) 太偏也(태편야)하니라. 不曰(불왈) 帿太低也(후태저야)하고, 帿太偏於西也(후태편어서야)이라. 投壺亦然(투호역연)이라.

古今(고금) 惟此一事(유차일사)는 不隨世而變(불수세이변)이라. 此聖人所以有取也(차성인소이유취야)니라. 嗚呼(오호)라. 安得(안득) 使人情世道(사인정세도)를 長如射乎(장여사호)아. 吾讀中庸(오독중용) 而有感(이유감)

하여, 於是乎(어시호) 書(서)하노라.

[풀이] "孔子曰"(공자왈)은 "공자가 말하다"이다. "射有似乎君子"(사유사호군자)는 "활쏘기는 군자와 비슷함이 있다"이다. 여기서는 "乎"가 "와"이다. "失諸正鵠"(실저정곡)은 "정확한 표적에서 벗어나다"이다. 여기서는 "諸"를 "저"라로 읽으며, "-에서"라는 뜻이다. "反求諸其身"(반구저기신)은 "도리어 자기 자신에게서 〔잘못을〕 구하다"이다. 《중용》(中庸) 14장에 있는 말이다.

"此說"(차설)은 "이 이야기"이다. "今驗之"(금험지)는 "이제 그것을 체험하다"이다. "亦然"(역연)은 "역시 그렇다"이다. "雖至無知之武夫"(수지무지지무부)는 "비록 무지한 무부에 이르다"이다. "與極矯詐之小人"(여극교사지소인)은 "또한 속이기를 아주 잘하는 소인"이다. "至於發矢"(지어발시)는 "화살을 쏘기에 이르다"이다. "而不中"(이부중)은 "그러나 적중하지 않게 되다"이다. "則曰"(즉왈)은 "곧 말하다"이다. "吾誤發也"(오오발야)는 "내가 잘못 쏘다"이다. "矢高出"(시고출)은 "화살이 높게 나가다"이다. "吾發矢"(오발시)는 "내가 화살을 쏘다"이다. "太高也"(태고야)는 "너무 높다"이다. "東出"(동출)은 "동쪽으로 나가다"이다. "太偏也"(태편야)는 "너무 치우치다"이다. "不曰"(불왈)은 "말하지 않다"이다. "帿太低也"(후태저야)는 "과녁이 너무 낮다"이다. "帿太偏於西也"(후태편어서야)는 "과녁이 너무 서쪽으로 치우치다"이다. "投壺"(투호)는 "투호, 항아리에 화살을 던져 넣는 놀이"이다. "亦然"(역연)은 "또한 이렇다"이다.

"古今"(고금)은 "예나 지금이나"이다. "惟此一事"(유차일사)는 "오직 이 한 가지 일"이다. "不隨世而變"(불수세이변)은 "세상을 따라 변하지 않다"이다. "聖人"(성인)은 "성인"이다. "所以有取也"(소이유취야)는 "이를 취하는 바 있다"이다. "嗚呼"(오호)는 탄식하는 말이다. "安得"(안득)은 "어찌 얻나", "어찌 가능하리요"이다. "使"(사)는 "시켜서 하게 하다"이다. "人

情世道"(인정세도)는 "사람의 정과 세상의 도리"이다. "長如射乎"(장여사호)는 "늘 활쏘기와 같다"이다. "吾讀中庸"(오독중용)은 "내가 중용을 읽다"이다. "而有感"(이유감)은 "느낀 바 있다"이다. "於是乎"(어시호)는 "마침내"이다. "書"(서)는 "쓰다"이다.

번역 공자가 말했다. "활쏘기는 군자와 비슷하다. 정확한 표적에서 벗어나면 도리어 자기 자신에게서 잘못된 이유를 구한다."

이 이야기는 이제 체험해보니 과연 그렇다. 비록 무지한 무부(武夫)나 속이기를 아주 잘하는 소인이라고 하더라도, 화살을 쏘아 적중하지 않게 되면 곧 말한다. "내가 잘못 쏜 것은 화살을 너무 높게 쏜 탓이다." 동쪽으로 나갔으면 곧 말한다. "너무 치우쳤다." "과녁이 너무 낮다"느니 "과녁이 너무 서쪽으로 치우쳐 있다"느니 하고 말하지는 않는다. 투호 놀이도 이와 같다.

예나 지금이나 오직 이 한 가지 일은 세상을 따라 변하지 않는다. 이것은 성인이 취하는 바이다. 어떻게 하면 사람의 정과 세상의 도리가 늘 활쏘기와 같게 하리오. 내가 《중용》(中庸)을 읽다가 느낀 바 있어 마침내 이 글을 쓴다.

논의 《중용》은 상하, 동서, 좌우 등의 어느 극단에도 치우치지 않은 마음가짐을 가르친다. 세상이 잘못되었다고 바로잡으려고 하기 전에 내 마음을 바르게 하라고 한다. 이것은 생각하기 어렵고 실행하기는 더 어렵다고 할 것인가? 활쏘기의 비유는 어려운 것을 쉽게 생각하게 한다. 읽어서 아는 것을 넘어서서 체험한 바가 더욱 절실하다.

활을 쏘는 사람이 화살이 빗나간 것은 과녁이 상하, 전후, 동서, 좌우등의 어느 극단에 잘못 놓였기 때문이라고 원망하는가? 아무리 무식한사람이라도, 속이기를 일삼는 소인이라도 그런 원망은 하지 않는다. 빗나가지 않고 적중하게 하려면, 마음을 바르게 해서 자세를 바르게 하고 과녁을 향해 화살을 바르게 쏘아야 한다. 세상살이가 모두 언제나 이와 같다고 성인이 가르쳤다.

글 쓴 사람은 유학을 공부한 선비이면서 임진왜란이 일어나자 종군했다. 군인이 되어 활을 쏘아보니, 성인의 가르침이라는 것이 절실하게 이해되고, 특별한 무엇이 아님을 알 수 있었다. 책만 읽고 들어앉아 있어서는 알 것을 알 수 없다. 가르침을 받아 아는 것은 헛되다. 이렇게 말해주는 것이 더욱 소중하다.

> 金壽恒, 〈殤兒七龍壙誌〉(상아칠룡광지), 《文谷集》 권19
> 김수항, 〈어린 아들을 묻으며〉

"壙誌"(광지)는 장례를 지낼 때 시신과 함께 관에 넣은 글이다.

원문 七龍者 安東金壽恒之幼子也 其父獲戾于朝 竄于湖南之靈巖郡 其母亦隨至 乙卯十二月十六日 生于鳩林之村舍 其父名之 七以序龍以夢也

生二十一日而死 埋于西南十里許淸寧洞 始兒骨相異凡 意其不偶生也 髮未燥而旋夭 豈非坐\其父餘殃也 其父越禮而哭之 自書此納諸窆 志其哀也

系曰 蓁蓁南土 哀汝殤之爲旅鬼 百歲之後 人知爲金氏之子 尙無踐毁也

읽기 七龍者(칠룡자)는 安東金壽恒之幼子也(안동김수항지유자야)라. 其父獲戾于朝(기부획려우조)하고 竄于湖南之靈巖郡(찬우호남지영암군)할새 其母亦隨至(기모역수지)라. 乙卯十二月十六日(을묘 십이월 십육일)에 生于鳩林之村

舍(생우구림지촌사)하다. 其父名之(기부명지)하되 七以序龍以夢也(칠이서룡이몽야)니라.

生二十一日而死(생이십일일이사)하니 埋于西南十里許清寧洞(매우서남십리허청령동)이라. 始兒骨相異凡(시아골상이범)하여 意其不偶生也(의기불우생야)더라. 髮未燥而旋夭(발미조이선요)하니 豈非坐其父餘殃也(기비좌기부여앙야)리오. 其父越禮而哭之(기부월례이곡지)하고 自書此納諸竅(자서차납저규)하고, 志其哀也(지기애야)니라.

系曰(계왈)하노라. 蓁蓁南土(진진남토)에서 哀汝殤之爲旅鬼(애여상지위여귀)하노니, 百歲之後(백세지후)에 人知爲金氏之子(인지위김씨지자)하고 尙無踐毀也(상무천훼야)라.

풀이 "七龍者"(칠룡자)는 "칠룡이라는 사람"이다. "安東金壽恒之幼子也"(안동김수항지유자야)는 "안동 김수항의 어린 아이"이다. "其父獲戾于朝"(기부획려우조)는 "그 아비가 조정에서 죄를 짓다"이다. "竄于湖南之靈巖郡"(찬우호남지영암군)은 "호남의 영암군에서 귀양살이를 하다"이다. "其母亦隨至"(기모역수지)는 "그 어미도 따라오다"이다. "乙卯十二月十六日"(을묘십이월 십육일)은 태어난 연월일이다. "生于鳩林之村舍"(생우구림지촌사)는 "구림촌 집에서 태어나다"이다. "其父名之"(기부명지)는 "그 아비가 아이 이름 짓다"이다. "之"가 "그것"이라는 대명사여서 "아이"라고 풀이한다. "七以序龍以夢也"(칠이서룡이몽야)는 "칠(七)은 순서, 용(龍)은 꿈에서 유래하다"이다.

"生二十一日而死"(생이십일일이사)는 "태어나 21일 만에 죽다"이다. "埋于西南十里許清寧洞"(매우서남십리허청령동)은 "서남 10리쯤 되는 청령동에 묻다"이다. "始兒骨相異凡"(시아골상이범)은 "처음에 아이의 골상이 예사롭지 않다"이다. "意其不偶生也"(의기불우생야)는 "우연히 태어난 것은 아니라고 여기다"이다. "髮未燥而旋夭"(발미조이선요)는 "털이 마르기 전에 일찍 세상을 떠나다"이다. "豈非坐其父餘殃也"(기비좌기부여앙야)는 "어찌 그 아비의 남은 재앙에 연루되지 않음이리오"이다. "其父越禮而哭之"(기부월례이곡지)는 "그 아비가 예법을 넘어서서 곡을 하다"이다. "自書此納諸竅"(자서차납저규)는 "이 글을 스스로 지어 관에 넣다"이다. "志其哀也"(지기애야)는 "그 슬픔을 기록하다"이다.

"系曰"(계왈)은 "덧붙여 말하다"이다. "蓁蓁南土"(진진남토)는 "무성하고 무성한 남쪽 땅"이다. "哀汝殤之爲旅鬼"(애여상지위여귀)는 "네가 죽어 떠돌이 귀신이 된 것을 슬프게 여기다"이다. "百歲之後"(백세지후)는 "백 년이 지난 뒷날"이다. "人知爲金氏之子"(인지위김씨지자)는 "사람들이 김씨네 아들인 것을 알다"이다. "尙無踐毁也"(상무천훼야)는 "존중해 밟고 훼손하지 않다"이다.

번역 칠룡이는 안동 김수항의 어린 아이이다. 아비가 조정에서 죄를 짓고, 호남의 영암군에서 귀양살이를 할 적에 어미도 따라 왔다. 을묘 십이월 십육일에 구림촌 집에서 태어났다. 아비가 지은 이름에서 칠(七)은 순서, 용(龍)은 꿈에서 유래했다.

태어난 지 21일 만에 죽어, 서남 10리쯤 되는 청령동에 묻는다. 처음에 아이의 골상이 예사롭지 않아, 우연히 태어난 것은 아니라고 여겼다. 털이 마르기도 전에 일찍 세상을 떠났으니, 어찌 그 아비의 남은 재앙에 연루되지 않음이리오. 아비가 예법을 넘어서서 곡을 하고, 이 글을 스스로 지어 관에 넣어 슬픔을 기록한다.

이에 말한다. 무성하고 무성한 남쪽 땅에서 네가 죽어 떠돌이 귀신이 될 것을 슬프게 여긴다. 백 년이 지난 뒷날, 사람들이 김씨네 아들인 것을 알아보고 존중해서 밟고 훼손하지 않으려나.

논의 시신과 함께 관에 넣은 광지(壙誌)의 독자는 후대인이다. 나중에 무덤이 망가지면 볼 수 있는 글이다. 죽은 사람이 누구이며, 어떤 내력이 있는지 알 수 있도록 하고, 시신을 훼손하지 말아 달라고 당부했다.

태어난 지 21일밖에 되지 않은 아이가 죽으면 시신을 간단하게 처리하는 것이 관례인데, 정식으로 장례를 지냈다. 예법을 넘어서서 곡을 하고, 광지를 써서 관에 넣은 것을 양해해달라고 했다. 어린 생명도 소중하게 여기고, 하고 싶은 말을 했다.

끝으로 한 말은 짜임새가 절묘하다. 서울과 먼 남쪽, 시신과 귀신, 지금과 후대의 관계를 생각하게 한다. 먼 남쪽에서 죽어 귀신이 된 아들의 시신을 후대의 사람들이 알아보고 훼손하지 않기를 바라면서 존재 영역의 구분을 모두 넘어섰다.

어떤 종교에도 의지하지 않았다. 이치에 맞게 이해할 수 있는 범위 영역 안에서 참혹함을 견디면서 후대인과 소통하고자 한 성숙된 자세를 높이 평가할 수 있다. 글이 명문이어서 하는 말을 모두 너그럽게 받아들일 수 있다.

金時習, 〈環堵銘〉(환도명), 《梅月堂文集》 권21
김시습, 〈담을 두르고〉

원문 築一室如窨 後以堵 前以壁 因壁爲牕 明敞可愛 外雖質野 內則端豁 僅容
一身 列圖書筆硯於傍 名曰知命環堵 仍爲銘 以貼堵壁

內鈍外黠 小人爲質 外括內豁 君子之吉 闇而日章 的而日亡 衣錦尙褧 惡
衣表揚 無咎無譽者 爲括囊 翰音登于天 何可長

列我圖書 溫古勿忘 勵我志氣 浩浩堅剛 所以君子 知柔知剛 知微知彰 爲萬

夫之望也哉矣夫

읽기 築一室如窨(축일실여음)하고, 後以堵(후이도)하며 前以壁(전이벽)하다. 因壁爲牕(인벽위창)하니, 明敞可愛(명창가애)로다. 外雖質野(외수질야)나 內則端豁(내즉단활) 僅容一身(근용일신)이라. 列圖書筆硯於傍(열도서필연어방)하고, 名曰(명왈) 知命環堵(지명환도)라 하고, 仍爲銘(잉위명)하여 以貼堵壁(이첩도벽)하노라.

　內鈍外黠(내둔외힐)은 小人爲質(소인위질)이고 外括內豁(외괄내활)은 君子之吉(군자지길)이라. 闇而日章(암이일장)하고 的而日亡(적이일망)이라. 衣錦尙褧(의금상취)하고 惡衣表揚(악의표양)이라. 無咎無譽者(무구무예자)는 爲括囊(위괄랑)이니, 翰音登于天(한음등우천)이 何可長(하가장)이리오.

　列我圖書(열아도서)하고 溫古勿忘(온고물망)이라. 勵我志氣(여아지기)하여 浩浩堅剛(호호견강)하리라. 所以君子(소이군자)는 知柔知剛(지유지강)이고 知微知彰(지미지창)하여 爲萬夫之望也哉矣夫(위만부지망야재의부)인저.

풀이

　"築一室如窨"(축일실여음)은 "방 하나를 움처럼 만들다"이다. "後以堵"(후이도)는 "뒤에는 담을 쌓다"이다. "前以壁"(전이벽)은 "앞에는 벽을 치다"이다. "因壁爲牕"(인벽위창)은 "벽에다 이어서 창을 만들다"이다. 여기서는 "因"이 "잇다"는 뜻이다. "明敞可愛"(명창가애)는 "밝게 트여 사랑할 만하다"이다. "外雖質野"(외수질야)는 "밖은 비록 거칠지만"이다. "內則端豁"(내즉단활)은 "안은 아늑하고 넓다"이다. "僅容一身"(근용일신)은 "한 몸을 간신히 용납하다"이다. "列圖書筆硯於傍"(열도서필연어방)은 "책·붓·연적을 곁에 늘어놓다"이다. "名曰"(명왈)은 "이름 지어 말하다"이다. "知命環堵"(지명환도)는 "천명을 알고 두른 담"이다. "仍爲銘"(잉위명)은 "이에 명(銘)을 짓다"이다. "以貼堵壁"(이첩도벽)은 "그것을 담벼락에 붙이다"이다.

"內鈍外黠"(내둔외힐)은 "안으로는 둔하고 겉으로는 약다"이다. "小人爲質"(소인위질)은 "소인의 기질이다"이다. "外括內豁"(외괄내활)은 "밖은 오므리고 안에서는 여유가 있다"이다. "君子之吉"(군자지길)은 "군자의 행운"이다. "闇而日章"(암이일장)은 "숨어 있으면 날로 성장하다"이다. "的而日亡"(적이일망)은 "나서면 그날 망하다"이다. "衣錦尙褧"(의금상경)은 "비단은 오히려 한 겹만 입다"이다. "惡衣表揚"(악의표양)은 "나쁜 옷은 겉치레를 뽐내다"이다. "無咎無譽者"(무구무예자)는 "허물도 명예도 없는 사람"이다. "爲括囊"(위괄랑)은 "묶어 놓은 주머니가 되다"이다. 속을 드러내 보이지 않는다는 말이다. "翰音登于天"(한음등우천)은 "높은 소리가 하늘에 오르다"이다. "何可長"(하가장)은 "어찌 길게 이어지나"이다.

"列我圖書"(열아도서)는 "내 책을 줄지어놓다"이다. "溫古勿忘"(온고물망)은 "옛것을 따뜻하게 하고 잊지 않다"이다. "勵我志氣"(여아지기)는 "내 뜻과 기운을 격려하다"이다. "浩浩堅剛"(호호견강)은 "넓디 넓고 굳세며 강하다"이다. "所以君子"(소이군자)는 "군자인 바"이다. "知柔知剛"(지유지강)은 "부드러움도 알고 굳셈도 안다"이다. "知微知彰"(지미지창)은 "숨은 것도 알고 드러난 것도 안다"이다. "爲萬夫之望也哉矣夫"(위만부지망야재의부)는 "만인이 우러러보게 되리라"이다.

번역 방 하나를 움처럼 만들어, 뒤에는 담을 쌓고, 앞에는 벽을 쳤다. 벽에다 이어서 창을 만드니 밝게 트여 사랑할 만하다. 밖은 비록 거칠지만, 안은 아늑하고 넓다. 한 몸을 간신히 용납하므로, 책·붓·연적을 곁에 늘어놓았다. 이름을 〈천명을 알고 두른 담〉(知命環堵)이라고 하고, 이에 명(銘)을 지어 담벼락에 붙였다.

안으로는 둔하고 겉으로는 약은 것은 소인이 되는 기질이고, 밖은 오므리고 안에서는 여유가 있는 것은 군자의 행운이다. 숨어 있으면 날로 성장하고, 나서면 그날 망한다. 비단은 오히려 한 겹만 입고, 나쁜 옷은 겉치레를 뽐낸다. 허물도 명예도 없는 사람은 묶어 놓은 주머니가 되어 말이 없어야 한다. 높은 소리가 하늘에 오른다고 해도 어찌 길게 이어지리오.

내 책을 줄지어놓고, 옛것을 따뜻하게 하고 잊지 않는다. 내 뜻과 기운을 격려해, 넓디넓고 굳세며 강하리라. 군자이려면 부드러움도 알고 굳셈도 알고, 숨은 것도 알고 드러난 것도 알아야 한다. 만인이 우러러보게 되리라.

논의 〈천명을 알고 두른 담〉(知命環堵)이라는 제목에 주제가 요약되어 있다. 천명을 알고 담을 쌓은 곳은 혼자만의 생활공간이고, 활동범위이고, 정신세계이다. 분수를 알고 한정된 범위 안에서 자기 세계를 구축하고 나서서 돌아다니지 않고 숨어 지내면서 내실을 다진다고 했다. 불우한 처지를 비관하고 원망하는 말은 하지 않고 조용하게 생각하면서 자기를 되돌아본다고 했다.

"책·붓·연적을 곁에 늘어놓았다"고 하고, "내 책을 줄지어놓았다"고도 했다. 옛사람의 책을 읽고 글을 쓰는 것이 하는 일이다. 묶어 놓은 자루가 되어 말이 없어야 하는 처지이므로 하늘을 향해 헛된 소리를 지르는 서투른 짓을 하지 않고, 넓은 뜻과 굳센 의지를 가다듬어 "부드러움도 알고 굳셈도 알고, 숨은 것도 알고 드러난 것도 아는" 통찰력을 저술에서 보여준다고 암시했다.

"만인이 우러러보게 되리라"고 바로 이어서 말했지만, 먼 훗날에야 가능하다. 책을 써서 석실에 감추어두고 알아줄 사람을 기다린다고 했다. 오백 년쯤 지나 기대한 대로 되었다. 오늘날의 논자들은 김시습의 저작이 사상과 표현 양면에서 획기적인 의의를 가진다고 높이 평가한다. 찬탄을 앞세우고 있으며, 이해는 아직 부족하다.

원문 自天地觀我 則大洋之泡沫 自萬物觀我 則平地之點沙

然自推測觀天地 則先無始而後無終 容大塊 而涵無際 自推測視萬物 則分析毫髮 透入金石

容萬物者天也 而心能推測之 閱萬物者積氣也 而心能推測之 天之於積氣 猶心之於推測也

天者積氣之統名 心者推測之總名 以我心比乎天 則範圍相準 以推測比于積氣 則規模相倣 是故大而容天地萬物 密而透金石毫髮

읽기 自天地觀我(자천지관아)면 則大洋之泡沫(즉대양지포말)이고, 自萬物觀我(자만물관아)면 則平地之點沙(즉평지지점사)이니라.

然(연)이나 自推測觀天地(자추측관천지)면 則(즉) 先無始(선무시) 而後無終(이후무종) 容大塊(용대괴) 而涵無際(이함무제)니라. 自推測視萬物(자추측시만물)이면 則分析毫髮(즉분석호발)이고 透入金石(투입금석)이라.

容萬物者(용만물자) 天也(천야)이고 而心能推測之(이심능추측지)하고, 閱萬物者(열만물자)는 積氣也(적기야)이나 而心能推測之(이심능추측지)하니라. 天之於積氣(천지어적기)를 猶心之於推測也(유심지어추측야)니라.

天者(천자)는 積氣之統名(적기지통명)이고, 心者(심자)는 推測之總名(추측지총명)이라. 以我心(이아심)으로 比乎天(비호천)이면, 則範圍相準(즉범위상준)이고, 以推測(이추측)으로 比于積氣(비우적기)면 則規模相倣(즉규모상방)이라. 是故(시고)로 大而容天地萬物(대이용천지만물)하고 密而透金石毫髮(밀이투금석호발)이로다.

풀이 "自天地觀我"(자천지관아)는 "천지로부터 나를 알아보다"이다. "則大洋

之泡沫"(즉대양지포말)은 "곧 큰 바다의 거품"이다. "自萬物觀我"(자만물관아)는 "만물로부터 나를 알아보다"이다. "則平地之點沙"(즉평지지점사)는 "곧 평평한 땅의 한 점 모래이다"이다.

"然"(연)은 "그러나"이다. "自推測觀天地"(자추측관천지)는 "추측하는 것으로부터 천지를 알아보다"이다. "則先無始"(즉선무시)는 "곧 앞에 시작이 없다"이다. "而後無終"(이후무종)은 "그리고 뒤에 끝이 없다"이다. "容大塊"(용대괴)는 "큰 덩어리를 포용하다"이다. "而涵無際"(이함무제)는 "그리고 무한함을 껴안다"이다. "自推測視萬物"(자추측시만물)은 "추측하는 것으로부터 만물을 살펴보다"이다. "則分析毫髮"(즉분석호발)은 "곧 터럭도 나누어 헤아리다"이다. "投入金石"(투입금석)은 "금석 안으로도 들어가다"이다.

"容萬物者"(용만물자)는 "만물을 포용하는 것"이다. "天也"(천야)는 "하늘이다"이다. "而心能推測之"(이심능추측지)는 "그리고 마음은 그것을 능히 추측할 수 있다"이다. "閱萬物者"(열만물자)는 "만물을 거느리는 것"이다. "積氣也"(적기야)는 "쌓인 기(氣)이다"이다. "而心能推測之"(이심능추측지)는 "그리고 마음은 그것을 능히 추측할 수 있다"이다. "天之於積氣"(천지어적기)는 "하늘은 적기를 하다"이다. "積氣"는 "기를 축적하다"이다. "猶"(유)는 "마땅히"이다. "心之於推測也"(심지어추측야)는 "마음은 추측을 하다"이다. "之於"(지어)는 한 말이며 "… 이다" 또는 "…에 관한 것이다"라는 뜻이다. 《맹자》에서 "仁至於父子"(인은 부자에 관한 것이다), "義至於君臣"(의는 군신에 관한 것이다)라고 한 것이 좋은 용례이다.

"天者"(천자)는 "하늘이라는 것"이다. "積氣之統名"(적기지통명)은 "쌓인 기(氣)를 통괄한 이름"이다. "心者"(심자)는 "마음이라는 것"이다. "推測之總名"(추측지총명)은 "추측을 통괄하는 이름"이다. "以我心"(이아심)은 "나의 마음으로써"이다. "比乎天"(비호천)은 "하늘과 견주다"이다. "則範圍相準"(즉범위상준)은 "곧 범위가 서로 가지런하다"이다. "以推測"(이추측)

은 "추측으로써" "比于積氣"(비우적기)는 "쌓인 기(氣)와 견주다"이다. "規模相倣"(규모상방)은 "규모가 서로 비슷하다"이다. "是故"(시고)는 "이런 까닭"이다. "大而容天地萬物"(대이용천지만물)은 "장대하면 천지만물을 포용하다"이다. "密而透金石毫髮"(밀이투금석호발)은 "치밀하면 금석이나 터럭을 뚫다"이다.

번역 천지로부터 나를 알아보면, 곧 큰 바다의 거품이다. 만물로부터 나를 알아보면, 곧 평평한 땅의 한 점 모래이다.

그러나 내가 추측하는 것으로부터 천지를 알아보면, 곧 앞에는 시작이 없고, 뒤에는 끝이 없으며, 큰 덩어리를 포용하고, 무한함을 껴안고 있다. 내가 추측하는 것으로부터 만물을 살펴보면, 터럭도 나누어 헤아리고, 금석 안으로도 들어간다.

만물을 포용하는 것은 하늘인데, 마음은 이것을 능히 추측할 수 있다. 만물을 거느리는 것은 쌓인 기(氣)인데, 마음이 능히 이를 추측한다. 하늘은 기(氣)를 축적하고, 마음은 마땅히 추측한다.

하늘이라는 것은 쌓인 기(氣)를 통괄한 이름이다. 마음이라는 것은 추측을 통괄한 이름이다. 나의 마음으로써 하늘과 견주면 범위가 서로 가지런하다. 추측으로써 쌓인 기(氣)와 견주면, 규모가 서로 비슷하다. 이런 까닭에 (마음은) 장대하면 천지만물을 포용하고, 치밀하면 금석이나 터럭을 뚫는다.

논의 이치의 근본에 관한 논의를 간명하게 했다. 경전을 인용하면서 자기 말을 보태는 구습을 청산했다. 기존 견해를 인용하지 않고, 자기 논리로 이치를 밝혔다. 글을 짧게 줄이고도 할 말을 다 했다.

하늘은 위대하고 사람은 왜소하니 하늘을 믿고 따라야 한다는 주장을 일체 부정했다. 하늘은 신비스러운 이치를 간직하고 있어 사람의 능력으로 알 수 없다는 견해도 모두 버렸다. 천지라고 하는 것은 쌓인 기(氣)의 총체가 아닌 다른 무엇이 아니므로 만물을 하나하나 인식하는 방법을 확대해 추측하는 대상으로 삼으면 모를 것이 없게 된다고 했다.

시간과 공간에서 우주와 사람은 엄청난 차이가 있다. 사람은 너무나도 미미해 무시해도 좋은가? 아니다. 사람은 우주의 시간과 공간을 헤아리는 능력이 있어, 우주의 크기와 사람의 능력은 각기 대단해 대등하다고 할 수 있다. "물과 내가 서로 본다"는 것은 만물도 나를 보기 때문에 하는 말이 아니다. 나는 만물을 보아 알 뿐만 아니라, 만물의 견지에서 나를 보면 어떻게 되는지도 안다. 두 가지 앎을 견주고 합칠 수 있으니 인식 능력에서 참으로 위대하다.

용어 사용을 눈여겨보자. '天地'는 총체이고, '萬物'은 개체이다. 인식을 의미하는 "보다"라는 말이 둘이다. '觀'은 심안(心眼)으로 '알아보다', '視'는 육안(肉眼)으로 '살펴보다'이다. 천지와 만물, '알아보다'와 '살펴보다', 이 네 용어를 사용해 논의를 진전시키는 과정을 주목하자. 총론을 이룩하고 각론으로 나아가는 논의 전개의 방법을 배워야 한다.

인식 대상은 크고 주체는 작다는 것부터 말하려고 "自天地觀我"(천지로부터 나를 알아보다), "自萬物觀我"(만물로부터 나를 알아보다)라고 했다. 인식을 '觀'(알아보다)이라고만 총괄해 말했다가, 다음 대목에서는 세분했다. 주체의 인식 능력을 "自推測觀天地"(추측하는 것으로부터 천지를 알아보다), "自推測視萬物"(추측하는 것으로부터 만물을 살펴보다)이라고 구분했다. 총체는 알아보고, 개체는 살펴본다고 했다. 나누어놓은 것을 합쳐, 사람의 마음은 천지만물과 대등하며, 총체인 천지와 개체인 만물을 각기 크게도 작게도 인식할 수 있는 능력을 갖추고 있다는 말로 결론을 삼았다.

총체는 알아보고 개체는 살펴보는 것이, 요즈음 말로 하면 철학이고 과학이다. 옛사람들은 철학만 숭상하고 과학은 돌보지 않는 잘못을 바로

잡아 최한기는 그 둘이 둘이면서 하나이고 하나이면서 둘이라고 했다. 오늘날 사람들은 과학에 사로잡혀 철학은 불신한다. 새로운 최한기가 다시 나타나 이런 잘못을 시정하고 균형을 회복해야 한다.

黃俊良, 〈鋤銘〉(서명), 《錦溪外集》, 권8
황준량, 〈호미〉

원문 惟天地純剛之正氣 或鍾於物 伊太白聚精於荊野 躍治成質 爲鐵鉞 以斬倿
臣 鑄劍戟 以誅暴客

鋤亦爲 蓐草之利器 策勳田作 惡莠 恐其亂苗 盡力於區別 草不去根則復生
務本於除惡 當折於句萌 蔓則未易爲力 反鋒而倒施 越其罔有黍稷 物理兮靡常
蘭不榮 而荊難拔

彼哉賤場師 去梧檟而養樲棘 邪正之自古消長 理不拜育 不早去似是之亂眞
禍延家國 慎爾柄用 栽者培 而傾者覆

읽기 惟(유) 天地純剛之正氣(천지순강지정기)가 或鍾於物(혹종어물)하노라.
伊太白聚精於荊野(이태백취정어형야)하노라. 躍治成質(요치성질)하면 爲鐵
鉞(위철월)하여 以斬倿臣(이참영신)하노라. 鑄劍戟(주검극)하여 以誅暴客
(이주폭객)하노라.

鋤亦爲蓐草之利器(서역위호초지이기)하여 策勳田作(책훈전작)이라. 惡莠
(오수)함은 恐其亂苗(공기난묘)로다. 盡力於區別(진력어구별)함은 草不去根
則復生(초불거근즉부생)이라. 務本於除惡(무본어제악)하며, 當折於句萌(당절
어구맹)하면 蔓則(만즉) 未易爲力(미이위력)이라. 反鋒而倒施(반봉이도시)

하면 越其罔有黍稷(월기망유서직)이리라. 物理兮靡常(물리혜미상)하여, 蘭不榮(난불영) 而荊難拔(이형난발)이라.

彼哉賤場師(피재천장사)는 去梧檟而養樲棘(거오가이양이극)하네. 邪正之自古消長(사정지자고소장)은 理不拜育(이불배육)이니라. 不早去似是之亂眞(불조거사시지란진)하면 禍延家國(화연가국)하리니, 愼爾柄用(신이병용)하여 栽者培(재자배)하고 而傾者覆(이경자복)하소서.

풀이 "惟"(유)는 발어사이다. "天地純剛之正氣"(천지순강지정기)는 "천지의 순수하고 강하고 바른 기운"이다. "或鍾於物"(혹종어물)은 "물질에 뭉치기도 하다"이다. "伊"(이)는 발어사 "저"이다. "太白聚精於荊野"(태백취정어형야)는 "태백성이 가시덩굴들에서 정기를 모으다"이다. 태백성은 금성이다. 크고 밝은 별이어서 숭앙의 대상이 되었다. "躍治成質"(요치성질)은 "빛나게 다스려지는 물질이 이루어지다"이다. "爲鐵鉞"(위철월)은 "쇠도끼가 되다"이다. "以斬佞臣"(이참영신)은 "요망한 신하의 목을 베다"이다. "鑄劍戟"(주검극)은 "검극을 주조하다"이다. "劍"은 양날 칼이고, "戟"은 앞이 갈라진 창이다. "以誅暴客"(이주폭객)은 "난폭한 무리를 벌주다"이다.

"鋤亦爲薅草之利器"(서역위호초지이기)는 "호미 또한 김매는 데 쓰이는 이로운 도구이다"이다. "策勳田作"(책훈전작)은 "밭농사에서 공을 세우다"이다. "惡莠"(오수)는 "가라지를 미워하다"이다. "미워하다"는 뜻인 "惡"는 "오"라고 읽는다. "恐其亂苗"(공기난묘)는 "곡식의 싹을 어지럽힐까 두렵다"이다. "盡力於區別"(진력어구별)은 "힘써 구별하다"이다. "草不去根則復生"(초불거근즉부생)은 "잡초는 뿌리까지 제거하지 않으면 다시 살아나다"이다. "務本於除惡"(무본어제악)은 "악을 제거하는 근본에 힘쓰다"이다. "當折於句萌"(당절어구맹)은 "잡초가 싹틀 때 제거해야 하다"이다. "蔓則"(만즉)은 "덩굴이 뻗어나면"이다. "未易爲力"(미이위력)은 "힘을 쉽게 쓸 수 없다"이다. "反鋒而倒施"(반봉이도시)는 "날을 돌려 반대로 일을 하다"이다. "越其罔有黍稷"(월기망유서직)은 "곡식을 거두지 못하다"이다. "物理兮靡常"(물리혜미상)은 "사물의 이치여, 일정하지 않구나"이다. "蘭不榮"(난불영)은 "난초는 꽃이 피지 않다"이다. "而荊難拔"(이형난발)은 "그리고 가시를 뽑기 어렵다"이다.

"彼哉賤場師"(피재천장사)는 "저 천한 곳의 일꾼"이다. "去梧檟而養樲棘"(거오가이양이극)은 "오동나무는 제거하고 가시나무를 양육하다"이다. "邪正之自古消長"(사정지자고소장)은 "그르고 옳은 일이 옛날부터 없어지거나 늘어나다"이다. "理不拜育"(이불배육)은 "이치가 받들어 키워서가 아니다"이다. "不早去似是之亂眞"(불조거사시지란진)은 "옳은 듯하면서 진실을 혼란시키는 것을 일찍 제거하지 않다"이다. "禍延家國"(화연가국)은 "화가 나라에 미치다"이다. "愼爾柄用"(신이병용)은 "자루를 신중하게 사용하다"이다. 여기서는 "爾"가 "그러하다"는 뜻의 어조사이다. 손에 든 무기의 자루를 말한다. "栽者培"(재자배)는 "재배하는 것을 북돋우다"이다. "而傾者覆"(이경자복)은 "그리고 기울어진 것은 엎어버리다"이다.

번역 저 천지의 순수하고 강력하고 바른 기운이 물질에 뭉치기도 한다. 저 태백성이 가시덩굴 들판에서 정기를 모으기도 한다. 빛나게 다스려지는 물질이 이루어지고, 쇠도끼가 되어 요망한 신하의 목을 베기도 한다. 검극을 주조해 난폭한 무리를 벌주기도 한다.

호미 또한 김매는 데 쓰는 이로운 도구라, 밭농사에서 공을 세운다. 가라지를 미워함은 곡식의 싹을 어지럽힐까 두렵기 때문이다. 힘써 구별해 잡초는 뿌리까지 제거하지 않으면 다시 살아난다. 악을 제거하는 작업은 근본에 힘써, 잡초가 싹틀 때 제거해야 한다. 덩굴이 뻗으면, 힘을 쉽게 쓸 수 없다. 날을 돌려 반대로 일을 하면, 곡식을 거두지 못한다. 사물의 이치여, 일정하지 않구나. 난초는 꽃이 피지 않고, 가시는 뽑기 어렵구나.

저 천한 곳의 일꾼은 오동나무는 제거하고 가시나무를 양육한다. 그릇되고 옳은 일이 옛날부터 없어지거나 늘어나는 것은 이치가 받들어 키워서가 아니다. 옳은듯하면서 진실을 혼란시키는 무리를 일찍 제거하지 않으면, 화가 나라에 미친다. 자루를 신중하게 휘둘러 재배하는 것을 북돋우고, 기울어지는 것은 엎어버려야 한다.

논의 호미로 김을 매는 작업에 견주어 나라를 바로잡는 과업을 말했다. 첫 대목에서 쇠〔鐵〕를 예찬해, 천지의 순수하고 강력하고 바른 기운이 뭉친 날카로움으로 곡식을 해치는 잡초를 제거하는 무기를 삼는다고 하는 말이 호미를 소개하기 위한 서론으로 보인다. 글을 다 읽고 나면 서론이 바로 결론인 수미상응의 구조를 갖추었다. 그런 일을 나라를 다스리는 사람은 더 잘해야 한다고 했다.

호미로 밭을 매면서 잡초를 가려내 제거해야 곡식이 잘 자라듯이, 나라를 다스리면서 요망한 신하나 난폭한 악당을 알아내 처단해야 백성이 잘살 수 있다는 말을 조심스럽게 했다. "천한 곳의 일꾼"은 국왕을 일컫는 말이다. 말뜻을 알아차리면 국왕을 모독했다고 나무랄 것을 각오하고, 국왕이 위엄을 뽐내기만 하지 말고 몸을 낮추어 농부처럼 일해야 한다고 했다.

오동나무는 제거하고 가시나무를 양육하는 무능한 국왕을 보고 개탄만 하고 있을 수는 없다. 어떻게 해서든지 잘못을 깨우쳐주어야 했다. 국왕이 모르고 가만있어도 나랏일이 잘되는 것은 아니고, 진위 판별이 쉽지도 않다고 했다. 그릇된 일이 없어지고 옳은 일이 늘어나는 것이 이치에 맞아 저절로 이루어지지는 않는다고 말했다. 옳은 듯하면서 진실을 혼란시키는 무리를 일찍 제거하지 않으면 화가 나라에 미친다고 했다. 농부의 호미처럼 국왕이 손에 쥐고 있는 권력을 슬기롭게 행사하라고 일러주었다.

이런 글을 풍유(諷諭)라고 했다. 다른 이야기를 하는 듯이 하면서 국왕의 잘못을 은근히 나무라고 바로잡으라고 일러준다. 신라 때 설총(薛聰)의 〈화왕계〉(花王戒)는 너무나도 잘 알려져 들지 않고, 그 뒤를 이어 풍유를 더욱 교묘하게 한 명문을 여기 내놓는다.

崔漢綺, 〈禽獸有敎〉(금수유교), 《人政》 권10
최한기, 〈짐승도 가르침이 있다〉

원문 禽獸魚龍 皆有運化之敎 以遂其生 旣 與人 形質異 所習異 言語文字 不與人相通驟觀之 雖若無敎 潛究 其知機動靜 不可謂自相無敎

人詳見 其一二捕捉之禽獸魚龍 不見山海空曠之地 羣居優游之容態 自相敎誨之有無詳畧 何以質言 易地思之 禽獸魚龍 見一二人失所誤死者 不見衆人起處動作 何能知人之有敎也 只以人敎言之

人類之中 有不率敎者 禽獸之中 有能率人馴敎者 烏可謂 惟人有敎 而禽獸無禽獸之敎 魚龍無魚龍之敎

읽기 禽獸魚龍(금수어룡)이라도 皆有運化之敎(개유운화지교)하여 以遂其生(이수기생)이라. 旣與人(기여인) 形質異(형질이)하고 所習異(소습이)하며, 言語文字(언어문자)는 不與人相通(불여인상통)하도다. 驟觀之(취관지)하면 雖若無敎(수약무교)이나 潛究(잠구) 其知機動靜(기지기동정)이 不可謂自相無敎(불가위자상무교)라.

人詳見(인상견) 其一二捕捉之禽獸魚龍(기일이포착지금수어룡)이고, 不見

(불견) 山海空曠之地(산해공광지지)에서 羣居優游之容態(군거우유지용태)하고서 自相敎誨之有無詳畧(자상교회지유무상략)을 何以質言(하이질언)이리오. 易地思之(역지사지)하여 禽獸魚龍(금수어룡)이 見一二人失所誤死者(견일이인실소오사자)하고 不見衆人起處動作(불견중인기처동작)하면 何能知人之有敎也(하능지인지유교야)이리오. 只以(지이) 人敎言之(인교언지)인가?

人類之中(인류지중)에 有不率敎者(유불솔교자)이고, 禽獸之中(금수지중)에 有能率人馴敎者(유능솔인순교자)니라. 烏可謂(오가위) 惟人有敎(유인유교)인가? 而禽獸無禽獸之敎(이금수무금수지교)하고 魚龍無魚龍之敎(어룡무어룡지교)인가?

풀이 "禽獸魚龍"(금수어룡)은 "새와 짐승, 물고기와 용의 무리"이다. "금수어룡"이라고 해도 이해된다. "용의 무리"에는 뱀, 도마뱀, 도룡뇽, 개구리 등이 포함된다. "皆有運化之敎"(개유운화지교)는 "모두 운화의 가르침이 있다"이다. "以遂其生"(이수기생)은 "그것으로 삶을 꾸리다"이다. "旣與人"(기여인)은 "이미 사람과 더불어"이다. "形質異"(형질이)는 "형질이 다르다"이다. "所習異"(소습이)는 "익힌 것이 다르다"이다. "言語文字"(언어문자)는 "언어와 문자"이다. "不與人相通"(불여인상통)은 "사람과 서로 통하지 않다"이다. "驟觀之"(취관지)는 "얼핏 그것을 살피다"이다. "雖若無敎"(수양무교)는 "비록 가르침이 없는 것 같다"이다. "潛究"(잠구)는 "깊이 탐구하다"이다. "其知機動靜"(기지기동정)은 "그 낌새와 움직이고 멈추는 것을 알다"이다. "不可謂自相無敎"(불가위자상무교)는 "스스로 서로 가르침이 없다고 할 수 없다"이다.

"人詳見"(인상견)은 "사람은 자세하게 보다"이다. "其一二捕捉之禽獸魚龍"(기일이포착지금수어룡)은 "그 가운데 한둘 사로잡힌 금수어룡"이다. "不見"(불견)은 "보지 못하다"이다. "山海空曠之地"(산해공광지지)는 "산과 바다 넓게 트인 땅"이다. "羣居優游之容態"(군거우유지용태)는 "무리를 지어 여유 있게 노니는 모습"이다. "相敎誨之有無詳畧"(상교회지유무상략)은 "서로 가르치고 타이름이 있고 없고 상세하고 소략함"이다. "何以質言"(하이질언)은 "무엇으로 딱 잘라 말하는가"이다. "易地思之"(역지사지)는 "처지를 바꾸어 그것을 생각하다"이다. 禽獸魚龍(금수어룡)이 "見一二人失所誤死者"(견일이인실소오사자)는 "한둘 제자리를 잃고 잘못 죽은 사람만 살피다"이다. "不見衆人起處動作"(불견중인기처동작)은 "많은 사람이 일어나고 살고 움직이고 일하는 것은 보지 못하다"이다. "能知人之有敎也"(능지인지유교야)는 "사람에게 가르침이 있는 것을 능히 알다"이다. "只以"(지이)는 "다만 이로써"이다. "人敎言之"(인교언지)는 "사람 가르침으로 말하다"이다.

"人類之中"(인류지중)은 "사람의 무리 가운데"이다. "有不率敎者"(유불솔교자)는 "가르침을 따르지 않는 자가 있다"이다. "禽獸之中"(금수지중)은 "금수 가운데"이다. "有能率人馴敎者"(유능솔인순교자)는 "능히 사람을 따르고 가르침에 순응하는 자가 있다"이다. "烏可謂"(오가위)는 "어찌 말할 수 있나"이다. "惟人有敎"(유인유교)는 "사람만 가르침이 있다"이다. "而禽獸無禽獸之敎"(이금수무금수지교)는 "금수에게 금수의 가르침이 없다"이다. "魚龍無魚龍之敎"(어룡무어룡지교)는 "어룡에게 어룡의 가르침이 없다"이다.

번역 금수어룡도 모두 운화의 가르침이 있어 살아간다. 짐승은 사람과 형질이 다르고, 익힌 것이 다르며, 언어와 문자로 서로 통하지 않는다. 얼핏 그것을 살피면 가르침이 없는 것 같으나, 깊이 탐구해 그 낌새와 움직이고 멈추는 것을 알면 스스로 서로 가르침이 없다고 할 수 없다.

사람이 자세하게 보는 것이 어쩌다가 한둘 사로잡힌 금수어룡이기만 하고, 보지 못하는 것은 산과 바다 넓게 트인 땅에서 무리를 지어 여유 있게 노니는 모습이다. 서로 가르치고 타이름이 있고 없고, 상세하고 소략하다고 무엇으로 딱 잘라 말하겠는가? 처지를 바꾸어 생각하면, 어룡이나 금수가 한둘 제자리를 잃고 잘못 죽은 사람만 살피고, 많은 사람이 일어나고 살고 움직이고 일하는 것은 보지 못하면, 사람에게 가르침이 있는 것을 능히 알 수 있겠는가? 다만 이로써 사람 가르침을 말하겠는가?

사람의 무리 가운데도 가르침을 따르지 않는 자가 있고, 금수 가운데에도 능히 사람을 따르고, 가르침에 순응하는 자가 있다. 어찌 사람만 가르침이 있고, 금수에게 금수의 가르침이 없으며, 어룡에게 어룡의 가르침이 없다고 말할 수 있겠는가?

논의 최한기는 이 글에서, 박지원(朴趾源)의 〈가시 망건 쓴 사람에게〉(〈與楚幘〉)에서와 같은 생각을 더욱 치밀한 논의를 갖추어 제시했다. 사람은 '敎'라고 하는 가르침이 있어 다른 생명체보다 우월하다고 하고, 가르침에 더욱 힘써 우월함을 확고하게 해야 한다고 하는 것이 오랜 기간 동안 막강한 힘을 행사해온 정통 유학의 기본 이념이었다. 이에 대해 반론을 제기하고 사고의 혁신을 요구했다.

가르침이 소중하다는 이유를 들어 사람은 다른 생명체를 얕보는 것이 당연하고, 가르침을 베푸는 유학자는 예사 사람들 위에 군림하는 것이 당연하다고 하는 이중의 불평등을 합리화했다. 이에 대해 불만을 가지기는 쉬워도 반론을 제기하기는 어려웠다. 불교에서 짐승이 사람과 함께 윤회를 하는 대등한 존재이므로 소중하게 여겨야 한다고 한 주장은 공감할 수 있어도 설득력이 부족했다. 윤회를 사실로 입증하기 어렵기 때문이다.

사람은 우월하다는 주장을 재론하려면 사는 방식을 문제 삼아야 한다. 모든 생명체는 그 나름대로의 사는 방식이 있고, 사는 방식에 적합한 능력을 갖추고 있다. 사람이 지닌 능력으로는 여우나 까마귀의 삶을 살지 못하니 여우나 까마귀를 낮추어 보아야 할 이유가 없다. 사는 능력은 타고나기도 하지만 가르침을 통해 전수된다. 가르침이 잘 전수되지 않기도 하는 것은 사람뿐만 아니라 짐승에게도 있는 일이다.

위와 같은 반론을 충분한 설득력을 갖추어 구체화하려면 사실 인식의 방법을 확립하는 것이 선결 과제이다. 이에 관해 두 가지 원칙을 말했다. 첫째 어느 예외적인 부분만 보지 말고 본래의 모습 전체를 알아야 한다. 둘째 이쪽의 관점에서 저쪽을 일방적으로 이해하지 말고, 입장을 바꾸어 저쪽의 관점에서 이쪽을 이해하는 상호조명을 해야 한다.

첫째 원칙은 과학의 발전을 이끈다. 사로잡은 짐승 몇 마리를 해부해 보고 안다고 하지 말고, 산과 바다 넓게 트인 땅에서 무리를 지어 여유 있게 노니는 모습을 살펴야 한다는 것이 오늘날의 생태학에서 소중하게 여기는 지침이다. 살아가는 능력 가운데 어느 것은 타고나고 어느 것은 가르침을 통해 습득하는지 밝혀내려고 많은 노력을 하고 있다.

둘째 원칙은 철학으로 나아가게 한다. 사람과 짐승의 처지를 바꾸어, 짐승의 견지에서 사람들이 살고 움직이고 일하는 모습을 살펴야 한다고 한 것은 과학에서 하는 작업을 넘어선다. 상이하다고 하는 둘을 상호조명에 의해 서로 이해하고, 차등을 넘어서서 대등함을 인식해 둘이 하나일 수 있는가 묻는 것이 철학의 긴요한 방법이고 내용이다.

서두에서 사람이나 짐승이나 운화(運化)하는 삶의 가르침이 있는 것이 대등하다고 미리 말하고, 이것이 무슨 말인지 밝혀 논했다. 운화는 천지만물의 공통된 원리이기도 하다. 이에 대해 고찰하는 것이 철학과 과학, 과학과 철학을 함께 하는 총체학문의 과제이다. 이 글에서 최한기가 제안한 총체학문은 아직 충분히 이루어지지 않고 장래의 과제로 남아 있다.

원문 家有頹廡 不堪支者 凡三間 予不得已悉繕理之 先是 其二間 爲霖雨所漏寢
久 予知之 因循莫理 一間 爲一雨所潤 亟令換瓦 及是繕理也 其漏寢久者 欀
桷棟樑 皆腐朽不可用 故其費煩 其經一雨者 屋材皆完固可復用 故其費省

予於是謂之曰 其在人身 亦爾知非而不遽改 則其敗已不啻若木之朽腐不用
過勿憚改 則未害復爲善人 不啻若屋材可復用 非特此耳

國政亦如此 凡事有蠹民之甚者 姑息不革 而及民敗國危 而後急欲變更 則其
於扶越也難哉 可不愼耶

읽기 家有頹廡(가유퇴무)하여 不堪支者(불감지자)가 凡三間(범삼간)이라. 予
不得已悉繕理之(여부득이실선리지)하니라. 先是(선시)에 其二間(기이간)이
爲霖雨所漏寢久(위림우소루침구)나 予知之(여지지)하고 因循莫理(인순막리)
하였도다. 一間(일간)이 爲一雨所潤(위일우소윤)하여 亟令換瓦(극령환와)
하면 及是繕理也(급시선리야)니라. 其漏寢久者(기루침구자)는 欀桷棟樑(양
각동량)이 皆腐朽不可用(개부후불가용)하여 故其費煩(고기비번)하니라. 其
經一雨者(기경일우자)는 屋材皆完固可復用(옥재개완고가부용)하여 故其費省
(고기비성)하니라.

予於是謂之曰(여어시위지왈)하니라. 其在人身(기재인신)에 亦爾知非而不
遽改(역이지비이불거개)면 則其敗已不啻若木之朽腐不用(즉기패이부시약목지
후부불용)하고, 過勿憚改(과물탄개)면 則未害復爲善人(즉미해부위선인)함이
不啻若屋材可復用(부시약옥재가부용)하니라.

非特此耳(비특차이)하고, 國政亦如此(국정역여차)하니니, 凡事有蠹民之甚
者(범사유두민지심자)를 姑息不革(고식불혁)이면 而及民敗國危(이급민패국
위)하고, 而後急欲變更(이후급욕변경)하면 則其於扶越也難哉(즉기어부월야

난재)니라. 可不愼耶(가불신야)니라.

풀이 "家有頹廡"(가유퇴무)는 "집에 퇴락한 건물이 있다"이다. "不堪支者"(불감지자)는 "그대로 둘 수 없는 것"이다. "凡三間"(범삼간)은 "무릇 세 칸"이다. "予不得已悉繕理之"(여부득이실선리지)는 "나는 부득이 모두 수리를 하다"이다. "先是"(선시)는 "그보다 앞서"이다. "其二間"(기이간)은 "그 두 칸"이다. "爲霖雨所漏寢久"(위림우소루침구)는 "장맛비에 침수된 지 오래다"이다. "予知之"(여지지)는 "나는 그것을 알다"이다. "因循莫理"(인순막리)는 "머뭇거리면서 다스리지 않다"이다. "一間"(일간)은 "한 칸"이다. "爲一雨所潤"(위일우소윤)은 "한 번의 비에 침수되다"이다. "亟令換瓦"(극령환와)는 "빨리 기와를 교체하게 하다"이다. "及是繕理也"(급시선리야)는 "수리를 하게 되다"이다. "其漏寢久者"(기루침구자)는 "침수된 지 오래된 것"이다. "欀桷棟樑"(양각동량)은 "서까래·추녀·기둥·들보"이다. "皆腐朽不可用"(개부후불가용)은 "모두 썩어 쓸 수 없다"이다. "故其費煩"(고기비번)은 "그러므로 그 비용이 과다하다"이다. "其經一雨者"(기경일우자)는 "비 피해를 한 번 겪은 것"이다. "屋材皆完固可復用"(옥재개완고가부용)은 "집 재목이 모두 온전해 다시 쓸 수 있다"이다. "故其費省"(고기비성)은 "그러므로 비용이 절약되다"이다.

"予於是謂之曰"(여어시위지왈)은 "나는 이 일을 두고 말하다"이다. "其在人身"(기재인신)은 "사람 몸에 있어서"이다. "亦爾知非而不遽改"(역이지비이불거개)는 "또한 잘못을 알고 급히 고치지 않다"이다. "則其敗已不啻若木之朽腐不用"(즉기패이부시약목지후부불용)은 "그릇됨이 썩은 나무는 쓰지 못하는 것과 다르지 않다"이다. "過勿憚改"(과물탄개)는 "허물을 주저 없이 고치다"이다. "則未害復爲善人"(즉미해부위선인)은 "즉 해를 끼치지 않고 다른 사람에게 좋은 일을 하다"이다. "不啻若屋材可復用"(부시약옥재가부용)은 "집 재목을 다시 쓰는 것과 다르지 않다"이다.

"非特此耳"(비특차이)는 "이것이 특별하지 않다"이다. "國政亦如此"(국정역여차)는 "나라 다스리는 일도 이와 같다"이다. "凡事有蠹民之甚者"(범사유두민지심자)는 "무릇 백성들을 심하게 괴롭히는 일"이다. "姑息不革"(고식불혁)은 "미적거리고 혁신하지 않다"이다. "而及民敗國危"(이급민패국위)는 "백성이 죽어나고 나라가 위태롭게 되다"이다. "而後急欲變更"(이후급욕변경)은 "그 뒤에 급히 고치려고 하다"이다. "則其於扶越也難哉"(즉기어부월야난재)는 "다스려 넘어서기가 어렵다"이다. "可不愼耶"(가불신야)는 "어찌 조심하지 않으리오"이다.

번역 집에 퇴락한 건물이 있어, 그대로 둘 수 없는 것이 무릇 세 칸이라, 부득이 모두 수리를 했다. 먼저 두 칸은 장맛비에 침수된 지 오래된 것을 알고서도, 머뭇거리면서 다스리지 않았다. 한 칸은 한 번의 비에 침수되어, 빨리 기와를 교체하도록 했다. 수리를 하게 되니, 침수된 지 오래된 것은 서까래·추녀·기둥·들보가 모두 썩어 쓸 수 없어 비용이 과다했다. 비 피해를 한 번 겪은 것은 집 재목이 온전해 다시 쓸 수 있으므로 비용이 절약되었다.

나는 이 일을 두고 말한다. 사람 몸도 잘못을 알고 급히 고치지 않으면 그릇됨이 썩은 나무는 쓰지 못하는 것과 다르지 않다. 허물을 주저 없이 고치면 해를 끼치지 않고, 다른 사람에게 좋은 일을 한다. 집 재목을 다시 쓰는 것과 다르지 않다.

이것이 특별하지 않다. 나라 다스리는 것도 이와 같다. 무릇 백성들을 심하게 괴롭히는 일을 미적거리고 혁신하지 않으면, 백성이 죽어나고 나라가 위태롭게 된다. 그 뒤에 급히 고치려고 해도, 다스려 해결하기 어렵다. 어찌 조심하지 않으리오.

논의 퇴락한 집을 수리하는 요령이 다른 데도 적용된다고 했다. 퇴락한 집을 일찍 수리하면 비용이 절약되듯이, 사람의 행실이 잘못된 것도 미루지 않고 고치면 해를 끼치지 않고 좋은 일을 한다. 국정 수행도 이와 같아, 잘못된 국정을 피해가 확대되기 전에 바로잡아야 한다. 이렇게 말했다.

세 가지 과업 가운데 국정을 바로잡는 것이 가장 긴요하다. 백성을 심하게 괴롭히는 잘못을 일찍 바로잡지 않으면 나라가 위태롭게 된다고 말하려고 앞의 두 가지 경우를 들었다. 국가의 잘못을 고치는 과업이 사람의 행실을 바로잡는 것과 같다고 하기만 해서는 설득력이 부족하므로, 퇴락한 집을 수리하는 더욱 명백한 사례를 들었다.

집이 오래되면 퇴락하게 마련이듯이, 구태의연하게 되풀이되는 국정에도 백성을 심하게 괴롭히는 잘못이 있다. 그 잘못이 무엇인지 지적해 말하지는 않았다. 말하지 않아도 알 만하기 때문일 수 있고, 국정을 장악한 세력이 비판을 허용하지 않기 때문일 수도 있다.

백성을 사랑해 마음을 돌리라고 하면 설득력이 없고 박해가 돌아오기나 한다. 잘못을 그대로 두면 정권이 무너진다는 말을 나라를 다스리기 더 어려워지고 나라가 위태롭게 된다고 했다. 허용되지 않는 항변을 가능한 범위 안에서 온건한 어조, 완곡한 표현을 갖추어 하는 슬기로운 방법을 찾았다.

李詹, 〈雙梅堂銘〉(쌍매당명), 《東文選》 권49
이첨, 〈쌍매당〉

원문 名與實對 苟不當其實 則可以改矣 余昔作堂于居第之西 堂有兩株松 因號

爲雙松 同年友李止中記之 從宦京師數年 乃還 則松已仆 而惟梅兩株存耳 余
卽改扁堂 名曰雙梅

始以所有名之 而所名者廢 又改以所有 何不可之有 以其取義於目前 故名之
與改之甚易也 昔 陶淵明宅邊有五柳樹 因自號五柳先生 偶然爾 余之取義 亦猶
是也 名雖易之 殊無得喪於堂也

銘曰 有梅雙峙兮 托根于堂 交柯璀璨兮 夙感稚陽 雪霜凝魂兮 不揜其香
秉德無私兮 行比伯夷 不可褻玩兮 愛而敬之 謂余不信兮 視此銘辭

읽기 名與實對(명여실대)하니 苟不當其實(구부당기실)이면 則可以改矣(즉가
이개의)니라. 余昔作堂于居第之西(여상작당우거제지서)하고 堂有兩株松(당
유양주송)하니라. 因號爲雙松(인호위쌍송)하고 同年友李止中記之(동년우이
지중기지)하니라. 從宦京師數年(종환경사수년)하고 乃還(내환)하니 則松已
仆(즉송이부)이나 而惟梅兩株存耳(이유매양주존이)니라. 余卽改扁堂(여즉
개편당)하여 名曰雙梅(명왈쌍매)하니라.

始以所有名之(시이소유명지)한데 而所名者廢(이소명자폐)이므로 又改以
所有(우개이소유)가 何不可之有(하불가지유)이리오. 以其取義於目前(이기취
의어목전)하여 故名之與改之甚易也(고명지여개지심이야)라. 昔(석)에 陶淵
明宅邊有五柳樹(도연명댁변유오류)하여 因自號五柳先生(인자호오류선생)하
니 偶然爾(우연이)이니라. 余之取義(여지취의)가 亦猶是也(역유시야)라. 名
雖易之(명수역지)나 殊無得喪於堂也(수무득상어당야)니라.

銘曰(명왈)하되, 有梅雙峙兮(유매쌍치혜)하여 托根于堂(탁근우당)하도다.
交柯璀璨兮(교가최찬혜)하며 夙感稚陽(숙감치양)하도다. 雪霜凝魂兮(설상응
혼혜)라도 不揜其香(불엄기향)이로다. 秉德無私兮(병덕무사혜)하여 行比伯
夷(행비백이)하도다. 不可褻玩兮(불가설완혜)하며 愛而敬之(애이경지)하도
다. 謂余不信兮(위여불신혜)이면 視此銘辭(시차명사)하라.

“名與實對”(명여실대)는 “이름은 실상과 대응되다”이다. “苟不當其實”(구부당기실)은 “실상과 맞지 않으면”이다. “則可以改矣”(즉가이개의)는 “바로 고치는 것이 옳다”이다. “余昔作堂于居第之西”(여상작당우거제지서)는 “나는 일찍이 사는 집 서쪽에 정자를 짓다”이다. “堂有兩株松”(당유양주송)은 “정자에 두 그루 소나무가 있다”이다. “因號爲雙松”(인호위쌍송)은 “그래서 쌍송이라고 일컫다”이다. “同年友李止中記之”(동년우이지중기지)는 “동갑 벗 이지중이 그 기문을 짓다”이다. “從宦京師數年”(종환경사수년)은 “서울에서 몇 해 동안 벼슬하다”이다. “乃還”(내환)은 “이에 돌아오다”이다. “則松已仆”(즉송이부)는 “소나무는 넘어지다”이다. “而惟梅兩株存耳”(이유매양주존이)는 “그래도 오직 매화 두 그루만 남다”이다. “余卽改扁堂”(여즉개편당)은 “나는 바로 정자 이름을 고치다”이다. “名曰雙梅”(명왈쌍매)는 “쌍매라고 이름 짓다”이다.

“始以所有名之”(시이소유명지)는 “처음에는 있던 것으로 이름을 짓다”이다. “而所名者廢”(이소명자폐)는 “그런데 이름의 유래로 삼은 것이 없어지다”이다. “又改以所有”(우개이소유)는 “있는 것으로 고치다”이다. “何不可之有”(하불가지유)는 “어찌 불가함이 있으리오”이다. “以其取義於目前”(이기취의어목전)은 “눈앞에 있는 것에서 뜻을 취하다”이다. “故名之與改之甚易也”(고명지여개지심이야)는 “그러므로 이름을 짓거나 고치는 것이 아주 쉽다”이다. “昔”(석)은 “옛적”이다. “陶淵明宅邊有五柳樹”(도연명댁변유오류수)는 “도연명의 집 근처에 버드나무 다섯이 있다”이다. “因自號五柳先生”(인자호오류선생)은 “그래서 스스로 오류선생이라고 호를 짓다”이다. “偶然爾”(우연이)는 “우연이다”이다. “余之取義”(여지취의)는 “내가 뜻을 취하다”이다. “亦猶是也”(역유시야)는 “또한 이와 같다”이다. “名雖易之”(명수역지)는 “이름은 비록 달라지다”이다. “殊無得喪於堂也”(수무득상어당야)는 “정자에는 특별히 얻은 것도 손상된 것도 없다”이다.

“銘曰”(명왈)은 “명을 지어 말하다”이다. “有梅雙峙兮”(유매쌍치혜)는

"매화나무가 서로 의지하도다"이다. "托根于堂"(탁근우당)은 "정자에 뿌리를 기탁하다"이다. "交柯璀璨兮"(교가최찬혜)는 "가지가 얽혀 찬란하다"이다. "夙感稚陽"(숙감치양)은 "처음의 양기를 일찍 받다"이다. "雪霜凝魂兮"(설상응혼혜)는 "눈과 서리가 혼을 엉기게 하도다"이다. "不揜其香"(불엄기향)은 "그 향기를 가릴 수 없다"이다. "秉德無私兮"(병덕무사혜)는 "덕을 간직함이 사사롭지 않도다"이다. "行比伯夷"(행비백이)는 "수행을 백이에 견주다"이다. "不可褻玩兮"(불가설완혜)는 "함부로 완상할 수 없도다"이다. "愛而敬之"(애이경지)는 "그것을 사랑하고 존경하다"이다. "謂余不信兮"(위여불신혜)는 "나를 믿지 못한다고 말하는도다"이다. "視此銘辭"(시차명사)는 "이 명에서 한 말을 보라"이다.

번역 이름은 실상과 대응되므로, 실상과 맞지 않으면 고치는 것이 옳다. 나는 일찍이 사는 집 서쪽에 정자를 지었다. 정자에 두 그루 소나무가 있어, (정자 이름을) 쌍송(雙松)이라고 일컬었다. 동갑 벗 이지중이 그 기문을 지었다. 서울에서 몇 해 동안 벼슬하다가 돌아오니, 소나무는 넘어지고 오직 매화 두 그루만 남아 있다. 나는 바로 정자 이름을 고쳐 쌍매(雙梅)라고 한다.

처음에 이름의 유래를 삼은 것이 없어졌으니 있는 것에 따라 이름을 고침이 어찌 불가하리오. 눈앞에 있는 것에서 뜻을 취하니, 이름을 짓거나 고치는 것이 아주 쉽다. 옛적에 도연명(陶淵明)이 집 근처에 버드나무 다섯이 있어, 스스로 오류선생이라고 호를 지은 것은 우연이다. 내가 뜻을 취하는 방식도 이와 같다. 이름은 비록 달라져도, 정자에는 특별히 얻은 것도 손상된 것도 없다.

명을 지어 말한다. 매화나무가 서로 의지하며, 정자에 뿌리를 기탁했구나. 가지가 얽혀 찬란하도다, 처음의 양기를 일찍 받는구나. 눈과 서리가 혼을 엉기게 하도다. 그 향기를 가릴 수 없구나. 덕을 간직함이 사사롭지 않도다. 수행을 백이(伯夷)에 견주리로다. 함부로 완상할 수 없도다. 사랑하고 존경하리로다. 나를 믿지 못한다고 하려면, 이 명에서 한 말을 보아라.

논의 자기 호를 쌍매당(雙梅堂)이라고 하는 연유를 말하면서 깊이 새겨야 할 뜻을 간직한 글이다. 실물과 어긋나는 이름은 지나친 생각을 나타내므로 실상에 맞게 고쳐야 한다고 했다. 지나친 생각을 하지 말고 주어진 처지에 맞게 살아야 한다고 한 말로 이해된다.

근처에 소나무 둘이 있어 정자 이름을 쌍송(雙松)이라고 했다. 소나무는 벼슬을 해서 이루고자 하는 큰 뜻을 상징한다고 할 수 있다. 집에 돌아와 보니 소나무가 넘어져 있었다는 것은 큰 뜻이 사라졌다는 말이리라. 어떤 일이 있었던지 전혀 말하지 않았으나, 실망했거나 실패한 것을 알아차릴 수 있다. 그 때문에 상심하지 않고, 남아 있는 쌍매(雙梅)로 정자 이름을 고쳤다. 마음을 조용히 다잡아 재출발하기로 했다는 말이다.

자기 마음가짐을 고인과 견주었다. 도연명(陶淵明)이 집 근처에 버드나무 다섯이 있어 스스로 오류선생이라고 호를 지은 것이 우연이고 별다른 뜻이 없다고 했다. 자기가 쌍매를 보고 그 뜻을 취해 이름으로 삼는 방식도 다르지 않다고 했다. 이름은 달라져도, 정자에는 특별히 얻은 것도 손상된 것도 없다는 말로 자기 마음에는 동요가 없다고 했다. 아직 남아 있는 매화를 사랑하면서 시련을 견디면서 은거하는 선비의 고결한 정신을 지니리라고 하면서 세상을 등지고 은거한 사람의 시조인 백이(伯夷)까지 들먹였다.

소나무도 짝을 지워 있었고, 매화도 둘이어서 쌍매라고 했다. 이것은 무슨 까닭인가? 하나만이면 볼품이 없는가? 둘이 서로 의지한다고 했으니 외롭지 않기를 바라는가? 둘이 서로 어울리는 것이 천지만물의 이치라는 것인가? 무어라고 지적해 말하지 않아 이 여러 가지 뜻을 함께 지녔다고 해야 할 것인가?

끝으로 "나를 믿지 못한다고 하려면, 이 명에서 한 말을 보아라."고 한 것을 깊이 새겨야 한다. 벼슬길에 나가 실망하거나 실패하고 돌아왔어도 아무 원망도 하지 않고 전원에 묻혀 지내는 것을 즐겁기만 하다고 했다. 이 말이 진실임을 쓴 글이 증명한다고 했다. 자기변명을 위한 허위 진술이 넘치는 오늘날과는 아주 다르게, 옛사람들은 내심을 토로하는 글을 오로지 진지하고 정직하게 썼다.

이런 글을 지면에 발표한 것은 아니다. 가까운 이들에게 보이고 베낄 수 있게 하는 데 그쳤다. 소중하게 간직하면서 스스로 즐기다가 사후에 문집을 엮을 때 넣도록 하는 것이 예사였다. 오늘날에는 당장 몇만 부씩 복제되는 언설을 거칠게 휘갈기는데, 옛사람들은 알려지는 범위가 아주 한정된 글을 온갖 정성을 기울어 정갈하게 다듬었다.

鄭道傳, 〈竹窓銘〉(죽창명), 《三峯集》 권4
정도전, 〈대나무 창〉

원문 三峯隱者 見彦暢父李先生問曰 子號竹窓 然乎 夫竹其心虛其節直 其色經歲寒而不改 是以 君子尙之 以勵其操 至於詩 以興 君子生質之美 學問自修之進 則其所托者深矣 古人之取於竹非一 敢問所安

先生曰 未也 無甚高論 且竹春宜鳥 其聲高亮 夏宜風 其氣淸爽 秋冬宜雪月 其容灑落 至於朝露夕煙 晝影夜響 凡 所以接乎耳目者 無一點塵俗之累 子於是 早起盥瀡 坐竹窓几焚香 或讀書或彈琴 有時撥置萬慮 默然危坐 不如吾身之寄

於竹窓也

　噫　先生之樂不在竹　但得之心而寓之於竹耳　請以是銘之　有闢其窓　有鬱者竹
君子攸宇其貞如玉　左圖右書　閱此朝夕　不物於物　維樂其樂

읽기 三峯隱者(삼봉은자)가　見彦暢父李先生問曰(견언창부이선생문왈)하다.　子
號竹窓(자호죽창)이　然乎(연호)인가.　夫竹其心虛其節直(부죽기심허기절직)
하고　其色經歲寒而不改(기색경세한이불개)하니　是以(시이)　君子尙之(군자상
지)하고　以勵其操(이려기조)하노라.　至於詩(지어시)에　以興(이흥)　君子生質
之美(군자생질지미)하고　學問自修之進(학문자수지진)하니라.　則(즉)　其所托
者深矣(기소탁자심의)하여　古人之取於竹非一(고인지취어죽비일)하니　敢問所
安(감문소안)하나이다.

　先生曰(선생왈)　未也(미야)니라.　無甚高論(무심고론)하노라.　且竹春宜鳥
(차죽춘의조)하여　其聲高亮(기성고량)하고,　夏宜風(하의풍)하여　其氣淸爽
(기기청상)하고,　秋冬宜雪月(추동의설월)하여　其容灑落(기용쇄락)이라.　至
於朝露夕煙(지어조로석연)에　晝影夜響(주영야향)이　凡(범)　所以接乎耳目者
(소이접호이목자)가　無一點塵俗之累(무일점진속지루)하니라.　子於是(여어
시)　早起盥瀹(조기관약)하고　坐竹窓几焚香(좌죽창궤분향)하여　或讀書或彈
琴(혹독서혹탄금)하며　有時撥置萬慮(유시발치만려)하고　默然危坐(묵연위좌)
하니　不如吾身之寄於竹窓也(불여오신지기어죽창야)니라.

　噫(희)라.　先生之樂不在竹(선생지락부재죽)하고　但得之心而寓之於竹耳
(단득지심이우지어죽이)로구나.　請以是銘之(청이시명지)하노라.　有闢其窓(유
벽기창)에　有鬱者竹(유울자죽)인데　君子攸宇(군자유우)가　其貞如玉(기정여
옥)이로다.　左圖右書(좌도우서)　閱此朝夕(열차조석)하나,　不物於物(불물어
물)하고　維樂其樂(유락기락)이라.

풀이 "三峯隱者"(삼봉은자)는 "호를 삼봉이라고 하고 은거하는 사람"이다.

자기를 이렇게 일컬었다. "見彦暢父李先生問曰"(견언창부이선생문왈)은 "언창 어르신 이선생을 보고 묻다"이다. "子號竹窓"(자호죽창)은 "그대의 호가 죽창"이다. "然乎"(연호)는 "그런가?"이다. "夫竹其心虛其節直"(부죽기심허기절직)은 "무릇 대나무는 그 마음이 비고 그 절개가 곧다"이다. "其色經歲寒而不改"(기색경세한이불개)는 "그 색이 연말의 추위를 겪고도 변하지 않다"이다. "是以"(시이)는 "이러므로"이다. "君子尙之"(군자상지)는 "군자가 그것을 숭상하다"이다. "以勵其操"(이려기조)는 "그 지조를 칭찬하다"이다. "至於詩"(지어시)는 《시경》에 이르다"이다. "以興"(이흥)은 "그것으로 나타내다"이다. "君子生質之美"(군자생질지미)는 "군자는 타고난 기질이 아름답다"이다. "學問自修之進"(학문자수지진)은 "학문이 스스로 닦아 진전되다"이다. "則"(즉)은 "곧"이다. "其所托者深矣"(기소탁자심의)는 "거기 기탁하는 뜻이 깊다"이다. "古人之取於竹非一"(고인지취어죽비일)은 "고인이 대나무에서 취한 것이 하나가 아니다"이다. "敢問所安"(감문소안)은 "감히 편안한 바를 묻다"이다.

　"先生曰"(선생왈)은 "선생이 말하다"이다. "未也"(미야)는 "아니다"이다. "無甚高論"(무심고론)은 "아주 고매한 논의는 없다"이다. "且竹春宜鳥"(차죽춘의조)는 "또한 대나무는 봄이면 새들과 어울리다"이다. "其聲高亮"(기성고량)은 "그 소리가 높고 밝다"이다. "夏宜風"(하의풍)은 "여름이면 바람과 어울리다"이다. "其氣淸爽"(기기청상)은 "그 기운이 맑고 상쾌하다"이다. "秋冬宜雪月"(추동의설월)은 "가을과 겨울이면 눈이나 달과 어울리다"이다. "其容灑落"(기용쇄락)은 "그 모습이 아주 깨끗하다"이다. "至於朝露夕煙"(지어조로석연)은 "아침 이슬 저녁 연기가 다다르다"이다. "晝影夜響"(주영야향)은 "낮 그림자 저녁 소리"이다. "凡"(범)은 "무릇"이다. "所以接乎耳目者"(소이접호이목자)는 "귀나 눈에 닿는 것"이다. "無一點塵俗之累"(무일점진속지루)는 "한 점도 티끌 세속의 얽힘이 없다"이다. "子於是"(여어시)는 "나는 이에"이다. "早起盥漱"(조기관약)은 "일찍 일어나 세수를 하다"이다. "坐竹窓几焚香"(좌죽창궤분향)은 "대나무 창에 기대 앉아 향을 피우다"이다. "或讀書或彈琴"(혹독서혹탄금)은 "책을 읽기고 하고 거문고를 타기도 하다"이다. "有時撥置萬慮"(유시발치만려)는 "때때로 만 가지 근심을 없애다"이다. "默然危坐"(묵연위좌)는 "말없이 꿇어앉다"이다. "不如吾身之寄於竹窓也"(불여오신지기어죽창야)는 "내 몸이 죽창에 기대 있는 것 같지 않다"이다.

"噫"(희)는 탄식하는 말이다. "先生之樂不在竹"(선생지락부재죽)은 "선생의 즐거움은 대나무에 있지 않다"이다. "但得之心而寓之於竹耳"(단득지심이우지어죽이)는 "다만 마음을 얻어 대나무에 기탁할 따름이다"이다. "請以是銘之"(청이시명지)는 "청을 받아 명을 짓는다"이다. "有闢其窓"(유벽기창)은 "그 창이 열려 있다"이다. "有鬱者竹"(유울자죽)은 "무성한 것이 대나무이다"이다. "君子攸宇"(군자유우)는 "군자가 처신하는 바"이다. "其貞如玉"(기정여옥)은 "곧기가 옥과 같다"이다. "左圖右書"(좌도우서)는 "좌우의 도서"이다. "閱此朝夕"(열차조석)은 "아침저녁으로 열람하다"이다. "不物於物"(불물어물)은 "물(物)에서 물에 매이지 않는다"이다. "維樂其樂"(유락기락)은 "오직 그 즐거움을 즐기다"이다.

번역 삼봉(三峯) 은자(隱者)가 언창(彦暢) 어르신 이 선생을 보고 물었다. "그대의 호가 죽창(竹窓)인가? 무릇 대나무는 그 마음이 비고 그 절개가 곧다. 그 색이 연말의 추위를 겪고도 변하지 않는다. 이러므로 군자가 숭상하고, 그 지조를 칭찬한다. 《시경》에서 대나무로 군자는 타고난 기질이 아름답고, 학문이 스스로 닦아 진전된다는 것을 나타냈다. 기탁하는 뜻이 깊어, 고인이 대나무에서 취하는 것이 하나가 아니다. 감히 즐기는 바를 묻는다."

선생이 말했다. "아니다. 아주 고매한 논의는 없다. 또한 대나무는 봄이면 새들과 어울리려, 그 소리가 높고 밝다. 여름이면 바람과 어울려,

그 기운이 맑고 상쾌하다. 가을과 겨울이면 눈이나 달과 어울려, 그 모습이 아주 깨끗하다. 아침의 이슬, 저녁에는 연기가 다르다. 낮 그림자, 저녁 소리에 이르도록 무릇 귀나 눈에 닿는 것이 한 점도 티끌 세속의 얽힘이 없다. 나는 이에 일찍 일어나 세수를 하고, 대나무 창에 기대 앉아 향을 피운다. 책을 읽기도 하고 거문고를 타기도 하면서 때때로 만 가지 근심을 없앤다. 말없이 꿇어앉아 있으니, 내 몸이 죽창에 기대 있는 것 같지 않다."

아아, 선생의 즐거움이 대나무에 있지 않구나. 다만 마음을 얻어 대나무에 기탁할 따름이다. 청을 받아 명을 짓는다. 그 창이 열려 있어 무성한 것이 대나무이나, 군자가 처신하는 바는 곧기가 옥과 같다. 좌우의 책을 아침저녁으로 열람하지만, 물(物)에서 물에 매이지 않으면서 오직 그 즐거움을 누린다.

논의 다른 사람의 호를 풀이하면서 자기가 하고 싶은 말을 적은 글의 좋은 본보기이다. 호를 죽창(竹窓)이라고 했다는 이언창(李彦暢)은 고려 말의 문인인 것 이상은 알 수 없는 범속한 인물이다. 정도전이 그 사람의 호를 풀이하면서 나타낸 생각은 비범해 두고두고 음미할 만하다.

대나무와 사람의 관계를 거듭 말했다. 앞에서는 상대방의 호가 죽창인가 묻고는 대답을 기다리지 않고, 대나무는 군자의 기상을 나타내므로 찬양의 대상이 된다는 자기 말을 길게 늘어놓았다. 여기까지 읽으면 고정관념을 재확인한다고 할 수 있어, 다소 진부한 느낌이 든다.

그다음 대목에서는, 죽창이라는 호의 주인이 거창한 이론이 있는 것은 아니라고 하고, 평소에 생각하고 있는 대로 말을 했다. 대나무를 바라보면서 소박한 즐거움을 얻고 근심을 없앤다고 했다. 관념을 버리고 경험에서 만족스러운 경지에 스스로 이르러, "내 몸이 죽창에 기대 있는 것 같지 않다"고 했다. 이 마지막 말에 깊은 뜻이 있다.

그 말을 듣고 깨달은 바를, 글을 마무리하는 명(銘)에서 정리했다. 대나무는 그것대로 무성하고, 군자는 처신이 옥과 같다고 해서, 둘은 관련을 가지고 동질성을 지니지만 서로 다르다고 했다. 대나무를 좋아하면서도 대나무처럼 되지는 않고, 독서를 즐기면서도 책에 매이지 않고 자기 정신을 가다듬는 것이 군자가 할 일이라고 했다.

이런 생각을 집약한 말이 "不物於物"(불물어물)이라는 것이다. "물(物)에서 물에 매이지 않는다"고 번역한 것만으로는 모자라므로 더 생각해야 한다. 뒤의 "於物"(어물)에서는 사람은 물과 더불어 살아간다고 했다. 앞의 "不物"(불물)에서는, 그렇지만 물(物)에 매이지 않고 사람다운 정신이나 주체성을 가져야 한다고 했다.

이치를 본격적으로 따지는 글에서 한 말을 보자. 사람이 "離物獨立"(이물독립, 물을 떠나 홀로 섬)함은 불가능하다고 하고, "處事接物"(처사접물, 일에 당하고 물을 접함)에 "各盡其道"(각진기도, 각기 그 도를 다함)를 실행하고 착오가 없어야 한다고 했다(〈佛氏昧於道器之辨〉). 시쳇말로 하면, 물(物)에 매이는 것은 속물주의이고, 도(道)가 따로 있다고 하면 우상숭배이므로 둘 다 배격해야 한다고 했다. 이렇게 말해도 적실하지 않고 난해하기만 한 이치를 죽창(竹窓)의 비유를 들어 풀어내려고 했다.

李奎報, 〈接菓記〉(접과기), 《東國李相國集》 권23
이규보, 〈과일나무 접붙이기〉

원문 事有 初若妄誕幻怪 而其終乃眞者 其接菓之謂乎

子先君時 有號長身田氏者善接菓 先君使試之 園有惡梨凡二樹 田氏皆鋸斷

之 求世所謂名梨者 斫若干梢 安於斷株 以膏泥封之 當其時見之 似妄誕矣 雖
至茸抽葉苗 亦似幻怪矣 及鬱然夏陰茂 蕡然秋實成 然後 乃信其終眞者 而 妄
誕幻怪之疑 始去於心矣

先君沒凡九稔 覩樹食實 未嘗不思嚴顔 或攀樹嗚咽 不忍捨去 且古之人以召
伯韓宣子之故 有勿翦甘棠 封植嘉樹者 況 父之所嘗有而遺之於子者 其恭止之
心 何翅勿翦封植而已哉 其實亦可跪而食矣

抑慮 先君 以此及子者 豈使子革非遷善 當效玆樹耶 聊志而警之耳

읽기: 事有(사유) 初若妄誕幻怪(초약망탄환괴)이다가 而其終乃眞者(내기종내
진자)이니, 其接菓之謂乎(기접과지위호)인저.

子先君時(여선군시)에 有號(유호) 長身田氏者(장신전씨자) 善接菓(선접
과)하니, 先君使試之(선군사시지)하다. 園有惡梨凡二樹(원유악리범이수)한
데, 田氏皆鋸斷之(전씨개거단지)하다. 求世所謂名梨者(구세소위명리자)하고
斫若干梢(작약간초)하여 安於斷株(안어단주)하고 以膏泥封之(이고니봉지)하
다. 當其時見之(당기시견지)니 似妄誕矣(사망탄의)라. 雖至茸抽葉苗(수지용
추엽줄)이어도 亦似幻怪矣(역사환괴의)라. 及鬱然夏陰茂(급울연하음무)하고,
蕡然秋實成(분연추실성) 然後(연후)에 乃信其終眞者(내신기종진자)니라. 而
(이) 妄誕幻怪之疑(망탄환괴지의)는 始去於心矣(시거어심의)니라.

先君沒凡九稔(선군몰범구임)에 覩樹食實(도수식실)하고, 未嘗不思嚴顔(미
상불사엄안)하니라. 或攀樹嗚咽(혹반수오열)하고, 不忍捨去(불인사거)하니
라. 且古之人(차고지인)이 以召伯韓宣子之故(이소백한선자지고)로 有勿翦甘
棠(유물전감당)하고 封植嘉樹者(봉식가수자)하니라. 況(황) 父之所嘗有(부
지소상유)를 而遺之於子者(이유지어자자)니 其恭止之心(기공지지심) 何翅勿
翦封植而已哉(하시물전봉식이이재)리오. 其實亦可跪而食矣(기실역가궤식의)
로다.

抑慮(억려)하니 先君(선군)이 以此及子者(이차급여자)는 豈使子革非遷善

(기사여혁비천선)이리오. 當效玆樹耶(당효자수야)로 聊志而警之耳(요지이경
지이)니라.

풀이 "事有"(사유)는 "일에 … 한 것이 있다"이다. "初若妄誕幻怪"(초약망탄
환괴)는 "처음에는 망령·허탄·환영·괴이한 듯하다"이다. "而其終乃眞者"
(이기종내진자)는 "그러나 끝은 진실한 것"이다. "其接菓之謂乎"(기접과지
위호)는 "그것은 과일나무 접붙이기를 말함이로다"이다. 여기서는 "之"가
목적격 조사 "…(을)를"이다. "接果" 뒤에서 이 말이 다음에 오는 "謂"의
목적어임을 말해준다.

　"予先君時"(여선군시)는 "나의 돌아가신 아버님 시절"이다. "有號"(유
호)는 "이름남이 있다"이다. "長身田氏者"(장신전씨자)는 "키다리 전씨라
는 분"이다. "善接菓"(선접과)는 "과일나무 접붙이기를 잘하다"이다. 여기
서는 "善"이 "잘하다"는 뜻이다. "先君使試之"(선군사시지)는 "아버님이
그것을 시험하라고 시키다"이다. "園有惡梨凡二樹"(원유악리범이수)는 "뜰
에 좋지 않은 배나무 두 그루 있다"이다. "田氏皆鋸斷之"(전씨개거단지)
는 "전씨는 그것을 톱으로 자르다"이다. "求世所謂名梨者"(구세소위명리
자)는 "세상에 이름난 배라는 것을 구하다"이다. "斫若干梢"(작약간초)는
"가지 끝을 조금 베다"이다. "安於斷株"(안어단주)는 "자른 그루터기 안
에 넣다"이다. "以膏泥封之"(이고니봉지)는 "끈적한 흙으로 그것을 봉하
다"이다. "當其時見之"(당기시견지)는 "당시에 그것을 보다"이다. "似妄誕
矣"(사망탄의)는 "망령되고 허탄한 것 같다"이다. "雖至茸抽葉苗"(수지용
추엽줄)은 "비록 싹이 돋고 잎이 나도"이다. "亦似幻怪矣"(역사환괴의)는
"역시 환영·괴이한 것 같다"이다. "及鬱然夏陰茂"(급울연하음무)는 "우거
져 여름 그늘이 무성하게 되다"이다. "蕡然秋實成"(분연추실성)은 "풍성
하게 가을 열매가 열다"이다. "然後"(연후)는 "그다음"이다. "乃信其終眞
者"(내신기종진자)는 "이에 그 끝이 진실한 것을 믿다"이다. "而"(이)는

"그리고"이다. 妄誕幻怪之疑(망탄환괴지의)는 "망령·허탄·환영하다는 의심"이다. "始去於心矣"(시거어심의)는 "비로소 마음에서 사라지도다"이다.

"先君沒凡九稔"(선군몰범구임)은 "아버님 돌아가신 지 무릇 아홉 해"이다. "觀樹食實"(도수식실)은 "나무를 보고 과일을 먹다"이다. "未嘗不思嚴顔"(미상불사엄안)은 "아버님 모습을 생각하지 않을 수 없다"이다. "或攀樹嗚咽"(혹반수오열)은 "나무를 어루만지며 흐느끼기도 하다"이다. "不忍捨去"(불인사거)는 "차마 떠나지 못하다"이다. "且古之人"(차고지인)은 "또한 옛사람이"이다. "以召伯韓宣子之故"(이소백한선자지고)는 "소백(召伯)과 한선자(韓宣子)의 고사로써"이다. 이에 관해 다음의 '논의'에서 설명한다. "有勿翦甘棠"(유물전감당)은 "감당나무는 베지 않다"이다. "封植嘉樹者"(봉식가수자)는 "아름다운 나무를 북돋우어 가꾸는 일"이다. "況"(황)은 "하물며"이다. "父之所嘗有"(부지소상유)는 "아버님이 지니신 것"이다. "而遺之於子者"(이유지어자자)는 "그리고 아들에게 남겨주는 것"이다. "其恭止之心"(기공지지심)은 "그 공경해 마지않는 마음"이다. "何翅勿翦封植而已哉"(하시물전봉식이이재)는 "어찌 자르지 않고 북돋우어 가꾸는 것만이리오"이다. "其實亦可跪而食矣"(기실역가궤이식의)는 "그 과일을 또한 무릎 꿇고 먹는 것이 옳다"이다.

"抑慮"(억려)는 "삼가 생각하다"이다. "先君"(선군)은 "아버님"이다. "以此及子者"(이차급여자)는 "이것을 내게 주심"이다. "豈使子革非遷善"(기사여혁비천선)은 "어찌 나로 하여금 잘못을 고치고 착함을 시행하라 하심이 아니리오"이다. "當效玆樹耶"(당효자수야)는 "마땅히 이 나무를 본받다"이다. "聊志而警之耳"(요지이경지이)는 "오직 뜻을 받들어 경계하노라"이다.

[번역] 처음에는 망령·허탄·환영·괴이한 듯하다가 끝은 진실한 것이 있다. 과일나무 접붙이기를 말하는 것이로다.

돌아가신 아버님 시절에, 키다리 전씨라는 분이 과일나무 접붙이기를 잘한다고 이름이 났으므로, 아버님이 시험해보라고 시켰다. 뜰에 있는 좋지 않은 배나무 두 그루를 전씨는 톱으로 잘랐다. 세상에 이름난 배나무라는 것을 구해, 가지 끝을 조금 베어 자른 것을 그루터기 안에 넣고는 끈적한 흙으로 봉했다. 당시에 그것을 보니 망령되고 허탄한 것 같았다. 비록 싹이 돋고 잎이 나도 역시 환영·괴이한 것 같았다. 우거져 여름 그늘이 무성하게 되다가, 풍성하게 가을 열매가 열린 다음에야 그 끝이 진실한 것을 믿게 되었다. 망령·허탄·괴이하다는 의심이 비로소 마음에서 사라졌다.

아버님 돌아가신 지 무릇 아홉 해에 나무를 보고 과일을 먹으면서 아버님 모습을 생각하지 않을 수 없다. 나무를 어루만지며 흐느끼기도 하고, 차마 떠나지 못한다. 옛사람 소백(김伯)과 한선자(韓宣子)의 고사가 있어, 감당나무는 베지 않고, 아름답게 북돋우어 가꾸었다고 했다. 아버님이 지니신 것을 아들에게 남겨주셨으니, 공경해 마지않는 마음이 어찌 나무를 베지 않고 북돋우어 가꾸는 데만 있으리오. 그 과일을 먹으면서 무릎을 꿇는 것이 마땅하다.

삼가 생각하니, 아버님이 이것을 내게 주심은 어찌 나로 하여금 잘못을 고치고 착한 일을 하라고 하시려고 한 것이 아니리오. 마땅히 이 나무를 본받으라고 하신 뜻을 받들어 경계한다.

논의 고려 시대에 이미 과일나무 접붙이기를 잘했다니 대단하다. 아버지 대에 접을 붙여 배나무를 개량한 일을 두고 개인적인 회고를 하는 글을 쓰면서 깊은 이치를 말했다. 한 층 한 층 내려가면서 이해를 깊이 하면 놀라지 않을 수 없다.

키다리 전씨라는 사람이 과일나무 접붙이기를 잘한다고 이름이 난 것을 아버지가 잘 알고 불러와 일을 맡겼다. 전씨는 타인의 반응은 전혀

의식하지 않고 자기 능력을 과감하게 발휘했다. 지도자와 주동자의 관계는 이렇게 되어야 한다. 자기보다 나은 사람이 없는 줄 아는 멍청한 지도자가 칭송을 독점하려는 야심을 품고, 무슨 일이든지 스스로 결정하고 집행하는 주동자 노릇을 하다가 망조가 든 사례가 고금에 무수히 많다.

잘못된 것을 바로잡으려면 과감한 혁신을 거쳐야 한다. 모험을 두려워하지 말고, 진통을 감내해야 한다. 처음에는 망령·허탄·환영·괴이하지 않은가 하는 의심을 자아내야, 일이 잘되어 끝에는 좋게 된다. 진행 과정이 시종 순탄해 누가 보아도 마음에 든다는 말을 듣고자 하는 인기영합은 진통제를 먹이고 병을 감추는 기만책이다. 수술에는 고통이 따르게 마련이고, 혁명의 나무는 피를 먹고 자란다.

접붙이기의 원리는 이질적인 것들의 결합이다. 높다랗게 자라 우러러보도록 하는 거목을 가차 없이 잘라내 헛된 기대를 버리게 해야 다음 단계로 넘어간다. 다른 나뭇가지 끝을 조금 베어 자른 것을 가져다 붙이는 것을 새 출발로 삼아야 한다. 이 둘이 각기 독립되어 효력을 발휘할 수는 없다. 둘이 하나가 되어, 강성이 미약이고 미약이 강성이며, 희망이 절망이고 절망이 희망이게 해야 대혁신의 창조가 이루어진다. 이것이 생극의 원리이다.

소백(김伯)과 한선자(韓宣子)의 고사는 중국 고대 주(周) 나라의 소백이 훌륭한 정치를 하다가 감당 나무 아래에서 쉰 것을, 춘추 시대 진(晉) 나라의 한선자가 칭송해 그 나무를 베지 않고 잘 보존하게 되었다는 것이다. 소백이 어쨌다는 말이 《시경》(詩經)의 국풍(國風) 소남(김南) 감당(甘棠)에 올라 있어, 대수롭지 않은 것을 한선자의 뒤를 이어 두고두고 칭송하게 한다. 그대로 따라 사고가 퇴화되도록 유도한다.

이에 대해 반발심을 터놓고 발설할 수는 없다. 지체 낮은 후대인은 못났다고 자인하면서 죽어지내야 한다. 이규보는 말을 부드럽게 하면서 분노를 감추고, 반역의 음모를 드러나지 않게 꾸며 이 글을 썼다. 아버지에 대한 효성을 방패막이로 삼아 위험을 줄이면서, 발상의 대혁신을 이룩했다. 복고주의를 근본적으로 뒤흔들고 과감한 혁신을 이룩하는 생극의 이치를 심오하게 일깨워주었다.

尹愭, 〈自作誄文〉(자작뇌문),《無名子集》, 文稿 권14
윤기, 〈자작 추도사〉

원문 無名子年至九耋 不爲夭 官至緋玉 不爲小 凍餒得免於溝壑 不爲貧 生太平老太平死太平 不爲不辰

其爲人也 外柔內剛 惟分任眞 無所較於世 無所求於人 惟聖人之言是信 惟一念之非是惡 獨行不顧 恥同流而合汗 死生之理 盡知之矣 身後之事 默揣之矣

斯故 病不禱于上下神祇 歿不求於親友輓誄 遺戒則不作無益空言 山地則不許妄輒遷徙 於焉脫屣人間 浩歸寥廓 反顧平生庶免愧怍 無復係戀 豈不快樂

然而 有不忍便訣者 天地之大 日月之光 山川之明秀 不可得而復見矣 廟墓拜跪之禮 不可得而復展矣 聖經賢傳及世間萬卷書 平生所愛玩未釋手者 不可得而復味之矣 此爲缺然也已矣

읽기 無名子年至九耋(무명자연지구질)이니 不爲夭(불위요)로다. 官至緋玉(관지비옥)하니 不爲小(불위소)로다. 凍餒得免於溝壑(동뇌득면어구학)하니 不爲貧(불위빈)이로다. 生太平老太平死太平(생태평노태평사태평)하니 不爲不辰(불위불신)이로다.

其爲人也(기위인야)는 外柔內剛(외유내강)하고 惟分任眞(유분임진)하도다. 無所較於世(무소교어세)하고 無所求於人(무소구어인)하도다. 惟聖人之

言是信(유성인지언시신)하고　惟一念之非是惡(유일념지비시악)하도다.　獨行
不顧(독행불고)하고　恥同流而合汙(치동류이합오)하도다.　死生之理(사생지
리)를　盡知之矣(진지지의)하니　身後之事(신후지사)를　默揣之矣(묵췌지의)
하라.

斯故(사고)로　病不禱于上下神祇(병불도우상하신기)하고　歿不求於親友輓
誄(몰불구어친우만뢰)하니라.　遺戒則不作無益空言(유계즉부작무익공언)하고
山地則不許妄輒遷徙(산지즉불허망처첩천사)하라.　於焉脫屣人間(어언탈사인간)
하고　浩歸寥廓(호귀료곽)하노라.　反顧平生(반고평생)할새　庶免愧怍(서면괴
작)하고　無復係戀(무부계련)하니　豈不快樂(기불쾌락)이리오.

然而(연이)나　有不忍便訣者(유불인변결자)는　天地之大(천지지대)며　日月
之光(일월지광)이며　山川之明秀(산천지명수)를　不可得而復見矣(불가득이부
견이)로다.　廟墓拜跪之禮(묘묘배궤지례)를　不可得而復展矣(불가득이부전의)
하고　聖經賢傳及世間萬卷書(성경현전급세간만권서)　平生所愛玩未釋手者(평
생소애완미석수자)를　不可得而復味之矣(불가득이부미지의)하니　爲缺然也已
矣(차위결연야이의)이로다.

풀이 "無名子·年至九耋"(무명자연지구질)은 "무명자(無名子)는 나이 90에 이
르다"이다. "不爲夭"(불위요)는 "요절했다고 할 수 없다"이다. "官至緋玉"
(관지비옥)은 "벼슬이 당상관에 이르다"이다. "不爲小"(불위소)는 "작다고
할 수 없다"이다. "凍餒得免於溝壑"(동뇌득면어구학)은 "산골에서 얼고 굶
어 죽는 것을 면하다"이다. "不爲貧"(불위빈)은 "가난하다고 할 수 없다"
이다. "生太平老太平死太平"(생태평노태평사태평)은 "살아 태평 늙어 태평
죽어 태평"이다. "不爲不辰"(불위불신)은 "아름답다고 하지 않을 수 없다"
이다.

"其爲人也"(기위인야)는 "그 사람됨"이다. "外柔內剛"(외유내강)은 "겉
은 부드럽고 안은 단단하다"이다. "외유내강"이라는 말을 그냥 써도 된

다. "惟分任眞"(유분임진)은 "오직 분수대로 진실에 맡기다"이다. "無所較
於世"(무소교어세)는 "세상과 비교하지 않다"이다. "無所求於人"(무소구어
인)은 "다른 사람에게 요구하는 것이 없다"이다. "惟聖人之言是信"(유성인
지언시신)은 "오직 성인의 말만 믿다"이다. "惟一念之非是惡"(유일념지비
시악)은 "오직 한마음으로 악한 것은 싫어하다"이다. "獨行不顧"(독행불
고)는 "홀로 나아가면서 되돌아보지 않다"이다. "恥同流而合汗"(치동류이
합오)는 "시류를 따라 더러운 짓에 가담하는 것을 부끄럽게 여기다"이
다. "死生之理"(사생지리)는 "죽고 사는 이치"이다. "盡知之矣"(진지지의)
는 "이미 다 알다"이다. "身後之事"(신후지사)는 "죽은 다음의 일"이다.
"默揣之矣"(묵췌지의)는 "묵묵히 헤아리다"이다.

　"斯故"(사고)는 "이런 연고로"이다. "病不禱于上下神祇"(병불도우상하신
기)는 "병들어도 상하의 신명에게 빌지 않다"이다. "歿不求於親友輓誅"
(몰불구어친우만뢰)는 "죽더라도 친구에게 추도사를 부탁하지 않다"이다.
"遺戒則不作無益空言"(유계즉부작무익공언)은 "유언을 남겨 쓸데없이 빈
말을 하지 않게 하다"이다. "山地則不許妄輒遷徙"(산지즉불허망첩천사)는
"산소를 망령되게 옮기지 못하게 하다"이다. "於焉脫屣人間"(어언탈사인
간)은 "마침내 인간세상을 떠나다"이다. "浩歸寥廓"(호귀료곽)은 "쓸쓸한
곳으로 당당하게 돌아가다"이다. "反顧平生"(반고평생)은 "평생을 반성하
고 회고하다"이다. "庶免愧怍"(서면괴작)은 "부끄러운 짓은 거의 면하다"
이다. "無復係戀"(무부계련)은 "다시 미련을 가질 것이 없다"이다. "豈不
快樂"(기불쾌락)은 "어찌 쾌락하지 않으리오"이다.

　"然而"(연이)는 "그러나"이다. "有不忍便訣者"(유불인편결자)는 "차마
결별할 수 없는 것이 있다"이다. "天地之大"(천지지대)는 "천지는 크다"
이다. "日月之光"(일월지광)은 "일월은 밝다"이다. "山川之明秀"(산천지명
수)는 "산천은 밝고 빼어나다"이다. "不可得而復見矣"(불가득이부견이)는
"다시 볼 수는 없다"이다. "廟墓拜跪之禮"(묘묘배궤지례)는 "사당이나 산

소에게 무릎 꿇고 예를 갖추다"이다. "不可得而復展矣"(불가득이부전의)는 "다시 하지 못하다"이다. "聖經賢傳及世間萬卷書"(성경현전급세간만권서)는 "성현의 경전 및 세상의 만권 서적"이다. "平生所愛玩未釋手者"(평생소애완미석수자)는 "평생 사랑해 손에서 놓지 않은 것들"이다. "不可得而復味之矣"(불가득이부미지의)는 "다시 음미할 수 없다"이다. "爲缺然也已矣"(차위결연야이의)는 "아쉬울 따름이다"이다.

번역 무명자(無名子)는 나이 90에 이르니 요절한다고 할 수 없다. 벼슬이 당상관에 이르니, 작다고 할 수 없다. 산골에서 얼고 굶어 죽는 것을 면하니, 가난하다고 할 수 없다. 살아 태평 늙어 태평 죽어 태평하니, 아름답다고 하지 않을 수 없다.

그 사람됨은 외유내강이고, 오직 분수대로 진실하게 살아간다. 자기를 세상과 비교하지 않고, 다른 사람에게 요구하는 것이 없다. 오직 성인의 말만 믿고, 다만 한 마음으로 악한 것은 싫어한다. 홀로 나아가면서 되돌아보지 않고, 시류를 따라 더러운 짓에 가담하는 것을 부끄럽게 여긴다. 죽고 사는 이치를 알고, 죽은 다음의 일을 묵묵히 헤아린다.

이런 연고로, 병들어도 상하의 신명에게 빌지 않는다. 죽더라도 친구에게 추도사를 부탁하지 않는다. 유언을 남겨 쓸데없이 빈 말을 하지 않게 하고, 산소를 망령되게 옮기지 못하게 한다. 마침내 인간세상을 떠나, 쓸쓸한 곳으로 당당하게 돌아간다. 평생을 반성하고 회고하니, 부끄러운 짓은 거의 면했으며, 다시 미련을 가질 것이 없으니, 어찌 쾌락하지 않으리오.

그러나 차마 결별할 수 없는 것이 있다. 천지가 크고, 일월이 밝고, 산천은 밝고 빼어난 것을 다시 볼 수는 없구나. 사당이나 산소에게 무릎 꿇고 갖추는 예를 다시 행하지는 못하는구나. 성현의 경전 및 세상의 만권 서적, 평생 사랑해 손에서 놓지 않은 것들을 다시 음미할 수 없구나. 이런 것들이 아쉬울 따름이다.

논의 그리 대단하지 않은 삶이라도 만족하게 여기니 편안하다. 무엇이든 좋게 생각하고 더 바라는 바가 없다. 담담한 마음으로 죽음을 받아들이고 장례를 간소하게 하기를 바란다고 했다. 더 바라는 것이 없고, 다만 산천을 보고, 조상을 섬기고, 책을 읽는 즐거움을 계속할 수 없게 되어 아쉽다고 했다.

다른 사람에게 맡기지 않고 자기 스스로 추도사를 지어 생을 마무리하는 자세가 친근감을 준다. 자기의 죽음을 담담하게 정리하는 것이 쉬운 일이 아님을 알고 읽으면 깊은 감명을 받는다. 평범하면서 진실한 글이다. 이 글을 한 편 읽으면 윤기라는 분은 바라는 바가 적어 편안하게 살았다고 할 수 있다.

글을 한 편만 읽고 평가할 것인가, 아니면 그 사람이 쓴 다른 글을 더 읽고 서로 견주어보아야 할 것인가? 이에 대해서 일률적으로 말할 수 없다. 어떤 글은 한 편에 쓴 사람의 생애와 생각이 압축되어 있어 완결된 의미를 지닌다. 어떤 글은 그 사람이 쓴 다른 글과 반대가 되는 말을 해서 서로 견주어보아야 한다. 이 글이 그런 경우이다.

이 글을 쓴 윤기는 불우한 사람이었다. 소과를 하고 대과에 거듭 낙방하다가 19년 만에야 겨우 급제하고 미관말직을 역임하다가 가까스로 당상관이 되었다. 과거제가 잘못된 것을 고발하는 〈과설〉(科說)이라는 글을 거듭 썼다. 특권층이 갖가지 부정을 저지르면서 급제하는 사례를 여럿 들고, 한미한 선비는 일생을 허비할 수밖에 없다고 탄식했다. 다른 여러 글에서는 권력에 아부하면서 이익을 도모하는 세태를 험한 말로 나무랐다.

이 글과 그런 글은 어떤 관련을 가지는가? 그런 글에서 한 말이 진정이고, 이 글은 짐짓 진정을 감춘 반어의 표면이라고 해야 할 것인가?

그런 글에서 쏟아놓던 분노를 진정시키고 마음이 평온해진 상태에서 죽음을 맞이하려고 했는가? 이 둘은 하나가 맞는 것이 아니고, 함께 맞다고 해야 할 것이다. 무리하지 않고 잘 살아와 죽음을 앞두고 마음이 편안하며 더 바라는 것이 없다고 지나칠 정도로 강조해 말하는 것이 예사롭지 않은 줄 알고, 복합적인 의미를 심각하게 받아들여야 한다.

許筠, 〈睡箴〉(수잠), 《惺所覆瓿稿》 권11
허균, 〈잠〉

원문 世人嗜睡 夜必終夜睡 晝或睡 睡而不足 則咸以爲病 故相問訊者 至以配於食 必曰眠食如何 可見人之重睡也

余少日少睡 亦不病 年來漸多睡漸衰 不自知其故 熟思之 則睡乃病之道也 人身以魂魄爲二用 魂陽也 魄陰也 陰盛則人衰且病 陽盛則人康无疾 睡則魂出 魄用事于中 故陰以之盛而致衰疾 固也 不睡則魂得其用 自能制魄 使不得侵陽也 睡宜不過多也

經云 煩惱毒蛇 睡在汝心 毒蛇已去 方可安眠 世之嗜睡者 皆爲惱蛇所困也 豈不可懼歟 仍箴以自警曰 吁惺惺翁宜睡眼勿睡心 睡眼則可以炤心 睡心則陰魄來侵 魄侵陽剝體化爲陰 其與鬼相尋 吁可畏惺翁

읽기 世人嗜睡(세인기수)하여 夜必終夜睡(야필종야수)하고, 晝或睡(주혹수)라. 睡而不足(수이부족)이면 則咸以爲病(즉함이위병)하나라. 故相問訊者(고상문신자)가 至以配於食(지이배어식)하고 必曰眠食如何(필왈면식여하)하니, 可見人之重睡也(가견인지중수야)라.

余少日少睡(여소왈소수)하고 亦不病(역불병)이로다. 年來漸多睡漸衰(연래점다수점쇠)하도다. 不自知其故(부자지기고)하여 熟思之(숙사지)하도다.
則睡乃病之道也(즉수내병지도야)니라. 人身以魂魄爲二用(인신이혼백위이용)
이며, 魂陽也(혼양야)요 魄陰也(백음야)라. 陰盛則人衰且病(음성즉인쇠차병)
하고, 陽盛則人康无疾(양성즉인강무질)이라. 睡則魂出(수즉혼출)이면 魄用事
于中(백용사우중)이니라. 故陰以之盛而致衰疾固也(고음이지성이치쇠질고야)
니라. 不睡則魂得其用(불수즉혼득기용)하고, 自能制魄(자능제백)하며, 使不
得侵陽也(사부득침양야)하고 睡宜不過多也(수의불과다야)니라.

經(경)에 云(운)하되, 煩惱毒蛇(번뇌독사) 睡在汝心(수재여심) 毒蛇已去
(독사이거) 方可安眠(방가안면)이라. 世之嗜睡者(세지기수자)는 皆爲惱蛇所
困也(개위뇌사소곤야)라. 豈不可懼歟(기불가구여)인저.

仍箴以自警曰(잉잠이자경왈)한다. 吁(우) 惺惺翁(성성옹)이여. 宜睡眼勿
睡心(의수안물수심)하라. 睡眼則可以炤心(수안즉가이소심)이고, 睡心則陰魄
來侵(수심즉음혼내침)이라. 魄侵陽剝(백침양박)이면 體化爲陰(체화위음)하
고 其與鬼相尋(기여귀상심)하니라. 吁(우) 可畏(가외) 惺翁(성옹)이여.

풀이 "世人嗜睡"(세인기수)는 "세상 사람들은 잠을 좋아하다"이다. "夜必終
夜睡"(야필종야수)는 "밤이면 반드시 밤새 자다"이다. "晝或睡"(주혹수)는
"낮에도 더러 자다"이다. "睡而不足"(수이부족)은 "잠이 부족하다"이다.
"則咸以爲病"(즉함이위병)은 "곧 일제히 이것은 병이다"이다. "故相問訊
者"(고상문신자)는 "그러므로 안부를 서로 묻는 사람은"이다. "至以配於
食"(지이배어식)은 "먹은 것에다 이에 관한 배려를 보태다"이다. "必日眠
食如何"(필왈면식여하)는 "반드시 자고 먹는 것이 어떤가 하고 말하다"이
다. "可見人之重睡也"(가견인지중수야)는 "사람들이 잠을 소중하게 여기는
것을 알 수 있다"이다.

"余少日少睡"(여소왈소수)는 "나는 젊어서 잠이 없다고 하다"이다. "亦
不病"(역불병)은 "또한 병도 없다"이다. "年來漸多睡漸衰"(연래점다수점쇠)

는 "연래 점차 잠이 많고 몸이 쇠약해지다"이다. "不自知其故"(부자지기고)는 "스스로 그 까닭을 모르다"이다. "熟思之"(숙사지)는 "이것을 깊이 생각하다"이다. "則睡乃病之道也"(즉수내병지도야)는 "곧 잠은 바로 병에 이르는 길이다"이다. "人身以魂魄爲二用"(인신이혼백위이용)은 "사람 몸에 혼과 백 둘이 작용하다"이다. "魂陽也"(혼양야)는 "혼은 양이다"이다. "魄陰也"(백음야)은 "백은 음이다"이다. "陰盛則人衰且病"(음성즉인쇠차병)은 "음이 성하면 사람이 쇠약해져 병들다"이다. "陽盛則人康无疾"(양성즉인강무질)은 "양이 성하면 사람이 건강하고 질환이 없다"이다. "睡則魂出"(수즉혼출)은 "자면 혼이 나가다"이다. "魄用事于中"(백용사우중)는 "백이 그 가운데서 움직이다"이다. "故陰以之盛而致衰疾固也"(고음이지성이치쇠질고야)는 "그러므로 음이 성하면 쇠약해지고 병드는 것이 분명하다"이다. "不睡則魂得其用"(불수즉혼득기용)은 "자지 않으면 혼이 그 작용을 얻다"이다. "自能制魄"(자능제백)은 "스스로 백을 제어할 수 있다"이다. "使不得侵陽也"(사부득침양야)는 "양을 침범하지 않다"이다. "睡宜不過多也"(수의불과다야)는 "잠이 마땅해 지나치지도 않다"이다.

"經"(경)은 "불경"이다. "云"(운)은 "말하다"이다. "煩惱毒蛇"(번뇌독사)는 "번뇌라는 독사"이다. "睡在汝心"(수재여심)은 "네 마음에서 자고 있다"이다. "毒蛇已去"(독사이거)는 "독사가 이미 나가"이다. "方可安眠"(방가안면)은 "바야흐로 편안하게 잘 수 있다"이다. "世之嗜睡者"(세지기수자)는 "세상의 잠 좋아하는 사람"이다. "皆爲惱蛇所困也"(개위뇌사소곤야)는 "모두 번뇌 독사에게 곤경을 당하는 바이다"이다. "豈不可懼歟"(기불가구여)는 "어찌 두려워하지 않으리오"이다.

"仍箴以自警曰"(잉잠이자경왈)은 "그러므로 잠(箴)을 지어 스스로 경계해 말하다"이다. "吁"(우)는 감탄하는 말이다. "惺惺翁"(성성옹)은 "성성옹이여"이다. "宜睡眼勿睡心"(의수안물수심)은 "눈으로 자고 마음으로 자지 말라"이다. "睡眼則可以炤心"(수안즉가이소심)은 "눈으로 자면 마음이 밝을 수 있다"이다. "睡心則陰魄來侵"(수심즉음혼내침)은 "마음으로 자면 음백(陰魄)이 내침하다"이다. "魄侵陽剝"(백침양박)은 "백이 내침해 양을 없애다"이다. "體化爲陰"(체화위음)은 "몸이 음으로 변하다"이다. "其與鬼相尋"(기여귀상심)은 "귀(鬼)와 서로 찾다"이다. "吁"(우)는 탄식하는 말이다. "可畏"(가외)는 "두려워할 만하다"이다. "惺翁"(성옹)은 "성옹이여"이다.

번역 세상 사람들은 잠을 좋아한다. 밤이면 반드시 밤새 자고, 낮에도 더러 잔다. 잠이 부족하면 병이라고 한다. 그래서 안부를 서로 묻는 사람들은 먹은 것에다 잠에 관한 배려를 보탠다. 반드시 "자고 먹는 것이 어떤가" 하고 말하니, 사람들이 잠을 소중하게 여기는 것을 알 수 있다.

나는 젊어서 잠이 없다고 하고, 병도 없었다. 근래에는 점차 잠이 많아지고 몸은 쇠약해진다. 그 까닭을 몰라 깊이 생각해보니 바로 이렇다. 잠은 바로 병에 이르는 길이다. 사람의 몸에 혼(魂)과 백(魄) 둘이 작용하고 있다. 혼은 양이고, 백은 음이다. 음이 성하면 사람이 쇠약해져 병들고, 양이 성하면 사람이 건강하고 질환이 없다. 자면 혼이 나가, 백이 그 가운데서 움직인다. 그래서 음이 성하면 쇠약해지고 병드는 것이 분명하다. 자지 않으면 혼이 그 작용을 얻어 백을 제어할 수 있으므로 양을 침범하지 않게 하고, 잠이 마땅해 지나치지도 않게 한다.

어느 불경에서 말했다. "번뇌의 독사가 네 마음에서 자고 있다." 독사가 나가야 바야흐로 편안하게 잘 수 있다. 세상의 잠 좋아하는 사람은 모두 번뇌의 독사에게 곤경을 당하니, 어찌 두려워하지 않으리오.

그러므로 잠(箴)을 지어 스스로 경계해 말하다. 아 성성옹이여, 눈으로 자고 마음으로 자지 말지어다. 눈으로 자면 마음이 밝을 수 있고, 마음으로 자면 음백(陰魄)이 내침한다. 백(魄)이 내침해 양(陽)을 없앤다. 몸이 음으로 변하고, 귀(鬼)와 서로 찾는다. 아 두려워할 만하구나, 성옹이여.

논의 허균이 자기 호를 성성옹(惺惺翁)이라고 하면서, 깨어 있고 깨어 있
는 늙은이라고 자부하는 연유를 말했다. 옹(翁)은 늙어서 흐리멍덩해진
사람이 아니고 연륜이 쌓여 슬기로워진 사람이다. 자지 않고 정신이 깨
어 있는 것이 가장 슬기롭다고 했다. 과연 그런가?

정신이 깨어 있어야 한다는 말은 타당하지만, 잠을 자면 정신이 흐려
진다고 할 수 있는가? 잠은 각성의 포기가 아니고, 낡은 각성을 씻어내
고 새로운 각성을 얻기 위한 전환 과정이다. 후퇴가 진전이고, 우둔이
총명이고, 죽음이 삶인 것을 말해준다. 계속 깨어 있으려고 하면 진전이
후퇴이고, 총명이 우둔이고, 삶이 죽음이므로, 잠이 들어 역전을 진행해
야 한다. 누구나 다 아는 이런 원리를 무시했다.

혼(魂)과 백(魄)은 대등한 관계에서 상호작용을 원활하게 해야 한다.
비중이 어긋나면 병이 생긴다. 양이 성해야 하고 음은 성하지 말아야
한다는 것도 잘못이다. 음이 성하면 병이 나고, 양이 성하면 건강한 것
이 아니다. 음과 양 어느 한쪽만 성해 부조화를 빚어내면 병이 되고, 양
쪽이 대등한 관계에서 조화를 이루면 건강하다.

《불유교경》(佛遺教經)이라는 불경에서 "煩惱毒蛇 睡在汝心"(번뇌독사
수재여심, 번뇌라는 독사가 네 마음에서 자고 있다)고 하고, 이어서 "譬如
黑蛇 在汝室睡 汝當以持戒之鉤早并除之"(비여흑사 재어실수 여당이지계지
구조병제지, 비유하면 검은 뱀이 너의 방에서 자고 있는 것과 같으니, 너는
계율이라는 갈고리를 가지고 일찍 제거해야 한다)고 했다. 독사에 견준 번
뇌가 알아차리지 못하게 숨어 있는 것을 자고 있다고 했을 따름이고,
잠이 독사라고 하지 않았다. 잠을 문제로 삼은 것은 아니다. 독사가 나
가야 편안하게 잘 수 있다느니, 세상의 잠 좋아하는 사람은 모두 번뇌
독사에게 곤경을 당하느니 한 것은 불경에서 한 말과는 상이한 자기 말

이다. 경전을 부당하게 이용해 무리한 주장을 뒷받침하려고 한 것을 지적하고 비판하지 않을 수 없다.

서경덕(徐敬德) 제자 허엽(許曄)의 아들이 허균이다. 서경덕의 기철학을 아버지를 통해 전해 들었을 것 같은 허균이 납득하기 어려운 소리를 했다. 음양은 서로 필요로 하는 대등한 관계를 가져 상생이 상극이고 상생이 상극인 것을 무시하고, 한쪽만 취하고 다른 쪽은 배격했다. 상생은 패배라고 여겨 격하하고 상극의 투쟁만 해야 한다고 하면서 날을 세웠다.

글은 비관적인 말로 끝났으나, 행동은 과격했다. 오늘날의 용어를 사용하면 극좌 모험주의자의 무리한 짓을 하다가 처형당했다. 의도한 바와는 반대로 허망한 주장을 한 것을 입증하는 결과에 이르러, 철학을 불신하도록 하는 역기능을 수행했다.

이 글은 잘못을 지적하고 대안을 제시하라는 문제로 내놓을 만하다. 옛사람의 글은 훌륭하다. 허균은 문학사에서 대단한 공적을 이룩했다. 이런 논의에 휩쓸려 이 글도 좋다고 하지 말아야 한다. 옛사람도 글을 잘못 쓸 수 있다.

넷째

丁若鏞, 〈曹神仙傳〉(조신선전), 《茶山詩文集》권17
정약용, 〈조신선전〉

원문 曹神仙者 賣書之牙儈也 紫髥而善諧 目閃閃有神 凡九流百家之書 其門目
義例 無不領略 纚纚然譚論 如博雅君子 而性多慾 凡孤兒寡妻之家所藏書帙
輒以輕買取之 及其賣之也 倍讐焉 故賣書者多短之 又諱其家居 人無知者 或
云在南山之側石假山洞 亦不明也

乾隆丙申間 余游京師 始見曹神仙 顏髮如四五十者 至嘉慶庚申間 其貌不小
衰 一如丙申時 近有人云道光庚辰間亦然 但余未之目見也 昔少陵李公云乾隆丙
子間 吾始見此人 亦如四五十 總計前後已踰百年久矣 紫髥豈理耶

外史氏曰 道家以淸心寡慾 爲飛昇之本 乃曹神仙多慾 猶能不老如此 豈世降
俗渝 神仙猶不能免俗耶

읽기 曹神仙者(조신선자)는 賣書之牙儈也(매서지아쾌야)라. 紫髥而善諧(자염
이선해)하고, 目閃閃有神(목섬섬유신)이라. 凡九流百家之書(범구류백가지서)
의 其門目義例(기문목의례)를 無不領略(무불령략)이라. 纚纚然譚論(이리연
담론) 如博雅君子(여박아군자)라. 而性多慾(이성다욕)하여 凡孤兒寡妻之家
所藏書帙(범고아과처지가소장서질)을 輒以輕買取之(첩이경매취지)하고 及其
賣之也(급기매지야)에는 倍讐焉(배수언)이라. 故(고)로 賣書者多短之(매서
자다단지)라. 又(우) 諱其家居(휘기가거)는 人無知者(인무지자)라. 或云(혹

운) 在南山之側(재남산지측) 石假山洞(석가산동)이라 하나, 亦(역) 不明也(불명야)로다.

乾隆丙申間(건륭병신간)에 余游京師(여유경사)할새 始見曹神仙(시견조신선)하니 顔髮如四五十者(안발여사오십자)러라. 至(지) 嘉慶庚申間(가경경신간)에 其貌不小衰(기모불소쇠)하고 一如丙申時(일여병신시)라. 近有人云(근유인운)하되 道光庚辰間(도광경신간)에도 亦然(역연)이라. 但余未之目見也(단여미지목견야)라. 昔(석)에 少陵李公(소릉이공)이 云(운)하되, 乾隆丙子間(건륭병자간)에 吾始見此人(오시견차인)하니 亦如四五十(역여사오십)이라. 總計前後已踰百年久矣(총계전후이유백년구의)에 紫髥豈理耶(자염기리야)인가?

外史氏曰(외사씨왈)하노라. 道家(도가)는 以淸心寡慾(이청심과욕)으로 爲飛昇之本(위비승지본)하는데, 乃(내) 曹神仙多慾(조신선다욕)으로 猶能不老如此(유능불노여차)하니 豈世降俗渝(기세강속투)하여 神仙猶不能免俗耶(신선유불능면속야)인가?

풀이 "曹神仙者"(조신선자)는 "조신선이라는 사람"이다. "賣書之牙儈也"(매서지아쾌야)는 "책을 파는 중간상인이다"이다. "紫髥而善諧"(자염이선해)는 "자주 수염을 달고, 우스개를 잘하다"이다. "目閃閃有神"(목섬섬유신)은 "눈의 번쩍임이 신이하다"이다. "凡九流百家之書(범구류백가지서)는 "무릇 아홉 유파와 백가의 서적"이다. "其門目義例"(기문목의례)는 "그 차례와 개요"이다. "無不領略"(무불령략)은 "간추려 이해하지 않음이 없다"이다. "纚纚然譚論"(이리연담론)은 "술술 이야기하다"이다. "如博雅君子"(여박아군자)는 "박식하고 우아한 군자와 같다"이다. "而性多慾"(이성다욕)은 "그러면서 성질에 욕심이 많다"이다. "凡孤兒寡妻之家所藏書帙"(범고아과처지가소장서질)은 "무릇 고아나 과부가 지닌 서적까지도"이다. "輒以輕賈取之"(첩이경매취지)는 "모두 싼 값에 사다"이다. "及其賣之也"(급기

매지야)는 "그것을 팔 때에는"이다. "倍讎焉"(배수언)은 "갑절로 팔다"이다. "故"(고)는 "그러므로"이다. "賣書者多短之(매서자다단지)는 "책 사는 사람 다수가 그 사람을 좋지 않게 여기다"이다. "又"(우)는 "또한"이다. "諱其家居"(휘기가거)는 "이름이나 사는 곳"이다. "人無知者"(인무지자)는 "아는 사람이 없다"이다. "或云"(혹운)은 "말하기도 하다"이다. "在南山之側"(재남산지측)은 "남산 옆에 있다"이다. "石假山洞"(석가산동)은 마을 이름이다. "亦"(역)은 "또한"이다. "不明也"(불명야)는 "분명하지 않다"이다.

乾隆丙申間(건륭병신간)은 "1776년경"이다. "余游京師"(여유경사)는 "내가 서울에 가 있다"이다. "始見曺神仙"(시견조신선)은 "조신선을 처음 보다"이다. "顏髮如四五十者"(안발여사오십자)는 "터럭과 얼굴이 사오십 된 것 같다"이다. "至"(지)는 "이르다"이다. "嘉慶庚申間"(가경경신간)은 "1800년 무렵"이다. "其貌不小衰"(기모불소쇠)는 "그 모습이 조금도 쇠하지 않다"이다. "一如丙申時"(일여병신시)는 "1776년 때와 같다"이다. "近有人云"(근유인운)은 "가까운 사람이 말하다"이다. "道光庚辰間"(도광경신간)은 "1820년경"이다. "亦然"(역연)은 "또한 그렇다"이다. "但余未之目見也"(단여미지목견야)는 "다만 내가 눈으로 본 것은 아니다"이다. "昔"(석)은 "옛적"이다. "少陵李公"(소릉이공)은 "소릉 이공이라는 사람"이다. "云"(운)은 "말하다"이다. "乾隆丙子間"(건륭병자간)은 "1756년경"이다. "吾始見此人"(오시견차인)은 "내가 이 사람을 보기 시작하다"이다. "亦如四五十"(역여사오십)은 "또한 사오십과 같다"이다. "總計前後已踰百年久矣"(총계전후이유백년구의)는 "모두 합쳐 백 년 넘게 오랜 기간"이다. "紫髥豈理耶"(자염기리야)는 "자줏빛 수염에 무슨 이치가 있는가"이다.

外史氏曰(외사씨왈)은 "외사씨가 말하다"이다. "道家"(도가)는 "도가"이다. "以淸心寡慾"(이청심과욕)은 "맑은 마음과 욕심 없음으로"이다. "爲飛昇之本"(위비승지본)은 "날아 오르는 비결을 삼다"이다. "乃"(내)는 "곧"이다. "曺神仙多慾"(조신선다욕)은 "조신선은 욕심 많음"이다. "猶能不老如

此"(유능불노여차)는 "오히려 늙지 않음이 이와 같다"이다. "豈世降俗渝"
(기세강속투)는 "어찌 세상이 나빠지고 풍속이 변해"이다. "神仙猶不能免
俗耶"(신선유불능면속야)는 "신선도 오히려 속됨을 면할 수 없는 것이 아
닌가"이다.

번역 조신선(曹神仙)이라는 사람은 서적 중개상인이다. 수염이 자주색이
고, 우스개를 잘하며, 눈의 번쩍임이 신이하다. 무릇 아홉 유파 서적의
차례와 개요를 간추려 이해하지 않음이 없다. 술술 이야기하는 것이, 박
식하고 우아한 군자와 같다. 그러면서 성질에 욕심이 많다. 무릇 고아나
과부가 지닌 서적까지도 모두 싼 값에 사다가, 갑절로 판다. 그 때문에
책 사는 사람 다수가 좋지 않게 여긴다. 또한 이름이나 사는 곳은 아는
사람이 없다. 남산 옆 석가산동에 산다고도 하는데, 분명하지 않다.

　1776년경 내가 서울에 가 있을 때 조신선을 처음 보니, 터럭과 얼굴
이 사오십 된 것 같았다. 1800년 무렵에 이르러서도 그 모습이 조금도
쇄하지 않고, 1776년 때와 같았다. 가까운 사람이 말했다. "1820년경에
도 또한 그랬다." 다만 내가 눈으로 본 것은 아니다. 옛적에 소릉(少陵)
이공(李公)이라는 사람이 말했다. "1756년경에 내가 이 사람을 보기 시
작했는데, 또한 사오십과 같았다." 모두 합쳐 전후 백 년 넘게 오랜 기
간이다. 자줏빛 수염에 무슨 이치가 있는가?

　외사씨(外史氏)가 말한다. 도가(道家)에서는 맑은 마음과 욕심 없는
것으로 날아오르는 비결을 삼는다는데, 조신선은 욕심이 많은데도 오히
려 늙지 않음이 이와 같다. 어찌 세상이 나빠지고 풍속이 변해 신선도
오히려 속됨을 면할 수 없는 것이 아닌가?

논의 "소릉(少陵) 이공(李公)"은 누군지 확인되지 않는 사람이다. "외사
씨"(外史氏)는 사관(史官)이 아니면서 역사를 기록하는 사람의 자칭이다.

사관이 "사신왈"(史臣曰)이라고 하듯이 자기도 논평을 한다면서 "외사씨왈"(外史氏曰)"이라고 했다. 연호와 간지로 나타낸 연도는 모두 서기로 옮겨 이해하기 쉽게 했다.

이 글에서 소개하는 인물은 신선이고 선비이고 상인이다. 신선이어서 늙지도 않고 오래 산다. 선비여서 여러 방면에 걸쳐 해박한 지식이 있다. 상인이어서 싸게 산 책을 비싸게 팔아 이문을 남긴다. 한 사람이 이 셋일 수 있는가?

신선이 선비이면서 상인이면 가짜 신선이다. 신선이라면서 선비의 박식을 자랑하고 장사를 해서 이익을 취하면 가짜가 속임수를 쓰니 나무라지 않을 수 없다. 선비가 신선이면서 상인이면 본분 이탈이다. 선비가 자기 하는 일에 충실하지 않고 신선으로 자처하기도 하고 장사를 해서 이익을 취하기도 하면 비난받아 마땅하다.

상인이 신선이고 선비인 것은 잘못이 아니다. 앞의 두 경우와 다르다. 장사를 하면서 신선처럼 초탈한 생각을 하기도 하고, 선비처럼 박식하기도 한 것은 나무랄 일이 아니다. 불우한 처지를 비관하지 않으려고 집착을 버리고 생각을 넓히면 신선처럼 될 수 있다. 책을 사고팔려면 많이 알아야 하고, 다방면의 책을 취급하니 저절로 박식해져 예사 선비보다 앞설 수 있다.

이 인물에 대한 의문이 많은데, 마무리에서 혼란을 수습하지 못하고 더 키웠다. 욕심 많은 사람이 신선처럼 늙지 않으니 납득할 수 없다는 말로 이야기 성립의 근간은 흔들었다. "자줏빛 수염에 무슨 이치가 있는가"라고 한 말은 억측이다. "세상이 나빠지고 풍속이 변해 신선도 오히려 속됨을 면할 수 없는 것이 아닌가"라고 한 논평은 본말전도이다. "험한 세상에서 하층민으로 살아가는 슬기로움을 터득하려고 신선이 되는 수련을 하지 않았나"라고 하는 것이 적절하다.

다시 생각해보자. 신선이나 선비는 불변의 규범에 머물러야 하지만,

상인은 그렇지 않다. 고정관념을 깨고, 천변만화의 활동을 개척해 이익 확대의 방법으로 삼는 것이 마땅하다. 선속(仙俗)이나 현우(賢愚)의 위계질서를 뒤집으면서, 사회가 달라지고 역사가 나아가게 한다. 이런 사실의 일단을 파악하고서는 납득하기 어렵다고 했다. 혁신을 부르짖은 대석학이라도 의식을 존재의 실상만큼 넓히기는 어려웠다.

이 글은 제목이 지시하는 바에 따라 이해하면 시정에 숨어 사는 신시은(市隱)의 삶을 말하는 신선전(神仙傳)의 하나인데, 비상하게 오래 장사를 계속한 것이 무슨 까닭인지 알 수 없다고 해서 관습에서 벗어났다. 미천한 처지의 무명인사가 대단한 능력을 지녔다고 찾아내 소개하는 일사전(逸士傳)이기도 하겠으나, 그 능력이 하찮은 물건을 거래하면서 이익을 남기는 수법이라고 해서 기대에 미치지 못했다. 장사하는 능력의 비밀을 밝히는 글을 쓰려고 하다가 뜻을 이루지 못했다고 할 수 있다.

사냥에서 농사로, 농사에서 장사로, 장사에서 제조업으로 넘어오면서 생산력이 비약적으로 발전되었다. 장사의 놀라움을 농사 시대의 안목으로 고찰하려고 하다가 차질을 보인 이 글은, 문학사의 전개를 눈을 크게 뜨고 다시 살피게 한다. 장사의 정체를 그 자체로 밝히는 것은 한문학의 범위를 넘어서야 가능했다. 사설시조나 판소리에서 시작한 작업을 사실주의 소설에서 발전시키는 것이 당연한데, 장사에서 제조업으로의 전환이 밖에서 닥쳐와 파탄이 생겼다.

원문 近世 浮屠最顯者 曰懶翁 號江月軒 盖取現像應機之義 自是 師其道者 多取水與月 以自號 取之於小則 曰溪 曰澗 取之於大則 曰湖 曰海 水有大小 而月無不同 人有智愚 而性無不善 可謂善取譬矣

今 寶鏡 又 以月江號之 是 專取懶翁之號 而倒稱之 夫 江也月也 懶翁 豈得而私之哉 月在天 有目者 皆可觀 江在地 有口者 皆可吸 況在人乎 求其所以爲懶翁者 在我 而不在彼 懶翁 豈得而私之哉 雖取彼之自號而號我 可也

且其互稱 自分體用 曰江月 則由用而源其體 曰月江 則由體而達其用 體用一源 上下無間 師其以是 而體察之 常使吾心之體 湛然淸明 應物之用隨 感不差 如月之照乎江 如江之受乎月 則雖江月 吾可也 雖月江 吾亦可也

읽기 近世(근세)의 浮屠最顯者(부도최현자)는 曰(왈) 懶翁(나옹)이다. 號(호)를 江月軒(강월헌)이라는데, 盖取現像應機之義(개취현상응기지의)니라. 自是(자시) 師其道者(사기도자)는 多(다) 取水與月(취수여월) 以自號(이자호)하도다. 取之於小則(취지어소즉) 曰溪(왈계) 曰澗(왈간)하고, 取之於大則(취지어대즉) 曰湖(왈호) 曰海(왈해)하니라. 水有大小(수유대소)나 而月無不同(이월무부동)이니라. 人有智愚(인유지우)나 而性無不善(이성무불선)함을 可謂善取譬矣(가위선취비의)하리라.

今(금) 寶鏡(보경)이 又(우) 以月江號之(이월강호지)하니 是(시) 專取懶翁之號(전취나옹지호)하고 而倒稱之(이도칭지)함이라. 夫(부) 江也月也(강야월야)는 懶翁豈得而私之哉(나옹기득이사지재)리오, 月在天(월재천)하니 有目者(유목자)는 皆可觀(개가도)요, 江在地(강재지)하니 有口者(유구자)는 皆可吸(개가흡)이라. 況在人乎(황재인호)리오. 求其所以爲懶翁者(구기소이위나옹자)는 在我(재아)하고 而不在彼(이부재피)하니 懶翁豈得而私之

哉(나옹기득이사지재)리오. 雖取彼之自號而號我(수취피지자호이호아)라도 可
也(가야)니라.

　且其互稱(차기호칭)하고　自分體用(자분체용)이면　日江月(왈강월)이라.
則由用而源其體(즉유용이원기체)이면　日月江(왈월강)이라.　則由體而達其用
(즉유체이달기용)이면　體用一源(체용일원)이고　上下無間(상하무간)이라.　師
其以是(사기이시)하고　而體察之(이체찰지)하여　常使吾心之體湛然淸明(상사
오심지체담연청명)하여　應物之用隨(응물지용수)에　感不差(감불차)하여,　如
月之照乎江(여월지조호강)하고　如江之受乎月(여강지수호월)하니라.　則雖江
月(즉수강월)이라도　吾可也(오가야)요,　雖月江(수월강)이라도　吾亦可也(오
역가야)니라.

풀이 "近世"(근세)는 "근래"이다. "浮屠最顯者"(부도최현자)는 "불교계의 가
장 빼어난 분"이다. "曰"(왈)은 "말하다"이다. "懶翁"(나옹)은 고려말 고
승이다. "號"(호)는 "호"이다. "江月軒"(강월헌)은 나옹의 호이다. "盖取現
像應機之義"(개취현상응기지의)는 "대개 모습을 나타내 변화에 호응한다
는 의미"이다. "自是"(자시)는 "이로부터"이다. "師其道者"(사기도자)는
"그 가르침을 따르는 사람"이다. "多"(다)는 "많이"이다. "取水與月"(취수
여월)은 "물과 달을 취하다"이다. "以自號"(이자호)는 "그것으로 자기 호
를 삼다"이다. "取之於小則"(취지어소즉)은 "그것을 작게 취하면"이다. "曰
溪"(왈계)는 "溪(개울)이라고 하다"이다. "曰澗"(왈간)은 "澗(산골물)이라
고 하다"이다. "取之於大則"(취지어대즉)은 "그것을 크게 취하면"이다. "曰
湖"(왈호)는 "湖(호수)라고 하다"이다. "曰海"(왈해)는 "海(바다)라고 하
다"이다. "水有大小"(수유대소)는 "물은 크고 작은 것이 있다"이다. "而月
無不同"(이월무부동)은 "그러나 달은 같지 않음이 없다"이다. "人有智愚"
(인유지우)는 "사람은 슬기롭고 어리석음이 있다"이다. "而性無不善"(이성
무불선)은 "본성은 선하지 않음이 없다"이다. "可謂善取譬矣"(가위선취비

의)는 "비유를 잘 들었다고 할 수 있다"이다.

"今"(금)은 "이제"이다. "寶鏡"(보경)은 승려 이름이라고 생각되며, 누군지 확인되지 않는다. "又"(우)는 "또한"이다. "以月江號之"(이월강호지)는 "月江(월강)으로 호를 삼는다"이다. "是"(시)는 "이것"이다. "專取懶翁之號"(전취나옹지호)는 "오로지 나옹의 호를 취하다"이다. "而倒稱之"(이도칭지)는 "그러나 뒤집어 일컫다"이다. "夫"(부)는 "무릇"이다. "江也月也"(강야월야)는 "강이나 달이나"이다. "懶翁豈得而私之哉"(나옹기득이사지재)는 "나옹이 차지해 어찌 사유물로 삼으리오"이다. "月在天"(월재천)은 "달은 하늘에 있다"이다. "有目者"(유목자)는 "눈이 있는 자"이다. "皆可觀"(개가도)는 "누구나 볼 수 있다"이다. " 江在地"(강재지)는 "강은 땅에 있다"이다. "有口者"(유구자)는 "입이 있는 자"이다. "皆可吸"(개가흡)은 "모두 마실 수 있다"이다. "況在人乎"(황재인호)는 "하물며 사람에 관해서는 더 말할 나위가 없다"이다. "求其所以爲懶翁者"(구기소이위나옹자)는 "나옹이 구하고자 하는 것"이다. "在我"(재아)는 "내게 있다"이다. "而不在彼"(이부재피)는 "저쪽에 있지 않다"이다. "懶翁豈得而私之哉"(나옹기득이사지재)는 "나옹이 차지해 어찌 사유물로 삼으리오"이다. "雖取彼之自號而號我"(수취피지자호이호아)는 "그 사람의 호를 취해 나의 호를 삼아도" "可也"(가야)는 "옳다"이다.

"且其互稱"(차기호칭)은 "또한 이름을 서로 부르다"이다. "自分體用"(자분체용)은 "스스로 체(體)와 용(用)을 구분하다"이다. "曰江月"(왈강월)은 "江月(강월)이라고 하다"이다. "則由用而源其體"(즉유용이원기체)는 "곧 용(用)에서 비롯해 그 체(體)에 이르다"이다. "曰月江"(왈월강)은 "月江(월강)이라고 하다"이다. "則由體而達其用"(즉유체이달기용)은 "곧 체(體)에서 비롯해 용(用)에 이르다"이다. "體用一源"(체용일원)은 "체(體)와 용(用)이 한 근원이다"이다. "上下無間"(상하무간)은 "상하의 간격이 없다"이다. "師其以是而體察之"(사기이시이체찰지)는 "스승은 이것을 체험하고 관찰하다"이다. "常使吾心之體湛然淸明"(상사오심지체담연청명)은 "항상 우리 마음의 체(體)가 맑고 깨끗하게 하게 하다"이다. "應物之用隨"(응물지용수)는 "물의 용(用)에 따르고 호응하다"이다. "感不差"(감불차)는 "느낌이 다르지 않다"이다. "如月之照乎江"(여월지조호강)은 "달이 강에 비치는 것 같다"이다. "如江之受乎月"(여강지수호월)은 "강이 달빛을 받는 것 같다"이다. "則雖江月"(즉수강월)은 "곧 비록 江月(강월)이라도"이다. "吾可也"(오가야)는 "나는 옳다"이다. "雖月江"(수월강)은 "月江(월강)이라도"이다. "吾亦可也"(오역가야)는 "나는 또한 옳다"이다.

번역 근래 불교계에서 가장 우뚝한 분은 나옹(懶翁)이다. 호가 강월헌(江月軒)인데, 대체로 (달이) 모습을 나타내 (강의) 변화에 호응한다는 의미이다. 이 전례를 가르침으로 받아들이고 따르는 사람이 많아, 물과 달을 취해 자기 호로 삼는다. 강물은 작게 취하면, 계(溪, 개울)라고 하고 간(澗, 산골 물)이라고 한다. 크게 취해, 호(湖, 호수)라고도 하고, 해(海, 바다)라고도 한다. 물은 크고 작은 것이 있으나, 달은 같지 않음이 없다. 슬기로운 사람도 어리석은 사람도 있으나 본성은 선하지 않음이 없음과 같으니, 비유를 잘 들었다고 할 수 있다.

이제 보경(寶鏡)이라는 이가 또한 월강(月江)으로 호를 삼아, 나옹의 호를 취하고 앞뒤의 말을 뒤집었다. 무릇 강이나 달을 나옹이 차지해 어찌 사유물로 삼으리오. 달은 하늘에 있어, 눈이 있으면 누구나 볼 수 있다. 강은 땅에 있어, 입이 있는 사람은 아무나 마실 수 있다. 사람에 관해서는 더 말할 나위가 없다. 나옹이 구하고자 하는 것이 내게 있고, 저쪽에 있지 않다. 나옹이 차지해 어찌 사유물로 삼으리오. 그 사람의 호를 취해 나의 호를 삼아도 옳다고 여긴다.

또한 서로 다른 이름을 서로 부르며, 체(體)와 용(用)을 구분하면, 강월(江月)이라고 한다. 용(用)에서 비롯해서 그 체(體)에 이르면, 월강(月

江)이라고 한다. 체(體)에서 비롯해 용(用)에 이르면 체와 용이 한 근원이고, 상하의 간격이 없다. 스님은 이것을 체험하고 관찰해, 항상 우리 마음의 체(體)가 맑고 깨끗하게 하고, 물(物)이 용(用)하는 데 따르고 호응해도 느낌이 다르지 않게 하려고 했다. 달이 강에 비치는 것 같기도 하고, 강이 달빛을 받는 것 같기도 하다. 강월(江月)이라고 해도, 나는 옳다고 여긴다. 월강(月江)이라고 해도, 나는 또한 옳다고 여긴다.

논의 호(號) 풀이를 하는 글은 흔히 있는데 대개 그리 대단한 것은 아니다. 호의 의미를 설명하면서 호의 주인을 칭송하는 사사로운 잡담에 지나지 않는 것이 예사이기 때문이다. 이 글에서 호 풀이를 한 것은 그런 수준을 넘어섰다.

글자가 앞뒤로 바뀐 두 사람의 호를 비교해 고찰하면서 예사롭지 않은 말을 했다. 호에서 사용된 두 글자 강(江)과 월(月)의 의미를 논자가 자기 관점에서 풀이하면서 깊이 새겨 이해해야 할 철학적 논의를 전개했다. 작전상의 이유가 있어 비틀어 쓴 글이어서, 간단명료하게 간추리려고 하면 진면목이 손상된다.

고려 말의 고승 나옹을 받들고 따르는 풍조를 비꼰 것을 알아차리면 난삽함이 흥미의 원천이다. 나옹이 깨달아 전해주었다는 이치가 대단하다고 하는데, 누구나 스스로 알 수 있는 것이라고 했다. 나옹의 호 앞뒤 말을 뒤집어 자기 호로 삼은 보경(寶鏡)은 누군지 알 필요가 없는 예사 사람이다. 월(月)은 체(體)이고, 강(江)은 용(用)이라고 여기는 것을 짐짓 소중하게 여기고 한참 동안 시빗거리로 삼았다. 체를 앞세울 수도 있고, 용을 앞세울 수도 있어 달라지는 논의를 복잡하게 펴는 말장난을 했다. 별 수 없는 것을 가지고 공연히 수선을 떤다고 나무라려고 했다.

불교의 시대를 청산하고 유학을 이념으로 하는 새로운 왕조를 이룩하면서 사상 전환의 진통을 겪는 과정의 일단을 엿볼 수 있다. 강경파 정도전(鄭道傳)이 불교를 밖에서 마구 매도한 것이 지나치다고 여겼음인지, 권근은 불교에서 벌이는 논란을 안에 들어가 시비하는 온건한 대응책을 마련하는 수고를 감내했다. 얻은 결과가 화끈하지 못한 것은 당연하지만, 의심스럽기조차 해서 의아하다.

강월(江月)이면 어떻고 월강(月江)이면 어떤가 하고 야유조로 힐난하다가, 월(月)은 체(體), 강(江)은 용(用)이라고 구분하는 것이 필요한가, 체(體)와 용(用)을 구별할 필요가 있는가 하고 반문하기에 이르렀다. 이것은 불교에 유리하고, 유학에 불리한 말이다. 유학에서는 체(體)와 용(用)의 구분이 필수이다. 사람 마음의 체인 성(性)은 선하기만 하지만 용인 정(情)은 악할 수 있다는 것이 심성론의 기본이론이고, 윤리관의 대전제이다.

월(月)이니 강(江)이니 하는 것으로 체용을 논하는 말장난을 그만두고 이치를 바르게 알아야 한다고 하지 못하고, 이것이 저것이고 저것이 이것이므로 구분을 넘어서는 것이 깨달음의 길이라고 하는 발상을 휘감긴 채 시비하려고 했다. 장난 같은 말에 야유로 맞서다가 자기 발판을 잃었다.

축적하고 연마한 능력이 모자라는 탓인가? 뜻한 바와는 반대로 불교가 유학보다 높은 경지에 있는 것을 입증했다. 불교는 능청맞을 정도로 노숙해 쉽사리 물리칠 수 있는 만만한 상대가 아니었다. 원색적인 비난을 하고 정치권력을 휘두른 것은 공정한 토론을 하면 불리했기 때문이다. 유학이 새 시대의 철학으로 자리 잡으려면 자기성찰을 철저하게 해야 했다.

원문 伴鷗亭者 前古昇平相黃翼成公亭也

相國歿近二百年 亭毀 爲耕犁棄壤 且百年 今 黃生 相國之子孫 結廬江上
居之 仍名曰伴鷗亭 以不沒其名 亦賢也

相國之事業功烈 至今愚夫愚婦 皆誦之 相國進而立於朝廷之上 則能佐先王
立治體正百僚 使賢能在職 四方無虞 黎民樂業 退而老於江湖之間 則熙熙與鷗
鷺相忘 視軒冕如浮雲 大丈夫事 其卓犖當如此

野史傳名人古事 相國平生寡言笑 人莫知其喜怒 當事務大體 不問細故 此所
謂賢相國而名不沒於百代者也

亭在坡州治西十五里臨津下 每潮落浦生 白鷗翔集江上 平蕪廣野 沙渚瀰滿
九月陽鳥來賓 其西距海門二十里

읽기 伴鷗亭者(반구정자)는 前古昇平相黃翼成公亭也(전고승평상황익성공정야)
니라. 相國歿近二百年(상국몰근이백년)에 亭毀(정훼)하고, 爲耕犁棄壤(위경
리기양)일러라. 且百年(차백년)에 今(금) 黃生相國之子孫(황생상국지자손)
이 結廬江上居之(결려강상거지)하고 仍名曰伴鷗亭(잉명왈반구정)하여 以不
沒其名(이불몰기명)하니 亦賢也(역현야)니라.

相國之事業功烈(상국지사업공렬)은 至今(지금) 愚夫愚婦(우부우부)라도
皆誦之(개송지)하니라. 相國進而立於朝廷之上(상국진이입어조정지상)하여 則
能佐先王(즉능좌선왕)하고 立治體正百僚(입치체정백료)하며 使賢能在職(사
현능재직)하니, 四方無虞(사방무우)하고 黎民樂業(여민낙업)일러라. 退而老
於江湖之間(퇴이노어강호지간)할새 則熙熙與鷗鷺相忘(즉희희여구노상망)하
고 視軒冕如浮雲(시헌면여부운)하더라. 大丈夫事(대장부사)가 其卓犖當如此
(기탁락당여차)일러라.

野史傳名人古事(야사전명인고사)에 相國平生寡言笑(상국평생과언소)하여 人莫知其喜怒(인막지기희노)일러라. 當事務大體(당사무대체)에 不問細故(불문세고)하니, 此所謂賢相國而名不沒於百代者也(차소위현상국이명불몰어백대자야)이니라.

亭在坡州治西十五里臨津下(정재파주치서십오리임진하)이니라. 每潮落浦生(매조락포생)하면 白鷗翔集江上(백구상집강상)하고, 平蕪廣野(평무광야)에 沙渚瀰滿(사저미만)하여 九月陽鳥來賓(구월양조내빈)하니라. 其西距海門二十里(기서거해문이십리)이니라.

📖풀이 "伴鷗亭者"(반구정자)는 "반구정이라는 것"이다. "前古昇平相黃翼成公亭也"(전고승평상황익성공정야)는 "옛적 태평스러운 시절의 상국 황익성공(黃翼成公, 黃喜)의 정자이다"이다.

"相國歿近二百年"(상국몰근이백년)은 "상국이 별세한 지 이백 년"이다. "亭毁"(정훼)는 "정자가 망가지다"이다. "爲耕犁棄壤"(위경리기양)은 "밭이나 가는 버린 땅이 되다"이다. "且百年"(차백년)은 "또한 백 년"이다. "今"(금)은 "지금"이다. "黃生相國之子孫"(황생상국지자손)은 "황국의 자손"이다. "結廬江上居之"(결려강상거지)는 "강 위에 집을 짓고 거처하다"이다. "仍名曰伴鷗亭"(잉명왈반구정)은 "다시 이름 지어 반구정이라고 하다"이다. "以不沒其名"(이불몰기명)은 "그 이름을 없애지 않음"이다. "亦賢也"(역현야)는 "또한 슬기롭다"이다.

"相國之事業功烈"(상국지사업공렬)은 "상국의 사업과 공적"이다. "至今"(지금)은 "오늘날에 이르기까지"이다. "愚夫愚婦"(우부우부)는 "어리석은 남녀"이다. "皆誦之"(개송지)는 "모두 칭송하다"이다. "相國進而立於朝廷之上"(상국진이입어조정지상)은 "상국이 나아가 조정에 서다"이다. "則能佐先王"(즉능좌선왕)은 "곧 선왕을 잘 보좌하다"이다. "立治體正百僚"(입치체정백료)는 "국정의 근본을 이룩하고, 뭇 관료를 바로잡다"이다. "使賢能

在職"(사현능재직)은 "어진 사람이 직분을 맡게 하다"이다. "四方無虞"(사방무우)는 "사방에 근심이 없다"이다. "黎民樂業"(여민낙업)은 "백성이 생업을 즐기다"이다. "退而老於江湖之間"(퇴이노어강호지간)은 "물러나 강호 사이에서 늙다"이다. "則熙熙與鷗鷺相忘"(즉희희여구노상망)은 "곧 즐겁고 즐겁게 갈매기나 백로와 더불어 세상을 잊다"이다. "視軒冕如浮雲"(시헌면여부운)은 "벼슬살이를 뜬구름으로 여기다"이다. "大丈夫事"(대장부사)는 "대장부의 일"이다. "其卓犖當如此"(기탁락당여차)는 "높고 빛남이 이와 같다"이다.

"野史傳名人古事"(야사전명인고사)는 "야사에서 전하는 이름난 분의 옛 일"이다. "相國平生寡言笑"(상국평생과언소)는 "상국은 평생 말도 웃음도 적다"이다. "人莫知其喜怒"(인막지기희노)는 "기뻐하는지 화났는지 사람들이 알지 못하다"이다. "當事務大體"(당사무대체)는 "일이 큰 것에만 힘쓰다"이다. "不問細故"(불문세고)는 "자질구레한 까닭은 묻지 않다"이다. "此所謂賢相國而名不沒於百代者也"(차소위현상국이명불몰어백대자야)는 "이것이 상국의 이름이 백대에 없어지지 않는 이유라고 하다"이다.

"亭在坡州治西十五里臨津下"(정재파주치서십오리임진하)는 "정자는 파주 읍내 서쪽 십오 리 임진강 아래에 있다"이다. "每潮落浦生"(매조락포생)은 "조수 때마다 쓸쓸한 갯벌이 드러나다"이다. "白鷗翔集江上"(백구상집강상)은 "갈매기들이 강 위로 날아들다"이다. "平蕪廣野"(평무광야)는 "평평하고 무성한 넓은 들"이다. "沙渚瀰滿"(사저미만)은 "모래가 가득하다"이다. "九月陽鳥來賓"(구월양조내빈)은 "구월의 기러기 손님으로 찾아오다"이다. "其西距海門二十里"(기서거해문이십리)는 "서쪽으로 바다 입구까지 이십 리"이다.

번역 반구정이라는 것은 옛적 태평스러운 시절의 상국 황익성공(黃翼成公, 黃喜)의 정자이다.

상국이 별세한 지 이백 년이 되자 정자가 망가지고, 그곳이 밭이나 가는 버린 땅이 되었다. 또한 백 년이 된 지금에, 황상국의 자손이 강 위에 집을 짓고 거처하고, 다시 이름을 지어 반구정이라고 했다. 그 이름을 없애지 않은 것이 또한 슬기롭다.

상국의 사업과 공적은 오늘날에 이르기까지 어리석은 남녀라도 모두 칭송한다. 상국은 조정에 나아가, 선왕을 잘 보좌하고 국정의 근본을 이룩하고, 뭇 관료를 바로잡았다. 어진 사람이 직분을 맡게 하니, 사방에 근심이 없어지고, 백성이 생업을 즐겼다. 물러나 강호 사이에서 늙으면서, 즐겁고 즐겁게 갈매기나 백로와 더불어 세상을 잊고, 벼슬살이를 뜬 구름으로 여겼다. 대장부가 하는 일이 이처럼 높고 빛났다.

야사에서 이름난 분의 옛일을 전했다. 상국은 평생 말도 웃음도 적어, 기뻐하는지 화났는지 사람들이 알지 못했다. 일이 큰 것에만 힘쓰고, 자질구레한 까닭은 묻지 않았다. 상국의 이름이 백대에 없어지지 않는 이유라고 한다.

정자는 파주 읍내 서쪽 십오 리 임진강 아래에 있다. 조수 때마다 쓸쓸한 갯벌이 드러나면 갈매기들이 강 위로 날아든다. 평평하고 무성한 넓은 들, 모래가 가득한 곳에 구월의 기러기 손님으로 찾아온다. 서쪽으로 바다 입구까지 이십 리이다.

논의 역사의 유적을 찾은 기행문을 써서 깊은 감회를 나타냈다. 명재상 황희(黃喜)가 벼슬에서 물러나 노닐던 정자가 세월이 흐르자 없어졌다고 자손이 다시 지은 것이 다행이라고 하고, 고인의 뛰어난 업적과 훌륭한 인품을 흠모했다. 세월의 흐름에 맡겨두지 않고, 자랑스러운 역사는 잊지 않고 이어야 한다는 생각을 하게 한다.

거듭 읽고 음미하면 태평성대를 그리워하는 마음을 읽어낼 수 있다. 위대한 제왕이 큰 경륜을 품고 나라를 잘 다스리면 태평성대가 된다고 여기지 않았다. 황희와 같은 훌륭한 재상이 제왕보다 더 큰 임무를 맡아, 원만한 인품으로 나라를 안정시키면 문제가 생기지 않고 백성이 편안하게 살 수 있다고 했다. 특별하게 잘한다고 표방하는 바가 없어야 잘한다고 했다.

글도 특별하게 잘 쓰려고 하지 않고 할 말을 예사롭게 하는 것이 좋은 글이라고 여길 수 있는 본보기를 보여주었다. 무슨 고사나 전거를 가져와 글을 장식하면서 유식 자랑을 하는 풍조를 멀리했다. 꾸밈없는 문장을 담담하게 이어나가면서, 경치 묘사와 역사 회고가 저절로 겹치도록 했다.

尹愭, 〈剛柔說〉(강유설), 《無名子集》, 文稿 권6
윤기, 〈강한 것과 부드러운 것〉

원문 天下之至柔 在身無如舌 飮食言語皆以是 宜若易弊也 而至死不弊 在物無如水 其爲性只潤下沾濕 宜若無力也 而負萬斛舟 決千仞石 有餘 是二者 雖擧天下之至剛 無足以當之

使舌而剛則其弊也可立待 水而剛則其力也必有限 然則 剛不能剛 柔而後能剛 柔之爲德也 其至矣乎 故 搖脣鼓吻者 一默足以當之 裂眦衝冠者 一笑足以勝之 則 天下之剛 其不在於柔乎

然而柔又在乎用之之如何 以舌之柔而不弊也 而不能愼言語飮食 則反爲柔所害 以水之柔而易玩也 而一或狎侮焉 則反爲柔所陷 苟使柔焉而不知振 柔之而不知謹 則 非常樅示舌之意 而終必如弱水之不能負芥 委靡墊溺而已 可不戒哉

是故 君子必戰戰兢兢 外柔而內剛

天下之至柔(천하지지유)는 在身無如舌(재신무여설)이니, 飮食言語皆以是(음식언어개이시)이니라.   宜若易弊也(의약이폐야)나   而至死不弊(이지사불폐)이로다.   在物無如水(재물무여수)이니   其爲性只潤下沾濕(기위성지윤하첨습)이로다.   宜若無力也(의약무력야)나   而負萬斛舟(이부만곡주)하며   決千仞石(결천인석)하고   有餘(유여)니라.   是二者(시이자)는   雖擧天下之至剛(수거천하지지강)이라도   無足以當之(무족이당지)이니라.

使舌而剛則其弊也可立待(사설이강즉기폐야가립대)하고   水而剛則其力也必有限(수이강즉기력야필유한)하니라.   然則(연즉)   剛不能剛(강불능강)하고   柔而後能剛(유이후능강)하니라.   柔之爲德也(유지위덕야)가   其至矣乎(기지의호)니라.   故(고)   搖脣鼓吻者(요순고문자)는   一默足以當之(일묵족이당지)하고,   裂眦衝冠者(열비충관자)는   一笑足以勝之(일소족이승지)하니라.   則(즉)   天下之剛(천하지강)   其不在於柔乎(기부재어유호)인가?

然而(연이)나   柔又在乎用之如何(유우재호용지여하)인가? 以舌之柔而不弊也(이설지유이불폐야)로   而不能愼言語飮食(이불능신언어음식)하면   則反爲柔所害(즉반위유소해)니라.   以水之柔而易玩也(이수지유이이완야)이나   而一或狎侮焉(이일혹압모언)하면   則反爲柔所陷(즉반위유소함)이니라.   苟使柔焉而不知振(구사유언이부지진)하고   柔之而不知謹(유지이부지근)하면   則(즉)   非常樅示舌之意(비상종시설지의)하고,   而終必如弱水之不能負芥(이종필여약수지불능부개)하여   委靡墊溺而已(위미점닉이이)하니   可不戒哉(불가계재)이니라.

是故(시고)로   君子必戰戰兢兢(군자필전전긍긍)하고   外柔而內剛(외유이내강)하니라.

"天下之至柔"(천하지지유)는 "천하의 가장 부드러운 것"이다. "在身無如舌"(재신무여설)은 "몸에서는 혀만 한 무엇이 없다"이다. "飮食言語皆以是"(음식언어개이시)는 "음식이나 언어에서 모두 이것을 사용하다"이다. "宜若易弊也"(의약이폐야)는 "마땅히 쉽게 망가질 것 같다"이다. "而至死

不弊"(이지사불폐)는 "죽을 때까지 망가지지 않다"이다. "在物無如水"(재물무여수)는 "물질에서는 물만 한 무엇이 없다"이다. "其爲性只潤下沾濕"(기위성지윤하첨습)은 "그 성질은 아래로 흘러 적시는 것이다"이다. "宜若無力也"(의약무력야)는 "마땅히 무력할 것 같다"이다. "而負萬斛舟"(이부만곡주)는 "많은 곡식을 실은 배를 감당하다"이다. "決千仞石"(결천인석)은 "천 길 돌을 결판내다"이다. "有餘"(유여)는 "여유가 있다"이다. "是二者"(시이자)는 "이 두 가지 것"이다. "雖擧天下之至剛"(수거천하지지강)은 "천하에서 가장 강한 것을 가져오더라도"이다. "無足以當之"(무족이당지)는 "충분히 당해낼 수 없다"이다.

"使舌而剛則其弊也可立待"(사설이강즉기폐야가립대)는 "혀가 강하다면 망가지는 것을 보게 되다"이다. "水而剛則其力也必有限"(수이강즉기력야필유한)은 "물이 강하다면 그 힘이 반드시 유한하다"이다. "然則"(연즉)은 "그러나"이다. "剛不能剛"(강불능강)은 "강한 것은 강할 수 없다"이다. "柔而後能剛"(유이후능강)은 "부드러운 다음에야 강할 수 있다"이다. "柔之爲德也"(유지위덕야)는 "부드러움이 덕이 되다"이다. "其至矣"(기지의)는 "그것이 지극하다"이다. "故"(고)는 "그러므로"이다. "搖脣鼓吻者"(요순고문자)는 "입술을 흔들고 입을 두드리는 자"이다. "一默足以當之"(일묵족이당지)는 "한 번 침묵하면 감당할 수 있다"이다. "裂眦衝冠者"(열비충관자)는 "눈초리를 찢고 관을 곤두세우는 자"이다. "一笑足以勝之"(일소족이승지)는 "한 번 웃으면 이길 수 있다"이다. "則"(즉)은 "그러므로"이다. "天下之剛"(천하지강)은 "천하의 강함은"이다. "其不在於柔乎"(기부재어유호)는 "그것이 부드러움에 있지 않은가"이다.

"然而"(연이)는 "그러나"이다. "柔又在乎用之如何"(유우재호용지여하)는 "부드러움은 또한 어떻게 쓰느냐에 달려 있다"이다. "以舌之柔而不弊也"(이설지유이불폐야)는 "혀의 부드러움이 망가지지 않다"이다. "而不能愼言語飮食"(이불능신언어음식)은 "언어나 음식에서 신중하지 못하다"이다. "則

反爲柔所害"(즉반위유소해)는 "도리어 부드러움이 해가 되다"이다. "以水之柔而易玩也"(이수지유이이완야)는 "물의 부드러움은 무시하기 쉽다"이다. "而一或狎侮焉"(이일혹압모언)은 "한 번 업신여기거나 하다"이다. "則反爲柔所陷"(즉반위유소함)은 "부드러움은 오히려 함정이 되다"이다. "苟使柔焉而不知振"(구사유언이부지진)은 "부드럽게 하기만 하고 거둘 줄 모르다"이다. "柔之而不知謹"(유지이부지근)은 "부드럽기만 하고 삼갈 줄 모르다"이다. "則"(즉)은 "그러면"이다. "非常樅示舌之意"(비상종시설지의)는 "상종(常樅)이 혀를 내보인 뜻이 아니다"이다. 상종은 노자(老子)의 스승이다. 임종할 때 노자에게 혀를 내보이며 이는 강해서 망가지고, 혀는 부드러워 그대로 있는 이치를 알라고 했다. "而終必如弱水之不能負芥"(이종필여약수지불능부개)는 "마침내 약수(弱水)처럼 반드시 지푸라기 하나도 감당하지 못하게 되다"이다. 약수는 신선 세계로 가려면 건너가야 하는 물인데, 모든 것이 가라앉아 건널 수 없다고 한다. "委靡墊溺而已"(위미점닉이이)는 "시들고 쓰러져 무력하게 되기만 하다"이다. "可不戒哉"(불가계재)는 "경계하지 않을 수 있겠는가"이다.

"是故"(시고)는 "이러므로"이다. "君子必戰戰兢兢"(군자필전전긍긍)은 "군자는 반드시 전전긍긍하다"이다. "外柔而內剛"(외유이내강)은 "외유내강하다"이다.

번역 천하의 가장 부드러운 것이 몸에서는 혀만 한 무엇이 없다. 음식이나 언어에서 모두 이것을 사용한다. 마땅히 쉽게 망가질 것 같은데, 죽을 때까지 망가지지 않는다. 물질에서는 물만 한 무엇이 없다. 그 성질은 아래로 흘러 적시는 것이다. 마땅히 무력할 것 같으나, 많은 곡식을 실은 배를 감당하고, 천 길 돌을 결딴내고도 여유가 있다. 이 두 가지 것은 천하에서 가장 강한 어떤 것을 가져와도 충분히 당해낼 수 없다.

혀가 강하다면 망가지는 것을 보게 된다. 물이 강하다면 그 힘이 반드시 유한하다. 강한 것은 강할 수 없으며, 부드러운 다음에야 강할 수 있다. 부드러움은 덕이 됨이 지극하다. 입술을 흔들고 입을 두드리는 자는 한 번 침묵하면 감당할 수 있다. 눈초리를 찢고 관을 곤두세우는 자는 한 번 웃으면 이길 수 있다. 천하의 강함은 부드러움에 있지 않은가?

그러나 부드러움은 또한 어떻게 쓰느냐에 달려 있다. 혀의 부드러움이 망가지지 않아도, 언어나 음식에서 신중하지 못하면 도리어 부드러움이 해가 된다. 물의 부드러움은 무시하기 쉽다. 한 번 업신여기거나 하면 부드러움은 오히려 함정이 된다. 부드럽게 하기만 하고 거둘 줄 모르고, 부드럽기만 하고 삼갈 줄 모르면, 상종(常樅)이 혀를 내보인 뜻이 아니다. 마침내 약수(弱水)처럼 반드시 지푸라기 하나도 감당하지 못하게 된다. 시들고 쓰러져 무력하게 되기만 한다. 경계하지 않을 수 있겠는가?

이러므로 군자는 반드시 전전긍긍하고, 외유내강한다.

[논의] 약한 것이 강하다고 하는 것은 설득력 있는 견해이다. 혀와 물의 예증이 적절하다. 노자의 스승 상종(常樅)이 임종할 때 노자에게 혀를 내보이며 이는 강해서 망가지고, 혀는 부드러워 그대로 있는 이치를 알라고 했다는 고사를 잘 활용했다. 부드러운 것의 본보기로 물을 든 것은 노자가 "上善若水"(상선약수, 높은 선은 물과 같다)라고 한 말이 생각나게 한다. 혀와 물이 같다고 하면서 함께 논한 것은 창의적인 결합이다.

약한 것이라도 잘못 사용하면 강하지 못하고 무력해진다는 것도 납득할 수 있는 말이지만, 잘못 사용한 사례가 적절하지 못하다. 입술을 흔들고 입을 두드리며, 눈초리를 찢고 관을 곤두세우는 자를 앞에서 들어 순서가 혼란되어 있고, 약한 것을 강하게 사용하면 망가진다고 하는 설명이 부족하다. 혀의 남용을 경계하는 말을 추상적인 언사로 대신했다.

음식을 잘못 먹는 예증은 앞뒤 어디에도 없다. 물이 잘못되면 약수(弱水)처럼 반드시 지푸라기 하나도 감당하지 못한다고 한 것은 어떤 경우에 그렇게 되는지 밝혀 논하지 못해 적절한 예증이 아니다. 부드러움이 도리어 함정이 된다는 말과 연결되지 않는다.

시작은 잘하고 후반은 허약한 글이 되었다고 하지 않을 수 없다. 군자는 반드시 전전긍긍하고, 외유내강해야 한다는 상투적인 언사로 끝을 맺어 서운하다. 착상을 충분히 다지지 않고 서둘러 글을 써서 착오가 생긴 것 같다. 옛사람의 글이 모두 훌륭한 것은 아니다. 반면교사의 가르침을 발견하고 우리가 글을 쓰는 자세를 가다듬는 것이 마땅하다.

義天, 〈祭芬皇寺曉聖文〉(제분황사효성문), 《大覺國師文集》 권16
의천, 〈분황사 원효성사 제문〉

원문 維年月日 求法沙門某 謹以茶菓時食之尊 致供于海東敎主元曉菩薩

伏 以理由敎現 道藉人弘 逮俗薄而時澆 乃人離而道喪 師旣各封其宗習 資亦互執其見聞 至如 慈恩百本之談 唯拘名相 台嶺九旬之說 但尙理觀 雖云取則之文 未曰通方之訓

唯 我海東菩薩 融明性相 隱括古今 和百家異諍之端 得一代至公之論 況 神通不測 妙用難思 塵雖同而不汚其眞 光雖和而不渝其體 令名所以振華梵 慈化所以被幽明 其在賛揚 固難擬議

某夙資天幸 早慕佛乘 歷觀先哲之間 無出聖師之右 痛微言之紕繆 惜至道之陵夷 遠訪名山 邈求墜典 今者 雞林古寺 幸瞻如在之容 鷲嶺舊峯 似値當初之會 聊憑薄供 敢敍微誠 仰冀厚慈 俯垂明鑑

읽기 維(유) 年月日(연월일)에 求法沙門某(구법사문모)는 謹(근) 以茶菓時食之尊(이다과시식지준)으로 致供于海東教主元曉菩薩(치공우해동교주원효보살)하나이다.

伏(복)하건대, 理由教現(이유교현)하고 道藉人弘(도자인홍)하나이다. 逮俗薄而時澆(체속박이시요)하여 乃(내) 人離而道喪(인리이도상)하나, 師既各封其宗習(사기각봉기종습) 資亦互執其見聞(자역호집기견문)하여, 至如(지여) 慈恩百本之談(자은백본지담)이 唯拘名相(유구명상)하고, 台嶺九旬之說(태령구순지설)이 但尙理觀(단상이관)이나이다. 雖云取則之文(수운취측지문)이라도 未曰通方之訓(미왈통방지훈)이나이다.

唯(유) 我海東菩薩(아해동보살)께서는 融明性相(융명성상)하고 隱括古今(은괄고금)하고, 和百家異諍之端(화백가이쟁지단)하여 得一代至公之論(득일대지공지론)하셨나이다. 況(황) 神通不測(신통불측)이 妙用難思(묘용난사)하나이다. 塵雖同而不汚其眞(진수동이불오기진)하고 光雖和而不渝其體(광수화이불투기체)하나이다. 令名所以振華梵(영명소이진화범)하고 慈化所以被幽明(자화소이피유명)하니, 其在贊揚(기재찬양)을 固難擬議(고난의의)하나이다.

某(모)는 夙資天幸(숙자천행)하며 早慕佛乘(조모불승)하고, 歷觀先哲之間(역관선철지간)에 無出聖師之右(무출성사지우)하나이다. 痛微言之紕繆(통미언지비무)하고 惜至道之陵夷(석지도지능이)하여 遠訪名山(원방명산)하고 邀求墜典(하구추전)하다가 今者(금자) 雞林古寺(계림고사)에서 幸瞻如在之容(행첨여재지용)하나이다. 鷲嶺舊峯(취령구봉)에서 似值當初之會(사치당초지회)하나이다. 聊憑薄供(요빙박공)으로 敢敍微誠(감서미성)하며, 仰冀(앙기)하오니 厚慈(후자)로 俯垂明鑑(부수명감)하소서.

풀이 維(유)는 발어사이다. 年月日(연월일)은 특정하지 않은 "아무 해 아무 달 아무 날"이다. "求法沙門某"(구법사문모)는 "법을 구하는 승려 아무개"이다. "謹"(근)은 "삼가"이다.

"以茶菓時食之奠"(이다과시식지존)은 "차, 과일, 계절 음식의 제물로"이다. "致供于海東教主元曉菩薩"(치공우해동교주원효보살)은 "해동교주 원효 보살께 제사를 지내다"이다.

"伏"(복)은 "엎드려 생각하다"이다. "理由教現"(이유교현)은 "이치는 가르침으로 나타나다"이다. "道藉人弘"(도자인홍)은 "도리는 사람에 힘입어 넓어지다"이다. "逮俗薄而時澆"(체속박이시요)는 "풍속이 경박하고 시대가 타락한 지경에 이르다"이다. "乃"(내)는 "곧"이다. "人離而道喪"(인리이도상)은 "사람이 떠나 도리가 손상되다"이다. "師既各封其宗習"(사기각봉기종습)은 "스승이 각기 그 종파의 습성에 닫히다"이다. "資亦互執其見聞"(자역호집기견문)은 "제자 또한 그 견문을 서로 고집하다"이다. "至如"(지여)는 "무엇과 같은 데 이르다"이다. "慈恩百本之談"(자은백본지담)은 "현장(玄奘) 스님의 백본(百本) 담론"이다. "唯拘名相"(유구명상)은 "오직 이름에 구애되다"이다. "台嶺九旬之說"(태령구순지설)은 "지의(智顗) 스님의 구순(九旬) 설법"이다. "但尙理觀"(단상이관)은 "다만 도리 관념만 숭상하다"이다. "雖云取則之文"(수운취측지문)은 "비록 본받을 만한 글을 얻다"이다. "未曰通方之訓"(미왈통방지훈)은 "널리 통하는 교훈이라고 말하지 못하다"이다.

"唯"(유)는 "오직"이다. "我海東菩薩"(아해동보살)은 "우리 해동보살"이다. "融明性相"(융명성상)은 "성(性)과 상(相)을 아울러 밝히다"이다. "隱括古今"(은괄고금)은 "고금을 드러나지 않게 아우르다"이다. "和百家異諍之端"(화백가이쟁지단)은 "백가가 달라서 다투는 발단을 화합하다"이다. "得一代至公之論"(득일대지공지론)은 "일대의 지극히 공평한 논의를 얻다"이다. "況"(황)은 "더구나"이다. "神通不測"(신통불측)은 "신통을 헤아리지 못한다"이다. "妙用難思"(묘용난사)는 "묘한 활용은 생각하기 어렵다"이다. "塵雖同而不汚其眞"(진수동이불오기진)은 "먼지를 동반해도 진실이 더럽혀지지 않다"이다. "光雖和而不渝其體"(광수화이불투기체)는 "빛과 함께 있어도 본체가 변하지 않다"이다. "令名所以振華梵"(영명소이진화범)은 "이름이 중국이나 인도에서 떨치게 하다"이다. "慈化所以被幽明"(자화소이 피유명)은 "자비로운 교화를 저승에서도 이승에서도 받게 하다"이다. "其 在賛揚"(기재찬양)은 "이것을 찬양하다"이다. "固難擬議"(고난의의)는 "어 디다 견주어 말하기 참으로 어렵다"이다.

"某"(모)는 "아무개"이다. "夙資天幸"(숙자천행)은 "천행을 일찍 입다" 이다. "早慕佛乘"(조모불승)은 "어려서부터 불교의 진리를 사모하다"이다. "歷觀先哲之閒"(역관선철지간)은 "선철들의 법도를 두루 살피다"이다. "無 出聖師之右"(무출성사지우)는 "성사의 경지를 넘어서는 이가 없다"이다. "痛微言之紕繆"(통미언지비무)는 "사소한 말이 잘못 얽히는 것을 통탄하 다"이다. "惜至道之陵夷"(석지도지능이)는 "지극한 도리가 무너지는 것을 애석하게 여기다"이다. "遠訪名山"(원방명산)은 "멀리 명산을 방문하다"이 다. "遐求墜典"(하구추전)은 "손상된 전적을 널리 구하다"이다. "今者"(금 자)는 "이제"이다. "雞林古寺"(계림고사)는 "계림의 옛 절"이다. "幸瞻如在 之容"(행첨여재지용)은 "다행히 살아 계시는 듯한 모습을 우러러 보다"이 다. "鷲嶺舊峯"(취령구봉)은 "취령의 오랜 봉우리"이다. "似値當初之會"(사 치당초지회)는 "그때의 법회를 만난 것 같다"이다. "聊憑薄供"(요빙박공) 은 "오직 변변치 않은 제물에 의거하다"이다. "敢敍微誠"(감서미성)은 "감 히 작은 정성을 드리다"이다. "仰冀"(앙기)는 "우러러 바라다"이다. "厚 慈"(후자)는 "두터운 자비"이다. "俯垂明鑑"(부수명감)은 "밝게 굽어 살피 다"이다.

번역 아무 해 아무 달 아무 날, 법을 구하는 승려인 저는 삼가 차, 과일, 계절 음식을 제물로 하고 해동교주 원효보살께 제사를 올립니다.

엎드려 생각하건대, 이치는 가르침으로 나타나고, 도리는 사람에 힘입 어 넓어지는데, 지금은 풍속이 경박해지고 시대가 타락한 지경에 이르러 사람이 떠나가 도리가 손상되었습니다. 스승이라는 이들은 각기 그 종파의 습성 안에 닫혀 있고, 제자들 또한 자기네 견문을 서로 고집합니다. 현장(玄奘) 스님의 백본(百本) 담론은 오직 그 이름에 구애되고, 지의(智顗) 스님의 구순(九旬) 설법은 다만 도리 관념만 숭상하는 것처럼 되었습니다. 비록 본받을 만한 글을 얻는다고 해도, 널리 통용되는 교훈이라고 말하지는 못합니다.

오직 우리 해동보살께서는 성(性)과 상(相)을 아울러 밝히고, 고금을 드러나지 않게 아우르며, 백가가 다투는 발단을 화합하게 해서 일대의 지극히 공평한 논의를 얻었습니다. 더구나 신통을 헤아리지 못하고, 절묘한 활용은 생각하기도 어렵습니다. 먼지를 동반해도 진실이 더럽혀지지 않고, 빛과 함께 있어도 본체가 변하지 않습니다. 이름을 중국이나 인도에서 떨치고, 자비로운 교화를 저승에서도 이승에서도 받게 합니다. 이것을 찬양하는 말을 어디다 견주어 하기 참으로 어렵습니다.

저는 타고난 행운을 일찍 얻고, 어려서부터 불교의 진리를 사모해 선철들의 법도를 두루 살폈으나, 성사의 경지를 넘어서는 이가 없습니다. 사소한 말이 잘못 얽히는 것을 통탄하고, 지극한 도리가 무너지는 것을 애석하게 여깁니다. 멀리 명산을 방문해 손상된 전적을 널리 구하다가, 이제 계림의 옛 절에서 다행히 살아 계시는 듯한 모습을 우러러 봅니다. 취령의 오랜 봉우리에서 그때의 법회를 만난 것 같습니다. 오로지 변변치 않은 제물을 차리고, 감히 작은 정성을 올리며, 우러러 바라노니, 두터운 자비로 밝게 굽어 살피소서.

논의 그리 길지 않은 글이 여러 가지 의미를 지니고 있다. 멀리 경주까지 가서 계림의 옛 절 분황사를 찾은 기행이다. 원효를 해동교주 원효보살이라고 받들면서 제사를 지내는 제문이다. 원효가 탐구한 바를 다른 분들과 비교해 고찰한 논설이다. 원효의 가르침을 이어받자는 다짐이다.

이치를 밝히는 것과 정감을 움직이는 것이 둘이 아님을 말했다. 불교의 교학을 멀리까지 가서 배워 오려고 하지만 말고, 가까이 있는 원천을 소중하게 여겨야 한다고 했다. 교파가 분열되어 경쟁하면서 자기 교파만 옹호하는 풍조에서 벗어나고 다툼을 넘어서야 진실한 깨달음이 있다고 했다.

이 글을 이렇게 이해하고 말 수는 없다. 기껏해야 지식이나 얻어 써먹으려고 하면 허망하다. 의천이 그랬듯이 우리도 원효를 찾는 기행, 받드는 제문, 다른 분들과 비교하는 논설을 쓰고, 가르침을 이어받자고 다짐하자. 의천 이후에 많은 시간이 경과해 의천을 따르기 어렵다는 생각을 반대로 뒤집어, 의천보다 앞설 수 있는 발판으로 삼자.

원효에 관해서도 같은 말을 할 수 있다. 원효는 아득한 저쪽에 있어가까이하기 어렵다고 여기지 말고, 그 때문에 우리는 새로운 원효가 되어 다시 깨닫고, 더 넓고 큰 세계를 열어야 한다. 원효나 의천 이후에엄청나게 많은 것을 보고 알아 향상이 가능하고, 더욱 경박하고 타락한시대에 이르러 획기적인 역전이 요망된다.

> 金昌協, 〈雜器銘〉(잡기명), 《農巖集》 권26
> 김창협, 〈이런저런 기물〉

원문 己卯夏 爲燔先誌 往廣州窯所間 命工人作數種器皿 因各爲之銘 以寓古人徹戒之意

非義而食 則近盜賊 不事而飽 是爲蟊螣 每飯必戒 無有愧色 右飯盂

飮量難齊 斗石升合 有餘宜節 況於不及 嗟玆一盛 尙愼爾挹 無或藉口 子

路百榼　右酒榼

　　面有一日而不類者乎　至於心而終身垢穢　小察而大遺　輕內而重外　嗚呼　多見
其蔽也　右頮盆

　　膏沃而燁　德之章也　火熾而涸　慾之戕也　一鑑一戒　皆不可以忘　右燈盞

　　匣而不用　死毫枯竹　一涉紙墨而是非千百　嗚呼　與其動而有失　無寧深藏乎爾
室　右筆筒

　　虛中受水　而時出之　於無有用　道其在玆　右硯滴

읽기 己卯夏(기묘하)에　爲燔先誌(위번선지)하러　往廣州窯所間(왕광주요소간)
할새　命工人(명공인)하여　作數種器皿(작수종기명)이라.　因各爲之銘(인각위
지명)하여　以寓古人儆戒之意(이우고인경계지의)하도다.

　　非義而食(비의이식)이면　則(즉)　近盜賊(근도적)이고,　不事而飽(불사이
포)면　是(시)　爲螟蟊(위명닉)이라.　每飯必戒(매반필계)하여　無有愧色(무유
괴색)하리라.　右(우)는　飯盂(반우)이다.

　　飮量難齊(음량난제)하니　斗石升合(두석승합)이노라.　有餘宜節(유여의절)
이거늘　況於不及(황어불급)이랴.　嗟玆一盛(차자일성)을　尙愼爾挹(상신이읍)
하라.　無或藉口(혹무자구)를　子路百榼(자로백합)하라.　右(우)는　酒榼(주합)
이다.

　　面有(면유)하고　一日而不類者乎(일일이불회자호)아?　至於心(지어심)　而
終身垢穢(이종신구예)면　小察而大遺(소찰이대유)하고　輕內而重外(경내이중
외)하니라.　嗚呼(오호)라,　多見其蔽也(다현기폐야)로다.　右(우)는　頮盆(회
분)이다.

　　膏沃而燁(고옥이엽)은　德之章也(덕지장야)라.　火熾而涸(화치이고)는　慾
之戕也(욕지장야)라.　一鑑一戒(일감일계)를　皆(개)　不可以忘(불가이망)이니
라.　右(우)는　燈盞(등잔)이다.

　　匣而不用(갑이불용)이면　死毫枯竹(사호고죽)이니라.　一涉紙墨(일섭지묵)

이면 而是非千百(이시비천백)이니라. 嗚呼(오호)라, 與其動而有失(여기동이유실)이면 無寧深藏乎爾室(무령심장호이실)이리라. 右(우)는 筆筒(필통)이다.

虛中受水(허중수수)하고 而時出之(이시출지)하며, 於無有用(어무유용)하니 道其在玆(도기재자)니라. 右(우)는 硯滴(연적)이다.

풀이 "己卯夏"(기묘하)는 "기묘년 여름"이다. "爲燔先誌"(위번선지)는 "선친의 묘지(墓誌)를 구우려고"이다. "往廣州窯所間"(왕광주요소간)은 "광주 도자기 가마에 간 겨를에"이다. "命工人"(명공인)은 "기술자에게 명하다"이다. "作數種器皿"(작수종기명)은 "몇 가지 기물을 만들다"이다. "因各爲之銘"(인각위지명)은 "그리고는 각기 명(銘)을 짓다"이다. "以寓古人儆戒之意"(이우고인경계지의)는 "이로써 고인이 행실을 가르친 뜻이 깃들게 하다"이다.

"非義而食"(비의이식)은 "의롭지 않게 먹다"이다, "則"(즉)은 "곧"이다. "近盜賊"(근도적)은 "도적에 가깝다"이다. "不事而飽"(불사이포)는 "일하지 않고 배부르다"이다. "是"(시)는 "이것"이다. "爲蟘蟁"(위명닉)은 "벌레가 되다"이다. "每飯必戒"(매반필계)는 "밥 먹을 때마다 경계하다"이다. "無有愧色"(무유괴색)은 "부끄러운 기색이 없다"이다. "右"(우)는 "오른쪽"이다. "飯盂"(반우)는 "밥그릇"이다.

"飮量難齊"(음량난제)는 "마시는 양은 가지런하기 어렵다"이다. "斗石升合"(두석승합)은 "말 섬 되 홉"이다. "有餘宜節"(유여의절)은 "여유 있을 때 절도를 갖추다"이다. "況於不及"(황어불급)은 "하물며 모자람이야", "모자랄 때는 물론이다"이다. "嗟玆一盛"(차자일성)은 "한 잔 가득 채웠다고 감탄하다"이다. "尙愼爾挹"(상신이읍)은 "더욱 삼가고 조심하다"이다. "無或藉口"(혹무자구)는 "혹시 핑계 댐이 없다"이다. "子路百榼"(자로백합)은 "자로(子路)의 백 항아리"이다. 자로는 공자의 제자이며, 백 항아리의 술을 마셨다고 한다. 右(우) "酒榼"(주합)은 "술항아리"이다.

"面有"(면유)는 "얼굴이 있다"이다. "一日而不頮者乎"(일일이불회자호)는 "하루라도 세수를 하지 않는 사람이 있는가?"이다. "至於心"(지어심)은 "마음에 이르다"이다. "而終身垢穢"(이종신구예)는 "종신토록 때가 끼고 더럽다"이다. "小察而大遺"(소찰이대유)는 "작은 것을 살피고 큰 것을 그대로 두다"이다. "輕內而重外"(경내이중외)는 "안은 가볍게, 밖은 소중하게 여기다"이다. "嗚呼"(오호)는 탄식하는 소리이다. "多見其蔽也"(다현기폐야)는 "폐해가 많이 나타나다"이다. "見"이 "나타나다"를 뜻할 때에는 "현"이라고 읽는다. 右(우) "頮盆"(회분)은 "세숫대야"이다.

　"膏沃而燁"(고옥이엽)은 "기름이 짙어 불타다"이다. "德之章也"(덕지장야)는 "덕이 나타나다"이다. "火熾而涸"(화치이고)는 "불타오르고 고갈되다"이다. "慾之戕也"(욕지장야)는 "욕망이 소멸되다"이다. "一鑑一戒"(일감일계)는 "하나하나 가르치다"이다. "皆"(개)는 "모두"이다. "不可以忘"(불가이망)은 "잊을 수 없다"이다. 右(우) "燈盞"(등잔)은 "등잔"이다.

　"匣而不用"(갑이불용)은 "안에 넣어두고 쓰지 않다"이다. "死毫枯竹"(사호고죽)은 "죽은 터럭, 마른 대나무"이다. "一涉紙墨"(일섭지묵)은 "한 번 종이에 먹으로 거닐다"이다. "而是非千百"(이시비천백)은 "그래서 시비가 천백 가지이다"이다. "嗚呼"(오호)는 탄식하는 소리이다. "與其動而有失"(여기동이유실)은 "그 움직임과 함께 잃는 것이 있다"이다. "無寧深藏乎爾室"(무령심장호이실)은 "차라리 너의 실내에 깊이 감추어둘 것이 아닌가"이다. 右(우)는 "筆筒"(필통)은 "필통"이다.

　"虛中受水"(허중수수)는 "빈 곳에 물을 받다"이다. "而時出之"(이시출지)는 "그리고 때때로 그것을 내보낸다"이다. "於無有用"(어무유용)은 "없는 것에 쓰임이 있다"이다. "道其在玆"(도기재자)는 "도(道)가 여기 있다"이다. "硯滴"(연적)은 "연적"이다.

번역 기묘년 여름에 선친의 묘지(墓誌)를 구우려고 광주(廣州) 도자기 가

마에 간 기회에, 기술자에게 부탁해 몇 가지 기물을 만들었다. 각기 명(銘)을 지어, 고인이 행실을 가르친 뜻이 깃들게 했다.

의롭지 않게 먹으면, 도적에 가깝다. 일하지 않고 배부르면, 벌레가 된다. 밥을 먹을 때마다 경계해야 부끄러운 기색이 없으리라. 이것은 '밥그릇'이다.

술 마시는 양은 가지런하기 어렵다. 말·섬·되·홉이기도 하다. 여유 있을 때 절도를 갖추어야 하며, 모자랄 때는 물론이다. 한 잔 가득 채웠다고 감탄하려는가. 더욱 삼가고 조심하리여라. 핑계를 대려고 자로(子路)의 항아리 백 개를 들먹이지 말리라. 이것은 '술항아리'이다.

얼굴을 두고, 하루라도 세수를 하지 않는 사람이 있는가? 마음까지 종신토록 때가 끼고 더러워지게 한다. 작은 것을 살피고 큰 것을 그대로 둔다. 안은 가볍게, 밖은 소중하게 여긴다. 오호라, 폐해가 많이 나타나는구나. 이것은 '세숫대야'이다.

기름이 짙어 불타니 덕이 나타난다. 불타오르고 고갈되니 욕망이 소멸된다. 하나하나 가르쳐주어 모두 잊을 수 없다. 이것은 '등잔'이다.

안에 넣어두고 쓰지 않으면, 죽은 터럭이고 마른 대나무이다. 한 번 종이에 먹으로 거닐면 시비가 천백 가지이다. 오호라, 움직임으로 잃는 것이 있으니, 차라리 너를 실내에 깊이 감추어둘 것이 아닌가. 이것은 '필통'이다.

빈 곳에 물을 받았다가, 때때로 내보낸다. 없는 것에 쓰임이 있으니 도(道)가 여기 있다. 이것은 '연적'이다.

논의 밥그릇, 술항아리, 세숫대야, 등잔, 필통, 연적, 일상생활에서 사용하는 이런 기물(器物)을 정겹게 소개했다. 그 모습이나 쓰임새를 자세히 살피면서 사람인양 여겨 바른 행실에 관한 말을 했다. 주어지는 대로 범박하게 살아가지 않고, 세밀한 주의력을 갖추고 주위에 있는 것들을 관찰하면서 어떻게 살아가야 하는지 깊이 생각한다.

자기가 잘났다고 뽐내지 않고, 자세를 한껏 낮추어 무엇이든지 스승으로 삼는다. 갖가지 기물을 적절하게 사용하면서 내밀한 가르침을 발견해야, 고인(古人)이 말한 사람의 도리를 이을 수 있다. 〈술항아리〉에서 한 말은 공자의 제자 자로(子路)가 술을 많이 마신 것을 절주를 하지 않는 핑계로 삼지 말라는 것이다. 실행해야 할 도리가 기물에 따라 다르다고 했다. 간명한 말이 깊은 뜻을 지니고 있다.

밥그릇을 사용할 때에는 밥을 먹을 자격이 있는가 생각하라. 술항아리의 술을 함부로 마시지 말고 절제를 하라. 세숫대야를 이용해 얼굴만 씻으면 된다고 여기지 말고, 안에 들어 있는 마음을 깨끗하게 하라. 기름을 태워 덕을 나타내다가 다 태워 욕망을 소멸하는 등잔을 본받을 만하다. 붓을 필통에 넣어두고 쓰지 않는 것이 잘못이지만 휘둘러 함부로 글을 쓰면 더 잘못을 저지르니 조심해야 한다. 빈 데에 물을 받아두었다가 때때로 유용하게 쓰게 하는 연적은 훌륭하다.

오늘날 사람들은 이런 글을 쓰지 못한다. 기물들을 가까이 다가가 자세하게 살피지 않고 함부로 다루고 무시한다. 돈이 있으면 얼마든지 사다 쓰고 마구 버려도 된다고 여긴다. 쓰고 있는 것들에 정을 주지 않고 신제품을 다투어 구입한다. 물질의 풍요가 정신을 고갈시킨다.

金萬重,〈本地風光〉(본지풍광),《西浦漫筆》下
김만중,〈진실의 모습〉

원문에는 없는 제목을 내용에 맞게 붙였다.

禪家有 本地風光本來面目之說 此喻最切

今有愛楓岳者 廣聚圖經 精加考證 抵掌而談　內外峯壑 歷歷可廳 而身未嘗
出興仁門一步 則 所見者 卷裡風光紙上面目 只與不見山者談論 若對正陽住持
僧 則立敗矣

若有人 從東海路上 望見外山一峯 則 雖非全體 亦不可謂所見非眞山 徐花
潭近之

又有人 等是圖經上所見 而其人素俱惠性 能識丹靑蹊逕 文字脈絡 不滯於陳
迹 不眩於衆說 往往想出山中珍景 如在眼中 此雖非斷髮令上所見 世無眞見楓
岳者 則可謂推以善知識 張谿谷是也

偏左晦塞 得此兩人 大非容易 進乎此 則浴沂弄環矣

李白洲 哭谿谷詩曰 幷世誰爭長 權時最得中 片言遺物則 萬里入神通

禪家有(선가유)　本地風光本來面目之說(본지풍광본래면목지설)하니　此喻
最切(차유최절)이라.

今有愛楓岳者(금유애풍악자)가　廣聚圖經(광취도경)하고　精加考證(정가고
증)하여,　抵掌而談(저장이담)　內外峯壑(내외봉학)이　歷歷可廳(역력가청)이
나, 而身未嘗出興仁門一步(이신미상출흥인문일보)면,　則(즉)　所見者(소견자)
는　卷裡風光紙上面目(권리풍광지상면목)이라.　只與不見山者談論(지여불견산
자담론)이고, 若對正陽住持僧(약대정양주지승)하면 則立敗矣(즉립패의)라.

若有人(약유인)이　從東海路上(종동해로상)에서　望見外山一峯(망견외산일
봉)하면, 則(즉)　雖非全體(수비전체)라도 亦不可謂所見非眞山(역불가위소견
비진산)이니라. 徐花潭近之(서화담근지)라.

又有人(우유인)이　等是圖經上所見(등시도경상소견)이나　而其人素俱惠性
(이기인소구혜성)하여　能識丹靑蹊逕(능식단청혜경)하고,　文字脈絡(문자맥
락)에서　不滯於陳迹(불체어진적)하고,　不眩於衆說(불현어중설)하면,　往往想
出山中珍景(왕왕상출산중진경)이　如在眼中(여재안중)이라.　此雖非斷髮令上所

見(차수비단발령상소견)이라도 世無眞見楓岳者(세무진견풍악자)면 則可謂推
以善知識(즉가위추이선지식)이니라. 張谿谷是也(장계곡시야)니라.

偏左晦塞(편좌회색)이나 得此兩人(득차양인)이 大非容易(대비용이)니라.
進乎此(진호차)면 則浴沂弄環矣(즉욕기농환의)리라.

李白洲(이백주) 哭谿谷詩曰(곡계곡시왈) 幷世誰爭長(병세수쟁장)이리오,
權時最得中(권시최득중)했도다. 片言遺物則(편언유물칙)하며 萬里入神通(만
리입신통)하도다.

풀이 "禪家有"(선가유)는 "선가(禪家)에 있다"이다. "本地風光本來面目之說"
(본지풍광본래면목지설)은 "본지풍광(本地風光)·본래면목(本來面目)이라는
말"이다. "본지풍광"은 "본디 그 땅의 경치"이다. "본래면목"은 "원래 있
는 그대로의 모습"이다. "此喩最切"(차유최절)은 "이 비유가 가장 절실하
다"이다.

"今有愛楓岳者"(금유애풍악자)는 "여기 풍악(楓岳)을 사랑하는 사람이 있
다"이다. "풍악"은 금강산의 다른 이름이다. "廣聚圖經"(광취도경)은 "그
림책을 널리 모으다"이다. "精加考證"(정가고증)은 "정밀한 고증을 보태
다"이다. "抵掌而談"(저장이담)은 "손바닥을 내저으며 말하다"이다. "內外
峯壑"(내외봉학)은 "안팎의 봉우리와 골짜기"이다. "歷歷可聽"(역력가청)
은 "역력해 들을 만하다"이다. "而身未嘗出興仁門一步"(이신미상출흥인문일
보)는 "그러나 흥인문(興仁門, 동대문)을 한 걸음도 나간 적 없다"이다.
"則"(즉)은 "곧"이다. 所見者(소견자)는 "본 것"이다. "卷裡風光紙上面目"
(권리풍광지상면목)은 "권리풍광(卷裡風光)·지상면목(紙上面目)"이다. "권
리풍광"은 "책 속의 경치"이다. "지상면목"은 "종이 위의 모습"이다. "只
與不見山者談論"(지여불견산자담론)은 "다만 산을 보지 못한 사람과 더불
어 이야기하다"이다. "若對正陽住持僧"(약대정양주지승)은 "만약 정양사
주지승을 만난다면"이다. 정양사는 금강산에 있는 절이다. "則立敗矣"(즉

립패의)는 "나서자 바로 패배하다"이다.

"若有人"(약유인)은 "만약 어느 사람이 있다"이다. "從東海路上"(종동해로상)은 "동해의 길 위에서부터"이다. "望見外山一峯"(망견외산일봉)은 "바깥 산 한 봉우리를 바라보다"이다. 則(즉) 雖非全體(수비전체)는 "비록 전체는 아니라도"이다. "亦不可謂所見非眞山"(역불가위소견비진산)은 "또한 본 것이 진짜 산이 아니라고 할 수는 없다"이다. "徐花潭近之"(서화담근지)는 "서화담(徐花潭)이 이와 가깝다. "화담"은 서경덕(徐敬德)의 호이다.

"又有人"(우유인)은 "또한 어느 사람이 있다"이다. "等是圖經上所見"(등시도경상소견)은 "그림책으로 본 것은 마찬가지"이다. "而其人素俱惠性"(이기인소구혜성)은 "그러나 그 사람은 평소에 지혜로운 성품을 갖추다"이다. "能識丹靑蹊逕"(능식단청혜경)은 "능히 붉고 푸른 좁은 길을 식별하다"이다. "文字脈絡"(문자맥락)은 "문자의 맥락"이다. "不滯於陳迹"(불체어진적)은 "지난날의 자취에 얽매이지 않다"이다. "不眩於衆說"(불현어중설)은 "여러 사람의 주장에 현혹되지 않다"이다. "往往想出山中珍景"(왕왕상출산중진경)은 "이따금 산중의 참다운 모습을 생각해내다"이다. "如在眼中"(여재안중)은 "눈으로 보는 것 같다"이다. "此雖非斷髮令上所見"(차수비단발령상소견)은 "이는 단발령 위에서 바라본 것이 아니라고 해도"이다. "世無眞見楓岳者"(세무진견풍악자)는 "세상에 풍악을 정말로 본 사람이 없다"이다. "則可謂推以善知識"(즉가위추이선지식)은 "곧 선지식(善知識)이라고 추대할 만하다"이다. 선지식은 많이 아는 사람을 지칭하는 불교 용어이다. "張谿谷是也"(장계곡시야)는 "장계곡(張谿谷)이 이렇다"이다. "계곡"은 장유(張維)의 호이다.

"偏左晦塞"(편좌회색)은 "왼쪽으로 치우쳤으며 어둡고 막히다"이다. "得此兩人"(득차양인)은 "이 두 사람을 얻다"이다. "大非容易"(대비용이)는 "쉬운 일이 아주 아니다"이다. "進乎此"(진호차)는 "이것이 더 나아가다"

이다. "則浴沂弄環矣"(즉욕기농환의)는 "곧 욕기(浴沂)이고 농환(弄環)이다"이다. "욕기"는 공자(孔子)가 기수(沂水)에서 목욕하고 기분 좋아한 것을 말한다. "농환"은 구슬을 던지고 받는 놀이이며, 《장자》(莊子)에 나온다.

"李白洲"(이백주)는 이명한(李明漢)이다. "哭谿谷詩曰"(곡계곡시왈)은 "계곡 영전에서 곡한 시에서 말하다"이다. "幷世誰爭長"(병세수쟁장)은 "같은 세대에 어느 누가 낫다고 겨루리"이다. "權時最得中"(권시최득중)은 "얼마 동안은 가장 적중함을 얻다"이다. "片言遺物則"(편언유물칙)은 "토막말에 사물의 원리를 남기다"이다. "萬里入神通"(만리입신통)은 "만 리나 신통한 경지에 들어서다"이다.

번역 선가(禪家)에 본지풍광(本地風光)·본래면목(本來面目)이라는 말이 있다. 이 비유가 가장 절실하다.

여기 풍악(楓岳)을 사랑하는 사람이 있어, 그림책을 널리 모으고 정밀한 고증을 보태 손바닥을 내저으며 말하면, 안팎의 봉우리와 골짜기가 역력해 들을 만하다. 그러나 흥인문(興仁門)을 한 걸음도 나간 적 없으면, 곧 본 것이 권리풍광(卷裡風光)·지상면목(紙上面目)이다. 다만 산을 보지 못한 사람과 더불어 하는 이야기이다. 만약 정양사(正陽寺) 주지를 만나면, 나서자 바로 패배한다.

만약 어떤 사람이 동해의 길 위에서부터 바깥 산 한 봉우리를 바라보면, 곧 비록 전체는 아니라도 또한 본 것이 진짜 산이 아니라고 할 수는 없다. 서화담(徐敬德)이 이와 가깝다.

또한 어떤 사람은 그림책으로 본 것은 마찬가지지만, 평소에 지혜로운 성품을 갖추어 능히 붉고 푸른 좁은 길을 식별하며, 문자의 맥락에서 지난날의 자취에 얽매이지 않고, 여러 사람의 주장에 현혹되지 않으면, 이따금 산중의 참다운 모습을 생각해내서 눈으로 보는 것 같다. 단발령 위에서 바라본 것은 아니라고 해도, 세상에 풍악을 정말로 본 사람이 없다면, 곧 선지식(善知識)이라고 추대할 만하다. 장유(張維)가 이렇다.

왼쪽으로 치우쳐 어둡고 막혔으면서, 이 두 사람을 얻은 것이 아주 쉬운 일이 아니다. 더 나아가면 곧 욕기(浴沂)이고 농환(弄環)이다.

이명한(李明漢)이 장유의 영전에서 곡한 시에서 말했다. "같은 세대에 어느 누가 낫다고 견주리오. 얼마 동안은 가장 적중함을 얻었도다. 토막 말에 사물의 원리를 남기고, 만리 신통한 경지에 들어섰다."

논의 본지풍광과 권리풍광을 구분하는 비유를 불교에서 가져와 호감을 은근히 나타내면서, 유학이 권리풍광에 머무르는 잘못을 시정하고 본지풍광으로 나아간 서경덕과 장유를 평가해야 한다고 했다. 이렇게 말하고 말면 알아차리기 어려우므로, 본지풍광이 무엇인지 금강산의 비유를 들어 실감나게 깨우쳐주었다.

권리풍광에 머무르는 것은 금강산에 가보지 않고 어떻다고 떠드는 짓이다. 금강산에 견준 진실과는 동떨어진 관념을 진부한 문자를 통해 이어받고 이구동성으로 받드는 것은 개탄할 만하다. 이렇게 바로 말하면 크게 반발할 사람들은 금강산 이야기를 하는 것으로 여기도록 했다. 알아도 되는 동지에게만 내밀한 생각을 전하는 수법을 사용했다.

금강산에 견준 진실을, 서경덕은 한 자락이라도 분명하게 보고, 장유는 간접적인 추론을 통해서나마 실상에 근접되게 상상했다고 했다. 철학사를 꿰뚫어보는 혜안이 있어 놀랄 만한 말을 했다. 누구나 신봉하는 정주학(程朱學)의 이기(理氣)이원론에서 벗어나, 서경덕은 기(氣)일원론이 진실임을 밝히기 시작하고, 장유는 심즉리(心則理)라는 양명학(陽明學)에 의거해 진실한 삶을 추구했다는 말이다.

두 선구자의 혁신을 나란히 평가하면서, 한계점도 아울러 지적했다.

서경덕은 기(氣)일원론 기초공사를 하는 데 그쳐, 금강산의 전모를 드러내는 것 같은 후속 작업이 반드시 필요했다. 장유가 양명학에 의거한 것은 대안이라고 하기는 어려운 방편에 지나지 않으므로 금강산을 직접 보려면 기일원론과 합류해야 했다. 후대에 해야 할 일까지 제시해 김만중의 혜안이 더욱 빛난다.

"왼쪽으로 치우쳐 어둡고 막혔으면서"라고 한 데서는 조선은 중국 왼쪽에 치우쳐 있어 식견이 어둡고 막혔다는 말로 정주학 일색인 학풍을 비판했다. 그런 상황을 타파하고 서경덕과 장유가 나선 것은 쉬운 일이 아니었음을 알아야 한다고 했다. "더 나아가면 곧 욕기(浴沂)이고 농환(弄環)이다"는 말은 두 사람이 이룬 경지에서 더 나아가면, 기수에서 목욕을 하듯이 상쾌하고, 구슬을 마음대로 던지고 받는 자유를 누리게 된다는 것이다. 진실을 말하는 사상의 자유를 직접 말하는 모험을 피하고 적절한 고사를 이용했다.

이명한의 시를 들어 장유에 대한 평가가 이루어지고 있는 것을 알렸다. 서경덕은 아직 어둠속에 묻혀 있었다. 서경덕의 토대 위에 임성주(任聖周)가 한 층, 최한기(崔漢綺)가 또 한 층 탑을 쌓아 금강산의 전모를 속속들이 파악한 것은 김만중 사후 한참 뒤의 일이다. 눈 어두운 사람들이 철학사를 더듬는 것을 밥벌이로 삼으면서 무엇이 어떻게 되었는지 아직도 모르고 있다.

원문에는 없는 제목을 내용에 맞게 붙였다.

원문 嘗偶折高梁之稈 剖其一節 中空而窺 上下不及節 大如藕孔 有蟲居之 長可
二黍 蠢然而動 猶有生意 余喟然嘆曰

"樂哉蟲哉 生於此間 長於此間 寄居於此間 衣食於此間 且老於此間也 則是
上節爲天 下節爲地 白而膚者爲食 靑而外者爲宮室 無日月風雨寒暑之變 無山
河城郭道路險夷之難 無耕作織紝烹割之辨 無禮樂文物之煥

彼不知人物龍虎鵬鯤之偉 故自足其身而不知爲眇焉 不知有宮室樓臺之侈 故
自足其居而不以爲搾焉 不知有文章錦繡奇毛彩羽之美   故自足其倮而不以爲恥
焉 不知有酒肉珍羞之旨 故自足其齧而不以爲餒焉 耳無聞 目無見 旣飽其白
有時乎鬱鬱而閒 則三轉其肚 至于上節而止焉 蓋亦一逍遙遊也 豈不恢恢然有餘
地哉 樂哉蟲哉"

此 古之至人之所學焉 而未至者也

읽기 嘗偶折高梁之稈(상우절고량지간)하여 剖其一節(부기일절)하니, 中空而窺
(중공이규)하고 上下不及節(상하불급절)함이 大如藕孔(대여우공)하더라. 有
蟲居之(유충거지)하니 長可二黍(장가이서)한 것이 蠢然而動(준연이동)하고
猶有生意(유유생의)하더라. 余喟然嘆曰(여위연탄왈)하도다.

"樂哉蟲哉(낙재충재)로다. 生於此間(생어차간)하고 長於此間(장어차간)
하며, 寄居於此間(기거어차간)하고 衣食於此間(의식어차간)하며 且老於此間
也(차로어차간야)하는구나. 則是(즉시)는 上節爲天(상절위천)하고 下節爲地
(하절위지)로다. 白而膚者爲食(백이부자위식)하고 靑而外者爲宮室(청이외자
위궁실)하도다. 無日月風雨寒暑之變(무일월풍우한서지변)하고, 無山河城郭道

路險夷之難(무산하성곽도로험이지난)하며, 無耕作織絍烹割之辨(무경작직임팽할지변)하고 無禮樂文物之煥(무예악문물지환)하도다.

彼不知人物龍虎鵬鯤之偉(피부지인물용호붕곤지위)하니 故自足其身而不知爲眇焉(고자족기신이부지위묘언)하도다. 不知有宮室樓臺之侈(부지유궁실루대지치)하니 故自足其居而不以爲搾焉(고자족기거이불이위착언)하도다. 不知有文章錦繡奇毛彩羽之美(부지유문장금수기모채우지미)하니 故自足其倮而不以爲恥焉(고자족기라이불이위치언)하도다. 不知有酒肉珍羞之旨(부지유주육진수지지)하니 故自足其齕而不以爲餒焉(고자족기설이불이위뇌언)이로다. 耳無聞(이무문)하고 目無見(목무견)하도다. 旣飽其白(기포기백)하고 有時乎鬱鬱而閟(유시호울울이한)이면 則三轉其肚(즉삼전기두)하여 至于上節而止焉(지우상절이지언)하니, 蓋亦一逍遙遊也(개역일소요유야)라. 豈不恢恢然有餘地哉(기불회회연유여지재)리오. 樂哉蟲哉(낙재충재)로다.”

此(차) 古之至人之所學焉(고지지인지소학언) 而未至者也(이미지자야)니라.

풀이 “嘗偶折高粱之稈”(상우절고량지간)은 “일찍이 우연히 수숫대를 꺾다”이다. “剖其一節”(부기일절)은 “그 한 마디를 쪼개다”이다. “中空而窺”(중공이규)는 “중간이 비어 들여다보이다”이다. “上下不及節”(상하불급절)은 “아래위 마디에는 이르지 못하다”이다. “大如藕孔”(대여우공)은 “크기가 연뿌리 구멍만 하다”이다. “有蟲居之”(유충거지)는 “거기 사는 벌레가 있다”이다. “長可二黍”(장가이서)는 “길이가 기장 두 알만하다”이다. “蠢然而動”(준연이동)은 “꿈틀거리고 움직이다”이다. “猶有生意”(유유생의)는 “삶의 의욕이 있는 듯하다”이다. “余喟然嘆曰”(여위연탄왈)은 “나는 탄식하며 말하다”이다.

“樂哉蟲哉”(낙재충재)는 “즐겁구나, 벌레여”이다. “生於此間”(생어차간)은 “이 사이에서 태어나다”이다. “長於此間”(장어차간)은 “이 사이에서 자라다”이다. “寄居於此間”(기거어차간)은 “이 사이에서 살다”이다. “衣食

於此間"(의식어차간)은 "이 사이에서 입고 먹다"이다. "且老於此間也"(차로어차간야)는 "또한 이 사이에서 늙는구나"이다. "則是"(즉시)는 "바로 이것"이다. "上節爲天"(상절위천)은 "위의 마디는 하늘이다"이다. "下節爲地"(하절위지)는 "아래 마디는 땅이다"이다. "白而膚者爲食"(백이부자위식)은 "흰 살은 먹거리이다"이다. "靑而外者爲宮室"(청이외자위궁실)은 "푸르름 밖의 것은 궁실이다"이다. "無日月風雨寒暑之變"(무일월풍우한서지변)은 "일월풍우한서의 변화가 없다"이다. "無山河城郭道路險夷之難"(무산하성곽도로험이지난)은 "산하·성곽·도로가 험난하고 평탄한 어려움이 없다"이다. "無耕作織紝烹割之辨"(무경작직임팽할지변)은 "밭 갈고 길쌈하고 조리하는 수고가 없다"이다. "無禮樂文物之煥"(무예악문물지환)은 "예악이나 문물의 빛남이 없다"이다.

"彼不知人物龍虎鵬鯤之偉"(피부지인물용호붕곤지위)는 "녀석은 인물·용호(龍虎)·붕곤(鵬鯤)의 위엄을 모르다"이다. 붕곤은 엄청나게 큰 새와 물고기이다. "故自足其身而不知爲眇焉"(고자족기신이부지위묘언)은 "그러므로 자기 몸으로 만족하고 곁눈질할 줄 모르다"이다. "不知有宮室樓臺之侈"(부지유궁실루대지치)는 "궁실이나 누대의 사치를 모르다"이다. "故自足其居而不以爲搾焉"(고자족기거이불이위착언)는 "그러므로 자기 거처를 만족스럽게 여기고 좁은 줄 모르다"이다. "不知有文章錦繡奇毛彩羽之美"(부지유문장금수기모채우지미)는 "문장·금수(錦繡)·기모(奇毛)·채우(彩羽)의 아름다움이 있는 줄 모르다"이다. 금수는 "비단에 놓은 수", 기모는 "기이한 털", 채우는 "광채 나는 깃털"이며, 모두 장식용구이다. "故自足其倮而不以爲恥焉"(고자족기라이불이위치언)은 "그러므로 벌거벗은 것을 스스로 만족스럽게 여기고 부끄럽게 여기지 않다"이다. "不知有酒肉珍羞之旨"(부지유주육진수지지)는 "술이나 고기, 맛있는 음식을 모르다"이다. "故自足其齧而不以爲餒焉"(고자족기설이불이위뇌언)은 "그러므로 깨무는 것을 스스로 만족스럽게 여기고 주린다고 여기지 않다"이다. "耳無聞"(이무문)은

"귀로 듣는 바 없다"이다. "目無見"(목무견)은 "눈으로 보는 바 없다"이다. "旣飽其白"(기포기백)은 "흰 것으로 배부르다"이다. "有時乎鬱鬱而閒"(유시호울울이한)은 "때때로 울적하고 한가하다"이다. "則三轉其肚"(즉삼전기두)는 "곧 그 몸뚱이를 세 번 굴리다"이다. "至于上節而止焉"(지우상절이지언)은 "위의 마디에 이르러 멈추다"이다. "蓋亦一逍遙遊也"(개역일소요유야)는 "대개 또한 한 번의 소요유(逍遙遊)이다"이다. 소요유는 장자(莊子)가 무한한 자유를 누리는 거대한 나들이라고 한 것이다. "豈不恢恢然有餘地哉"(기불회회연유여지재)는 "어찌 넓고 넓어 여유가 있는 공간이라고 하지 않겠는가"이다. "樂哉蟲哉"(낙재충재)는 "즐겁구나 벌레여"이다.

"此"(차)는 "이것"이다. "古之至人之所學焉"(고지지인지소학언)은 "옛적 지인(至人)이 배운 바이다"이다. "지인"(至人)은 "지극히 슬기로운 사람"이다. "而未至者也"(이미지자야)는 "그러나 이르지 못한 바이다"이다.

번역 일찍이 수숫대를 꺾고, 그 한 마디를 쪼개니, 중간이 비어 들여다보이는 것이 위와 아래 마디에는 이르지 못하고, 크기가 연뿌리 구멍만 했다. 거기 사는 벌레가 있는데, 길이가 기장 두 알 만하다. 꿈틀거리고 움직이며, 삶의 의욕이 있는 듯하다. 나는 탄식하며 말한다.

"즐겁구나, 벌레여. 이 사이에서 태어나고, 이 사이에서 자라고, 이 사이에서 살고, 이 사이에서 입고 먹고, 또한 이 사이에서 늙는구나. 바로 이것 위의 마디는 하늘이고, 아래 마디는 땅이로구나. 흰 살은 먹거리이고, 푸른 빛 외곽은 궁실이다. 일월·풍우·한서의 변화가 없다. 산하·성곽·도로가 험난하고 평탄한 어려움도 없다. 밭 갈고 길쌈하고 조리하는 수고도 없다. 예악이나 문무(文武)의 빛남도 없다.

녀석은 인물·용호(龍虎)·붕곤(鵬鯤)의 위엄을 알지 못하니, 자기 몸으로 만족하고 곁눈질할 줄 모른다. 궁실이나 누대의 사치를 알지 못하니, 자기 거처를 만족스럽게 여기고 좁은 줄 모른다. 문장·금수(錦繡)·기모

(毳毛)·채우(彩羽)의 아름다움이 있는 줄 알지 못하므로, 벌거벗은 것을 스스로 만족스럽게 여기고 부끄럽게 여기지 않는다. 술이나 고기, 맛있는 음식을 알지 못하니, 깨무는 것을 스스로 만족스럽게 여기고 주린다고 여기지 않는다. 귀로 듣는 바 없고, 눈으로 보는 바 없다. 흰 것으로 배를 불리다가, 때때로 울적하고 한가하면 몸뚱이를 세 번 굴리다가 위의 마디에 이르려 멈춘다. 이것 또한 한 번의 소요유(逍遙遊)이다. 어찌 넓고 넓어 여유가 있는 공간이라고 하지 않겠는가. 즐겁구나, 벌레여."

이것은 옛적 지인(至人)이라도 배우기나 하고 실행하지는 못한 경지이다.

논의 처음에는 수숫대 속 구멍에 사는 작은 벌레를 우연히 발견하고 관심을 가졌다. 그런 것은 무시해야 한다고 하지 않고 자세하게 관찰했다. 어떻게 살아가는지 이해하려고 했다. 벌레는 벌레의 삶을 사는 것이 당연하다고 했다.

그다음에는 그 벌레를 사람과 대등한 위치에 두고 견주어보았다. 벌레는 작은 공간에서 한정된 삶을 누리지만, 사람처럼 허식에 매이지 않고, 차등이 없으며, 구속을 만들어내지 않으며, 더 바라는 것이 없으니, 자유롭고 즐겁기만 하다고 했다. 벌레는 모든 동물 가운데 가장 저열하다고 여기는 선입견을 버리고, 사람이 만물 가운데 으뜸이라는 관념에서 벗어나야 한다고 암시했다.

끝으로, 그 벌레는 사람보다 더 위대하다고 했다. 벌레가 몸뚱이를 굴리며 노는 것이 무한한 자유를 누리는 거대한 나들이, 장자(莊子)가 말한 소요유(逍遙遊)의 실상이라고 했다. 공간이 좁고 넓은 것은 문제가 되지 않는다고 했다. 장자 같은 지인(至人)이라도 알기만 하고 실행하지는 못한 경지에 벌레는 이르렀다고 했다.

미세한 것까지 살피는 관찰력이 대단하다. 작은 벌레라도 그 나름대로의 삶을 누리고 있으므로 사람의 척도로 평가해 멸시하는 말아야 한다는 경고가 충격을 준다. 작고 크고, 못나고 잘난 것은 상대적이며, 역전될 수 있는 원리를 제시한 공적이 있다.

崔漢綺, 〈除祛不通〉(제거불통), 《神氣通》 권3
최한기, 〈불통 제거〉

원문 不通乎人之事者 必誇伐己之事 而非毁人之事 不通乎人家之事者 必讚揚己家之事 而誹訕人家之事 不通乎他國之事者 必稱譽本國之事 而鄙訾他國之事 不通乎他敎法者 必尊大其敎 而攘斥他敎

不通之弊 尤有甚焉 屬於己者 縱有過不及之差誤 言之者 必聲討之 屬於彼者 雖有善利得中之端 取用者 必唾罵之 是自狹自戕也 縱得一時之乘勢 頗有徒黨之護傳 烏能致遠哉

欲醫此病 掃除習染 廓然大公 多聞多見 取諸人以爲善 通物我而得其常 則我與人相參 而人道立焉 人我之家相和 而善俗成焉 大小遠近之國 相守其宜 禮讓興焉 從倫常而立法 因人情而設敎 法敎修明 貴生活 而不貴死朽 事物取捨 在利害 而不在彼此 是爲變通之術

人家國敎 指事而言 雖有多寡大小之分 漸次通之 其實一也

읽기 不通乎人之事者(불통호인지사자)는 必誇伐己之事(필과벌기지사)하고 而非毁人之事(이비훼인지사)하니라. 不通乎人家之事者(불통호인가지사자)는 必讚揚己家之事(필찬양기가지사)하고 而誹訕人家之事(이비산인가지사)하니라. 不通乎他國之事者(불통호타국지사자)는 必稱譽本國之事(필칭예본국지사)하고 而

鄙訾他國之事(이비자타국지사)하니라. 不通乎他教法者(불통호타교법자)는 必尊大其教(필존대기교)하고 而攘斥他教(이양척타교)하니라.

不通之弊(불통지폐)가 尤有甚焉(우유심언)이면 屬於己者(속어기자)는 縱有過不及之差誤(종유과불급지차오)라도, 言之者(언지자)를 必聲討之(필성토지)하니라. 屬於彼者(속어피자)는 雖有善利得中之端(수유선리득중지단)이라도 取用者(취용자)를 必唾罵之(필타매지)하니라. 是自狹自戕也(시자협자장야)하니라. 縱得一時之乘勢(종득일시지승세)하고, 頗有徒黨之護傳(파유도당지호전)이라도 烏能致遠哉(오능치원재)리오.

欲醫此病(욕의차병)이려면 掃除習染(소제습염)하고 廓然大公(확연대공)하고 多聞多見(다문다견)하라. 取諸人以爲善(취제인이위선)하고, 通物我而得其常(통물아이득기상)하면, 則(즉) 我與人相參(아여인상참)하여 而人道立焉(이인도립언)하리라. 人我之家相和(인아지가상화)하여 而善俗成焉(이선속성언)하리라. 大小遠近之國(대소원근지국) 相守其宜(상수기의)하여 禮讓興焉(예양흥언)하리라. 從倫常而立法(종윤상이입법)하여 因人情而設敎(인인정이설교)하고 法教修明(법교수명)하리라. 貴生活(귀생활)하고 而不貴死朽(이불귀사후)하리라. 事物取捨(사물취사)가 在利害(재이해)하고 而不在彼此(이부재피차)하리라. 是爲變通之術(시위변통지술)이라.

人家國教(인가국교)는 指事而言(지사이언)이니, 雖有多寡大小之分(수유다과대소지분)이나 漸次通之(점차통지)면 其實一也(기실일야)니라.

풀이 "不通乎人之事者"(불통호인지사자)는 "사람의 일에 통하지 않는 자"이다, "必誇伐己之事"(필과벌기지사)는 "반드시 자기의 일만 뽐내고 자랑하다"이다. "而非毀人之事"(이비훼인지사)는 "다른 사람의 일은 비방하고 훼손하다"이다. "不通乎人家之事者"(불통호인가지사자)는 "다른 집안의 일에 통하지 않는 자"이다. "必讚揚己家之事"(필찬양기가지사)는 "반드시 자기 집안의 일만 기리고 추키다"이다. "而誹訕人家之事"(이비산인가지사)는 "다른 집안의 일은 헐뜯고 나무란다"이다. "不通乎他國之事者"(불통호타국지사자)는 "다른 나랏일에 통하지 않는 자"이다. "必稱譽本國之事"(필칭예본국지사)는 "반드시 본국의 일만 칭찬하고 자랑스럽다고 하다"이다. "而鄙訾他國之事"(이비자타국지사)는 "타국의 일은 깔보고 싫어하다"이다. "不通乎他敎法者"(불통호타교법자)는 "다른 종교의 교리에 통하지 않은 자"이다. "必尊大其敎"(필존대기교)는 "반드시 자기 종교만 높이며 대단하게 여기다"이다. "而攘斥他敎"(이양척타교)는 "다른 종교는 물리치고 배척하다"이다.

"不通之弊"(불통지폐)는 "불통하는 폐단"이다. "尤有甚焉"(우유심언)은 "아주 심해지다"이다. "屬於己者"(속어기자)는 "자기에게 속한 것"이다. "縱有過不及之差誤"(종유과불급지차오)는 "비록 지나치고 모자라는 차질이나 잘못이 있다"이다. "言之者"(언지자)는 "이것을 말하는 사람"이다. "必聲討之"(필성토지)는 "반드시 이를 성토하다"이다. "屬於彼者"(속어피자)는 "상대방에게 속한 것"이다. "雖有善利得中之端"(수유선리득중지단)은 "착하고 이로우며 적중한 경지에 이른 단서가 있더라도"이다. "取用者"(취용자)는 "취해서 사용하는 사람"이다. "必唾罵之"(필타매지)는 "반드시 침 뱉고 꾸짖다"이다. "是自狹自戕也"(시자협자장야)는 "이는 자기를 협소하게 하고 자기를 죽이는 짓이다"이다. "縱得一時之乘勢"(종득일시지승세)는 "비록 한때 상승하는 세력을 얻다"이다. "頗有徒黨之護傳"(파유도당지호전)은 "상당한 정도로 자기 도당이 보호하고 선전하다"이다. "烏能致遠哉"(오능치원재)는 "어찌 멀리 이를 수 있겠는가"이다.

"欲醫此病"(욕의차병)은 "이 병을 고치려고 하다"이다. "掃除習染"(소제습염)은 "깊이 감염된 것을 쓸어내다"이다. "廓然大公"(확연대공)은 "넓고 크게 공평하다"이다. "多聞多見"(다문다견)은 "많이 듣고 많이 보다"이다. "取諸人以爲善"(취제인이위선)은 "여러 사람이 잘하는 것을 취하다"이다. "通物我而得其常"(통물아이득기상)은 "물(物)과 내가 통하는 마땅함을 얻다"이다. "則"(즉)은 "곧"이다. "我與人相參"(아여인상참)은 "나와 타인이 서로 받아들이다"이다. "而人道立焉"(이인도립언)은 "사람의 도리가 이룩되다"이다. "人我之家相和"(인아지가상화)는 "다른 집과 나의 집이 서로 화목하다"이다. "而善俗成焉"(이선속성언)은 "선한 풍속이 형성되다"이다. "大小遠近之國"(대소원근지국)은 "크고 작고 멀고 가까운 나라"이다. "相守其宜"(상수기의)는 "마땅함을 지키다"이다. "禮讓興焉"(예양흥언)은 "예의와 양보가 생겨나다"이다. "從倫常而立法"(종윤상이입법)은 "윤리에 따라 법률이 이루어지다"이다. "因人情而設教"(인인정이설교)는 "인정에 맞게 교육을 하다"이다. "法教修明"(법교수명)는 "법률과 교육이 밝게 정비되다"이다. "貴生活"(귀생활)은 "삶을 소중하게 여기다"이다. "而不貴死朽"(이불귀사후)는 "죽음을 소중하게 여기지 않는다"이다. "事物取捨"(사물취사)는 "사물을 취하고 버리다"이다. "在利害"(재이해)는 "이롭고 해로움에 있다"이다. "而不在彼此"(이부재피차)는 "이쪽이냐 저쪽이냐에 있지 않다"이다. "是爲變通之術"(시위변통지술)은 "이것이 변하고 통하는 방법이 되다"이다.

"人家國教"(인가국교)는 "사람·집안·나라·종교"이다. "指事而言"(지사이언)은 "사항을 지목해 하는 말이다"이다. "雖有多寡大小之分"(수유다과대소지분)은 "비록 많고 적고 크고 작은 구분이 있다"이다. "漸次通之"(점차통지)는 "이들과 점차 통하다"이다. "其實一也"(기실일야)는 "그 실상은 하나이다"이다.

번역 사람의 일에 통하지 않는 자는 반드시 자기의 일만 뽐내고 자랑하며, 타인의 일은 비방하고 훼손한다. 집안의 일에 통하지 않는 자는 반드시 자기 집의 일만 기리고 추키며, 다른 집의 일은 헐뜯고 나무란다. 나라 일에 통하지 않는 자는 반드시 본국의 일만 칭찬하고 자랑스럽다고 하며, 타국의 일은 깔보고 싫어한다. 다른 종교의 교리에 통하지 않은 자는 반드시 자기 종교만 높이고 대단하게 여기며, 다른 종교는 물리치고 배척한다.

불통하는 폐단이 아주 심해지면, 자기에게 속한 것은 비록 지나치고 모자라는 차질이나 잘못이 있어도, 이것을 말하는 사람을 반드시 성토한다. 상대방에게 속한 것에 착하고 이로우며 적중한 경지에 이른 단서가 있어도, 취해서 사용하는 사람을 반드시 침 뱉고 꾸짖는다. 이것은 자기를 협소하게 하고 자기를 죽이는 짓이다. 비록 한때 상승하는 세력을 얻고, 상당한 정도로 자기 도당이 보호하고 선전해도, 어찌 멀리까지 이를 수 있겠는가.

이 병을 고치려고 하면, 깊이 감염된 것을 쓸어내고, 넓고 크게 공평해져서 많이 듣고 많이 보아, 여러 사람이 잘하는 것을 취해야 한다. 물과 내가 통하는 마땅함을 얻으면 나와 타인이 서로 받아들여, 사람의 도리가 이룩된다. 다른 집안과 나의 집안이 서로 화목해 선한 풍속이 형성된다. 크고 작고 멀고 가까운 나라들이 마땅함을 지키면, 예의와 양보가 생겨나고, 윤리에 따라 법률이 이루어진다. 인정에 맞게 교육을 하면, 법률과 교육이 밝게 정비된다. 삶을 소중하게 여기고, 죽음은 소중하게 여기지 않는다. 사물을 취하고 버리는 것이 이로운가 해로운가에 있고, 이쪽이냐 저쪽이냐에 있지 않다. 이것이 변하고 통하는 방법이 된다.

사람·집안·나라·종교라고 한 것은 특정 사항을 지목해 하는 말이다. 비록 많고 적고 크고 작은 구분이 있으나, 점차 통하면 그 실상이 하나이다.

논의 최한기의 견해를 이어받고 발전시켜 지금 절실하게 필요한 소통론을 정립하기로 한다. 최한기가 '통'이라고 한 것은 '소통'이라고 한다. 소통과 불통을 대등한 위치에 놓고, 여러 차원에서 고찰한다. 물려받은 유산을 적극 활용해 고금학문 합동작전의 좋은 본보기를 보이기로 한다.

오늘날 정치나 사회의 문제를 해결하기 위해 소통의 의의를 강조한다. 이것은 전적으로 타당하지만, 시야를 넓혀 그 근거가 되는 원론을 갖추어야 한다. 소통이 좋은 것을 경험해보고 알았다고 하는 수준의 속류 임기응변을 넘어서서, 소통론의 철학을 갖추면 생극론을 보완할 수 있다.

소통과 불통은 천지만물의 존재 양상이다. 소통은 상생을, 불통은 상극을 빚어낸다. 소통이 불통이고 불통이 소통이어서 상생이 상극이고 상극이 상생이다. 소통과 불통은 선과 악, 행운과 불운이기도 하다. 소통이 불통이어서 생기는 불운이 불통이 소통으로 전환되면 해결된다. 이에 관한 논의는 최한기가 하지 않았으므로 보충한다.

소통은 구분을 넘어서는 행위이다. 구분을 크게 넘어서면 소통의 범위가 확대된다. 사람·집안·나라·종교가 모두 하나라고 하면 커다란 소통이 이루어진다. 사람·집안·나라·종교에서도 각기 피차를 넘어서는 소통을 해야 한다. 소통을 거부하고 구분을 일삼아, 자기, 자기 집안, 자기 나라, 자기 종교만 소중하게 여기는 것은 잘못이므로 고치려고 노력해야 한다.

불통이 잘못인 이유는 상극을 빚어내 괴롭기 때문만은 아니다. 인식과 행동의 범위를 좁혀 자멸하는 것도 알아야 한다. 다른 사람들과 불통해 불화하지 말고 소통해서 화합해야 한다. 자기만 잘났다고 하지 말고 타인을 이해하고 배려해야 한다. 남의 손해는 곧 나의 이익이라고 여기지 말고 커다란 이익을 함께 얻어야 한다.

지금 갖가지 불통이 심각한 지경에 이르러 인류를 불행하게 하고 세계사의 장래를 어둡게 하고 있다. 소통의 범위를 넓혀 세계 평화를 이룩하는 데 힘써야 한다. 이것은 더 큰 소통의 일부여야 한다. 사람만 대단하다고 여기지 말고 다른 생명체와 공생하고, 자연환경을 존중해야 인류는 평안을 누릴 수 있다. 우주적인 범위의 소통에 나를 잊고 동참하는 것이 최대의 소망이다.

丁若鏞, 〈沙村書室記〉(사촌서실기),《茶山詩文集》권13
정약용, 〈궁벽한 곳의 서당〉

원문 蠶之家有數箔 大者廣輪終室 其小者四分室之一 或井其室而占其一 有箔焉
以之安於筹 恢恢乎其有餘地也 過而視之者 視其大 莫不豔慕 視其安於筹者
莫不瞋然一哂

　然 使賢婦人得沃葉 飼之以法 至其三眠三起而熟 吐絲爲繭 繅繭爲縷 小箔
之蠶 無以異乎大箔之蠶也

　嗟乎 豈唯蠶爲然 世界皆箔也 天之布民於諸島 猶蠶婦之布蠶於諸箔也 吾人
以島爲箔 其大者爲赤縣大夏 其小者爲日本爲流求 甚者爲楸子黑山紅衣可佳之
屬 過而視之者 其豔大而哂小也如箔

　然 苟有博學君子 多蓄古典籍 敎之以法 及其離經辨志 敬業樂羣 因之爲聖
爲賢 爲文章爲經世之學 小島之民 無以異乎大島之民也

　余兄巽菴先生 謫居黑山之七年 有童子五六人 從而學書史 旣而構艸屋數間
榜之曰沙村書室 詔余爲之記 遂設蠶箔喻以告之

읽기 蠶之家有數箔(잠지가유수박)하니 大者廣輪終室(대자광륜종실)하고 其小
者四分室之一(기소자사분실지일)하며 或井其室而占其一(혹정기실이점기일)이
니라. 有箔焉以之安於筹(유박언이지안어변)하여 恢恢乎其有餘地也(회회호기
유여지야)이니라. 過而視之者(과이시지자)가 視其大(시기대)하고 莫不豔慕
(막불염모)하고, 視其安於筹者(시기안어변자)하고 莫不瞋然一哂(막불진연일

신)하니라.

然(연) 使賢婦人得沃葉(사현부인득옥엽)하여 飼之以法(사지이법)하면 至其三眠三起而熟(지기삼면삼기이숙)하여 吐絲爲繭(토사위견)하고 繅繭爲縷(소견위루)하니라. 小箔之蠶(소박지잠)이 無以異乎大箔之蠶也(무이이호대박지잠야)하니라.

嗟乎(차호)라 豈唯蠶爲然(기유잠위연)이리오, 世界皆箔也(세계개박야)이니라. 天之布民於諸島(천지포민어제도)가 猶蠶婦之布蠶於諸箔也(유잠부지포잠어제박야)하여 吾人以島爲箔(오인이도위박)이니라. 其大者爲赤縣大夏(기대자위적현대하)하고 其小者爲日本爲流求(기소자위일본위유구)하며 甚者爲楸子黑山紅衣可佳之屬(심자위추자흑산홍의가가지속)하니라. 過而視之者(과이시지자)가 其豔大而哂小也如箔(기염대이신소야여박)하니라.

然(연) 苟有博學君子(구유박학군자)가 多蓄古典籍(다축고전적)하고 教之以法(교지이법)하며 及其離經辨志(급기이경판지)하고 敬業樂羣(경업락군)하면 因之爲聖爲賢(인지위성위현) 爲文章爲經世之學(위문위경세지학)하니라. 小島之民(소도지민)이 無以異乎大島之民也(무이이호대도지민야)하니라.

余兄巽菴先生(여형손암선생)이 謫居黑山之七年(적거흑산지칠년)할새 有童子五六人(유동자오륙인)이 從而學書史(종이학서사)하니라. 旣而構艸屋數間(기이구초옥수간)하고 榜之曰沙村書室(방지왈사촌서실)하여 詔余爲之記(조여위지기)하니 遂設蠶箔喻以告之(수설잠박작유이고지)하노라.

풀이 "蠶之家有數箔"(잠지가유수박)은 "누에치는 집에 몇 가지 채반이 있다"이다. "大者廣輪終室"(대자광륜종실)은 "큰 것은 넓어 방 끝까지 가다"이다. "其小者四分室之一"(기소자사분실지일)은 "작은 것은 그 사분의 일이다"이다. "或井其室而占其一"(혹정기실이점기일)은 "방을 아홉 등분으로 나누어 하나씩 이용하기도 하다"이다. "有箔焉以之安於窄"(유박언이지안어착)은 "채반이 있으면 좁은 곳에서도 편안하다"이다. "恢恢乎其有餘地也"

(회회호기유여지야)는 "즐거움을 누리면서 여유가 있다"이다. "過而視之者"
(과이시지자)는 "지나가면서 그것을 보는 사람"이다. "視其大"(시기대)는
"그 큰 것을 보다"이다. "莫不豔慕"(막불염모)는 "부러워하지 않음이 없
다"이다. "視其安於筭者"(시기안어변자)는 "좁은 데서 편안하게 지내는 것
을 보다"이다. "莫不嚬然一哂"(막불진연일신)은 "웃지 않음이 없다"이다.

"然"(연)은 "그러나"이다. "使賢婦人得沃葉"(사현부인득옥엽)은 "현부인
이 기름진 잎을 얻도록 하다"이다. "飼之以法"(사지이법)은 "그것을 법도
대로 사육하다"이다. "至其三眠三起而熟"(지기삼면삼기이숙)은 "세 번 자
고 세 번 일어나면서 자라나다"이다. "吐絲爲繭"(토사위견)은 "실을 토해
고치를 만들다"이다. "繅繭爲縷"(소견위루)는 "고치에서 실을 뽑다"이다.
"小箔之蠶"(소박지잠)은 "작은 채반의 누에"이다. "無以異乎大箔之蠶也"(무
이이호대박지잠야)는 "큰 채반의 누에와 다르지 않다"이다.

"嗟乎"(차호)는 감탄하는 말이다. "豈唯蠶爲然"(기유잠위연)은 "어찌 누
에만 이렇겠는가"이다. "世界皆箔也"(세계개박야)는 "세계는 모두 채반이
다"이다. "天之布民於諸島"(천지포민어제도)는 "하늘이 사람들을 여러 섬
에 늘어놓다"이다. "猶蠶婦之布蠶於諸箔也"(유잠부지포잠어제박야)는 "부인
이 누에를 여러 채반에 늘어놓은 것과 같다"이다. "吾人以島爲箔"(오인이
도위박)은 "우리 사람은 섬을 채반으로 삼다"이다. "其大者爲赤縣大夏"(기
대자위적현대하)는 "그 큰 것은 중국이나 대하(大夏)가 되다"이다. "赤縣"
은 중국의 옛 이름이다. "大夏"는 중국인이 폄하해 "西夏"(서하)라고 한
나라를 본 이름이다. "其小者爲日本爲流求"(기소자위일본위유구)는 "그 작
은 것은 일본도 되고 유구도 되다"이다. "琉球"를 "流求"라고 표기했다.
"甚者爲楸子黑山紅衣可佳之屬"(심자위추자흑산홍의가가지속)은 "심한 것은
추자·흑산·홍의·가가 따위"이다. 넷 다 남해에 있는 섬이다. "過而視之
者"(과이시지자)는 "지나가면서 보는 사람"이다. "其豔大而哂小也如箔"(기
염대이신소야여박)은 "큰 것을 부러워하고 작은 것을 웃는 것이 채반의

경우와 같다"이다.

"然"(연)은 "그러나"이다. "苟有博學君子"(구유박학군자)는 "만약 박학한 군자가 있다면"이다. "多蓄古典籍"(다축고전적)은 "옛적 전적을 많이 비축하다"이다. "敎之以法"(교지이법)은 "그것을 법도대로 가르치다"이다. "及其離經辨志"(급기이경판지)는 "마침내 경전을 독파해 뜻을 안다"이다. "敬業樂羣"(경업락군)은 "열심히 공부하며 무리와 함께 즐거워하다"이다. "離經辨志 敬業樂羣"은 《예기》(禮記)에서 가져온 말이다. "因之爲聖爲賢"(인지위성위현)은 "이로 말미암아 성현이 되다"이다. "爲文章爲經世之學"(위문위경세지학)은 "문장과 경세의 학문을 하게 되다"이다. "小島之民"(소도지민)은 "작은 섬의 백성"이다. "無以異乎大島之民也"(무이이호대도지민야)는 "큰 섬의 사람과 다를 바 없다"이다.

"余兄巽菴先生"(여형손암선생)은 "내 형님 손암선생"이다. "謫居黑山之七年"(적거흑산지칠년)은 "흑산도에 유배된 지 칠 년이다"이다. "有童子五六人"(유동자오륙인)은 "어린 아이 대여섯이 있다"이다. "從而學書史"(종이학서사)는 "따르면서 경서와 역사를 배우다"이다. "旣而構艸屋數間"(기이구초옥수간)은 "이미 초가 몇 칸을 지었다"이다. "傍之曰沙村書室"(방지왈사촌서실)은 "사촌서당이라고 써서 붙이다"이다. "詔余爲之記"(조여위지기)는 "내게 기문을 지으라고 분부하다"이다. "遂設蠶箔喻以告之"(수설잠박유이고지)는 "이에 누에 채반의 비유를 들어 아뢰다"이다.

번역 누에치는 집에 채반이 몇 가지 있다. 큰 것은 넓어 방 끝까지 가고, 작은 것은 그 사분의 일이며, 아홉 등분으로 나누어 하나씩 이용하게 하기도 한다. 누에는 채반이 있으면 좁은 곳에서도 편안하고, 즐거움을 누리면서 여유가 있다. 지나가면서 보는 사람은 그 큰 것을 보고 부러워하지 않음이 없으며, 좁은 데서 편안하게 지내는 것을 보고는 웃지 않음이 없다.

그러나 현부인(賢婦人)이 기름진 잎을 얻도록 해서 법도대로 사육하면, 누에는 세 번 자고 세 번 일어나면서 자라나 실을 토해 고치를 만든다. 고치에서 실을 뽑는다. 작은 채반의 누에가 큰 채반의 누에와 다르지 않다.

아아, 어찌 누에만 이렇겠는가? 세계는 모두 채반이다. 하늘이 사람들을 여러 섬에 살게 한 것이 부인이 누에를 여러 채반에 늘어놓은 것과 같다. 우리 사람은 섬을 채반으로 삼는다. 그 큰 것은 중국(赤縣)이나 대하(大夏), 그 작은 것은 일본도 되고 유구도 된다. 심한 것은 추자·흑산·홍의·가가도 따위이다. 지나가면서 보는 사람은 큰 것을 부러워하고, 작은 것을 웃는 것이 채반의 경우와 같다.

그러나 박학한 군자가 있으면, 옛적 전적을 많이 마음에 비축해 법도대로 가르치고, 마침내 경전을 독파해 뜻을 알게 하고, 열심히 공부하며 무리와 함께 즐거워하게 된다. 그래서 성현이 될 수 있는 문장과 경세의 학문을 하는 것이 작은 섬의 백성이나 큰 섬의 사람이나 다를 바 없다.

내 형님 손암(巽菴, 丁若銓)선생은 흑산도에 유배된 지 칠 년이다. 어린아이 대여섯이 있어, 따르면서 경서와 역사를 배운다. 초가 몇 칸을 짓고, 사촌서당이라고 써서 붙였다. 내게 기문을 지으라고 분부하므로, 이에 누에 채반의 비유를 들어 아뢴다.

▣논의 이 글은 보충 설명이 필요하다. 주장한 바가 단순하지 않아 깊이 있는 검토가 지은이 정약용이 대학자라는 위세에 눌러 평가를 잘못할 염려가 있다. 문제점을 지적하고 대안을 제시하지 않으면 글을 읽은 보람이 없다. 이런 이유가 겹쳐 논의가 길어지는 것을 양해하기 바란다.

정약전과 정약용 형제는 1801년(순조 1)에 천주교 신도라는 이유로 박해를 당했다. 정약용은 장기(長鬐)를 거쳐 강진(康津)에 유배되었다. 정약전은 신지도(薪智島)를 거쳐 흑산도(黑山島)로 가야 하는 신세가 되었다. 형은 흑산도에서 그곳 아이들 교육에 힘쓰는 열성을 보여주었다. 아이들을 가르치는 서당을 위한 기(記)를 지어달라고 해서, 아우가 이 글을 썼다.

서당을 만들어 교육을 하는 것을 축하했다. 흑산도 아이들이 좋은 스승을 만나 한문을 익히고 경전 공부를 하는 것은 아주 좋은 일이라고 했다. 열심히 공부하면 누구나 성현을 따르는 문장을 쓰고, 나라를 다스리는 학문을 할 수 있으니 희망을 가져야 한다고 했다. 이 말은 나중에 했으나 먼저 들 필요가 있다.

흑산도 같은 섬에 산다고 한탄할 것 없다고 했다. 사람은 크고 작은 곳 어디 살든지 다 같은 사람이라고 했다. 말을 거창하게 해서, 중국이나 대하(大夏, 중국에서 西夏라고 해온 나라) 같은 큰 나라, 일본이나 유구 같은 작은 나라, 추자·흑산·홍의·가가도 같은 궁벽한 섬은 각기 다르지만, 살고 있는 곳의 크기가 사람의 등급을 결정하는 것은 아니라고 하면서, 좌절감이나 열등의식을 가지지 말아야 한다고 일렀다.

앞의 말은 유학에서 늘 해오던 것이다. 유학의 학식을 얼마나 갖추고 도의를 어느 정도 실행하는가에 따라서 군자와 소인이 구분된다. 차등이 있는 것을 불만으로 삼지 말고 당연하다고 여기면서, 소인에 머무르지 않고 군자가 될 수 있도록 공부를 열심히 해야 한다. 이렇게 훈계하면서 유학 교육을 실시해 반발할 수 없게 했다. 형이 흑산도에서 그렇게 한 것이 훌륭하다고 아우가 찬양했다.

뒤의 말은 궁벽한 섬에 사는 사람들을 위로하려고 한 것이 아니고, 그 이상의 심각한 내용이 있다. 중국 같은 큰 나라에서 시작해 작은 섬들까지 들고, 그 가운데 어디 살든지 사람은 다 같은 사람이라고 했다. 납득할 수 없는 말을 납득할 수 있게 하려고 다른 말을 더 했다. 현부인이라는 분이 돌보고 있는 누에는 크고 작은 채반 어디 누워 있어도 다를 바 없다고 했다. 현부인이 누에를 크고 작은 채반에 나누어 놓았듯이, 사람을 각기 다른 나라에 살도록 한 어느 누가 있는 줄 알도록 했다.

앞뒤의 말이 다 사람은 평등하다는 평등론이다. 앞의 말은 전통적인 평등론이고, 뒤의 말은 새로운 평등론이다. 전통적인 평등론은 설득력이 모자라는 것을 알고, 새로운 평등론을 제시해 신념으로 삼도록 했다. 새로운 평등론은 무엇인지 자세하게 고찰할 필요가 있다.

전통적인 평등론은 너무 단순하다. 열심히 공부를 하면 성현을 따를 수 있다는 말로 차등을 합리화한다. 흑산도 아이들이 성현의 글을 어떻게 얼마나 공부하면 군자의 경지에 어느 정도 이를 것인가? 기대하지 않아야 하는 것이 실정에 맞다. 공부를 조금 하다가 그만두고는 소인임을 한탄하면서 성현을 따르는 저 먼 곳의 군자를 동경하고 숭앙하기나 할 것이다. 이 정도의 분별력을 가지게 하는 데서 교육이 끝난다. 어설픈 평등론으로 차등론을 더욱 굳건하게 한다.

그런 허점을 메우려고 새로운 평등론을 밖에서 가져왔다. 현부인이 누에를 친다는 것은 하느님이 인간 세상을 다스린다는 말의 우회적인 표현이다. 박해를 받고 있는 이유가 되는 천주교 신앙이 모함이 아닌 비밀을 누설하지 않도록 최대한 조심해야 할 형편이어도, 할 말은 했다. 하느님이 모든 사람을 평등하게 여기고 돌보므로, 사는 곳이 크고 작은 것이 차등의 이유가 될 수 없다고 했다.

이 말은 엄연히 존재하는 차등을 말로만 부정해, 문제가 될 것이 없다고 오해하도록 한다. 오해가 아니라면 절대자 하느님이 현실에 개입해야 하는데, 아무리 요청해도 응답이 없다. 차선책은 절대자에게서 절대적인 권력을 받았다고 주장하는 사람들의 도움을 받는 것이다. 그런 무리가 쳐들어와 나라를 차지하고 기독교를 믿도록 하면 평등이 실현되리라고 여겼다. 이것은 심한 착각이어서, 식민지 통치를 받는 차등이 추가된다. 평등의 환상을 극단적인 방법으로 실현하려고 하다가 차등을 겹겹으로 강화하는 결과에 이른다.

앞뒤에서 말한 신구의 평등론은 모두 무력하고 잘못되었다. 평등론의 잘못을 이렇게까지 극명하게 나타내는 사례를 더 찾아보기 어렵다. 평등론의 잘못을 대등론으로 바로잡아야 한다는 것도 반론의 여지가 없이 입증한다. 나는 이 글을 읽고 평등론을 버리고 대등론을 이룩해야 한다고 깊이 깨달았다.

천대받고 있는 외딴 섬 흑산도의 아이들은 불리한 처지를 분발의 계기로 삼고 세상을 다시 볼 수 있다. 망망대해를 휘젓고 다니면서 어업에 종사해 축적한 체험 덕분에 한문 공부에서 기대하는 그 무엇보다 소중한 것을 알 수 있다. 독서에서 얻는 학식은 현실과 동떨어지게 마련이고, 생산에 참여해 획득한 각성이라야 진정으로 가치 있는 창조력을 발휘하는 것을 깨달을 수 있다. 차등을 대등으로 대치하는 방향으로 역사의 거대한 전환이 진행되고 있는 것까지 감지할 수 있다.

지식 전달의 선생이 체험 각성에서는 학생인 역전이 일어났다. 정약전은 흑산도 어부들을 스승으로 삼고 해양생물 조사보고서 《자산어보》(玆山魚譜)를 저술했다. 오랜 기간에 걸친 고기잡이를 하면서 얻은 지극히 소중한 발견을 받아들이지 않았으면 가능할 수 없는 업적을 남겨 학문의 방향 전환에 획기적으로 기여했다. 정약용에게도 귀양살이의 고난이 각성을 하도록 하는 행운이었다. 농어민의 고난과 각성에 참여해 발견한 충격적인 사실이 새로운 탐구의 원천으로 등장해, 남다른 식견을 보여주는 저작을 다수 이룩해 높이 평가된다.

이것은 대등에서 일어난 역전이 차등을 무효로 만들고, 평등의 환상을 타파한 명백한 사례로서 커다란 의의를 지닌다. 혜택을 입은 정약용 형제는 무엇을 성취했는지 잘 알고 생각을 바꾼다고 고백하는 논술을 해야 했는데, 거기까지 나아가지 않고 말았다. 각성이 미흡해 소중한 성과의 의의를 격하했다. 대등론의 의의를 알아차리지 못하고, 평등론에 머물렀다. 전통적인 평등론에 미련을 가진 것은 작은 실수라고 할 수 있지만, 새로운 평등론을 도입한 것은 심각한 오류이다.

그 이유가 무엇인가? 생산에 종사하는 농어민의 고난과 각성에 불철저하게 참여했기 때문이라고 할 수 있다. 수난을 감사하게 여기는 역전이 미흡했던 탓도 있지만, 독서로 학식을 얻는 것이 최상의 의의를 가진다고 여기는 관습이 장애 작용을 해서 더 큰 차질을 빚어냈다. 현실에 대해 새로운 인식을 전달하기 위해 정약용이 전거나 인용이 넘치도록 많은 글을 쓰는 우회로를 택한 것을 안타까워해야 하지 않을 수 없다. 이치의 근본 원리를 확고하게 밝혀 논하지 못하고 잡다한 고증을 늘어놓은 철학의 빈곤을 개탄한다.

대학자의 명성에 눌려 판단이 흐려지지 않아야 한다. 사고의 근저를 힘써 파악하고 논의해야 한다. 차등·평등·대등이라는 개념을 명확하게 하고 셋의 관계를 깊이 논의하지 않을 수 없다. 중심부와 변두리, 독서인과 생산자, 어른과 아이는 차등이 있는 것이 당연하다는 차등론이 위세를 떨쳐온 지배이념이다. 이런 차등론에 대해 불만을 가지고 제기해야 하는 반론이 무엇인가 하는 것이 문제이다.

중심부에서 변두리로 간 독서인이 생산자의 아이들에게 글공부를 시키면서 사람은 누구나 평등하다고 하려고 한 것은 공연한 희망이다. 불가능한 것을 가능하게 하려고 절대자를 찾았다. 절대자는 중심부와 변두리, 독서인과 생산자, 어른과 아이를 한결같이 사랑해 누구나 평등하게 한다고 했다. 평등론은 수입해야 한다고 해서 착오가 심해졌다. 어떻게 하든 실제로 달라지는 것은 없다. 상상하는 평등은 허상이어서 현실의 차등이 마음 놓고 위세를 누린다.

중심부와 변두리, 독서인과 생산자, 어른과 아이는 상이한 가능성을 상대적으로 지닌다. 크면 작고 작으면 크며, 행운이 불운이고 불운이 행운인 생극의 이치가 대등의 근거이다. 잠재되어 있는 대등을 인식하고 발현하면 혁신의 동력이 되어 세상이 달라지게 하고 역사를 바꾸어놓는다. 차등론을 넘어서는 대안이 평등론일 수 없고 대등론이어야 한다. 차등론은 넘어지고 있어, 대안 논란이 더 중요한 과제이다. 평등론이라는 외래의 허상을 걷어내고 대등론을 분명하게 하는 데 힘을 모아야 한다.

차등론의 횡포로 귀양살이를 한 덕분에 대등을 이해하는 소중한 기회를 얻고서도 엇나갔다. 체험이 달라진 것이 있어 반갑게 활용하면서도, 자기 내심의 차등론을 혁파하지 못하고 관념적 사고에 머물러 차등의 대안이 평등이라고 착각했다. 실패를 되풀이하지 않으려면, 경험론의 한계를 넘어서고 철학 부재의 혼미를 청산해야 한다. 생극론을 본체로 삼고, 대등론을 활용으로 해야 한다.

다섯째

李建昌, 〈見山堂記〉(견산당기), 《明美堂集》 권10
이건창, 〈산을 바라보는 집〉

원문 崧山 鎮中京 雄深而奇麗 洞壑之勝者 以十數 而院谷其一也

昔 新羅敬順王 歸高麗 尙樂浪公主 居神鸞宮 富貴與王埒 此其遺址云 麗氏廢 中京蕪 院谷遂不得主 樵人牧夫居之 罕能識其勝

至金君于霖 拓而爲圃 作堂曰見山 讀書賦詩于其中 意甚樂也 于霖與余游有年 余獲罪竄西塞 道出中京 于霖迎余至其家 見所謂見山堂者 索余文記之

噫 山一耳而敬順王見之 樵人牧夫見之 于霖見之 盖興廢得失之無常 而上下已五百年矣 玆豈不可慨乎

然 余與于霖 方坐此堂之上 同見此山 而于霖居然有逸士之趣 余則蕉萃畏約 爲勞人 爲逐客 漂漂然如蓬之轉也 人事之錯迕 雖 並代一時 若是其甚也 又何暇 上下五百年而究其故乎

然 樵人牧夫 不足以知于霖之樂 于霖 又 無所慕於敬順王之富貴也 而獨余於于霖 知之深而羨之切 又安得不爲之太息乎

于霖有院谷新業記甚詳 余不復贅 姑以吾所感者書之 以遺于霖

읽기 崧山(숭산)은 鎮中京(진중경)하며, 雄深而奇麗(웅심이기려)하다. 洞壑之勝者(동학지승자)가 以十數(이십수)이고, 而院谷(이원곡)이 其一也(기일야)라.
昔(석)에 新羅敬順王(신라경순왕) 歸高麗(귀고려)하고 尙樂浪公主(상낙

다섯째 241

랑공주)하여 居神鸞宮(거신란궁)할새 富貴與王埒(부귀여왕부)라는 此其遺
址云(차기유지운)이니라. 麗氏廢(여씨폐)하자 中京蕪(중경무)하고, 院谷遂
不得主(원곡수부득주)라 樵人牧夫居之(초인목부거지)하니 罕能識其勝(한능
식기승)이더라.

至金君于霖(지김군우림)하여 拓而爲圃(척이위포)하고 作堂曰見山(작당왈
견산)하니라. 讀書賦詩于其中(독서부시우기중)하며 意甚樂也(의심락야)라. 于
霖與余游有年(우림여여유유년)하다가 余獲罪竄西塞(여획죄찬서새)할새 道出
中京(도출중경)하니 于霖迎余至其家(우림영여지기가)하여 見所謂見山堂者(견
소위견산당자)하니, 索余文記之(색여문기지)하니라.

噫(희)라, 山一耳(산일이)인데, 而敬順王見之(이경순왕견지)하고 樵人牧
夫見之(초인목부견지)하고, 于霖見之(우림견지)하도다. 盖興廢得失之無常(개
흥폐득실지무상)이 而上下已五百年矣(이상하이오백년의)라. 茲(자) 豈不可
慨乎(기불가개호)리오.

然(연)이나 余與于霖(여여우림)하여 方坐此堂之上(방좌차당지상)하고 同
見此山(동견차산)하는데, 而于霖居然有逸士之趣(이우림거연유일사지취)하고,
余則蕉萃畏約(여즉초췌외약)하여 爲勞人(위노인)하고 爲逐客(위축객)하여
漂漂然(표표연) 如蓬之轉也(여봉지전야)니라. 人事之錯迕(인사지착오) 雖(수)
並代一時(병대일시)에도 若是其甚也(약시기심야) 又(우) 何暇(하가)에 上
下五百年(상하오백년)에 而究其故乎(이구기고호)이리오.

然(연)이나 樵人牧夫(초인목부)는 不足以知于霖之樂(부족이지우림지락)하
고, 于霖(우림) 又(우) 無所慕於敬順王之富貴也(무소모어경순왕지부귀야)니라.
而獨余於于霖(이독여어우림) 知之深而羡之切(지지심이선지절)하니 又(우) 安
得不爲之太息乎(안득불위지태식호)인가.

于霖有院谷新業記(우림유원곡신업기) 甚詳(심상)하니 余不復贅(여불부췌)
하고 姑以吾所感者書之(고이오소감자서지)하여 以遺于霖(이유우림)하노라.

풀이 "崧山"(숭산)은 산 이름이다. "鎭中京"(진중경)은 "중경을 누르고 있다"이다. "雄深而奇麗"(웅심이기려)는 "웅대하고 깊으며, 기이하고 아름답다"이다. "洞壑之勝者"(동학지승자)는 "골짜기가 빼어난 것"이다. "以十數"(이십수)는 "수십인데"이다. "而"(이)는 "그리고"이다. "院谷"(원곡)은 골짜기 이름이다. "其一也"(기일야)는 "그 가운데 하나이다"이다.

"昔"(석)은 "옛적"이다. 新羅敬順王(신라경순왕)은 신라 마지막 왕이다. "歸高麗"(귀고려)는 "고려로 오다"이다. "尙樂浪公主"(상낙랑공주)는 "낙랑공주에게 장가들다"이다. "居"(거)는 "살다"이다. "神鸞宮"(신란궁)은 궁전 이름이다. "富貴與王埒"(부귀여왕부)는 "부귀가 왕과 같다"이다. "此其遺址云"(차기유지운)은 "이곳이 그 터전이라고 한다"이다. "麗氏廢"(여씨폐)는 "고려가 망하다"이다. "中京蕪"(중경무)는 "중경이 황폐하게 되다"이다. "院谷遂不得主"(원곡수부득주)는 "원곡은 마침내 주인을 얻지 못하게 되다"이다. "樵人牧夫居之"(초인목부거지)는 "나무꾼이나 짐승 치는 사람이 산다"이다. "罕能識其勝"(한능식기승)는 "그 아름다움을 알기 어렵다"이다.

至(지)는 "이르다"이다. 金君于霖(김군우림)은 김택영(金澤榮)의 자(字)이다. "拓而爲圃"(척이위포)는 "개척해 밭을 일구다"이다. "作堂曰見山"(작당왈견산)은 "집을 짓고 견산당이라고 하다"이다. "讀書賦詩于其中"(독서부시우기중)은 "책 읽고 시 짓는 일을 그 가운데서 하다"이다. "意甚樂也"(의심락야)는 "뜻이 아주 즐겁다"이다. "于霖與余游有年"(우림여여유유년)은 "우림과 나는 여러 해 사귀다"이다. "余獲罪竄西塞"(여획죄찬서새)는 "나는 죄를 짓고 서북 변방으로 귀양가다"이다. "道出中京"(도출중경)은 "길이 중경으로 나 있다"이다. "于霖迎余至其家"(우림영여지기가)는 "우림이 나를 맞이해 자기 집으로 데려가다"이다. "見所謂見山堂者"(견소위견산당자)는 "이른바 견산당을 보다"이다. "索余文記之"(색여문기지)는 "내게 글로 기록해 달라고 부탁하다"이다.

"噫"(희)는 탄식하는 말이다. "山一耳"(산일이)는 "산은 하나이다"이다. "而"(이)는 "그런데"이다. "敬順王見之"(경순왕견지)는 "그것을 경순왕이 보다"이다. "樵人牧夫見之"(초인목부견지)는 "그것을 나무꾼이나 목부가 보다"이다. "于霖見之"(우림견지)는 "그것을 우림이 보다"이다. "盖興廢得失之無常"(개흥폐득실지무상)은 "대체로 흥하고 망하고 얻고 잃음이 무상하다"이다. "而"(이)는 "그런데"이다. "上下已五百年矣"(상하이오백년의)는 "위아래 오백 년이다"이다. "玆"(자)는 "이것"이다. "豈不可慨乎"(기불가개호)는 "어찌 개탄하지 않음을 바라리오"이다.

"然"(연)은 "그러나"이다. "余與于霖"(여여우림)은 "나와 우림"이다. "方坐此堂之上"(방좌차당지상)은 "바야흐로 이 집 위에 앉다"이다. "同見此山"(동견차산)은 "함께 이 산을 보다"이다. "于霖居然有逸士之趣"(우림거연유일사지취)는 "우림은 의젓하게 일사의 풍취가 있다"이다. "余則蕉萃畏約"(여즉초췌외약)는 "나는 메마르고 두려워하며 오그라들다"이다. "爲勞人"(위노인)은 "수고로운 사람이 되다"이다. "爲逐客"(위축객)은 "쫓기는 나그네가 되다"이다. "漂漂然"(표표연)은 "떠다니는 듯이"이다. "如蓬之轉也"(여봉지전야)는 "물에 뜬 것처럼 굴러다니다"이다. "人事之錯迕"(인사지착오)는 "사람 일의 어긋남"이다. "雖"(수)는 "비록"이다. "並代一時"(병대일시)는 "함께 지내는 한 시대"이다. "若是其甚也"(약시기심야)는 "이렇게 심하다면"이다. "又"(우)는 "또한"이다. "何暇"(하가)는 "어느 겨를"이다. "上下五百年"(상하오백년)은 "위아래 오백 년"이다. "而"(이)는 "그런데"이다. "究其故乎"(구기고호)는 "그 까닭을 캐리오"이다.

"然"(연)은 "그러나"이다. "樵人牧夫"(초인목부)는 "나무꾼과 짐승 치는 사람"이다. "不足以知于霖之樂"(부족이지우림지락)은 "우림의 즐거움을 알지 못하다"이다. "無所慕於敬順王之富貴也"(무소모어경순왕지부귀야)는 "경순왕의 부귀를 부러워하는 바 없다"이다. "而"(이)는 "그리고"이다. "獨余於于霖"(독여어우림)은 "나는 홀로 우림에 대해"이다. "知之深而羡之切"

(지지심이선지절)은 "깊이 알고 간절하게 부러워하다"이다. "又"(우)는 "또한"이다. "安得不爲之太息乎"(안득불위지태식호)는 "어찌 큰 한숨을 쉬지 않으리오"이다.

"于霖有院谷新業記"(우림유원곡신업기)는 "우림이 원곡에서 새 터전을 이루었다고 쓴 글"이다. "甚詳"(심상)은 "아주 자세하다"이다. "余不復贅"(여불부췌)는 "나는 말을 더 하지 않다"이다. "姑以吾所感者書之"(고이오소감자서지)는 "내가 잠깐 느낀 바를 글로 적다"이다. "以遺于霖"(이유우림)은 "우림에게 주다"이다.

번역 숭산(嵩山)은 중경(中京, 開城)을 누르고 있으며, 웅대하고 깊다. 기이하고 아름다운 골짜기 빼어난 것이 수십인데, 원곡(院谷)이 그 가운데 하나이다.

옛적 신라 경순왕(敬順王)이 고려로 와서, 낙랑공주(樂浪公主)에게 장가들어 신란궁(神鸞宮)에서 살 때 부귀가 왕과 같았는데, 이곳이 그 터전이라고 한다. 고려가 망하자, 중경은 황폐해졌다. 원곡이 주인을 얻지 못하게 되었다. 나무꾼이나 짐승 치는 사람이 살아, 그 아름다움을 알기 어려웠다.

김우림(金于霖, 金澤榮)에 이르러서야, 개척해 밭을 일구고 집을 지어 견산당(見山堂)이라고 했다. 거기서 책 읽고 시 지으니, 뜻이 아주 즐겁구나. 우림과 나는 여러 해 사귄 사이이다. 내가 죄를 짓고 서북 변방으로 귀양 가는데, 길이 중경으로 나 있다. 우림이 나를 맞이해 자기 집으로 데려가, 견산당을 보고 글을 써달라고 부탁한다.

아아, 산은 하나인데, 경순왕도 보고, 나무꾼이나 짐승 치는 사람도 보고, 우림도 본다. 흥하고 망하고 얻고 잃음이 무상한 것이 위아래 오백 년 동안의 일이다. 이것을 어찌 개탄하지 않을 수 있겠는가.

그러나 나와 우림은 바야흐로 이 집 위에 앉아 함께 산을 본다. 우림은 의젓하게 빼어난 풍취가 있는데, 나는 마르고 두려워하며 오그라들었다. 수고로운 사람이 되고, 쫓기는 나그네가 되었다. 떠다니는 신세가 물에 뜬 것이 굴러다니는 것 같다. 사람 일의 어긋남이 함께 지내는 한 시대에도 이렇게 심하니, 또한 어느 겨를에 위아래 오백 년에서 그 까닭을 캐겠는가.

그렇지만 나무꾼이나 짐승 치는 사람은 우림의 즐거움을 알지 못한다. 우림은 또한 경순왕의 부귀를 부러워하는 바 없다. 내 홀로 우림에 대해 깊이 알고 간절하게 부러워한다. 또한 어찌 한숨을 크게 쉬지 않으리오.

우림이 원곡에서 새 터전을 이루었다고 쓴 글이 아주 자세하므로, 나는 말을 더 하지 않는다. 잠깐 느낀 바를 글로 적어 우림에게 전한다.

논의 이 글은 기(記)라고 하는 것의 하나이다. 기는 묘사하는 솜씨를 자랑하면서 어느 곳의 경치를 담담하게 그려 눈으로 보는 듯이 알 수 있게 하는 것이 예사인데, 여기서는 아주 복잡한 사연을 상당한 정도의 논리를 갖추어 고찰했다. 기(記)로 다루어야 할 대상을 예증으로 삼아 논(論)에 가까운 글을 썼다.

〈見山堂記〉라는 글 제목을 국문으로 적어 〈견산당기〉라고 하면 무슨 말인지 알기 어렵다. 〈산을 바라보는 집에 관한 기록〉이라고 풀어 옮기면 지저분하므로, 〈산을 바라보는 집〉이라고 줄여 말하는 것이 좋다. 〈산을 바라본다〉고 하면서 산에 관해 쓴 글은 아니다. 산을 바라보는 견지를 '집'이라고 했다고 이해하면 글을 제대로 읽는다. 같은 산을 각자 자기 견지에서 서로 다르게 바라본다는 말을 계속하면서 그 이유가 무엇인지 밝히는 것이 글을 쓰는 일관된 방법이다.

숭산(嵩山) 원곡(院谷)이라는 곳의 경치가 좋다는 말은 대강 하고, 신라 경순왕이 부귀를 누리던 터전에 나무꾼이나 짐승 치는 사람이 살다가, 빼어난 선비 김택영이 자리를 잡고 견산당이라는 집을 짓고 독서와 시작을 일삼게 되었다는 내력을 자세하게 말했다. 지리보다 역사에 더 큰 관심을 가지고, 시대에 따라 흥망성쇠가 있고, 나라의 역사가 개인의 역사로 구체화되어 사람의 삶이 각기 다르다고 말했다. 앞뒤 시대의 사람들은 서로 몰라 다른 것을 문제로 삼지는 않는다고 하는 말로 역사에 대한 무관심을 지적했다.

후반부에서는, 김택영과 자기는 동시대인이고 친한 사이이지만 처지가 아주 다르다고 했다. 김택영은 독자적인 세계를 지키면서 즐거움을 누리는데, 죄를 짓고 귀양 가는 자기는 처참한 모습을 하고 있다고 했다. 신세타령을 하면서 동정을 얻으려고 했다고 여기면 이해 부족이다. 지리보다는 역사에, 역사보다는 사회에 더욱 심각한 논란거리가 있다고 했다고 했다.

김택영이 새 터전에 관해 쓴 글이 아주 자세하므로, 공연한 소리를 보태지 않고, 느낀 바를 적는다고 한 말은 깊이 새겨 이해해야 한다. 기(記)를 통상적인 방식으로 쓰지 않았다고 나무라지 말고, 느낀 바를 적은 데 심각한 의미가 있는 줄 알아야 한다고 일렀다. 김택영은 이 글을 역대 명문을 모은 《여한구가문초》(麗韓九家文抄)에 넣었다. 언어 구사가 유려한 것을 취하지 않고, 뜻이 깊어 명문이라고 여겼으리라.

權近, 〈舟翁說〉(주옹설), 《東文選》 권98
권근, 〈늙은 사공〉

(옹)은 "늙은이"이다. "舟翁"(주옹)은 "늙은 사공"이다.

客有 問舟翁 曰 子之居舟也 以爲漁也 則無鉤 以爲商也 則無貨 以爲津

之吏也 則中流而無所往來 泛一葉於不測 凌萬頃之無涯 風狂浪駭 檣傾楫摧

神魂飄慄 命在咫尺之間 蹈至險而冒至危 子乃樂是 長往而不回 何說歟

　　翁曰 噫噫 客 不之思耶 夫人之心 操舍無常 履平陸 則泰以肆 處險境 則

慄以惶 慄以惶 可儆而固存也 泰以肆 必蕩而危亡也 吾寧蹈險而常儆 不欲居泰

以自荒 況吾舟也浮游無定形 苟有偏重 其勢必傾 不左不右 無重無輕 吾守其

滿 中持其衡 然後不敧不側 以守吾舟之平 縱風浪之震蕩 詎能撩 吾心之獨寧

者乎 且夫人世 一巨浸也 人心 一大風也 而吾 一身之微 渺然漂溺於其中 猶一

葉之扁舟 泛萬里之空濛 蓋自吾之居于舟也 祇見一世之人 恃 其安而不思其患

肆其欲而不圖其終 以至胥淪 而覆沒者多矣 客何不是之爲懼 而反以危吾也耶

　　翁 扣舷而歌之 曰 渺江海兮悠悠 泛虛舟兮中流 載明月兮獨往 聊卒歲以優

游 謝客而去

客有(객유) 問舟翁(문주옹) 曰(왈) 子之居舟也(자지거주야)하여 以爲漁

也(이위어야)이나 則(즉) 無鉤(무구)이고, 以爲商也(이위상야)이나 則(즉)

無貨(무화)로다. 以爲津之吏也(이위진지리야)이나 則(즉) 中流而無所往來

(중류이무소왕래)이구나. 泛一葉(범일엽) 於不測(어불측)하고, 凌萬頃之無

涯(능만경지무애)하니라. 風狂浪駭(풍광낭해)에 檣傾楫摧(장경즙최)하고,

神魂飄慄(신혼표율)하여 命(명)이 在咫尺之間(재지척지간)이어도 蹈至險

(답지험) 而冒至危(이모지위)한데, 子(자)는 乃樂是(내낙시)하고 長往(장

왕) 而不回(이불회)하니 何說歟(하설여)인가?

　　翁曰(옹왈) 噫噫(억억)이로다. 客(객)은 不之思耶(부지사야)이니라. 夫

(부) 人之心(인지심)은 操舍無常(조사무상)하여 履平陸(이평육)하면 則

(즉) 泰以肆(태이사)하고, 處險境(처험경)하면 則(즉) 慄以惶(율이황)이라.

慄以惶(율이황)이면 可儆而固存也(가경이고존야)라, 泰以肆(태이사)이면 必

蕩(필탕) 而危亡也(이위망야)하리라. 吾(오)는 寧(영) 蹈險(답험) 而常儆

(이상경)이요. 不欲(불욕) 居泰(거태) 以自荒(이자황)이니라. 況(황) 吾舟也(오주야)는 浮游(부유) 無定形(무정형)하고, 苟有偏重(구유편중)이면 其勢必傾(기세필경)이라. 不左不右(부좌불우)하고 無重無輕(무중무경)하여 吾(오) 守其滿(수기만)이면 中持其衡(중지기형)하니 然後(연후)에 不敧不側(불의불측)하여 以(이) 守(수) 吾舟之平(오주지평)이라. 縱(종) 風浪之震蕩(풍랑지진탕)한데 詎能撩(거능료) 吾心之獨寧者乎(오심지독령자호)인가? 且(차) 夫(부) 人世(인세)는 一巨浸也(일거침야)이고, 人心(인심)은 一大風也(일대풍야)라. 而(이) 吾(오) 一身之微(일신지미)로 渺然漂溺於其中(묘연표익어기중)하면 猶(유) 一葉之扁舟(일엽지편주)가 泛萬里之空濛(범만리지공몽)이로다. 盖(개) 自(자) 吾之居于舟也(오지거우주야)로 祇見一世之人(지견일세지인)하니, 恃其安(시기안)하고 而不思其患(이불사기환)이요 肆其欲(사기욕)하며 而不圖其終(이부도기종)하다가 以至胥淪(이지서륜)하여 而覆沒者(이복몰자)가 多矣(다의)니라. 客(객)은 何不是之爲懼(하불시지위구)하고 而(이) 反(반) 以危吾也耶(이위오야야)인가?

翁(옹)은 扣舷(고현) 而歌之(이가지) 曰(왈) 渺江海兮(묘강해혜) 悠悠(유유)하니, 泛虛舟兮(범허주혜) 中流(중류)로다. 載明月兮(재명월혜) 獨往(독왕)하고, 聊卒歲(요졸세) 以優游(이우유)로다. 謝客(사객) 而去(이거)하더라.

풀이 "客有"(유객)은 "어느 나그네"이다. "問舟翁"(문주옹)은 "늙은 사공에게 묻다"이다. "曰"(왈)은 "말하다"이다. "子之居舟也"(자지거주야)는 "그대가 배에 머무르다"이다. "以爲漁也"(이위어야)는 "그것으로 고기를 잡다"이다. "則"(즉)은 "바로"이다. "無鉤"(무구)는 "갈고리가 없다"이다. "以爲商也"(이위상야)는 "그것으로 장사를 하다"이다. 則(즉) "無貨"(무화)는 "밑천이 없다"이다. "以爲津之吏也"(이위진지리야)는 "나루의 관원이 되다"이다. 則(즉) "中流而無所往來"(중류이무소왕래)는 "중류에서 왕래하지 않다"이다. "泛一葉"(범일엽)은 "잎 하나 띄우다"이다. "於不測"(어불측)은 "헤아릴 수 없는 곳에"이다. "凌萬頃之無涯"(능만경지무애)는 "만이랑 끝없는 것을 능멸하다"이다. "風狂浪駭"(풍광낭해)는 "바람이 미치고 물결이 놀라다"이다. "檣傾楫摧"(장경즙최)는 "돛대 기울고 노가 꺾이다"이다. "神魂飄慄"(신혼표율)은 "정신이나 혼이 나부끼고 떨리다"이다. "命"(명)은 "생명"이다. "在咫尺之間"(재지척지간)은 "지척 사이에 있다"이다. "蹈至險"(답지험)은 "험한 데 이르다"이다. "而冒至危"(이모지위)는 "지극히 위험한 것을 무릅쓰다"이다. "子"(자)는 "그대"이다. 乃(내)는 "곧"이다. "樂是"(낙시)는 "이것을 즐기다"이다. "長往"(장왕)은 "길게 나아가다"이다. "不回"(불회)는 "돌아오지 않다"이다. "何說歟"(하설여)는 "어떤 말인가?"이다.

翁曰(옹왈) "噫噫"(억억)은 "한탄스럽다"이다. 客(객) "不之思耶"(부지사야)는 "생각하지 못했는가?"이다. "夫"(부)는 "무릇"이다. "人之心"(인지심)은 "사람의 마음"이다. "操舍無常"(조사무상)은 "잡고 놓는 것이 일정하지 않다"이다. "履平陸"(이평육)은 "평평한 육지를 밟다"이다. 則(즉) "泰以肆"(태이사)는 "편안하다고 방자하다"이다. "處險境"(처험경)은 "험한 지경에 처하다"이다. "慄以惶"(율이황)은 "두려워 떨다"이다. "可儆而固存也"(가경이고존야)는 "조심해서 단단해질 수 있다"이다. "泰以肆"(태이사)는 "편안하다고 방자하다"이다. "必蕩"(필탕)은 "반드시 방탕하다"이다. "而危亡也"(이위망야)는 "위태롭게 되어 망하다"이다. 吾(오)는 "나"이다. "寧"(영)은 "차라리"이다. "蹈險"(답험)은 "험한 것을 밟다"이다. "常儆"(상경)은 "항상 조심하다"이다. "不欲"(불욕)은 "바라지 않다"이다. "居泰"(거태)는 "편안하게 지내다"이다. "以自荒"(이자황)은 "그 때문에 스스로 황폐해지다"이다. "況"(황)은 "하물며"이다. "吾舟也"(오주야)는 "내 배는"이다. "浮游"(부유)는 "떠서 놀다"이다. "無定形"(무정형)은 "정해진 모습이 없다"이다. "苟有偏重"(구유편중)은 "만약 편중함이 있으면"이다.

"其勢必傾"(기세필경)은 "그 자세가 반드시 기울어지다"이다. "不左不右"(부좌불우)는 "왼쪽도 아니고, 오른쪽도 아니다"이다. "無重無輕"(무중무경)은 "무겁지도 않고 가볍지도 않다"이다. 吾(오) 守其滿(수기만)은 "그 가득 찬 것을 지키다"이다. "中持其衡"(중지기형)은 "가운데서 그 균형을 유지하다"이다. "然後"(연후)는 "그다음"이다. "不敧不側"(불의불측)은 "비뚤어지지 않고 기울어지지 않다"이다. "以"(이)는 "이로써"이다. "守"(수)는 "지키다"이다. "吾舟之平"(오주지평)은 "내 배의 평형"이다. "縱"(종)은 "따르다"이다. "風浪之震蕩"(풍랑지진탕)은 "풍랑이 크게 흔들리고 움직이다"이다. 詎能撩(거능료)는 "어찌 능히 어지럽히다"이다. "吾心之獨寧者乎"(오심지독령자호)는 "내 마음이 홀로 편안하다"이다. "且"(차)는 "또한"이다. "夫"(부)는 "무릇"이다. "人世"(인세)는 "사람 세상"이다. "一巨浸也"(일거침야)는 "하나의 엄청난 물결이다"이다. "一大風也"(일대풍야)는 "하나의 거대한 바람이다"이다. "一身之微"(일신지미)는 "한 몸의 나약함"이다. "渺然漂溺於其中"(묘연표익어기중)은 "그 가운데 빠져서 표연히 떠다니다"이다. "猶"(유)는 "같다"이다. "一葉之扁舟"(일엽지편주)는 "한 잎 조각 배"이다. "泛萬里之空濛"(범만리지공몽)은 "만리 아득한 공간에 떠다니다"이다. "盖"(개)는 "대개"이다. "自"(자)는 "-에서부터"이다. "吾之居于舟也"(오지거우주야)는 "내가 배에서 살고 있다"이다. "祗見一世之人"(지견일세지인)은 "다만 한 세상의 사람들을 보다"이다. "恃其安"(시기안)은 "그 편안함을 믿다"이다. "不思其患"(불사기환)은 "환란을 생각하지 않는다"이다. "肆其欲"(사기욕)은 "바라는 바를 함부로 하다"이다. "不圖其終"(부도기종)은 "종말에 대비하지 않다"이다. "以至胥淪"(이지서륜)은 "이로써 함께 빠지는 지경에 이르다"이다. "覆沒者"(복몰자)는 "뒤집어져 빠지다"이다. "多矣"(다의)는 "많다"이다. "客"(객)은 "나그네"이다. "何不是之爲懼"(하불시지위구)는 "어째서 이것을 두렵게 여기지 않다"이다. "反"(반)은 "도리어"이다. "以危吾也耶"(이위오야야)는 "나를 위태롭다고 하는가"이다.

翁(옹)은 "늙은이"이다. "扣舷"(고현)은 "뱃전을 두드리다"이다. "歌之"(가지)는 "노래 부르다"이다. "渺江海兮"(묘강해혜)는 "아득한 강이나 바다여"이다. "悠悠"(유유)는 "너그럽고 편안하다"이다. "泛虛舟兮"(범허주혜)는 "빈 배를 띄웠음이여"이다. "中流"(중류)는 "중간에서 흘러간다"이다. "載明月兮"(재명월혜)는 "밝은 달을 실었음이여"이다. "獨往"(독왕)은 "홀로 가다"이다. "聊卒歲"(요졸세)는 "편안하게 한 해를 마치다"이다. "優游"(우유)는 "잘 놀다"이다. "謝客"(사객)은 "손님을 작별하다"이다. "而去"(이거)는 "그리고 가다"이다.

번역 어느 나그네가 늙은 사공에게 말했다. "그대는 배에 머무르기만 하고 고기를 잡을 갈고리도 없고, 장사를 할 밑천도 없도다. 나루의 관원이 되어 중류를 왕래하는 것도 아니구나. 잎 하나를 헤아릴 수 없는 곳에 띄우고 만 이랑 끝없는 물결을 능멸하는구나. 바람이 미치고 물결이 놀라면 돛대 기울고 노가 꺾이고, 정신이나 혼이 나부끼고 떨리고, 생명이 지척 사이에 있는 험한 지경에 이르는 지극히 위험한 짓을 무릅쓰는구나. 그대는 이런 것을 즐기며 멀리 나아가기만 하고 돌아오지 않으니 어찌 된 말인가?"

늙은이가 말했다. "한탄스럽구나. 나그네는 생각하지 못하는가? 무릇 사람의 마음은 잡고 놓는 것이 일정하지 않다. 평평한 육지를 밟으면 편안하다고 여겨 방자해진다. 험한 지경에 처하면 두려워 떤다. 두려워 떨면 조심해서 단단해질 수 있다. 편안하다고 방자하면 반드시 방탕해 위태롭게 되어 망한다. 나는 차라리 험한 것을 밟고 항상 조심할지언정, 편안하게 지내다가 그 때문에 스스로 황폐해지는 것을 바라지 않는다. 하물며 내 배는 떠서 노는 모습이 일정하지 않다. 만약 편중함이 있으면 그 자세가 반드시 기울어지지만, 왼쪽도 아니고 오른쪽도 아니며, 무겁지도 않고 가볍지도 않게, 나는 가득 찬 것을 지켜 균형을 유지하므로 비뚤어지지도 않고 기울어지지도 않는다. 이렇게 내 배의 평형을 지키면서 풍랑이 크게 흔들리고 움직이는 것을 따르니, 어찌 내 마음이 홀로 편안한 것을 어지럽히겠는가? 무릇 사람 사는 세상은 하나의 엄청난 물결이고, 사람 마음은 하나의 거대한 바람이다. 내가 나약한 몸으로 그 가운데 빠져서 유랑하는 처지가 한 잎 조각배가 만 리 아득한 공간에 떠다니는 것과 같다. 내가 살고 있는 배에서 한 세상 사람들을 보니, 편안함을 믿고 환란은 생각하지 않으며, 바라는 바를 함부로 추구하고 종말에 대비하지는 않다가 함께 몰락하는 지경에 이르러 뒤집혀 빠지는 자들이 많다. 나그네는 어째서 이런 것을 두렵게 여기지 않고, 도리어 나를 위태롭다고 하는가?"

늙은이는 뱃전을 두드리며 노래 불러 말했다. "아득한 강이여 바다여, 유유하도다. 빈 배를 띄워라, 흐르는 물 한가운데. 밝은 달을 싣고 홀로 가는구나. 편안하게 한 해를 마치면서 잘 논다." 나그네를 작별하고 떠나갔다.

논의 나그네는 뭍에서 살고, 늙은 사공은 물에서 지낸다. 뭍에 사는 것이 정상적이라고 여기는 나그네가, 늙은 사공더러 물에서 지내는 것은 이중으로 잘못되었다고 나무랐다. 고기를 쉽게 잡아 밑천 없이 돈을 버는 것이 마땅하지 않다고 하고, 물결이 사나워져서 위험이 닥치는 것을 무시하니 어리석다고 했다.

사공이 앞의 말에 대해서는 대꾸하지 않고, 뒤의 말은 길게 시비했다. 뭍에서 살면 편안하다고 여겨 방자해진다. 방자해지면 방탕하다가, 위기에 대처할 능력을 잃고 망한다. 물에서 지내는 것은 위태로우므로 항상 조심하고 위기를 알아차리고 대처하는 지혜를 발휘하니, 뜻밖의 사태가 생기지는 않고 무엇이든 예측 가능하고 해결 가능하다.

얼핏 들으면 사공의 말이 억지인 것 같다. 그러나 "무릇 사람 사는 세상은 하나의 엄청난 물결이고, 사람 마음은 하나의 거대한 바람이다"라고 한 것을 심각하게 받아들이면 생각이 달라진다. 뭍에 편안하게 머물겠다는 것은 환상이다. 물에 떠서 흔들리는 것이 삶의 실상이다. 나그네는 헛된 환상을, 사공은 삶의 실상을 말했다.

환란이 없기를 바라는 것은 무리이다. 환란이 있는 것을 알고 대처하는 방도도 알아야 편안하게 살 수 있다. 나그네처럼 잠시 머물다가 떠나가겠다고 하는 것은 철부지의 무책임한 소리이다. 세상이 어떻게 돌아가는지 바로 알고 적절하게 대처하는 식견을 기르고 능력을 키워야 한다. 일방적인 피해자가 되지 말고 운명을 만들어나가야 한다.

이렇게 일러준 늙은 사공은 이인(異人)이다. 옛사람들의 글에 자주 등장해서 삶의 지혜를 일러주다가 여기서는 한 걸음 더 나아갔다. 환란을 알고 대처하는 방법까지 일러주었다. 오늘날 사람들은 이인을 만나지 못해 불행하다. 왜소한 생각만 하고 살아가는 것이 잘못인 줄 모르고 잘난 척한다.

李山海, 〈雲住寺記〉(운주사기), 《鵝溪遺稾》 권6
이산해, 〈운주사〉

원문 昔 陶靖節 作 歸去來辭 以雲爲無心 余 則 以爲不然

林 無求於鳥 而林密 則鳥歸 是 林無心 而鳥非無心也 水 無求於魚 而水深 則魚樂 是 水無心 而魚非無心也 山 無求於雲 而山高 則 雲住 是 山無心 而雲非無心也

夫 雲者 氣也 自然而興 自然而散 非如魚鳥之避害就便 而棲息之必於山 升降之必於山 出而復入 去而復住者 依依然若有顧戀之意 此 余見之所以異也

噫 物之無累者 無過於雲 而亦不能無心 況 吾人之有累者乎 抑形者外 而心者內也 形雖有累 而心可以無累 心苟無累 則 湛無不照 寂無不通 灑落形氣之表 牢籠宇宙之裏 以至茫乎窅乎 合乎自然 與混沌爲隣 與造物爲徒

不但相忘於萬物 而與天地相忘 不但相忘於天地 而我自忘我 則 雲有出入而此心無出入也 雲有去住 而此心無去住也 何所顧 而何所戀乎

余 寓雲住寺下 見雲 常住菴之東麓 故 感而有是說焉 雖然 此 未可與俗人道也 可與語此者 誰 菴之僧信默也

읽기 昔(석)에 陶靖節(도정절) 作(작) 歸去來辭(귀거래사)에 以雲爲無心(이운위무심)이나, 余(여)는 則(즉) 以爲不然(이위불연)이로다.

林(임)은 無求於鳥(무구어조)나 而林密(이임밀)이면 則(즉) 鳥歸(조귀)하니라. 是(시)는 林無心(임무심)이나 而鳥非無心也(이조비무심야)로다. 水(수) 無求於魚(무구어어)나 而水深(이수심)이면 則(즉) 魚樂(어락)하니라. 是(시)는 水無心(수무심)이나 而魚非無心也(이어비무심야)로다. 山(산)은 無求於雲(무구어운)이나 而山高(이산고)하면 則(즉) 雲住(운주)로다. 是(시)는 山無心(산무심)이나 而雲非無心也(이운비무심야)하니라.

夫(부) 雲者(운자)는 氣也(기야)라, 自然而興(자연이흥)하고 自然而散(자연이산)이 非如(비여) 魚鳥之避害就便(어조지피해취편)하도다. 而棲息之必於山(이서식지필어산)하고 升降之必於山(승강지필어산)함이로다. 出而復入(출이부입)하고 去而復住者(거이부왕자)가 依依然(의의연) 若有顧戀之意(약유고련지의)로다. 此(차)는 余見之所以異也(여견지소이이야)니라.

噫(희)라. 物之無累者(물지무루자)는 無過於雲(무과어운)이나 而亦不能無心(이역불능무심)이니라. 況(황) 吾人之有累者乎(오인지유루자호)는 抑形者外(억형자외)나 而心者內也(이심자내야)하니, 形雖有累(형수유루)나 而心

可以無累(이심가이무루)니라. 心苟無累(심구무루)면 則(즉) 湛無不照(담무부조)하고 寂無不通(적무불통)하니라. 灑落形氣之表(쇄락형기지표)로 牢籠宇宙之裏(뇌롱우주지리)하고, 以至茫乎窅乎(이지망호요호)하여 合乎自然(합호자연)하며, 與混沌爲隣(여혼돈위린)하고 與造物爲徒(여조물위도)하니라.

不但相忘於萬物(부단상망어만물)하고 而與天地相忘(이여천지상망)하도다. 不但相忘於天地(부단상망어천지)하고 而我自忘我(이아자망아)하도다. 則(즉) 雲有出入(운유출입)이나 而此心無出入也(이차심무출입야)로다. 雲有去住(운유거주)라도 而此心無去住也(이차심무거주야)로다. 何所顧(하소고)며 而何所戀乎(이하소연호)리오.

余(여)는 寓雲住寺下(우운주사하)하고 見雲(견운) 常住菴之東麓(상주암지동록)이라. 故(고)로 感而有是說焉(감이유시설언)이로다. 雖然(수연)이나 此(차)는 未可與俗人道也(미가여속인도야)요, 可與語此者(가여어차자) 誰(수)인가. 菴之僧信默也(암지승신묵야)니라.

풀이 "昔"(석)은 "옛적"이다. "陶靖節"(도정절)은 "도연명(陶淵明)"이다. 作(작)은 "짓다"이다. "歸去來辭"(귀거래사)는 글 이름이다. "以雲爲無心"(이운위무심)은 "구름은 무심하다"이다. "余"(여)는 "나"이다. "則"(즉)은 곧, "바로"이다. "以爲不然"(이위불연)은 "그것이 그렇지 않다"이다. "林"(임)은 "숲"이다. "無求於鳥"(무구어조)는 "새에게 바라는 바가 없다"이다. "而林密"(이임밀)은 "숲이 우거지다"이다. 則(즉) "鳥歸"(조귀)는 새가 돌아오다"이다. "是"(시)는 "이것"이다. "林無心(임무심)은 "숲은 무심하다"이다. "而鳥非無心也"(이조비무심야)는 "새는 무심하지 않다"이다. "水"(수)는 "물"이다. "無求於魚(무구어어)"는 "고기에게 구하는 것이 없다"이다. "而水深"(이수심)은 "물이 깊다"이다. "則"(즉)은 "바로"이다. "魚樂"(어락)은 "고기가 즐거워하다"이다. 是(시) "水無心"(수무심)은 "물은 무심하다"이다. "而魚非無心也"(이어비무심야)는 "고기는 무심하지 않다"이다. "山"(산)은 "산"이다. "無求於雲"(무구어운)은 "구름에게 구하는 것이 없다"이다. "而山高"(이산고)는 "산이 높다"이다. 則(즉) "雲住"(운주)는 "구름이 머물다"이다. 是(시) "山無心"(산무심)은 "산은 무심하다"이다. "而雲非無心也"(이운비무심야)는 "구름은 무심하지 않다"이다.

"夫"(부)는 "무릇"이다. "雲者"(운자)는 "구름이라는 것"이다. "氣也"(기야)는 "기운"이다. "自然而興"(자연이흥)은 "자연히 일어나다"이다. "自然而散"(자연이산)은 "자연히 사라지다"이다. "非如"(비여)는 "같지 않다"이다. "魚鳥之避害就便"(어조지피해취편)은 "새나 고기가 해를 피해 가서 쉬다"이다. "而棲息之必於山"(이서식지필어산)은 "깃들어 사는 곳이 반드시 산이다"이다. "升降之必於山"(승강지필어산)은 "오르내리는 곳이 반드시 산이다"이다. "出而復入"(출이부입)은 "나갔다가 다시 돌아오다"이다. "去而復住者"(거이부왕자)는 "가고 오는 것"이다. "依依然"(의의연)은 "전과 다름없다"이다. "若有顧戀之意"(약유고연지의)는 "마음에 맺혀 잊지 못하는 뜻이 있는 것 같다."이다. "此"(차)는 "이"이다. "余見之所以異也"(여소견지소이이야)는 "내가 보는 바 다름이다"이다.

"噫"(희)는 "아아"하고 감탄하는 말이다. "物之無累者"(물지무루자)는 "물(物)이 매이지 않는 것"이다. "無過於雲"(무과어운)은 "구름보다 더한 것이 없다"이다. "而亦不能無心"(이역불능무심)은 "그러나 무심(無心)하지는 못하다"이다. "況"(황)은 "하물며"이다. "吾人之有累者乎"(오인지유루자호)는 "우리 사람이 물에 매인 것이야"이다. "抑"(억)은 "또한"이다. "形者外"(형자외)는 "모습이라는 것은 밖"이다. "而心者內也"(이심자내야)는 "마음이라는 것은 안이다"이다. "形雖有累"(형수유루)는 "모습은 비록 매여 있으나"이다. "而心可以無累"(이심가이무루)는 "그러나 마음은 매이지 않을 수 있다"이다. "心苟無累"(심구무루)는 "마음이 만약 매이지 않는다면"이다. "則"(즉)은 "곧"이다. "湛無不照"(담무부조)는 "맑아서 비추지 않음이 없다"이다. "寂無不通"(적무불통)은 "고요해 통하지 않음이 없다"이다. "灑落形氣之表"(쇄락형기지표)는 "겉모습을 깨끗하게 하다"이다. "牢籠宇宙之裏"(뇌롱우주지리)는 "우주 깊숙한 곳까지 감싸다"이다. "以至茫乎窅乎"(이지망호요호)는 "아득하고 먼 곳까지 이르는구나"이다. "合乎自然"(합호자연)은 "자연과 어우르다"이다. "與混沌爲隣"(여혼돈위린)은 "혼돈과 이웃하다"이다. "與造物爲徒"(여조물위도)는 "조물주와 벗이 되다"이다.

"不但相忘於萬物"(부단상망어만물)은 "다만 만물과 서로 잊는 것은 아니다"이다. "而與天地相忘"(이여천지상망)은 "천지와 더불어 서로 잊다"이다. "不但相忘於天地"(부단상망어천지)는 "다만 천지와 더불어 서로 잊는 것은 아니다"이다. "而我自忘我"(이아자망아)는 "내가 스스로 나를 잊는다"이다. "則"(즉)은 "곧"이다. "雲有出入"(운유출입)은 "구름은 드나듦이 있다"이다. "而此心無出入也"(이차심무출입야)는 "그러나 이 마음은 드나듦이 없다"이다. "雲有去住"(운유거주)는 "구름은 가서 머무름이 있다"이다. "而此心無去住也"(이차심무거주야)는 "이 마음은 가서 머무름이 없다"이다. "何所顧"(하소고)는 "무엇을 돌아보는가"이다. "而何所戀乎"(이하소연호)는 "무엇을 잊지 못하느냐"이다.

"余"(여)는 "나"이다. "寓雲住寺下"(우운주사하)는 "운주사 아래에서 몸을 부치다"이다. "見雲"(견운)은 "구름을 보다"이다. "常住菴之東麓"(상주암지동록)은 "늘 암자 동쪽 기슭에 상주하다"이다. "故"(고)는 "그러므로"이다. "感而有是說焉"(감이유시설언)은 "느낌을 말할 것이 있다"이다. "雖然"(수연)은 "그러나"이다. "此"(차)는 "이것"이다. "未可與俗人道也"(미가여속인도야)는 "속인과는 더불어 말할 수 없다"이다. "可與語此者"(가여어차자)는 "더불어 말할 수 있는 사람"이다. "誰"(수)는 "누구"이다. "菴之僧信默也"(암지승신묵야)는 "암자의 승려 신묵이다"이다.

번역 옛적 도정절(陶靖節, 陶淵明)이 지은 〈귀거래사〉(歸去來辭)에서 "구름은 무심하다"고 했는데, 나는 그렇지 않다고 여긴다.

숲은 새들에게 바라는 것이 없다. 숲이 우거지면 새가 돌아온다. 이것은 숲은 무심하고, 새는 무심하지 않음이다. 물은 고기에게 구하는 것이 없다. 물이 깊으면 고기가 즐거워한다. 이것은 물은 무심하고, 고기는 무심하지 않음이다. 산은 구름에게 구하는 것이 없다. 산이 높으면 구름이 머문다. 이것은 산은 무심하고, 구름은 무심하지 않음이다.

무릇 구름이라는 것은 기운이다. 자연히 일어나고, 자연히 사라짐이 새나 고기가 해를 피해 가서 쉬는 것과 같지 않다. 깃들어 사는 곳이 반드시 산이고, 오르내리는 곳이 반드시 산이다. 나갔다가 다시 돌아오고, 가고 오는 것이 전과 다름없어, 마음에 맺혀 잊지 못하는 뜻이 있는 것 같다. 이래서 나는 다르게 본다.

아아, 물(物)이 매이지 않음이 구름보다 더한 것은 없으나, 무심(無心)하지는 못하다. 하물며 우리 사람이야 물에 매였다고 하겠는가. 억눌린 모습은 밖이고, 안은 마음이다. 모습은 비록 매여 있으나, 마음은 매이지 않을 수 있다. 마음이 매이지 않는다면, 맑아서 비추지 않음이 없고, 고요해 통하지 않음이 없다. 겉모습을 깨끗하게 하고, 우주 깊숙한 곳까지 감싼다. 아득하고 먼 곳까지 이르러, 자연과 어우르고, 혼돈과 이웃하고, 조물주와 벗이 된다.

다만 만물과 서로 잊는 것은 아니고, 천지와 서로 잊는다. 다만 천지와 서로 잊는 것은 아니고, 내가 나를 잊는다. 구름은 드나듦이 있으나, 이 마음은 드나듦이 없다. 구름은 가서 머무름이 있으나, 이 마음은 가서 머무름이 없다. 무엇을 돌아보는가, 무엇을 잊지 못하겠는가.

나는 운주사 아래에서 몸을 붙이고, 구름을 보려고 늘 암자 동쪽 기슭에 상주한다. 그래서 느낌을 말할 것이 있다. 이것을 속인과는 더불어 말할 수 없다. 더불어 말할 수 있는 사람이 누구인가? 암자의 승려 신묵(信默)이다.

논의 도연명의 〈귀거래사〉에 "雲無心以出岫"(운무심이출수)라는 구절이 있다. "구름이 무심히 바위 구멍에서 나온다"라고 옮길 수 있다. "無心"이 "무심한 듯이" 정도의 뜻이고 심각한 말은 아닌데, 공연히 시비를 걸어 구름은 무심하지 않다고 했다. 도연명이 높은 평가를 독점하는 것에 심술이 나서 틀린 말을 했다고 반론을 제기해 자기가 더 좋은 글을 쓰려고 했다.

운주사(雲住寺)에 가 있으면서 "구름이 머문다"고 하는 절 이름에 깊은 관심을 가지고 구름을 바라보고 생각한 바를 전하고자 한 것이 또 하나의 창작 의도이다. 숲에 새가 물에 고기가 모이듯이, 산에 구름이 나타난다. 숲이나 물은 바라는 바가 없어 무심하고, 새나 고기는 바라는 바가 있어 무심하지 않다는 말을 산과 구름의 관계에 적용해 산은 무심하고 구름은 무심하지 않다고 했다. 부당한 유추를 재미있게 전개해 웃음이 나게 한다. 그 자체로 거짓인 말을 웃음이 날 만큼 해서 숨은 진실을 깨우쳐주는 것을 좋은 글을 쓰는 작전으로 삼았다.

구름이 무심한지 무심하지 않은지 가려 어쩌자는 것인가? 도연명에게 공연한 시비를 걸어 관심을 끌자는 것만은 아니다. 구름을 바라보면서 구름과 자기 마음을 견주어보고, 구름은 무심하지 않지만 자기 마음은 무심의 경지에 이를 수 있다고 했다. 마음이 무심하다니 무슨 이상한 말인가? 운주사라는 절에 가 있으니 불교의 가르침을 받아들여 무심의 경지에 이르고 싶다는 말을 속인들은 알아들을 수 없게 했다.

산과 구름이나 바람, 숲과 새나 고기의 관계를 장황하게 말하면서 이해하기 어려운 논란을 복잡하게 폈다. 구름, 바람, 새, 고기는 모두 무심하지 않지만 자기는 무심의 경지에 이르렀다고 하며 납득하기 어려운 수작을 늘어놓았다. 모두 허세이고 억지라고 하겠으나, 짐짓 해본 소리이므로 정색을 하고 나무라면 어리석다. 장난삼아 별난 글을 써서 스스로 즐기면서 독자도 즐겁게 하는 것이 문학의 특권이라고 인정할 수 있다.

張維, 〈筆說〉(필설), 《谿谷集》 권4
장유, 〈붓 이야기〉

"筆"(필)은 "붓"이다.

원문 獸 有鼠屬而黃者 俗號爲 黃獷 多產於西北方之山 尾有秀毛 可爲筆 其美 擅天下 謂之 黃毛筆

吾友李生 喜書 嘗乞於人 而得之 毫秀而銳 色燁而澤 以爲大美 拂拭之 其中蕭然有異 濡墨以試之 撓而曲 字不可成 孰視之 其心蓋狗毛 而燁而秀者外 被之也 遂愕然以歎 間以 語余曰 是必工者利於欺人 而莫或辨之 故得 以售其奸也 人心之偸 至此哉

余曰 子 何獨怪於是 夫今之所謂大夫士者 其不類於是筆者蓋尠 衣冠其形體 文理其語言 規矩其步趨 儼然莊色 而處 視之 皆若君子正士然 及其居幽隱之地 而遇利害之塗 則回其志肆其欲 不仁於心 而不義於行者 皆是 蓋秀燁其外 而狗毛其中 與是筆無少異焉 而觀人者不察也 視其外而信其中 故有奸人亂國 而不可悔者也 今子不此之憂 而筆焉是怪 亦不知類也夫

李生曰善 遂記其說

읽기 獸(수)에 有鼠屬而黃者(유서속이황자)하니, 俗號爲(속호위) 黃獷(황광)이라. 多產(다산) 於西北方之山(어서북방지산)하니라. 尾有秀毛(미유수모)하여 可爲筆(가위필)이라. 其美(기미) 擅天下(천천하)니라. 謂之(위지) 黃毛

筆(황모필)이라.

吾友(오우) 李生(이생)이 嘉書(희서)하므로 嘗乞於人(상걸어인)하야 而得之(이득지)하니라. 毫秀而銳(호수이예)하고 色燁而澤(색엽이택)하여 以爲大美(이위대미)하였노라. 拂拭之(불식지)하니 其中(기중) 繭然有異(이연유이)하니라. 濡墨以試之(유묵이시지)하니 撓而曲(요이곡)하고 字不可成(자불가성)이노라. 孰視之(숙시지)하니 其心蓋狗毛(기심개구모)라. 而燁而秀者(이화이수자)는 外被之也(외피지야)라. 遂愕然(수악연)하여 以歎(이탄)하고, 間以(간이)에 語余曰(어여왈)하되, 是(시)는 必(필)히 工者(공자)가 利於欺人(이어기인)하고 而莫或辨之(이막혹변지)니라. 故(고)로 得(득) 以售其奸也(이수기간야)니라. 人心之偸(인심지투) 至此哉(지차재)인가.

余曰(여왈) 子(자)는 何(하) 獨怪於是(독괴어시)인가? 夫(부) 今之所謂大夫士者(금지소위대부자)는 其(기) 不類於是筆者(불류어시필자)가 蓋尠(합선)이라. 衣冠(의관) 其形體(기형체)하고, 文理(문리) 其語言(기어언)하고, 規矩(규구) 其步趨(기보추)가 儼然莊色(엄연장색) 而處(이처) 視之(시지)면 皆(개) 若君子正士然(약군자정사연)이나, 及(급) 其居幽隱之地(기거유은지지)한즉 而遇利害之塗(이우이해지도)면 則回其志(즉회기지)하고 肆其欲(사기욕)하며 不仁於心(불인어심)하고 而不義於行者(이불의어행자)가 皆是(개시)니라. 蓋(개) 秀燁其外(수엽기외)나 而狗毛其中(이구모기중)이 與是筆(여시필) 無少異焉(무소이언)이라. 而觀人者(이관인자)가 不察也(불찰야)하여 視其外(시기외)하고 而信其中(이신기중)이라. 故(고)로 有奸人亂國(유간인난국)하고 而不可悔者也(이불가회자야)라. 今(금) 子不此之憂(자불차지우)하고 而筆焉是怪(이필언시괴)하니 亦(역) 不知類也夫(부지유야부)인저.

李生曰(이생왈) 善(선)이라더라. 遂(수) 記其說(기기설)이니라.

풀이 "獸"(수)는 "짐승"이다. "有鼠屬而黃者"(유서속이황자)는 "쥐 무리이면

서 누린 것이 있다"이다. "俗號爲"(속호위)는 "세상에서 일컫다"이다. "黃
獷"(황광)은 "족제비"이다. "擅天下"(천천하)는 "천하에 이름이 나다"이다.
"吾友李生"(오우이생)은 "내 벗 이생"이다. "喜書"(희서)는 "글씨 쓰기
를 좋아하다"이다. "嘗乞於人"(상걸어인)은 "일찍이 어떤 사람에게 애걸
하다"이다. "而得之"(이득지)는 "그것을 얻다"이다. "毫秀而銳"(호수이예)
는 "털이 빼어나고 예리하다"이다. "色燁而澤"(색엽이택)는 "색은 빛나고
윤택하다"이다. "拂拭之"(불식지)는 "그것을 풀어 휘젓다"이다. "繭然有
異"(이연유이)는 "분명히 이상한 것이 있다"이다. "濡墨以試之"(유묵이시
지)는 "먹을 묻혀 그것을 시험하다"이다. "撓而曲"(요이곡)은 "구부러지
고 꺾이다"이다. "孰視之"(숙시지)는 "자세히 살피다"이다. "其心蓋狗毛"
(기심개구모)는 "그 중심은 개털로 덮였다"이다. "而燁而秀者"(이화이수
자)는 "빛나고 빼어난 것"이다. "外被之也"(외피지야)는 "겉에 씌워놓다"
이다. "遂愕然"(수악연)은 "마침내 놀라다"이다. 以歎(이탄)은 "탄식하면
서"이다. "間以"(간이)는 "조금 있다가"이다. "語余曰"(어여왈)은 "내게
말하다"이다. "是"(시)는 "이것"이다. "必"(필)은 "반드시"이다. "工者"(공
자)는 "만든 사람"이다. "利於欺人"(이어기인)은 "사람을 속여 이익을 얻
다"이다. "莫或辨之"(막혹변지)는 "그것을 알아차리는 사람이 없을까 여
기다"이다. "售其奸也"(수기간야)는 "간사한 것을 팔다"이다. "人心之偷"(인
심지투)는 "인심이 교활함"이다. "至此哉"(지차재)는 "이에 이르다"이다.
"余曰"(여왈)은 "내가 말하다"이다. "子"(자)는 "그대"이다. "何"(하)는
"어찌"이다. "獨怪於是"(독괴어시)는 "그것만 괴이하게 여기다"이다. "夫"
(부)는 "무릇"이다. "今之所謂大夫士者"(금지소위대부자)는 "지금 대부라고
일컫는 자"이다. "其"(기)는 "그것"이다. "不類於是筆者"(불류어시필자)는
"그 붓과 흡사하지 않은 자"이다. "蓋尠"(합선)은 "어찌 적은가"이다.
"蓋"가 "어찌"라는 뜻일 때에는 "합"이라고 읽는다. "衣冠"(의관)은 "옷과
관"이다. "其形體"(기형체)는 "그 몸체"이다. "文理"(문리)는 "글의 이치"

이다. "其語言"(기어언)은 "그 말"이다. "規矩"(규구)는 "규범과 법도"이다. "其步趨"(기보추)는 "그 걸음걸이"이다. "儼然莊色"(엄연장색)은 "엄연히 빛깔이 단정하다"이다. "而處"(이처)는 "처신하다"이다. "視之"(시지)는 "이것을 보다"이다. "皆"(개)는 "모두"이다. "若君子正士然"(약군자정사연)은 "마치 군자나 올바른 선비 같다"이다. "及"(급)은 "이르다"이다. 其居幽隱之地(기거유은지지)는 "그 그윽이 숨어 사는 곳"이다. "而遇利害之塗"(이우이해지도)는 "이해와 만나는 경우"이다. "則回其志"(즉회기지)는 "뜻을 바꾸다"이다. "肆其欲"(사기욕)은 "그 욕망을 드러내다"이다. "不仁於心"(불인어심)은 "마음이 어질지 않다"이다. "而不義於行者"(이불의어행자)는 "행동이 의롭지 않은 것"이다. "皆是"(개시)는 "모두 이것"이다. 蓋(개)는 "대체로"이다. "秀燁其外"(수엽기외)는 "밖이 빼어나고 빛나다"이다. "而狗毛其中"(이구모기중)은 "그 가운데는 개털이다"이다. "與是筆"(여시필)은 "이 붓과 더불어"이다. "無少異焉"(무소이언)은 "다른 것이 적지 않다"이다. "而觀人者"(이관인자)는 "보는 사람"이다. "不察也"(불찰야)는 "살피지 못하다"이다. "視其外"(시기외)는 "그 밖을 관찰하다"이다. "而信其中"(이신기중)은 "그 안을 신뢰하다"이다. "故(고)"는 "그래서"이다. "有奸人亂國"(유간인난국)은 "간사한 사람이 나라를 어지럽히는 일이 있다"이다. "而不可悔者也"(이불가회자야)는 "뉘우치게 할 수 없는 것이다"이다. "今"(금)은 "지금"이다. "子不此之憂"(자불차지우)는 "그대는 이것을 근심하지 않다"이다. "而筆焉是怪"(이필언시괴)는 "붓이 괴상하다고만 하다"이다. "亦"(역)은 "또한"이다. "不知類也夫"(부지유야부)는 "비슷한 것을 알지 못하다"이다.

　"李生曰"(이생왈)은 "이생이 말하다"이다. "善"(선)은 "옳다"이다. "遂"(수)는 "드디어" 또는 "이에"이다. "記其說"(기기설)은 "그 말을 적다"이다.

번역 짐승에 쥐 무리이면서 누런 것이 있으니, 세상에서 일컫기를 족제비라고 한다. 많이 나는 곳이 서북의 산이다. 꼬리에 빼어난 털이 있어 붓을 만들 만하다. 아름다움으로 천하에 이름이 난 이것을 황모필이라고 한다.

내 벗 이생이 글씨 쓰기를 좋아한다. 일찍이 다른 사람에게 애걸해 그것을 하나 얻었다. 털이 빼어나고 예리하며, 색은 빛나고 윤택해 아주 아름다웠다. 풀어 휘저어보니, 분명히 이상한 것이 있었다. 먹을 묻혀 그것을 시험하니, 구부러지고 꺾이고 글자가 되지 않았다. 자세히 보니, 중심은 개털로 덮여 있었다. 빛나고 빼어난 것은 겉에 씌워놓기만 했다. 놀라 탄식하고, 조금 있다가 내게 말했다. "만든 녀석이 사람을 속여 이익을 취하는 짓을 알아차리는 사람이 없을까 여겨, 간사한 물건을 판 것이 틀림없다. 인심이 교활함이 이 지경에 이르렀는가."

내가 말했다. "그대는 어찌 그것만 괴이하게 여기는가? 지금 대부(大夫)라고 일컫는 자들이 그 붓과 흡사하지 않은 것이 어찌 적다고 하겠는가? 몸체에 의관을 걸치고, 하는 말에 글의 이치를 갖추고, 걸음걸이가 규범이나 법도에 맞아, 엄연히 빛깔 단정하게 처신한다. 보면 모든 것이 마치 군자이고 올바른 선비 같다. 그윽이 숨어 사는 곳에 이르러 이해와 만나는 경우에는 뜻을 바꾸고, 욕망을 드러낸다. 마음이 어질지 않고, 행동이 의롭지 않다는 것이 모두 그렇다. 대체로 밖은 빼어나고 빛나지만, 그 가운데는 개털인 것이 이 붓과 더불어 다를 바가 적지 않다. 보는 사람이 살피지 못해, 그 밖을 관찰하고 그 안을 신뢰한다. 그래서 간사한 사람이 나라를 어지럽히는 일이 있어도 뉘우치게 할 수 없다. 지금 그대는 이런 일을 근심하지 않고, 붓이 괴상하다고만 하는가? 또한 비슷한 것을 알지 못하는가?"

이생이 말했다. "옳도다." 이에 그 말을 적는다.

논의 겉은 족제비털이고 안은 개털인 가짜 붓을 들어 겉은 군자이고 안은 도적인 무리를 규탄했다. 가짜 물건을 속여 파는 것보다 가짜 인간이 행세하는 것이 더 큰 재앙이라고 소리 높여 외치고 싶은 마음을 누르고 우회 작전을 폈다. 설득력을 높이고 박해를 피하는 글을 슬기롭게 썼다.

겉은 족제비털이고 안은 개털인 가짜 붓을 팔아 사람을 속이는 것이 잘못임은 너무나도 명백하다. 분개하지 않을 사람이 없고, 분개해도 위험이 따르지 않는다. 겉은 군자이고 안은 도적인 무리가 행세하면서 나라를 어지럽히는 것은 알기 어렵다. 겉은 군자이고 안은 도적인 무리는 위장술에 능하고, 힘이 있어 정체를 폭로하면 박해를 가할 수 있다. 이 두 가지 이유 때문에 가짜 붓의 경우를 들어 사리를 밝히고 동조자를 확보할 필요가 있다.

가짜 붓을 파는 것 같은 작은 일을 보면 크게 분개해 길길이 날뛰는 사람들이 적지 않다. 그런 소인배는 가짜 군자가 나라를 어지럽히는 것 같은 큰일은 알지 못해 가만있고, 짐작은 해도 관심을 가지다가는 손해를 볼까 염려해 외면하면서 신중한 태도를 자랑한다. 이런 잘못을 고발하고 시정하려는 것이 이 글을 쓴 의도이다.

붓 장사는 먹고살기 위해 하는 수 없이 작은 잘못을 저지르니 너그럽게 보아주어야 한다. 나라를 어지럽히는 가짜 군자는 동정의 여지가 없고, 정상 참작을 할 수도 없다. 죄과를 엄중하게 묻고 징치하기 위해 싸워야 한다. 글 쓰는 사람은 물리적인 힘이 모자라지만 정체 폭로의 중대 과업을 맡는다.

"答"은 "대답하다"이다. "石"(석)은 "돌"이다. "問"(문)은 "물음"이다. "答石問"(답석문)은 "돌의 물음에 대답하다"이다.

원문 有石礐然大者 問於予曰 子爲天所生 居地之上 安如覆盂 固若植根 不爲物轉 不爲人移保其性 完其貞 信樂矣 子亦受天所命 得而爲人 人固靈 於物者也 曷不自由其身 自適其性 常爲物所使 常爲人所推 物或有誘 則溺焉而不出 物或不來 則慘然而不樂 人肯則伸焉 人排則屈焉 失本眞 無特操 莫爾若也 夫靈於物者 亦若是乎

子笑 而答之 曰 汝之爲物 何自而成 佛書亦云 愚鈍癡頑 精神化爲木石 然則汝旣喪其妙精元明 落此頑然者也 況復和氏之璞見剖也 汝亦從而俱剝 崐岡之玉將焚也 汝亦與之同煎 抑又予若駕龍而 升天也 汝必爲之屬石 因得而踐焉 吾將示死而 入地也 汝當爲之豐碑 因刻而傷焉 兹詎非爲物所轉 且傷其性 而反笑我爲

予 則 內全實相 而外空緣境 爲物所使也 無心於物 爲 人所推也 無忤於人 迫而後動 招而後往 行則行 止則止 無可無不可也 子不見虛舟乎 予類夫是者也 子何詰哉

石慚 而無對

읽기 有石(유석)하니 礐然大者(각연대자)라. 問於予(문어여) 曰(왈) 子(여) 爲天所生(위천소생)하고 居地之上(거지지상)하니, 安如覆盂(안여복우)하고 固若植根(고약식근)하여 不爲物轉(불위물전)하고 不爲人移(불위인이)니라. 保其性(보기성)하고 完其貞(완기정)하며 信樂矣(신락의)니라. 子(자) 亦(역) 受天所命(수천소명) 得而爲人(득이위인)이로다. 人(인)은 固(고) 靈於

物者也(영어물자야)인데 曷(갈) 不(부) 自由其身(자유기신)하고 自適其性(자적기성)하여 常(상) 爲物所使(위물소사)하고 常(상) 爲人所推(위인소추)하는가? 物(물) 或有誘(혹유유)면 則(즉) 溺焉(익언) 而不出(이불출)하고 物(물) 或不來(혹불래)면 則(즉) 慘然(참연) 而不樂(이불락)하는가? 人肯(인긍) 則伸焉(즉신언)하고 人排(인배) 則屈焉(즉굴언)하는가? 失本眞(실본진)하고 無特操(무특조)가 莫爾若也(막이약야)니라. 夫靈於物者(부영어물자)가 亦若是乎(역약시호)인가?

予(여) 笑而(소이) 答之(답지) 曰(왈) 汝之爲物(여지위물)이 何自而成(하자이성)인가? 佛書(불서) 亦云(역운)하되, 愚鈍癡頑精神(우둔치완정신)이 化爲木石(화위목석)이라니 然則(연즉) 汝(여) 旣喪(기상) 其妙精元明(기묘정원명)하고 落此頑然者也(낙차완연자야)니라. 況(황) 復(부) 和氏之璞(화씨지박) 見剖也(견부야)에 汝(여) 亦(역) 從而俱剝(종이구박)이고, 崐岡之玉(곤강지옥) 將焚也(장분야)에 汝(여) 亦(역) 與之同煎(여지동전)이라. 抑(억) 又(우) 子若駕龍(여약가룡) 而升天也(이승천야)면 汝(여) 必爲之礪石(필위지편석) 因得而踐焉(인득이천언)이라. 吾(오) 將示死(장시사)하고 而入地也(이입지야)면 汝(여)는 當爲之豐碑(당위지풍비)하여 因刻而傷焉(인각이상언)이니라. 玆(자) 詎(거) 非(비) 爲物所轉(위물소전)하고 且傷其性(차상기성)인데 而反笑我爲(이반소아위)리오.

予(여) 則(즉) 內全實相(내전실상)하고 而外空緣境(이외공연경)하고 爲物所使也(위물소사야)에 無心於物(무심어물)하고 爲人所推也(위인소추야)에 無忤於人(무오어인)이니라. 迫而後動(박이후동)하고 招而後往(초이후왕)하니 行則行(행즉행)하고 止則止(지즉지)하여 無可(무가)이고 無不可也(무불가야)니라. 子(자) 不見虛舟乎(불견허주호)인가? 予(여) 類夫是者也(유부시자야)니라 子(자) 何詰哉(하힐재)인가?.

石(석)이 慚(참)하여 而無對(이무대)하니라.

풀이 "有石"(유석)은 "돌이 있다"이다. "嶨然大者"(각연대자)는 "아주 큰 것이다"이다. "問於予"(문어여)는 "나에게 묻다"이다. "曰"(왈)은 "말하다"이다. "予"(여)는 "나"이다. "爲天所生"(위천소생)은 "하늘이 낳은 바 되다"이다. "居地之上"(거지지상)은 "땅 위에서 지내다"이다. "安如覆盂"(안여복우)는 "편안하기가 사발을 엎어놓은 듯하다"이다. "固若植根"(고약식근)은 "단단하기가 뿌리를 심은 것 같다"이다. "不爲物轉"(불위물전)은 "다른 물건이 옮겨놓을 수 없다"이다. "不爲人移"(불위인이)는 "다른 사람이 이동시킬 수 없다"이다. "保其性"(보기성)은 "그 성품을 보전하다"이다. "完其貞"(완기정)은 "그 곧음을 온전하게 하다"이다. 信樂矣(신락의)는 "정말로 즐겁다"이다. "子"(자)는 "그대"이다. "亦"(역)은 "또한"이다. "受天所命"(수천소명)은 "하늘이 명하는 바를 받다"이다. "得而爲人"(득이위인)은 "사람이 되다"이다. "人"(인)은 "사람"이다. "固"(고)는 "진실로"이다. "靈於物者也"(영어물자야)는 "다른 생물보다 신령스럽다"이다. "曷"(갈)은 "어째서"이다. "不"(부)는 "아니다"이다. "自由其身"(자유기신)은 "그 몸을 자유롭게 하다"이다. "自適其性"(자적기성)은 "그 성품을 스스로 적합하게 하다"이다. "常"(상)은 "언제나"이다. "爲物所使"(위물소사)는 "물건을 위해 부림을 당하다"이다. "爲人所推"(위인소추)는 "다른 사람을 위해 밀리다"이다. "物"(물)은 "물건"이다. "或有誘"(혹유유)는 "혹 유혹하는 바 있다"이다. "溺焉"(익언)은 "빠지다"이다. "不出"(불출)은 "나오지 않다"이다. "或不來"(혹불래)는 "혹 오지 못하다"이다. "慘然"(참연)은 "비참하게"이다. "而不樂"(이불락)은 "즐겁지 않다"이다. "人肯"(인긍)은 "사람이 좋다고 하다"이다. "伸焉"(신언)은 "(몸을) 펴다"이다. "人排"(인배)는 "사람이 배척하다"이다. "屈焉"(굴언)은 "(몸을) 굽히다"이다. "失本眞"(실본진)은 "본래의 진실을 잃다"이다. "無特操"(무특조)는 "특별한 지조가 없다"이다. "莫爾若也"(막이약야)는 "너와 같은 것이 없다"이다. "夫"(부)는 "무릇"이다. "靈於物者"(영어물자)는 "다른 생물보다 신령한 것"이다. "亦

若是乎"(역약시호)는 "또한 이와 같은가?"이다.

"予"(여)는 "나"이다. "笑而"(소이)는 "웃으면서"이다. "答之"(답지)는 "이에 대답하다"이다. "汝之爲物"(여지위물)은 "네가 물건 됨"이다. "何自而成"(하자이성)은 "어떻게 무엇으로부터 이루어졌는가?"이다. "佛書"(불서)는 "불교 서적"이다. "亦云"(역운)은 "또한 이르다"이다. "愚鈍癡頑精神"(우둔치완정신)은 "어리석고 둔하고 미련하고 완고한 정신"이다. "化爲木石"(화위목석)은 "변해서 목석이 되다"이다. "然則"(연즉)은 "그런즉"이다. "汝"(여)는 "너"이다. "旣喪"(기상)은 "이미 잃다"이다. "其妙精元明"(기묘정원명)은 "그 묘하고 정교하고 으뜸가고 밝다"이다. "落此頑然者也"(낙차완연자야)는 "이처럼 완고한 것에 떨어지다"이다. "況"(황)은 "하물며"이다. "復"(부)는 "또한"이다. "和氏之璞"(화씨지박)은 "화씨의 옥"이다. "見剖也"(견부야)는 "갈라짐을 당하다"이다. "從而俱剖"(종이구박)은 "따라서 함께 쪼개지다"이다. "崐岡之玉"(곤강지옥)은 "곤강의 옥"이다. "將焚也"(장분야)는 "장차 불타다"이다. "與之同煎"(여지동전)은 "그것과 함께 타다"이다. "抑"(억)은 "아니면"이다. "予若駕龍"(여약가룡)은 "내가 만약 용을 타다"이다. "而升天也"(이승천야)는 "하늘로 올라가다"이다. "必爲之礪石"(필위지편석)은 "너는 틀림없이 받침돌이 되다"이다. "因得而踐焉"(인득이천언)은 "그 때문에 밟히게 되다"이다. "將示死"(장시사)는 "장차 죽게 되다"이다. "入地也"(입지야)는 "땅에 들어가다"이다. "當爲之豐碑"(당위지풍비)는 "당연히 큰 비석이 되다"이다. "因刻而傷焉"(인각이상언)은 "그 때문에 파여서 상한다"이다. "玆"(자)는 "이것"이다. "詎"(거)는 "어찌"이다. "非"(비)는 "아니다"이다. "爲物所轉"(위물소전)은 "물건을 위해 전락하다"이다. "且傷其性"(차상기성)은 "또한 그 본성이 손상되다"이다. "反笑我爲"(반소아위)는 "도리어 나를 비웃다"이다.

"여"(予)는 "나"이다. "則"(즉)은 "곧"이다. "內全實相"(내전실상)은 "안으로 실상을 온전하게 하다"이다. "外空緣境"(외공연경)은 "밖으로 인연

의 경계를 비우다"이다. "爲物所使也"(위물소사야)는 "물건을 위해 부림을
당하다"이다. "無心於物"(무심어물)은 "물건이 마음에 있지 않다"이다.
"爲人所推也"(위인소추야)는 "사람을 위해 밀리다"이다. "無忤於人"(무오어
인)은 "사람에게 말려들지 않다"이다. "迫而後動"(박이후동)은 "다그친 다
음에 움직이다"이다. "招而後往"(초이후왕)은 "부른 다음에 가다"이다.
"行則行"(행즉행)은 "갈 만하면 가다"이다. "止則止"(지즉지)는 "멈출 만
하면 멈추다"이다. "無可"(무가)는 "가함이 없다"이다. "無不可也"(무불가
야)는 "불가함이 없다"이다. "不見虛舟乎"(불견허주호)는 "빈 배를 보지
못하는가?"이다. "類夫是者也"(유부시자야)는 "이와 비슷한 자이다"이다.
"何詰哉"(하힐재)는 "어째서 힐난하는가?"이다.

　"石"(석)은 "돌"이다. "慚"(참)은 "부끄럽다"이다. "而無對(이무대)는
"그리고 대답이 없다"이다.

번역 아주 큰 돌이 내게 물었다. "나는 하늘이 낳은 바 되어, 땅 위에서
지낸다. 편안하기가 사발을 엎어놓은 듯하고, 단단하기가 뿌리를 심은
것 같다. 다른 물건이 옮겨놓을 수 없고, 사람도 이동시킬 수 없다. 성
품을 보전하고, 곧음을 온전하게 하니 정말로 즐겁다. 그대 또한 하늘이
명하는 바를 받아 사람이 되었다. 사람이란 진실로 다른 생물들보다 신
령스럽다. 어째서 몸을 자유롭게 하며 성품을 스스로 적합하게 하지 않
고, 언제나 물건을 위해 부림을 당하고, 사람을 위해 밀리는가? 물건이
혹 유혹하는 바 있으면 빠져서 나오지 못하고, 물건이 혹 나타나지 않
으면 비참해져 즐겁지 않구나. 다른 사람이 좋다고 하면 몸을 펴고, 다
른 사람이 배척하면 몸을 굽히는구나. 본래의 진실을 잃고 특별한 지조
가 없는 자가 너와 같은 것이 더 없구나. 무릇 다른 생물들보다 신령하
다는 것이 또한 이와 같은가?"
　나는 웃으면서 이에 대답해 말했다. "네가 물건 됨은 어떻게 무엇으

로부터 이루어졌는가? 불교 서적에서도 일렀다. 어리석고 둔하고 미련하고 완고한 정신은 변해서 목석이 되었다고. 그러니 너는 이미 묘하고 정교하고 으뜸가고 밝은 것을 이미 잃고, 그처럼 완고한 것에 떨어졌다. 하물며 또한 화씨(和氏)의 옥이 갈라질 때 너도 따라서 함께 쪼개졌다. 곤강(崑岡)의 옥이 장차 불타면 너도 또한 함께 탄다. 또한 내가 만약 용을 타고 하늘로 올라가면, 너는 틀림없이 받침돌이 되어 밟히게 된다. 내가 장차 죽어 땅에 들어가면, 너는 당연히 큰 비석이 되고, 그 때문에 파여서 상한다. 이것이 어찌 물건을 위해 전락되고, 또한 그 본성이 손상되는 것이 아니겠는가? 그런데 도리어 나를 비웃는가?

나는 안으로 실상을 온전하게 하고, 밖으로 인연의 경계를 비운다. 물건을 위해 부림을 당한다고 해도 물건이 마음에 있지 않다. 사람을 위해 밀린다고 해도 사람에게 말려들지 않는다. 다그친 다음에 움직이고, 부른 다음에 간다. 갈 만하면 가고, 멈출 만하면 멈춘다. 가함이 없고, 불가함도 없다. 그대는 빈 배를 보지 못하는가? 나는 그것과 비슷하다. 그대가 어째서 힐난하는가?"

돌이 부끄럽게 여기고, 대답이 없었다.

논의 "화씨(和氏)의 옥이 갈라질 때 너도 따라서 함께 쪼개지고, 곤강(崑岡, 崑崙山)의 옥이 장차 불타면 너도 또한 함께 탄다"는 고사를 이용한 것이 거슬린다. 고사가 없는 글을 고르려고 한 것이 뜻대로 되지 않아 미편하다. 바라지 않은 변동이 불가피하게 일어나면 제 아무리 굳은 돌이라도 수난을 피할 수 없다고 하는 상투적인 교훈을 말하려고 진부한 고사를 이용했다고 이해하기로 한다.

돌이 물어서 대답한다는 있을 수 없는 상황을 설정하고, 분에 넘치는 말을 함부로 했다. 내가 용이 되어 하늘에 올라가면 돌은 디딤돌이 되어 밟힌다. 내가 죽으면 돌은 비석이 되어 비석이 되어 훼손된다. 이런 말을 하면서 자기가 잘났다고 우쭐대자는 것인가? 전연 움직이지 않고 돌처럼 살아가도 열세이면 짓밟히게 마련이라고, 얄밉다고 할 만큼 빈정 대면서 한 수작이다. 돌이 약이 올라 무덤덤하게 있을 수 없게 했다.

돌과 나의 대화는 자연물과 사람의 차이에 관한 것이 아니다. 살아나 가는 자세가 다른 저런 사람과 이런 사람 사이의 논란이다. 큰 돌처럼 굳건하게 자리를 잡고 움직이지 않으면 시련을 겪지 않는다고 하는 저 런 사람의 주장에 대해 이런 사람이 반론을 제기했다. 굳건하기만 한 완고한 자세를 견지하는 것은 못난 짓이다. 못난 짓이 자랑일 수 없다.

일관성을 존중하고, 신중론을 가르치는 모든 교훈은 험한 세태를 만 나면 무력해진다. 그런 줄 모르고 바보 노릇을 하지 말아야 한다. 돌처 럼 자세를 굳게 하고 움직이지 않으려고 해도, 뜻밖의 사태가 일어나 시달리지 않을 수 없다. 어떤 경우에도 가만있겠다는 것은 소극적인 도 피이며, 위기에 대처하는 방법일 수 없다.

적극적으로 나서서 뜻을 이루면 된다고 한 것은 아니다. 지나친 욕심 을 가지지 않고 형세대로 움직이는 것이 마땅하다고 했다. 세상과 부딪 혀서 피해자가 되지 말고, "갈 만하면 가고, 멈출 만하면 멈추는" 빈 배 처럼 살아가는 것이 현명하다고 했다. 세상을 삐딱하게 보는 것처럼 알 도록 하고서 내심에 감추어둔 슬기로움을 조금 알려주었다.

"물건을 위해 부림을 당한다고 해도 물건이 마음에 있지 않다. 사람 을 위해 밀린다고 해도 사람에게 말려들지 않는다." 이것은 세상에서 살 아가려면 물건이나 사람과 얽히지 않을 수 없지만, 집착이나 종속을 거 부하고 내심의 자존을 온전하게 지닌다는 말이다. 마음을 비우고 처사접 물(處事接物)을 적절하게 하는 지혜를 말했다고 할 수도 있다.

원문 余少好游 嘗欲徧觀方內山川 而顧不能如其志

間嘗 東游楓嶽 放乎大瀛海 觀日月所出 撫永郎述郎之遺跡 西入天磨聖居 窺朴淵之壯 南登月出 以臨漲海 亦嘗家白雲山下 得窮春州谷雲之勝 其他 如摩尼首陽龍門諸山 亦皆一寓目

然此在方內山川 特十之一二耳 世所稱大山如智異太白漢挐者 皆未及見 然余獨聞妙香在諸山最雄特奇秀 其佛宇最精麗 又最多高僧名釋 以此最願見 而地遠未能 往往歲 嘗西渡浿江 登百祥樓 以臨薩水 從樓上東北望香山 在百里外 可一宿至 會行事迫遽 不暇往 至今恨之

今者 遇西僧玄素於三角山中 爲余道香山之勝甚悉 余於是益聞所不聞 幾欲棄百事往 而不可得矣 玄素 容貌雅靜 言談有趣 嘗入是山 坐禪十年間者 出而周游 徧歷七寶楓嶽龍門寶蓋諸山 以至于此 今將復歸于山中 而不復出矣

余旣夙慕是山 早晩必當一往 舊聞 金仙佛影之間 常多入定僧 余將於是乎問素 其尙可以得見否 於其行 書以約之

읽기 余少好游(여소호유)하여 嘗欲徧觀方內山川(상욕편관방내산천) 而顧不能如其志(이고불능여기지)하도다.

間嘗(간상)에 東游楓嶽(동유풍악)하여 放乎大瀛海(방호대영해)하고 觀日月所出(관일월소출)하고 撫永郎述郎之遺跡(무영랑술랑지유적)하도다. 西入天磨聖居(서입천마성거)하여 窺朴淵之壯(규박연지장)하도다. 南登月出(남등월출)하여 以臨漲海(이임창해)하도다. 亦嘗家白雲山下(역상가백운산하)하여 得窮春州谷雲之勝(득궁춘주곡운지승)했도다. 其他(기타) 如摩尼首陽龍門諸山(여마니수양용문제산)도 亦皆一寓目(역개일우목)하도다.

然(연)이나 此(차)는 在方內山川(재방내산천)의 特十之一二耳(특십지일이이)니라. 世所稱大山如智異太白漢挐者(세소칭대산여지리태백한라자)는 皆未及見(개미급견)이니라. 然(연)이나 余獨聞(여독문)하니, 妙香在諸山最雄特奇秀(묘향재제산최웅특기수)하고 其佛宇最精麗(기불우최정려)하고 又最多高僧名釋(우최다고승명석)하므로, 以此最願見(이차최원견)하나 而地遠未能(이지원미능)이도다. 往往歲(왕왕세)에 嘗西渡浿江(상서도패강)하고 登百祥樓(등백상루)하여 以臨薩水(이임살수)할새 從樓上東北望香山(종루상동북망향산)이 在百里外(재백리외)라 可一宿至(가일숙지)하나, 會行事迫遽(회행사박거)하여 不暇往(불가왕)함을 至今恨之(지금한지)하노라.

今者(금자)에 遇西僧玄素於三角山中(우서승현소어삼각산중)하니 爲余道香山之勝甚悉(위여도향산지승심실)하니 余於是益聞所不聞(여어시익문소불문)하여 幾欲棄百事往(기욕기백사왕)이나 而不可得矣(이불가득의)라. 玄素(현소)는 容貌雅靜(용모아정)하고 言談有趣(언담유취)하며, 嘗入是山(상입시산)하여 坐禪十年間者(좌선십년간자)니라. 出而周游(출이주유)하여 徧歷七寶楓嶽龍門寶蓋諸山(편력칠보풍악용문보개제산)하고 以至于此(이지우차)하여 今將復歸于山中(금장복귀우산중)하고 而不復出矣(이불부출의)하니라.

余旣夙慕是山(여기숙모시산)하여 早晩必當一往(조만필당일왕)하리라. 舊聞(구문)하되 金仙佛影之間(금선불영지간)에 常多入定僧(상다입정승)이리라. 余將於是乎問素(여장어시호문소)하면 其尙可以得見否(기상가이득견부)이나, 於其行(어기행)에 書以約之(서이약지)하노라.

풀이 "余少好游"(여소호유)는 "나는 어렸을 적에 유람을 좋아하다"이다. "嘗欲徧觀方內山川"(상욕편관방내산천)은 "일찍이 나라 안의 산천을 두루 보고 싶어 하다"이다. "而顧不能如其志"(이고불능여기지)는 "돌아보니 그 뜻대로 되지 않다"이다.

"間嘗"(간상)은 "근래"이다. "東游楓嶽"(동유풍악)은 "동쪽으로 풍악에 유람 가다"이다. "放乎大瀛海"(방호대영해)는 "큰 바다에 다다르다"이다.

"觀日月所出"(관일월소출)은 "해와 달이 돋는 곳을 보다"이다. "撫永郎述
郎之遺跡"(무영랑술랑지유적)은 "영랑과 술랑의 옛 자취를 더듬다"이다.
"西入天磨聖居"(서입천마성거)는 "서쪽으로 천마산과 성거산에 들어가다"
이다. "窺朴淵之壯"(규박연지장)은 "박연폭포의 장대함을 엿보다"이다. "南
登月出"(남등월출)은 "남쪽으로 월출산에 오르다"이다. "以臨漲海"(이임창
해)는 "남해를 내려다보다"이다. "亦嘗家白雲山下"(역상가백운산하)는 "또
한 백운산 아래에서 살다"이다. "得窮春州谷雲之勝"(득궁춘주곡운지승)은
"춘천 골짜기의 좋은 경치를 궁구하다"이다. "其他"(기타)는 "그 밖"이다.
"如摩尼首陽龍門諸山"(여마니수양용문제산)은 "마니산, 수양산, 용문산 등
과 같은 여러 산"이다. "亦皆一寓目"(역개일우목)은 "모두 한 번씩 눈여
겨보다"이다.

"然"(연)은 "그러나"이다. "此"(차)는 "이것"이다. "在方內山川"(재방내
산천)은 "국내에 있는 산천"이다. "特十之一二耳"(특십지일이이)는 "특출
한 것 열의 한둘에 지나지 않는다"이다. "世所稱大山如智異太白漢挐者"(세
소칭대산여지리태백한라자)는 "세상에서 크다고 일컫는 지리산, 태백산,
한라산 같은 것들"이다. "皆未及見"(개미급견)은 "아지 보지 못하다"이다.
"然"(연) "余獨聞"(여독문)은 "내가 홀로 듣다"이다. "妙香在諸山最雄特奇
秀"(묘향재제산최웅특기수)는 "묘향산은 여러 산 가운데 가장 웅대하고
특별하며, 기이하고 빼어나다"이다. "其佛宇最精麗"(기불우최정려)는 "그
곳의 절간이 가장 정갈하고 아름답다"이다. "又最多高僧名釋"(우최다고승
명석)은 "또한 이름 높은 스님이 가장 많다"이다. "以此最願見"(이차최원
견)은 "이 때문에 가장 보고 싶어 하다"이다. "而地遠未能"(이지원미능)은
"그러나 땅이 멀어 가능하지 않다"이다. "往往歲"(왕왕세)는 "이태 전"이
다. "嘗西渡浿江"(상서도패강)은 "서쪽으로 패강을 건넌 적 있다"이다. "登
百祥樓"(등백상루)는 "백상루에 오르다"이다. "以臨薩水"(이임살수)는 "살
수를 내려다보다"이다. "從樓上東北望香山"(종루상동북망향산)은 "누각 동

북쪽으로 묘향산이 바라다보이다"이다. "在百里外"(재백리외)는 "백리 밖에 있다"이다. "可一宿至"(가일숙지)는 "가히 하룻밤 자면 이를 수 있다"이다. "會行事迫遽"(회행사박거)는 "맡은 일이 바쁘다"이다. "不暇往"(불가왕)은 "갈 겨를이 없다"이다. "至今恨之"(지금한지)는 "이제까지 그 일을 한탄하다"이다.

"今者"(금자)는 "이제"이다. "遇西僧玄素於三角山中"(우서승현소어삼각산중)은 "관서 승려 현소를 삼각산에서 만나다"이다. "爲余道香山之勝甚悉"(위여도향산지승심실)은 "나를 위해 묘향산의 빼어남을 아주 소상하게 말하다"이다. "余於是益聞所不聞"(여어시익문소불문)은 "나는 듣지 못한 것을 더욱 많이 듣다"이다. "幾欲棄百事往"(기욕기백사왕)는 "백사를 그만두고 가고 싶다"이다. "而不可得矣"(이불가득의)는 "그러나 그대로 되지 않다"이다. 玄素(현소) "容貌雅靜"(용모아정)은 "생김새가 단아하고 조용하다"이다. "言談有趣"(언담유취)는 "말에 흥취가 있다"이다. "嘗入是山"(상입시산)은 "일찍이 그 산에 들어가다"이다. "坐禪十年間者"(좌선신년간자)는 "앉아 참선하기를 십여 년 한 사람"이다. "出而周游"(출이주유)는 "나와서 두루 유람하다"이다. "徧歷七寶楓嶽龍門寶蓋諸山"(편력칠보풍악용문보개제산)은 "칠보산, 풍악산, 용문산, 보개산 등 여러 산을 둘러보다"이다. "以至于此"(이지우차)는 "이에 이르다"이다. "今將復歸于山中"(금장복귀우산중)은 "이제 산중으로 돌아가려고 하다"이다. "而不復出矣"(이불부출의)는 "그러고는 다시 나오지 않다"이다.

"余旣夙慕是山"(여기숙모시산)은 "나는 전부터 이 산을 사모하다"이다. "早晚必當一往"(조만필당일왕)은 "조만간 한 번 반드시 가다"이다. "舊聞"(구문)은 "전에 듣다"이다. "金仙佛影之間"(금선불영지간)은 "금선대와 불영대 사이"이다. "常多入定僧"(상다입정승)은 "참선하는 승려가 언제나 많다"이다. "余將於是乎問素"(여장어시호문소)는 "나는 장차 거기서 현소를 탐문하다"이다. "其尙可以得見否"(기상가이득견연부)는 "볼 수 있을 것인지 없을 것인지"이다. "於其行"(어기행)은 "그 사람이 가는 길에"이다. "書以約之"(서이약지)는 "글을 써주고 약속하다"이다.

번역 나는 어렸을 적부터 유람을 좋아했다. 일찍이 나라 안의 산천을 두루 보고 싶어 했다. 되돌아보니 뜻대로 되지 않았구나.

근래 동쪽으로 풍악에 유람 갔다. 큰 바다에 다다라 해와 달이 돋는 곳을 보고, 영랑(永郎)과 술랑(述郎)의 옛 자취를 더듬었다. 서쪽으로 천마산과 성거산에 들어가, 박연폭포의 장대함을 엿보았다. 남쪽으로 월출산에 오르고, 남해를 내려다보았다. 또한 백운산 아래에 살면서, 춘천 골짜기의 좋은 경치를 궁구했다. 그 밖의 마니산, 수양산, 용문산 등과 같은 여러 산도 모두 한 번씩 눈여겨보았다.

그러나 이것은 국내에 있는 산천 가운데 특출한 것 열의 한둘에 지나지 않는다. 세상에서 크다고 일컫는 지리산, 태백산, 한라산 같은 것들은 아직 보지 못했다. 내가 홀로 들으니, 묘향산은 여러 산 가운데 가장 웅대하고 특별하며, 기이하고 빼어나다고 한다. 그곳의 절간이 가장 정갈하고 아름답고, 또한 이름 높은 스님이 가장 많다고 한다. 그 때문에 가장 보고 싶어 하지만, 땅이 멀어 가능하지 않다. 이태 전에 서쪽으로 패강을 건넌 적 있었으며, 백상루에 올라 살수를 내려다보았다. 누각 동북쪽으로 묘향산이 바라다보였다. 백리 밖에 있어 가히 하룻밤 자면 이를 수 있었으나, 맡은 일이 바빠 갈 겨를이 없었다. 이제까지 그 일을 한탄한다.

이제 관서 승려 현소(玄素)를 삼각산에서 만나니, 나를 위해 묘향산의 빼어남을 아주 소상하게 말했다. 듣지 못한 것을 더욱 많이 들었다. 백사를 그만두고 가고 싶으나, 그대로 되지 않는다. 현소는 생김새가 단아하고 조용하며, 말에 흥취가 있다. 일찍이 그 산에 들어가, 앉아 참선하기를 십여 년 했다. 나와서 두루 유람하며, 칠보산, 풍악산, 용문산,

보개산 등 여러 산을 둘러보았다. 이에 이르러서는 산중으로 돌아가려고 한다. 그러고는 다시 나오지 않으려고 한다.

나는 전부터 이 산을 사모했다. 조만간 한 번 반드시 가려고 한다. 전에 들으니, 금선대와 불영대 사이에서 참선하는 승려가 언제나 많다고 한다. 장차 거기 가서 현소를 탐문하는데, 만나볼 수 있을 것인가 없을 것인가. 그 사람이 가는 길에 글을 써주고 약속한다.

논의 옛사람들은 생활의 고비마다 쓰는 글이 정해져 있었다. 떠나가는 사람에게 주는 증별서(贈別序)라는 것도 그 가운데 하나이다. 지금은 구두로 몇 마디만 하는 말을 자초지종을 갖춘 글로 써주어 두고두고 읽어볼 수 있게 했다. 반드시 문집에 수록해 당사자가 아닌 우리도 읽고 생각할 것이 있게 한다.

고금이 다른 것은 무슨 이유인가? 교통이 불편한 시절에는 왕래를 쉽게 할 수 없어 이별이 중대사였으며, 어쩌다가 있는 만남과 헤어짐에 대해 많은 생각을 했다. 삶에 대해 깊은 성찰하는 여유가 있어 전하고자 하는 사연이 단순하지 않았다. 다시 만날 기약이 없어도 친분을 확인하고 처지나 생각이 다른 것도 잊지 말자고 했다. 만나고 헤어지는 관계가 용건 처리가 아니고 생각의 교환이던 시절의 이런 증별서를 소중한 유산으로 여겨야 한다.

이 글은 증별서이면서 또한 간추려 쓴 전국 등산기이다. 글쓴이가 산을 좋아해 찾아가 유람한 산이 아주 많으며, 오늘날과는 비할 바 없이 교통이 불편하던 사정을 생각하면 놀랍다고 하지 않을 수 없다. 전국 도처에 명산이 있는 것이 이 나라의 자랑이고, 산이 좋아 산에 오르는 것이 이 나라 사람의 특성임을 확인하게 한다.

글쓴이가 유람 실적을 자랑하고 만 것은 아니다. 세간(世間)의 속인이 출세간(出世間)의 승려에게 글을 써주면서 하고 싶은 말을 했다. 바

뻔 일을 맡고 살아가는 자기도 기회 있을 때마다 산천유람을 했다고 하면서 경력을 소개하고, 더 가보고 싶은 곳이 많다고 했다. 높고 우람해 이름이 크게 난 거봉들보다 경치가 빼어나고 수도하는 고승이 많은 묘향산을 더욱 동경해 반드시 찾아가고 싶다고 했다.

가장 좋은 곳은 아직 가지 못해 생각한 바가 제대로 실현되지 않았다. 세간을 벗어나지 못하고 있으면서 출세간을 동경한다. 묘향산의 승려를 만나 이런 생각을 글로 써주고 뜻한 바를 실행하겠다고 다짐했다. 출세간의 경지에서 노니는 승려를 인도자로 삼고자 한다고 했다. 승려를 얕잡아보던 시대의 위계질서를 뒤집어, 지체와 식견은 차이가 반대로 된다고 했다.

출세간의 승려와 세간의 속인은 산을 좋아하는 것이 같으면서 다르다. 승려는 돌아볼 곳을 다 돌아보고 자기 산으로 들어가 탐구가 완결되는 것을 알려주었다. 속인은 머무를 곳을 찾지 못한다. 정처 없이 떠돌아다니며 모색을 계속하기만 한다. 가고 싶은 곳을 다 가지 못해 안달하고, 승려의 안식에 동참하기를 열망한다. 산이 득도의 표상이지 못하고, 방황의 과정이만 하다.

이 글을 읽고 독자도 많은 생각을 한다. 한곳에 머물러 있지 말고, 멀고 아득한 곳을 돌아다니는 자유를 얻고 싶다. 책을 읽는 것만이 좋은 공부가 아니며, 크고 아름다운 자연을 보고 느낀 바가 있어야 식견이 열린다. 산이 방황의 과정이기만 하지 않고 득도의 표상이기를 바란다. 산을 좋아하는 궁극적인 이유가 무엇인지 생각한다.

원문 文以寫意則止而已矣 彼臨題操毫 忽思古語 强覓經旨 假意謹嚴 逐字矜莊者 譬如招工寫眞 更容貌而前也 目視不轉 衣紋如拭 失其常度 雖良畵史 難得其眞

爲文者 亦何異於是哉 語不必大 道分毫釐 所可道也 瓦礫何棄 故 檮杌惡獸 楚史取名 椎埋劇盜 遷固是叙

爲文者 惟其眞而已矣 以是觀之 得失在我 毁譽在人 譬如 耳鳴而鼻鼾 小兒嬉庭 其耳忽鳴 啞然而喜 潛謂鄰兒曰 爾聽此聲 我耳其嚶 奏鞸吹笙 其團如星 鄰兒傾耳相接 竟無所聽 閔然叫號 恨人之不知也

嘗與鄕人宿 鼾息磊磊 如哇如嘯 如嘆如噓 如吹火 如鼎之沸 如空車之頓轍 引者鋸吼 噴者豕狗 被人提醒 勃然而怒曰 我無是矣

嗟乎 己所獨知者 常患人之不知 己所未悟者 惡人先覺 豈獨鼻耳有是病哉 文章亦有甚焉耳 耳鳴 病也 閔人之不知 況其不病者乎 鼻鼾非病也 怒人之提醒 況其病者乎

故 覽斯卷者 不棄瓦礫 則 畵史之渲墨 可得劇盜之突鬢 毋聽耳鳴 醒我鼻鼾 則 庶乎 作者之意也

읽기 文以寫意(문이사의)면 則(즉) 止而已矣(지이이의)니라. 彼臨題操毫(피임제조호)하고 忽思古語(홀사고어)하고 强覓經旨(강멱경지)하여 假意謹嚴(가의근엄) 逐字矜莊者(축자긍장자)는 譬如(비여)하건대 招工寫眞(초공사진)할새 更容貌而前也(갱용모이전야)라. 目視不轉(목시부전)하고 衣紋如拭(의문여식)하며 失其常度(실기상도)면 雖良畵史(수양화사)라도 難得其眞(난득기진)이니라.

爲文者(위문자)가 亦何異於是哉(역하이어시재)리오. 語不必大(어불필대)

하고, 道分毫釐(도분호리)면 所可道也(소가도야)니 瓦礫何棄(와력하기)리
오. 故(고)로 檮杌惡獸(도올악수)나 楚史取名(초사취명)하고, 椎埋劇盜(추
매극도)를 遷固是叙(천고시서)하니라.

爲文者(위문자)는 惟其眞而已矣(유기진이이의)니라. 以是觀之(이시관지)
하면 得失在我(득실재아)하고 毁譽在人(훼예재인)이라. 譬如(비여)하되, 耳
鳴而鼻鼾(이명이비한)이니라. 小兒嬉庭(소아희정)하다가 其耳忽鳴(기이홀
명)하니 啞然而喜(아연이희)하고 潛謂鄰兒曰(잠위인아왈) 爾聽此聲(이청차
성)하는가, 我耳其嚶(아이기앵)하고 奏鞸吹笙(주필취생)이 其團如星(기단여
성)하다. 鄰兒傾耳相接(인아경이상접)하나 竟無所聽(경무소청)이라 하니,
悶然叫號(민연규호)하며 恨人之不知也(한인지부지야)라.

昔與鄕人宿(석여향인숙)한데 鼾息磊磊(한식뢰뢰)하여 如哇如嘯(여와여
소)하고 如嘆如噓(여탄여허)하고 如吹火(여취화)하고 如鼎之沸(여정지불)
하고, 如空車之頓轍(여공거돈철)하고, 引者鋸吼(인자거후) 噴者豕狗(분자시
후)하였도다. 被人提醒(피인제성)하고 勃然而怒曰(발연이노왈)하되 我無是
矣(아무시의)라.

嗟乎(차호)라, 己所獨知者(기소독지자)는 常患人之不知(상환인지부지)하
고 己所未悟者(기소미오자)는 惡人先覺(오인선각)하나니, 豈獨鼻耳有是病哉
(기독비이유시병재)리오. 文章亦有甚焉耳(문장역유심언이)니라. 耳鳴(이명)
은 病也(병야)인데 悶人之不知(민인지부지)하거늘, 況其不病者乎(황기불병
자호)아. 鼻鼾(비한)은 非病也(비병야)인데 怒人之提醒(노인지제성)하거늘,
況其病者乎(황기병자호)아.

故(고)로 覽斯卷者(남사권자)는 不棄瓦礫(불기와력) 則(즉) 畵史之渲墨
(화사지선묵)으로도 可得劇盜之突鬢(가득극도지돌빈)이리라. 毋聽耳鳴(무청
이명)하고 醒我鼻鼾(성아비한)이면, 則(즉) 庶乎(서호) 作者之意也(작자지
의야)하리라.

풀이 "文以寫意"(문이사의)는 "글로 뜻을 그려내다"이다. "則"(즉)은 "곧"이다. "止而已矣"(지이이의)는 "그칠 따름이다"이다. "彼臨題操毫"(피임제조호)는 "저 글제를 앞에 두고 붓을 잡다"이다. "忽思古語"(홀사고어)는 "갑자기 옛말을 생각하다"이다. "强覓經旨"(강멱경지)는 "억지로 경전의 뜻을 찾다"이다. "假意謹嚴"(가의근엄)은 "뜻을 거짓되게 꾸며 근엄하다"이다. "逐字矜莊者"(축자긍장자)는 "글자마다 장엄함을 자랑하는 것"이다. "譬如"(비여)는 "견주어 말하면 이와 같다"이다. "招工寫眞"(초공사진)은 "화공을 불러 초상을 그리다"이다. "更容貌而前也"(갱용모이전야)는 "용모를 고치고 나오다"이다. "目視不轉"(목시부전)은 "눈이나 시선을 굴리지 않다"이다. "衣紋如拭"(의문여식)은 "옷이나 무늬가 씻어놓은 듯하다"이다. "失其常度"(실기상도)는 "평상시의 태도를 잃다"이다. "雖良畫史"(수양화사)는 "비록 잘 그리는 화가라도"이다. "難得其眞"(난득기진)은 "참된 모습을 얻어내기 어렵다"이다. "爲文者"(위문자)는 "글을 마련하는 사람"이다. "亦何異於是哉"(역하이어시재)는 "또한 이와 어떻게 다르겠는가"이다.

"語不必大"(어불필대)는 "말은 반드시 클 필요가 없다"이다. "道分毫釐"(도분호리)는 "도(道)는 작은 터럭에서도 나누어지다"이다. "所可道也"(소가도야)는 "도(道)라고 할 수 있는 바이다"이다. "瓦礫何棄"(와력하기)는 "기와나 자갈 같은 것인들 왜 버리리오"이다. "故"(고)는 "그러므로"이다. "檮杌惡獸"(도올악수)는 "도올(檮杌)은 나쁜 짐승이다"이다. "楚史取名"(초사취명)는 "초(楚)나라 역사서의 이름으로 삼다"이다. "椎埋劇盜"(추매극도)는 "때려죽이기도 하고 암매장하기고 하는 극악한 도적"이다. "遷固是叙"(천고시서)는 "사마천(司馬遷)이나 반고(班固)가 이것을 서술하다"이다.

"爲文者"(위문자)는 "글을 마련하는 사람"이다. "惟其眞而已矣"(유기진이이의)는 "오직 진실하면 되다"이다. "以是觀之"(이시관지)는 "이 점을 근거로 살피다"이다. "得失在我"(득실재아)는 "얻고 잃는 것은 내게 달려 있다"이다. "毁譽在人"(훼예재인)은 "비방하거나 칭찬하는 것은 다른 사람의 소관이다"이다. "譬如"(비여)는 "비유하면 이렇다"이다. "耳鳴而鼻鼾"(이명이비한)은 "귀에서 소리가 들리거나 코를 고는 것"이다.

"小兒嬉庭"(소아희정)은 "아이가 뜰에서 놀다"이다. "其耳忽鳴"(기이홀명)은 "귀에서 갑자기 소리가 울리다"이다. "啞然而喜"(아연이희)는 "아주 기뻐하다"이다. "潛謂鄰兒曰"(잠위인아왈)은 "곁에 있는 아이에게 가만히 말하다"이다. "爾聽此聲"(이청차성)은 "너도 이 소리가 들리나?"이다. "我耳其嚶"(아이기앵)은 "내 귀에서 새 소리가 나다"이다. "奏鞸吹笙"(주필취생)은 "피리 불고 생황을 켜다"이다. "其團如星"(기단여성)은 "둥그런 것이 별과 같다"이다. "鄰兒傾耳相接"(인아경이상접)은 "곁에 있는 아이가 귀 기울이며 맞대다"이다. "竟無所聽"(경무소청)은 "끝내 들리는 것이 없다"이다. "閔然叫號"(민연규호)는 "가엾다고 소리 지르다"이다. "恨人之不知也"(한인지부지야)는 "다른 사람은 모르는 것을 한탄하다"이다.

"昔與鄉人宿"(상여향인숙)은 "일찍이 시골 사람과 함께 잠을 자다"이다. "鼾息磊磊"(한식뢰뢰)는 "코 골며 숨 쉬는 소리 겹겹이 쌓이다"이다. "如哇如嘯"(여와여소)는 "토하는 것 같고 울부짖는 것 같다"이다. "如嘆如噓"(여탄여허)는 "탄식하는 것 같고 흐느끼는 것 같다"이다. "如吹火"(여취화)는 "불이 불어대는 것 같다"이다. "如鼎之沸"(여정지불)은 "솥에서 물이 끓는 것 같다"이다. "如空車之頓轍"(여공거돈철)은 "빈 수레가 갑자기 덜컹거리는 것 같다"이다. "引者鋸吼"(인자거후)는 "끌어당기는 것은 톱을 켬이다"이다. "噴者豕狗"(분자시후)는 "내뿜는 것은 돼지 꿀꿀거림이다"이다. "被人提醒"(피인제성)은 "그 사람을 깨우다"이다. "勃然而怒曰"(발연이노왈)은 "발끈 화를 내면서 말하다"이다. "我無是矣"(아무시의)는 "나는 그러지 않았다"이다.

"嗟乎"(차호)는 탄식하는 말이다. "己所獨知者"(기소독지자)는 "자기 혼자 아는 사람"이다. "常患人之不知"(상환인지부지)는 "늘 다른 사람이 몰라준다고 근심하다"이다. "己所未悟者"(기소미오자)는 "자기가 깨닫지 못한 사람"이다. "惡人先覺"(오인선각)은 "다른 사람이 먼저 알아차리는 것을 싫어하다"이다. "豈獨鼻耳有是病哉"(기독비이유시병재)는 "어찌 코나 귀에만 이런 병이 있으리"이다. "文章亦有甚焉耳"(문장역유심언이)는 "글에도 심한 것이 있다"이다. "耳鳴"(이명)은 "귀에서 소리가 들리는 것"이다. "病也"(병야)는 "병이다"이다. "悶人之不知"(민인지부지)는 "다른 사람이 알아주지 않는 것을 근심하다"이다. "況其不病者乎"(황기불병자호)는 "하물며 병이 아닌 것이야"이다. "鼻鼾"(비한)은 "코골이"이다. "非病也"(비병야)는 "병이 아니다"이다. "怒人之提醒"(노인지제성)는 "다른 사람이 깨워주는 것을 노여워하다"이다. "況其病者乎"(황기병자호)는 "하물며 병인 것이야"이다.

"故"(고)는 "그러므로"이다. "覽斯卷者"(남사권자)는 "이 책을 보는 사람"이다. "不棄瓦礫"(불기와력)은 "기와나 자갈 같은 것들을 버리지 않다"이다. "則"(즉)은 "곧"이다. "畫史之渲墨"(화사지선묵)은 "화가가 먹을 거듭 칠하다"이다. "渲"은 "渲染法"(선염법)의 준말이며, 먹을 거듭 칠해 붓자국을 없애는 수법이다. "可得劇盜之突鬢"(가득극도지돌빈)은 "극악한 도적 귀밑에 갑자기 돋은 털을 얻어내다"이다. "毋聽耳鳴"(무청이명)은 "귀에서 나는 소리를 듣지 않다"이다. "醒我鼻鼾"(성아비한)은 "내가 코 고는 것을 깨닫다"이다. "則"(즉)은 "곧"이다. "庶乎"(서호)는 "가깝다"이다. "作者之意也"(작자지의야)는 "작자가 뜻하다"이다.

번역 글은 뜻을 그려내고 그칠 따름이다. 글제를 앞에 두고 붓을 잡으면 갑자기 옛말을 생각하고, 억지로 경전의 뜻을 찾으며, 뜻을 거짓되게 꾸며 근엄한 체하고, 글자마다 장엄함을 자랑하려고 해서야 되겠는가. 비유하자면, 화공을 불러 초상을 그리라고 하고, 용모를 고치고 나와 시선을 고정시키고, 옷이나 무늬를 씻어놓은 듯이 꾸며 평상시의 태도를 잃으면, 비록 잘 그리는 화가라도 참된 모습을 얻어내기 어렵다. 글을 마련하는 사람이 또한 이와 어떻게 다르겠는가?

말은 반드시 클 필요가 없다. 도(道)는 작은 터럭에서도 나누어지니, 도라고 할 수 있다면 기와나 자갈 같은 것인들 왜 버리겠는가? 이런 까닭에 도올(檮杌)은 나쁜 짐승인데, 초(楚)나라에서 역사서의 이름으로 삼았다. 때려죽이기도 하고 암매장하기도 하는 극악한 도적을 사마천(司馬遷)이나 반고(班固)가 글에 올렸다.

글을 마련하는 사람은 오직 진실하면 된다. 이 점을 근거로 살피면, 얻고 잃는 것은 내게 달려 있고, 비방하거나 칭찬하는 것은 다른 사람의 소관이다. 귀에서 소리가 들리거나 코를 고는 것을 비유로 들어 말해보자. 아이가 뜰에서 놀다가 귀에서 갑자기 소리가 울리니 아주 기뻐했다. 곁에 있는 아이에게 가만히 말했다. "너도 이 소리가 들리나? 내 귀에서 새 소리가 난다. 피리 불고 생황을 켠다. 둥그런 것이 별과 같다." 곁에 있는 아이가 귀 기울이며 맞대도 끝내 들리는 것이 없다고 하니, 가엾다고 소리 지르고, 다른 사람은 모르는 것을 한탄했다.

일찍이 시골 사람과 함께 잠을 잔 적 있었다. 코 골며 숨 쉬는 소리 겹겹이 쌓여, 토하는 것 같고 울부짖는 것 같았다. 탄식하는 것 같고 흐느끼는 것 같고, 불이 불어대는 것 같고, 솥에서 물이 끓는 것 같고, 빈 수레가 갑자기 덜컹거리는 것 같았다. 끌어당기는 것은 톱을 켬이고, 내뿜는 것은 돼지 꿀꿀거림이었다. 그 사람을 깨우니, 발끈 화를 내면서 말했다. "나는 그렇게 하지 않았다."

아 그렇다. 자기 혼자 안다는 사람은 늘 다른 사람이 몰라준다고 근심한다. 자기가 깨닫지 못한 사람은 다른 사람이 먼저 알아차리는 것을 싫어한다. 어찌 코나 귀에만 이런 병이 있으리오. 글에도 심한 증세가 있다. 귀에서 소리가 들리는 것은 병인데, 다른 사람이 알아주지 않는 것을 근심한다. 하물며 병이 아닌 것이야 말할 것이 있는가? 코골이는 병이 아닌데, 다른 사람이 깨워주면 노여워한다. 하물며 병인 것이야 말할 것이 있는가?

그러므로 이 책을 보는 사람은 기와나 자갈 같은 것들을 버리지 않고, 화가가 먹을 거듭 칠하는 수법으로도 극악한 도적의 귀밑에 갑자기 돋은 털까지 얻어내리라. 귀에서 나는 소리를 듣지 않고, 자기가 코 고는 것을 깨달으면, 작자가 뜻한 데 가까워지리라.

논의 글은 위신을 차리고 행세를 하려고 쓰는 것이 아니다. 삶의 실상을 그려내야 한다. 삶의 실상을 그려내려면 괴이한 짓까지 비속한 말을 사용해 있는 그대로 전해야 한다. 이런 지론을 흥미롭게 구체화하는 글에 관한 글을 썼다.

잘못된 글은 어떤 것인지 납득할 수 있게 말하려고 충격을 주는 예증을 둘 들었다. 자기 귀에서 나는 소리를 자랑하면서 다른 사람들은 알아주지 않는다고 불평하는 아이와 같은 글도 있다고 했다. 코를 심하게 골아 피해를 끼치면서 그런 일이 없다고 잡아떼는 촌사람 같은 글도 있다고 했다.

자기 귀에서 소리가 난다는 것은 병이다. 혼자 환상에 들떠 헛소리를 하는 병을 앓으면서 남들이 몰라준다고 나무라기까지 하니, 병이 아닌 정도의 이상증세까지 구태여 시비할 것은 없다고 했다. 코를 골아 시끄럽게 하는 짓이야 병이라고 할 것까지 없다. 그런 글을 자기 좋은 대로 마구 써내는 것을 막을 수 없으니, 병이 분명한 일탈행위를 제어하는 것은 더욱 난감하다고 했다.

오늘날의 상황을 생각하면서 글을 다시 읽어보자. "새 소리가 난다. 피리 불고 생황을 켠다. 둥그런 것이 별과 같다." 이런 서정시가 넘치듯이 많다. 오묘한 것을 발견을 했다고 흥분하면서 자기 작품을 알아주지 않는 것을 나무란다. 착각은 진실성이 없다고, 지금은 누가 어떻게 일러주는가?

"토하는 것 같고 울부짖는 것 같았다. 탄식하는 것 같고 흐느끼는 것 같고, 불을 부는 것 같고, 솥에서 물이 끓는 것 같고, 빈 수레가 갑자기 덜컹거리는 것 같았다. 끌어당기는 것은 톱을 켬이고, 내뿜는 것은 돼지 꿀꿀거림이었다." 이런 수작을 쏟아 붓는 소설도 흔해빠졌다. 소리가 요란하면 시끄럽기만 하다고, 어떤 이론을 갖추고 나무랄 것인가?

귀에서 소리가 난다고 하거나 코를 골아 시끄럽게 하는 것 같은 글을 쓰지 말라고 당부하기에 앞서서, "기와나 자갈 같은 것들"을 버리지 않아야 한다는 말을 다시 했다. "극악한 도적의 귀밑에 갑자기 돋은 털까지" 그려내면서 붓자국은 지우는 화가의 수법을 본받으라고도 했다. 삶의 실상은 아무리 사소한 것이라도 충실하게 보여주고, 작가의 모습은 드러내지 않아야 한다는 말이다. 작가가 행세를 하려고 글을 쓰면서 어쭙잖은 이론을 표방하기까지 하는 풍조를 질타했다.

위신을 차리려고 허세를 부리지 말고 현실을 있는 그대로 그려야 한다는 주장을 특이한 방식으로 제시해, 흔히 볼 수 있는 범속한 사실주의를 넘어섰다. 전후의 연결을 차단하고 충격을 추는 예증을 느닷없이 제시하는 수법을 관념 타파의 작전으로 삼았다. 목표 재설정 못지않게 방법 혁신이 소중하다고 글쓰기 시범을 보이면서 깨우쳐주었다.

이 글은 당대에 필요한 것이었을 뿐만 아니라 지속적인 의의를 가진다. 오늘날의 문학창작을 바로잡기 위해 더욱 긴요한 치료제이다. 한편으로는 내면의 환상에 사로잡혀 있고 다른 한편으로는 사실주의를 우상으로 섬기는 양극의 병폐를 일거에 도려내고, 삶의 진실을 벼락 치듯이 살려내는 충격 요법이다.

원문 慵夫 不知何許人也 凡諸謀爲一於慵 故 世呼爲 慵夫 官至散官直長 家有 書五千卷而慵不披 頭瘍體疥 而慵不醫 在室慵坐 在途慵行 茫茫然 若木偶人 也 閤室患之 謁巫而禱之 卒不能禁也

　勤須子 學旣成 慨然有濟人之志 以其學來攻 慵夫 方以慵之病 踑踞散髮 瞠目而坐 勤須子曰 自古人也 莫不 以勤而生 以慵而敗 是故 聖人 皆以勤自 守 文王日昃不暇 禹惜寸陰勤也 不寧猶是 風雨也 霜雪也 周乎四時 載育萬物 者 天之勤也 天可學也不可違也 違天不祥

　慵夫 莞爾而笑曰 我則敎子 子何敎於我 人生百年 心形俱勞 晝則營營作役 朝夕乎奔走 無不爲也 夜而假寐 噲嚏而達旦 復何用哉 至人不如是也 操戈而 逐之

　勤須子 良久而思之曰 余知術矣於是 盛酒于器 隨之 以鄭聲 伺間而進曰 今 日風氣暄和 鳥鳴于山 思與子罄歡 可乎

　慵夫 欣然而笑 投袂而起 履及於門 杖及於道 數十年之慵 一時頓盡 相與 擧酒大 噱後 遂以勤終焉

읽기 慵夫(용부)는 不知何許人也(부지하허인야)니라. 凡諸謀爲一於慵(범제모 위일어용)하니 故(고)로 世呼爲(세호위) 慵夫(용부)라 하니라. 官至散官直 長(관지산관직장)하고 家有書五千卷(가유서오천권)이나 而慵不披(이용불피) 니라. 頭瘍體疥(두역체개)라도 而慵不醫(이용불의)니라. 在室慵坐(재실용 좌)하고, 在途慵行(재도용행)하니, 茫茫然(망망연) 若木偶人也(약목우인야) 니라. 閤室患之(합실환지)하여 謁巫而禱之(알무이도지)라도 卒不能禁也(졸 불능금야)니라.

　勤須子(근수자)가 學旣成(학기성)하고 慨然有濟人之志(개연유제인지지)

하고 以其學來攻(이기학내공)하니, 慵夫(용부) 方以慵之病(방이용지병)으로 跬踞散髮(기거산발)하고 瞠目而坐(당목이좌)하더라. 勤須子曰(근수자왈)하되, 自古人也(자고인야)가 莫不(막불) 以勤而生(이근이생)하고 以慵而敗(이용이패)니라. 是故(시고)로 聖人(성인)은 皆以勤自守(개이근자수)하니라. 文王日昃不暇(문왕일측불가)하고 禹惜寸陰勤也(우석촌음근야)니라. 不寧猶是(불령유시)하니 風雨也(풍우야)며 霜雪也(상설야)며, 周乎四時(주호사시)하고 載育萬物者(재육만물자)는 天之勤也(천지근야)니라. 天可學也(천가학야)요 不可違也(불가위야)니라. 違天不祥(위천불상)이니라.

慵夫(용부)는 莞爾而笑曰(완이이소왈)하고, 我則敎子(아즉교자)인데 子何敎於我(자하교어아)인가? 人生百年(인생백년)에 心形俱勞(심형구노)로다. 晝則營營作役(주즉영영작역)하고 朝夕乎奔走(조석호분주)하며 無不爲也(무불위야)라. 夜而假寐(야이가매)하고 喑囈而達旦(암예이달단)하니 復何用哉(부하용재)리오. 至人不如是也(지인불여시야)라 하고, 操戈而逐之(조과이축지)하더라.

勤須子(근수자)가 良久而思之曰(양구이사지왈)하되, 余知術矣於是(여지술의어시)하니라. 盛酒于器(성주우기)하고 隨之以鄭聲(수지이정성)하여 伺間而進曰(사간이진왈)하되, 今日風氣暄和(금일풍기훤화)하고 鳥鳴于山(조명우산)하니 思與子罄歡(사여자경환)함이 可乎(가호)인가?

慵夫(용부) 欣然而笑(흔연이소)하고 投袂而起(투메이기)하고 履及於門(이급어문) 杖及於道(장급어도)하더라. 數十年之慵(수십년지용)이 一時頓盡(일시돈진)하고, 相與擧酒大噱後(상여거주대갹후)에 遂以勤終焉(수이근종언)하더라.

풀이 "慵夫"(용부)는 "게으름뱅이"이다. "不知何許人也"(부지하허인야)는 "어떤 사람인지 알 수 없다"이다. "凡諸謀爲一於慵"(범제모위일어용)은 "무릇 꾀하는 것이 게으름 하나이다"이다. "故"(고)는 "그러므로"이다. "世呼

爲"(세호위)는 "세상에서 일컫다"이다. "傭夫官至散官直長"(용부관지산관직장)은 "용부는 벼슬이 산관(散官) 직장(直長)에 이르다"이다. "家有書五千卷"(가유서오천권)은 "집에 책 오천 권이 있다"이다. "而"(이)는 "그러나"이다. "傭不披"(용불피)는 "게을러 열어보지 않다"이다. "頭瘍體疥"(두역체개)는 "머리가 상하고 몸에 옴이 오르다"이다. "而"(이)는 "그래도"이다. "傭不醫"(용불의)는 "게을러 치료하지 않다"이다. "在室傭坐"(재실용좌)는 "방안에서는 게으르게 앉다"이다. "在途傭行"(재도용행)은 "길에서는 게으르게 가다"이다. "茫茫然"(망망연)은 "멍하다"이다. "若木偶人也"(약목우인야)는 "나무 허수아비 같다"이다. "闔室患之"(합실환지)는 "온 집안이 근심하다"이다. "謁巫而禱之"(알무이도지)는 "무당을 불러 굿을 하다"이다. "卒不能禁也"(졸불능금야)는 "끝내 그만두게 할 수 없다"이다.

"勤須子"(근수자)는 "부지런꾼"이다. "學旣成"(학기성)은 "공부가 이루어지다"이다. "慨然有濟人之志"(개연유제인지지)는 "분연히 사람을 구제할 뜻이 있다"이다. "以其學來攻"(이기학내공)은 "공부한 것을 가지고 와서 공격하다"이다. "方以傭之病"(방이용지병)은 "바야흐로 게으름 병으로"이다. "踑踞散髮"(기거산발)은 "다리 뻗고 머리 풀다"이다. "瞠目而坐"(당목이좌)는 "눈을 휘둥그렇게 하고 앉다"이다. 勤須子曰(근수자왈) "自古人也"(자고인야)는 "옛사람부터 비롯하다"이다. "莫不"(막불)은 "아님이 없다"이다. "以勤而生"(이근이생)은 "부지런하면 살다"이다. "以傭而敗"(이용이패)는 "게으르면 패한다"이다. "是故"(시고)는 "그러므로"이다. 聖人(성인) "皆以勤自守"(개이근자수)는 "모두 부지런함으로 스스로 지키다"이다. "文王日昃不暇"(문왕일측불가)는 "문왕은 낮이나 밤이나 쉬지 않다"이다. "禹惜寸陰勤也"(우석촌음근야)는 "우임금은 작은 겨를에도 부지런하다"이다. "不寧猶是"(불령유시)는 "이뿐만 아니다"이다. "風雨也"(풍우야)는 "바람이나 비나"이다. "霜雪也"(상설야)는 "서리나 눈이나"이다. "周乎四時"(주호사시)는 "사시에 두루"이다. "載育萬物者"(재육만물자)는 "만물을 받들고 키우다"이다. "天之勤也"(천지근야)는 "하늘은 부지런함이다"이다. "天可學也"(천가학야)는 "하늘을 배우는 것이 옳다"이다. "不可違也"(불가위야)는 "어길 수 없다"이다. "違天不祥"(위천불상)은 "하늘을 어기면 상서롭지 못하다"이다.

傭夫(용부) "莞爾而笑曰"(완이이소왈)은 "빙그레 웃으면서 말하다"이다. "我則敎子"(아즉교자)는 "내가 그대를 가르치다"이다. "子何敎於我"(자하교어아)는 "그대가 어찌 나를 가르치는가?"이다. "人生百年"(인생백년)은 "사람이 사는 백 년 동안"이다. "心形俱勞"(심형구노)는 "마음과 몸이 모두 수고하다"이다. "晝則營營作役"(주즉영영작역)은 "낮에 골몰하게 일하다"이다. "朝夕乎奔走"(조석호분주)는 "아침저녁 분주하다"이다. "無不爲也"(무불위야)는 "하지 않는 것이 없다"이다. "夜而假寐"(야이가매)는 "밤에는 자는 둥 마는 둥 하다"이다. "唁囈而達旦"(암예이달단)은 "잠꼬대를 하다가 새벽이 되다"이다. "復何用哉"(부하용재)는 "다시 무엇에 쓰리오?"이다. "至人不如是也"(지인불여시야)는 "지인(至人)은 이렇게 하지 않다"이다. "操戈而逐之"(조과이축지)는 "창을 휘둘러 쫓아내다"이다.
"勤須子"(근수자)는 "부지런꾼"이다. "良久而思之曰"(양구이사지왈)은 "오랫동안 생각하고 말하다"이다. "余知術矣於是"(여지술의어시)는 "나는 이에 대처하는 술법을 안다"이다. "盛酒于器"(성주우기)는 "그릇에 술을 넉넉히 담다"이다. "隨之以鄭聲"(수지이정성)은 "음란한 소리가 뒤따르게 하다"이다. "伺間而進曰"(사간이진왈)은 "기회를 보고 나아가 말하다"이다. "今日風氣暄和"(금일풍기훤화)는 "오늘 날이 따뜻하고 바람이 잔잔하다"이다. "鳥鳴于山"(조명우산)은 "새들이 산에서 울다"이다. "思與子罄歡"(사여자경환)은 "그대와 함께 즐길 생각이다"이다. "可乎"(가호)는 "가한가?"이다.

傭夫(용부) "欣然而笑"(흔연이소)는 "즐겁게 웃다"이다. "投袂而起"(투몌이기)는 "소매를 던지고 일어나다"이다. "履及於門"(이급어문)은 "신발이 문에 닿다"이다. "杖及於道"(장급어도)는 "지팡이가 길에 닿다"이다. "數十年之慵"(수십년지용)은 "수십 년의 게으름"이다. "一時頓盡"(일시돈진)은 "한꺼번에 모두 없어지다"이다. "相與舉酒大噱後"(상여거주대갹후)는 "함께 술을 마시고 크게 웃은 다음"이다. "遂以勤終焉"(수이근종언)은 "마침내 끝까지 부지런하다"이다.

번역 게으름뱅이는 어떤 사람인지 알 수 없다. 무릇 꾀하는 것이 게으름 하나이므로, 세상에서 일컫기를 게으름뱅이라고 하는데, 벼슬이 산관(散官) 직장(直長)에 이르렀다. 집에 책 오천 권이 있으나, 열어보지 않았다. 머리가 상하고 몸에 옴이 올라도, 게을러 치료하지 않았다. 방안에서는 게으르게 앉고, 길에서는 게으르게 갔다. 멍하니 있는 것이 나무 허수아비 같았다. 온 집안이 근심해 무당을 불러 굿을 했어도, 게으름뱅이 노릇을 끝내 그만두게 할 수 없었다. 부지런꾼은 공부가 이루어지자, 분연히 사람을 구제할 뜻이 있었다. 공부한 것을 가지고 와서 공격하니, 바야흐로 게으름 병이 든 녀석은 다리 뻗고 머리 풀고 눈을 휘둥그렇게 하고 앉아 있었다. 부지런꾼이 말했다. "옛사람부터 비롯해, 부지런하면 살고, 게으르면 실패하지 않음이 없다. 그러므로 성인은 모두 부지런함으로 스스로를 지킨다. 문왕(文王)은 낮이나 밤이나 쉬지 않았으며, 우(禹)임금은 작은 겨를에도 부지런했다. 이뿐만 아니다. 바람이나 비나, 서리나 눈이나 사시에 두루 만물을 받들고 키운다. 하늘은 부지런함이니, 하늘을 배우는 것이 옳으며 어길 수 없다. 하늘을 어기면 상서롭지 못하다."

게으름뱅이가 빙그레 웃으면서 말했다. "내가 그대를 가르쳐야지, 그대가 어찌 나를 가르치는가? 사람이 사는 백 년 동안, 마음과 몸이 모두 수고한다. 낮에 골몰하게 일하고, 아침저녁 분주하면서 하지 않는 것이 없다. 밤에는 자는 둥 마는 둥 하며, 잠꼬대를 하다가 새벽이 되니,

다시 무엇에 쓰리오? 지인(至人)은 이렇게 하지 않는다." 창을 휘둘러 쫓아냈다.

부지런꾼이 오랫동안 생각하고 말했다. "나는 이에 대처하는 술법을 안다." 그릇에 술을 넉넉히 담고, 음란한 소리가 뒤따르게 했다. 기회를 보고 나아가 말했다. "오늘 날이 따뜻하고 바람이 잔잔하며, 새들이 산에서 우니, 그대와 함께 즐길 생각을 하는 것이 옳은가?"

게으름뱅이는 즐겁게 웃었다. 소매를 던지고 일어나, 신발이 문에 닿고, 지팡이가 길에 닿았다. 수십 년의 게으름이 한꺼번에 모두 없어졌다. 함께 술을 마시고 크게 웃은 다음, 마침내 끝까지 부지런했다.

논의 산관(散官) 직장(直長)은 명예직 종7품이다. 집에 책이 있다는 것과 함께, 게으름뱅이라는 위인이 사대부임을 말해준다. 게으름이 무엇인가 말하려고 게으름이 생존과 직결되지 않는 경우를 들었다고 생각된다.

용모와 성격이 별나 웃음거리였던 성간이 자화상을 그린 것이 아닌가 하고 읽기 시작하게 하는 글이다. 게으름뱅이의 작태를 소개하다가, 게으름은 고쳐야 한다면, 어떻게 고쳐야 하는가 하는 문제를 다루는 데 이르렀다. 그 방법이 예상을 벗어났다. 글을 다 읽고 되돌아보면 뜻하는 바가 단순하지 않다.

게으름에 대해 생각하게 한다. 게으름은 생리인가, 습성인가, 소신인가? 몸을 활발하게 움직일 수 없는 생리적 조건을 타고나면 게으르지 않을 수 없다. 게으르게 지내는 것이 습성이 되면 부지런해지기 어렵다. 한정된 생애를 지나치게 수고하면서 보내는 것이 마땅하지 않아 게으름을 예찬하고 실행하는 것을 소신으로 삼을 수 있다. 게으름이 지극한 경지에 이른 슬기로운 처세라고 자부할 수 있다.

부지런꾼은 게으름뱅이가 게으르지 못하게 막는다. 해야 할 공부를 한 것이 있어 사람을 구제한다고 하는데, 이것은 독선이다. 옛사람들을 들먹이고, 문왕(文王)이나 우(禹)임금은 어떻게 했다고 말하고, 천지만물을 본받으라고 하는 것은 짜증이 나게 하는 훈계이다. 자기가 옳다고 여기는 것을 남에게 강요하면서, 게으를 수 있는 자유를 유린한다.

게으름뱅이와 부지런꾼이 밀고 당기는 것을 보고 독자는 두 가지 생각을 할 수 있다. 어느 쪽이 옳은가? 부지런꾼이 옳다고 여기는 것은 고정관념이다. 게으름뱅이 쪽에 새로운 가능성이 있다. 결말에서는 고정관념에 입각한 훈계는 무력하다는 것을 게으름뱅이 덕분에 깨닫고, 부지런꾼이 생각을 바꾸었다. 구속에서 벗어나 삶을 즐기고자 하는 욕구가 분출되도록 내버려두었다.

게으름뱅이가 하는 짓을 소개하는 글을 쓴다고 하고서, 게으름뱅이를 나무라는 부지런꾼의 작태를 문제로 삼았다. 동쪽에서 소리를 내고 서쪽을 치는 수법을 사용해, 표면적 주제와는 다른 이면적 주제를 말했다. 고정관념에 사로잡혀 옛사람의 전례를 맹렬하게 추종하기만 하면 부지런 때문에 망한다. 게으름이 진정한 가치를 발견하기 위한 필수의 전환 과정이다. 게으름의 위력 덕분에 완고하고 미련한 사고의 장벽이 철거되면, 삶을 누리는 것이 기쁨이고 보람인 줄 알게 된다.

성현의 말씀을 배우고 따르는 공부를 열심히 하라. 도의를 준수하고 욕망을 눌러야 한다. 정해진 법도와 순서에 따라 살아야 한다. 모든 일을 부지런히 하라. 겹겹으로 다져놓은 이런 규범에 정면으로 항거를 할 수는 없어서 삐딱하게 시비를 걸었다. 가장 약한 고리인 부지런을 걸고 넘어져 게으름을 피우면서 자기 나름대로 살아가고자 했다. 비난받아 마땅한 짓을 일삼는 폐륜아가 되어 법도를 무색하게 만들었다. 이런 과정을 거쳐 자유와 행복에 이르는 길을 찾고자 한다는 것을 눈치 채지 않게 주장했다.

여섯째

> 金樂行, 〈織席說〉(직석설), 《九思堂集》 권8
> 김낙행, 〈자리 짜기〉

"織席"(직석)은 "자리 짜기"이다.

원문 俚諺云 村措大 少習科文 不成名 爲風月 又稍衰 則業織席 而遂老死 蓋賤侮之言也 而遠於儒雅 損於風致 織席其甚者也 故尤鄙下之 爲窮老者之終事

人如是而終 誠可哀已 然亦循其分而已矣 不必遽非笑之也 今余 科文風月 皆非所事 寓居山中 其窮益甚 耕耘樵採 乃其分也 況織席之不甚費筋力者哉

家人悶余之徒食 而無所用心 乞席材 於其兄弟家 強要之 且請隣翁 授其法 余不獲已 抑而爲之 始也手澁 而心不入 甚艱以遲 終日而得寸焉

旣日久稍熟 措手自便捷 心與法涵 往往顧語傍人 而經緯錯綜 皆順其勢 而不差 於是乎 忘其苦 而耽好之 非飮食便旋及尊客來 則不輟焉 計自朝至暮 可得尺

自能者視之 猶鈍矣 而在余可謂大進矣 天下之短於才 而拙於謀者 莫如余學之旬月 能至於是 是技也 爲天下之賤也 可知也 余業之固 其宜哉 雖以是終吾身 亦不辭焉 分所當也

爲之有益於余 者五 不徒食一也 簡開出入二也 盛暑忘蒸汗 當晝不困睡三也 心不一於憂愁 言不暇於支蔓四也 旣成而精者 將以安老母 粗者將以藉吾身與妻兒 而使小婢輩亦免於寢土 有餘將以分人之如余窮者五也

읽기 俚諺(이학)에서 云(운)한다. 村措大(촌조대)는 少習科文(소습과문)하고 不成名(불성명)이면 爲風月(위풍월)이라. 又(우) 稍衰(초쇠)면 則(즉) 業織席(업직석)이다가 而(이) 遂老死(수노사)라. 蓋(개) 賤侮之言也(천모지언야)라. 而(이) 遠於儒雅(원어유아)하고 損於風致(손어풍치)에 織席(직석)이 其(기) 甚者也(심자야)니라. 故(고)로 尤鄙下之(우비하지)하여 爲窮老者之終事(위궁노자지종사)하니라.

人(인) 如是而終(여시이종)이 誠(성) 可哀已(가애이)니라. 然(연)이나 亦(역) 循其分而已矣(순기분이이의)이니 不必遽非笑之也(불필거비소지야)니라. 今(금) 余(여)는 科文風月(과문풍월)이 皆(개) 非所事(비소사)이고, 寓居山中(우거산중)하여 其(기) 窮益甚(궁익심)하여 耕耘樵探(경운초채)가 乃(내) 其分也(기분야)니라. 況(황) 織席之不甚費筋力者哉(직석지불심비근력자재)로다.

家人(가인)이 悶余之徒食(민여지도식) 而(이) 無所用心(무소용심)하고, 乞席材(걸석재) 於其兄弟家(어기형제가)하여 強要之(강요지)하니라. 且(차) 請隣翁(청인옹)하여 授其法(수기법)하니라. 余(여)는 不獲已(불획이)니 抑而爲之(억이위지)라. 始也(시야)에 手澁(수삽)하고 而(이) 心不入(심불입)하여 甚艱以遲(심간이지)라. 終日(종일) 而(이) 得寸焉(득촌언)이니라.

旣日久(기일구)에 稍熟(초숙)하여 措手自便捷(조수자편첩)하고 心與法涵(심여법함)이라 往往(왕왕) 顧語傍人(고어방인)하고 而(이) 經緯錯綜(경위착종)이라도 皆(개) 順其勢(순기세) 而(이) 不差(불차)니라. 於是乎(어시호)에 忘其苦(망기고)하고 而(이) 耽好之(탐호지)하니라. 非飮食便旋及尊客來(비음식변선급존객래)면 則(즉) 不輟焉(불철언)이라. 計自朝至暮(계자조지모)한즉 可得尺(가득척)이라.

自能者視之(자능자시지)면 猶鈍矣(유둔의)나 而(이) 在余(재여) 可謂大進矣(가위대진의)라. 天下之短於才(천하지단어재) 而(이) 拙於謀者(졸어모자) 莫如余(막여여)한데, 學之旬月(학지순월)에 能至於是(능지어시)로다.

是技也(시기야)를 爲天下之賤也(위천하지천야)함을 可知也(가지야)니라. 余業之固(여업지고) 其宜哉(기의재)니라. 雖(수) 以是終吾身(이시종오신)이라도 亦(역) 不辭焉(불사언)하니 分所當也(분소당야)니라.

爲之(위지) 有益於余者(유익어여자)가 五(오)니다. 不徒食(불도식) 一也(일야)라. 簡開出入(간한출입) 二也(이야)라. 盛暑忘蒸汗(성서망증한)하고 當晝不困睡(당주불곤수)가 三也(삼야)라. 心不一於憂愁(심불일어우수)하고 言不暇於支蔓(언불가어지만)이 四也(사야)라. 旣成(기성)에 而(이) 精者(정자) 將以安老母(장이안노모)하고, 粗者(조자) 將以藉吾身與妻兒(장이자오신여처아) 而(이) 使小婢輩亦免於寢土(사소비배역면어침토)하고 有餘(유여)면 將以分人之如余窮者(장이분인지여여궁자)가 五也(오야)라.

📖풀이 "俚諺"(이학)은 "항간의 우스개"이다. "云"(운)은 "말하다"이다. "村措大"(촌조대)는 "시골의 가난한 선비"이다. "少習科文"(소습과문)은 "젊어서 과거 글을 익히다"이다. "不成名"(불성명)은 "이름을 얻지 못하다"이다. "爲風月"(위풍월)은 "풍월을 일삼다"이다. "又"(우)는 "또한"이다. "稍衰"(초쇠)는 "점차 쇠약해지다"이다. "則"(즉)은 "곧"이다. "業織席"(업직석)은 "자리 짜는 일을 업으로 삼다"이다. "而"(이)는 "그리고"이다. "遂老死"(수노사)는 "마침내 늙어 죽다"이다. "蓋"(개)는 "대개"이다. "賤侮之言也"(천모지언야)는 "천하게 여기고 모욕하는 말이다"이다. "而"(이)는 "그리고"이다. "遠於儒雅"(원어유아)는 "우아한 선비와 거리가 멀다"이다. "損於風致"(손어풍치)는 "품격을 손상시키다"이다. "織席"(직석)은 "자리 짜기"이다. "其"(기)는 "그것"이다. "甚者也"(심자야)는 "심한 것이다"이다. "故"(고)는 "그러므로"이다. "尤鄙下之"(우비하지)는 "더욱 이것을 비루하게 여기고 낮추다"이다. "爲窮老者之終事"(위궁노자지종사)는 "궁한 늙은이가 마지막으로 하는 일이라고 하다"이다.

"人"(인)은 "사람"이다. "如是而終"(여시이종)은 "이렇게 마치다"이다.

"誠"(성)은 "참으로"이다. "可哀已"(가애이)는 "슬프다고 하리라"이다. "然"(연)은 "그러나"이다. "亦"(역)은 "또한"이다. "循其分而已矣"(순기분이이의)는 "그 분수를 따를 따름이다"이다. "不必遽非笑之也"(불필거비소지야)는 "느닷없이 비웃을 필요가 없다"이다. "今"(금)은 "이제"이다. "余"(여)는 "나"이다. "科文風月"(과문풍월)은 "과거 글과 풍월"이다. "皆"(개)는 "모두"이다. "非所事"(비소사)는 "하는 일이 아니다"이다. "寓居山中"(우거산중)은 "산중에 숨어 살다"이다. "其"(기)는 "그것"이다. "窮益甚"(궁익심)은 "가난이 더욱 심하다"이다. "耕耘樵採"(경운초채)는 "밭 갈고 김매고 나무하고 나물 캐다"이다. "乃"(내)는 "곧"이다. "其分也"(기분야)는 "그것이 분수이다"이다. "況"(황)은 "하물며"이다. "織席之不甚費筋力者哉"(직석지불심비근력자재)는 "자리 짜기는 근력을 심하게 소모하지 않아도 되는 것이다"이다.

"家人"(가인)은 "집사람"이다. "悶余之徒食"(민여지도식)은 "내가 놀고 먹는 것을 민망하게 여기다"이다. "而"(이)는 "그래서"이다. "無所用心"(무소용심)은 "마음 쓰는 데가 없다"이다. "乞席材"(걸석재)는 "자리 짜는 재료를 빌다"이다. "於其兄弟家"(어기형제가)는 "그 형제의 집에서"이다. "强要之"(강요지)는 "이것을 강제로 하게 하다"이다. "且"(차)는 "또한"이다. "請鄰翁"(청인옹)은 "이웃 노인을 청하다"이다. "授其法"(수기법)은 "그 법을 전수하다"이다. "余"(여)는 "나"이다. 不獲已(불획이)는 "부적당하다"이다. "抑而爲之"(억이위지)는 "억지로 그 일을 하다"이다. "始也"(시야)는 "시작하다"이다. "手澁"(수삽)은 "손이 서툴다"이다. "而"(이)는 "그리고"이다. "心不入"(심불입)은 "마음에 들지 않다"이다. "甚艱以遲"(심간이지)는 "아주 어려워 더디다"이다. "終日"(종일)은 "하루가 끝나다", "而"(이)는 "그래도"이다. "得寸焉"(득촌언)은 "한 마디만 얻다"이다.

"旣日久"(기일구)는 "이미 날이 오래 되다"이다. "稍熟"(초숙)은 "점차 익숙해지다"이다. "措手自便捷"(조수자편첩)은 "손놀림이 저절로 편하고 빠르다"이다. "心與法涵"(심여법함)은 "마음이나 기법이 익숙하다"이다. "往往"(왕왕)은 "이따금"이다. "顧語傍人"(고어방인)은 "곁에 있는 사람을 돌아보고 말하다"이다. "而"(이)는 "그래도"이다. "經緯錯綜"(경위착종)은 "씨줄과 날줄이 얽히다"이다. "皆"(개)는 "모두"이다. "順其勢"(순기세)는 "그 형세를 따르다" "而"(이)는 "그리고"이다. "不差"(불차)는 "차질이 생기지 않는다"이다. "於是乎"(어시호)는 "이제야"이다. "忘其苦"(망기고)는 "그 고통을 잊다"이다. "而"(이)는 "그리고"이다. "耽好之"(탐호지)는 "그것을 탐내고 좋아하다"이다. "非飮食便旋及尊客來"(비음식변선급존객래)는 "음식을 먹고 용변을 보고, 귀한 손님이 온 경우가 아니라면"이다. "則"(즉)은 "곧"이다. "不輟焉"(불철언)은 "그치지 않다"이다. "計自朝至暮"(계자조지모)는 "아침부터 저물 때까지를 헤아리다"이다. "可得尺"(가득척)은 "자가 되는 분량을 얻을 수 있다"이다.

　"自能者視之"(자능자시지)는 "능한 사람의 견지에서 보다"이다. "猶鈍矣"(유둔의)는 "오히려 둔하다"이다. "而"(이)는 "그렇지만"이다. "在余"(재여)는 "나에게는"이다. "可謂大進矣"(가위대진의)는 "대단한 진보라고 말할 수 있다"이다. "天下之短於才"(천하지단어재)는 "천하에서 재주가 짧다"이다. "拙於謀者"(졸어모자)는 "헤아림이 졸열한 사람"이다. "莫如余"(막여여)는 "나와 같은 사람이 없다"이다. "學之旬月"(학지순월)은 "그것을 열흘이나 한 달 배우다"이다. "能至於是"(능지어시)는 "이처럼 능숙한 데 이르다"이다. "是技也"(시기야)는 "이 기술은"이다. "爲天下之賤也"(위천하지천야)는 "천하의 천한 것이라고 하다"이다. "可知也"(가지야)는 "알 만하다"이다. "余業之固"(여업지고)는 "내가 하는 일이 굳다"이다. "其宜哉"(기의재)는 "그것이 마땅하구나"이다. "雖"(수)는 "비록"이다. "以是終吾身"(이시종오신)은 "이것으로 생을 마치다"이다. "亦"(역)은 "또한"이다. "不辭焉"(불사언)은 "사양하지 않는다"이다. "分所當也"(분소당야)는 "분수에 합당하다"이다.

"爲之"(위지)는 "그것을 하다"이다. "有益於余者"(유익어여자)는 "내게 이로운 것"이다. "五"(오)는 "다섯"이다. "不徒食"(불도식)은 "놀고먹지 않는다"이다. "一也"(일야)는 "하나이다"이다. "簡閒出入"(간한출입)은 "드나드는 것을 줄이다"이다. "二也"(이야)는 "둘이다"이다. "盛暑忘蒸汗"(성서망증한)은 "한여름에 땀을 잊다"이다. "當晝不困睡"(당주불곤수)는 "낮에 졸린다고 자지 않다"이다. "三也"(삼야)는 "셋이다"이다. "心不一於憂愁"(심불일어우수)는 "마음은 근심이 하나도 없다"이다. "言不暇於支蔓"(언불가어지만)은 "말은 지루하게 할 겨를이 없다"이다. "四也"(사야)는 "넷이다"이다. "旣成"(기성)은 "이미 이루어지다"이다. "而"(이)는 "그리고"이다. "精者"(정자)는 "정교한 것"이다. "將以安老母"(장이안노모)는 "장차 그것으로 노모를 편안하게 하다"이다. "粗者"(조자)는 "조잡한 것"이다. "將以藉吾身與妻兒"(장이자오신여처아)는 "장차 그것을 내 몸과 처자식이 깔다"이다. "使小婢輩亦免於寢土"(사소비배역면어침토)는 "작은 여종이 흙에서 자는 것을 면할 수 있게 하다"이다. "有餘"(유여)는 "남는 것이 있다"이다. "將以分人之如余窮者"(장이분인지여여궁자)는 "장차 그것을 나처럼 가난한 사람에게 나누어 주는 것"이다. "五也"(오야)는 "다섯이다"이다.

번역 항간의 우스개에서 말한다. "시골의 가난한 선비는 젊어서 과거 글을 익히다가 이름을 얻지 못하면 풍월을 일삼고, 또한 점차 쇠약해지면 자리 짜는 일을 업으로 하다가 마침내 늙어 죽는다." 이것은 천하게 여기고 모욕하는 말이다. 우아한 선비와 거리가 멀고, 품격을 손상시키는 것이 자리 짜기이니, 심한 말을 해서 궁한 늙은이가 마지막으로 하는 일을 아주 비루하게 여기고 낮추자는 것이다.

사람이 삶을 이렇게 마치는 것은 참으로 슬프다고 하리라. 그러나 이 또한 분수를 따를 따름이므로, 느닷없이 비웃을 필요는 없다. 지금 나는 과거 글이나 풍월을 모두 일삼지 않으며, 산중에 숨어서 지낸다. 가난이 더욱 심해, 밭 갈고 김매고 나무하고 나물 캔다. 이것이 분수이다. 자리 짜기는 근력을 심하게 소모하지 않아도 되니 더 좋지 않은가.

집사람이 내가 놀고먹고 마음 쓰는 데가 없는 것을 민망하게 여기고, 자리 짜는 재료를 형제의 집에서 빌려와, 강제로 하라고 한다. 또한 이웃 노인을 청해 수법을 전수받으라고 한다. 나는 부적당하다고 여기지만, 일을 하지 않을 수 없다. 시작하니 손이 서툴고, 마음에 들지 않아, 고생만 하고 더디다. 하루가 끝나도 한 마디만 얻는다.

여러 날이 되자 점차 익숙해지고, 손놀림이 저절로 편하고 빨라지고, 마음이나 기법이 익숙해진다. 이따금 곁에 있는 사람을 돌아보고 말을 하기도 한다. 씨줄과 날줄이 얽혔어도 모두 형세를 따르니 차질이 생기지 않는다. 이제야 고통을 잊고, 일을 탐내고 좋아한다. 음식을 먹고 용변을 보거나 귀한 손님이 찾아온 경우가 아니면 그치지 않는다. 아침부터 저물 때까지 한 자[尺]를 얻을 수 있다.

능한 사람의 견지에서 보면 오히려 둔하지만, 나로서는 대단한 진보라고 말할 수 있다. 천하에 재주가 짧고, 헤아림이 졸렬하기가 나와 같은 사람이 없는데, 열흘이나 한 달만에 배워 이처럼 능숙한 데 이르렀으니, 이 기술을 얕은 것이라고 하는 이유를 알 만하다. 내가 하는 일로 굳히는 것이 마땅하다. 비록 이것으로 생을 마친다고 해도 또한 사양하지 않을 만큼 분수에 합당하다.

이 일을 해서 내게 이로운 것이 다섯이다. 놀고먹지 않는 것이 하나이다. 드나드는 거동을 줄이는 것이 둘이다. 한여름에 땀을 잊으며 낮에 졸린다고 자지 않는 것이 셋이다. 마음에 근심이 하나도 없으며, 말을 지루하게 할 겨를이 없는 것이 넷이다. 다 만들어 정교한 제품으로는 노모를 편안하게 하도록 하고, 조잡한 물건은 나와 처자가 깔거나 어린 여종이 흙에서 자지 않게 해주고, 나머지가 있으면 나처럼 가난한 사람에게 나누어 주는 것이 다섯이다.

논의 옆에 앉아 말을 술술 하듯이 써서, 긴장하지 않고 마음 편하게 읽을 수 있는 글이다. 늙은 선비가 자리를 짜면서 사람이 달라지는 모습을 담담하게 술회하기만 한 대수롭지 않은 내용인데 잔잔한 감동을 준다. 자리 짜는 것에 다섯 가지 유익함이 있다고 한 말을 본떠서 이 글이 다섯 가지로 훌륭하다고 하겠다.

불리한 처지를 유리하게 만드는 전환을 이룩한 것이 하나이다. 할 일을 찾아 일하는 즐거움과 보람을 체험한 것이 둘이다. 어떤 일이라도 부지런히 하면 잘될 수 있다고 알려준 것이 셋이다. 여러 사람과 대등한 관계를 가지면서 도우며 살아가야 한다고 한 것이 넷이다. 귀천이나 고하의 구분을 타파해야 한다고 암시한 것이 다섯이다.

경상도 안동 시골 선비가 이런 글을 쓴 것은 놀라운 일이다. 노동이 소중한 것을 체험하고, 복고적이고 보수적인 사고에서 벗어나 새 사람이 되는 과정을 진솔하게 말했다. 세상이 달라져 어둠이 걷히고 광명한 천지가 나타나는 것을 알 수 있게 한다. 역사의 전환을 말해주는 소중한 증언이다.

李穀, 〈小圃記〉(소포기), 《稼亭集》 권4
이곡, 〈작은 밭〉

원문 京師 福田坊 所賃屋 有隙地理爲小圃 袤二丈有半 廣三之一 横從八九畦 蔬菜若干味 時其先後而迭種之 足以補塩虀之闕

一之年　雨暘以時　朝甲而暮牙　葉澤而根腴　旦旦采之而不盡　分其餘隣人焉

二之年　春夏稍旱　瓮汲以灌之如沃焦　然種不苗　苗不葉　葉不舒　虫食且盡　敢望

其下體乎　已而霪雨　至秋晚乃霽　沒溷濁冐泥沙　負墙之地　皆爲頹壓　視去年所

食　僅半之　三之年　早旱晚水　皆甚　所食又半於去年之半

　　予昔　以小揆大　以近測遠　謂　天下之利　當耗其大半也　秋果不熟　冬闕食　河

南北民　多流徙　盜賊窃發　出兵捕誅　不能止　及春　飢民雲集京師　都城內外　呼

號丐乞　僵仆不起者　相枕籍　廟堂憂勞　有司奔走　其所以設施救活　無所不至　至

發廩以賑之　作粥以食之　然　死者　已過半矣　由是　物價湧貴　米斗八九千

　　今　又　自春末至夏至　不雨　視所種菜如去年　未知從今得雨否　側聞　宰相親詣

寺觀禱雨　想必得之　然　於予小圃　亦已晚矣　不出戶庭　知天下　斯言　信不誣

　　時　至正乙酉　五月十七

읽기 京師(경사) 福田坊(복전방)의 所賃屋(소임옥)에 有隙地(유극지)하여 理
爲小圃(이위소포)하니라.　袤二丈有半(무이장유반)하고, 廣三之一(광삼지일)
하며, 橫從八九畦(횡종팔구휴)이도다.　蔬菜若干味(소채약간미)를　時其先後
(시기선후)에　而迭種之(이질종지)하니　足以補塩蘆之闕(족이보염제지궐)하
도다.

　　一之年(일지년)에는　雨暘以時(우양이시)하여　朝甲而暮牙(조갑이모아)하
고,　葉澤而根腴(엽택이근유)하도다.　旦旦采之而不盡(단단채지이부진)하여
分其餘隣人焉(분기여인인언)하도다.　二之年(이지년)에는　春夏稍旱(춘하초
한)하여　瓮汲以灌之(옹급이관지)　如沃焦(여옥초)라도,　然(연)　種不苗(종불
묘)하고,　苗不葉(묘불엽)하고,　葉不舒(엽불서)하며,　虫食且盡(충식차진)하
니,　敢望其下體乎(감망기하체호)리오.　已而霪雨(이이음우)하여　至秋晚乃霽
(지추만내제)하여,　沒溷濁冐泥沙(몰혼탁모니사)하고,　負墙之地(부장지지)가
皆爲頹壓(개위퇴압)하도다.　視去年所食(시거년소식)이면　僅半之(근반지)하
도다.　三之年(삼지년)에는　早旱晚水(조한만수)가　皆甚(개심)하여　所食又半

於去年之半(소식우반어거년지반)이라.

予嘗(여상) 以小揆大(이소규대)하고 以近測遠(이근측원)하고 謂(위) 天下之利(천하지리)가 當耗其大半也(당모기대반야)니라. 秋果不熟(추과불숙)으로 冬闕食(동궐식)하여 河南北民(하남북민)이 多流徙(다유사)하고 盜賊竊發(도적절발)하여 出兵捕誅(출병포주)라도 不能止(불능지)라. 及春(급춘)에 飢民雲集京師(기민운집경사)하여 都城內外(도성내외)에 呼號丐乞(호호개걸)하며, 僵仆不起者(강부불기자)가 相枕籍(상침적)하도다. 廟堂憂勞(묘당우로)라고 有司奔走(유사분주)하여 其所以設施救活(기소이설시구활)이 無所不至(무소부지)하니라. 至發廩以賑之(지발름이진지)하고 作粥以食之(작죽이식지)하여도, 然(연)이나 死者(사자)가 已過半矣(이과반의)라. 由是(유시) 物價湧貴(물가용귀)하여 米斗八九千(미두팔구천)이도다.

今(금) 又(우) 自春末至夏至(자춘말지하지) 不雨(불우)하여 視所種菜如去年(시소종채여거년)이면 未知從今得雨否(미지종금득우부)라. 側聞(측문) 宰相親詣寺觀禱雨(재상친예사관도우)하니 想必得之(상필득지)하여도, 然(연)이나 於予小圃(어여소포)에도 亦已晩矣(역이만의)라. 不出戶庭(불출호정)하고 知天下(지천하)라는 斯言(사언)이 信不誣(신불무)이로구나.

時(시) 至正乙酉(지정을유) 五月十七(오월십칠)이니라.

풀이 "京師"(경사)는 "서울"이다. "福田坊"(복전방)은 동네 이름이다. "所賃屋"(소임옥)은 "빌린 집"이다. "有隙地"(유극지)는 "빈 땅이 있다"이다. "理爲小圃"(이위소포)는 "다스려 작은 밭을 만들다"이다. "袤二丈有半"(무이장유반)은 "길이가 두 발 반"이다. "廣三之一"(광삼지일)은 "넓이가 삼분의 일"이다. "橫從八九畦"(횡종팔구휴)는 "가로 세로 팔구 이랑"이다. "蔬菜若干味"(소채약간미)는 "채소 조금 맛난 것"이다. "時其先後"(시기선후)는 "때를 앞뒤로 맞추어"이다. "而迭種之"(이질종지)는 "번갈아 심다"이다. "足以補塩虀之闕"(족이보염제지궐)은 "채소 절임 부족을 보충할 만하다”이다.

　“一之年”(일지년)은 “첫해”이다. “雨暘以時”(우양이시)는 “비오고 개임이 때 맞아”이다. “朝甲而暮牙”(조갑이모아)는 “아침에 심으면 저녁에 싹이 트다”이다. “葉澤而根腴”(엽택이근유)는 “잎이 빛나고 뿌리는 살찌다”이다. “旦旦采之而不盡”(단단채지이부진)은 “날마다 뜯어도 없어지지 않다”이다. “分其餘隣人焉”(분기여인인언)은 “남은 것을 이웃 사람들에게 나누어주다”이다. “二之年”(이지년)은 “둘째 해”이다. “春夏稍旱”(춘하초한)은 “봄과 여름 너무 가물다”이다. “瓮汲以灌之”(옹급이관지)는 “항아리로 물을 길어다 붓다”이다. “如沃焦”(여옥초)는 “불을 끄듯이 하다”이다. “然”(연)은 “그래서”이다. “種不苗”(종불묘)는 “심어도 싹트지 않다”이다. “苗不葉”(묘불엽)는 “싹 터도 잎이 돋지 않다”이다. “葉不舒”(엽불서)는 “잎이 돋아도 자라지 않다”이다. “虫食且盡”(충식차진)은 “벌레가 다 먹어버리다”이다. “敢望其下體乎”(감망기하체호)는 “아래 둥치인들 어찌 감히 바라다”이다. “已而霪雨”(이이음우)는 “이미 장마이다”이다. “至秋晚乃霽”(지추만내제)는 “늦가을에야 개다”이다. “沒汨濁冒泥沙”(몰혼탁모니사)는 “물에 빠져 혼탁해지고 진흙 모래 뒤집어쓰다”이다. “負墻之地”(부장지지)는 “담을 지고 있는 땅”이다. “皆爲頹壓”(개위퇴압)은 “모두 무너지고 눌리다”이다. “視去年所食”(시거년소식)은 “지난해 먹은 것에 견주다”이다. “僅半之”(근반지)는 “겨우 그 반”이다. “三之年”(삼지년)은 “셋째 해”이다. “早旱晚水”(조한만수)는 “처음에는 가물다가 나중에 비가 오다”이다. “皆甚”(개심)은 “모두 심하다”이다. “所食又半於去年之半”(소식우반어거년지반)은 “먹은 것이 지난해 반의 반”이다.

　“予嘗”(여상)은 “나는 시도하다”이다. “以小揆大”(이소규대)는 “작은 것으로 큰 것을 짐작하다”이다. “以近測遠”(이근측원)은 “가까운 것으로 먼 것을 헤아리다”이다. “謂”(위)는 “말하다”이다. “天下之利”(천하지리)는 “천하의 이로움”이다. “當耗其大半也”(당모기대반야)는 “응당 그 반이 없어지다"이다. "秋果不熟"(추과불숙)은 "가을 열매가 익지 않다"이다. "冬闕食"(동궐식)는 "겨울에 먹지 못하다"이다. "河南北民"(하남북민)은 "하남과 하북의 백성"이다. "多流徙"(다유사)는 "많이 유랑민이 되다"이다. "盜賊窃發"(도적절발)은 "도적이 노략질을 하다"이다. "出兵捕誅"(출병포주)는 "군사를 출동시켜 잡다"이다. "不能止"(불능지)는 "막지 못하다"이다. "及春"(급춘)은 "봄이 오다"이다. "飢民雲集京師"(기민운집경사)는 "주린 백성이 서울에 모여들다"이다. "都城內外"(도성내외)는 "도성 안팎"이다. "呼號丐乞"(호호개걸)은 "구걸하는 소리를 지르다"이다. "僵仆不起者"(강부불기자)는 "넘어지고 엎어져 일어나지 못하는 사람"이다. "相枕籍"(상침적)은 "서로 잡고 이어져 있다", "廟堂憂勞"(묘당우로)는 "조정에서 근심하다"이다. "有司奔走"(유사분주)는 "일 맡은 사람이 급하게 달리다"이다. "其所以設施救活"(기소이설시구활)은 "그 구제 활동 베푸는 것"이다. "無所不至"(무소부지)는 "이르지 않는 곳이 없다"이다. "至發廩以賑之"(지발름이진지)는 "나라 곡식을 풀어 구휼하다"이다. "作粥以食之"(작죽이식지)는 "죽을 쑤어 먹이다"이다. "然"(연)은 "그러나"이다. "死者"(사자)는 "죽은 사람"이다. "已過半矣"(이과반의)는 "이미 반을 넘다"이다. "由是"(유시)는 "이로 말미암다"이다. "物價湧貴"(물가용귀)는 "물가가 치솟다"이다. "米斗八九千"(미두팔구천)은 "쌀 한 말에 팔구천 량"이다.

"今"(금)은 "이제"이다. "又"(우)는 "다시"이다. "自春末至夏至"(자춘말지하지)는 "봄 끝에서 하지에 이르기까지"이다. "不雨"(불우)는 "비가 오지 않다"이다. "視所種菜如去年"(시소종채여거년)은 "채소를 심은 것을 보면 지난해와 같다"이다. "未知從今得雨否"(미지종금득우부)는 "이제부터 비가 올지 말지 알지 못하다"이다. "側聞"(측문)은 "전해 듣다"이다. "宰相親詣寺觀禱雨"(재상친예사관도우)는 "재상이 친히 절이나 도관에 가서 비를 빈다"이다. "想必得之"(상필득지)는 "(비를) 반드시 얻으리라고 생각한다"이다. "然"(연)은 "그러나"이다. "於予小圃"(어여소포)는 "나의 작은 밭에서도"이다. "亦已晚矣"(역이만의)는 "또한 이미 늦었다"이다. "不出戶庭"(불출호정)은 "집안 뜰을 나서지 않다"이다. "知天下"(지천하)는 "천하를 안다"이다. "斯言"(사언)은 "이 말"이다. "信不誣"(신불무)는 "믿을 만하고 거짓이 아니다"이다.

"時"(시)는 "때"이다. "至正乙酉"(지정을유)는 연호와 간지로 일컬은 해이다. "五月十七"(오월십칠)은 "5월 17일"이다.

번역 서울 복전방 빌린 집에 빈 땅이 있어, 작은 밭을 일구었다. 길이가 두 발 반, 넓이가 그 삼분의 일, 가로 세로 팔구 이랑이다. 채소 조금 맛난 것들을 때를 앞뒤로 맞추어 번갈아 심으니 채소 절임 부족을 보충할 만하다.

첫해에는 비오고 개임이 때맞아, 아침에 심으면 저녁에 싹이 트고, 잎이 빛나고 뿌리는 살쪘다. 날마다 뜯어도 없어지지 않아, 남은 것을 이웃 사람들에게 나누어주었다. 둘째 해에는 봄여름 너무 가물어, 항아리로 물을 길어다 부어 불을 끄듯이 했다. 그래서 심어도 싹트지 않고, 싹터도 잎이 돋지 않고, 잎이 돋아도 자라지 않았다. 벌레가 다 먹어버려, 아래 둥치인들 감히 바랄 수 없었다. 장마가 시작하더니 늦가을에야 갰다. 물에 빠져 혼탁해지고 진흙모래를 뒤집어써, 담을 지고 있는 땅이 모두 무너지고 눌렸다. 지난해 소출에 견주면 겨우 그 반이었다. 셋째 해에는 처음에는 가물다가 나중에 비가 오는 것이 모두 심해 소출이 지난해 반의 반이었다.

나는 작은 것으로 큰 것을 짐작하고, 가까운 것으로 먼 것을 헤아리며 말한다. 천하의 이로움이 반이나 없어졌구나. 가을 열매가 익지 않아 겨울에 먹지 못하는구나. 하남과 하북의 백성 대다수가 유랑민이 되고, 도적이 노략질을 하니, 군사를 출동시켜 잡으려고 해도 막지 못한다. 봄이 오자 주린 백성이 서울에 모여들어, 도성 안팎에서 구걸하는 소리를 지른다. 넘어지고 엎어져 일어나지 못하는 사람들이 서로 잡고 이어져 있다. 조정에서 근심하고, 일 맡은 사람이 급하게 달리며, 구제 활동 베풀며 이르지 않는 곳이 없어도, 나라 곡식을 풀어 구휼하고, 죽을 쑤어 먹여도, 죽은 사람이 이미 반을 넘었다. 이로 말미암아 물가가 치솟아, 쌀 한 말에 팔구천 량이다.

이제 다시 봄 끝에서 하지에 이르기까지 비가 오지 않는다. 채소를 심은 것을 보면 지난해와 같은데, 이제부터 비가 올지 말지 알지 못한다. 전해 듣건대, 재상이 친히 절이나 도관에 가서 비를 빈다니 비를 반드시 얻으리라고 생각하지만, 나의 작은 밭에서도 또한 이미 늦었다. 집안 뜰을 나서지 않고 천하를 안다. 이 말은 믿을 만하고 거짓이 아니다.

때는 지정을유(至正乙酉) 5월 17일이다.

논의 집 근처 공터가 있으면 작은 밭을 일구어 채소를 심는 것은 지금도 누구나 하는 일이다. 고려후기의 문인 이곡도 같은 일을 하고 이 글을 썼다. 오늘날 사람들이 수필을 쓰듯이 신변잡담을 들려주는 것을 말머리로 삼았다. 서두를 보고 대단치 않은 글이라고 여기는 것은 속단이다.

"서울 복전방 빌린 집에 빈 땅이 있어"라고 한 곳이 오늘날의 북경인 원나라 수도라고 생각된다. 글을 쓴 해인 지정을유(至正乙酉)는 원나라 순제(順帝) 5년이고, 고려 충목왕(忠穆王) 1년인 1345년이다. 원나라 과거에 급제해 그 나라 수도에서 관원 노릇을 하던 그해 5월 17일 하루의 일기처럼 담담하게 쓴 글이 세상을 크게 살피는 통찰력을 보여주는 데까지 나아간 것이 놀랍다.

자기가 작은 밭에서 채소를 가꾸는 일을 들어 온 천하의 만백성이 어떻게 살아가는지 말했다. "不出戶庭知天下"(집안 뜰을 나서지 않고도 천하를 안다)고 하고, 중간에서 "以小揆大"(작은 것으로 큰 것을 짐작한다), "以近測遠"(가까운 것으로 먼 것을 헤아린다)고 한 것이 어떤 경지인지 알려주었다. 인식의 순서와 방법을 깨우쳐주었다.

글 첫 대목은 시간 축에서 전개된다. 자기가 채소를 가꾼 세 해 동안의 날씨 변화를 말했다. 첫해는 비 오고 갬이 때맞다가, 둘째 해는 너무 가물고, 셋째 해에는 가물다가 늦게 장마가 심해 피해가 컸다. 헛된 기대를 버리고, 형편이 시기에 따라 달라지는 것을 알아야 한다고 했다.

둘째 대목에서는 공간 축이 자기가 가꾸는 밭에서 천하만민의 거대한 나라 전체까지 펼쳐졌다. 농사가 잘못되어 먹을 것이 없자 유랑민이 생겨나 도적이 되고, 서울로 몰려가 아우성을 쳤다. 국가에서 구제하려고 해도 역부족이어서 죽는 사람이 너무 많다. 물가가 너무 올라 살 수 없다. 사태가 이렇게까지 심각한 것을 알아야 한다고 했다.

마지막 대목에서는 시간과 공간의 축을 모아, 논의를 확대하고 심화했다. 재상이 친히 비를 빈다니 기대해보자는 듯이 말한 이면에서 그래서는 될 일이 아님을 암시했다. 집안 뜰을 나서지 않고도 천하를 안다고만 하고, 그다음 말은 독자가 알아차리도록 했다. 아무리 강역이 넓고 무력이 강성한 나라라도 백성을 살릴 방도가 없으면 안에서 무너지지 않을 수 없다.

현미경으로 관찰한 바를 망원경으로 확인해, 백성을 살릴 방도가 없어 원나라가 무너지고 있는 것을 밝혀냈다. 그것은 나라가 크거나 작거나 무력이 강하거나 약하거나 다를 바 없다. 자기 나라 고려는 어떤지 말하지는 않으면서 염려했을 것이다. 이 글을 읽고 우리는 오늘날의 나라도 다르지 않다고 생각하게 된다.

원문 歲干支仲秋之月 其日癸未 織屨俞叟君業 以疾 終于江華下道尹汝化之隑舍
壽七十 無子 厥明 里三老集于汝化 謀所以送叟者 汝化來告余 余子之以弗茹
之地俾瘞之 且爲之誌

有字無名 無譜無籍 傷也 其死可得以詳 而其生則闕也 叟中歲獨身流寓 與
汝化爲主客 三十年 樸吶無佗 能日惟業織屨 然不自鬻 以畀汝化 汝化鬻得米
則遺之使炊 不得 或累日不炊 里人無所持來求 屨叟卽與 或匿直不以還 久亦
不自往索 故 或終年 一步不出門 余家與汝化相望而近 然 余竟不識叟面 叟殆
非庸人者歟

抑余昔悲古昔聖賢終身未嘗一事行於世 而其所業 皆所以行者也 今叟亦終年
未嘗一步行於路 而其所業 亦惟所以行者也 雖其具鉅細有不同 而其勤而無所用
於己則同 又可悲也

然 聖賢旣不能自行 而天下又卒不用其道 反以招譏謗 嬰患厄 恤焉而不寧
若叟固無意於行 而隣里之人 猶用其屨而歸其直 叟得以食其力 以老以終無他患
使叟果庸人也 則可以無憾 叟而果非庸人也 抑又何憾

銘曰 五穀芃芃民所寶 斂精食實委枯槁 惟叟得之以終老 生也爲屨葬也藁

읽기 歲干支仲秋之月(세간지중추지월) 其日癸未(기일계미)에 織屨俞叟君業
(직구유수군업)이 以疾(이질)하여 終于江華下道尹汝化之隑舍(종우강화하도
윤여화지극사)하니, 壽七十(수칠십)이고, 無子(무자)로다. 厥明(궐명)에 里
三老集于汝化(이삼로집우여화)하여 謀所以送叟者(모소이송수자)할새 汝化來
告余(여화내고여)하니라. 余子之以弗茹之地俾瘞之(여여지이불여지지비예지)
하고 且爲之誌(차위지지)하노라.

有字無名(유자무명)하고 無譜無籍(무보무적)하니 傷也(상야)로다. 其死

可得以詳(기사가득이상)이나 而其生則闕也(이기생즉궐야)로다. 叟中歲獨身
流寓(수중세독신류우)하다가 與汝化爲主客(여여화위주객)한 지 三十年(삼십
년)이라. 樸吶無佗(박눌무타)하고 能日惟業織屨(능일유업직구)하다. 然不自
鬻(연불자육)하고 以畀汝化(이비여화)하다. 汝化鬻得米(여화육득미)면 則遺
之使炊(즉유지사취)하고, 不得(부득)이면 或累日不炊(혹누일불취)하다. 里
人無所持來求(이인무소지래구)라도 屨叟卽與(구수즉여)하고, 或匿直不以還
(혹익치불이환)하여 久亦不自往索(구역불자왕색)하다. 故(고)로 或終年(혹
종년)이라도 一步不出門(일보불출문)하다. 余家與汝化相望而近(여가여여화
상망이근)인데 然(연)이나 余竟不識叟面(여경불식수면)하다.

叟殆非庸人者歟(수태비용인자여)인저. 抑余普悲古昔聖賢(억여상비고석성현)
하니, 終身未嘗一事行於世(종신미상일사행어세)하고도 而其所業(이기소업)
이 皆所以行者也(개소이행자야)니라. 今叟亦終年未嘗一步行於路(금수역종년
미상일보행어로)라도 而其所業(이기소업)이 亦惟所以行者也(역유소이행자
야)하다. 雖其具鉅細有不同(수기구거세유부동)이나 而其勤而無所用於己則同
(이기근이무소용어기즉동)하니 又可悲也(우가비야)하노라.

然(연)이나 聖賢旣不能自行(성현기불능자행)하고 而天下又卒不用其道(이
천하우졸불용기도)한즉 反以招譏謗(반이초기방)하고 嬰患厄(영환액)하며 恤
焉而不寧(휼언이불녕)하니라. 若叟固無意於行(약수고무의어행)은 而隣里之人
(이린이지인)이 猶用其屨而歸其直(유용기구이귀기치)하여, 叟得以食其力(수
득이식기력)하고 以老以終無他患(이노이종무타환)하며 使叟果庸人也(사수과
용인야)하고 則可以無憾(즉가이무감)하니라. 叟而果非庸人也(수이과비용인
야)하여 抑又何憾(억우하감)하노라.

銘日(명왈) 五穀芃芃民所寶(오곡봉봉민소보)하고 斂精食實委枯槁(염정식
실위고고)하노라. 惟叟得之以終老(유수득지이종로)하고 生也爲屨葬也藁(생
야위구장야고)하는구나.

풀이 "歲干支仲秋之月"(세간지중추지월)은 "해는 어느 간지(干支) 8월"이다. "其日癸未"(기일계미)는 "날은 계미(癸未)에"이다. "織屨俞叟君業"(직구유수군업)은 "신 삼는 늙은이 유군업(俞君業)"이다. "以疾"(이질)은 "병으로"이다. "終于江華下道尹汝化之隙舍"(종우강화하도윤여화지극사)는 "강화하도(江華下道) 윤여화(尹汝化)네 비어 있는 집에서 죽었다"이다. "壽七十"(수칠십)은 "수명이 70"이다. "無子"(무자)는 "아들이 없다"이다. "厥明"(궐명)은 "이튿날 아침"이다. "里三老集于汝化"(이삼로집우여화)는 "마을 노인 셋이 여화의 집에 모이다"이다. "謀所以送叟者"(모소이송수자)는 "늙은이 장송을 의논하다"이다. "汝化來告余"(여화내고여)는 "여화가 와서 내게 고하다"이다. "余予之以弗茹之地俾瘞之"(여여지이불여지지비예지)는 "나는 농사짓지 않는 땅을 제공해 묻게 하다"이다. "且爲之誌"(차위지지)는 "또한 묘지도 지었다"이다.

"有字無名"(유자무명)은 "자(字)는 있고 이름은 없다"이다. "無譜無籍"(무보무적)은 "족보도 호적도 없다"이다. "傷也"(상야)는 "마음 아프다"이다. "其死可得以詳"(기사가득이상)은 "그 죽음은 자세하게 알다"이다. "而其生則闕也"(이기생즉궐야)는 "그 삶은 불분명하다"이다. "叟中歲獨身流寓"(수중세독신류우)는 "늙은이는 중년에 독신으로 떠돌아다니다"이다. "與汝化爲主客"(여여화위주객)은 "여화와 더불어 주객이 되다"이다. "三十年"(삼십년)은 "30년"이다. "樸吶無佗"(박눌무타)는 "순박하고 말이 없으며, 꼬이지 않았다"이다. "佗"가 "꼬이다"라는 뜻일 때에는 "타"가 아닌 "이"로 읽는다. "能日惟業織屨"(능일유업직구)는 "날마다 할 수 있는 일은 신을 삼는 것뿐이다"이다. "然不自鬻"(연불자육)은 "그러나 스스로 팔지 않다"이다. "以畀汝化"(이비여화)는 "여화에게 넘겨주다"이다. "汝化鬻得米"(여화육득미)는 "여화가 팔아서 쌀을 얻다"이다. "則"은 "곧"이다. "遺之使炊"(즉유지사취)는 "그것을 보내 밥을 짓게 하다"이다. "不得"(부득)은 "얻지 못하다"이다. "或累日不炊"(혹누일불취)는 "여러 날 밥을 짓지 못하기도 하다"이다. "里人無所持來求"(이인무소지래구)는 "마을 사람이 가진 것 없이 와서 구하다"이다. "屨叟卽與"(구수즉여)는 "신 삼는 늙은이가 즉시 주다"이다. "或匿直不以還"(혹익치불이환)은 "값을 숨기고 돌려주지 않다"이다. "久亦不自往索"(구역불자왕색)은 "오래되어도 스스로 찾아가 요구하지 않다"이다. "故"(고)는 "그러므로"이다. "或終年"(혹종년)은 "때로는 한 해가 다 가도록"이다. "一步不出門"(일보불출문)은 "한 걸음도 문 밖에 나서지 않다"이다. "余家與汝化相望而近"(여가여여화상망이근)은 "내 집이 여화와 서로 바라볼 만큼 가깝다"이다. "然"(연)은 "그러나"이다. "余竟不識叟面"(여경불식수면)은 "나는 끝내 늙은이의 얼굴을 알지 못하다"이다.

"叟殆非庸人者歟"(수태비용인자여)는 "늙은이는 거의 예사 사람이 아니지 않겠는가"이다. "抑余嘗悲古昔聖賢"(억여상비고석성현)은 "나는 일찍이 문득 옛날 성현이 서글프다고 여겼다"이다. "終身未嘗一事行於世"(종신미상일사행어세)는 "종신토록 세상에 나가 한 가지 일도 하지 않다"이다. "而其所業"(이기소업)은 "과업으로 삼는 것"이다. "皆所以行者也"(개소이행자야)는 "모두 시행되는 까닭이다"이다. "今叟亦終年未嘗一步行於路"(금수역종년미상일보행어로)는 "이제 늙은이도 일찍이 길에 한 걸음도 나서지 않았다"이다. "而其所業"(이기소업)은 "과업으로 삼는 것"이다. "亦惟所以行者也"(역유소이행자야)는 "또한 오직 시행되기만 하는 까닭이다"이다. "雖其具鉅細有不同"(수기구거세유부동)은 "비록 그 도구가 크고 작은 것은 같지 않으나"이다. "而其勤而無所用於己則同"(이기근이무소용어기즉동)은 "그런데 그 부지런함을 자기에게 사용하지 않음은 같다"이다. "又可悲也"(우가비야)는 "또한 서글프다고 하겠다"이다.

"然"(연)은 "그러나"이다. "聖賢旣不能自行"(성현기불능자행)은 "성현은 애초에 스스로 행할 수는 없다"이다. "而天下又卒不用其道"(이천하우졸불용기도)는 "천하가 또한 마침내 그 도리를 사용하지 않다"이다. "反以招

謗"(반이초기방)은 "도리어 비방을 초래하다"이다. "嬰患厄"(영환액)은 "근심과 재앙을 당하다"이다. "恤焉而不寧"(휼언이불령)은 "두려워하고 편안하지 못하다"이다. "若叟固無意於行"(약수고무의어행)은 "늙은이의 경우에는 세상에서 시행되는 것에 진실로 뜻하는 바가 없다"이다. "而隣里之人"(이린이지인)은 "그런데 마을의 이웃 사람이"이다. "猶用其屨而歸其直"(유용기구이귀기치)는 "오직 그 신을 신고 값을 치르다"이다. "叟得以食其力"(수득이식기력)은 "늙은이는 그것을 먹고 힘을 얻다"이다. "以老以終無他患"(이노이종무타환)은 "늙어 죽고 다른 근심은 없다"이다. "使叟果庸人也"(사수과용인야)는 "늙은이는 과연 예사 사람이라고 하다"이다. "則可以無憾"(즉가이무감)은 "유감이 없다고 하겠다"이다. "叟而果非庸人也"(수이과비용인야)는 "늙은이가 과연 예사 사람이 아니라고 하다"이다. "抑又何憾"(억우하감)은 "또한 무슨 유감이 있겠는가"이다.

"銘曰"(명왈)은 "명(銘)에서 말하다"이다. "五穀芃芃民所寶"(오곡봉봉민소보)는 "오곡이 무성하니 백성의 보배로다"이다. "斂精食實委枯槀"(염정식실위고고)는 "알곡은 거두어 먹고 짚은 버리다"이다. "惟叟得之以終老"(유수득지이종로)는 "늙은이는 오직 그것을 얻어 평생을 보내다"이다. "生也爲屨葬也藁"(생야위구장야고)는 "살아서는 신을 삼고, 죽어서는 거적으로 삼는구나"이다.

[번역] 해는 어느 간지(干支) 8월, 날은 계미(癸未)에, 신 삼는 늙은이 유군업(俞君業)이 병으로 강화하도(江華下道) 윤여화(尹汝化)네 비어 있는 집에서 세상을 떠났다. 수명이 70이고, 아들은 없다. 이튿날 아침 마을 노인 셋이 여화의 집에 모여 늙은이 장송을 의논했다. 여화가 와서 내게 고했다. 나는 농사짓지 않는 땅을 제공해 묻게 하고, 또한 묘지(墓誌)를 지었다.

자(字)는 있으나 이름은 없으며, 족보도 호적도 없어, 마음 아프다.

그 죽음은 자세하게 알지만, 그 삶은 불분명하다. 중년에 독신으로 떠돌아다니다가, 여화와 더불어 주객이 된 지 30년이다. 순박하고 말이 없으며, 꼬이지 않은 성격이다. 날마다 할 수 있는 일은 신을 삼는 것뿐이었다. 신을 직접 팔지 않고, 여화에게 넘겨주었다. 여화가 팔아서 쌀을 구하면, 그것을 보내 밥을 짓게 했다. 쌀이 없으면, 여러 날 밥을 짓지 못하기도 했다. 마을 사람이 가진 것 없이 와서 구해도, 즉시 신을 삼아 주었다. 값을 숨기고 돌려주지 않은 지 오래되어도 찾아가 요구하지 않았다. 그러느라고 때로는 한 해가 다 가도록 한 걸음도 문 밖에 나서지 않았다. 내 집이 여화와 서로 바라볼 만큼 가까운데도, 나는 끝내 늙은이의 얼굴을 알지 못했다.

늙은이는 거의 예사 사람이 아니지 않겠는가? 나는 일찍이 문득 옛 성현이 서글프다고 여겼다. 종신토록 세상에 나가 한 가지 일도 하지 않으면서, 과업으로 삼는 것이 모두 시행되는 까닭이다. 이제 늙은이도 일찍이 길에 한 걸음도 나서지 않아도, 과업으로 삼는 것이 시행되는 까닭이다. 비록 그 방법이 크고 작은 것은 같지 않아도, 부지런함을 자기에게 사용하지 않음은 같으니, 또한 서글프다고 하겠다.

그러나 성현은 애초에 무엇을 스스로 행할 수는 없었다. 천하가 또한 마침내 그 도리를 사용하지 않게 되어, 도리어 비방을 초래하고, 근심과 재앙을 당해 두려워하고 편안하지 못하기도 했다. 늙은이의 경우에는 세상에서 시행되는 것에 진실로 뜻하는 바가 없었다. 마을의 이웃 사람들이 오직 그 신을 신고 값을 치러, 그것을 먹고 힘을 얻다가 늙어 죽었으며 다른 근심은 없었다. 늙은이는 예사 사람이라고 해도 유감이 없다고 하겠다. 늙은이가 예사 사람이 아니라고 해도 또한 무슨 유감이 있겠는가.

명(銘)에서 말한다. 오곡이 무성하니 백성의 보배로다. 알곡은 거두어 먹고 짚은 버린다. 늙은이는 오직 버린 것을 얻어 평생을 보냈다. 살아서는 신을 삼고, 장례 지낼 때에는 거적으로 삼는구나.

논의 신이나 삼다가 세상을 떠난 늙은이를 위해, 면식이 없고 생애도 잘 모르면서 묘지명을 지어 이중으로 부당하다는 시비가 있는 글이다. 기이한 글을 공연히 지어 글재주를 자랑하려고 했다고 나무라는 사람도 있다. 불우한 하층민에게 각별한 친근감을 나타내고자 했다면 보면 평가가 달라질 수 있다.

신 삼는 늙은이와 옛 성현의 비교에는 깊은 뜻이 있다. 만만하게 보지 말고 세심하게 주의하면서 읽어야 한다. 늙은이는 예사 사람이라고 할 수 없는데 알아주지 않는 것이 유감이라고 하다가, 한 걸음 더 나아갔다. 널리 도움을 주는 과업을 수행하면서 자기는 나다니지 않으니 서글프다고 하겠으나, 그 점에서 옛 성현과 다를 바 없다고 했다. 성현이 그리 대단하지는 않다고 생각하게 한다.

성현은 가르침을 받아들이지 않는 사람들의 반발 때문에 고난을 겪을 수 있으나, 늙은이는 신을 필요로 하는 사람들에게 도움을 주기만 해서 더욱 훌륭하다. 성현이라는 이들은 반발을 사서 비방을 초래하고, 근심과 재앙을 당해 두려워하고 편안하지 못하기도 하다. 늙은이는 반발의 여지가 없이 훌륭하기만 한 일을 하면서 남들이 알아주지 않아도 유감으로 여기지 않는다. 이름나기를 바라지 않으니 성현보다 더욱 훌륭하다고 할 수 있다. 이렇게까지 말한 것이 얼마나 놀라운가?

사람은 누구나 무성한 오곡을 보배로 여긴다. 알곡은 먹고 짚은 버린다. 늙은이는 버리는 짚으로 신을 삼으며 살아가다가, 죽어서는 그 거적에 쌓여 갔다. 버리는 것을 유용하게 하는 밑바닥 인생이 얼마나 거룩한지 생각해보아야 한다. 쓰레기 양산을 문명의 발달이라고 하는 오늘날의 상황을 생각하면 그 행적을 더욱 높이 평가해야 한다.

신 삼는 늙은이와 성현의 비교는 표리 양면이 있다. 겉으로는 터무니

없는 말로 견강부회를 해서 웃기는 수작으로 긴장을 완화했다. 그 이면에서 성현이라는 이들은 하는 일 없이 세상을 움직이고, 무리한 주장 때문에 반발을 사기도 한다는 말을 했다. 장난처럼 쓴 글에서 허용되지 않는 비판을 했다. 불우한 하층민에게 각별한 친근감을 나타내는 글인 줄 알고 읽도록 해서 시비를 차단하고, 성현은 허망하다고 하는 엄청난 말을 눈치 채지 않게 슬쩍 흘렸다.

자칫하면 사문난적(斯文亂賊)이라고 지목되어 처단될 수 있는데, 글을 교묘하게 써서 무사했다. 기이한 글재주를 자랑하기나 했다고 나무라도록 할 만큼 방어를 철저하게 해서 공격이 빗나가게 한 수법이 거듭 감탄을 자아낸다. 분별력이 있는 독자가 무엇을 말했는지 깊이 생각하면서 읽으면, 사상사의 대전환을 이룩하는 데까지 나아갔다. 차등론·평등론·대등론이라는 용어를 사용하면서 얻은 성과를 정리해보자.

사회 밑바닥의 천한 인물은 멸시받아 마땅하다고 하는 차등론에 반론을 제기했다. 누구나 대접을 받으면서 살아야 한다는 평등론의 공허한 주장을 대안으로 삼으려 하지 않았다. 가장 미천하고 불운한 사람이 마음을 비우고, 기대하는 바 없이 널리 혜택을 베풀어 성현보다 앞선다고 하는 대등론을 제시했다. 차등론을 부정하고, 평등론을 넘어서는 논리가 분명한 놀라운 수준의 대등론이다.

朴趾源, 〈百尺梧桐閣記〉(백척오동각기), 《燕巖集》 권1
박지원, 〈백 척 오동 전각〉

"百尺"(백척)은 "백 자 길이"이다. "梧桐"(오동)은 "오동나무"이다. "閣"

(각)은 전각"이다. "百尺梧桐閣記"(백척오동각기)는 "백 척 오동 전각 기록"이다. 글이 길고 복잡해 이해하기 쉽게 번호를 붙인다.

원문 (1) 由正堂 西北數十擧武 得廢舘十有二楹 而軒無欄 階無甃 大抵堞城所築 皆水磨 亂石疊卵粦碁 歲久頹圮 滿地磊落 傾側膩滑 難着履屐 草蔓之所縈 蛇虺之所蟠

(2) 遂乃 日課僮隷 撤砌夷級 凡石之圓者 盡輦去之 擇石於崩崖裂岸之間 若氷之坼也 珪之削也 觚之楞也 爭來効伎 呈巧於薈簧之下 獒牙互齟 龜背交灼 窌軷契縫 以文以完 不施繩刃 宛若斧劈 沿甃正直 有廉有隅

(3) 於是乎 堂有陛 而門有庭矣 復斥其前楹 補以修欄 新其塗墍 劚除猥雜 舘客讌賓 以邀以息矣 百笏爲庭 十弓爲池 盛植芙蕖 種以魚苗 於是乎 揭風櫳 凭月楣 俯清沼 而幽夐窈窕 衆美畢具矣

(4) 夫宿漿換器 口齒生新 陳躅殊境 心目俱遷 士民之來觀者 不覺池之昔無 閣之舊有 而咸謂 斯軒之翼然 湧出於池上也

(5) 墻外 有一樹梧桐 高可百尺 濃陰暎檻 紫花飄香 時有白鷺翹翼停峙 雖非鳳凰 足稱嘉客 遂榜之 曰百尺梧桐閣

(6) 世人 惡圭角 而喜圓渾 故 用字爲文 輒頹弛膩溜 實皆危兀如累卵 吾欲使僮隷 悉去其字之不中律者 亦恐贏他白本 燕岩之用字 尖方斜正無不可 但惡圓耳 故 上者不可置下 東者不可移西 而極錯落處 還極齊整 文理燦然 自出古色

읽기 (1) 由正堂(유정당)하여 西北數十擧武(서북수십거무)에 得廢舘(득폐관)하니 十有二楹(십유이영)이라. 而軒無欄(이헌무란)하고 階(계) 無甃(무추)라. 大抵(대저) 堞城所築(지첩소축)하여 皆水磨(개수마)하고 亂石(난석)이 疊卵粦碁(첩란루기)라. 歲久頹圮(세구퇴비)하자 滿地磊落(만지뢰락)이라. 傾側膩滑(경측이활)하여 難着履屐(난착리극)이라. 草蔓之所縈(초만지소영)

하니 蛇虺之所蟠(사훼지소반)이라.

(2) 遂乃(수내)에 日課僮隸(일과동예)하여 撤砌夷級(철체이급)하고 凡石之圓者(범석지원자)는 盡輂去之(진연거지)하니라. 擇石(택석) 於崩崖裂岸之間(어붕애열안지간)하니 若氷之坼也(약빙지탁야)며 珪之削也(규지삭야)며 舺之楞也(고지릉야)가 爭來効伎(쟁래효기)하니라. 呈巧於甍簷之下(정교어맹첨지하)가 獒牙互嗑(오아호합)하고 龜背交灼(구배교작)하고 窘輱袈縫(요군가봉)이라. 以文以完(이문이완)하여 不施繩刃(불시승인)이나 宛若斧劈(완약부벽)하며 沿甃正直(연추정직)하고 有廉有隅(유렴유우)하니라.

(3) 於是乎(어시호) 堂有陛(당유폐)하고 而門有庭矣(이문유정의)라. 復斥其前楹(부척기전영)하고 補以脩欄(보이수란)하며 新其塗墍(신기도기)하니라. 劗除猥雜(산제외잡)하자 舘客讌賓(관객연빈)을 以遨以息矣(이오이식의)하니라. 百笏量庭(백홀량정)에 十弓爲池(십궁위지)하여 盛植芙蕖(성식부거)하고 種以魚苗(종이어묘)하니라. 於是乎(어시호) 揭風欞凭月楹(게풍령빙월영)하고 俯淸沼(부청소)하니 而幽敻窈窕(이유형요조)하고 衆美畢具矣(중미필구의)하니라.

(4) 夫(부) 宿漿換器(숙장환기)면 口齒生新(구치생신)이니라. 陳躅殊境(진탁수경)이면 心目俱遷(심목구천)이니라. 士民之來觀者(사민지래관자)가 不覺(불각) 池之昔無(지지석무)하고 閣之舊有(각지구유)하며 而咸謂(이함위)하되 斯軒之翼然(사헌지익연)하고 湧出於池上也(용출어지상야)라 하니라.

(5) 墻外(장외)에 有一樹梧桐(유일수오동)하니 高可百尺(고가백척)이라. 濃陰暎檻(농음영함)하고 紫花飄香(자화표향)하며 時有(시유) 白鷺(백로)가 翹翼停峙(교익정치)하니라. 雖非鳳凰(수비봉황)이나 足稱嘉客(족칭가객)이라. 遂榜之(수방지)하여 曰(왈) 百尺梧桐閣(백척오동각)하니라.

(6) 世人(세인)은 惡圭角(오규각)하고 而喜圓渾(이희원혼)하니라 故(고)로 用字爲文(용자위문)이 輒頹弛膩溜(첩퇴이니류)하니 實皆危兀如累卵(실개위올여루란)하니라. 吾欲使僮隸(오욕사동예)하여 悉去其字之不中律者

(실거기자지불중률자)하나 亦恐(역공) 贏他白本(영타백본)이니라. 燕岩之用字(연암지용자)는 尖方斜正無不可(첨방사정무불가)하나 但惡圓耳(단오원이)하니라. 故(고)로 上者不可置下(상자불가치하)하고 東者不可移西(동자불가이서)하며 而極錯落處(이극착락처)가 還極齊整(환극제정)하니라. 文理燦然(문리찬연)하고 自出古色(자출고색)이니라.

풀이 (1) "由正堂"의 "由"(유)는 "-에서"이고, "正堂"(정당)은 사또가 집무를 하는 건물이다. "집무실"이라고 번역한다. "數十擧武"(수십거무)는 "수십 발자국을 들다"이다. "수십 걸음 걸어가면"이라고 옮겨도 된다. "得廢舘"(득폐관)은 "폐허가 된 관사가 있다"이다. "十有二楹"(십유이영)은 "12칸이다"이다. "楹"(영)은 "기둥"이다. "軒"(헌)은 "추녀"이다. "欄"(란)은 "난간"이다. "階"(계)는 "계단"이다. "甃"(추)는 "섬돌"이다. "而軒無欄"(이헌무란)은 "마루에 난간도 없다"이다. "階無甃"(계무추)는 "계단에는 섬돌도 없다"이다. "大抵"(대저)는 "대체로"이다. "堨城"(지척)은 "바닥을 쌓은 것"이라는 말이며, "축대"라고 번역할 수 있다. "所築"(소축)은 "쌓은 바"이다. "皆水磨"(개수마)는 "모두 물에 닳아"이다. "亂石"(난석)은 "어지러이 널린 돌이"이다. "疊卵絫碁"(첩란루기)는 "달걀이 쌓이고, 바둑알이 포개진 듯하다"이다. "歲久頹圮"(세구퇴비)는 "세월이 오래 되자 무너졌다"이다. "滿地磊落"(만지뢰락)은 "땅에 가득 돌이 떨어지다"이다. "傾側"(경측)은 "비뚤어지다"이다. "膩滑"(이활)은 "미끄럽다"이다. "難着履屐"(난착리극)은 "나막신을 신고 다니기 어렵다"이다. "草蔓"(초만)은 "풀덩굴"이다. "所縈"(소영)은 "얽힌 바"이다. "蛇虺"(사훼)는 "긴 뱀과 큰 뱀이다"이다. "뱀의 무리"로 번역한다. "蟠"(반)은 "서리다"이다.

(2) "遂乃"(수내)는 "드디어 이에"이다. "日課"(일과)는 "날마다 하는 과제"이다. "僮隷"(동예)는 "아이종"이다. "撤砌"(철체)는 "쌓인 것을 거두다"이다. "夷級"(이급)은 "계단을 평평하게 하다"이다. "凡石之圓者"(범

석지원자)는 "무릇 돌 가운데 둥근 것"이다. "輦去"(연거)는 "날라다 버리다"이다. "崩崖裂岸"(붕애열안)은 "무너진 벼랑과 갈라진 비탈"이다. "氷之坼"(빙지탁)은 "얼음 갈라진 것"이다. "珪之削"(규지삭)은 "옥돌 깎인 것"이다. "觚之楞"(고지릉)은 "술잔 네모진 것"이다. "爭來効伎"(쟁래효기)는 "다투어 와서 재주를 자랑하다"이다. "呈巧於甍簷之下"(정교어맹첨지하)는 "용마루와 처마 아래에서 교묘함을 드러내다"이다. "獒牙互齧"(오아호합)은 "개 이빨이 서로 맞물리다"이다. "龜背交灼"(구배교작)은 "거북 등이 엇갈리며 빛나다"이다. "窰皸袈縫"(요군가봉)은 "가마가 갈라지고, 가사를 꿰맨 듯하다"는 말이다. "以文以完"(이문이완)은 "볼품 있고 완벽하게 하다"이다. "不施繩刀"(불시승인)은 "먹줄과 칼날을 대지 않다"이다. "宛若斧劈"(완약부벽)은 "완연히 도끼로 쪼갠 것 같다"이다. "沿甃正直"(연추정직)은 "섬돌을 따라 반듯하고 곧다"이다. "有廉有隅"(유렴유우)는 "모와 귀가 분명하다"이다.

(3) "於是乎"(어시호)는 "이에"이다. "堂有陞"(당유폐)는 "집에는 섬돌이 있다"이다. "而門有庭矣"(이문유정의)는 "문에는 뜰이 있다"이다. "復斥其前楹"(부척기전영)은 "다시 먼저 있던 기둥을 헐어내다"이다. "補以脩欄"(보이수란)은 "오래된 난간을 보수하다"이다. "新其塗墍"(신기도기)는 "새로 그 벽에 칠을 하다"이다. "劃除猥雜"(산제외잡)은 "더럽고 잡된 것을 벗겨내다"이다. "舘客讌賓"(관객연빈)은 "공관에 오는 나그네, 잔치에 참여하는 손님"이다. "以遨以息矣"(이오이식의)는 "그곳에서 놀고 쉬게 하다"이다. "百笏量庭"(백홀량정)은 "100홀(笏) 정도의 뜰"이다. "十弓爲池"(십궁위지)는 "10궁(弓) 둘레로 연못을 만들다"이다. "盛植芙蕖"(성식부거)는 "연꽃을 가득 심다"이다. "種以魚苗"(종이어묘)는 "물고기 새끼도 넣어 두다"이다. 於是乎(어시호) "揭風櫺"(게풍영)은 "바람 부는 들창문을 들어 올리다"이다. "凭月楹"(임월영)은 "달 비추는 기둥에 기대다"이다. "俯淸沼"(부청소)는 "맑은 연못을 굽어보다"이다. "而幽夐窈窕"(이유형요

조)는 "그윽하고 아득하며 깊고 고요하다"이다. "衆美畢具矣"(중미필구의)
는 "갖가지 아름다움을 모두 갖추다"이다.

(4) "宿漿"(숙장)은 "오래 먹던 음식"이다. "換器"(환기)는 "그릇 바꾸
기"이다. "口齒生新"(구치생신)은 "입과 이빨에서 새로운 것이 생기다"이
다. "陳躅"(진탁)은 "묵은 자취"이며, "다니던 길"이라고 번역한다. "殊
境"(수경)은 "경관이 달라지다"이다. "心目俱遷"(심목구천)은 "마음과 눈
이 모두 바뀌다"이다. "咸謂"(함위)는 "일제히 말하다"이다. "斯軒之翼然"
(사헌지익연)은 "이 누각이 나래 펴듯"이다. "湧出於池上也"(용출어지상야)
는 "연못 위에 솟아난 것 같다"이다.

(5) "墻外"(장외)는 "담장 밖"이다. "有一樹梧桐"(유일수오동)은 "오동
나무 한 그루가 있다"이다. "高可百尺"(고가백척)은 "높이가 백 척이라고
할 수 있다"이다. "濃陰暎檻"(농음영함)은 "짙은 그늘이 난간에 비치다"
이다. "紫花飄香"(자화표향)은 "자줏빛 꽃이 향기를 내뿜다"이다. "時有"
(시유)는 "때때로 있다"이다. "白鷺"(백로)는 새 이름 "백로"이다. "翹翼
停峙"(교익정치)는 "날갯짓을 하다가 멈추다"이다. "雖非鳳凰"(수비봉황)
은 "비록 봉황은 아니라도"이다. "嘉客"(가객)은 "아름다운 손님"이다.
"遂榜之"(수방지)는 "마침내 이 말을 써 붙이다"이다. "曰"(왈)은 "이르기
를"이다. "百尺梧桐閣"(백척오동각)은 "백 척 오동 전각"이다.

(6) "惡圭角"(오규각)은 "모나고 각진 것을 싫어하다"이다. "싫다"는
뜻의 "惡"은 "오"라고 읽는다. "喜圓渾"(희원혼)은 "둥그렇고 흐릿한 것을
좋아하다"이다. "用字爲文"(용자위문)은 "글자를 사용해 글을 만들다"이
다. "輒頹弛膩溜"(첩퇴이니류)는 "번번이 무너지고 느슨하며 매끄럽게 흐
르다"이다. "實皆危兀如累卵"(실개위올여루란)은 "참으로 모두 위태롭기가
계란을 쌓아놓은 것 같다"이다. "危兀"(위올)은 "위태롭다"이다. "吾欲使
僮隸"(오욕사동예)는 "내가 아이종에게 일을 시키려고 하다"이다. "悉去其
字之不中律者"(실거기자지부중률자)는 "규범에 맞지 않는 것을 모두 제거

하다"이다. "亦恐"(역공)은 "또한 두렵게 여기다"이다. "贏他白本"(영타백본)은 "그 흰 바탕만 남다"이다. "燕岩之用字"(연암지용자)는 "연암이 사용하는 글자"이다. "연암은 자기 자신이다. "尖方斜正"(첨방사정)은 "뾰족하고 모나고 비스듬하고 바른 것"이다. "極錯落處"(극착락처)는 "아주 어긋난 곳"이다. "還極齊整"(환극제정)은 "도리어 아주 가지런하다"이다. "文理燦然(문리찬연)"는 "글의 이치가 밝게 빛나다"이다. "自出古色"(자출고색)은 "옛 빛깔이 저절로 나오다"이다.

번역 (1) 집무실 서북 쪽 수십 보에, 폐치된 집 기둥 열둘인 것이 있다. 집에 난간도, 계단에 섬돌도 없다. 대체로 보아, 축대가 모두 물에 마멸되어 어지럽게 널린 돌이 계란에 쌓이고, 바둑알이 포개진 듯하다. 세월이 오래 되자, 땅에 가득 돌이 떨어졌다. 비뚤어지고 미끄러워, 나막신을 디디기 어렵다. 풀 덩굴이 얽혀 있어 뱀의 무리가 서린다.

(2) 그래서 아이종을 시켜 날마다 일삼아 쌓인 것을 거두고, 계단을 평평하게 하도록 했다. 둥그런 돌은 날라다 버리게 했다. 무너진 언덕과 갈라진 비탈에서 돌을 골라오게 하니, 얼음 쪼개진 것, 옥돌 깎인 것, 술잔 네모 난 것들이 다투어 와서 재주를 자랑하는 것 같다. 용마루와 처마 아래에서 교묘함을 나타내는 것이 개 이빨이 서로 맞물리듯, 거북 등이 엇갈리며 빛나듯, 가마가 갈라지고 가사를 꿰맨 듯했다. 모습이 온전해, 먹줄과 칼날을 대지 않아도 완연히 도끼로 쪼갠 것 같고, 가장자리의 벽돌에 바름이 있고 모남이 있었다.

(3) 이윽고 집에는 층계가, 문에는 뜰이 있게 되었다. 다시 먼저 있던 기둥을 헐어내고, 오래된 난간을 보수하고, 벽에 칠을 새로 했다. 더럽고 잡된 것을 벗겨내자, 공관에 오는 나그네, 잔치에 참여하는 손님을 맞이해 쉬게 할 수 있었다. 백 홀의 뜰에 십 궁의 연못을 만들어, 연꽃을 가득 심고, 물고기 새끼도 넣어 두었다. 이윽고 들창문을 들어 올리

고 달 비치는 기둥에 기대어 맑은 연못을 내려다보니, 그윽하고 아득하며 고요하고 아늑한 아름다움이 모두 갖추어져 있다.

(4) 무릇 늘 먹던 음식도 그릇을 바꾸면 입에서 새 맛을 느끼고, 다니던 길이라도 경관이 달라지면 마음과 눈이 바뀐다. 이곳에 와서 구경하는 사람들이 연못은 예전에 없었고 누각만 본래 있었다는 사실을 모르고, 모두들 "이 누각이 나래 펴듯 연못 위에 솟아난 것 같다"고 한다.

(5) 담 밖에 한 그루 오동나무가 있는데 높이가 백 척이라고 할 수 있다. 짙은 그늘이 난간에 비치고, 자줏빛 꽃이 향기를 내뿜는다. 때때로 백로가 날갯짓을 하다가 멈추니, 비록 봉황은 아니라도 아름다운 손님이라고 할 만하다. 드디어 '百尺梧桐閣'(백 척 오동 전각)이라는 이름을 써 붙였다.

(6) 세상 사람들은 모나고 각진 것을 싫어하고, 둥그렇고 흐릿한 것을 좋아하므로, 글자를 사용해 만드는 글이 번번이 무너지고 느슨하며 매끄럽게 흐른다. 참으로 모두 위태롭기가 계란을 쌓아놓은 것 같다. 아이종을 시켜서 규범에 맞지 않는 것을 제거하려고 하니, 흰 바탕 종이만 남을까 두렵다. 연암이 사용하는 글자는 뾰족하고 모나고 비스듬하고 바른 것이 모두 불가하지 않으나, 다만 둥그런 것은 싫어한다. 그러므로 위의 것을 아래에 둘 수 없고, 동쪽 것을 서쪽으로 옮길 수 없다. 아주 어긋난 것이 도리어 아주 가지런하다. 글의 이치가 밝게 빛나고, 옛 빛깔이 저절로 나온다.

논의 글을 (1)-(5)와 (6)으로 나누어 살피자. (1)-(5)에서 건물 보수를, (6)에서 글쓰기를 말한 것이 긴밀하게 호응된다. 건물 보수를 들어 글쓰기에 관한 지론을 전개했다. 글쓰기를 그 자체로 논하기만 하면 실감이 부족하고 납득하기 어려울까 염려해 이해하기 쉬운 비유를 사용했다. 실제로 있었던 평범한 사실에서 시작해 쉽게 생각하기 어려운 비범한 원리로 나아갔다.

(1)-(5)에서는 집이 낡아 무너지고 지저분해진 것이 불만이라고 했다. "풀 덩굴이 얽혀 뱀의 무리가 서린다"고 하기까지 이르렀다. 말끔히 청소를 하고, 집을 수리하고, 연못을 만들어 연꽃을 심으니 경치가 빼어나 누구나 좋아한다고 했다. 백 척 높이로 솟은 오동에 백로가 날아들어 품격이 높다고 했다. 집 이름을 '百尺梧桐閣'(백 척 오동 전각)이라고 써 붙여 고결한 이상을 나타낸다고 했다.

(6)에서는 세상 사람들이 둥근 글을 쓰는 것을 나무랐다. 둥글다는 것은 원만함을 가장한 두루뭉술한 작태이다. 시비를 가리지 않고 시류를 따르는 흐리멍덩한 짓이다. 자기는 그런 풍조를 배격하고, 이치를 분명하게 가리는 글을 쓴다고 했다. 아래와 위, 동과 서를 구분해서 모든 것이 제자리에 있게 한다고 했다. 글을 쓰는 원리인 문리가 찬란하고, 오랜 전계를 이어 옛적의 빛이 드러나게 한다고 했다.

멍청한 독자를 골탕 먹이려고 글을 뒤틀어 쓴 함정에 빠지지 말고, 정신을 차려 명쾌한 이해를 하려고 하면 이 정도에서 멈추는 것이 적절하다. 아쉽다고 여긴다면 더 자세하게 논의하기로 한다. 문제가 되는 구절을 정확하게 이해할 필요가 있지만, 부분에 집착해 길을 잃지 말고, 전후의 연관을 깊이 생각해야 한다. 미세한 분석을 근거로 이해와 논의를 더욱 심화해야 한다.

(1)에서 "집무실 서북 쪽 수십 보에, 폐치된 가옥 기둥 열둘인 것이 있다"고 한 것은 장소를 알린 말만이 아니다. 심각한 문제가 가까이 있는 것을 외면하고 주어진 업무에만 종사하고 있을 수는 없다고 했다. 누구의 소관도 아니라고 여기고 방치한 문제를 맡아서 해결하는 참여정신을 가져야 한다고 했다.

(2)에서 아이종을 시켜 퇴락한 집과 그 주변을 청소하도록 했다. 어른종이 아닌 아이종에게 시킨 것은, 아이종이라도 할 수 있는 일이기

때문이다. (6)에서 "아이종을 시켜서 법칙에 맞지 않는 것을 제거하려고 하니 그 흰 것만 남을까 두렵다"고 한 것은 더 깊이 생각해야 할 말이다. 세상에 흔히 있는 글이 잘못된 것은 자기는 직접 상대할 만한 가치가 없어 아이종을 시켜 쓸어내고자 한다고 했다. 잘못된 것을 다 쓸어내면 남을 것은 흰 종이만이라고 하는 사태가 얼마나 심각한지 알렸다. 엄청난 말을 가볍게 장난처럼 해서 반격을 막는 작전이 기발하다.

(2)에서 청소를 하고, (3)에서 보수를 했다고 말한 대목에, 더럽지 않고 깨끗하고, 난잡하지 않고 질서 있는 곳에서 자연과 더불어 사는 것이 행복이라는 생각이 나타나 있다. 그 점에 관해 누구나 공감할 것이라고 (4)에서 말했다. (5)에 이르면 담 밖에 오동나무가 있다고 하면서 발상의 차원을 높였다. 오동나무는 연못을 만들고 연꽃을 심듯이 가꾼 것이 아니다. 전부터 있던 것을 모르고 있다가 (5)에서 발견했다.

오동나무 높이가 백 척이라고 할 수 있다는 것은 사실이 아니고 오동나무를 위대하게 여긴 말이다. 자기가 심은 연꽃은 내려다보지만 원래부터 있던 오동나무는 우러러본다. 오동나무는 "짙은 그늘이 난간에 비치고, 자줏빛 꽃이 향기를 내뿜는" 혜택을 베푼다. 담 밖에 있는 그런 오동나무를 우러러보고 '百尺梧桐閣'(백 척 오동 전각)이라는 현판을 달았다고 하는 것이 글의 핵심이고 제목이다.

이해를 더욱 심화하려면 글의 주어를 살펴볼 필요가 있다. 앞에는 없던 "吾"(나)라는 주어가 (6)에 이르러 비로소 나타났다. (5)까지의 행위는 자기를 내세우면서 한 것이 아니므로 주어가 필요하지 않았다. (6)에서 "吾欲使僮隷 悉去其字之不中律者 亦恐贏他白本"(아이종을 시켜서 규범에 맞지 않는 것을 제거하려고 하니 흰 바탕 종이만 남을까 두렵다)이라고 한 데에 "吾"가 나오고, 이어서 "燕岩之用字"(연암이 사용하는 글자)라고 한 데서는 자기를 "燕岩"이라고 했다. 이에 대해서 두 가지 의문이 제기된다.

(2)에서 "日課僮隷 撤砌夷級"(날마다 일삼아 쌓인 것을 거두고, 계단을 평평하게 하도록 했다)고 할 때에는 없던 "吾"가 (6)에서는 나오는 것은 무슨 까닭인가? (2)의 쓰레기 청소는 누구나 할 수 있는 일상사이고, (6)의 글 청소는 자기라야 결단을 내려 할 수 있는 특별한 범속사이기 때문이다. "吾"가 "燕岩"으로 바뀐 것은 무슨 까닭인가? 자기가 작가임을 밝히고 글쓰기를 혁신하기 위한 노력을 알리기 위해서이다.

옛사람들은 한문으로 글을 쓰면서 자기를 지칭할 때 이름을 쓰는 것이 예사였다. 이런 관습에 따라 자기를 "趾源"이라고 한 말이 다른 글에서는 자주 보인다. 그런데 여기서는 "吾"와 "燕岩"을 썼다. 자기가 누군지 분명하게 구분해 말할 필요가 있기 때문이다. 그릇된 글쓰기에 대한 비판자는 "吾"라고 하고, 대안 제시자는 "燕岩"이라고 했다.

그래서 할 말을 다 한 것은 아니고, 독자가 보완해야 할 영역을 남겼다. (1)-(5)에서 말한 것을 (6)에서 다 활용하지는 않은 것이 증거이다. (2)에서 한 말을 다시 보자. "얼음 쪼개진 것, 옥돌 깎인 것, 술잔 네모 난 것들이 다투어 와서 재주를 자랑했다." "용마루와 처마 아래에서 교묘함을 나타내는 것이 개 이빨이 서로 맞물리듯, 거북 등이 엇갈리며 빛나듯, 가마가 갈라진 것처럼 가사를 꿰맨 듯했다. 모습이 온전해, 먹줄과 칼날을 대지 않아도 완연히 도끼로 쪼갠 것 같고, 가장자리의 벽돌에 바름이 있고 모남이 있었다." 조경을 잘했다고 이렇게 한 말은 글을 잘 쓰는 데도 그대로 해당된다.

이치를 분명하게 하는 글을 쓰면 더러운 세상을 청소하고 고결한 이상을 나타낸다는 것을 미처 말하지 않았으나, (1)-(5)에서 말한 바에 비추어 알아차릴 수 있다. (1)의 "풀 넝쿨" "뱀의 무리"와 (5)의 "백 척 오동" "백로"가 극과 극의 대조를 이룬다. "풀 넝쿨"은 험악한 세태를 의미하고, "뱀의 무리"는 간악한 소인배를 지칭한다고 할 수 있다. 그런 것들을 없애려면 대청소를 하고 집을 새로 지어야 한다. "백 척 오동"이 바른 세상의 상징이다. 오동에 봉황이 날아와야 제격이지만, 봉황은 군주를 뜻한다. 봉황을 맞이한다고 하면 참람하다. 선비의 표상인 "백로"를 벗 삼는다고 하는 데 그친다.

여기까지 이르러도 핵심이 되는 의문이 남아 있다. 둥글게 쓴 글은 위태롭기가 계란을 쌓아놓은 것 같다니 무슨 말인가? 그 자체로는 억설이므로 깊이 새겨 이해해야 한다. 앞에서 "어지럽게 널린 돌이 계란이 쌓이고, 바둑알을 포갠 듯하다"고 한 말에 의문을 푸는 단서가 있다. 원만함을 가장하면서 두루뭉술하고 흐리멍덩하게 글을 쓰는 것이 기득권의 옹호이고 특권의식의 표출이어서 다수의 민중에게 위협이 되고 피해를 끼친다. 이런 말을 직접 하지 않고 독자가 알아차리도록 했다.

백 척 오동을 바라보는 선비는 초탈한 경지에 노닐고 있을 수 없다. 높은 통찰력으로 세상의 잘못을 꿰뚫어 보고, 바로잡기 위한 투쟁을 해야 한다. 둥근 글을 청소하기 위해 모난 글을 쓰는 것을 핵심 과업으로 삼고, 세상을 바로잡는 문학을 해야 한다고 선언했다. 목소리를 낮추고 말을 둘러 하면서 반발을 막고 작전을 잘 짜야 피해는 줄이고 성과를 늘일 수 있는 비결도 알렸다.

李奎報, 〈問造物〉(문조물), 《東國李相國後集》 권21
이규보, 〈조물주에게 묻는다〉

"子厭蠅蚊之類 始發是題"(여염승문지류 시발시제)라는 부제가 있는데 "나는 파리나 모기 따위를 싫어해 이 문제를 처음 낸다"는 뜻이다.

予問造物者曰 夫天之生蒸人也 旣生之 隨而生五穀 故人得而食焉 隨而生

桑麻 故人得而衣焉 則天若愛人而欲其生之也 何復隨之以含毒之物 大若熊虎豺

貙 小若蚊蝱蚤蝨之類 害人斯甚 則天若憎人 而欲其死之也 其憎愛之靡常 何也

　　造物曰 子之所問 人與物之生 皆定於冥兆 發於自然 天不自知 造物亦不知

也 夫蒸人之生 夫固自生而已 天不使之生也 五穀桑麻之產 夫固自產也 天不

使之產也 況復分別利毒 措置於其間哉 唯有道者 利之來也 受焉而勿苟喜 毒

之至也 當焉而勿苟憚 遇物如虛 故物亦莫之害也

　　子又問曰 元氣肇判 上爲天下爲地 人在其中 曰三才 三才一揆 天上亦有斯毒乎

　　造物曰 子旣言 有道者物莫之害也 天旣不若有道者而有是也哉

　　子曰 苟如是 得道 則 其得至三天玉境乎

　　造物曰 可

　　子曰 吾已判然釋疑矣 但不知 子言天不自知也 子亦不知也 且天則無爲 宜

其不自知也汝造物者 何得不知耶

　　曰 子以手造其物 汝見之乎 夫物自生自化耳 子何造哉 子何知哉 名子爲造

物 吾又不知也

子問造物者曰(여문조물주왈)하다. 夫天之生蒸人也(부천지생증인야)할새

旣生之(기생지)하고 隨而生五穀(수이생오곡)하니 故人得而食焉(고인득이식

언)하니라. 隨而生桑麻(수이생상마)하니 故人得而衣焉(고인득이의언)이니

라. 則天若愛人而欲其生之也(즉천약애인이욕기생지야)하고 何復隨之以含毒之

物(하부수지이함독지물)을 大若熊虎豺貙(대약웅호표추)하고 小若蚊蝱蚤蝨之

類(소약문맹조슬지류)하여 害人斯甚(해인사심)인가. 則天若憎人(즉천약증인)

하여 而欲其死之也(이욕기사지야)인가, 其憎愛之靡常(기증애지미상)이 何也

(하야)인가.

　　造物曰(조물왈)하다. 子之所問(자지소문)하는 人與物之生(인여물지생)은

皆定於冥兆(개정어명조)하고 發於自然(발어자연)하니 天不自知(천부자지)하

고　造物亦不知也(조물역부지)니라.　夫蒸人之生(부증인지생)은　夫固自生而已(부고자생이이)하고　天不使之生也(천부사지생야)니라.　五穀桑麻之産(오곡상마지산)도　夫固自産也(부고자산야)니라.　天不使之産也(천불사지산야)인데　況復分別利毒(황부분별이독)하여　措置於其間哉(조치어기간재)리오.　唯有道者(유유도자)는　利之來也(이지래야)를　受焉而勿苟喜(수언이물구희)하고,　毒之至也(독지지야)를　當焉而勿苟憚(당언이물구탄)하니라.　遇物如虛(우물여허)하니　故物亦莫之害也(고물역막지해야)니라.

予又問日(여우문왈)하다.　元氣肇判(원기조판)에　上爲天下爲地(상위천하위지)하고　人在其中(인재기중)하니　日三才(왈삼재)라.　三才一揆(삼재일규)면　天上亦有斯毒乎(천상역유사독호)인가.

造物日(조물왈)하다.　子旣言(여기언)하니,　有道者物莫之害也(유도자물막지해야)라.　天旣不若有道者(천기불약유도자)면　而有是也哉(이유시야재)니라.

予日(여왈)하다.　苟如是(구여시)면　得道(득도)하여　則其得至三天玉境乎(즉기득지삼천옥경호)인가.

造物日(조물왈)하다.　可(가)하다.

予日(여왈)하다.　吾已判然釋疑矣(오이판연석의의)하노라.　但不知(단부지)는　子言天自不知也(자언천자부지야)하고　予亦不知也(여역부지야)하니라.　且天則無爲(차천즉무위)하니　宜其不自知也(의기부자지야)어늘,　汝造物者(여조물자)는　何得不知耶(하득부지야)인가.

日(왈)하다.　予以手造其物(여이수조기물)을　汝見之乎(여견지호)인가.　夫物自生自化耳(부물자생자화이)니라.　子何造哉(여하조재)하고　子何知哉(야하지재)리오.　名予爲造物(명여위조물)을　吾又不知也(오우부지야)하니라.

"子問造物者日"(여문조물주왈)은 "내가 조물주에게 물어 말하다"이다. "夫天之生蒸人也"(부천지생증인야)는 "무릇 하늘이 많은 사람을 내놓다"이다. "旣生之"(기생지)는 "이미 내놓다"이다. "隨而生五穀"(수이생오곡)은

"이어서 곡식을 내놓다"이다. "故人得而食焉"(고인득이식언)은 "그러므로 사람이 얻어서 먹다"이다. "隨而生桑麻"(수이생상마)는 "이어서 명주나 베를 내놓다"이다. "故人得而衣焉"(고인득이의언)은 "그러므로 사람이 얻어서 입다"이다. "則天若愛人而欲其生之也"(즉천약애인이욕기생지야)는 "곧 하늘이 사람을 사랑해 살리려고 하다"이다. "何復隨之以含毒之物"(하부지이함독지물)은 "어째서 다시 독이 있는 것들이 따르게 하는가"이다. 大若熊虎豺貙(대약웅호표추)는 "크면 곰·범·표범·이리 같은 것들"이다. "小若蚊蝱蚤蝨之類"(소약문맹조슬지류)는 "작으면 모기·등에·벼룩·이 따위"이다. "害人斯甚"(해인사심)은 "사람 해침이 심하다"이다. "則天若憎人"(즉천약증인)은 "곧 하늘이 사람을 미워하는 것 같다"이다. "而欲其死之也"(이욕기사지야)는 "그래서 죽이려고 하다"이다. "其憎愛之靡常"(기증애지미상)은 "그 미워하고 사랑함이 한결같지 않다"이다. "何也"(하야)는 "어째서"이다.

"造物曰"(조물왈)은 "조물이 말하다"이다. 子之所問(자지소문)은 "그대가 묻다"이다. "人與物之生"(인여물지생)은 "사람과 만물이 태어남"이다. "皆定於冥兆"(개정어명조)는 "모두 아득한 조짐에서 정해지다"이다. "發於自然"(발어자연)은 "자연에서 발현하다"이다. "天不自知"(천부자지)는 "하늘이 스스로 알지 못하다"이다. "造物亦不知也"(조물역부지)는 "조물 또한 스스로 알지 못한다"이다. "夫蒸人之生"(부증인지생)은 "무릇 많은 사람이 태어남"이다. "夫固自生而已"(부고자생이이)는 "무릇 참으로 스스로 태어날 따름이다"이다. "天不使之生也"(천부사지생야)는 "하늘이 태어나게 하는 것은 아니다"이다. "五穀桑麻之產"(오곡상마지산)은 "오곡·명주·베가 생겨남"이다. "夫固自產也"(부고자산야)는 "무릇 참으로 스스로 생겨나다"이다. "天不使之產也"(천불사지산야)는 "하늘이 생겨나게 하는 것은 아니다"이다. "況復分別利毒"(황부분별이독)은 "하물며 다시 이롭고 해로운 것을 분별하다"이다. "措置於其間哉"(조치어기간재)는 "그 사이에 가져다 놓겠느냐"이다. "唯有道者"(유유도자)는 "도가 있는 사람은 오로지" "利之來也"(이지래야)는 "이로움이 오다"이다. "受焉而勿苟喜"(수언이물구희)는 "받아들이면서 각별하게 기뻐하지 않다"이다. "毒之至也"(독지지야)는 "해로움이 오다"이다. "當焉而勿苟憚"(당언이물구탄)은 "당하면서 각별하게 꺼리지 않다"이다. "遇物如虛"(우물여허)는 "물(物)과 빈 것인 듯 만나다"이다. "故物亦莫之害也"(고물역막지해야)는 "그러므로 물이 해를 끼칠 수 없다"이다.

"子又問曰"(여우문왈)은 "내가 다시 물어 말하다"이다. "元氣肇判"(원기조판)은 "원기가 처음 갈라지다"이다. "上爲天下爲地"(상위천하위지)는 "위의 것은 하늘이, 아래 것은 땅이 되다"이다. "人在其中"(인재기중)은 "사람은 그 가운데 있다"이다. "曰三才"(왈삼재)는 "세 바탕이라고 일컫다"이다. 이 경우에 "才"는 "근본" 또는 "바탕"이라는 뜻이다. "三才"는 세 바탕으로 인정하던 "天地人"(천지인)이다. "三才一揆"(삼재일규)는 "세 가지 근본이 한 이치이다"이다. "天上亦有斯毒乎"(천상역유사독호)는 "천상에도 이런 해로운 것들이 있는가"이다.

"造物曰"(조물왈)은 "조물이 말하다"이다. "子旣言"(여기언)은 "내가 이미 말하다"이다. "有道者物莫之害也"(유도자물막지해야)는 "도가 있는 사람은 물이 해치지 못하다"이다. "天旣不若有道者"(천기불약유도자)는 "하늘이 도 있는 사람만 못하다"이다. "而有是也哉"(이유시야재)는 "그래서 이것이 있으리오"이다.

"子曰"(여왈)은 "내가 말하다"이다. "苟如是"(구여시)는 "만약 이와 같다"이다. "得道"(득도)는 "도를 얻다"이다. "則"(즉)은 "곧"이다. "其得至三天玉境乎"(즉기득지삼천옥경호)는 "세 하늘의 가장 좋은 경지에 이를 수 있나"이다.

"造物曰"(조물왈)은 "조물이 말하다"이다 "可"(가)는 "그렇다"이다.

子曰(여왈) "吾已判然釋疑矣"(오이판연석의의)는 "나는 이미 의심을 풀다"이다. "但不知"(단부지)는 "다만 알지 못하다"이다. "子言天自知也"(자언천자부지야)는 "그대가 하늘은 스스로 알지 못하다고 말하다"이다. "子亦不知也"(여역부지야)는 "그대 또한 알지 못하다"이다. "且天則無爲"(차천즉무위)는 "저 하늘은 행함이 없다" 하니 "宜其不自知也"(의기부자지야)는 "당연히 스스로 알지 못하다"이다. "汝造物者"(여조물자)는 "너 조물이라는 이"이다. "何得不知耶"(하득부지야)는 "어째서 알지 못하는가"이다.

曰(왈) "子以手造其物"(여이수조기물)은 "내가 손으로 물을 만들다"이다. "汝見之乎"(여견지호)는 "네가 보나"이다. "夫物自生自化耳"(부물자생자화이)는 "무릇 물은 스스로 생겨나고 변한다"이다. "子何造哉"(여하조재)는 "내가 무엇을 만드나"이다. "子何知哉"(여하지재)는 "내가 무엇을 아나"이다. "名子爲造物"(명여위조물)은 "나를 조물이라고 이름 지은 것"이다. "吾又不知也"(오우부지야)는 "나는 또한 알지 못한다"이다.

[번역] 내가 조물주에게 물어 말했다. "무릇 하늘이 많은 사람을 내놓았다. 이미 내놓고, 이어서 곡식을 내놓아 사람이 얻어서 먹는다. 이어서 명주나 베를 내놓아 사람이 얻어서 입는다. 하늘이 사람을 사랑해 살리려고 한다면, 어째서 다시 독이 있는 것들이 따르게 하는가? 크면 곰·범·표범·이리 같은 것들, 작으면 모기·등에·벼룩·이 따위가 사람 해침이 심하다. 하늘이 사람을 미워해 죽이려는 것 같다. 미워하고 사랑함이 한결같지 않음이 어째서인가?"

조물이 말했다. "그대가 묻는, 사람과 만물의 태어남은 모두 아득한 조짐에서 정해지고 자연에서 발현하므로 하늘이 스스로 알지 못하고, 조물 또한 스스로 알지 못한다. 무릇 많은 사람이 태어남은 참으로 스스로 생겨날 따름이고, 하늘이 태어나게 하는 것은 아니다. 오곡·명주·삼베가 생겨남도 참으로 스스로 생겨나고, 하늘이 생겨나게 하는 것은 아니다." 하물며 어찌 다시 이롭고 해로운 것을 분별해 그 사이에 가져다 놓겠는가? 도가 있는 사람은 오로지 이로움이 와도 받아들이면서 각별하게 기뻐하지 않는다. 해로움이 와도 당하면서 각별하게 꺼리지 않는다. 물(物)과 빈 것인 듯 만나므로, 물이 해를 끼칠 수 없다."

내가 다시 물어 말했다. "으뜸 기운이 처음 갈라져, 위의 것은 하늘이, 아래 것은 땅이 되고, 사람은 그 가운데 있어 세 바탕이라고 일컫는다. 세 바탕이 한 이치이니, 천상에도 이런 해로운 것들이 있는가?"

조물이 말했다. "내가 이미 말하기를, 도가 있는 사람은 물이 해치지 못한다고 했다. 하늘이 도 있는 사람만 못해서 그런 것들이 있겠나?"

내가 말했다. "만약 이와 같다면, 도를 얻어 세 하늘의 가장 좋은 경지에 이를 수 있는가?"

조물이 말했다. "그렇다."

내가 말했다. "나는 이미 의심을 풀었으나, 다만 알지 못한다. 그대가 하늘은 스스로 알지 못하다고 말하고, 그대 또한 알지 못한다고 하는데, 저 하늘은 행함이 없으니 당연히 스스로 알지 못하지만, 너 조물이라는 이는 어째서 알지 못하는가?"

말했다. "내가 손으로 물을 만드는 것을 네가 보았느냐? 물은 스스로 생겨나고 변한다. 내가 무엇을 만드나, 내가 무엇을 아나? 나를 조물이라고 이름 지은 것을 나는 또한 알지 못한다."

논의 무엇을 말하는지 이해하기 어렵다. 잡다한 발상이 마구 얽혀 있어 갈피를 잡을 수 없다. 정신을 차리고 자세하게 살피면, 글이 세 층위로 이루어져 있는 것을 알 수 있다. 세 층위의 상관관계에 커다란 탐구 과제가 있다.

㉮ 파리나 모기 따위를 싫어해 이 글을 쓴다고 했다. 사람을 해치는 것들을 하늘이 왜 만들었는지 항의하고 제거해주기를 바라는 것은 어리석으니, 스스로 조심해야 한다고 했다. 사람을 해치는 것들을 사회악이

라고 이해해도, 범속한 수준의 처세술을 말하기나 해서 그리 대단한 것은 아니다.

(나) 사람을 해치는 것들뿐만 아니라, 천지만물이나 사람은 저절로 생겨나고 스로 변한다. 생겨나고 변하는 것을 하늘에서 맡는다는 관념, 조물주라는 인격적인 주재자를 인정하는 관습 따위는 모두 잘못되었다. 조물주와 가상의 문답을 주고받으면서, 조물주가 조물주 노릇을 부정하는 역설로 이런 말을 해서 의심할 여지가 없게 했다. 일체의 이원론에서 벗어나 "物自生自化"(물자생자화, 물은 스스로 생겨나고 스스로 변한다)라는 기(氣)일원론을 알아낸 철학 혁명을 반발을 줄이고 효과가 큰 방법으로 선포했다.

(다) 사람의 삶이 저절로 생겨나고 스스로 변한다고 해서 주어지는 대로 살 것은 아니다. 온당하게 사는 도리를 노력해서 터득하면 많은 성취가 가능하다. 해로움뿐만 아니라 기쁨에도 흔들리지 않을 수 있다. "세 하늘의 가장 좋은 경지"라고 일컬어지는 최고 수준의 인식을 얻을 수도 있다. 이런 말로 사람의 주체적 능력을 확인하고 고양하고자 했다.

(가)를 표면으로, (나)·(다)를 이면으로 했다. 이면에서는 (나)를 본체로, (다)를 활용으로 했다. 또는 (나)를 존재론으로, (다)를 윤리학으로 했다. 공연히 말썽이나 부릴 사람은 (가)의 표면만 보고 안심하고, (나)의 이면까지 들어가더라도 말장난이나 한다고 여기도록 했다. (나) 이면의 본체를 제대로 이해하는 동지는 (다)의 활용을 위해 함께 분발하자고 했다.

(나)는 후대에 이기철학의 용어를 사용해 더욱 분명하게 했다. 그 궤적에 대한 철학사적 이해를 소중한 연구 과제로 삼아야 한다. (다)에 관해서는 옛사람들의 노력이 부족해 오늘날 힘써 연구하고 실행해야 할 과제가 많이 남아 있다. 존재론과 윤리학의 관계에 관한 오랜 논란을 새롭게 해결해야 한다.

이 글은 놀라운 발상을 기발한 표현으로 나타내 소중한 지침이 된다. 지금의 학문은 협소한 논리에 사로잡혀 창조력을 잃었다. 표면을 소중하게 여기는 창작물은 내용이 공허하다. 양쪽이 충돌해 하나가 되게 하는 변혁이 일어나야 한다.

> 張維, 〈海莊精舍記〉(해장정사기), 《谿谷集》 권8
> 장유, 〈농민과 함께〉

"海莊"(해장)은 바닷가의 농장이다. "精舍"(정사)는 별도로 지은 집이다.

원문 張子歸海莊之月餘 鄕之父老數人者 提壺榼以來勞苦之日

先生生長京華 出入金鑾粉署之日久矣 近雖家食就閒 出有衣冠軒蓋之遊 入有堂寢窔奧之居 雍容甚適也 一朝辱在田野

斥鹵之爲隣 蓬藜之爲處 灰糞堀垺 蓊勃乎戶庭 蚊蝱虺蜴 密邇乎屛帷 交游疏間 親昵契闊 亦可謂淪落失所矣 竊爲先生病焉

張子曰 謹謝客 僕之來此也 蓋去危而就安也 舍苦而卽樂也 甚適於體而愜於心 無煩父老見勞也

天地之化物也 不能易其性 聖人之處人也 未嘗枉其志 是故伯成安於耕稼 萊氏遯於灌園 僕賦性疏而懶 疏故短於應務 懶故不堪作强 持是二者 以從事於仕宦 其得早敗也幸矣

名譽之爲累也 而不能韜光泯迹以自陸沈 疾病之爲患也 而不能餌藥養形以扶羸頓 家居食貧 妻子不免菜色 而不能悉力畎畝以資口腹 居京師六載 憂讒畏譏 呻吟疢疾 蓋怒然無一日之懽也

今而歸也 弊廬足以庇風雨 薄田足以具饘粥 每於耕耘之暇 淨掃一室 焚香默

坐 紬繹圖籍 諷詠書詩 又性喜老莊玄虛之旨 研究三敎 參合異同 亦復凝神調氣

以全形生 探尤剔荼 以充服食 時或婆娑林樾 散步池澗 魚鳥親人 雲煙娛懷 蓋

自歸田以來 體若日以健 而心若日以泰也 且夫世之耽耽其視 日狙伺於僕者 只

爲名與利耳 僕未嘗求名而名謬歸焉 名之所在 利或隨焉 爭名者嫉之 專利者忌

之 此猖狂之所以未已也 今而歸 乃一田夫耳 一田夫 何能得人忌嫉耶 而今而

後 吾知免於今之世矣

草莽灰塵 不足以浼我淸淨 田翁野夫 亦可以鬯我幽悁 蚊蝱蟲蛇之爲患 比

之赤口毒舌之憯且巧 則亦有間矣 酒父老不賀僕而顧勞僕爲

父老皆曰善 張子遂錄其說 以爲海莊精舍記

읽기 張子歸海莊之月餘(장자귀해장지월여)에 鄕之父老數人者(향지부로수인자)
가 提壺榼以來勞苦之曰(제호합이래노고지왈)하다.

先生生長京華(선생생장경화)하고 出入金鑾粉署之日久矣(출입금란분서지일
구의)로다. 近雖家食就閒(근수가식취한)이나, 出有衣冠軒蓋之遊(출유의관헌
개지유)하고 入有堂寢奧之居(입유당침요오지거)하여 雍容甚適也(옹용심적
야)였는데, 一朝辱在田野(일조욕재전야)하다.

斥鹵之爲隣(척로지위린)하고 蓬藜之爲處(봉려지위처)하며, 灰糞堀堁(회
분굴과)가 蓊勃乎戶庭(옹발호호정)하고, 蚊蝱虺蜴(문예훼척)이 密邇乎屛帷
(밀이호병유)하며, 交游疏間(교유소간)하고 親昵契闊(친닐계활)하니, 亦可謂
淪落失所矣(역가위윤락실소의)라. 敬爲先生病焉(경위선생병언)하노라.

張子曰(장자왈)하다. 謹謝客(근사객)하노라. 僕之來此也(복지내차야) 蓋
去危而就安也(개거위이취안야)니라. 舍苦而卽樂也(사고이즉락야)가 甚適於體
而愜於心(심적어체이협어심)하니 無煩父老見勞也(무번부로견로야)니라.

天地之化物也(천지지화물야)할새 不能易其性(불능역기성)이라. 聖人之處
人也(성인지처인야)에 未嘗枉其志(미상왕기지)니라. 是故伯成安於耕稼(시고

백성안어경가)하고 萊氏遯於灌園(내씨둔어관원)하도다. 僕賦性疏而懶(복부
성소이라)하여, 疏故短於應務(소고단어응무)하고, 懶故不堪作強(나고불감작
강)이라. 持是二者(지시이자)하고 以從事於仕宦(이종사어사환)하니 其得早
敗也幸矣(기득조패야행의)니라.

名譽之爲累也(명예지위루야)나 而不能韜光泯迹以自陸沈(이불능도광민적이
자육침)하고, 疾病之爲患也(질병지위환야)나 而不能餌藥養形以扶羸頓(이불
능이약양형이부리돈)이도다. 家居食貧(가거식빈)하여 妻子不免菜色(처자불
면채색)이나 而不能悉力畎畝以資口腹(이불능실력견무이자구복)이도다. 京師
六載(경사육재)에 憂讒畏譏(우참외기)와 呻吟疢疾(신음회질)을 蓋恧然(개
녁연)하여 無一日之懽也(무일일지환야)니라.

今而歸也(금이귀야)에 弊廬足以庇風雨(폐려족이비풍우)하고, 薄田足以具
饘粥(박전족이구전죽)하도다. 每於耕耘之暇(매어경운지가)에 淨掃一室(정소
일실)하고 焚香默坐(분향묵좌)하며, 紬繹圖籍(주역도적)하고 諷詠書詩(풍영
서시)하노라. 又性喜老莊玄虛之旨(우성희노장현허지지)하고 研究三敎(연구
삼교) 參合異同(참합이동)하노라. 亦復凝神調氣(역부응신조기)하여 以全形
生(이전형생)하며 採朮劚苓(채출촉령)하여 以充服食(이충복식)하노라. 時或
婆娑林樾(시혹파사임월)하고 散步池澗(산보지간)하니, 魚鳥親人(어조친인)
하고 雲煙娛懷(운연오회)로다. 蓋自歸田以來(개자귀전이래)로 體若日以健
(체약일이건) 而心若日以泰也(이심약일이태야)니라.

且夫世之耽耽其視(차부세지탐탐기시)며 日狙伺於僕者(일저사어복자)는 只
爲名與利耳(지위명여리이)라. 僕未嘗求名而名謬歸焉(복미상구명이명류귀언)인
데 名之所在(명지소재)에 利或隨焉(이혹수언)하여, 爭名者嫉之(쟁명자질지)
하고 專利者忌之(전리자기지)가 此猖猲之所以未已也(차은은지소이미이야)니
라. 今而歸(금이귀)하니 乃一田夫耳(내일전부이)라. 一田夫(일전부)가 何能
得人忌嫉耶(하득인기질야)리오, 而今而後(이금이후)에는 吾知免於今之世矣
(오지면어금지세의)로다.

草莽灰塵(초망회진)이 不足以浼我淸淨(부족이매아청정)하고, 田翁野夫(전옹야부) 亦可以鬯我幽悄(역가의창아유연)이로라. 蚊蠅蟲蛇之爲患(문예훼충사지위환)은 比之赤口毒舌之憯且巧(비지적구독설지참차교)하고 則亦有間矣(즉역유간의)인데, 迺父老不賀僕而顧勞僕爲(내부로불하복이고로복위)인가.

父老皆曰善(부로개왈선)하자, 張子遂錄其說(장자수록기설)하고 以爲海莊精舍記(이위해장정사기)하노라.

[풀이] "張子歸海莊之月餘"(장자귀해장지월여)는 "장자(張子)가 해장(海莊)에 돌아온 지 달포"이다. "장자"는 자기 자신이다. "해장"은 바닷가에 있는 집이다. "鄕之父老數人者"(향지부로수인자)는 "그 고장 노인 몇 분"이다. "提壺榼以來勞苦之日"(제호합이래노고왈)은 "술통을 들고 와서 괴로움을 위로하며 말하다"이다.

"先生生長京華"(선생생장경화)는 "선생은 서울 화려한 곳에서 생장하다"이다. "出入金鑾粉署之日久矣"(출입금란분서지일구의)는 "궁중의 빛나는 관서에 출입한 지 오래되다"이다. "近雖家食就閒"(근수가식취한)은 "근래에 비록 기거하고 식사하는 것은 한가해졌으나"이다. "出有衣冠軒蓋之遊"(출유의관헌개지유)는 "나가면 의관, 초헌(軺軒), 일산(日傘)을 갖추고 놀다"이다. "入有堂寢窈奧之居"(입유당침요오지거)는 "들어오면 집이며 침실이 그윽한 곳에 있다"이다. "雍容甚適也"(옹용심적야)는 "화락하고 조용함이 아주 흡족하다"이다. "一朝辱在田野"(일조욕재전야)는 "하루아침에 들에서 욕을 보다"이다.

"斥鹵之爲隣"(척로지위린)은 "소금 늪을 이웃으로 삼다"이다. "蓬藜之爲處"(봉려지위처)는 "쑥과 명아주를 거처로 삼다"이다. "灰糞堀堁"(회분굴과)는 "재나 배설물이 먼지를 일으키다"이다. "蓊勃乎戶庭"(옹발호호정)은 "집 뜰에 가득하다"이다. "蚊蠅虺蜴"(문예훼척)은 "모기·파리·뱀·도마뱀"이다. "密邇乎屛幃"(밀이호병유)는 "은밀하게 병풍이나 휘장에 다가오다"

"交游疏間"(교유소간)는 "사귐이 드물고 뜸하다"이다. "親昵契闊"(친닐계활)는 "친함이 소원하고 성기다"이다. "亦可謂淪落失所矣"(역가위윤락실소의)는 "또한 몰락해 위치를 잃었다고 할 수 있다"이다. "敬爲先生病焉"(경위선생병언)은 "공경하면서 선생의 병을 위로하다"이다.

"張子曰"(장자왈)은 "장자가 말하다"이다. "謹謝客"(근사객)은 "삼가 손님들께 감사하다"이다. "僕之來此也"(복지내차야)는 "제가 이곳에 온 것"이다. "蓋去危而就安也"(개거위이취안야)는 "대체로 위험을 떠나 편안을 취함이다"이다. "舍苦而卽樂也"(사고이즉락야)는 "괴로움을 버리니 바로 즐거움이다"이다. "甚適於體而愜於心"(심적어체이협어심)은 "아주 몸에 적합하고 마음에 상쾌하다"이다. "無煩父老見勞也"(무번부로견로야)는 "번거롭다고 여기시지 않으시고, 어르신네 수고하십니다"이다.

"天地之化物也"(천지지화물야)는 "천지가 만물을 빚어내다"이다. "不能易其性"(불능역기성)은 "그 성격을 바꾸지는 못하다"이다. "聖人之處人也"(성인지처인야)는 "성인이 사람을 대처하다"이다. "未嘗枉其志"(미상왕기지)는 "그 뜻을 굽힌 적은 없다"이다. "是故伯成安於耕稼"(시고백성안어경가)는 "이런 까닭에 백성(伯成)은 농사를 편안하게 여기다"이다. 요(堯) 임금을 섬기던 백성자고(伯成子高)는, 우(禹)가 임금이 되자 시골로 물러나 농사를 지었다는 고사를 들었다. "萊氏遯於灌園"(내씨둔어관원)은 "내씨(萊氏)는 정원에 물이나 주면서 숨다"이다. "내씨"는 노래자(老萊子)이며, 임금의 부름을 거절하고 시골에서 은거했다. "僕賦性疏而懶"(복부성소이라)는 "저는 타고난 성격이 성글고 게으르다"이다. "疏故短於應務"(소고단어응무)는 "성글어서 업무 적응력이 모자라다"이다. "懶故不堪作強"(나고불감작강)은 "게을러 몰아붙이는 것을 감당하지 못하다"이다. "持是二者"(지시이자)는 "이 둘을 지니다"이다. "以從事於仕宦"(이종사어사환)은 "관직의 업무에 종사하다"이다. "其得早敗也幸矣(기득조패야행의)는 "일찍 실패한 것이 다행이다"이다.

"名譽之爲累也"(명예지위루야)는 "명예가 장애가 되다"이다. "而不能韜光泯迹以自陸沈"(이불능도광민적이자육침)은 "그러나 빛을 덮고 자취를 감추어 스스로를 숨기지 못하다"이다. "疾病之爲患也"(질병지위환야)는 "질병이 근심이 되다"이다. "而不能餌藥養形以扶羸頓"(이불능이약양형이부리돈)은 "약을 먹고 몸을 돌보아 파리함을 부축이지 못하다"이다. "家居食貧"(가거식빈)은 "집에 먹을 것이 모자라다"이다. "妻子不免菜色"(처자불면채색)은 "처자가 주린 기색을 면하지 못하다"이다. "而不能悉力畎畝以資口腹"(이불능실력견무이자구복)은 "그러나 힘써 밭을 갈아 먹을 것을 대지 못하다"이다. "京師六載"(경사육재)는 "서울 여섯 해"이다. "憂讒畏譏"(우참외기)는 "근심·참소·위협·조소"이다. "呻吟疢疾"(신음회질)은 "신음과 질병"이다. "蓋忿然"(개녁연)은 "대체로 허출하다"이다. "無一日之懽也"(무일일지환야)는 "하루도 즐거운 날이 없다"이다.

"今而歸也"(금이귀야)는 "이제는 돌아오다"이다. "弊廬足以庇風雨"(폐려족이비풍우)는 "낡은 집이 능히 풍우를 가리다"이다. "薄田足以具饘粥"(박전족이구전죽)은 "척박한 밭이 능히 죽을 먹게 하다" "每於耕耘之暇"(매어경운지가)는 "농사짓다 겨를이 생길 때마다"이다. "淨掃一室"(정소일실)은 "방 하나를 깨끗이 하다"이다. "焚香默坐"(분향묵좌)는 "향을 피우고 말없이 앉다"이다. "紬繹圖籍"(주역도적)은 "책에서 실마리를 찾다"이다. "諷詠書詩"(풍영서시)는 "글과 시를 읊조리다"이다. "書"는 《서경》(書經), "詩"는 《시경》(詩經)을 말하는 깊은 뜻도 있다. "又性喜老莊玄虛之旨"(우성희노장현허지지)는 "또한 노장(老莊)의 현허(玄虛)한 취향을 좋아하는 성격이다"이다. "研究三敎"(연구삼교)는 "삼교(三敎, 儒佛仙)를 연구하다"이다. 參合異同(참합이동)은 "다르고 같은 점을 견주어 살피다"이다. "亦復凝神調氣"(역부응신조기)는 "또한 정신을 모으고 기운을 조절하다"이다. "以全形生"(이전형생)은 "신체 활동을 온전하게 하다"이다. "採朮斸苓"(채출촉령)은 "창출(蒼朮)이나 복령(茯苓)을 캐다"이다. 이 둘은 약초이다.

"以充服食"(이충복식)은 "보태서 먹다"이다. "時或婆娑林樾"(시혹파사임월)은 "때로는 나무 그늘에서 옷자락을 펄럭이다"이다. "散步池澗"(산보지간)은 "못이나 냇물에서 산보하다"이다. "魚鳥親人"(어조친인)은 "고기와 새가 사람과 친하다"이다. "雲煙娛懷"(운연오회)는 "구름과 노을이 즐거움을 품다"이다. "蓋自歸田以來"(개자귀전이래)는 "대체로 전원에 돌아온 이래"이다. "體若日以健"(체약일이건)은 "몸은 날로 건강해지는 것 같다"이다. "而心若日以泰也"(이신약일이태야)는 "그리고 마음은 날로 편안해지는 것 같다"이다.

"且夫世之耽耽其視"(차부세지탐탐기시)는 "또한 세상이 시선을 곤두세우다"이다. "日狙伺於僕者"(일저사어복자)는 "날마다 나를 노려보는 것"이다. "只爲名與利耳"(지위명여리이)는 "다만 명예와 이익 때문이다"이다. "僕未嘗求名而名謬歸焉"(복미상구명이명류귀언)은 "저는 명예를 추구한 적 없는데, 명예가 잘못 생기다"이다. "名之所在"(명지소재)는 "명예가 있는 곳"이다. "利或隨焉"(이혹수언)은 "이익도 더러 따르다"이다. "爭名者嫉之"(쟁명자질지)는 "명예를 다투는 자가 이것을 질투하다"이다. "專利者忌之"(전리자기지)는 "이익을 독차지하려는 자가 이것을 꺼리다"이다. "此狺狺之所以未已也"(차은은지소이미이야)는 "이래서 으르렁거림이 그치지 않다"이다. "今而歸"(금이귀)는 "이제 돌아오다"이다. "乃一田夫耳"(내일전부이)는 "곧 일개 농부이다"이다. "一田夫"(일전부)는 "일개 농부"이다. "何能得人忌嫉耶"(하능득인기질야)는 "어찌 사람들이 꺼리고 미워하는 표적이 되리오"이다. "而今而後"(이금이후)는 "이제부터"이다. "吾知免於今之世矣"(오지면어금지세의)는 "세상이 이제는 나를 용서한 것을 알다"이다.

"草莽灰塵"(초망회진)은 "풀이 우거지고 재가 날리다"이다. "不足以浼我淸淨"(부족이매아청정)은 "청정한 나를 더럽히기에는 모자라다"이다. "田翁野夫"(전옹야부)는 "밭 늙은이 들 사나이"이다. "亦可以鬱我幽悁"(역가이창아유연)은 "또한 나의 깊은 근심을 펴다"이다. "蚊蝱蟲蛇之爲患"(문예

충사지위환)은 "모기·파리·뱀·도마뱀의 근심거리"이다. "比之赤口毒舌之憯且巧"(비지적구독설지참차교)는 "그것을 붉은 입 독설이 잔혹하고 교묘한 데에 견주다"이다. "則亦有間矣"(즉역유간의)는 "곧 거리가 있다"이다. "迺父老不賀僕而顧勞僕爲"(내부로불하복이고로복위)는 "이제 어르신네들이 저를 축하하지 않고 위로하나"이다.

"父老皆曰善"(부로개왈선)은 "어르신네들이 모두 좋다고 하다"이다. "張子遂錄其說"(장자수록기설)은 "장자는 마침내 그 말을 적다"이다. "以爲海莊精舍記"(이위해장사기)는 "그래서 〈해장정사기〉라고 하다"이다.

번역 장자(張子)가 해장(海莊)에 돌아온 지 달포에, 그 고장 노인 몇 분이 술통을 들고 와서 괴로움을 위로하며 말했다.

"선생은 서울 화려한 곳에서 생장하고, 궁중의 빛나는 관서에 출입한 지 오래된 분입니다. 근래에 비록 기거하고 식사하는 것은 한가해졌으나, 나가면 의관, 초헌(軺軒), 일산(日傘)을 갖추고 놀고, 들어오면 집이며 침실이 그윽한 곳에 있어, 화락하고 조용함이 아주 흡족했을 터입니다. 하루아침에 들녘에서 욕을 보시는군요.

소금 늪을 이웃으로 하고, 쑥과 명아주를 거처로 삼고, 재나 배설물이 먼지를 일으켜 집 뜰에 가득하고, 모기·파리·뱀·도마뱀이 은밀하게 병풍이나 휘장에 다가오지요. 사귐이 드물고 뜸하며, 친함이 소원하고 성긴 것에서도 몰락해 위치를 잃었다고 할 수 있겠군요. 선생을 공경하면서 병을 위로하나이다."

장자가 말했다. "삼가 손님들께 감사하나이다. 제가 이곳에 온 것은 대체로 위험을 떠나 편안을 취하고자 해서입니다. 괴로움을 버리니 바로 즐거움이어서, 아주 몸에 적합하고 마음에 상쾌합니다. 번거롭다고 여기지 않으시고, 어르신네 수고하십니다.

천지가 만물을 빚어내지만, 각각의 성격을 바꾸지는 못합니다. 성인은 사람을 대하면서 상대방의 뜻을 굽힌 적은 없습니다. 이런 까닭에 백성 (伯成)은 농사를 편안하게 여기고, 내씨(萊氏)는 정원에 물이나 주면서 숨어 지냈습니다. 저는 타고난 성격이 성글고 게으릅니다. 성글어 업무 적응력이 모자라고, 게을러 몰아붙이는 것을 감당하지 못합니다. 이 둘 을 지니고 관직의 업무에 종사했으니, 일찍 실패한 것이 다행입니다.

명예가 장애가 되어도, 빛을 덮고 자취를 감추어 스스로를 숨기지 못 했나이다. 질병이 근심이 되어도, 약을 먹고 몸을 돌보아 파리함을 부축 이지 못했나이다. 집에 먹을 것이 모자라 처자가 주린 기색을 면하지 못해도, 힘써 밭을 갈아 먹을 것을 대지 못했나이다. 서울에서 여섯 해 동안, 근심·참소·위협·조소 때문에 신음과 질병에서 벗어나지 못해 하 루도 즐거운 날이 없었나이다.

이제는 돌아오니, 낡은 집이라도 능히 풍우를 가리고, 척박한 밭이라 도 능히 죽은 먹게 하나이다. 농사짓다 겨를이 생길 때마다, 방 하나를 깨끗이 하고서, 향을 피우고 말없이 앉아 책에서 실마리를 찾아 시서(詩 書)를 읊조리나이다. 또한 노장(老莊)의 현허(玄虛)한 취향을 좋아하는 성격이라, 삼교(三敎, 儒佛仙)를 연구하며 다르고 같은 점을 견주어 살피 고, 또한 정신을 모으고 기운을 조절해 신체 활동을 온전하게 하나이다. 창출(蒼朮)이나 복령(茯苓)을 캐다가 보태서 먹나이다. 때로는 나무 그 늘에서 옷자락을 펄럭이고, 못이나 냇물에서 산보하나이다. 고기와 새 가 사람과 친하고, 구름과 노을이 즐거움을 품네요. 대체로 전원에 돌 아온 이래, 몸은 날로 건강해지는 것 같고, 마음은 날로 편안해지는 것 같군요.

또한 세상이 시선을 곤두세우고 날마다 나를 노려본 것은 다만 명예 와 이익 때문입니다. 저는 명예를 추구한 적 없는데, 명예가 잘못 생기 고, 명예가 있는 곳에 이익도 더러 따르니, 명예를 다투는 자가 질투하 고, 이익을 독차지하려는 자가 꺼려, 으르렁거림이 그치지 않았나이다.

이제 돌아오니, 곧 일개 농부입니다. 일개 농부가 어찌 사람들이 꺼리고 미워하는 표적이 되오리까. 이제부터는 세상이 나를 용서할 것을 압니다.

풀이 우거지고 재가 날려도 청정한 나를 더럽히기에는 모자라나이다. 밭 늙은이 들 사나이가 또한 나의 깊은 근심을 폅니다. 모기·파리·뱀·도마뱀의 근심거리를 붉은 입 독설이 잔혹하고 교묘한 데다 견주면, 상당한 거리가 있습니다. 지금 어르신네들이 저를 축하하지 않고 위로하시는가요?"

어르신네들이 모두 좋다고 하자, 장자는 마침내 그 말을 적어, 〈해장정사기〉(海莊精舍記)라고 한다.

논의 벼슬을 버리고 시골로 돌아간 것이 도연명(陶淵明)의 〈귀거래사〉(歸去來辭)와 흡사하다. 그 전례를 언급하지 않았지만, 독자는 이 글을 읽으면서 둘을 비교하지 않을 수 없다. 차이점을 들어 이 글을 평가하는 것이 마땅하다.

전체의 특징을 들어 말하면, 대체적인 분위기를 막연하게 서술하지 않고 이치를 꼼꼼하게 따졌다. 망각을 도달점으로 하지 않고, 새로운 발견을 분명하게 하고자 했다. 자기 이야기를 하는 데서 더 나아가 널리 타당한 원리를 제시했다.

벼슬을 버리고 떠나왔다고만 하지 않고, 그동안 적응 장애를 겪고 고난을 당한 이유를 분명하게 밝히고자 했다. 자기는 성글고 게으른 성격이어서 관직에 적합하지 않은 것이 이유일 수 있다. 관직의 세계는 명예와 이익을 다투며 질투와 모략이 난무하는 결투장인 것이 더 큰 이유이다.

관직을 버리고 시골에 돌아가니 생활에는 불편한 점이 있는 것을 인정했다. 그래도 마음이 편해지니 얻는 것이 더 많다고 했다. 마음이 편해지는 이유는 무엇인가? 이 질문에 대한 대답이 자명하다고 하지 않고 네 단계로 말했다.

첫째 관직의 세계를 벗어난 것만으로도 마음이 편하다고 했다. 둘째 자연과 가까이 지내니 더욱 편안하다고 했다. 셋째 노장(老莊) 사상을 선호하면서 유불선 삼교를 비교해 해탈의 원리라고 할 것을 찾으니 상쾌하다고 했다. 넷째 농민의 일원이 되어 함께 즐거워한다고 했다.

〈귀거래사〉에서는 첫째 이유를 간략하게 말하고, 둘째 것을 길게 늘어놓으면서 글을 이었다. 셋째의 사유는 암시만 해서, 후대인이 탐구의 과제로 삼는다. "請息交以絶遊"(청식교이절유, 놀기를 그만두어 사귐을 멈추기를 바란다)고 표방하고는 새로운 벗을 찾지 않고, 인적이 드문 곳을 산책하기만 하고, 농민의 일원이 되어 함께 즐거워한다는 넷째의 최종 이유는 없었다.

농민의 일원이 되면 왜 즐거운가? 벗들이 있어 외롭지 않은 것만이 아니다. 명성을 다투지 않고, 명성에 수반된 이익이 시비의 대상이 되지 않아, 모함이나 비방에서 벗어난다. 우월한 지위를 포기하고 낮은 곳으로 내려와야 괴로움에서 벗어난다. 차등 판정에서 시달리면 괴롭고, 사람은 누구나 대등하다는 것을 확인하면 즐겁다.

이러한 사실을 들어, 크게 소중한 깨우침을 전했다. 사회적 위치에 따라 사람을 평가하는 차등론을 거부하고 대안을 제시했다. 귀천이나 현우는 고정되어 있지 않고 역전이 일어난다고 하는 대등론을 차등론이 부당하다는 증거로 삼고, 차등론을 부정하는 대안으로 제시했다.

모아서

글은 왜 쓰는가?

글은 왜 쓰는가? 말을 전하려고 쓴다. 마주 앉아 말을 할 수 없으면, 할 말을 글로 적어 전한다. 없어지지 않고 말이 남아 있으라고 글을 쓴다. 글을 써야 하는 특별한 이유가 더 있다. 글을 왜 쓰는가에 따라 글의 종류가 결정되었다. 글의 종류가 옛적에는 오늘날보다 더욱 분명하게 구분되었다.

위에서 읽은 많은 글을 종류에 따라 분류하고, 같은 종류에 속한 것들을 비교해 고찰하기로 한다. 반드시 써야 했던 글 종류부터 들고, 격식에 맞는 본보기를 먼저 살핀다. 글 종류를 판별하려고 하므로, 이 대목에서는 원래의 제목을 들지 않을 수 없다. 알기 쉽게 옮긴 말은 괄호 안에 적는다. 인용에는 번역을 이용한다.

직접 만날 수 없는 사람에게 편지를 써서 보내는 것은 언제나 있는 일이다. 글을 아는 모든 사람이 편지를 썼다. 우편 제도가 없던 시절에는 인편에 편지를 전해야 했다. 편지를 쓰는 것을 대단하게 여겨 정성을 쏟았다. 보낸 편지를 베껴 두었다가 문집을 편찬할 때 넣도록 했다. 편지글이 소중한 업적이고 작품이었다.

임성주(任聖周)의 〈與舍弟穉共〉(아우에게)은 가까운 사람에게 주는 편지의 좋은 본보기이다. 격식은 생략한 친근한 어조로, 하고 싶은 말만 했다. 하는 일이 힘들더라도 열심히 해야 한다고 한 말이 누구든지 읽으면 도움이 된다. 일을 사랑하면 생기를 얻는다는 것을 교훈으로 삼을 만하다.

헤어지게 된 사람에게 써주는 증서(贈序)라는 글은 변형된 편지이다. 당부하는 사연과 가는 곳에 관심이 겹쳐 말이 많은 것이 예사이다. 김창협(金昌協)의 〈관서 승려 현소에게〉(贈西僧玄素序)는 승려에게 글을 써주면서, 빼어난 산천을 찾아 노니는 데 동참하고 싶은 심정을 나타냈다.

허균(許筠)의 〈與西山老師〉(서산 노스님께)는 전달 가능성은 고려하지 않고 자기 심정을 토로하기 위해 쓴 편지이다. 금강산으로 갔는지 묘향산에 머무르고 있는지 모를 노스님에게, 힘들게 살아가는 수고를 어느 때나 마치겠는가 물었다. 말발굽 사이로 선산(仙山)을 바라보기만 하고 올라가지는 못하는 신세를 한탄했다. 유가의 삶에서 벗어나 선불(仙佛)의 세계로 가고 싶은 뜻을 나타냈다.

사람이 죽으면 제사를 지내야 하고, 제사를 지내려면 제문(祭文)을 지어야 했다. 제문은 반드시 필요한 실용문이어서 일정한 격식이 있지만, 어느 정도 변형을 해서 쓰고 싶은 대로 쓰는 것도 가능했다. 명문으로 평가되는 제문 가운데 장문은 피하고 간략한 것들만 몇 개 찾아 읽었다.

최치원(崔致遠)의 〈寒食祭陣亡將士〉(전몰한 장병들에게)는 죽은 사람에게 제사를 지내는 풍속이 있는 명절 한식을 맞이해, 나라를 위해 전몰한 장병들에게 바친 제문이다. 이름난 문장가가 나라 글을 맡아서 썼다. 이룩한 전공, 좋은 계절이 돌아온 감회, 위로하고 당부하는 말로 이어지는 절실한 사연을 대구를 적절하게 갖추어 나타냈다.

의천(義天)의 〈祭芬皇寺曉聖文〉(분황사 원효성사 제문)은 앞에서 "법을 구하는 승려인 저는 삼가 차, 과일. 계절 음식을 제물로 하고 해동교주 원효보살께 제사를 올립니다"라고 한 말에 글을 지은 의도가 잘 나타나 있는 제문이다. 고려의 승려 의천이 멀리 경주까지 가서 계림의 옛 절 분황사를 찾아가, 원효에게 제사를 지내면서 제문을 지어 읽었다. 원효

교학의 의의를 다른 분들과 비교해 평가하고, 사상사가 이어지는 깊은 층위를 말해주었다.

성혼(成渾)의 〈祭友人文〉(친구 제문)은 친구의 죽음을 애통하게 여기면서 쓴 제문의 본보기이다. 인생이 덧없다는 소리를 간결하면서 적실하게 전했다. 고인은 단순한 친구가 아니고 학문을 함께 하는 도반(道伴)임을 말했다. 자기는 "산골에서 병들어 있어" 문상하러 갈 수 없는 처지여서 다른 사람을 대신 보낸다고 하면서, 넓은 세상과 격리되어 어렵게 지낸다고 넌지시 일렀다.

제문과 관련된 글에, 써서 죽은 사람의 무덤에 넣는 광지(壙誌), 묘지(墓誌) 같은 것들도 있다. 상당한 위치에 있는 사람이 죽었을 때 가까운 사람이 쓰는 것이 관례이고, 거의 다 상투적인 내용이다. 그렇지 않은 것들도 있어 관심을 끈다.

김수항(金壽恒)은 태어난 지 21일밖에 되지 않은 아이를 위해 〈殤兒七龍壙誌〉(어린 아들을 묻으며)를 써서 무덤에 넣는다고 했다. 애통한 마음을 걷잡을 수 없어 예법을 어기고 정식으로 장례를 지내고, 후대인이 누구의 무덤인지 알아보도록 하려고 한다고 했다. 혈육에 대한 사랑을 말한 것만이 아니고, 어린 생명도 소중하게 여겨야 한다고 일깨워준다.

명(銘)은 금석에 새기는 글이다. 커다란 종을 만들면 글을 지어 새기는 것이 관례였다. 산문 '서'(序)에서 종을 만든 내력을 말하고, 율문 '명'(銘)으로 종의 모습이나 울림이 주는 감동을 상징적 표현을 갖추어 나타냈다. 김필오(金弼奧)의 〈聖德大王神鐘銘〉(성덕대왕신종명)이 으뜸가는 명문인데, 너무 길어 들지 않았다.

비교적 짧은 것을 찾아 김부식(金富軾)의 〈興天寺鍾銘〉(흥천사 종)을 읽었다. 그 절의 종이 낡아 새로 만든 연유를 밝힌 '서'를 앞세우고, '명'에서 말했다. "불귀신이 불로 부채질을 하고 바람귀신이 바람을 치켜들며, 금속을 심하게 다그쳐 이 상서로운 종을 만들어냈구나. 가만두면 침묵하고, 두드리면 화락하다. 소리 없는 소리 허공에 가득하구나.” 종을 보거나 소리를 들을 수 없어도, 글이 마음을 뒤흔든다.

정도전(鄭道傳)의 〈竹窓銘〉(대나무 창)이나 이첨(李詹)의 〈雙梅堂銘〉(쌍매당)은 산문 ‘서’가 길고 율문 ‘명’은 짧은 격식은 갖추었으나, 종과 같은 금속물이 아닌 건물의 목재에 새기려고 쓴 글이라 다소 예외이다. 정도전은 대나무 창가에 앉아 자연을 즐기는 것이 어떤 의미가 있는지 말했다. 이첨은 벼슬살이를 하다가 마음에 좌절하고 고향에 돌아온 즐거움을 알리고자 했다.

계응(戒膺)의 〈食堂銘〉(식당에 붙인 글)은 ‘서’는 짧고 ‘명’이 길어 격식에서 벗어났다. 어디다 새긴 글이 아니고 식당에 써 붙인 주의사항을 '명'이라고 한 것도 변격이다. 대강 보고 지나치지 말고 마음에 단단히 새겨두어야 한다는 뜻을 글 이름에 나타냈다고 할 수 있다.

큰 종이 아닌 작은 물건이라도 만들면, ‘서’는 없는 ‘명’을 짧게 지어 새겨 넣는 것이 마땅하다. 김창협(金昌協)의 〈雜器銘〉(이런저런 기물)을 보자. 밥그릇, 술항아리, 세숫대야, 등잔, 필통, 연적 등 일상생활에서 사용하는 기물에 일일이 '명'을 새겼었다. 그 모습이나 쓰임새를 자세히 살피면서 사람인양 여겨 바른 행실에 관한 말을 적어 넣었다. 오늘날 사람들은 이런 글을 쓰지 않고, 기물을 함부로 무시한다.

이규보(李奎報)의 〈樽銘〉(술병)은 술병에게 하는 말을 새긴다고 하면서 마음에 새겨 교훈을 얻고자 한 글이다. “네게 모아놓는 것을 옮겨 사람의 배에서 받아들인다. 너는 가득 차면 덜어낼 줄 알지만, 사람은 충분해도 알아차리지 못해 쉽게 넘어진다.” 가진 것이 충분해도 알아차리지 못해 쉽게 넘어지는 사람은 어리석다고 했다. 독점적인 소유욕을 경계하고, 많이 가진 것이 있으면 나누어주어야 한다고 했다.

권필은 〈梳銘〉(소명)에서 빗으로 머리를 빗을 때 떠오르는 생각을 간략하게 말했다. 빗으로 머리를 다듬듯이 마음을 다듬으려면 공경하는 자세가 필요하다고 했다. 권위를 존중하는 차등의 공경인가, 누구나 소중하게 여기는 대등의 공경인가가 문제이다.

이익(李瀷)의 〈類槃銘〉(세숫대야)은 세숫대야에 새긴다고 하고서, 세숫대야를 이용해 얼굴을 씻는 자기의 자세를 되돌아보자고 마음에 각인한 글이다. "먼저 모습을 비추어보고, 다음에 얼굴을 씻으면, 더러움이 숨을 데 없으리라." 이것뿐인 짧은 말로 행동을 하기 전에 먼저 살필 것을 살펴야 실수하지 않는다고도 했다. 자기 잘못이 어디 있는지 알고 바로잡아야 한다고 다짐했다.

유성룡(柳成龍)의 〈日傘銘〉(일산), 정약용(丁若鏞)의 〈摺疊扇銘〉(접부채), 황준량(黃俊良)의 〈鋤銘〉(호미)은 글을 새기기에는 그리 적합하지 않은 생활용구를 두고 지은 글이다. 일산이나 부채는 접었다가 펼친다. 호미는 잡초를 제거한다. 이런 변화나 용도를 사람이 본받아야 한다는 생각을 나타냈다.

김시습(金時習)은 〈環堵銘〉(담을 두르고)에서 담을 두르고 방을 만들고 들어앉아 자기만의 세계를 이룩한다고 했다. 이익(李瀷)의 〈書架銘〉(책꽂이)에서는, 책꽂이에 있는 책을 보고 공부를 해서 얻은 것이 있으면 마음에 간직하지만 말고, 책을 지어 알리는 것이 마땅하다고 했다. 담이나 책꽂이에 글을 새길 수는 있기는 하지만, 마음을 다지고자 한 것이 더 중요한 의도이다.

서경덕(徐敬德)의 〈無絃琴銘〉(줄 없는 거문고)은 줄 없는 거문고가 실제로 있어 연주를 하는 것은 아니므로, 마음에 새긴 글이라고 이해해야 한다. "있는 소리를 듣는 것이 없는 소리를 듣는 것만 못하다." "없는 소리를 들으면, 그 미묘함을 얻는다." 이런 말에 내포되어 있는 심오한 이치를 실감나게 알렸다.

유희춘(柳希春)의 〈讀書銘〉(독서)은 독서 행위를 물건으로 삼아 새길 수는 없고, 마음에 새긴 글이다. 신흠(申欽)의 〈觀銘〉(철인과 아이)은 추상적인 행위를 두고 쓴 글이며, 자기 생각을 간추려 나타냈다. 철인(哲人)의 달관(達觀)보다 아이의 동관(童觀)이 더욱 소중하다고 했다.

찬(贊)은 찬양한다고 하고, 잠(箴)은 경계한다는 하는 글이다. 둘 다 명(銘)과 같이 단문이고 율문이어서 표현이 비슷하다. 세 가지 글이 선집이나 문집에 나란히 실려 있는 것이 관례이다.

종에는 명(銘)이 있어야 하듯이, 사람 모습을 그려놓은 화상(畫像)에는 찬(贊)이 있어야 했다. 조형물과 언어표현이 상보작용을 해서 울림을 크게 해야 한다고 여겼다. 박인범(朴仁範)의 〈無㝵智國師影贊〉(무애지국사의 모습)이 화상찬의 좋은 예이다. 자기 화상을 찬양한다고 하는 강세황(姜世晃)의 〈畫像自讚〉(화상을 스스로 기린다), 장유(張維)의 〈支離子自贊〉(지리한 녀석) 같은 것들도 있는데, 찬양을 한다고 하고서 자기 잘못을 나무랐다.

잠(箴)을 써서 세상을 경계하는 것은 분에 넘치는 일이므로, 자신을 스스로 경계하는 글이 많이 있다. 안정복(安鼎福)의 〈足箴〉(발)에서는 발이 함부로 움직이지 않도록 경계한다고 했다. 김정희(金正喜)는 〈箴忘〉(망상)에서 허망한 생각을 하지 않도록 조심한다고 했다.

김낙행(金樂行)은 〈自警箴〉(경계)에서 다른 사람들은 열심히 일해 이루는 것이 있는데, "어째서 선비는 공부를 하지 않아 속이 텅텅 비어 있는가?"하고 나무랐다. 자기가 잘못하지 않도록 경계하는 데 그치지 않고 선비가 무위도식하는 것을 비판했다. 관심을 내심에서 사회로 돌렸다.

이색(李穡)의 〈自儆箴〉(스스로 경계하다)은 색다른 글이다. 50세가 되었을 때 자기를 경계하는 말을 써놓았다고 하고, 어떤 내용인지 알리지는 않고, 기억이 흐릿하고 실행하지 못하는 것을 한탄했다. "그려내려고 하니 차마 하지 못하고, 힘쓰려고 해도 모자란다. 마땅히 스스로 책망하고 스스로 부끄러워해야 한다." 이처럼 착잡한 심정을 전했다.

장유(張維)는 〈小箴〉(작은 글)이라는 소박한 제목을 내걸고, 누구나 잘못하고 있는 것을 바로잡아야 한다고 당당하게 주장했다. "그 때를 없애고, 그 혼탁을 정화하면, 거울보다 밝고 물보다 맑은 것이 천성을 회복하고, 진실을 온전하게 하리라."고 했다. 마음을 두고 한 말이다.

이항복(李恒福)은 〈恥辱箴〉(치욕)에서 선비가 치욕에서 벗어나려면 어떻게 해야 하는지 말했다. 허균(許筠)은 〈睡箴〉(잠)에서 잠에 관해 논의하면서 자기는 잠을 자지 않고자 한다고 했다. 이런 글에서는 잠(箴)이 짤막한 논의라는 뜻이다.

누정(樓亭)이 있으면 '시'도 걸고 '기'(記)도 걸어야 제격이다. '기'는 누정이 자리 잡은 장소와 지은 내력을 말하고, 주변의 경치를 묘사한 산문이다. 누(樓) 또는 누각은 크게 지어 공용으로 개방한 건물이고, 정(亭) 또는 정자는 개인이 자기 나름대로 마련한 아담한 휴식처이다. 누기(樓記)는 대개 범속한 언사를 길게 늘어놓거나 해서 읽으려고 하면 지겨울 수 있다. 정자를 위한 글에는 심각한 사연을 토로한 것들이 있어 주목할 만하다.

홍대용(洪大容)의 〈乾坤一草亭題詠〉(하늘과 땅이 풀 하나인 정자)에서는 하늘과 땅의 이치를 자기 나름대로 탐구하는 장소를 마련했다고 하면서 대단한 자부심을 나타냈다. 허목(許穆)은 〈伴鷗亭記 在臨津下〉(임진강변 반구정)을 지어, 명재상 황희(黃喜)가 벼슬에서 물러나 노닐던 정자가 세월이 흐르자 없어졌다고 자손이 다시 지은 것이 다행이라고 하고, 고인의 뛰어난 업적과 훌륭한 인품을 흠모했다. 이건창(李建昌)은 〈見山堂記〉(산을 바라보는 집)에서, 정자에 앉아 산을 바라보는 집 주인을 부러워하면서 자기는 귀양 가는 처지여서 한탄스럽다고 했다.

'기'라고 한 글에 생각을 기록한 것도 많이 있다. 이산해(李山海)의

〈雲住寺記〉(운주사)는 운주사를 위해 지은 글이 아니다. 가서 머무르면서 운주사를 보고 생각한 바를 말했다. 이곡(李穀)은 〈小圃記〉(작은 밭)에서 작은 밭을 경작하면서 알 수 있는 세상이 돌아가는 형편을 말했다. 이규보(李奎報)의 〈接果記〉(과일나무 접붙이기)는 과일나무에 접을 붙인 내력을 들어 혁신을 하는 원리를 고찰했다. 권근(權近)은 〈月江記〉(달과 강 시비)에서 달과 강을 끌어와 호로 삼는 불교의 관습을 시비했다.

설(說)은 어떤 문제에 대한 소견을 자유롭게 기술하는 글이다. 논(論)보다 논리가 모자라지만 표현은 앞선다. 논은 택하지 않고, 설은 많이 읽었다. 이규보(李奎報)는 〈理屋說〉(집수리)은 집수리를 하려면 늦기 전에 해야 한다는 것을 들어 나라를 다스리는 이치를 말했다. 권근(權近)의 〈舟翁說〉(늙은 사공)에서는 늙은 사공이 험난한 물결을 편안하게 넘나든다는 말을 듣고 세상에서 살아가는 방법을 깨닫게 되었다고 했다. 윤기(尹愭)는 〈剛柔說〉(강하고 부드러운 것)에서 강한 것과 약한 것의 관계를 고찰했다.

문(問)은 문답을 주고받으면서 논의를 전개하는 글이다. 이색(李穡)의 〈答問〉(문답)은 글을 짓는 방법을 물으니 대답했다는 것이다. 사람이 아닌 존재와 가상의 문답을 했다는 글은 표현이 기발하고 내용이 충격을 주기도 한다.

이규보(李奎報)는 〈答石問〉(돌과의 문답)에서 돌이 묻는 말에 대답하면서 사람이 살아가는 방법에 관해 고찰했다. 〈問造物〉(조물주에게 묻는다)는 조물주와의 문답을 하니, 뜻밖의 말을 들었다는 것이다. "내가 손으로 물을 만드는 것을 네가 보나? 무릇 물은 스스로 생겨나고 변한다. 내가 무엇을 만드나, 내가 무엇을 아나? 나를 조물이라고 이름 지은 것을 나는 또한 알지 못한다." 조물주가 있는 것을 부정하는 말을 이렇게 했다.

전(傳)은 어떤 인물의 내력을 적은 글이다. 사실 위주의 전이나 소설로 창작한 전은 많이 있으나 택하지 않았다. 성간(成侃)의 〈慵夫傳〉(게으름뱅이)은 게으름뱅이의 내력이다. 정약용(丁若鏞)의 〈曹神仙傳〉(조신선전)은 책을 팔러 다니는 기이인 인물 이야기이다.

서(序)는 책 서문이다. 박지원 〈孔雀館文稿序〉(글쓰기) 한 편만 택해 읽었다. 자기 문집 서문으로 써서 글쓰기 방법을 기발하게 말한 것이다.

어느 특정 부류에 속하지 않은 글은 모두 잡저(雜著)라고 했다. 그 형식과 내용이 일정하지 않음은 물론이다. 이상정, 〈書外別見〉(책 밖의 식견), 김만중, 〈本地風光〉(진실의 모습), 이옥, 〈蟲之樂〉(벌레의 즐거움), 홍대용, 〈保寧少年事〉(숨은 이인)를 본보기로 들 수 있다. 최한기가 쓴 글은 모두 기존의 어느 종류에 속하지 않아 모두 잡저이다.

글쓰기는 사람이 살면서 하는 일이다. 하는 일이 여럿이어서 글 종류가 많다. 하는 일이 각기 달라 글을 쓰는 방식도 같지 않다. 누구나 살아가면서 필요한 글을 어느 정도 공통된 방식에 따라 썼다. 커다란 규모의 글 공동체에 대등하게 참여할 수 있는 길이 열려 있었다.

오늘날에는 글 공동체가 파괴되고, 글을 지어 파는 작자와 돈을 주고 글을 사는 독자가 분리되었다. 특별한 절차를 걸쳐 면허를 얻었다는 작가가 글을 독점하고 삶에서 분리시켜 그 자체의 독자적인 규범만 갖추도록 한다. 삶의 방식이 글의 방식으로 바뀌고, 진실성을 전문성으로 대치한다.

재주를 자랑하느라고 글을 복잡하게 꼬아대면서 길게 늘인다. 수입한

양념까지 많이들 쳐서 야릇한 맛이 나게 하는 등의 술책으로 독자를 우롱하면서 상품가치를 높이려고 한다. 이런 폐단을 바로잡으려면 옛사람들이 꼭 필요한 경우에 말을 아끼면서 진지하게 써서 깊은 생각을 나타낸 글을 되살려야 한다.

글을 어떻게 쓸 것인가?

"讀書曰 士"(독서왈 사)라고 해서 옛적 선비는 책을 읽는 사람이었다. 책 읽기는 그 자체로 끝나지 않고 쓰기로 이어지고 발전해야 했다. 과거는 읽기가 아닌 쓰기 시험이었다. 읽은 것을 잘 활용해 좋은 글을 써야 급제할 수 있었다. 과거를 보지 않는 선비라도 글을 잘 쓰려고 했다. 과거에서 요구하는 격식화된 글을 멀리하고 진정으로 훌륭한 글을 쓰는 것은 선비의 이상으로 삼았다.

유희춘(柳希春)이 쓴 글 〈독서〉(讀書銘)를 보자. "널리 보고 곰곰이 생각하면 많은 의문이 점차로 풀려, 널따랗게 깨닫고 스스로 얻는 바가 우뚝하리라"라고 했다. 읽기만 하고 있지 않고 더 나아가 생각하고 깨달아 얻는 바가 있어야 한다고 했다. 생각하고 깨달은 바는 마음에 간직해두지 말고 글을 써서 나타내야 한다.

유희춘이 "널따랗게 깨닫고 스스로 얻는 바"라고 하고, 이상정은 "실제로 보고 터득한 것"이라고 한 각성한 경지를 이익(李瀷)은 〈책꽂이〉(書架銘)에서 "도(道)를 취하여 방촌(方寸)에다 옮겨놓았다"고 하는 말로 풀이했다. '방촌'은 마음이다. 그 도(道)를 가지고 "기(器)를 남겨 늘 네 벽이 비어 있지 않음을 본다"하고, "마음에 간직한 것은 장차 몸과 함께

사라지지만, 방에 간직한 것은 뒷사람들에게 전해져 끝이 없으리라"고
했다.

'도'라고 하는 이치를 터득했으면 마음에 담아 두지만 말고, 서책을
저술해 '기'인 사물로 옮겨놓아야 한다. '도'만 대단하게 여기고 '기'는
낮추어보는 것이 잘못이다. 마음에 담아둔 '도'는 몸과 함께 사그라지고
말지만, '기'인 서책은 계속 뒷사람에 전해져 끝이 없으리라고 했다. 알
아낸 것이 있으면 가시적인 형태의 서책을 저술해 알려야 한다고 했다.
저술을 해야 보존되고, 알려야 효용성이 발현된다고 했다.

글을 써서 저술을 하려면 알고 있는 것을 그냥 적으면 되는 것이
아니다. 앎이 글이 되게 하고, 내 글이 다른 사람에게 전달되어 동의를
얻고 감동을 일으키도록 하는 각별한 노력이 필요하다. 골라 읽은 글은
거의 다 글쓰기의 모범을 보인 것이다. 살아가면서 필요한 글을 쓴다고
해서 정해진 격식을 따르기만 한 것은 아니다. 말을 많이 하지 않고
간결하고 인상 깊은 표현을 사용하면서, 깊이 새겨보아야 할 생각을 전
했다.

진실한 글을 쓰기 위해 깊이 고심하고 힘써 수련했다. 글이 인격임을
명심하고 흐트러짐을 없게 하려고 했다. 글을 어떻게 쓸 것인가 실천으
로 보여주는 데 그치지 않고, 논의의 대상으로 삼은 글도 적지 않다. 본
보기로 택한 아래의 세 편은 두고두고 살펴야 할 알찬 내용을 예사롭지
않은 방법으로 나타내, 제대로 읽으면 큰 충격을 받지 않을 수 없다.

이색(李穡)은 〈물음에 답한다〉(答問)에서 글쓰기를 어떻게 해야 하는가
에 관한 소견을 밝혔다. 첫째는 선택의 원칙이다. "반드시 말할 것을 반
드시 말하고, 반드시 사용할 것을 반드시 사용하고 그만둔다." 반드시
필요한 내용과 방법만 갖춘다고 했다.

둘째는 표현의 원칙이다. "말하는 내용이 멀면 가까운 것으로 보충할

수 있다. 돌아가는 방법을 쓰다가 바로 하는 말에서 비슷한 것을 들 수 있다." 원(遠)은 근(近)으로 나타내고, 우(迂)에서 생기는 혼란은 정(正)에서 바로잡아야 한다.

셋째는 배제의 원칙이다. 불필요한 내용과 방법은 배제한다.

넷째는 주체의 원칙이다. "스승은 사람에게 있지 않고, 글에도 있지 않으며, 스스로 얻을 따름이다." 자기 자신을 스승으로 삼고 스스로 판단해 자기 글을 써야 한다. 이런 지론을 폈다.

박지원(朴趾源)은 조선후기 글쓰기 혁신의 주역이다. 이색이 말한 것처럼 글을 쓴다고 하고, 옛것을 본뜨면서 격식을 차리는 풍조가 안개처럼 퍼져 시야를 가리는 것을 그대로 두고 보지 못하고 대청소를 하고자 했다. 글을 생동하게 쓰는 본보기를 보이는 것으로는 모자라서 글쓰기를 바로잡는 방안을 제시했다. 지나치다고 할 수 있는 말을 비유에 감추어 반발을 막고 설득력을 높였다.

〈글쓰기〉(孔雀舘文稿自序)에서 글쓰기에 관한 소견을 폈다. 위신을 차리려고 허세를 부리지 말고 현실을 있는 그대로 그려야 한다는 주장을 특이한 방식으로 제시해, 흔히 볼 수 있는 범속한 사실주의를 넘어섰다. 전후의 연결을 차단하고 충격을 추는 예증을 느닷없이 제시하는 수법을 관념 타파의 작전으로 삼았다. 목표 재설정 못지않게 방법 혁신이 소중하다고 글쓰기 시범을 보이면서 깨우쳐주었다.

〈백 척 오동 전각〉(百尺梧桐閣記)에서는 건물 보수를 들어 글쓰기 쇄신 방안을 제시했다. 글쓰기에 관한 지론만 그 자체로 말하기만 하면 실감이 부족하고 납득하기 어렵기 때문에 이해하기 쉬운 비유를 사용했다. 실제로 있었던 평범한 사실에서 쉽게 생각하기 어려운 비범한 원리로 나아갔다. 세상을 어지럽히는 둥근 글을 청소하기 위해 모난 글을 쓰는 것을 핵심 과업으로 삼고, 세상을 바로잡는 문학을 해야 한다고 선언했다. 목소리를 낮추고 말을 둘러 하면서 반발을 막고 작전을 잘 짜야 피해는 줄이고 성과를 늘일 수 있는 비결도 알렸다.

요즈음은 글쓰기가 특수한 영역에서 전문화되었다. 한쪽에서는 문학 창작을 말하고, 다른 쪽에서는 논문작법을 가르친다. 이 둘은 아무런 관련이 없으면서, 각기 그 나름대로의 고유한 형식을 갖추어야 한다는 공통점이 있다. 글을 사람됨과 분리시킨 것도 다르지 않다.

옛사람들은 살아가면서 반드시 필요한 글을 누구나 잘 써야 한다고 했다. 창작이기도 하고 논문이기도 한 명문을 이룩하려고 노력했다. 글쓰기를 공부의 가장 중요한 내용으로 삼고, 글을 얼마나 잘 쓰는가에 따라 사람을 평가했다. 글을 잘 써서 과거에 급제하자는 것만 아니었다. 과거에서는 요구하지 않는 진정한 글을 쓰는 것을 일생의 목표로 삼는 선비들이 이어져 나왔다.

글을 어떻게 쓸 것인가 하는 의문에 깊은 통찰을 갖추어 응답하려고 했다. 사람다운 도리를 갖추고 그릇된 세상을 깨우치려고 해야 제대로 된 글을 쓸 수 있다. 뜻하는 바를 분명하게 하고 작전을 짜야 한다. 그렇게 해서 이룩한 글쓰기를 개인의 인품, 나라의 수준을 평가하는 척도로 삼았다.

마음을 잡아야 하는가?

마음을 잡아야 하는가? 이런 의문을 가지고 마음을 살핀 글이 많이 있다. 말을 줄이고 글을 짧게 써서 생각하고 반성하는 자세를 나타낸 것도 있고, 이치를 길게 살핀 것도 있다. 어려운 문제를 두고 각기 고민한 자취가 나타나 있다.

　우선 살필 것은 무형인 마음을 형체가 있는 물건과 관련시켜 돌아본 것들이다. 김창협(金昌協)은 〈이런저런 기물〉(雜器銘)에서, 기물이라고 한 작은 생활도구 전시회를 펼쳐놓았다. 무엇이든 소중하게 여기는 마음을 나타냈다. 각각의 쓰임새에서 교훈을 찾으면서 자기 마음을 돌아보았다.

　이제현(李齊賢)은 〈벼루〉(息影菴硯銘)에서 말했다. "무겁고 단단한 것은 하늘에서 얻었으며, 씻어서 새롭게 하는 것은 사람에게 달려 있다." 벼루의 돌은 단단해 변화가 없지만, 글을 쓰는 것은 얼마든지 달라질 수 있다. 하늘에서 누구나 받은 천품(天稟)의 능력을 굳건하게 지니고, 새로운 발상을 각자 자기 좋은 대로 펼쳐야 한다. 주어져 있는 자연과 인간 활동의 관계, 고정되어 있는 것과 변화하는 것, 공동의 능력과 개성의 관계를 말했다. 앞의 것들을 존중하면서 뒤의 것들을 평가해야 한다고 했다.

　이규보(李奎報)의 〈작은 벼루〉(小硯銘)도 보자. 벼루를 이용해 글을 쓴다는 범속한 사실을 두고 비범한 생각을 했다. 작은 것에 큰 가능성이 있으며, 유한한 데서 무한을 찾아야 한다. 잘났다고 여기며 홀로 나서서 설치지 말고, 작은 도움이라도 받아 크게 활용해야 할 일을 더 잘할 수 있다. 써야 할 글이 무한하게 많이 남았고, 글쓰기에 살고 죽는 것이 달려 있다고 말했다.

　조긍섭(曹兢燮)의 〈연적〉(硯滴銘)도 보자. "있는 것을 풍부하게 하고 쓰는 것을 적합하게 하며, 고요한 것을 지키고 움직이는 것을 신중하게 한다." 벼루에 물을 공급하는 작은 용구 연적이 이렇게 하는 것을 본받아 마음을 바로잡고자 했다.

　이규보(李奎報)는 〈술병〉(樽銘)에서 말했다. "네게 모아놓는 것을 옮겨 사람의 배에서 받아들인다. 너는 가득 차면 덜어낼 줄 알이지만, 사람은 충분해도 알아차리지 못해 쉽게 넘어진다.” 술병처럼 가득 찬 상태가 되면 가진 것을 덜어내야 슬기롭고, 가진 것이 충분해도 알아차리지 못해 쉽게 넘어지는 사람은 어리석다고 했다. 독점적인 소유욕을 경계하고, 많이 가진 것이 있으면 나누어주어야 자멸을 면한다고 했다.

이익(李瀷)은 〈세숫대야〉(類槃銘)에서 말했다. “먼저 모습을 비추어보고, 다음에 얼굴을 씻으면, 더러움이 숨을 데 없으리라.” 세숫대야의 물은 얼굴을 비추어보고, 씻을 수 있게 하는 이중의 기능이 있다고 했다. 일상사를 각성의 근거로 삼아, 관찰과 행동의 관계를 살피고, 처신을 바르게 하는 방법을 말했다. 자기 자신을 되돌아보고 잘못이 어디 있는지 알고 바로잡아야 한다고 했다.

이익의 〈거울〉(鏡銘)을 보자. 거울을 들여다보고 얼굴이 더러운 것을 알아내는 아주 평범한 사실을 예리하게 관찰하고, 드러난 사실을 말하면서 숨은 의미로 나아갔다. 거울이 아무 말도 하지 않고 얼굴이 더러운 것을 보여주듯이, 무언중에 도와주고 마음에서 헤아리는 바 없이 다 보여주는 것이 바람직하다고 했다. 사람들이 서로 소통하고 포용하는 최상의 방법을 말했다고 할 수 있다.

임성주(任聖周)는 〈지팡이〉(杖銘)에서 말했다. “서서 방향을 바꾸지 말고, 반드시 때맞추어 나아가리라. 가지를 심으면 바로 과일이 열릴 것인가? 버티고 높아지면 바로 비뚤어진다.” 무엇을 이루었으면 방향을 바꾸지 말고, 나아가려면 반드시 적합하게 때를 맞추어야 한다고 했다. 지팡이에는 가지가 없는데, 가지를 심으면 바로 과일이 열리리라고 상상하는 것은 헛된 기대이고 구제 불능의 망상이라고 했다.

사람 신체의 일부와 관련시켜 마음을 돌아보기도 했다. 안정복(安鼎福)의 〈발〉(足箴)을 보자. 자기 발에게 수고한다고 위로하지는 않고, 행실을 바르게 하라고 훈계하기만 했다. 주인으로 자처하는 마음이 스스로 해야 할 일을 하인으로 부린다고 여기는 발에게 요구했다. 책임을 전가해 잘못되면 발 탓이라고 나무라려고 했다.

성현(成俔)은 〈신발〉(屨銘)에서 다른 말을 했다. "권세의 문은 불과 같아 밟으면 뜨겁다. 벼슬길은 바다와 같아 들어서면 빠진다. 오직 덕행으로, 오직 의로움으로 조심하며 덤벙대지 말자." 권력자를 가까이 하면 비위를 거슬러 다칠 수 있다고, 자기 스스로 벼슬을 하기 시작하면 그만두고 싶지 않아 계속하기를 바라다가 망한다는 말이라고 생각된다. 많이 겪어보고 한 말이리라.

마음을 직접 잡고 조심해야 한다고 하기도 했다. 이달충(李達衷)의 〈조심하는 마음〉(惕若齋箴)에서 자기 자신에게 다짐하는 말을 글로 써놓고 누구나 교훈으로 삼도록 했다. 다른 사람을 공경하고, 스스로 기만함도 없다는 것은 마음가짐의 기본이다. 썩은 새끼를 다루듯, 마른 나뭇가지에 올라가는 듯이 한다는 것은 신중한 처세이다. 나아갈 때 물러남을 알고, 편안할 때 위태로움을 생각하면 실제로 위태롭게 되어도 허물이 없으리라고 한 것은 조심스러운 자세이다.

신흠(申欽)은 〈철인과 아이〉(觀銘)에서 "널리 비춤이 끝없는" 철인(哲人)의 달관(達觀)을 부러워하지 말고, "근본을 지켜 저절로 편안한" 아이 적의 동관(童觀)을 잃지 말아야 한다고 했다. 슬기로운 사람인 철인이 작은 일에 구애되지 않고 달관하는 것은 여러 단계를 거쳐 노력한 결과이다. 동관이란 아이 적의 천진난만한 즐거움을 삶의 근본으로 여기고 줄곧 지니고 있어 저절로 편안한 경지이다.

불교에서는 도를 닦아야 높은 경지에 이른다고 한다. 박인범(朴仁範)이 〈높은 경지의 스님〉(無㝵智國師影贊)에서 무어라고 했는지 보자. 높은 경지에 이른 것이 "만 권 서적으로 자리를 겹겹으로 돋우고, 하루를 여섯으로 나눈 시간 내내 갑옷을 입어" 이루어지는 것은 아니라고 했다. "침묵하고 말이 없으며, 조용하고 하는 일이 없다.", "커다란 경전이 한 티끌 안에서 나타나고, 엄청난 바다는 한 물결 안으로 들어간다"고 했다. 침묵이 커다란 경전이고, 하는 일이 없으면서 엄청난 물결을 일으킨다고 했다.

그런 경지에 이르기는 어렵다. 예사 승려들은 계율을 지키기에 급급하다. 고려의 승려 계응(戒膺)은 〈식당에 붙인 글〉(食堂銘)에서 경고했다. "먹는 것에 의지해 승려는 도 닦는 업을 수행하지만, 이로 말미암아 과오나 허물을 빚어내기도 한다." "물(物)을 물(物)로 여기면, 나를 적대시하지 않는 물(物)이 없다. 물(物)이 물(物)이 아니라고 해야, 물(物)이 덕(德)을 이루기도 한다. 만약 마음 가운데 보존하고, 있다거나 없다거나 하면 모두 잘못이다." 말은 이렇게 하지만 실행이 가능한지 의문이다.

불교는 유학의 비판을 받았다. 고려 말의 고승 나옹(懶翁)이 호를 강월헌(江月軒)이라고 하고, 제자들은 말을 여러 가지로 바꾼 것을, 권근(權近)이 〈달과 강 시비〉(月江記)에서 시비했다. 달이 모습을 나타내 강의 변화에 호응한다는 의미의 호를 사용해 깨달은 경지를 나타내려고 한 것이 마땅하지 않다고 했다.

유학은 마음을 잡지 않겠다고 할 수는 없었다. 불교에서 하는 것보다 마음을 더 잘 잡는다고 해야 했다. 간단한 비유를 들어 깨우침을 얻으려고 하면 불교보다 앞설 수 있다. 마음을 바로잡는 이치를 분명하게 해야 대안을 제시할 수 있었다.

권근보다 앞서서 이색(李穡)이 이미 〈살펴서 아는 방법〉(觀物齋贊)을 말했다. "물(物)을 관찰하는 방법이 있고, 물에는 법칙이 있다." 마음을 허공에서 잡으려고 하면 헛된 줄 알고, 만물을 관찰하는 방법을 갖추고 만물의 법칙을 받아들여야 한다. 이렇게 풀이할 수 있는 유학의 노선을 제시하면서 당당하게 앞서고자 하는 의도를 나타냈다.

불교에서 유학으로 전환해 마음을 잡는 원리와 방법을 다시 다지는 것은 쉬운 일이 아니었다. 난공사를 보란 듯이 마무리하려고 용기를 가지고 나선 정도전(鄭道傳)은 〈대나무 창〉(竹窓銘)에서 말했다. "즐거움이 대나무에 있지 않구나. 다만 마음을 얻어 대나무에 기탁할 따름이다." "물(物)에서 물에 매이지 않으면서 오직 그 즐거움을 누린다." 형이상(形而上)의 원리인 도(道)는 형이하(形而下)의 모든 것인 기(器)와 섞이지도 않고, 떨어지지도 않는 이치를 이런 말로 나타냈다.

사물의 실체를 파악하는 것과 마음의 바탕을 찾아내는 것이 어떤 관계인가? 사물의 실체는 기(氣)이고, 마음의 바탕은 이(理)라고, 이와 기는 하나이면서 둘이고, 둘이면서 하나인 관계를 가진다고 하면서 이기철학이 등장했다. 이렇게 말하는 이기이원론을 비판하고 기일원론에서는 이(理)가 다른 무엇이 아니고 기(氣)의 원리일 따름이라고 했다. 하나인 기가 둘로 나누어져 음양이 되고, 음양이 대립적 운동을 해서 천지만물이 생겨난다고 했다.

초목이나 어류가 그것들대로 즐거워하는 것을 보고 좋아하면 물아일체(物我一體)를 이룬다고 양쪽에서 다 말하고, 그 원리는 다르게 해명했다. 이기이원론에서는 '물'(物)의 '이'(理)를 감지하고 사람의 '이'를 재인식하니 정서적으로 즐겁고 도덕적으로 고양된다고 했다. 기일원론에서는 '물'이든 사람이든 생동하는 '기'(氣)인 동질성을 확인하면서 감격을 누리고, '기'에 대한 인식을 새롭게 하는 것을 탐구하는 보람으로 삼는다고 했다. 마음을 어떻게 잡아야 하는가 하는 문제에 대한 유학의 해답은 둘로 나누어졌다.

이것은 과거의 일이 아니다. 무엇이 문제인가 재확인해야 한다. 논란의 경과를 면밀하게 살피면서 할 말을 준비해야 한다. 논란에 참여해 토론을 열심히 하고, 어떤 결론을 내려야 하는지, 오늘날 내가 말해야 한다. 철학에 대해 아는 구경꾼 노릇이나 하지 말고, 스스로 철학을 하는 당사자로 나서야 한다.

어떻게 살아야 하는가?

어떻게 살아야 하는가 하는 문제를 두고 옛사람들은 고심했다. 자기를 그린 화상을 보고 기린다고 하면서 잘못을 반성하는 글을 많이 남겼다. 다른 사람들과 화합하는 방법을 찾았다. 관직에 나아가 뜻을 펴지 못하면 무엇을 어떻게 해야 하는가를 두고 깊은 생각을 하기도 했다.

이색(李穡)은 〈스스로 경계하다〉(自儆箴)에서 스스로 경계하는 글을 쓰고 실행을 하지 못해 자기를 책망하고 부끄러워한다고 했다. 자기를 그려놓은 화상을 보고 기린다면서 반성하는 글에는 더욱 심각한 사연이 나타나 있다.

이첨(李詹)은 〈화상을 스스로 기린다〉(畫像自贊)에서 말했다. "이 늙은 것아, 너는 학업을 닦지 않았으면서 유학에 자취를 들여놓았으니 다행이다. 너는 덕을 쌓은 업적이 없으면서 정승의 지위에 올랐으니 다행이다. 너는 선행으로 받는 복이 없으면서 자손을 이었으니 다행이다. 오호라, 너의 다행은 국가의 불행이다."
유학에 자취를 들여놓고, 정승의 지위에 오르고, 자손을 이은 것이

다행이라고 하면서 자격이 없음을 고백했다. 학업을 닦지 않고, 덕을 쌓은 업적이 없으며, 선행으로 받는 복도 없다고 했다. 다행인 것이 정당한 결과가 아니고 오직 행운이라고 했다. "너의 다행은 국가의 불행이다"라고 하는 데서는 행운을 누린 것이 부끄럽다고 통렬하게 반성했다.

강세황(姜世晃)은 같은 제목의 〈화상을 스스로 기린다〉(畵像自讚)에서 현재의 자기를 그렸다. "모습은 허술하지만, 마음이 깨끗하게 비어 있다. 지닌 것을 평생토록 시험하지 못하고, 온 세상이 그 깊이를 알지 못한다. 홀로 한가할 때면 작은 싹을 읊고, 때때로 기이한 자세와 예스러운 마음을 나타낸다." 이것이 그려낸 모습이다.

나무라는 말을 앞세우고 자기를 알아달라고 했다. 나타난 모습은 허술하지만, 안에 지닌 마음은 순수하고 헛된 욕심이 없다고 했다. "작은 싹을 읊고", "기이한 자세와 예스러운 마음을 나타낸다"고 은근히 자랑했다. 시를 짓고 그림을 그린다는 말이다. 허목, 〈먹으로 그린 매화〉(墨梅)에서는 시련을 견디고 피어나는 매화로 자기 모습을 그려냈다.

장유(張維)의 〈지리한 녀석〉(支離子自贊)은 지지리도 못난 녀석이라고 자처하는 자기를 기린다는 글이다. "그 모습. 어긋나고 어둡구나, 그 정신. 편안하게 노는구나, 사물 밖에서. 쉬고 숨 쉬는구나, 약을 먹으면서. 하늘이 어찌 나의 고달픈 삶을 가엽게 여기는가, 늙지 않은 나를 병에 빠져 편안하게 하다니." 세상 사람들이 정상적으로 살아가는 영역을 벗어난 곳에서, 아직 늙지 않았는데 병이 들어 약을 먹으면서 쉬는 것을 하늘이 고달픈 삶을 가엽게 여겨 베풀어주는 은혜라고 했다.

"조물주 어린아이가 내게 어찌하리오"라고 하는 말을 덧붙였다. 조물주가 장난을 일삼아 철부지 어린아이와 같다고, 불운을 원망하는 사람들이 애용하는 문구를 놓고 자기는 예외인 듯이 말했다. 조물주가 자기는 어떻게 하지 못하리라고 하는 것은 근거 없는 낙관론이므로, 뒤집어 생각하지 않을 수 없다. 어리석다고 자처하고 물러나 달관하는 것이 불운에 대처하는 최상의 방법임을 알려주는 것이 아닌가 한다.

김정희(金正喜)는 〈망상〉(妄想)에서 떠오르는 속마음을 술회했다. 자기를 "너"라고 지칭하면서 하는 짓이 못마땅하다고 나무랐다. "한 가지 재주 이룬 것이 있다고, 망령되게 스스로 이름을 내놓는가?", "만고의 시간 아득하다고 여기고, 외로운 웃음이 근심을 낳는가?", "너는 누구를 믿는가? 너는 누구에게 묻는가? 너는 누구와 함께 칭찬하고 헐뜯는가?"라고 하는 말을 했다. 망상이라고 한 것이 사실은 자찬(自讚)이다. 자기 자랑을 바로 할 수 없어, 겉 다르고 속 다른 말을 했다.

이항복(李恒福)은 〈치욕〉(恥辱箴)에서 "선비가 멀리하고자 하는 것은 치욕이나, 진실로 치욕을 아는 사람은 드물다"고 하고, 치욕을 피하는 방법을 말했다. 이해관계의 얽힘에서 벗어나 "몸을 높고 멀리 두는 사람에게는 치욕이 저절로 이르지 않는다"고 했다. "멀리 가고 높이 오르려면, 반드시 비근한 데서 시작하고, 먼저 그윽하게 숨은 상태에서 착실해야 한다"고 했다.

신흠(申欽)은 〈허물〉(檢身篇)에서 말했다. "자기 허물을 보고, 다른 사람의 허물은 보지 않으면 군자이다. 다른 사람의 허물을 보고, 자기 허물은 보지 않으면 소인이다." "자기 허물에는 침묵하고 다른 사람의 허물은 들추어내는 것이 큰 허물이다. 이 허물을 능히 고치는 사람이라야 바야흐로 허물이 없는 사람이라고 할 수 있다." 자기는 그 허물을 고쳤는가?

김원행(金元行)은 〈포용〉(不能容物者)에서 말했다. "남을 포용하지 못하는 자는 자기 자신도 포용하지 못한다. 어디 간들 괜찮겠는가?" 남을 포용하지 못하고 적대시하면 자기도 괴롭다. 가해에는 자해가 따르며, 자해는 동정의 대상이 될 수도 없다. 우월감을 버리고 나를 낮추어, 남의 마음을 내 마음으로 포용하면 자아 분열의 번민이 사라진다. 이것이 자기를 포용하는 길이다.

최한기(崔漢綺)는 불통이 문제라고 하면서 〈불통 제거〉(除祛不通)라는 글을 썼다. "사람의 일에 통하지 않는 자는 반드시 자기의 일만 뽐내고 자랑하며, 타인의 일은 비방하고 훼손한다. 집안의 일에 통하지 않는 자는 반드시 자기 집의 일만 기리고 추키며, 다른 집의 일은 헐뜯고 나무란다. 나랏일에 통하지 않는 자는 반드시 본국의 일만 칭찬하고 자랑스럽다고 하며, 타국의 일은 깔보고 싫어한다. 종교의 교리에 통하지 않은 자는 반드시 자기 종교만 높이며 대단하게 여기며, 다른 종교는 물리치고 배척한다." 길게 인용할 만하다.

"자기를 죽이는 짓"인 이 병을 고치려면, "깊이 감염된 것을 쓸어내고, 넓고 크게 공평해져서 많이 듣고 많이 보아, 여러 사람이 잘하는 것을 취해야 한다"고 했다. "크고 작고 멀고 가까운 나라들이 마땅함을 지키면, 예의와 양보가 생겨나고, 윤리에 따라 법률이 이루어진다"고 하기까지 했다. 최한기의 견해를 활용해 소통과 불통에 관한 일반론을 이룩할 수 있다.

정약용(丁若鏞)은 〈접부채〉(摺疊扇銘)에서 말했다. "가득 차고 찬 것이 공기라, 움직이면 바로 바람이 된다. 그것을 움직이는 재주를 말아서 간직하고 있어, 조용하지만 바람이 그 가운데 있다." 자기 내심의 포부를 은근히 나타냈다고 할 수 있다.

유성룡(柳成龍)의 〈일산〉(日傘銘)에서 햇빛을 가리는 일산을 들어 더 큰 포부를 말했다. "그 모습이 둥글고, 그 색깔이 검도다. 펼치면 여섯이고, 모으면 하나이다. 양을 만나면 열고, 음을 만나면 닫는다. 오직 하늘에 따라 움직여 능히 물(物)을 덮는다." 펼치면 천·지·동·서·남·북 육합(六合)에 이르고, 모으면 하나라는 것은 모두를 일이관지(一以貫之) 한다는 말이다. 그런 이치를 파악하고 세상에 나가 펴겠다고 한 말이다.

이익(李瀷), 〈네 벗〉(四友銘)에서 문방사우(文房四友)라고 하는 벼루·먹·종이·붓을 들어 공적을 성취하는 사람들의 관계를 말했다. 벼루는 기초를 닦는 수고를 하고 이내 잊힌다. 먹과 종이는 열심히 추진해온 일을 붓이 휘둘러 완수하는 것을 우러러보아야 한다. 먹과 종이는 물러나 바라보며, 재능을 양보하고 공적을 다투지 않고, 붓이 영광을 독차지한다고 했다. 붓은 지도자이고, 먹과 종이는 보조자들이고, 벼루는 만백성이라고 이해할 수 있다.

선비는 누구나 공부해서 쌓은 경륜을 관직을 맡아 펴서, 나라가 잘되게 하고 백성에 혜택을 베풀고자 하는 소망을 지녔다. 과거 급제에 실패하고 진출을 하지 못하는 사람이 더 많았다. 벼슬한 사람이라고 경륜을 펴지 못하고 실패자가 되어 물러나는 것이 예사였다.

이첨(李詹)은 〈쌍매당〉(雙梅堂銘)을 써서, 관직에서 얻은 상처를 귀향해 치유하는 심정을 절실한 표현을 갖추어 은밀하게 나타냈다. 자기가 사는 집 근처 "정자에 두 그루 소나무가 있어, (정자 이름을) 쌍송(雙松) 이라고 일컬었다." "서울에서 몇 해 동안 벼슬하다가 돌아오니, 소나무는 넘어지고 오직 매화 두 그루만" 남아 있어, "정자 이름을 고쳐 쌍매 (雙梅)라고 한다"고 했다.

소나무는 벼슬을 해서 이루고자 하는 큰 뜻을 상징한다고 할 수 있다. 집에 돌아와 보니 소나무가 넘어져 있었다는 것은 큰 뜻이 사라졌다는 말이리라. 어떤 일이 있었던지 전연 말하지 않았으니 실망했거나 패배한 것을 알아차릴 수 있다. 그 때문에 상심하지 않고 마음을 조용히 다잡아 재출발하기로 했다. 은거하는 사람으로 되돌아가 마음을 다스리겠다고 다짐했다.

김시습(金時習)은 관직에 나가기를 포기한 사람이었다. 〈담을 두르고〉(環堵銘)에서는, 천명(天命)을 알고 담을 쌓은 곳에서 혼자만의 생활공간·활동범위·정신세계를 마련한다고 했다. 분수를 알고 한정된 범위 안에서 자기 세계를 구축하고 나서서 돌아다니지 않고 숨어 지내면서 내실을 다진다고 했다. 불우한 처지를 비관하고 원망하는 말은 하지 않고 조용하게 생각하면서 자기를 되돌아본다고 했다.

"책·붓·연적을 곁에 늘어놓는다"고 하고, "내 책을 줄지어놓는다"고도 했다. 하늘을 향해 헛된 소리를 지르는 서투른 짓을 하지 않고, 넓은 뜻과 굳센 의지를 가다듬어 "부드러움도 알고 굳셈도 알고, 숨은 것도 알고 드러난 것도 아는" 통찰력을 저술에서 보여준다고 암시했다. "만인이 우러러보게 되리라"고 바로바로 이어서 말했지만, 먼 훗날에야 가능하다. 책을 써서 석실에 감추어두고 알아줄 사람들 기다린다고 했다. 오백 년쯤 지나 기대한 대로 되었다.

홍대용(洪大容)은 〈하늘과 땅이 풀 하나인 정자〉(乾坤一草亭題詠)에서 정자를 짓고 은거하면서 지닌 포부를 말했다. "쇠멸한 풍속을 겪고 위엄 상실을 보니"라는 말로 세상이 잘못되고 있다고 통탄했다. 그 때문에 실망해 "눈이 어지럽고 마음 상함이 극도에 이르렀다"고 했다. 그러면 어떻게 해야 하는가? 귀천이나 영욕이 잘못되었다고 하고 바로잡기 위해 직접 분투할 것은 아니다. 천지만물이 생성되고 변화하는 이치를 크게 이해해야 한다고 했다.

유가의 학문을 버리자는 것은 아니지만, 시야를 넓혀 크고 작은 것들의 구분을 다시 해야 한다. 하늘과 땅이 풀 하나와 같다. 이런 생각을 할 수 있는 장소를 마련하고, 거닐고 누워 자며 여생을 보내는 것이 보람 있는 일이라고 했다. 후퇴가 최상의 작전이다. 사소한 싸움은 피해 가장 큰 싸움을 할 수 있기를 바랐다. 그릇된 세태와 근접된 관계를 가지고 상심하지 않고, 관심을 최대한 넓혀 이치의 근본에 대한 이해를 바로잡으려고 했다. 커다란 포부를 알 만한 사람만 짐작할 수 있게 전했다.

허균(許筠)은 〈잠〉(睡箴)에서 세상 사람들이 잠을 좋아하는 것을 나무라고, 잠이 없어야 한다고 했다. 잠들지 않고 정신이 항상 깨어 있어야 한다고 했다. 성간(成侃)의 〈게으름뱅이〉(慵夫傳)는 게으름뱅이를 소개한 전기이다. 성현을 받들고 부지런하게 노력해야 한다는 교훈을 거부하고, 게으름을 즐기는 자유를 누린다고 했다.

둘 다 고정된 이념을 따르며 정해진 방식을 따라 살아야 한다는 규범에 대해 반발하면서, 선택한 방향은 달랐다. 허균은 적극적으로 반발하며 무리하게 투쟁하다가 패배하지 않을 수 없었다. 성간의 소극적인 반발은 안이한 도피에 지나지 않아 현실에 대처하는 능력이 없다. 양쪽으로 빗나가지 않고, 적절한 자세에서 현실과 대결하려면 어떻게 해야 하는가?

권근(權近)은 〈늙은 사공〉(舟翁說)에서, 작은 배에 몸을 싣고 엄청난 물결을 헤치면서 다니는 노인이 어리석은 사람들을 나무랐다. "평평한 육지를 밟으면 편안하다고 여겨 방자해진다. 험한 지경에 처하면 두려워

떤다. 두려워 떨면 조심해서 단단해질 수 있다. 편안하다고 방자하면 반드시 방탕해 위태롭게 되어 망한다." 자기는 "차라리 험한 것을 밟고 항상 조심할지언정, 편안하게 지내다가 그 때문에 스스로 황폐해지는 것을 바라지 않는다"고 했다.

"무릇 사람 사는 세상은 하나의 엄청난 물결이고, 사람 마음은 하나의 거대한 바람이다"라고 하고, 흔들리는 물결에 휩쓸리지 않고 마음의 중심을 잡는 방법을 말했다. 타고 다니는 "배가 만약 편중함이 있으면 그 자세가 반드시 기울어지지만, 왼쪽도 아니고 오른쪽도 아니며, 무겁지도 않고 가볍지도 않게, 나는 가득 찬 것을 지켜 균형을 유지하므로 비뚤어지지도 않고 기울어지지도 않는다." 이렇게 해야 어떤 어려움에도 주체적으로 대응하면서 당당하게 살아간다고 했다.

이규보(李奎報)는 〈돌에게 대답한다〉(答石問)라는 기이한 글에서 자기가 살아나가는 태도를 말했다. "물건을 위해 부림을 당한다고 해도 물건이 마음에 있지 않다. 사람을 위해 밀린다고 해도 사람에게 거스르지 않는다. 다그친 다음에 움직이고, 부른 다음에 간다. 갈 만하면 가고, 멈출 만하면 멈춘다. 가함이 없고, 불가함도 없다."

적극적으로 나서서 뜻을 이루자는 것도 아니다. 지나친 욕심을 가지지 않고 형세대로 움직이는 것이 마땅하다고 했다. 세상과 부딪쳐 피해자가 되지 말고, 빈 배처럼 살아가는 것이 현명하다고 했다. 마음을 비우고 처사접물(處事接物)을 하는 지혜를 말했다. 세상을 삐딱하게 보는 것처럼 알도록 하고서 내심에 감추어둔 슬기로움을 조금 알려주었다.

어떻게 살아야 하는가? 이 문제에 대해 자기 나름대로 소견을 말한 글이 이 밖에도 많이 있어 관심을 가질 필요가 있다. 각기 다른 생각을 다양한 방식으로 나타낸 것이 모두 소중하다.

황현(黃玹)은 〈송천 벼루〉(松川硯銘)에서, 절간에 서 있던 비석 파편으로 벼루를 만들어 글을 쓰면서 역사를 잇는 것을 보람으로 삼는다고 했다.

이곡(李穀)은 〈작은 밭〉(小圃記)에서 채소를 조금 가꾸면서 흉풍을 겪어 가까운 것으로 먼 것을 헤아리며 천하가 어떻게 돌아가는지 아는 식견을 키운다고 했다. 안정복(安鼎福)은 〈벙어리저금통〉(破啞器說)에서 벙어리처럼 입을 다물고 있는 풍조를 개탄했다. 장유(張維)의 〈붓 이야기〉(筆說)는 겉은 족제비털이고, 안은 개털인 붓 같은 사이비 선비를 나무란 글이다.

위백규(魏伯珪)는 〈동백 열매〉(冬栢實)라는 글을 써서, 알차게 익은 동백 열매처럼 살고, 쭉정이 노릇은 하지 말아야 한다고 했다. 조호익(曺好益)은 〈활쏘기〉(射說)에서 활을 쏘다가 빗나간 사람이 과녁을 나무라지 않고 자기 자세를 반성하는 것을 본받아 마음을 바로잡아야 한다고 했다. 이산해(李山海)는 〈운주사〉(雲住寺記)에서, 운주사에서 바라보는 구름, 바람, 새, 고기는 모두 무심하지 않지만 자기는 무심의 경지에 이르렀다고 했다.

옛사람들은 과거 공부를 하면서 정해진 수련을 하고, 나라에서 필요로 하는 문서를 맡아 쓰는 임무 때문에 고생을 하다가, 수련이 끝나고 임무에서 벗어나면 자기 글을 알차게 쓰고자 했다. 살아가면서 필요한 글을 쓰는 격식을 적절하게 활용하면서 자기가 하고 싶은 말을 남다르게 각인해 짧은 글 한 편이라도 만고의 명문을 남기고자 했다.

글쓰기에서도 자유의 깃발을 높이 흔드는 오늘날에는 옹졸한 생각을 모범이 된다는 틀에 박아 내놓는 것이 유행이다. 시장의 지배자인 유행이 자유를 말살하는 마귀 노릇을 하면서 헤어나지 못하게 한다. 짧은 글 한 편이라도 만고의 명문을 남기고자 한다면, 굶고 외로울 것을 각오해야 한다.

무엇을 해야 하는가?

선비는 안에 들어앉아 글을 읽고 쓰기만 하지 말고, 일을 하는 데 힘을 써야 하고, 세상에 유익한 사람이 되어야 한다. 무엇이 잘못되었는지 알고 세상을 바로잡아야 한다. 이런 지론을 편 글도 적지 않다.

임성주(任聖周)는 〈아우에게〉(與舍弟稺共)에서 말해다. "어떤 일이든지 싫고 힘들다는 생각이 한 번 생기면, 곧 힘줄과 뼈가 풀어져 견딜 수 없다." 이것은 선비가 해야 할 공부를 두고 한 말이 아니다. 공부와는 다른 일도 소중하게 여기고 열심히 해야 한다고 했다. "오직 씩씩하고 경건한 자세로 일관하면, 뜻이 이르는 곳에 기운이 반드시 따르며, 힘줄과 뼈가 저절로 강해지고, 온몸이 저절로 가벼워진다." 이렇게 말하고, 일을 열심히 하면 기운이 생긴다고 했다.

일·기운·마음이 관련된 철학을 읽어낼 수 있다. 일은 기운으로 한다. 마음이 기운을 없애기도 하고 키우기도 한다. 마음을 중요시하면 이렇게 말한다. 여기서는 그 반대의 진실을 일러주었다. 일을 해야 기운이 살아난다. 기운이 살아야 마음도 산다. 이것은 기(氣)철학의 발상이다. 기철학의 노동론을 보여준 소중한 자료이다.

김낙행(金樂行)은 〈경계〉(自警箴)에서 선비가 해야 하는 일을 다른 직분을 맡은 사람들과 견주어 말했다. "쌓인 물화가 곳간에 가득한 것은 힘써 물건을 만들거나 장사를 한 공적이다. 밖에 곡식을 가득 쌓아놓은 것은 농사일을 게을리 하지 않아서이다. 어째서 선비는 공부를 하지 않아 속이 텅텅 비어 있는가?"

물건을 만들고 장사를 하고 농사를 짓는 사람들은 부지런하게 일하는데, 선비는 게으름을 피우면서 잘난 체해도 되느냐고 나무랐다. 공부를 하지 않아 속이 텅텅 비어 있는 것을 부끄럽게 여겨야 한다고 했다. 면학을 당부하면서 흔히 하는 말은 아니다. 언외(言外)에 깊은 뜻이 있다. 잘 생각해보니 다섯 계단을 내려갈 수 있다.

선비는 물건을 만들고 장사를 하고 농사를 짓는 사람들을 천하다고 여기지 말고, 부지런하게 일하는 것을 높이 평가하고 본받아야 한다. 선비는 지체가 높아 놀고먹을 수 있는 특권이 있다는 착각을 시정하고, 누구나 노동을 해야 하는 의무가 있는 것을 알아차려야 한다. 선비가 하는 공부는 위신장식이나 파적거리가 아닌 노동이어야 하고, 공부해 얻은 지식은 생산물이어야 한다. 만들어 파는 다른 물건이나 농작물이 널리 쓰이는 데 참여해 누린 혜택에 유용성이 큰 지식을 생산해 보답해야 한다.

그 글을 쓴 김낙행이 〈자리 짜기〉(織席說)에서 다른 말을 했다. "시골 가난한 선비는 젊어서 과거 글을 익히다가 이름을 얻지 못하면 풍월을 일삼고, 또한 점차 쇠약해지면 자리 짜는 일을 업으로 하다가 마침내 늙어 죽는다." 이런 말이 있어 선비를 천하게 여기고 모욕한다고 하고서, 자기도 글공부를 그만두고 만년에는 자리를 짠다고 했다. 자리 짜는 일은 밭 갈고 김매고 나무하는 것보다 근력 소모가 적으니 좋다고 했다. 처음에는 서툴렀지만 차차 능숙하게 되었다고 했다.

자리 짜기를 해서 다섯 가지 이로움이 있다고 했다. "놀고먹지 않는 것이 하나이다. 드나드는 거동을 줄이는 것이 둘이다. 한여름에 땀을 잊으며 낮에 졸린다고 자지 않는 것이 셋이다. 마음은 근심이 하나도 없으며, 말은 지루하게 할 겨를이 없는 것이 넷이다. 다 만들어 정교한 제품으로는 노모를 편안하게 하도록 하고, 조잡한 물건은 나와 처자가 깔거나 어린 여종이 흙에서 자지 않게 해주고, 나머지가 있으면 나처럼 가난한 사람에게 나누어 주는 것이 다섯이다."

시골 선비가 이러 글을 쓴 것은 놀라운 일이다. 노동이 소중한 것을 체험하고, 복고적이고 보수적인 사고에서 벗어나 새 사람이 되는 과정을 진솔하게 말했다. 세상이 달라져 어둠이 걷히고 광명한 천지가 나타나는 것을 알 수 있게 한다. 역사의 전환을 말해주는 소중한 증언이다.

황준량(黃俊良)은 〈호미〉(鋤銘)에서 호미로 밭을 매면서 잡초를 제거하는 일을 어떻게 해야 하는가 말했다. "가라지를 미워하는 것은 곡식의 싹을 어지럽힐까 두렵기 때문이다. 힘써 구별해 잡초는 뿌리까지 제거하지 않으면 다시 살아난다. 악을 제거하는 작업은 근본에 힘써, 잡초가 싹틀 때 제거해야 한다. 덩굴이 뻗으면, 힘을 쉽게 쓸 수 없다. 날을 돌려 반대로 일을 하면, 곡식을 거두지 못한다. 사물의 이치여, 일정하지 않구나. 난초는 꽃이 피지 않고, 가시는 뽑기 어렵구나."

호미로 밭을 매면서 잡초를 가려내 제거해야 곡식이 잘 자라듯이, 나라를 다스리면서 요망한 신하나 난폭한 악당을 알아내 처단해야 백성이 잘살 수 있다는 말을 조심스럽게 했다. "천한 곳의 일꾼"은 국왕을 일컫는 말이다. 말뜻을 알아차리면 국왕을 모독했다고 나무랄 것을 각오하고, 국왕이 위엄을 뽐내기만 하지 말고 몸을 낮추어 농부처럼 일해야 한다고 했다.

이제현(李齊賢)은 〈고양이〉(猫箴)에서 말했다. "눈과 귀를 이미 갖추

었고, 발톱과 어금니도 있거늘, 뚫고 넘는 무리 방자한데, 어째서 잠만
자고 움직이지 않는가?" 천장을 뚫고 벽을 넘어 다니는 쥐들은 세상을
혼탁하게 하는 무리이다. 고양이는 그런 무리를 징치해야 할 의무를 가
진 누구이다. 글을 쓸 당시에는 그 누구는 국왕이다. 국왕은 사태를 판
단하는 안목을 갖추고 막강한 권력을 행사할 수 있는데 왜 가만히 있는
가 하고 불만을 토로했다.

선비가 나가서 싸우는 것은 쉬운 일이 아니었다. 국왕이 할 일을 해
야 한다고 하는 말도 조심스럽게 해야 한다. 직접 말하지는 못하고 무
엇을 어떻게 해야 하는지 우회적으로 일러 깨달을 수 있게 하는 것을
해야 할 일로 여겼다.

이규보(李奎報)의 〈집수리〉(理屋說)를 보자. 집이 퇴락하면 빨리 수리
를 해야 한다고 하고, 말을 덧붙였다. "나라 다스리는 것도 이와 같다.
무릇 백성들을 심하게 괴롭히는 일을 미적거리고 혁신하지 않으면, 백성
이 죽어나고 나라가 위태롭게 된다. 그 뒤에 급히 고치려고 해도, 다스
려 해결하기 어렵다. 어찌 조심하지 않으리오." 국정을 장악하고 백성을
괴롭히는 무리를 직접 비판할 수 없어 허용되지 않는 항변을 가능한 범
위 안에서 온건한 어조, 완곡한 표현을 갖추어 하는 슬기로운 방법을
찾았다.

이규보는 〈과일나무 접붙이기〉(接菓記)에서 아버지 대에 접을 붙여
배나무를 개량한 일을 두고 개인적인 회고를 하는 글을 쓰면서 깊은 이
치를 말했다. 잘못된 것을 바로잡으려면 과감한 혁신을 거쳐야 한다. 모
험을 두려워하지 말고, 진통을 감내해야 한다. "처음에는 망령·허탄·환
영·괴이한 듯하다가 끝은 진실한 것이 있다"고 했다.

이덕무(李德懋)는 〈분노〉(君子有大怒)에서 말했다. "군자에게는 큰 분

노가 있으며, 무릇 작은 분노는 멸시할 만하다." 큰 분노는 역사의 진행이 잘못되어 나무라고 바로잡자는 것이다. 작은 분노는 자기 일신상의 이해관계 때문에 생긴다. 작은 분노에 사로잡혀 분풀이를 하는 것을 멸시하고, 큰 분노를 맡아 나서서 당당하게 싸워야 소인이 아닌 군자이다. 소인과 군자를 구분하는 낡은 견해에 새로운 의미를 부여했다.

사람이라야 훌륭한가?

나는 어릴 적에 할아버지에게서 《동몽선습》(童蒙先習)을 배웠다. "天地之間 萬物之衆 惟人最貴 所貴乎人者 以其有五倫也"(천지지간 만물지중 유인최귀 소귀호인자 이기오륜야, 천지 사이 만물 가운데 오직 사람이 가장 귀한 것은 오륜이 있기 때문이다) 서두의 말이 또렷하게 기억된다.

이 한마디에 만고불변이라고 자부하는 유학의 가르침이 집약되어 있다. 유학 덕분에 동아시아문명이 빛나고, 우리 전통문화가 자랑스럽다고 하는 주장을 계속 듣는다. 사람을 기리는 인간중심주의를 일찍 이룩했으니 평가해야 한다고 서양 물을 먹은 논자들은 말한다.

주자(朱子)라고 칭송되는 스승은 위와 같은 논의를 의심의 여지가 없게 다졌다. 그 가르침인 주자학이 오랫동안 동아시아를 지배하면서 절대적인 숭앙을 받았다. 사람만 훌륭하다고 한 이유를 들어보자. "사람은 그 기(氣)가 바르고 통한 것을 받았고, 동물은 그 기가 치우치고 막힌 것을 받았다"고 했다.

그 때문에 생긴 모습이나 사는 방식도 다르다고 했다. "사람은 머리가 둥글어 하늘의 모습이고, 발은 모나서 땅의 모습이며, 평정(平正)하고 단직(端直)해서 천지(天地)의 바른 기(氣)를 받았으므로 도리를 알고 지식이 있다. 사람이 아닌 다른 생물은 천지의 치우친 기를 받았으므로, 짐승은 옆으로 살고, 식물은 머리를 아래로 하고 살며 꼬리는 도리어 위로 둔다."

이렇게 파악한 직생(直生)·횡생(橫生)·역생(逆生)이 '기'가 바르고 통하는 것인가 아니면 치우치고 막힌 것인가 하는 차이가 있어 생긴 결과라고 했다. 직생하는 사람만 머리와 발로 하늘이 둥근 천원(天圓), 땅은 네모난 지방(地方)을 나타낸다고 했다. 그 때문에 천지의 이치를 구현하고, 오륜의 도리를 실현하는 것이 자랑스러운 줄 알고, 횡생하거나 역생하는 무리를 낮추어볼 수 있다고 했다.

탈춤에서는 사람만 오륜이 있다는 주장을 야유하고, 개에게도 오륜이 있다고 했다. "毛色相似(모색상사)하니 父子有親(부자유친)이오, 知主不吠(지주불패)하니 君臣有義(군신유의)요, 孕後遠夫(잉후원부)하니 夫婦有別(부부유별)이요, 小不敵大(소부적대)하니 長幼有序(장유유서)요, 一吠衆吠(일폐중폐)하니 朋友有信(붕우유신)이라." 가장 무식하다는 사람들이 이렇게 말했다. 무식이 용기였던가?

오늘날 사람들은 이런 말을 번역해야 이해할 수 있을 만큼 더 무식해졌다. "털빛이 비슷하니 부자유친이요, 주인을 알아보고 짖지 않으니 군신유의요, 새끼 밴 다음에는 지아비를 멀리하니 부부유별이요, 작은 것이 큰 것에게 대들지 않으니 장유유서요, 한 마리가 짖으면 뭇놈들이 짖으니 붕우유신이라." 이렇게 하면 알아듣고, 어떤 용기를 가지는가?

모두 맞는 말이 아닌가? 오륜이라고 하는 것들은 다름 아니라 생물이 살아가는 모습이다. 사람만 오륜이 있다는 것은 사람만 살고 있다는 말이다. 이렇다고 하면 큰일 난다. 윤리적 질서의 근본을 부정하는 대역죄를 저지르니 목숨을 부지할 수 없었다. 탈춤 대사란 함부로 지껄이는 수작이라 귀 기울여 듣고 문제 삼지 않은 것이 다행이었다.

글을 써서 이치를 논하는 사람들은 무식하지 않아 용기가 모자라고, 글은 증거가 남아 탄압을 바로 받을 수 있으므로 조심해야 했다. 그래도 가만있을 수는 없어, 무식한 것으로 가장하고 할 수 있는 말을 했다. 홍대용(洪大容)은 〈의산문답〉(毉山問答)이라는 기이한 우언을 지어 반론을 제기하는 유격전을 시도했다. 성실한 탐구자 허자(虛子)가 어디 가서 실옹(實翁)이라는 허황한 늙은이가 다음과 같이 지껄이는 말을 들었다고 했다.

"오륜(五倫)이나 오사(五事)는 사람의 예의이고, 무리를 지어 기어 다니면서 서로 불러 먹이는 것은 금수의 예의이고, 떨기로 나며 가지가 뻗어나는 것은 초목의 예의이다. 사람의 견지에서 '물'(物)을 보면 사람이 귀하고 물은 천하다. '물'의 견지에서 사람을 보면, '물'이 귀하고 사람은 천하다. 하늘에서 보면 사람과 '물'이 균등하다."

'오륜'과 병칭한 '오사'는 다섯 가지 훌륭한 행실 효(孝)·우(友)·독서(讀書)·근행(勤行)·근검(勤儉)이다. 오륜과 오사라는 사람의 예의를 기준으로 다른 생명체의 예의를 판정하는 것은 잘못이라고 했다. 사람을 포함한 모든 생명체가 각기 삶을 마땅하게 누리는 방식이 각자의 예의라고 했다. 모든 생명체는 각기 그 나름대로의 예의가 있다고 했다.

사람의 견지에서 사람은 귀하고 다른 생명체는 천하다고 하듯이, 다른 생명체도 자기를 기준으로 삼아 가치 판단을 할 수 있다고 한 것은 더욱 파격적인 발언이다. 의식의 주체는 모두 자기의 기준에서 다른 쪽을 평가할 수 있으므로, 상대주의적 비교론만이 "하늘에서 보는" 관점이어서, 보편적인 타당성을 가진다고 했다. 인물균(人物均)이라고 일컬을 수 있는 이런 철학을 모든 자기중심주의를 극복하는 대안으로 제시했다.

이옥(李鈺)은 〈작은 벌레의 즐거움〉(蟲之樂)에서 수숫대 속 구멍에 사는 작은 벌레를 우연히 발견하고 자세하게 관찰하면서, 벌레는 벌레의 삶을 사는 것이 당연하다고 했다. 그 벌레는 작은 공간에서 한정된 삶을 누리지만, 사람처럼 허식에 매이지 않고, 차등이 없으며, 구속을 만들어내지 않으며, 더 바라는 것이 없으니, 자유롭고 즐겁기만 하다고 했다. 벌레는 모든 동물 가운데 가장 저열하다고 여기는 선입견을 버리고, 사람이 만물 가운데 으뜸이라는 관념에서 벗어나야 한다고 암시했다.

박지원(朴趾源)은 〈가시 망건 쓴 사람에게〉(與楚幘)에서, 가시 망건을 쓰고 있는 것처럼 식견이 옹졸해 자승자박의 피해자인 가상의 인물에게 생각을 바꾸라고 했다. "우리 무리"는 "신령한 지각과 민첩한 깨달음"이 있다고 자부하지만 "냄새 나는 가죽 자루 안에 글자 몇 개를 싸 넣고 있는 것이 다른 이들보다 조금 많을 따름"이라고 했다. 유식층이 무식층보다 우월하고, 사람은 다른 생물들보다 우월하다고 하는 두 가지 편견이 세상을 망치므로 마땅히 시정해야 한다는 주장을 완곡한 어법으로 나타냈다.

최한기(崔漢綺)는 〈짐승도 가르침이 있다〉(禽獸有敎)에서 가르침이 소중하다는 이유를 들어 사람은 다른 생명체를 얕보는 것이 당연하고, 가르침을 베푸는 유학자는 예사 사람들 위에 군림하는 것이 당연하다고 하는 이중의 차등론을 비판했다. 모든 생명체는 그 나름대로의 사는 방식이 있고, 사는 방식에 적합한 능력을 갖추고 있다. 살아가는 능력은 타고나기도 하지만 가르침을 통해 전수되는 점에서 짐승도 예외가 아니다. 이런 사실을 입증하는 과학의 방법을 말하고, 얻은 결과를 평가하는 철학을 제시했다.

유럽의 신중심주의와 견주어보면 동아시아의 인간중심주의는 진일보한 사상이지만, 그릇된 전제에서 출발한 무리한 견해라고 하지 않을 수 없고, 적지 않은 횡포를 자행한 것을 잊을 수 없다. 억설을 바로잡고 횡포를 막기 위해 홍대용, 이옥, 박지원, 최한기 등의 여러 선각자가 분투한 것을 알고 평가해야 한다. 철학사를 다시 쓰는 데 그치지 않고, 오늘날의 잘못을 시정하는 지침으로 삼아야 한다.

역생(逆生)이라는 이유에서 가장 저열하다고 해온 식물이 탄소동화작용을 해서 영양분을 만들지 않으면 사람을 포함한 모든 동물이 살아갈 수 없다. 횡생(橫生)이라고 멸시해온 동물은 지진이 나는 조짐을 알고 피란을 하는 능력이 있다고 한다. 사람은 지적 능력이 뛰어나다고 자부하고 과학의 발달을 자랑하지만, 탄소동화작용을 하지 못하고, 지진을 예보하는 방법을 찾지 못한다.

사람은 살아가는 방식이 다른 것을 윤리관의 유무나 우열이라고 한다. 윤리관을 갖추고 있어 사람만 훌륭하다고 하고 다른 생명체의 삶을 함부로 유린하며 생태환경을 파괴한다. 사람들끼리 살아가는 방식이 달라 윤리관이 같지 않은 것도 우열로 여긴다. 자기네 같지 않다는 이유에서 다른 문명이나 문화를 멸시해 분쟁을 일으킨다. 현상을 나무라기만 하지 말고 근본 치료를 할 수 있게 해야 한다.

높고 강하면 자랑스러운가?

전통사회는 상하가 엄연히 구분되어 있었다. 반상(班常)은 지체가 달라, 양반은 위에서 군림을 하면서 아래에 있는 상민을 멸시했다. 관민(官民)의 직분이 구분되어, 통치력을 행사하는 관원은 일꾼에 지나지 않은 민초보다 우월하다고 했다.

이런 통상적인 차등론이 그대로 통용되지 않고, 반론이 계속 제기되었다. 높고 강하면 자랑스럽지 않고 오히려 그 반대라고 하는 대등론이 다양한 표현을 갖추어 나타났다. 먼저 중인(中人) 가객(歌客) 김수장(金壽長)이 지은 시조를 들어보자.

"절정에 오른다 하고 낮은 데를 웃지 마소, 뇌정(雷霆)된 바람에 실족(失足)이 괴이하랴. 우리는 평지에 앉았으니 두릴 것이 없어라." 양반 관원이 높이 오르려고 권력 다툼을 하다가 밀려나는 것을 우레와 천둥이 치는 사나운 바람에 발을 헛디디고 추락하는 데에 견주었다. 지체가 낮은 민초는 평지에 앉아 있어 두려워할 것이 없다고 했다.

위백규(魏伯珪)는 〈물은 스스로 낮아〉(水自下)에서 말했다. "물은 스스로 낮아 점점 커진다. 산은 스스로 높아 점점 깎인다. 그러므로 겸양하고 낮추는 덕은 낮지만 넘어설 수 없으며, 높다는 자는 망한다." 물과 산의 관계를 설명하면서 사람의 처신을 말했다. 미천하게 살아가는 못난 사람들은 겸양하는 덕이 있어 넘어설 수 없고, 높은 위치에서 혼자 잘났다는 사람은 자만 때문에 위태롭게 되어 망한다고 했다.

윤기(尹愭)는 〈강한 것과 부드러운 것〉(剛柔說)에서 물은 부드러운 것을 특징으로 한다고 했다. 부드럽게 아래로 흘러가면서 무엇이든지 적시는 물이 "무력할 것 같으나, 많은 곡식을 실은 배를 감당하고, 천 길 돌을 결딴내고도 여유가 있다"고 했다. 사람의 몸에서 이는 강하지만 혀는 부드럽다고 했다. 이는 강하기 때문에 망가지고, 혀는 부드러워 손상되지 않는 것을 알아야 한다고 했다. 그래서 말했다. "강한 것은 강할 수 없으며, 부드러운 다음에야 강할 수 있다. 부드러움은 덕이 됨이 지극하다." 강해서는 강할 수 없으며, 부드러워야 강하다는 이치를 말했다.

이덕무(李德懋)는 〈쇠똥구리〉(蜣蜋)에서 말했다. "쇠똥구리는 쇠똥 뭉치를 자기 나름대로 사랑하고, 검은 용의 여의주를 부러워하지 않는다. 검은 용 또한 여의주를 가지고 스스로 자랑하면서, 저 쇠똥구리의 뭉치를 비웃지 말아야 한다." 용 가운데 으뜸이라고 하는 검은 용은 권능을 높이고 약자들을 멸시하고 두렵게 여기도록 하려고 여의주가 필요하지만, 쇠똥구리 같은 하층민은 자기 방식대로 살아가므로 여의주 같은 것을 부러워하지 않는다는 말이다. 지배자의 허세를 나무라고 피지배자의 진실한 삶이 소중하다고 했다.

〈쇠공이〉(鐵杵)에서 말했다. 가장 강한 쇠공이로 가장 부드러운 것을 치니, 잠깐 사이 가루가 되는 것이 필연적인 형세이지만, "쇠공이는 오래 쓰면 닳아 쭈그러진다"고 하고, "통쾌하게 이기는 자는 반드시 드러나지 않게 손상된다"고 하고, "강하다고 크게 방자한 것은 신뢰할 수 없다"고 했다. 강자는 약자를 괴롭히는 과정에서, 약자 반격이 없더라도 강하기 때문에 생기는 자기모순으로 손상을 겪는다. 가해에는 자해가 필연적으로 따른다. 이런 이치에 따라 사회나 역사가 달라진다. 강자의 필연적인 멸망이 반드시 다가올 발전의 계기가 된다.

장유(張維)는 지체 높은 양반이고 관직에 순조롭게 진출했다. 문장과 학문이 뛰어나 높이 평가되었다. 정승의 지위에 오르자 스스로 물러나, 〈농민과 함께〉(海莊精舍記)를 짓고 말했다. "명예를 다투는 자가 질투하고, 이익을 독차지하려는 자가 꺼려, 으르렁거림이 그치지 않는 벼슬을" 버리고 시골로 돌아가니 즐겁다고 했다. 우월한 지위를 포기하고 낮은 곳으로 내려와 괴로움에서 벗어난다고 했다. 차등을 거부하고 대등을 선택하는 것이 행복의 비결이고 해탈 원리라고 했다.

김낙행(金樂行)은 〈자리 짜기〉(織席說)에서 선비가 하층민이나 하는 자리 짜기를 하면서 새 사람이 되어간다고 했다. 일하는 즐거움과 보람을 체험하고, 어떤 일이라도 부지런히 하면 잘될 수 있는 것을 알고, 여러 사람과 도우며 살아가야 한다고 깨달았다고 했다. 신분의 귀천이나 지위의 고하를 타파하고, 모든 사람이 대등한 관계를 가져야 한다고 했다.

이건창(李建昌)은 〈신 삼는 늙은이의 죽음〉(兪叟墓誌銘)에서 신을 삼아 나누어주면서 살다간 늙은이의 죽음을 애도하면서, 대수롭지 않은 듯한 글에다 놀라운 발언을 숨겨놓았다. 사회 밑바닥의 천한 인물은 멸시받아 마땅하다고 통념에 반론을 제기했다. 가장 미천하고 불운한 처지의 늙은이가 마음을 비우고 기대하는 바 없이 널리 혜택을 베풀어 성현보다 앞선다고 했다.

위의 두 글에도 나타나 있는 주장을 더욱 분명하게 했다. 사회적 위치에 따라 사람을 평가하는 차등론을 거부하고 대안을 제시했다. 귀천이나 현우는 고정되어 있지 않고 역전이 일어난다고 하는 대등론을 차등론이 부당하다는 증거로 삼고, 차등론을 부정하는 대안으로 제시했다.

사람은 누구나 대접을 받으면서 살아야 한다는 평등론을 말한 것과 다르다. 평등은 실현되기 어려운 환상이어서 열심히 떠들어도 차등론이 타격을 받지 않는다. 모호한 말로 문제점을 흐려놓아 차등론을 보호하기까지 한다. 대등론은 차등의 실상에 근거를 두고, 차등이 지속될 수 없다고 한다. 차등이 반대로 되어 역전이 일어날 가능성이 필연성으로 전환되게 해서 차등론을 내부에서 뒤집는다.

차등론을 넘어서고자 하는 움직임이 동서양에서 함께 나타나면서 양상이 달랐다. 서양에서는 차등론에서 평등론으로 나아가려고 해서 차질을 빚어냈다. 형이상학에 근거를 두고 만들어낸 평등론을 현실에서 실현하려고 변증법의 투쟁을 벌인 것이 그 이유이다. 우리 쪽은 차등론을 부정하는 대안이 대등론임을 분명하게 했다. 귀천이나 현우를 역전시키는 생극론이 작동한 덕분이다.

정약용(丁若鏞)은 〈궁벽한 곳의 서당〉(沙村書室記)에서, 외딴 섬에 귀양 간 선비가 그곳 아이들에게 한문을 가르치면서 누구나 성현을 따를 수 있다고 했다. 절대자가 모든 사람을 일제히 돌보아준다는 서양 전래의 평등론을 더 큰 위안으로 삼자고 했다. 글을 이렇게 쓴 것은 생각이 모자란 탓이다. 불리한 여건에서 어렵게 사는 사람들의 생업 개척은 소중한 창조이고 각성이다. 그 현장에 다가가 각성에 조금 동참한 선비는 학문을 쇄신하는 안목을 얻을 수 있었다. 이것이 차등론을 부정하고, 평등론으로 빗나가지 않는, 대등론의 원리이다.

대등론의 소중한 유산은 망각하고, 서양 전래의 평등론을 우러러보고 따르려고 하는 것이 지금의 형편이다. 조상이 물려준 곡식이 곳간에 가득한 것을 알지 못하고 쪽박을 들고 동냥 나가는 잘못을 시정해야 한다는 것만 아니다. 차등론에 대한 대안이 평등론이 아니고 대등론이어야 하는 것을 세계 전역에 알려 모든 사람을 깨우쳐주어야 한다.

어떻게 탐구해야 하는가?

책 읽기가 공부이다. 공부는 지식을 얻고자 하는 것이다. 옛사람이 한 말을 아는 것이 지식이다. 세상에 흔히 있는 이런 생각을 이상정(李象靖)은 〈서외별견〉(書外別見)에서 준열하게 나무랐다.

책에 있는 옛사람들의 말을 주워 모으기만 하면, 식견을 막는 구덩이를 만들 따름이라고 했다. 정신도 의미도 없는 지식을 자랑하면서 지각이 모자라는 대중의 안목을 의기양양한 어조로 현혹하지 말아야 한다고 했다. 안목이 높은 사람이 보면 웃음거리에 지나지 않는다고 했다.

사람은 모름지기 서책 이외의 곳에서 별도로 실제로 보고 터득한 것이 있어야 바야흐로 진정한 학문을 한다고 했다. 무엇을 보고 어떤 것을 터득해야 하는가? 이 질문을 스스로 제기하고 자기 능력으로 해결하기 위해 노력해야 한다. 의문은 클수록 더욱 소중하다. 큰 의문은 옛적의 성현이 다 해결했으므로, 남은 과제는 대단치 않은 것들뿐이라고 여기면 아주 잘못되었다.

천지만물은 어떻게 이루어지고, 그 이치는 무엇인가? 사람은 누구나 이런 의문을 품고 있어 해답을 알려고 한다. 해답을 알려준다고 종교가 나서고 철학이 뒤를 이었다. 그래서 할 말을 다 한 것은 아니다. 해결을 한다면서 의문을 더 키웠다. 정신을 차리고 그 내력을 살펴보자.

천지만물은 창조자가 창조했으며, 창조자가 창조를 하면서 뜻한 바가 그 이치이다. 이렇게 말하는 종교가 어디서나 있었다. 브라흐만, 여호와, 알라 등으로 일컫는 창조자가 기본 성격은 동일했다. 하늘에 자리 잡고 있는 초월적 존재이면서 인격적인 작용을 하는 양면성을 지니고, 지극히 존귀하며 아주 두렵다고 여겼다.

동아시아 유교에서는 창조주 하늘[天]이 초월적 존재이기만 하면서, 존귀하고 두렵다고 했다. 인격적 작용을 하는 창조주는 조물주(造物主)라고 지칭하고, 특별히 존귀하지도 않고 두렵지도 않다고 여겼다. 조화옹(造化翁)이라고도 하면서 친근한 늙은이인 듯이 여겼다. 하늘은 말이 없으므로, 창조에 대해 문의하려면 조물주를 찾았다. 다른 문명권에는 없는 만만한 상대에게 할 말을 할 수 있어 다행이다.

이규보(李奎報)는 〈조물주에게 묻는다〉(問造物)에서, 조물주에게 물으니 하늘의 조물주가 창조자임을 부인했다고 했다. "내가 손으로 물을 만드는 것을 네가 보았느냐? 무릇 물(物)은 스스로 생겨나고 변한다. 내가 무엇을 만드나, 내가 무엇을 아나? 나를 조물이라고 이름 지은 것을 나는 또한 알지 못한다." 이렇게 말했다.

"물은 스스로 생겨나고 변한다"는 것이 진실이면, 동아시아에서 받든 하늘의 조물주뿐만 아니라, 다른 곳들에서 브라흐만, 여호와, 알라 등으로 일컫는 창조주도 인정될 수 없다. 창조주를 섬기는 것은 어디서든지 잘못되었으니 그만두어야 한다. 다른 곳에서 하면 목숨을 부지하지 못할 엄청난 말을 이규보는 하고서도 무사했다.

그 이유가 무엇인가? 유교는 비교적 너그러운 종교이다. 하늘이나 조물주를 섬기는 신앙을 강요하지 않으며, 신성모독을 탈잡아 진노하지도 않는다. 이런 유리한 조건을 아슬아슬하게 이용해 장난스러운 글을 써서, 조물주가 스스로 조물주임을 부인한다는 엄청난 말을 익살스러운 어투로 슬쩍 흘리듯이 했다.

"물(物)은 스스로 생겨나고 변한다"고 한 것은 철학의 명제이다. '물'(物)은 사람을 포함한 천지만물을 총괄한 말이다. '물'을 '만물'이라고 하면 오늘날 사람들도 쉽게 이해할 수 있다. 만물이 스스로 생기고 변한다는 것은, 이기철학의 용어를 사용하면 기(氣)일원론이다. 유물론이라고도 할 수 있으나, 유물론의 '물질'보다 이기철학인 '기'는 한층 포괄적이어서 '기'일원론이라고 하는 것이 더욱 적합하다.

이규보는 기일원론을 제시한 선구자이다. 만물이 스스로 생겨나고 변하는 이치를 홀로 깨달았다고 하기는 어렵지만, 정리해 표명하는 용기를 처음 가진 것은 사실이다. 제시한 견해가 철학으로 정립되지 않고 만물이 스스로 생겨나고 변하는 실상을 고찰하지 않아 미비점이 많았으나, 선구적인 의의를 높이 평가해야 한다.

중국에서 이기철학을 받아들이자 만물의 생성과 변화에 관한 논란이 본격적으로 일어났다. 하나인 이(理)가 별도로 있어 만물이 생성하고 변화한다는 '이기'(理氣)이원론은 중국의 전례를 규범으로 삼았으나, 기(氣)가 하나이면서 여럿이어서 만물이 생성하고 변화한다는 '기'일원론은 중국에서 보인 혼미에서 벗어나 선명하게 정립되는 방향으로 나아간 점이 다르다. 이규보 이래의 독자적인 연원이 작용한 것을 이유로 들 수 있다.

천지만물의 이치는 창조자가 창조하면서 뜻한 바라고 한다면, 누구나 스스로 아는 것은 불가능하다. 창조자의 아들, 창조자의 대리자, 창조자가 전해주는 말을 알아듣는 능력의 소유자나 그 후계자, 이렇게 자부하는 특별한 사람이 전하는 말을 존경하는 마음으로 겸허하게 받아들이고 딴소리를 하지 말아야 한다. 딴소리를 하면 이단이다. 시간이 경과하면서 이단이 늘어나 인류는 퇴보하고 있다.

이규보가 말했듯이 만물이 스스로 생겨나고 변하면, 그 이치를 알고 말할 수 있는 능력을 어느 누가 독점할 수 없고, 누구나 지니고 있다. 노력해서 알아내는 것이 내 소관이다. 옛사람이 알아냈다는 것이 있어도 내가 더 잘 알아낼 수 있다. 알아내는 것이 나날이 늘어나 인류는 진보하는 것이 마땅하다.

김만중(金萬重)의 〈진실의 모습〉(本地風光)에서는 책에서 벗어나야 한다는 것을 아주 실감나게 말했다. "선가(禪家)에 본지풍광(本地風光)·본래면목(本來面目)이라는 말이 있다"는 것을 비유로 삼았다. "지금 풍악(楓岳)을 사랑하는 사람이 그림책을 널리 모으고, 정밀한 고증을 보태 손바닥을 내저으며 말하면, 안팎의 봉우리와 골짜기가 역력해서 들을 만하다." 이 정도면 안다고 할 것인가? 아니다. "흥인문(興仁門)을 한 걸음도 나간 적 없으면, 곧 본 것이 권리풍광(卷裡風光)·지상면목(紙上面目)이다. 다만 산을 보지 못한 사람과 더불어 하는 이야기이다. 만약 정양사(正陽寺) 주지를 만난다면, 나서자 바로 패배한다." 이렇게 말했다.

알아야 할 진실을 풍악이라고 한 금강산에 견주어 말했다. 책을 많이 읽고 금강산의 봉우리와 골짜기를 소상하게 설명해도 실상을 보지 못했으면 모두 헛되다고 했다. 금강산에 있는 고찰 정양사 주지를 만나면 견디지 못한다고 했다. 책을 보고 공부하기만 하고, 진실을 스스로 알아차리려고 하지 않는 잘못을 통렬하게 비판했다.

본지풍광과 권리풍광을 구분하는 비유를 불교에서 가져와 불교에 대한 호감을 은근히 나타내면서, 유학이 권리풍광에 머무르는 잘못을 나무랐다. 권리풍광에 머무르는 것은 금강산에 가보지 않고 어떻다고 떠드는 짓이다. 금강산에다 견준 진실과는 동떨어진 관념을 진부한 문자를 통해 이어받고 이구동성으로 받드는 것은 개탄할 만하다. 이렇게 바로 말하면 크게 반발할 사람들은 금강산 이야기를 하는 것으로 여기도록 했다. 알아도 되는 동지에게만 내밀한 생각을 전하는 수법을 사용했다.

"만약 어떤 사람이 동해의 길 위에서부터 바깥 산 한 봉우리를 바라보면, 곧 비록 전체는 아니라도 또한 본 것이 진짜 산이 아니라고 할 수는 없다. 서화담(徐敬德)이 이와 가깝다."이렇게 말하고 한 사람 더 들었다. "또한 어느 사람이 그림책으로 본 것은 마찬가지지만, 평소에 지혜로운 성품을 갖추어 능히 붉고 푸른 좁은 길을 식별하며, 문자의 맥락에서 지난날의 자취에 얽매이지 않고, 여러 사람의 주장에 현혹되지 않으면, 이따금 산중의 참다운 모습을 생각해내서 눈으로 보는 것 같다. 단발령 위에서 바라본 것은 아니라고 해도, 세상에 풍악을 정말로 본 사람이 없다면, 곧 선지식(善知識)이라고 추대할 만하다. 장유(張維)가 이렇다."

금강산에 견준 진실을, 서경덕은 한 자락이라도 분명하게 보고, 장유는 간접적인 추론을 통해서나마 실상에 근접되게 상상했다고 했다. 철학사를 꿰뚫어보는 혜안이 있어 놀랄 만한 말을 했다. 누구나 신봉하는 정주학(程朱學)의 이기(理氣)이원론에서 벗어나, 서경덕은 '기'(氣)일원론이 진실임을 밝히기 시작하고, 장유는 심즉리(心則理)라는 양명학(陽明學)에 의거해 진실한 삶을 추구했다는 말이다.

두 선구자의 혁신을 나란히 평가하면서, 한계점도 아울러 지적했다. 서경덕은 '기'일원론 기초공사를 하는 데 그쳐, 금강산의 전모를 드러내는 것 같은 후속 작업이 반드시 필요했다. 장유가 양명학에 의거한 것은 대안이라고 하기는 어려운 방편에 지나지 않으므로 금강산을 직접 보려면 기일원론과 합류해야 했다. 후대에 해야 할 일까지 제시해 김만중의 혜안이 더욱 빛난다.

서경덕(徐敬德)은 무엇을 말했는가? 〈줄 없는 거문고〉(無絃琴銘)를 들어 살펴보자. "거문고에 줄이 없으니 체(體)만 남기고 용(用)은 없앴다. 용(用)을 진정으로 없앤 것이 아니고, 정(靜)이 동(動)을 포함하고 있다. 있는 소리를 듣는 것이 없는 소리를 듣는 것만 못하다. 있는 모습을 즐기는 것이 없는 모습을 즐기는 것만 못하다. 없는 모습을 즐기면 곧 그 심오함을 얻는다. 없는 소리를 들으면, 그 미묘함을 얻는다." 이렇게 말했다.

줄을 타 거문고 소리를 내면 즐겁지만, 줄 없는 거문고에서 얻는 정취는 더욱 심오하고 미묘하다고 했다. 그 이유가 무엇인가? 체(體)가 용(用)을, 정(靜)이 동(動)을 포함하고 있기 때문이라고 한 것만으로는 모자란다. 있음과 없음의 관계에 대해서 더 깊은 이해가 필요하다. 소리가 침묵이고, 침묵이 소리이다. 유형이 무형이고, 무형이 유형이다. 움직임이 고요함이고, 고요함이 움직임이다. 있음이 없음이고, 없음이 있음이다.

이렇게 말할 수 있는 생극(生克)의 이치에 관해 깊은 생각을 하게 했다. 진정한 지혜, 최상의 통찰이 무엇인지 알아내도록 한다. 소리가 침묵이고, 유형이 무형이고, 움직임이 고요함이고, 있음이 없음인 것은 겪어보면 안다. 이것은 생극 표면에 드러나는 사실이다. 침묵이 소리이고, 무형이 유형이고, 고요함이 움직임이고, 없음이 있음인 것은 생극 이면의 심오한 경지이다. 깊은 통찰이 있어야 알고 실현할 수 있는 내재된 가능성이다.

장유(張維)는 어느 경지에 이르렀는지 〈작은 글〉(小箴)에서 알아보자. "거울에 때가 끼어 밝지 않으나, 원래 밝지 않은 바는 아니다. 때를 없애면 바로 밝아진다. 물이 혼탁해져 맑지 않으나, 원래 맑지 않은 바는 아니다. 혼탁을 정화하면 바로 맑아진다. 그 때를 없애고, 그 혼탁을 정화하면, 거울보다 밝고 물보다 맑은 것이 천성을 회복하고, 진실을 온전하게 하리라."

무엇을 두고 하는 말인지 밝히지 않고 읽는 이가 찾아내 "마음"을 발견하게 했다. 거울을 깨끗이 닦고 물을 정화하듯이 마음을 밝고 맑게 하자고 했다. 마음은 원래 거울보다 밝고 물보다 맑으며, 그 이유가 하늘이 부여한 진실한 본성을 지녔기 때문이라고 했다. 더러워진 마음을 깨끗하게 해서 깨끗한 본성을 회복하자고 했다.

사람은 본성이 맑고 깨끗하다는 근원적인 긍정론에 동의할 수 있다. 잘못해서 때가 끼고 혼탁해졌다고 하는 것도 수긍할 수 있는 주장이다. 때를 없애고 혼탁을 제거하는 방법은 무엇인가? 이에 관해서는 쉽게 말할 수 없고, 깊은 탐구가 필요하다. 탐구는 실천을 수반해야 한다. 자기는 하지 못하는 일을 남들에게 가르친다면서 위신을 뽐내는 위선자를 경계해야 한다.

서경덕은 있음이 없음이고, 없음이 있음이라고 하면서 생극론으로 나아가는 길을 제시하기만 했다. 장유는 마음을 깨끗하게 해서 탐구하고 실천하는 자세를 바로잡아야 한다고 하는 데 그쳤다. 천지만물의 실상을 알고 그 이치를 깨달으려면 어떻게 해야 하는가? 이에 관해 본론을 제시하는 일은 최한기(崔漢綺)가 맡았다. 〈물과 내가 서로 본다〉(物我互觀)고 한 것을 보자.

"천지로부터 나를 알아보면, 곧 큰 바다의 거품이다. 만물로부터 나를 알아보면, 곧 평평한 땅의 한 점 모래이다. 그러나 내가 추측하는 것으로부터 천지를 알아보면, 곧 앞에는 시작이 없고, 뒤에는 끝이 없으며, 큰 덩어리를 포용하고, 무한함을 껴안고 있다. 내가 추측하는 것으로부터 만물을 살펴보면, 터럭도 나누어 헤아리고, 금석 안으로도 들어간다.

만물을 포용하는 것은 하늘인데, 마음은 그것을 능히 추측할 수 있다. 만물을 거느리는 것은 쌓인 기(氣)인데, 마음은 그것을 능히 추측할 수 있다. 하늘에 쌓인 기(氣)를 마땅히 마음으로 추측한다. 하늘이라는 것은 쌓인 기를 통괄한 이름이다. 마음이라는 것은 추측을 통괄한 이름이다. 나의 마음으로써 하늘과 견주면 범위가 서로 가지런하다. 추측으로써 쌓인 기와 견주면, 규모가 서로 비슷하다. 이런 까닭에 (마음은) 장대하면 천지만물을 포용하고, 치밀하면 금석이나 터럭을 뚫는다."

이규보가 시작한 논의를 완성하고, 김만중이 말한 본지풍광이 무엇인지 분명하게 하고, 서경덕이 개척한 철학이 본론을 갖추도록 했다. 하늘은 위대하고 사람은 왜소하니 하늘을 믿고 따라야 한다는 주장을 일체 부정했다. 하늘은 신비스러운 이치를 간직하고 있어 사람의 능력으로 알 수 없다는 견해도 모두 버렸다. 천지라고 하는 것은 쌓인 기(氣)의 총체가 아닌 다른 무엇이 아니므로 만물을 하나하나 인식하는 방법을 확대해 추측하는 대상으로 삼으면 모를 것이 없게 된다고 했다.

시간과 공간에서 우주와 사람은 엄청난 차이가 있다. 사람은 너무나도 미미해 무시해도 좋은가? 아니다. 사람은 우주의 시간과 공간을 헤아리는 능력이 있어, 우주의 크기와 사람의 능력이 각기 대단한 것이 대등하다고 할 수 있다. "물과 내가 서로 본다"는 것은 만물도 나를 보기 때문에 하는 말이 아니다. 나는 만물을 보아 알 뿐만 아니라, 만물의 견지에서 나를 보면 어떻게 되는지도 안다. 두 가지 앎을 견주고 합칠 수 있으니 인식 능력에서 참으로 위대하다.

원문으로 돌아가 용어 사용을 눈여겨보자. '天地'는 총체이고, '萬物'은 개체이다. 인식을 의미하는 '보다'라는 말이 둘이다. '觀'은 심안(心眼)으로 '알아보다', '視'는 육안(肉眼)으로 '살펴보다'이다. 천지와 만물, '알아보다'와 '살펴보다', 이 네 용어를 사용해 논의를 진전시키는 과정을 주목하자. 총론을 이룩하고 각론으로 나아가는 논의 전개의 방법을 배워야 한다.

인식 대상은 크고 주체는 작다는 것부터 말하려고 "自天地觀我"(자천지관아, 천지로부터 나를 알아보다), "自萬物觀我"(자만물관아, 만물로부터 나를 알아보다)라고 했다. 인식을 "觀"(알아보다)이라고만 총괄해 말했다가, 다음 대목에서는 세분했다. 주체의 인식 능력을 "自推測觀天地"(자추측관천지, 추측하는 것으로부터 천지를 알아보다), "自推測視萬物"(자추측시만물, 추측하는 것으로부터 만물을 살펴보다)로 구분했다. 총체는 알아보고, 개체는 살펴본다고 했다. 나누어놓은 것을 합쳐, 사람의 마음은 천지만물과 대등하며, 총체인 천지와 개체인 만물을 각기 크게도 작게도 인식할 수 있는 능력을 갖추고 있다는 말로 결론을 삼았다.

학문을 잘하려면 위의 여러 글에서 도움을 얻는 것이 좋다. 이규보를 만나 눈을 뜨고, 김만중이 하는 말에서 방향을 찾고, 서경덕과 장유가 개척한 길로 나아가, 최한기와 함께 탐구하는 데 이르러야 한다. 책에 진실이 있다고 여겨 권리풍광에 머무르는 것을 경계하고, 대단하다고 하는 여러 선인을 토론이라는 씨름을 하는 상대로 삼아 약해야 강한 것을 보여주면서 뒤집어엎어야 스스로 깨달을 수 있다.

어떻게 탐구할 것인가? 이에 대해 재론해 큰 진전을 얻는 것이 더욱 중요한 과제이다. 위의 여러 사람이 여러 가지 시도를 했지만, 김만중이 정양사 주지가 산에 들어앉아 금강산을 아는 것 같다고 한 경지에 이르는 방법은 아직 찾아내지 못했다. 눈으로 찾아낼 것인가, 몸으로 체득할 것인가도 문제이다.

최한기가 총체는 알아보고 개체는 살펴보는 것이, 요즈음 말로 하면 철학이고 과학이다. 옛사람들은 철학만 숭상하고 과학은 돌보지 않는 잘못을 바로잡아, 최한기는 그 둘이 둘이면서 하나이고 하나이면서 둘이라고 했다. 오늘날 사람들은 과학에 사로잡혀 철학은 불신한다. 최한기의 전례를 잇는 새로운 역군이 나서서, 이런 잘못을 시정하고 균형을 회복해 학문 대혁신의 길로 나아가기를 기대한다.

오늘날의 학문은 사분오열되어 있다. 영역과 분야마다 각기 특수성을 추구해 소통이 단절되어 있다. 이것이 유럽문명권이 주도해 이룩한 근대 학문의 폐해이다. 학문은 무엇이며 어떻게 해야 하는가 하는 문제를 두고 근본적인 반성을 하고 새 출발을 해야 한다. 이것은 근대를 극복하고 다음 시대로 나아가는 학문을 하는 방향이다.

선진이 후진이 되고, 후진이 선진이 되어, 다음 시대 학문을 이룩하는 과업을 우리 쪽에서 선도해야 한다. 선인들의 통찰을 이어받아 고금 학문 합동작전을 해야 필요한 능력을 얻을 수 있다. 위에서 든 글에서 그 단서를 찾은 작업을 대폭 확대해야 할 것이다.

덧붙이는 논의

"우리는 중국을 섬기고 있을 때 일본은 세계와 만났다." "근대교육에서 일본이 앞서고 우리가 뒤떨어진 격차를 메우지 못하고 있다." 이런 말을 흔히 들을 수 있어, 여기서 시비하기로 한다.

중국을 섬겼다는 것은 책봉 체제의 일원이었다는 말이다. 하늘의 대리자가 지상 군주의 통치권을 공인하는 책봉은 동아시아만이 아닌 어느 문명권에도 다 있었다. 그 시기가 세계사의 중세이다. 한국이나 월남과 함께 일본도 줄곧 동아시아 책봉 체제의 일원이다가, 임진왜란을 일으킨 탓에 그 자격을 잃고 고립되어 어려움을 겪었다.

중세에는 한문, 산스크리트, 아랍어, 라틴어 등의 공동문어를 익혀 유교, 힌두교, 이슬람, 기독교 등의 보편종교 경전을 읽는 것을 교육의 기본으로 삼았다. 이렇게 하는 데 앞서면 선진, 뒤떨어지면 후진이었다. 우리 선인들은 한문 공부를 열심히 해서, 중국보다 앞서고자 했다. 일본은 한문을 아는 사람이 적고 수준이 낮았다.

1123년에 중국 송나라 사신 서긍(徐兢)이 고려에 와서 견문한 바를 기록한 《고려도경》(高麗圖經)에 주목할 대목이 있다. 도서관의 장서가 수만 권이고, 일반인이 사는 마을에도 서점이 몇 개씩 있다고 했다. 학구열이 대단해 군졸이나 어린아이들까지 글공부를 한다고 했다. 모두 중국에서 볼 수 있는 바를 능가해 놀랍다고 했다.

중국에서는 과거에 급제하려고 하는 사람만 한문 공부를 했다. 일본의 한학자는 나라에서 지정한 직분을 수행하는 기능인이었다. 우리의 경우에는 과거를 외면하고 공직과는 무관한 초야의 선비들이라도 한문 글쓰기에 열의를 가지고, 천지만물이나 인생만사의 이치를 논의하고자 했다. 위에서 읽은 글에 이런 것들이 많았다.

이런 차이점은 세 나라에서 이루어진 신분제 개편과 직결되었다. 중국 청(淸)나라에서는 과거에 급제해 벼슬하는 사람만 상층 신분을 지니도록 했다. 일본에서는 무사(武士)가 지배신분임을 재확인하고 글을 하는 사람은 그 하위의 서기에 지나지 않게 했다. 조선의 문사(文士)는 벼슬을 하지 않아도 지배신분인 양반으로 행세하고, 그 수가 계속 늘어나 신분제의 지속을 위태롭게 했다.

"양반이 글 못하면 절로 상놈 되고/ 상놈이 글 하면 절로 양반 되나니/ 두어라 양반 상놈 글로 구별하느니라"라고 고시조에서 말했다. 그 때문에 한문 공부 열풍이 사회 전체로 퍼졌다. 김홍도(金弘道, 1745-1806?)가 그린 풍속화에 아버지는 돗자리를, 어머니는 베를 짜는 곁에서 아이가 책을 읽는 장면을 그린 것이 있어, 어떻게 해서든지 자식은 가르쳐야 한다고 여긴 풍조를 보여주었다. 누구나 공부를 열심히 해서 상승하려고 일제히 분투해 생겨난 혼란과 역동성이 오늘날까지 이어진다.

일본은 1868년 명치유신(明治維新)을 거치면서 신분제를 개편하고, 교육하고 학문하는 사람들도 상하관계의 질서 속에서 주어진 직분을 수행하도록 했다. 우리의 경우에는 누구나 양반이 되고자 하는 상향평준화가 학구열 경쟁을 동반하고 이루어지다가, 1894년 갑오경장(甲午更張) 때 공인되었다. 중국에서는 1905년에 과거제를 철폐하자 상층신분이 없어지고 하향평준화가 이루어졌다.

1866년 강화도에 침공한 프랑스 군인들이 남긴 기록에 있는 말을 보자. "감탄하면서 볼 수밖에 없고, 우리 자존심을 상하게 하는 또 한 가지는 아무리 가난한 집이라도 어디든지 책이 있는 것이다. 글을 해독할 수 없는 사람은 아주 드물고, 그런 사람은 다른 사람들로부터 멸시를 당했다. 우리 프랑스에도 문맹자에 대해 여론이 이만큼 엄격하다면 무시 당할 사람들이 천지일 것이다." 이것이 갑오경장을 30년 가까이 앞둔 시기 시골의 상황이다.

1909년에 출판된 견문기, 캐나다인 기독교 선교사 게일(J. S. Gale)의 《전환기의 조선》(Korea in Transition)에서 말했다. 한국인은 "책 읽기를 좋아하고", "학문을 좋아하는 심성"을 지니고, "교육열이 높다"고 했다. "학문적 성과를 따져보면, 조선 학자들의 업적이 예일대학이나 옥스퍼드 대학 또는 존스 홉킨스대학 출신들보다 높다"고 했다. 이 책이 출판된 다음 해 일본에게 국권을 찬탈당했다.

학구열은 외국으로 이주한 교민들에게서 분명하게 확인되는 민족의 특성이다. 중국 조선족은 교육을 민족종교로 삼는다고 한다. 구소련 여러 나라의 고려인이나 미주의 한인도 공부를 잘해 사회 진출을 바람직하게 하는 데 남다른 노력을 바치고 있다. 카자흐스탄에 갔을 때, 어린 나이에 강제로 이주된 고려인이 여성들까지도 학교 성적이 우수해 명문대학을 졸업했다고 했다.

한문 공부를 위한 교육기관 서당이 전국 어디든지 있었다. 중인 신분의 천수경(天壽慶, 1757-1818)이 서울에서 연 서당에 시정인의 아이들이 많이 모여들어 큰 성황을 이루었다고 했다. 위에서 고찰한 김홍도의 풍속화가 그때의 학구열을 보여주었다. 흑산도에 귀양 간 정약전(丁若銓, 1758-1816)이 그곳에서 서당을 만들어 어촌 아이들을 가르친 내력을, 위에서 관련되는 글을 읽어 알 수 있었다. 개화기 이후에는 서당에서 한문만 가르치지 말고 민족교육과 근대교육도 해야 한다는 운동이 일어났다.

일제가 식민지통치를 시작하면서 서당에 대해 제동을 걸었다. 서당규

칙을 1918년에 제정하고 1929년에 개정해 서당의 교육과 운영을 간섭했으며, 폐쇄하도록 유도하고 다시 설립하려면 인가를 받도록 했다. 조선총독부의 통계에 따르면, 1921년에는 서당 수 25,482개 학동 수 298,067명이던 것이 1940년에는 서당 수 4,105개 학동 수 158,320명으로 줄어들었다.

낡은 서당교육을 새로운 학교교육으로 대치해 근대교육을 실시한 것이 발전이라고 일제는 말했으며, 이에 동의하는 사람들이 있어 맨 위에든 것 같은 말을 한다. 실상은 어떤가? 일제가 실시한 학교교육은 내용이 전통교육과 단절되어 열등의식을 느끼면서 일본의 지배를 받도록 하고, 일본의 서양 근대문화 추종을 우러러보면서 받아들이도록 하는 것이었다.

교육의 기회를 확대하지 않고 그 반대로 나간 것이 또한 문제였다. 서당은 누구나 다닐 수 있게 열려 있었는데, 일제가 실시한 학교교육은 첫 단계인 소학교부터 그렇지 않았다. 일본에서는 의무교육인 소학교를 조선에서는 필요한 만큼 개설하려고 하지 않았다. 신입생의 질을 높인다고 하는, 소학교에는 전혀 타당하지 않은 구실을 내세워 입학시험을 면접으로 실시했다. 학력 측정과는 무관한 전혀 엉뚱한 질문을 하고서 응답이 부당하다면서 불합격을 선언하는 것이 상례였다.

서울대학교 인문대학 교수 휴게실에서 선배 교수들이 일제 강점기에 소학교 입학을 위한 전혀 예측불허의 시험에 합격한 것이 평생의 가장 큰 전기였다고 하는 말을 들었다. 운이 나빠 불합격하면 공부를 포기해야 했다. 계속 공부를 해서 교수가 되는 데까지 이른 것이 소학교에 입학하는 행운을 얻은 덕분이라고 하고, 누구에게 감사해야 할지 모르겠다고 했다. 나는 광복 후에 학교에 들어간 첫 학년이니, 순국선열들에게 감사해야 한다.

자기 고장에서 소학교를 다니고, 대도시에 나가 중등교육을 받은 다음, 동경제국대학을 정점으로 한 일본의 제국대학의 고등교육을 받은 사람은 최고의 선민이어서 서당에서 한문이나 공부한 사람을 우습게 여겼다. 광복 후에 대학이 생기자 일본 제국대학 졸업생을 최상의 교수로 모시고, 사립대학에서 공부한 사람도 모두 받아들이고, 전문학교 출신까지도 기회를 주었다.

대부분 교수 노릇을 할 만한 준비가 되어 있지 않아, 일본이 수입한 근대학문을 잘 이해하지도 못하고 전달하는 데 그쳤다. 교수 자리는 많고 사람은 없어서 부득이한 일이었다고 하는 것은 부당하다. 전통학문을 깊이 하는 한학자들이 전국 도처에 있었다. 보수적인 학풍을 지녀 뒤떨어졌다고 나무라기나 할 것은 아니다. 일제에 항거하면서 민족의식을 다지고, 그릇된 세태와 맞서서 사상을 혁신하면서 전에 없던 저술을 하기까지 했다.

이런 분들을 대학의 교수로 초빙하면 최상의 강의를 할 수 있었다. 전통학문을 계승하는 주역 노릇을 하면서, 교육과 학문에서 일제의 잔재를 청산하는 역사적 과업 수행에 앞설 수 있었다. 그런데 일제가 실시하는 신교육을 받고 대학을 졸업하지 않았다는 이유에서 교수 자격이 없어 광복한 조국의 대학 근처에도 가지 못하고, 먼 시골에 자비로 차린 초라한 서당에서 지난날과 같은 방식으로 강학을 했다.

노쇠한 것과는 거리가 멀고, 왕성하게 활동할 수 있는 분들도 적지 않았다. 광복 당시 50대 이하이고, 1970년대까지 생존한 분들을 들고, 서당을 열어 강학을 한 곳을 적는다. 권순명(權純命, 1891-1974) 전북 정읍, 유영선(柳永善, 1893-1970) 전북 고창, 김황(金榥, 1896-1978) 경남 산청, 이진림(李晉林, 1903-1974) 경남 김해, 박인규(朴仁圭, 1909-1976) 전북 정읍 등이다.

이 가운데 김황을 대표자로 들어 어떤 분인지 말해보자. 독립운동을 하다가 두 차례 옥고를 치르고 1928년부터는 경남 산청에 내당서사(內塘書舍)라는 서당을 열고 강학하고 성리학 탐구에 몰두했다. 자녀들을 식민지 교육기관에 보내지 않았다. "일제의 압력은 물론이고, 일체의 비리와 무지에 굴하지 않고 끝까지 도학(道學)의 정통을 지키면서 만년에 이르기까지 이를 널리 성심껏 후인들에게 전수하는 데 힘썼다." 약 50년 동안 1천여 명의 문도(門徒)를 길러냈는데, 대학 교수 제자가 적지 않다(《한국민족문화대백과사전》에서 가져온 자료이다).

나는 김황을 찾아뵌 적이 있다. 교수 몇 사람을 상대로 《서경》(書經) 수업을 하고 있었다. 수업을 하다가 쉬는 기회에 성리학에 관한 질문을 했다. "理先氣後"가 과연 타당한가 하고 묻고, 부당하다는 소견을 조금 폈다. 김황은 이런 논란을 수십 년만에 처음 한다면서 아주 반가워했다. "理先氣後"가 부당하다는 견해에 대한 반론을 이미 글로 써놓았다면서, 서경덕(徐敬德)을 비판한 글을 내보여주면서 설명했다. 서경덕에 대한 이황(李滉)의 비판을 바로잡으려고 한 것을 엿볼 수 있었다.

김황의 오랜 제자인 교수들이 그 자리에 있다가 자기네들에게 보여주지 않은 글이라고 했다. 묻지 않으니 대답하지 않고, 보여줄 것도 없었다. 그 자리에서 한 토론이 미진해, 김황이 하는 말을 납득할 수 없다고 돌아와 한문 편지를 써 보내 재차 질문을 했다. 답신이 왔으며, 그 글이 김황의 문집에 실려 있다(〈答趙東一〉, 《重齋先生文集》 8, 진주: 涉川精舍, 1988, 561면).

문집에 수록된 편지를 보니 중년 이후에는 성리학에 관해 다른 사람과는 논란을 하지 않았다. 교수들까지 포함해 모든 제자가 성리학 탐구에는 관심을 두지 않고 한문 공부만 하려고 했다. 가서 구경한 《서경》 수업이 자구해석 전수였으며, 이치에 관한 논란은 없었다. 박사논문을 지도해야 할 선생이 중학생을 가르치는 격이었다. 그래도 한문을 배우겠다고 찾아오는 사람들이 있는 것을 가상하게 여겨 마다하지 않고 성의를 냈다.

　김황은 기일원론을 비판하고 이기이원론이 타당하다는 주장을 새롭게 펴서 나는 동의할 수 없으나, 만남이 엄청난 도움이 되었다. 남의 말을 옮기지 않고 자기 철학을 스스로 하고 있어 계속 질문을 하고 토론할 수 있는 스승을 만나 놀라운 경험을 했다. 구도심염(求道心炎)이 타올랐다. 구도심염이란 진정한 학문을 하고 싶은 욕구에 불을 붙이고 내 철학을 스스로 이룩하겠다고 다짐하면서 한껏 고양된 감격의 적극적인 표현이다. 나중에 그림을 그리면서 이 말을 화제(畫題)로 삼은 적 있다.

　강의를 듣고 독서를 하기나 하는 것은 구도심염과 무관하다. 남들이 하는 말을 전해 듣거나 책에 있는 말을 읽어내는 것과는 다른 직접 담판을 해야 불이 타오른다. 누백년 계속되어온 전통철학 논란에 현장에 잠시나마 뛰어들어, 외람되다고 나무랄지 모르나, 당사자가 되었다고 여기고 내 철학을 하려고 열을 올린다. 김황에게까지 이른 이기이원론과 맞선 기일원론을 더욱 발전시켜 오랜 논란을 근본적으로 해결하려고 진력한다고 감히 말할 수 있다.

　이 정도로 말하고 넘어가려고 하다가, 이해를 구체화할 필요가 있어 김황과 벌인 논란의 일단을 소개한다. 김황의 지론인 "理先氣後"에 대해 "動靜爲理之用 則世道人心之治亂逆順 皆可謂之理乎"(동정위리지용 즉세도인심지치란역순 개가위지리호, 동정이 이의 작용이라고 하면, 세도나 인심이 치란이나 역순이 다 이라고 말할 수 있는가?)라고 하는 비판한 말을 편지에 적어 보냈다. 김황은 답신에서 이 말을 인용하기까지 하고서도 "理能動能靜 爲理之用者 卽其所主而言之 初未嘗雜乎氣 自能動靜"(이능동능정 위리지용자 즉기조의언지 초미상잡호기 자능동, 이는 능히 동하고 정한다. 이의 작용이라고 하는 것은 주장하는 바로 하는 말이다. 처음에는 기와 잡다하게 섞이지 않고 스스로 동하고 정한다)이라고 했다. 김황은 기존의 주장을 되풀이하면서 조금 흔들렸다. 이가 스스로 동정한다는 것이 기와 만나기 전에 이미 가능성인지 기에 구애되지 않고 진행되는 작용인지 분명하지 않게 말했다.

잘못을 지적하고 반론을 제기하는 것이 마땅하지만, 김황은 반론을 경청하려고 하는 자세가 아님을 알고, 나는 아직 미숙함을 인정하고 일단 물러났다. 숙제로 남은 추가 반론을 반세기 가까운 기간 동안 전개하면서 오늘에 이르렀다. 이기이원론이 그르고 기일원론이 옳다고 하는 원론에 머무르지 않고, 기일원론을 생극론으로, 다시 대등론으로 발전시키는 작업을 다채롭게 하는 데 이르렀다. 이 모든 일이 김황과의 만남을 자극으로 삼고 시작되고 추진되었다.

크나큰 자극을 주고 구도심염을 일으킨 김황은 참으로 훌륭한 분이다. 김황 같은 분이 시골 서당의 한문 선생으로 일생을 보낸 것이 아주 안타깝다. 절통하다고까지 말할 수 있다. 대학의 철학 교수로 자리를 잡고 최고 수준의 강학을 했더라면, 철학의 전통을 계승하는 큰 길이 열려 비약적인 혁신이 가능했을 것이다. 지도를 잘 받아 누구나 학문을 잘하기를 기대하는 것은 아니다. 산 높이를 말할 때 평균치는 무의미하듯이, 학문의 수준은 꼭짓점으로 평가해야 한다. 철학은 특히 그런 학문이다.

나라가 망할 때 죽은 철학이 아직 살아나지 않았다고 나는 자주 말한다. 일본의 고금 학풍을 받아들여 철학알기를 일거리로 삼고, 철학하기에는 관심을 가지지 않기 때문이다. 광복을 하자 김황 같은 분이 철학 교수가 되었더라면 철학하기의 논란을 이어서 철학을 되살릴 수 있었을 것이다. 획기적인 전환의 본보기를 이제 누가 보일 수 있을까? 용감하게 나서는 사람이 있어야 한다.

철학하기는 당사자의 소관이다. 당사자를 선수라고 하면 사리가 더 분명해진다. 선수는 철학하기를 일삼고, 구경꾼은 철학알기를 즐긴다. 철학알기의 도사라고 자부하는 구경꾼이라고 철학하기를 서툴게 하는 선수를 깔볼 자격이 없다. 국내에는 선수가 없어 경기가 진행되지 않으므로 외국의 경기나 구경하면서 자부심을 잔뜩 키운 구경꾼이 국내에서는 선수가 나타나지 못하게 막는다. 철학과에서 이런 짓이나 한다.

용감하게 나서는 혁신의 역군이 철학과 안에서 나올 수 없으므로, 밖에서 일어나 철학과의 아성을 분쇄해야 한다. 철학알기보다 박학하고 정교하기를 요구한다면 철학하기는 시작될 수 없다. 무식을 용기로 삼아 과감하게 일어나 널리 구한 동지들과 토론으로 힘을 모아 철학과를 포위공격해야 한다. 철학과를 없애자는 것이 아니고, 모든 학과로 환산해야 한다. 철학이 따로 없고 모든 학문이 철학이라고 해야 철학하기를 누구나 마음 놓고 잘할 수 있다. 그 길을 열려고 분투한다.

위에서 든 김황을 비롯한 여러 분보다 아래 연배의 한학자들 몇 사람은 교수 자격 검증을 거치거나 중간 과정은 생략하고 대학 졸업장을 얻어 교수가 되었다. 강사로 나서기도 하고, 교수나 대학원생들을 상대로 글을 가르치는 자리를 마련하기도 했다. 고전번역원에서 후진을 지도하는 자리를 얻기도 했다. 신교육을 마다하고 한문 공부에 힘쓴 분들이 빛을 보고 일거리를 찾았다.

이런 일이 있어 한문 학습이 중단되지 않고 이어진 것은 큰 다행이다. 민족의 운세가 쇠퇴하지 않고 신장되는 증거라고 할 수 있으나, 공부의 질이 문제이다. 학문의 수준이 높지 못한 분들이 선생 노릇을 하면서 글이나 가르치고 뜻은 따지지 않는다. 박람강기(博覽强記)를 자랑하기만 하고, 추기측리(推氣測理)와는 거리가 멀다. 한문으로 전통학문을 한다고 하면서 가장 소중한 유산인 철학은 알지 못하는 탓에 폐해가 심각하다.

일본은 탈아입구(脫亞入歐)를 표방하면서 동아시아를 벗어나 유럽으로

가겠다고 했다. 동아시아 학문은 버리고 유럽의 근대학문을 수입하는 것을 그 방법으로 삼고 필요한 시책을 실시했다. 외국인 교수를 초빙하고, 우수한 인재를 선발해 외국에 유학시켰다. "조선은 중국을 섬기고 있을 때 일본은 세계와 만났다", "근대교육에서 일본이 앞서고 우리가 뒤떨어진 격차를 메우지 못하고 있다"고 하는 말이 이런 상황에 관한 설명으로 국한될 때에는 일면적인 타당성은 인정된다.

우리도 일본과 같은 지표를 설정하고 동일한 노력을 할 것인가? 아니다. 학문을 수입하기만 하고 창조하지 못하면 추종에서 벗어날 수 없다. 학문을 창조하지 못하는 것은 동아시아 학문을 버려 능력을 낮추었기 때문이다. 동아시아를 벗어나는 것은 어느 정도 가능하지만 손실이 너무 크다. 동아시아를 벗어나면 유럽에 갈 수 있는 것은 아니다. 중간에서 길을 잃고 정신적 미아가 된다. 일본의 실패를 반면교사로 삼고 우리 길을 찾아 동아시아를 살리고 인류를 위해 널리 도움이 되는 일을 해야 한다.

이제는 세계와 만나야 한다. 세계 어디서 누가 하는 학문이라도 관심을 가지고 대화의 상대로 삼고, 받아들여 활용하는 폭을 넓히기 위해 부지런히 노력해야 한다. 그러면서 생각을 바르게 해야 한다. 이렇게 하면서 근대교육이나 근대학문에서 뒤떨어진 것을 보충해야 하는 단계는 지나갔다. 유럽문명권이 가장 앞서고 일본이 다음이고, 그 뒤를 우리가 따른다고 하는 시기는 끝났다.

선진이 후진이 되고, 선진이 후진이 되는 전환이 일어나게 되었다. 유럽문명권이 주도해 이룩한 시대가 한계에 이른 것을 알고, 다음 시대를 예견하고 준비하는 통찰력을 갖추어야 한다. 통찰력은 철학을 근거로 한다. 동아시아철학의 정수를 이어받고 재창조해 이룩한 우리 전통철학을 깊이 알고 적극 활용해야 앞으로 나아갈 수 있다.

우리만 잘하면 되는 것은 아니다. 철학이 수입에 의존하는 개별적인 지식이라고 여기는 일본을 깨우쳐, 동아시아 학문의 새로운 창조를 함께 하자고 해야 한다. 제국주의 침략의 상처를 대국주의로 극복하려고 하는 중국에게, 우리가 고금에 이룩한 철학 혁신의 성과를 공유하면서 세계사의 미래를 제시하는 책무를 힘을 합쳐 감당하자고 해야 한다.

아직 교육이 부실해 이런 일을 위한 노력을 스스로 시작해야 한다. 이것은 심한 불행이면서 생각을 바꾸면 오히려 크나큰 행운이다. 자발적인 분발이 창조를 위한 동력이다. 기존의 연구논저가 도움이 되지 못하고 오히려 혼란을 일으키는 것도 또한 다행이다. 식견 높은 선인들과 직접 만나 토론하고는 스스로 깨달음을 얻는 감격을 누리도록 한다. 이책에 내놓은 글이 좋은 안내자이다.

"우리는 중국을 섬기고 있을 때, 일본은 세계와 만났다.""근대교육에서 일본이 앞서고 우리가 뒤떨어진 격차를 메우지 못하고 있다." 이런 수작을 바로잡아야 한다. "우리는 동아시아의 철학을 가다듬고 있을 때, 일본은 서양과 만나 추종하기 시작했다.""다음 시대로 나아가는 교육이나 학문에서 우리가 일본보다 앞서는 것이 당연하다."

이제 일본은 내려가고, 우리가 올라가고 있다. 서양 추종을 일본보다 더 잘하는 것이 올라가는 방법일 수는 없다. 우리가 지닌 철학의 창조력을 발휘해 앞서 나아가는 것을 보여주며 일본을 깨워야 한다. 중국이나 베트남까지 포함한 동아시아가 적극적으로 나서서, 근대의 불행인 서양의 패권주의를 청산하고 인류가 함께 행복을 누리는 시대를 이룩해야 한다.

끝말

우리 선인들은 중국에서 받아들인 한문 고전을 발상과 표현의 전범으로 삼고 다각도로 개조해 더욱 깊고 높은 경지에 이르렀다. 그 성과를 높이 평가하고, 지속적인 의의를 확인하는 것이 마땅하다. 동아시아의 중세를 모범이 되게 이룩하면서 넘어서고자 한 전례를 되살리면, 유럽문명권의 근대를 따라잡고 다음 시대로 나아가는 길을 먼저 여는 크나큰 창조력을 발휘할 수 있다.

크나큰 창조는 설계를 제공하는 철학이 있어야 가능하다. 동아시아의 철학을 민족문화의 저력으로 용해해 다각도로 재론한 결과 생극론이나 대등론을 가다듬은 것을 옛글 곳곳에서 확인했다. 철학을 찾으려고 시작하지 않은 작업에서 크나큰 성과를 얻었다. 철학이기만 한 철학보다 문학이기도 한 철학이 더 나은 철학임을 알게 되었다. 이런 사실이 미래에 대한 벅찬 기대를 가지게 한다.

더욱 힘써 해야 할 일을 확인한다. 생극론이나 대등론은 새로운 출발점으로서 큰 의의를 가진다. 생극론으로 변증법의 편향성을 시정하고, 대등론으로 평등론의 환상을 깨는 것이 절실하게 필요한 상황이다. 대등의 관계를 가지고 생극을 함께 이룩하는 철학으로 불행한 시대를 청산하고 인류를 행복하게 해야 한다. 이럴 수 있는 역량을 기르는 데 도움이 되려고 이 책을 썼다.

중국의 노신(魯迅)은 "漢字不滅 中國必亡"(한자가 없어지지 않으면 중국이 반드시 망한다)이라고 했다. 나는 말한다. "漢文輪回 東亞必興"(한문이 윤회하면, 동아시아가 반드시 흥성한다). 한문문명의 유산을 참신하게 활용하면, 동아시아가 크게 부흥해 세계사 발전의 선두에 선다.

필자 소개 색인